Kathrin Lange
Madonna

atb aufbau taschenbuch

Kathrin Lange wurde 1969 in Goslar geboren und lebt mit ihrer Familie in einem Dorf bei Hildesheim in Niedersachsen. Sie hat als Buchhändlerin und Mediendesignerin gearbeitet und gab die Autorenzeitschrift »Federwelt« heraus. Seit dem Jahr 2005 veröffentlicht sie historische Romane und Jugendbücher, 2008 erschien »Seraphim«, Katharina Jacobs erster Fall, 2010 folgte »Cherubim«.
www.kathrin-lange.de

Nürnberg im Jahr 1493. Die Engelmorde und der große Wahnsinn sind kaum zwei Jahre her, und wieder treibt ein gnadenloser Schlächter in der Stadt sein Unwesen. Kurz nacheinander werden mehrere Menschen mit aufgeschnittener Kehle gefunden. Zuerst glaubt die Witwe und Heilerin Katharina Jacob noch an ein grausames Spiel Gottes. Ohnehin hat sie andere Sorgen, denn in ihrem Heim für kranke Frauen stehen die Dinge nicht zum Besten. Und der junge Scholar Tobias, den man ihrer Obhut anvertraut hat, scheint im Spital Heiliggeist Furchtbares erlebt zu haben – Dinge, so schrecklich, dass man mit Worten nicht an sie rühren kann. Doch dann erwacht der Patrizier Richard Sterner, der Mann ihrer Träume, blutverschmiert neben einer der Leichen, und Katharina gerät selbst in Verdacht, eine Mörderin zu sein. Nürnbergs Bürgermeister ist versessen, sie ins Lochgefängnis zu stecken, und bald stehen ihr nur noch ihr treuer Gehilfe Donatus und der Nachtrabe Arnulf zur Seite. Als schließlich ein ruchloser Inquisitor in der Stadt auftaucht, der eine Rechnung mit ihr begleichen will, beginnt sie zu ahnen, wer hinter den dunklen Machenschaften steckt. Aber vorher muss sie noch einen langen und schmerzlichen Weg in die eigene Vergangenheit zurücklegen …

KATHRIN LANGE

MADONNA

HISTORISCHER
ROMAN

atb aufbau taschenbuch

FSC
www.fsc.org
MIX
Papier aus verantwortungsvollen Quellen
FSC® C083411

ISBN 978-3-7466-2885-1

Aufbau Taschenbuch ist eine Marke der Aufbau Verlag GmbH & Co. KG

1. Auflage 2012

Umschlaggestaltung Mediabureau Di Stefano, Berlin
unter Verwendung mehrerer Motive von iStockphoto: © adroach, © rzdeb,
© Marc Sublet und © Justin Allfree,
sowie eines Motivs von Bridgeman Art Library
Druck und Binden CPI – Clausen & Bosse, Leck
Printed in Germany

www.aufbau-verlag.de

Wenn sie vor Gier brennen,
will ich ihnen ein Mahl zurichten
und will sie trunken machen,
dass sie matt werden
und zum ewigen Schlaf einschlafen,
von dem sie nimmermehr aufwachen sollen,
spricht der HERR.
Ich will sie hinabführen
wie Lämmer zur Schlachtbank.

(Jer 51, 39–40)

Die Art aber, ihr gotteslästerliches Handwerk
auf Grund eines ausdrücklichen Treuepaktes mit
den Dämonen zu betreiben, ist verschieden,
da auch die Hexen verschieden
bei der Ausübung ihrer Hexerei zu Werke gehen.

(Henricus Institoris, Malleus Maleficarum)

Prolog

Nürnberg, Anfang Oktober 1493

Er wählte sich seine Opfer sehr sorgfältig aus.

Wenn ihn die *Lust* packte, streifte er manchmal tagelang durch die Straßen und Gassen Nürnbergs, um die passende Frau zu finden. Eine nach der anderen fasste er ins Auge, schlich ihnen nach, immer auf der Lauer nach einer Gelegenheit, ihnen ganz nahe zu kommen. Wenn es dann so weit war – auf dem Marktplatz vielleicht, im Gedränge, in dem es nicht auffiel, wenn er ihren Körper berührte –, sog er die Luft ein, die sie eben noch geatmet hatte.

Und dann wusste er, ob sie die Richtige war.

Er *schmeckte* es.

Immer.

So wie heute. Faul und ein wenig träge war er in der Nähe des Flusses herumspaziert und hatte den Fuhrleuten zugesehen, die eine Ladung Getreide in die Vorratskammern des Heilig-Geist-Spitals lieferten. Ein paar Spatzen hüpften rund um das kupfergedeckte Türmchen der Kapelle, zankten sich und rupften große Stücke Moos aus den Ritzen zwischen den Dachziegeln der Kirche. Nachdem die Fuhrleute ihre Arbeit erledigt hatten und von dannen gezogen waren, verweilte er noch einige Augenblicke an Ort und Stelle und folgte den verschlungenen Bahnen der Spatzen mit den Blicken. Und dann sah er *sie*. Einer der Seiteneingänge des Spitalgebäudes ging auf, und sie trat hinaus auf die Straße. Eine junge Frau, blond, mit einer Haube und langem, dunklem Rock. Hübsch war sie, ihr Gesicht hatte zwar etwas Herbes, aber sie strahlte eine Lebendigkeit aus, der auch der Hauch von Schwermut, den er an ihr wahrzunehmen glaubte, kaum etwas anhaben konnte.

Bei ihrem Anblick erwachte schlagartig die *Lust* in ihm. Sein Kopf ruckte hoch, und seine Nasenflügel blähten sich, doch er war nicht nahe genug, um den Duft der jungen Frau einzufangen. Ihm blieb nichts anderes übrig, als zuzusehen, wie sie lachend etwas über die

Schulter ins Innere des Gebäudes rief, wie sie dann die Tür schloss und mit dem Korb über dem Arm in Richtung Pegnitz verschwand.

Er löste sich von der Mauer, an die er sich gelehnt hatte, und ging ihr nach. Ihr Rock schwang im Rhythmus ihrer raschen Schritte, und einige nachlässig frisierte blonde Haarsträhnen ringelten sich unter ihrer Haube hervor.

Es war später Nachmittag, die Sonne neigte sich bereits dem Horizont zu, und die Schatten in den Gassen wurden länger. Die perfekte Zeit zum Jagen. Ein zufriedenes Lächeln glitt über sein Gesicht. Es war eine weise Entscheidung gewesen, dachte er, sein Dorf zu verlassen und hierher in die große Stadt zu kommen. Die Sitten hier waren lockerer als daheim, die Gassen dunkler. Hier fiel er mit seinen Begierden weitaus weniger auf als zu Hause, wo sie ihn oft misstrauisch beobachtet und ihre Töchter vor ihm weggeschlossen hatten.

Er zog seinen Umhang fester um sich. Dann folgte er der jungen Frau, die einen Weg am Ufer des Flusses einschlug, der in Richtung Säumarkt führte. Als sie die hölzerne Brücke überquerte, die auf die kleine Flussinsel führte, blieb er an einer Hausecke stehen, um sie zu beobachten.

Einer der Schweinehändler auf der Insel breitete die Arme aus und begrüßte die junge Frau überschwänglich. »Frau Jacob! Wie schön, Euch zu sehen!« Die Stimme des Mannes war tief und dröhnend und schallte weithin über den Fluss.

Frau Jacob!

Er spürte Enttäuschung durch seine Adern rinnen. Diese Frau war verheiratet, und das, obwohl sie eine farbige Haube trug und nicht die weiße, die sich für eine Ehefrau geziemte. Schlagartig ließ sein Interesse nach. Er wollte sich schon zurückziehen, als die Frau beim Reden den Kopf zur Seite neigte. Es war eine kokette Geste, und sie ließ die *Lust* in ihm von neuem aufflammen.

Er grub die Fingernägel in das Fleisch seiner Hände. Das Dienstmädchen, das er vor einigen Tagen gehabt und von deren Anblick er bis heute gezehrt hatte, war plötzlich vergessen. Ohnehin war das dumme Ding keine gute Wahl gewesen. Es hatte sich heulend und zähneklappernd in sein Schicksal gefügt, was die ganze Sache im Grunde recht langweilig gemacht hatte. Diese junge Frau hier jedoch mit ihrer unziemlichen roten Haube und dem schlanken Hals, den sie ihm präsentierte, als wolle sie sagen: Nimm mich! – sie würde sich wehren, da war er sich ganz sicher. Sie würde ihn kratzen und beißen, so wie er es mochte.

In seinem Magen bildete sich ein Knoten aus glühender Hitze und wanderte von dort aus nach unten.

Der Händler machte einen Scherz. Die Frau lachte erneut, und die Hitze seines Leibes erreichte ihr Ziel. Sein Geschlecht begann, an der Innenseite seiner Hose zu reiben.

Er sah zu, wie die Frau etwas zu dem Händler sagte, wie sie die Hand ausstreckte und der Mann einschlug. Offenbar waren sie einen Handel eingegangen. Dann nickte die Frau dem Händler zu, strich sich eine Haarsträhne aus dem Gesicht und setzte ihren Weg fort.

Er zögerte kurz. Dann löste er sich von der Hausecke und folgte ihr.

Über den gesamten Säumarkt ging es und von dort aus in Richtung Weinmarkt, wo an einem Donnerstag wie diesem reges Treiben herrschte. Mehrere Visierer waren dabei, die angelieferten Fässer auszumessen, sie anschließend zu versiegeln und die ermittelten Größen mit Kreide auf ihre Deckel zu schreiben.

Am Eingang zum Weinmarkt musste die junge Frau stehen bleiben, weil zwei schwerbeladene Karren aneinander vorbeiwollten und dabei die gesamte Straßenbreite einnahmen. Eine kleine Menschentraube bildete sich, und die junge Frau trat an das Gedränge heran.

Das war seine Gelegenheit!

Mit energischem Schritt näherte er sich dem Engpass. »Was ist los?«, fragte er und hielt den Blick dabei derart auf die beiden Karren gerichtet, dass er die Reaktion der jungen Frau aus den Augenwinkeln beobachten konnte.

Sie wandte ihm den Kopf zu. Ihre Augen waren rauchblau und von einer Intensität, die ein unbändiges Kribbeln in seinem Leib nach unten schickte. Einige winzige Fältchen rings um ihre Lider machten ihre Züge noch anziehender. Er wusste, dass ihm sein weites Hemd über die Hose hing, und dennoch ließ er seinen Blick an seinem Körper hinabwandern, um zu prüfen, ob sie sein Verlangen sehen konnte.

Sie konnte es nicht. Ohnehin hatte sie den Blick fest auf sein Gesicht gerichtet, und ein schwaches Lächeln umspielte ihre Lippen. »Es geht bestimmt gleich weiter«, sagte sie.

Ihre Stimme jagte ihm einen Schauer über den Rücken. Auch sie war perfekt – ein ganz klein bisschen heiser und genau in der richtigen Tonlage. Eines nur galt es jetzt noch zu prüfen. Er lächelte der Frau zu. Er wusste, dass er ein gewinnendes Lächeln hatte, und verbunden mit den ordentlichen und sauberen Kleidern, die er trug, würde er auf sie völlig vertrauenerweckend wirken. Mit vorgetäuschter Geschäftigkeit spielte er an der teuren roten Kordel seines Umhangs und reckte dabei den Hals, beugte sich ein wenig vor, so, als wolle er an den beiden Karren vorbeispähen. Dabei sog er, so tief es ging, Luft ein.

Ihr Geruch machte ihn schwindelig.

In seiner Hose begann sein Geschlecht zu pochen.

Ja! Sie war eindeutig diejenige, auf die er gewartet hatte. Sie würde diese *Lust* stillen, die in seinem Leib brannte.

Nachdem die Karren den Weg wieder freigegeben hatten, nickte er der jungen Frau freundlich zu und tat so, als ginge er seiner Wege. Doch in Wirklichkeit hielt er bereits hinter der nächsten Hausecke an, wandte sich um und schlich zurück. Er kam gerade noch rechtzeitig, um zu sehen, dass die junge Frau in die Schustergasse einbog.

Inzwischen war die Sonne auf die Dächer der Stadt niedergesunken. Die Schatten in den Gassen verdichteten sich. Erneut musste er stehen bleiben, denn jetzt unterhielt sich die junge Frau mit einer älteren, dicklichen, die in einen kostbaren Mantel aus Fuchspelz gehüllt war.

Er hörte, wie die Dicke ein paarmal den Namen der jungen Frau aussprach.

Katharina.

Ein zufriedenes Grinsen stahl sich auf sein Gesicht. Katharina Jacob. Was für ein schöner Name!

Die Enge in seiner Hose wurde unerträglich. Er würde sich beeilen müssen.

»Ihr solltet zusehen, dass Ihr nach Hause kommt«, riet Katharina der älteren Frau. »Es treibt sich allerlei Gesindel herum.«

Wie wahr gesprochen! Das Grinsen auf seinen Zügen vertiefte sich. Er fasste sich in den Schritt, nahm jedoch sofort die Hand wieder weg, denn er wollte auf keinen Fall zu früh dran sein. Ungeduldig wartete er darauf, dass Katharina – seine Katharina! – sich von der alten Frau verabschiedete und ihren Weg fortsetzte.

In dem Moment, in dem die Sonne hinter einem Hausdach verschwand, war es so weit.

»Wir sehen uns nächste Woche«, sagte Katharina zu der Frau. Dann ging sie weiter.

Er beschleunigte seine Schritte. Die Gelegenheit schien günstig. Die Schustergasse war an dieser Stelle recht eng und verwinkelt. Die meisten Häuser, die hier standen, hatten bereits die Läden geschlossen, so dass die Gefahr gering war, dass jemand hinter einem der Fenster stand und sein Treiben beobachtete.

Er spürte, wie das Jagdfieber seine Hände zittern ließ, als er nach dem Dolch an seinem Gürtel griff und ihn hervorzog. Jetzt war der Moment gekommen!

Katharina ging an einer Einmündung vorbei, an der eine winzige, namenlose Gasse auf die Schustergasse stieß. Er streckte die Hand nach ihrer Schulter aus, um sie zu packen. Mit der anderen umfasste er den Dolchgriff fester und machte einen großen Schritt vorwärts. Hinter sich glaubte er ein hastiges Echo zu hören. Er blieb stehen, und sein Arm sank herunter.

Katharina schien nichts bemerkt zu haben. Ohne sich umzuwenden, setzte sie ihren Weg fort.

Er wollte ihr nacheilen, doch er wurde nach hinten gerissen. Er wollte aufschreien, aber es ging nicht, denn ein scharfer Schmerz fuhr quer über seine Kehle, und höllische Qualen fraßen sich von dort aus bis in seinen Nacken. Warmer Atem strich ihm am Hals entlang, eine Stimme war ganz dicht an seinem Ohr. »Zum ewigen Schlaf sollst du einschlafen, spricht der Herr. Wie ein Lamm auf der Schlachtbank.«

Er fuhr herum. Der Dolch in seiner Hand traf auf Widerstand. Der Angreifer stieß einen gepeinigten Schrei aus, getroffen taumelte er rückwärts, schrie auf. »Du Mistkerl!«

Er selbst hingegen versuchte, Luft in die Lungen zu saugen. Es ging nicht. In seinem Kopf explodierten rote Sterne. Etwas strömte aus seinem Hals, etwas, das ihm warm und klebrig über die Brust lief. Er wollte schreien, aber alles, was er herausbrachte, war ein Gurgeln. Seine Lungen gierten nach Luft, wie sein Körper eben noch nach Katharinas Leib gegiert hatte.

Er spürte, wie sich seine Erektion verflüchtigte, und dann, kurz bevor er das Bewusstsein verlor, entleerte sich seine Blase.

Dann wurde er losgelassen. Kraftlos sank er zu Boden.

Den letzten Satz, den sein Mörder ihm zuzischte, hörte er nur noch wie durch einen Schleier. »Das war dafür, dass du es gewagt hast, dich Katharina zu nähern!«

Er war bereits tot, als seine Wange in der Blutlache zu liegen kam.

1. Kapitel

Drei Wochen später

Herbstgoldenes Laub wehte Katharina Jacob um die Füße, als sie aus einer der Gassen des Lorenzer Stadtviertels kam und auf die hölzerne Brücke zusteuerte, die die Pegnitz ganz in der Nähe des Heilig-Geist-Spitals überquerte. Ein scharfer Wind wehte durch Nürnbergs Straßen, über die weiten, offenen Plätze, und hier unten, am Flussufer war er noch stärker als zwischen den schützenden Mauern der Stadt. Mitten auf der Brücke blieb Katharina stehen und reckte die Nase in die Luft. Sie glaubte, den nahenden Winter riechen zu können. Ein Schwanenpärchen schwamm direkt unter ihr hindurch, Seite an Seite, die Hälse zu eleganten Bögen geschwungen. Katharina starrte sie einen Moment lang an. Dann zog sie fröstelnd ihren dunklen Mantel enger um sich und setzte ihren Weg fort.

Sie erreichte das nördliche Flussufer, und noch während sie sich nach links wandte, brach ein wahrhaft höllisches Getöse über sie herein. Es klang, als seien die Grundfesten des Himmels selbst erschüttert worden, ein ohrenbetäubendes Knirschen wurde laut, dann ein Ächzen, das sich anhörte wie der Schmerzenslaut eines sehr großen sterbenden Tieres.

Erschrocken hielt Katharina inne.

Sie war nicht die Einzige. Rings um sie herum erstarrten alle, die wie sie ihrem Tagwerk nachgingen. Ein Junge von vielleicht acht oder neun Jahren machte einen Satz zur Seite, als fürchte er, von Gottes Zorn persönlich erschlagen zu werden. Ein Patrizier, der sich mit einem Diener unterhalten hatte, runzelte die Stirn. Eine ältere, dickliche Frau riss erschrocken die Hände vors Gesicht, wobei sie den Einkaufskorb, den sie bis eben getragen hatte, fallen ließ. Gelbe Rüben, einige rotwangige Äpfel und ein Stück in blutfleckiges Leinen eingeschlagenes Fleisch rollten in den Dreck der Gosse.

Katharina verspürte einen Stich des Bedauerns über diese Verschwendung, doch dann erklang das Knirschen ein zweites Mal. Diesmal verwandelte es sich noch schneller in das tiefe Ächzen, und bevor Katharina begreifen konnte, woher es rührte, rief der Junge:

»Das Gerüst! Seht doch!«

Katharinas Blick eilte zu der noch lange nicht fertigen Fassade der neuen Sutte, der neuen Krankenstube des Spitals. Ungefähr zweieinhalb Mannslängen hoch ragten die Mauern über einer Konstruktion aus Baumstämmen und aufgeschütteter Erde, die den sumpfigen Untergrund des nahen Flussufers befestigen sollte. Das Baugerüst, das an dem Mauerwerk verankert war, schwankte. Es sah aus, als habe ein Erdbeben es erfasst.

»Beim heiligen Hieronymus und seiner zerzausten Feder!«, hörte Katharina den Patrizier murmeln. »Der Boden gibt nach!«

So war es. Lange Risse zeigten sich in dem Erdreich, auf dem das Gerüst stand. Katharina sah, wie zwei Maurergesellen, die noch kurz zuvor damit beschäftigt gewesen waren, die Wände der neuen Krankenstube hochzuziehen, von dem schwankenden Gerüst sprangen. Einer von ihnen landete sicher und wohlbehalten mit einem lauten Platschen im Wasser des Flusses. Der andere jedoch, der nicht genug Halt unter den Füßen gefunden hatte, um sich weit genug abzustoßen, prallte auf dem erdigen Abhang des Bauhügels auf. Katharina glaubte zu sehen, wie sein rechtes Bein unnatürlich verdreht wurde. Sie hörte den Schmerzensschrei des Mannes, dann wurde der Maurer herumgewirbelt und rollte den schlammigen Abhang hinunter wie ein Mehlsack.

Leise zog Katharina Luft durch die Zähne. Sie hatte genug Erfahrung als Heilerin, um zu wissen, dass das Bein des Mannes gebrochen war. Kurz verspürte sie den Impuls, zu ihm zu eilen, doch zwei Dinge geschahen fast gleichzeitig und hielten sie davon ab. Zum einen brach das Gerüst nun endgültig in sich zusammen. In einem wilden Gewirr von Holzstangen und zerrissenen Seilen ging es zu Boden und polterte denselben Abhang hinunter, den eben noch der Maurer genommen hatte. Und im gleichen Moment rannten mehrere Männer zu der Unglücksstelle. Einer davon, das konnte Katharina von ihrem Standpunkt aus erkennen, war Carl Krafft, der Spitalarzt von Heilig-Geist. In dem Geschrei und Gejammer, das dem Unglück folgte, wirkte er mit seiner hochgewachsenen, massigen Gestalt wie ein Fels in der Brandung.

Gut. Dem Verunglückten würde also geholfen werden.

Katharina senkte den Kopf, sandte ein kurzes Fürbittgebet für den armen Teufel gen Himmel und setzte ihren Weg schließlich fort.

»Was müssen sie die neue Sutte auch ausgerechnet über den Fluss bauen!«, hörte sie den Patrizier noch sagen. Dann erreichte sie die Kapelle des Spitals, und die aufgeregten Stimmen, das Rufen und Geschrei blieben hinter ihr zurück, als sich die niedrige Pforte des nördlichen Seitenschiffs hinter ihr schloss.

Die Stille, die sie umfing, war nach der Aufregung und dem Brüllen der Männer draußen umso drückender. Katharina kam es vor, als verdichtete sich die Luft um sie herum schlagartig zu etwas Lebendigem, das sie daran hindern wollte, ihren Weg fortzusetzen. *Es liegt am Weihrauch!*, redete sie sich ein und schlug ein rasches Kreuz über sich. Der Duft des heiligen Harzes kratzte hinten in ihrer Kehle und reizte sie zum Husten.

Sie unterdrückte es.

So schnell sie vermochte, eilte sie zwischen den engstehenden Kirchenbänken nach vorn zum Altar. Ihr Blick streifte dabei einen gebeugt dasitzenden alten Mann, der die Hände im Schoß gefaltet hatte und mit trüben Augen das große Kreuz auf dem Altar anstarrte. Von Ferne setzte heller Gesang ein, der Chor der armen Scholaren, die an Heilig-Geist lebten und irgendwo in dem weitläufigen Gemäuer einen Hymnus übten.

Katharina fragte sich, was der alte Mann wohl dachte.

Sie erreichte die Chorschranke im vorderen Teil der Kirche, kurz blickte sie auf den massiven Beichtstuhl aus schwarzem Holz, der rechts vom Altar stand. Dann entdeckte sie ihre Mutter.

Mechthild Augspurger saß in der vordersten Kirchenbank, ganz an deren Rand, so dass die Schatten, die die niedrigeren Seitenschiffe warfen, sie in ihrer schwarzen Witwenkleidung beinahe verschluckten. Sie hatte die Hände locker in ihrem Schoß liegen, ihre Beine waren von einer grauen Decke umhüllt.

Sie war also schon länger hier.

Katharina biss die Zähne zusammen. Dann trat sie näher heran. »Guten Morgen, Mutter!«, sagte sie.

Mechthild schien sich zu freuen, sie zu sehen. Ein breites Lächeln glitt über ihre Züge. »Kind!« Sie nahm eine Hand aus dem Schoß und deutete auf die Bank neben sich. »Was war das für ein Lärm eben draußen?«

Katharina ignorierte die Aufforderung, sich zu setzen, und blieb stehen. »Das Gerüst an der neuen Sutte ist zusammengebrochen.«

»Oje! Hoffentlich ist niemandem etwas passiert!«

»Es sah so aus, als hätte sich einer der Maurer das Bein gebrochen. Aber Dr. Krafft war sofort zur Stelle.« Jetzt setzte sie sich doch.

Mechthild nickte. »Dann ist er in guten Händen.« Sie schätzte den Spitalarzt sehr, das wusste Katharina, und wie jedes Mal, wenn sie damit konfrontiert wurde, spürte sie die Eifersucht wie ein kleines böses Tier an ihrer Seele nagen. Energisch wischte sie dieses dumme Gefühl beiseite.

»Wie geht es dir?« Aufmerksam musterte Mechthild nun ihre Tochter, und wie immer, wenn sie das tat, fühlte Katharina sich bis auf den Grund ihres Selbst durchleuchtet.

Sie unterdrückte ihr Missbehagen. Warum nur konnte sie sich noch immer nicht von ihren alten Verhaltensweisen befreien? Seit Monaten schon lebte ihre Mutter jetzt hier in Heilig-Geist, und es gab keinen Grund mehr für Katharina, sich von ihr gefangen genommen zu fühlen. Dennoch verspürte sie auch heute wieder dieses nagende Gefühl von Unzulänglichkeit, das Mechthilds Gegenwart stets in ihr auslöste.

»Gut«, beantwortete sie die Frage. Und es stimmte. Sie fühlte sich tatsächlich gut. Im Moment wenigstens.

Unwillkürlich wanderte ihre Hand zu ihrem Bauch, doch sie riss sich zusammen. Ängstlich lauschte sie in sich hinein. Keine Spur von Schmerzen oder rätselhaften Krämpfen.

Sie atmete tief durch. Der Weihrauch kratzte noch immer in ihrer Kehle, und diesmal gestattete sie sich zu husten. Das Geräusch klang in der hallenden Stille der Kapelle überlaut und fehl am Platze.

Katharina zog den Kopf ein. »Warum wolltest du dich hier mit mir treffen?«

Mechthild besaß im Pfründnerinnenhaus des Spitals ein eigenes Zimmer. Gewöhnlich trafen Katharina und sie sich dort, denn es war das Einfachste. Mechthilds Beine waren seit einer schweren Krankheit, die sie vor vielen Jahren überfallen hatte, gelähmt. Irgendjemand musste sie also hierher in die Kapelle getragen haben.

»Ich hatte einfach das Bedürfnis, meine Kammer für eine Weile zu verlassen.« Mechthilds Blick ruhte auf einer hölzernen Statue, die in einer Nische seitlich vom Altar stand. Eine ungefähr armlange Madonna mit einem wohlgenährten Jesuskind auf dem Arm und einem vergoldeten Heiligenschein, der auf Katharina durch seine schiere Größe allzu protzig wirkte. Ihr gefiel das Gegenstück besser, das genau auf der anderen Seite der Kirche ebenfalls in einer Nische stand. Es zeigte auch die Muttergottes, jedoch nicht als Madonna, sondern in der Pose der trauernden Mutter mit ihrem gekreuzigten Sohn auf dem Schoß. In dem Gesicht dieser Statue glaubte Katharina oftmals sich selbst wiederzuerkennen.

Sie unterdrückte ein Schaudern. Was sagte es über sie aus, dass sie die Schmerzensmutter der freundlichen und glücklich wirkenden Madonna vorzog?

Eine kühle Hand legte sich auf ihren Unterarm. Mechthild hatte gesehen, wohin Katharina geschaut hatte. In ihren Augen stand Missbilligung, aber sie schwieg.

Wahrscheinlich hatte sie dieses Treffen hier in der Kapelle mit voller Absicht arrangiert. Seit sie in Heilig-Geist lebte, war sie zu einer überaus fleißigen Kirchgängerin geworden – und zu einer noch fleißigeren Beichtgängerin darüber hinaus.

Für eine Weile sagten sie beide nichts.

Katharina spürte dem Widerwillen in ihrem Herzen nach, und jetzt wusste sie auch, woher er rührte. Mechthild hatte sie nicht hierhergebeten, weil sie sich in ihrer Kammer langweilte, sondern vielmehr, weil sie hoffte, Katharina auf diese Weise ein wenig öfter dazu zu bringen, einen Fuß in eine Kirche zu setzen.

»Seit Egberts Tod …«, begann ihre Mutter.

Katharina hob abwehrend die Hand. »Lass es gut sein!«, warnte sie. Sie hatte nicht vor, sich auf eine Diskussion über ihren verstorbenen Mann einzulassen. Himmel, sie schaffte es ja gerade einmal so, nicht in Tränen auszubrechen, wenn sie nur an ihn dachte. Denn der Gedanke an Egbert Jacob führte sie unweigerlich zu einem anderen Mann.

Zu Richard.

Rasch wandte Katharina ihre Aufmerksamkeit den beiden flackernden Kerzen zu, die rechts und links von der Pietà aufgestellt waren. Warum wohl brannten neben der Madonna keine Kerzen?

Sie rieb sich Stirn und Nasenrücken. »Was hast du heute gemacht?«, versuchte sie, das Gespräch von Egbert fort und auf weniger schmerzliche Dinge zu lenken.

Mechthild musterte Katharina einen Augenblick lang, doch dann ging sie auf den Themenwechsel ein. Sie verdrehte die Augen gen Himmel und lächelte dabei. »Zwei Stunden am Bett von dieser Frederike gesessen und mir ihre frommen Litaneien angehört. Es kam mir vor wie ein ganzer langer Tag, das kannst du mir glauben!«

Frederike Mummenhoff war neu in Heilig-Geist, das wusste Katharina von früheren Erzählungen ihrer Mutter. Seit ungefähr zwei Wochen belegte die Siebzigjährige eines der Ewigbetten des Spitals, weil eine schwärende Wunde an ihrem Fuß nicht heilen wollte und ihre Familie sich von der Kunst des Spitalarztes Heilung erhoffte.

»Ich sage dir«, murmelte Mechthild jetzt mit gesenkter Stimme, »wenn Gebete allein gegen Krankheit und Dummheit helfen würden, wäre diese Frau nicht nur kerngesund, sondern eine Anwärterin auf den Doktorstuhl!«

Katharina unterdrückte ein Schmunzeln. »Geht es ihr inzwischen ein bisschen besser?«

Mechthild zuckte die Achseln. Dann sann sie nach und schlug sich mit einer spöttischen Geste vor die Stirn. »Ist es zu glauben! Da habe ich stundenlang am Bett dieser Frömmlerin gehockt und kann dir diese Frage ums Verrecken nicht beantworten!«

Katharina konnte sich vorstellen, wie quälend dieser Krankenbesuch für ihre Mutter gewesen sein musste. Auch unter ihren eigenen Patientinnen, die sie in ihrem Haus pflegte, gab es einige überaus fromme Heuchlerinnen. Katharina richtete ihren Gedanken auf Frederike. Die Frau gehörte einer sehr – sehr! – reichen Familie an. Und offenbar stand sie auf dem Standpunkt, dass sich Reichtum in körperlicher Fülle zeigen musste.

Katharina verzog das Gesicht. »Ich würde vermuten, dass ihre Beine besser werden, wenn sie sich endlich dazu durchringen könnte, eine strenge Diät einzuhalten.«

Mechthild winkte ab. »Die doch nicht!«

Hinter ihnen im Kirchenschiff klappte eine Tür. Ein kühler Luftzug wehte herein und strich Katharina über die im Nacken zu einem Knoten gesteckten Haare. Fröstelnd drehte sie sich um, in der Annahme, der alte Mann sei aufgestanden und gegangen. Doch er saß wie zuvor in seiner Bank, mit dem einzigen Unterschied, dass er jetzt die Augen geschlossen hatte.

Stattdessen kam ein Mann durch den Mittelgang der Kapelle nach vorne gehumpelt, der Katharina innerlich aufseufzen ließ.

»Darum also hast du mich hergebeten?«

Sie schaffte es gerade noch, ihrer Mutter dies zuzuzischen, bevor der Mann sie erreichte und Katharina freundlich anstrahlte. »Katharina! Tochter! Gut seht Ihr aus!« Er sprach jedes Wort mit einem hörbaren Ausrufezeichen dahinter. Er war ein kleiner, rundlicher Mann, dessen Kopf aus einer ganzen Reihe Speckrollen emporwuchs, die sein Kinn bildeten. Obwohl seine Augen tief in seinem runden Gesicht lagen, hatten sie einen lebhaften, funkelnden Ausdruck. Auf Katharina wirkte Dr. Jakob Spindler stets so, als habe er sich eben erst am Sahnetopf vergriffen – und die verbotene Speise mehr als genossen.

Sie neigte den Kopf. »Ich danke Euch, Doktor.« Spindler war Priester an Heilig-Geist, einer von sechsen, die die vielen Zustiftungen des Spitals gewöhnlich unterhielten. Und seitdem Mechthild in dem Spital wohnte, war er erst ihr Beichtvater geworden – und, auf ihr energisches Betreiben hin, schließlich auch der von Katharina.

Wie jedes Mal, wenn er sie sah, schien sich Spindler vor Begeisterung zu überschlagen. »Ich freue mich, Euch hier zu sehen!« Auffordernd schaute er zu dem Beichtstuhl, aber Katharina machte seinem Ansinnen sofort einen Strich durch die Rechnung.

»Ich bin heute nicht zum Beichten da«, sagte sie bestimmt.

Spindler blinzelte. Dann nickte er. Er wirkte nicht im mindesten enttäuscht. »Natürlich nicht.« Sein Blick huschte über die Madonnenstatue in ihrer Nische. Gewöhnlich ehrte er die Muttergottes mit einem Knicks, doch heute beließ er es dabei, ihr leicht zuzunicken. Mit einem leisen Stöhnen setzte er sich neben Katharina, so dass sie sich jetzt zwischen ihm und ihrer Mutter befand.

Wie eingepfercht. Sie richtete ihre Aufmerksamkeit auf die Dinge, bei denen sie sicheren Boden unter den Füßen verspürte. »Euer Humpeln ist noch nicht besser«, sagte sie und deutete auf Spindlers rechte Hüfte. Er humpelte schon seit mehreren Wochen.

Ergeben zuckte er die Achseln. Die Kleidung, die er trug, ähnelte einem dunkelgrauen Mönchshabit, auch wenn er kein Ordensgelübde abgelegt hatte. »Gott prüft mich diesmal eben besonders gründlich.«

Katharina produzierte ein missbilligendes Zischen, und Spindler lachte. »Ich weiß, dass ich Euren Ehrgeiz als Heilerin herausfordere, Kind! Aber glaubt mir: Es ist nicht nötig, dass Ihr Eure Fähigkeiten an mich verschwendet. Der Herrgott wird es schon wieder richten.« Er klopfte sich auf die Hüfte und hielt kurz inne. Katharina war sich sicher, dass der Schmerz ihn überwältigte, aber er lächelte sie tapfer an, und so beschloss sie, es dabei zu belassen.

»Meine Mutter hat mich hierhergebeten«, sagte sie und warf Mechthild dabei einen strengen Blick zu.

»Sie hat mir von Euren Träumen erzählt. Ich …« Spindler kam nicht dazu, den Satz zu beenden, denn mit einem Ruck fuhr Katharina auf.

»Was?«, entfuhr es ihr.

Der alte Mann in der hinteren Bankreihe riss erschrocken die Augen auf. Schuldbewusst setzte Katharina sich wieder und fügte leiser und an ihre Mutter gewandt hinzu: »Warum?«

Sie hatte Mechthild vor ein paar Tagen im Vertrauen davon erzählt, dass sie seit ungefähr drei Wochen schlimme Alpträume plagten, deren Herkunft sie sich nicht so recht erklären konnte. Mit keinem Wort war die Rede davon gewesen, dass ihre Mutter diese Dinge brühwarm an ihren Beichtvater weiterplaudern sollte. Katharina verspürte einen harten Knoten von Wut in ihrem Magen, und sie musste sich zwingen, nicht die Fäuste zu ballen.

Spindler schien ihren Aufruhr zu spüren. Er spürte immer, was sie dachte. »Macht Eurer Mutter keine Vorwürfe!«, bat er. »Es ist allein meine Schuld.«

Natürlich!

Katharina schnaubte.

»Doch!«, setzte er hinzu. »Neulich, kurz nachdem Ihr ihr von den Träumen erzählt hattet, kam ich zu ihr, und ich merkte, dass sie etwas bedrückte. Ich habe nicht lockergelassen, bis sie sich mir anvertraut hat. Wenn Ihr also auf jemanden wütend sein müsst, dann seid es auf mich!«

Mechthild hielt den Kopf gesenkt, während er sprach, doch jetzt schaute sie auf. Sie hielt Katharinas funkelndem Blick stand, und ein Anflug von Trotz blitzte in ihren Augen auf.

Was kann ich dafür?, schien ihre Miene zu sagen. Immer sagten ihre Blicke solche Dinge.

Was kann ich dafür?

Es ist eben nicht zu ändern.

Oder, am schlimmsten von allem: *Stell dich nicht so an!*

Katharina klammerte beide Hände um die Sitzfläche der Bank. Jäh krampfte sich ihr gesamter Unterleib zu einem dumpfen Schmerz zusammen. Es war dieser Schmerz, mit dem sie aus ihren Alpträumen aufwachte, Nacht für Nacht, doch davon hatte sie ihrer Mutter nichts erzählt.

»Ihr träumt, dass Ihr durch dunkle Gassen lauft«, sagte Spindler und zeigte Katharina damit, dass alles, was sie ihrer Mutter erzählt hatte, inzwischen von ihrem Mund zu seinem Ohr weitergewandert war. »Ihr träumt, dass Euch jemand verfolgt.«

Katharina knirschte mit den Zähnen. Sie konnte nichts dagegen tun, plötzlich fühlte sie sich direkt in ihre Alpträume katapultiert. »Ich sehe niemanden«, murmelte sie mit tauben Lippen. »Es ist nur ein Gefühl.«

Es war ein Gefühl von unendlicher Bedrohung, ein Gefühl, das ihr die Luft abschnürte und sie mit einem Keuchen – manchmal auch mit einem entsetzten Schrei – aus dem Schlaf auffahren ließ.

Spindler nickte sachte vor sich hin. Sein Blick ruhte jetzt auf der Madonnenstatue, und für einen Augenblick wurden seine Augen so trüb wie die des alten Mannes hinter ihm.

Beim Gedanken an den Mann wandte Katharina den Kopf und stellte verblüfft fest, dass er die Kapelle in der Zwischenzeit verlassen hatte. Sie hatte ihn nicht gehen hören.

»Diese Träume«, hörte sie Spindler sagen und wandte ihm wieder ihre Aufmerksamkeit zu, »sie sind Ausdruck Eurer Unsicherheit. Gott schickt sie Euch, weil er Euch etwas sagen will.«

Sie nickte. Die Muskeln in ihrem Genick fühlten sich an, als seien sie plötzlich aus hartem Draht.

»Er will Euch sagen, dass Ihr Euch nicht fürchten müsst.«

Mitten im Nicken hielt sie inne. »Dann bedient er sich aber einer ziemlich seltsamen Sprache«, murmelte sie.

Spindler legte ihr eine warme Hand auf den Arm. »Ihr missversteht mich. Die dunklen Gassen, durch die Ihr im Traum lauft, sie sind ein

Symbol für Euren Lebensweg. Ihr trauert noch immer um Euren Mann, und Ihr müsst erst noch einen Weg finden, wie Ihr Euer Leben ohne ihn sinnvoll fortsetzen könnt.«

Sie spürte, wie sich Widerspruch in ihr regte. Sie hatte ohne Egbert gelebt, lange Zeit. Wie konnte Spindler da behaupten, dass sie ohne ihn nicht zurechtkam? Es war Egbert gewesen, der sie im Stich gelassen hatte, der einfach so fortgegangen war. Und dann, wie aus dem Nichts, war er wieder aufgetaucht, gerade, als sie sich einem anderen Mann …

Wieder verwehrte sie sich den Gedanken mit eiliger Erschrockenheit. Mit beiden Händen rieb sie ihre Schläfen.

Spindler interpretierte diese Geste falsch. Sanft sagte er: »Es gibt Hilfe für Frauen wie Euch.« Er begann, an seinem Gewand herumzunesteln, als wolle er etwas aus der eingenähten Seitentasche ziehen.

Katharina konnte nicht anders. Missmutig wiederholte sie: »Frauen wie mich!«

Spindler entschärfte ihren Tonfall mit einem freundlichen Lächeln, und sofort fühlte Katharina sich undankbar. Er wollte ihr nur helfen. Warum nur sträubte sich alles in ihr dagegen?

Ihr Unterleib krampfte sich unangenehm zusammen, als Spindler endlich zum Vorschein brachte, was er in seiner Tasche hatte. Es war ein kleines, in braunes Leder gebundenes Büchlein. Er reichte es ihr, und sie nahm es.

Der Umschlag war gänzlich unbeschriftet, und so schlug sie es auf. Es war mit der Hand geschrieben. In steiler, seltsam eckig aussehender Schrift stand auf der ersten Seite:

Speculum virginum.

Katharina schluckte. »Jungfrauenspiegel«, übersetzte sie und sah Spindler an.

Sein Lächeln wurde noch breiter. »Ich habe es eigens für Euch abgeschrieben. Oder sagen wir, zumindest jene Teile, die für Euch von Bedeutung sind. Ich habe mich allein auf die Belehrungen darüber beschränkt, wie Ihr als keusche Witwe ein gottgefälliges und sinnvolles Leben führen könnt.«

»Ich habe ein …« Katharina unterbrach sich. *Ich habe ein sinnvolles Leben,* hatte sie sagen wollen. *Ich setze das Geld, das mein Mann mir hinterlassen hat, für mildtätige Zwecke ein, ich kümmere mich um die Armen und Kranken. Also was wollt Ihr von mir?*

All diese Dinge jedoch ließ sie ungesagt. Er hatte sich eigens die Mühe gemacht, ihr dieses Büchlein abzuschreiben. Sie hätte ihm dankbar sein sollen. Ihr Blick zuckte zu ihrer Mutter, die sie mit einer Mischung aus Mitleid und Aufmunterung betrachtete.

Spindler wies auf das Buch. »Eure Träume sagen mir, dass Eure Seele einen Mangel empfindet. Lest das Buch! Ich bin sicher, es wird Euch helfen.«

Katharina klappte das Buch wieder zu. Es kostete sie Überwindung, dies nicht mit einem zornigen Ruck zu tun. Sehr langsam stand sie auf. »Ich danke Euch«, brachte sie hervor.

Spindler nickte ihr zu.

Sie wandte sich an ihre Mutter. »Ich komme bald wieder, ja?« Sie schaffte es, die Worte nicht wie eine Drohung klingen zu lassen, aber sie war sicher, dass Mechthild sie richtig verstand.

Wir müssen dringend reden. Allein!

Mechthild nickte. Ihre Lippen waren zu schmalen Strichen zusammengepresst.

Katharina machte einen flüchtigen Knicks vor Spindler. Dann wandte sie sich ab und ging durch den Mittelgang der Kapelle davon, während der Priester und ihre Mutter sitzen blieben.

Kurz bevor sie die Hand auf die Klinke der Kirchentür legte, hörte sie Spindler sagen: »Hast du dich um die Pilze gekümmert? Ich fürchte, ich brauche …« Den Rest verschluckte die Tür, als sie hinter Katharina ins Schloss fiel.

Vor der Kapelle blieb sie einen Moment lang unschlüssig stehen. Zu Hause wartete eine Menge Arbeit auf sie, aber sie hatte einfach nicht die Kraft dazu, dorthin zurückzukehren. Ihre Finger krampften sich um das schmale Büchlein in ihrer Hand. Das Leder des Einbands fühlte sich speckig an.

Von ihrem Standpunkt aus überblickte sie den Innenhof, wo in diesem Augenblick ein Fuhrwerk durch eines der großen Tore gefahren kam. Es war hoch beladen mit Lebensmitteln, die vermutlich vom vor den Mauern der Stadt gelegenen Spitalhof geliefert wurden. Katharina sah mehrere Fässer, eine ganze Ladung Rüben, an denen noch das Kraut hing und vor sich hinwelkte, und zwei Rinderhälften, die auf sauberem Stroh lagen und auf ihre Verarbeitung in der Spitalküche warteten. Der Kopf des Rinds lag daneben, eine dicke, blaue Zunge lugte zwischen den Lippen hervor und erinnerte Katharina an den Anblick von Toten, an die sie lieber nicht denken wollte. Zu ihrer Erleichterung hatte der Bauer nicht auch noch Gänse geschlachtet. Den Anblick von herabhängenden Geflügelhälsen und weißen Federn hätte sie in diesem Moment nur schwerlich ertragen.

Sie ballte die Faust und schlug sich damit gegen die Stirn. Bevor die Gedanken in ihrem Kopf anfingen, sich in unguten Kreisen zu drehen, entschied sie sich dafür, einen flotten Schritt anzuschlagen. Sie wandte sich nach links und war drauf und dran, quer über die kleine Wiese zu laufen, die hier an die Heilig-Geist-Kapelle angrenzte. Doch dann entschied sie sich dafür, lieber einen Bogen um das Gras zu machen. Es stand voller grünglänzender, schleimiger Pilze, und Katharina kannte diese Sorte. Sie verursachten Flecken, die sie nie im Leben wieder aus ihren Schuhen herausbekommen würde.

Also umrundete sie die Wiese und auch die kleine Bank, die daneben stand und die Insassen des Spitals bei schönem Wetter zum Verweilen einlud.

Die Menschenmenge, die sich um das zusammengestürzte Gerüst versammelt hatte, hatte sich in der Zwischenzeit zerstreut. Nur einige Handwerker waren dabei, die Trümmer des Gerüstes zusammenzutragen und die geborstenen Streben säuberlich auf Haufen zu schichten.

2. Kapitel

Sie träumte. Sie war auf dem Weg zu einem wichtigen Treffen, das wusste sie mit der Träumen so oft eigenen Klarheit. Der Weg, den sie gehen musste, führte durch eine schmale Gasse, in der die Schatten hockten wie ein Rudel blutrünstiger Tiere. Sie wusste, dass die Zeit drängte, und sie hielt Ausschau nach einem Pfad, der nicht durch die Gasse führen würde, aber solange sie auch suchte, irgendwann begriff sie, dass sie keine Wahl hatte.

Langsam betrat sie die Gasse.

Die Finsternis schloss sich um sie, begleitete sie mit jedem zögernden Schritt. Behutsam setzte Katharina einen Fuß vor den anderen, ertastete sich ihren Weg über unebenes Pflaster, das sich unter ihren nackten Sohlen zu schmerzhaften Buckeln fügte. Ein eisiger Hauch strich über ihre Haut, und jetzt erst bemerkte sie, dass sie nackt war. Fröstelnd legte sie die Arme um sich, und dann …

… war das Gefühl da.

Angst. Nein, völlige Schutzlosigkeit. Etwas saß in den Schatten, das spürte sie überdeutlich. Es lauerte ihr auf, ein Tier vielleicht oder Schlimmeres. Sie glaubte, entferntes Weinen zu hören, so kindlich, so einsam und verloren, dass es ihr Innerstes in Eis verwandelte. Sie versuchte, die Dunkelheit mit Blicken zu durchdringen, doch alles, was sie erreichte, war, dass sich die Schatten enger um sie schlossen. Etwas griff aus der Finsternis nach ihr, sie glaubte, eine Berührung zu spüren, so sanft wie eine Vogel-, wie eine Schwanenfeder, die ihr über die Schulter strich.

Halb erstarrt vor Angst drehte sie sich um.

Und plötzlich war er da. Sie wurde in ein Paar Arme gezogen. Im ersten Moment wollte sie sich wehren, wollte um sich schlagen, doch dann waren auf einmal Lippen dicht an ihrer Schläfe. Sie spürte Atem durch die feinen Härchen streichen.

»Scht!«, hörte sie eine Stimme, so unendlich vertraut. Und sie schlug die Augen auf, sie hatte gar nicht gemerkt, dass sie sie zugekniffen hatte, aber als sie sie jetzt öffnete, da schaute sie in ein vertrautes Gesicht mit langen, hellbraunen Haaren und Augen, die dunkel und tief glänzten. »Scht«, flüsterte die Stimme erneut, und dann sagte sie: »Ich bin bei dir!«

»Richard!« Mit einem Schrei fuhr sie aus dem Traum auf.

Das Herz hämmerte in ihrer Brust, so laut, dass sie meinte, es müsse alle anderen Bewohner des Hauses aufwecken. Sie spürte, wie Schweiß ihr Nachtgewand durchtränkte. Eine Weile lang saß sie regungslos da, den Blick in die Dunkelheit ihres Zimmers gerichtet, die zu ihrer grenzenlosen Erleichterung nicht so undurchdringlich war wie die Finsternis in ihrem Traum.

»Richard …«, flüsterte sie und berührte die Stelle an ihrer Schläfe, wo seine Lippen sie gestreift hatten. Ihr Herzschlag verlangsamte sich, dafür zog es ihr nun den Brustkorb zusammen vor Sehnsucht. Zu Anfang war der Schmerz des Verlustes scharf und unerträglich gewesen, wenn sie nur an Richard gedacht hatte. Dann, eine Zeitlang, war es ihr gelungen, die Sehnsucht nach ihm zu verdrängen. Und mit den Monaten, die vergingen, nachdem er Nürnberg verlassen hatte, war diese Sehnsucht dumpfer Resignation gewichen, die aus dem Wissen resultierte, dass sie den Mann, den sie liebte, für immer verloren hatte. Doch seit kurzem, seit diese unheimlichen Bilder sie nachts quälten, war Richard zurückgekehrt, wenn auch nur im Traum. Sie hatte ihrer Mutter nichts von ihm erzählt. Zwar hatte sie von ihren Alpträumen gesprochen, von der Gasse und von den Schatten. Auch dass sie im Traum nackt war, hatte sie erwähnt, Richard hingegen nicht.

Und doch, das spürte sie, schien Spindler es geahnt zu haben.

Zögernd wandte Katharina den Kopf. Ein wenig Mondlicht fiel durch das Fenster, dessen Läden sie beim Zubettgehen nicht schloss, und zeichnete die Umrisse der wenigen Möbel silbrig nach. Auf dem Nachtkästchen neben dem Bett lag das Buch, das der Priester ihr gegeben hatte. Katharina streckte die Hand danach aus und schlug den Deckel auf.

Speculum virginum. Die steile Schrift sah in dem schwachen Licht aus wie mit Blut gemalt.

Katharina schüttelte den Kopf und vertrieb alle morbiden Gedanken aus ihrem Hirn. Energisch schlug sie den Buchdeckel wieder zu und schloss die Augen. Die Dunkelheit der Nacht verdichtete sich in ihrem Herzen, und um nicht an ihrer Sehnsucht zu ersticken, richtete Katharina ihre Aufmerksamkeit auf ihren Atem. Ein greller Lichtreflex tanzte über die Innenseite ihrer Lider, ein leuchtendes Rot, das wie ein Glühwürmchen umherhuschte, verging und erneut auftauchte.

Dankbar, an etwas anderes als an Richard denken zu können, betrachtete Katharina dieses Mysterium. Wie konnte es sein, dass ihr Auge ihr Helligkeit vorgaukelte, wo es gar keine gab? Kam nicht das Sehen von den Strahlen, die das Auge aussendete und mit dem es die Umgebung abtastete, so wie ein Blinder seinen Weg mit dem Stock ertastet?

Katharina kniff die Lider fest zusammen. Das seltsame Leuchten verstärkte sich, als habe das Glühwürmchen Nachkommen gezeugt, die nun nach allen Seiten ausschwärmten.

Katharina wollte dieses Phänomen festhalten, es ausgiebiger studieren, doch als sie sich auf die Lichtfunken konzentrierte, waren sie plötzlich fort. Katharina unterdrückte ein Seufzen. Statt auf ihre Augen konzentrierte sie sich nun auf ihren Pulsschlag. Wie ein kleines Tier in seinem Käfig zitterte und bebte ihr Herz, und sie wusste, dass dies noch immer eine Nachwirkung ihres Traumes war. Ein dumpfer, krampfartiger Druck saß in ihrem Unterleib. *Richards Atem an ihrer Schläfe.* Der Krampf verstärkte sich kurz, verging dann jedoch und machte etwas anderem Platz. Einem Gefühl von Wärme, bei dem sie sich rasch bekreuzigte.

Sie öffnete die Augen, starrte auf das Buch und nahm es zur Hand. *Jungfrauenspiegel.* Am Abend zuvor, nachdem sie aus Heilig-Geist in ihr eigenes Haus zurückgekehrt war, hatte sie es zunächst auf ihr Nachtkästchen gelegt und dann, kurz bevor sie sich zur Nacht fertig gemacht hatte, hatte sie darin gelesen.

Wieder glaubte Katharina Richards Lippen an ihren Schläfen zu spüren. Spindler hatte es geahnt …

Sie dachte noch darüber nach, wie das sein konnte, als es an ihrer Kammertür klopfte.

»Katharina?« Die angespannte Stimme einer älteren Frau ertönte.

»Komm rein!«, rief Katharina und ließ das Büchlein in den Schoß sinken.

Die Tür öffnete sich, und eine Frau von ungefähr fünfzig Jahren streckte den Kopf ins Zimmer. Sie hatte lange, ergraute Haare, die sie auf sehr mädchenhafte Weise zu zwei Zöpfen geflochten trug, und wache graue Augen, unter deren Blick Katharina sich vorkam wie eine Klosterschülerin vor der Mutter Oberin. Der Name der Frau war Hiltrud. Sie bewohnte eine der anderen Kammern im Obergeschoss des Hauses, das Katharina von ihrem Mann geerbt hatte. »Brunhild geht es immer noch nicht besser«, sagte Hiltrud. »Kannst du mal eben gucken kommen?« Um ihren Mund hatten sich tiefe Sorgenfalten eingegraben, und im Licht der Talglampe, die sie in der Hand hielt, konnte Katharina den feinen weißen Flaum auf ihren Wangen schimmern sehen.

»Natürlich.« Katharina legte das Büchlein auf ihr Nachtkästchen und stand auf. Einen Moment überlegte sie, ob sie sich etwas überziehen sollte, aber Brunhilds Zimmer lag dem ihren direkt gegenüber. Für die wenigen Schritte über den Flur, beschloss sie, würde ihr weißes Nachthemd ausreichen.

Hiltrud war bereits auf dem Weg zurück zu der kranken Brunhild. Sie humpelte heute wieder stärker, bemerkte Katharina beiläufig, während sie nach ihrem eigenen Licht griff und der älteren Frau folgte. Hiltrud litt an einer seltsamen Form der Gicht, die nur ihre Kniegelenke anzugreifen schien. Seit Monaten schon versuchte Katharina, ein Heilmittel für sie zu finden, aber bisher war es ihr nicht gelungen. Ob Spindler das gleiche Leiden plagte? Katharina dachte an die Art und Weise, wie der Priester in der Kapelle auf sie zugehumpelt war. Nein, offenbar saß bei ihm der Schmerz in der Hüfte.

Sie unterdrückte ein Seufzen. Es gab so viele Menschen, denen sie nicht helfen konnte!

Brunhild schien einer davon.

Ihre Kammer war erfüllt von stickiger, übelriechender Luft. Katharina verzog das Gesicht. Es roch nach Fäkalien und nach Erbrochenem, vor allem aber nach Verzweiflung. Seit zwei Tagen schon litt die Frau unter einem rätselhaften Brechdurchfall, der ihr langsam auch die letzten Kräfte raubte. Gegen ihn schienen alle Heilkräfte Katharinas völlig wirkungslos.

Langsam näherte Katharina sich dem Bett.

»Öffne das Fenster!«, befahl sie Hiltrud, während sie selbst sich auf der Kante der dünnen Matratze niedersinken ließ. Brunhild sah sehr viel älter aus als Hiltrud, aber Katharina wusste, dass dieser Eindruck trog. Auch Brunhild war um die fünfzig. Es war die Krankheit, die ihre Haut pergamentartig machte. Die Krankheit war schuld daran, dass sich die Adern dick und bläulich an ihrem Hals und auch auf ihren Handrücken abzeichneten. Und die Krankheit sorgte dafür, dass das weiße Haar der Frau stumpf und glanzlos wirkte. Und schütter vor kaltem Schweiß.

Eine flache Schüssel stand auf dem Boden neben Brunhilds Bett, bereit, sofort zum Einsatz zu kommen, sollte die Kranke sich wieder übergeben müssen.

Hiltrud stieß die beiden Fensterläden weit auf, dann drehte sie sich um und bemerkte, dass Katharina einen Blick in die Schüssel warf. »In den letzten Stunden ist außer bräunlich-schmierigem Schaum kaum noch etwas gekommen«, sagte sie leise. Der kalte Nachtwind wehte die Vorhänge ins Zimmer. Katharina fröstelte in ihrem dünnen Nachthemd. Von draußen drangen die Geräusche der Nacht herein, das ferne Schlagen einer Glocke, Schritte in den nächtlichen Gassen. Eine Stimme, die nach jemandem namens Johannes rief. Zwei Katzen, die sich in einem Hinterhof lautstark fauchend bekämpften.

All diese Geräusche bedrückten Katharina. Es kam ihr vor, als sei das Leben draußen vor den Mauern ihres Hauses geblieben, während sich hier drinnen der Tod mit seiner stillen, gleichgültigen Art breitgemacht hatte. Sie ertappte sich dabei, dass sie sich in der Kammer umsah, doch sie konnte seine hagere schwarze Gestalt nirgendwo stehen sehen.

Die Haare im Genick richteten sich ihr auf, und unwillkürlich rieb sie sich mit einer Hand den Nacken, während sie mit der anderen vorsichtig nach Brunhilds Fingern griff. Erschrocken ließ sie den Arm sinken. Brunhilds Haut war heiß. Heiß und fiebertrocken. Der Atem der kranken Frau ging regelmäßig, aber es gab große Pausen vor jedem Einatmen, die Katharina Sorgen machten. Sie legte Brunhild die Hand auf die Stirn. Schweiß netzte ihre Fingerspitzen. Sie hatte sich nicht getäuscht. Das Fieber war zurück. »Hast du ihr von der Brühe zu trinken gegeben?«, fragte sie, ohne Brunhild aus den Augen zu lassen.

»Ja.« Hiltrud stand noch immer an dem geöffneten Fenster. Sie wirkte froh über jeden Hauch frischer Luft, und Katharina konnte ihr das nicht verdenken. Hiltrud hatte große Teile des vergangenen Tages hier in dieser Kammer gesessen und Wache gehalten, genau, wie es in diesem Haus üblich war. Hier kümmerten die weniger Kranken sich um die Schwerkranken, und dafür konnten sie hoffen, später selbst einmal Hilfe zu erhalten, wenn es ihnen schlechtgehen sollte.

Nun wandte Katharina den Kopf und sah Hiltrud fragend an.

Die zuckte die Achseln. »Sie hat alles wieder von sich gegeben.«

Katharina nickte langsam. Das hatte sie befürchtet. Sie konnte nur Vermutungen anstellen, worunter Brunhild litt, und all ihr Können, all das medizinische Wissen, das sie von ihrem verstorbenen Mann gelernt hatte, halfen in diesem Fall nicht weiter. Auch wenn sie ihn nicht sehen konnte: Katharina wusste, dass der Tod bereits hier bei ihnen im Zimmer weilte. Sie würde ihn nur noch Stunden in Schach halten können.

Sie schluckte schwer und wandte sich wieder der dahinsiechenden Frau zu. »Brunhild?«

Sie erwartete nicht, eine Antwort zu bekommen, doch zu ihrer Überraschung öffnete Brunhild die Augen. Ihr Blick war erstaunlich klar. »Warum hast du geschrien?« Sie sprach so leise, dass Katharina glaubte, sie müsse sich verhört haben.

»Was meinst du?«, rutschte es ihr heraus.

Brunhilds trockene Lippen verzogen sich zu einem schwachen Lächeln. »Du musst mir nichts vormachen«, sagte sie. »Ich mag im Sterben liegen, aber ich bin nicht taub! Eben, kurz bevor ich Hiltrud gebeten habe, dich zu holen, hast du geschrien.«

Hinter Katharinas Rücken machte Hiltrud ein undefinierbares Geräusch. Katharina vermutete, dass sie in diesem Moment erst begriffen hatte, warum sie tatsächlich zu Katharina geschickt worden war: nicht, um sie zur Hilfe zu holen, sondern um die nächtlichen Alpträume zu verjagen.

Katharina spürte, wie ihr angesichts der Zuneigung, die diese todkranke Frau für sie empfand, die Kehle eng wurde. »Du musst dich nicht um mich sorgen«, murmelte sie.

»Du hast wieder schlecht geträumt, nicht wahr?« Brunhild tastete auf der Bettdecke nach Katharinas Hand. Katharina kam ihr entgegen, und mit erstaunlicher Kraft klammerten sich die heißen Finger Brunhilds um ihre eigenen. Katharina kannte die Zeichen. Oftmals durchlebte ein dem Tode geweihter Patient, kurz bevor es zu Ende ging, noch einmal eine Phase der vorgeblichen Besserung. Bei Brunhild schien diese Phase nun gekommen zu sein.

»Nun ... ja«, gab Katharina zu. Im Gegensatz zu ihrer Mutter hatte sie Brunhild nicht nur von der Gasse und den Schatten erzählt, die in ihren Träumen auftauchten, sondern auch von Richard und seiner sanften Berührung.

»Hast du wieder R ...«, setzte Brunhild nun an, doch Katharina unterbrach sie mitten im Wort.

»Bitte!«, sagte sie. Nur mit den Augen deutete sie in Hiltruds Richtung.

Brunhild sah es und verstand, dass Katharina nicht in Gegenwart der anderen Frau über ihre Träume sprechen wollte. Sie lächelte schwach. Dann schweifte ihr Blick zu der Frau am Fenster. »Willst du dich nicht ein wenig ausruhen?«, fragte sie. »Du hast so viele Stunden bei mir gesessen. Du solltest ein bisschen Schlaf nachholen.«

Hiltrud blinzelte mehrmals kurz nacheinander. Katharina konnte förmlich mit ansehen, wie sich hinter ihrer Stirn die Überzeugung festigte, dass sie fortgeschickt wurde, um das folgende Gespräch nicht mitanhören zu können. Doch offenbar siegte ihre Müdigkeit über die Neugier. Sie nickte knapp. »Danke. Ja.« Mit diesen zwei Worten verschwand sie und schloss die Kammertür hinter sich.

»Die ist beleidigt«, murmelte Brunhild. Sie klang nicht im Geringsten betroffen.

Katharina fürchtete, dass sie morgen unter Hiltruds schlechter Laune zu leiden haben würde, aber das war ihr im Moment gleichgültig. Sie blickte Brunhild ins Gesicht. »Ja«, sagte sie leise.

Brunhild schaute fragend.

»Ich meine: Ja, ich habe wieder von Richard geträumt.«

Brunhild senkte den Kopf. »Ach, Kindchen!«, murmelte sie und tätschelte Katharinas Hände.

Katharina spürte, wie sich Tränen hinter ihren Lidern zusammendrängten. Sie zwinkerte sie fort.

Brunhild machte einen Versuch, sich etwas aufrechter hinzusetzen. Ihr Gesicht war blass, tiefe Schatten lagen unter ihren Augen, und Katharina wusste, dass es von dem Flüssigkeitsverlust kam. Die Anstrengung der Bewegung führte dazu, dass Brunhild würgen musste. Rasch nahm Katharina die Schüssel und hielt sie ihr hin, doch es kam kaum etwas außer etwas rostrotem Schaum.

Brunhild blickte darauf, schwieg jedoch dazu.

Katharina stellte die Schüssel wieder auf den Boden. Sie dachte an das Buch auf ihrem Nachtkästchen. Als sie sich wieder aufrichtete, erzählte sie Brunhild davon.

»Der Jungfrauenspiegel?« Die ältere Frau lachte leise, was dazu führte, dass sie erst husten und dann erneut würgen musste. Diesmal jedoch hielt sie Katharina davon ab, die Schüssel hochzunehmen. »Da kommt nichts mehr«, sagte sie, als ihr geschundener Körper sich wieder beruhigt hatte. Ihre Augen glänzten ungesund.

Katharina schüttelte den Kopf. »Nicht der ganze Jungfrauenspiegel. Dr. Spindler hat mir die Stellen abgeschrieben, die sich mit dem Leben von Witwen befassen.«

Brunhild verzog anerkennend das Gesicht. »Viel Arbeit. Er scheint dich sehr zu schätzen.«

Katharina nickte. Das tat der Priester wohl tatsächlich. Katharina war einer der wenigen Menschen, die er nicht mit dem vertraulichen Du anredete.

»Hast du in das Buch schon hineingeschaut?«, fragte Brunhild.

»Ja. Offenbar kennst du es auch.«

Darauf antwortete Brunhild nicht. Stattdessen fragte sie: »Dieser Richard. Wie hieß er noch gleich weiter?«

»Richard Sterner.« Es zerriss Katharina fast das Herz, den Namen auszusprechen.

»Richard Sterner. Genau. Du liebst ihn?«

Diesmal nickte Katharina nicht. Es war nicht nötig, Brunhild kannte die Antwort auf ihre Frage.

Ja.

»Und er liebt dich auch.«

Ja.

»Aber er ist fortgegangen«, sagte Brunhild. Sie wollte etwas nachschieben, aber Katharina hielt sie davon ab, indem sie warnend die Hand hob. Seit sie Brunhild von ihm erzählt hatte, wollte die ältere Frau wissen, warum er sie verlassen hatte. Doch Katharina konnte sich nicht damit befassen. Herrgott, sie konnte ja nicht einmal an ihn denken, weil es einfach zu sehr schmerzte. »Ja«, sagte sie darum möglichst kurz angebunden. »Er ist fort. Und das ist gut so! Denn wenn er da wäre, wäre es mir erst recht unmöglich, die Regeln zu befolgen.«

Bei der Erwähnung des Wortes »Regeln« hob Brunhild fragend die Augenbrauen.

»Die Regeln für ein gottgefälliges Leben«, präzisierte Katharina.

»Ah! Das Buch!« Die alte Frau schüttelte missbilligend den Kopf. *»Als Witwe sei vorsichtig wie Judith, keusch wie die heilige Anna und mildtätig und geduldig wie Elisabeth von Thüringen!«* Sie schnaubte mit einer Kraft, die Katharina überraschte. Der Disput weckte ihre bereits halberloschenen Lebensgeister, aber er würde sie Kraft kosten. Lange würde der Tod nicht mehr warten müssen.

Katharina verdrängte alle Gedanken an den Tod und konzentrierte sich stattdessen auf das, was Brunhild eben gesagt hatte. Sie zwang sich zu einem Lächeln. »Ich hätte wissen sollen, dass du den Jungfrauenspiegel selbst gelesen hast.«

Brunhild schnaubte erneut. »Er ist das wichtigste Werk, wenn es um Erbauungsliteratur für Frauen geht. Sag bloß, das wusstest du nicht!«

»Ich habe es mir gedacht.« Sanft entzog Katharina der Älteren ihre Finger, denn langsam begann die Art, wie sich deren Nägel in ihr Fleisch bohrten, zu schmerzen.

Brunhild hob einen Arm und machte eine Geste, die das gesamte Gebäude zu umfassen schien. »So wie es für mich aussieht, befolgst du die darin enthaltenen Regeln Wort für Wort.« Diesmal war sie es, die Katharina vom Reden abhielt, indem sie die Hand hob. »Unterbrich mich nicht!« Dann begann sie, an den Fingern abzuzählen: »Du hast das Vermögen, das Egbert dir hinterlassen hat, für mildtätige Zwecke eingesetzt, indem du sein Haus zu einem Heim für mittellose gemütskranke Frauen umgewandelt hast. Du schuftest dich krumm, um eben diesen Frauen ihr Leiden zu lindern, und dazu nutzt du das Wissen, das du dir im Laufe deines Lebens erworben hast. Du bist geduldig und mildtätig bis zum Erbrechen.« Sie verzog das Gesicht bei dem letzten Wort. »Zugegeben, über deine Frömmigkeit könnten wir streiten. Aber du hast nicht wieder geheiratet.«

Im Stillen vollzog Katharina die einzelnen Punkte nach. Armut. Demut. Hilfsbereitschaft. Mildtätigkeit. Sie brauchte keinen Jungfrauenspiegel, um diese Dinge zu wissen. Frömmigkeit. Sie unterdrückte ein resigniertes Seufzen. *Keuschheit.* Sie spürte, wie sie rot wurde, denn wieder musste sie an Richards Lippen auf ihrer Haut denken.

»Aber zählen diese Punkte, wenn auch nur einer davon nicht eingehalten ist?«, murmelte sie und hoffte, Brunhild würde die Frage auf die Frömmigkeit beziehen und nicht auf die Keuschheit, an die Katharina eigentlich dachte.

Doch so leicht täuschte sie die ältere Frau nicht. »Als ich eine junge Witwe wurde«, erzählte sie, »da gab es einen Priester, der mir ganz ähnliche Ratschläge gegeben hat wie Spindler dir.« Sie schloss die Augen und murmelte: *»Du bist noch jung, und du willst dich üben in des Fleisches Begier. Stattdessen aber bereite in dir Christus mit seinem himmlischen Vater und dem Heiligen Geist eine Wohnung. Dann werden die Worte des Lebens in dich kommen, und aus denen wird deine Seele erfreut sein, und sie wird gesunden ... Darum sollst du den Mann nicht mit goldenen Gürteln, engen Schuhen, langen Ärmeln oder seidenen Tüchern reizen. Geh stattdessen mit Schleier und schlechten Kleidern und Schuhen vor die Tür.«*

Katharina schluckte, dann rezitierte sie selbst: *»Paulus spricht von den Witwen, die in Wollust leben: Sie sind tot in der Seele.«*

Brunhild öffnete die Augen wieder. »Genau.«

Eine Weile lang schwiegen sie beide, und es wurde sehr still im Zimmer. Von draußen waren jetzt keinerlei Geräusche mehr zu vernehmen bis auf das Wispern des Windes, der noch immer die Vorhänge an dem offenen Fenster bewegte. Die Nacht war inzwischen weit fortgeschritten. Die herrschende Kälte breitete sich bis in Katharinas Knochen aus.

»Sieh dich an«, sagte Brunhild endlich. »Ich meine, sieh dich an, wenn du nicht gerade ein Nachtgewand trägst. Keine goldenen Gürtel, keine engen Schuhe und langen Ärmel. Ich weiß nicht, warum du dich für so eine unwürdige Witwe hältst.«

Vielleicht, weil ich mich unwürdig fühle, seit ich ein Kind bin, fuhr es Katharina durch den Kopf, aber sie sprach es nicht aus.

»Diese Träume ...« Brunhild holte seufzend Luft. Die Schatten unter ihren Augen waren jetzt noch dunkler als zuvor, und Katharina wusste, dass sie die alte Frau über Gebühr strapazierte. »Dein Ehemann ist seit Monaten tot. Ich weiß übrigens gar nicht, wie er starb, das musst du mir bei Gelegenheit einmal erzählen, ja?« Sie wartete nicht, bis Katharina genickt hatte, sondern fuhr fort: »Diese Träume werden vergehen, glaub mir! Ich weiß, wovon ich rede!«

Katharina tat so, als glaube sie ihr, auch wenn ihr genau das schwerfiel.

Bei Gelegenheit musst du mir einmal erzählen, wie dein Mann gestorben ist.

Diese Worte hallten in Katharina nach, und in diesem Moment war sie froh darüber, dass der Tod sie einer Antwort entheben würde. Sie wollte einfach nicht mehr an Egbert denken – und schon gar nicht an seinen gewaltsamen Tod vor nunmehr fast zwei Jahren.

Ein eisiger Windhauch wehte durch das offene Fenster und ließ die Flamme des Talglichtes flackern.

Katharina schauderte, und der Grund dafür war nicht die Kälte. Um nicht doch noch auf Brunhilds letzte Worte antworten zu müssen, sagte sie: »Ich glaube, ich werde dir noch einmal eine Medizin gegen den Durchfall machen.« Sie erhob sich. Für einen Moment stand sie regungslos da und blickte auf die abgemagerte Frau herab.

Draußen war es stockdunkel, aber jetzt drang der Klang der Nachtglocke herein.

Noch zwei Stunden bis Sonnenaufgang.

Katharina wusste, dass sie nach dem Gespräch mit Brunhild nicht mehr würde schlafen können, und so war die Herstellung der Durchfallmedizin eine willkommene Aufgabe, die sie vom Grübeln abhalten würde. Sie schritt die Treppe nach unten und ging in einen kleinen Raum neben der Küche, der früher als Abstellkammer gedient hatte, den sie jetzt aber etwas großspurig ihre *Apotheke* nannte. Hier bewahrte sie auf zwei hohen Regalen all jene Heilkräuter und Tinkturen auf, die sich in Dosen oder Schachteln verpacken ließen. Von der Decke hingen große Bündel getrockneter Kräuter.

Zwischen den beiden Regalen, die den fensterlosen Raum flankierten, stand ein hoher Tisch, an dem Katharina ihre Arzneien herstellte. Hier gab es neben mehreren Mörsern unterschiedlicher Größe metallene Löffel und eine kleine Balkenwaage, mit deren Hilfe sich geringe Mengen der verschiedenen Inhaltsstoffe abwiegen ließen. Die dazugehörigen Gewichte befanden sich in einer hölzernen, mit dunklem Samt ausgeschlagenen Schachtel. Zwei flache, fliesenartige Steine mit Vertiefungen in der Mitte, die sich zum Zerreiben von Inhaltsstoffen zu besonders feinen Pulvern eigneten, lagen in der Mitte der Tischplatte. In einem der Regale standen drei Bücher, eines, auf dessen Rücken handschriftlich *Opera Omnia. Medicina* geschrieben stand: Gesammelte Werke der Medizin. Dann eines von einem arabischen Autor namens Ibn an-Nafis, in dem es angeblich um den menschlichen Blutkreislauf ging. Katharina konnte es nicht lesen, denn es war in arabischer Schrift geschrieben. Die beiden Bücher hatte sie von ihrem verstorbenen Mann geerbt – ebenso wie das Haus und einen ordentlichen Batzen Geld.

Das dritte Buch enthielt medizinische Anweisungen einer heilmächtigen Nonne namens Hildegard. Nach diesem wollte Katharina gerade greifen, als ihr Blick auf die Mappe fiel, die direkt daneben stand. Jäh zog sich ihr Herz schmerzhaft zusammen. Sie zögerte, doch dann gab sie dem Impuls nach, nahm die Mappe hervor und schlug sie auf. Sie enthielt mehrere großformatige Zeichnungen des menschlichen Körpers. Das oberste Blatt zeigte eine menschliche Hand mit weit gespreizten Fingern, die jemand mit wenigen schwarzen Kohlestrichen und roter Kreide skizziert hatte. Schlagartig wanderten ihre Gedanken zurück zu einem Tag vor fast einem Jahr. Damals hatte Richard diese Mappe in Händen gehalten, in seinem Haus in der Tuchgasse kurz bevor er fortgegangen war. Die roten und schwarzen Striche der Zeichnung hatten im Licht einer Kerze geleuchtet.

»Nimmst du sie mit?«, hatte Katharina gefragt. Ihre Stimme klang flach und heiser. Tränen verstopften ihre Kehle.

Er zögerte. Nickte. Dann klappte er die Mappe zu. Rührte sich nicht. »Möchtest du sie behalten?«, fragte er. Er ließ den Kopf hängen, als Katharina flüsterte: »Ich möchte nicht, dass du gehst!«

Von unten her blickte er sie an. Als er sprach, zitterte seine Stimme. »Bitte mich, zu bleiben!«

Sie war nahe dran, es zu tun, doch sie vermochte es nicht. Zu viele Dinge waren geschehen, standen zwischen ihnen. Sie schwieg.

Da hob er den Kopf mit einem Ruck. In seinen Augen stand wieder dieser brennende, leidende Ausdruck, den sie so sehr fürchtete, weil er ihr zeigte, dass Richard ähnliche Dämonen in sich trug wie sie selbst. Ihre Blicke begegneten sich, und Katharina spürte, wie der Boden unter ihren Füßen zu schwanken begann.

Forschend schaute Richard sie an, bereit, all seine Reisepläne über den Haufen zu werfen, wenn sie nur ein einziges Wort aussprach. Alles, was sie tun musste, war, ja zu sagen.

Sie schluckte.

»Du kannst mir nicht verzeihen«, sagte er leise.

Ein Jahr zuvor hatte er im Kampf ihren Ehemann Egbert getötet.

»Du wirst es niemals können.« Er blickte auf die Mappe, dann reichte er sie Katharina. Sie presste sie gegen ihren Leib wie einen Schutzschild und sah zu, wie Richard sich zu der Tasche hinunterbückte, die neben seinen Füßen stand. Eine Weile kramte er ziellos darin herum. Katharina konnte seine Miene nicht erkennen, denn die langen, lockigen Haare verbargen seine Züge. Die Mappe in ihren Händen wog Tonnen. Richard griff nach der Tasche. Sie war schwer, das sah Katharina an der Art, wie sich die Muskeln an seinem Unterarm spannten.

»Richard!«

Mehr brauchte er nicht. Die Tasche fiel zurück auf den Boden. Mit zwei langen Schritten war er bei Katharina. Sie hatte gerade noch Zeit, die Mappe auf den Tisch hinter sich zu legen, da umfasste er bereits ihr Gesicht mit beiden Händen und küsste sie. Er küsste sie mit solch verzweifelter Innigkeit, dass Katharina die Luft wegblieb. Sie schloss die Augen, schlang ihre Arme um seinen Rücken, zog ihn an sich. Als sich ihre Fingernägel in sein Fleisch bohrten, ließ er von ihr ab und zog Luft durch die Zähne.

Noch immer forschend begegnete er ihrem Blick.

Und erkannte, dass sein Kuss nichts bewirkt hatte. Er wollte zurücktreten, aber Katharina ließ ihn nicht. Mit aller Kraft, die sie aufbringen konnte, hielt sie ihn fest. »Lass mir Zeit!«, bat sie.

Er schüttelte den Kopf.

Da ließ sie ihn los.

»Ich habe ein langes Jahr gewartet«, murmelte er und senkte den Kopf, so dass die Haare wieder vor seine Augen rutschten. »Ich kann nicht mehr.«

Um etwas zu haben, mit dem sie ihre Hände beschäftigen konnte, griff Katharina nach der Mappe. Ein einzelnes Blatt fiel heraus, segelte zu Boden.

Richard sah zu, wie es auf den blanken Dielen landete, dann griff er erneut nach der Tasche. »Es tut mir leid, Katharina.«

Und mit diesen Worten war er damals gegangen. Katharina hatte keine Ahnung, wohin, doch sie vermutete, dass er sich auf seine

Ländereien in der Toskana zurückgezogen hatte, jedenfalls hatte er Nürnberg noch am selben Tag verlassen.

Sie stellte die Mappe an ihren Platz zurück. Dann wandte sie sich ihrem Arbeitstisch zu, stützte die Ellenbogen darauf ab und verbarg das Gesicht in beiden Händen. Die Talglichter flackerten sachte, und Katharina konnte das leise Zischen hören, als eines von ihnen erlosch.

Fast ein Jahr war Richard Sterner nun fort.

Und wie so vieles andere war das allein ihre Schuld.

Ob sie ihn jemals in ihrem Leben noch einmal wiedersehen würde?

3. Kapitel

Richard Sterner wusste, dass Nürnberg nur noch wenige Wegstunden entfernt war, und die Ungeduld, es nach fast einem Jahr endlich wieder zu betreten, brannte in ihm. Dennoch zügelte er sein Pferd und hielt es auf einer Hügelkuppe an. Die Sonne stand tief im Westen, und obwohl sie den ganzen Tag über pausenlos auf ihn niedergeschienen hatte, fröstelte er jetzt in der kühlen Oktoberluft. Sein Pferd senkte den Kopf zu Boden und begann Gras zu fressen. Richard ließ es gewähren, auch wenn er wusste, dass er die Trense später mühsam von dem grünlichen Schleim würde befreien müssen, zu dem das Tier seine Mahlzeit verarbeitete.

Richard hob die Hand über die Augen, um seinen Blick zu beschatten. Er hatte gehofft, die Stadt noch vor Einbruch der Dunkelheit zu erreichen, aber so wie es aussah, war er allzu zuversichtlich gewesen. Sein Rücken schmerzte von den langen Ritten der letzten zwei Wochen, und in seinen Eingeweiden wühlte nagender Hunger. Besser, er suchte sich noch einmal eine Übernachtungsmöglichkeit. Er war fast ein Jahr fort von Katharina gewesen, da kam es auf eine weitere Nacht nun auch nicht mehr an.

Er unterdrückte ein Seufzen und schob jeden Gedanken an Katharina so weit wie möglich von sich. In dem Dorf, durch das er gegen Mittag gekommen war, hatte man ihm erzählt, dass es ungefähr auf der Hälfte der Strecke zwischen Schwabach und Nürnberg an einer Weggabelung ein Gasthaus gab. Wenn ihn sein Orientierungssinn nicht trog, dann musste es sich irgendwo direkt vor ihm befinden.

Einem zweiten Seufzer, der in seiner Kehle aufstieg, gestattete er den Weg über seine Lippen, dann schnalzte er leise mit der Zunge. Sofort hob sein Pferd den Kopf und drehte die Ohren zu ihm nach hinten. »Bald haben wir es geschafft«, murmelte er, tätschelte den glatten, rotbraunen Hals des Tieres und nahm dann die Zügel wieder auf.

Keine Viertelstunde später – die Sonne berührte schon die Spitzen der Bäume im Westen – tauchte das Gasthaus vor Richard auf. Es war ein stark befestigtes Gehöft mit einer doppelt mannshohen, weiß gekalkten Mauer und einem steil aufragenden Dach, aus dessen Schornstein Rauch senkrecht in die Höhe stieg. Rechterhand befand sich ein breites Tor, durch das Fuhrwerke in einen Innenhof fahren konnten. Linkerhand führte eine Tür direkt ins Haupthaus. Während die Tür verschlossen war, stand das Tor einladend offen, so dass Richard sein Pferd dorthin lenkte. Im Innenhof beschattete eine alte Linde Mauer und Dach mit ihren ausladenden Ästen und verteilte ihre herbstgoldenen Blätter in weitem Umkreis um Haus und Ställe. Eine junge Frau lehnte an einem Brunnen und unterhielt sich mit einem älteren Mann, der trotz der herbstlichen Kühle die Ärmel bis über die Ellenbogen hochgekrempelt hatte.

Als Richard in den Hof einritt, unterbrachen die beiden ihr Gespräch.

»Vater!«, rief die junge Frau über die Schulter ins Innere des Haupthauses. »Ich glaube, wir haben einen neuen Gast!«

Der hemdsärmlige Mann trat schweigend einen Schritt vor. Er musterte Richard und vor allem das Schwert an seinem Sattel aufmerksam, bevor er nach den Zügeln des Pferdes griff und das Tier ruhig hielt, so dass sein Reiter absteigen konnte.

Richard wusste, was der Mann sah: einen hochgewachsenen, von der südlichen Sonne braungebrannten Kerl, der von dem langen Ritt aus der Toskana bis hierher hager geworden war. Höflich nahm er seinen schwarzen, befiederten Hut ab, damit der Mann ihm besser ins Gesicht schauen konnte. Er war froh, dass er sich in einem Anfall von Veränderungswillen in Regensburg die Haare, die ihm früher lang und wellig bis auf die Brust gefallen waren, kurzgeschnitten und den rötlichen Vollbart abrasiert hatte. Er wirkte einfach gepflegter so, weniger wie ein Strauchdieb, als der er sich manchmal fühlte.

Dem hemdsärmeligen Mann schien zu gefallen, was er sah. »Willkommen in diesem Haus!«, grüßte er. »Braucht Ihr ein Zimmer oder nur etwas zu essen?«

Während er das fragte, kam ein zweiter Mann aus dem Haus geeilt, der dem Hemdsärmeligen stark ähnelte. Er machte eine Verbeugung vor Richard, dann winkte er den anderen fort, als sei er eine lästige Fliege.

»Braucht Ihr ein Zimmer oder wünscht Ihr nur etwas zu essen?«, fragte er in fast demselben Tonfall, den der Hemdsärmelige kurz zuvor angeschlagen hatte.

Richard lächelte den Mann an. »Beides, wenn Ihr habt.«

»Natürlich!« Der Mann, der ganz offensichtlich der Wirt war, wies in Richtung Eingangstür. »Tretet doch ein! Giesela, meine Tochter, wird Euch sofort etwas zu essen bringen.« Mit einem raschen Blick zu der jungen Frau scheuchte er diese los, seinen Worten Taten folgen zu lassen.

Die junge Frau, die seit seinem Eintreten durch das Hoftor den Blick nicht von Richard hatte abwenden können, nickte eilig. Dann huschte sie davon, wobei sie über die Schwelle stolperte, als sie das Haus betrat.

Der Wirt sah es und schüttelte missbilligend den Kopf. »Dummes Ding!«, murmelte er. »Mein Name ist Johann Reuther«, stellte er sich dann vor. »Mir gehört dieses Anwesen hier, und ich freue mich, Euch willkommen heißen zu dürfen.« Mit weit ausgebreiteten Armen geleitete er Richard zur Tür hinein, einen kurzen, breiten Gang entlang und durch eine weitere Tür in eine Gaststube, in der fünf Tische vor einem ausladenden, jedoch leeren Kamin standen. Die Luft in der Stube roch ein wenig nach altem Holzrauch, ein Aroma, das in Richard die Sehnsucht nach Zuhause weckte.

Nur einer der Tische war besetzt – von einem dünnen, ältlichen Mann in der weißen Kutte der Dominikanermönche, der in die Lektüre eines dicken Buches versunken war und dabei mit den Haaren an seiner rechten Schläfe spielte. Obwohl es drinnen nicht übermäßig kalt war, hatte er seine schwarze Kukulle nicht abgelegt. Ihre Kapuze lag auf seinem Rücken. Die Haare, die er sich um den Zeigefinger wickelte, wirkten eigenartig kräuselig, während sie auf der anderen Seite seines Kopfes glatt und gepflegt über die Ohren hingen.

Als Richard an seinem Tisch vorbeikam, schaute der Mönch von seiner Lektüre auf. Sie nickten sich schweigend zu, und Richard sah, dass der Mann wasserblaue, kühl wirkende Augen hatte.

Der Wirt betrachtete den Mönch kurz, runzelte die Stirn, widmete sich aber sogleich wieder seinem neuen Gast. »Setzt Euch!«, bat er. »Für Euer Pferd sorgt mein Bruder, seid ohne Sorge, er ist ein Nichtsnutz, aber er hat eine gute Hand für Pferde.« Er verschwand hinter dem Tresen und machte sich daran, einen Krug mit irgendeiner

Flüssigkeit zu füllen, die sich in einem halbhohen Fass an der Rückwand der Schankstube befand. »Seid Ihr auf dem Weg nach Nürnberg oder kommt Ihr gerade von dort?«

Richard stand noch einen Moment unschlüssig vor dem Tisch. Sein Blick fiel auf den hageren Mönch, der ihm nun die linke Seite zugewandt hatte und dessen Lippen sich beim Lesen lautlos bewegten. Richard hatte sich eben gesetzt, als Reuthers Tochter schon mit einem dampfenden Teller aus der Küche kam. Mit gesenktem Blick stellte sie das Essen vor Richard hin. Als er ihr zulächelte, errötete sie heftig und kicherte unterdrückt. Eilig, ohne ihm den Rücken zuzuwenden, zog sie sich zurück und stieß sich dabei die Hüfte an der Ecke der Theke.

»Giesela!«, stöhnte Reuther auf dem Weg zu Richards Tisch. Ihm war anzumerken, dass er sich für die Ungeschicklichkeit seiner Tochter schämte. »Sie ist ein tollpatschiges Ding! Ihr habt mir meine letzte Frage noch nicht beantwortet«, sagte er und stellte einen irdenen Becher vor seinen Gast hin.

»Ich bin auf dem Weg nach Nürnberg«, erklärte Richard. Der Wirt schenkte ihm aus dem Krug ein. Wein, stellte Richard fest, und er machte sich darauf gefasst, dass sich nach dem ersten Schluck sein Gaumen zusammenziehen würde. Seitdem er sich an die sonnenprallen Trauben der Toskana gewöhnt hatte, kam ihm jeder Tropfen, der diesseits der Alpen ausgeschenkt wurde, sauer vor. Doch er wurde angenehm überrascht. Der Wein war nicht im mindesten sauer, sondern von einer angenehm herben Süße, die Richard noch nie zuvor gekostet hatte. Er machte eine anerkennende Miene.

»Schmeckt er Euch?« Reuther lachte erfreut. »Ich mache ihn selbst, nicht aus Trauben, sondern aus Kirschen. Die Leute kommen von weit her, um ihn zu trinken, das kann ich Euch sagen!«

Richard nahm noch einen zweiten Schluck. Aus dem Augenwinkel sah er, dass auch der Mönch seinen eigenen Becher an die Lippen hob, und er prostete ihm zu.

Der Mönch nickte freundlich. Dann klappte er sein dickes Buch zu. »Was treibt Euch nach Nürnberg?«, fragte er.

Richard zuckte die Achseln. Aus einem Grund, den er selbst nicht näher hätte benennen können, verspürte er nicht die geringste Lust, sich mit diesem Menschen zu unterhalten. »Persönliche Angelegenheiten«, antwortete er ausweichend.

Über das Gesicht des Mönches flog ein Schatten. Dann jedoch verzog sich sein Gesicht zu einem freundlichen Lächeln. »Habt Ihr etwas dagegen, wenn ich mich zu Euch setze?« Ohne auf eine Antwort zu warten, erhob er sich und kam an Richards Tisch.

Genug von der klösterlichen Einsamkeit?, dachte Richard bei sich, sprach es jedoch nicht aus, sondern wies dem Mönch mit dem Kinn einen Platz zu. Der ließ sich auf den bezeichneten Stuhl fallen. Sein Buch ließ er, wo es war. Richard ertappte sich dabei, dass er sich fragte, was es für Texte enthielt.

»Interessiert es Euch?«, fragte der Mönch.

Richard lächelte. Er fühlte sich durchschaut. »Wenn ich ehrlich bin, ja.«

»Nun, es ist ein noch recht neuer Text von einem Mann namens Henricus Institoris.« Mit einem Glitzern in den Augen, das Richard zeigte, wie viel Besitzerstolz er tatsächlich empfand, schaute der Mönch zu dem Buch hinüber. »Ich bin sicher, in wenigen Jahren wird es sehr weit verbreitet sein.«

»Wovon handelt es?« Er fragte aus Höflichkeit, denn die Nennung des Verfassernamens hatte ihm längst gesagt, worin der Inhalt des Buches bestand. Und in seinem Magen hatte sich ein Knoten gebildet deshalb.

Der Mönch lehnte sich zurück. Gleich würde er anfangen zu dozieren, das konnte Richard seiner zufriedenen Haltung ansehen. »Es heißt *Malleus Maleficarum*.« Er machte eine Pause, die so lang war, dass Richard sich zum Sprechen genötigt sah.

»Der Hexenhammer!«, murmelte er.

Der Mönch hob erstaunt die eine noch vorhandene Augenbraue. »Ihr kennt es bereits?« Mit neu erwachtem Interesse betrachtete er Richard.

Der zuckte die Achseln. »Ich habe einige Erfahrungen mit ... dem Thema, das er behandelt.«

»Wie überaus bemerkenwert!« Neugierig beugte sich der Mönch ein wenig vor. »Wie ist Euer Name?«

»Richard Sterner.«

Der Mönch runzelte die Stirn. »Ich bin ... Heinrich Kramer.« Er langte über den Tisch und bot Richard die Hand.

»Der Verfasser des Hexenhammers?« Richard war sich nicht sicher, ob er diesem Mann Glauben schenken konnte. Dennoch schlug er ein. Sie schüttelten sich die Hände, und es war deutlich, dass der Mönch sich darüber freute, dass Richard zwei und zwei zusammengezählt und ihn als den Verfasser des Buches auf dem Nachbartisch erkannt hatte.

»Ah!«, machte Heinrich Kramer. »Ein Mann mit Lateinkenntnissen!«

Richard lehnte sich zurück. »Wie man's nimmt!«

»Angenehm, Eure Bekanntschaft zu machen. Mögt Ihr mir von Euren Erfahrungen mit der Hexerei erzählen?« Kramer schielte zu seinem Buch hinüber.

In schneller Folge rasten Erinnerungen durch Richards Kopf. Katharina in der Hexenzelle des Nürnberger Lochgefängnisses. Sie auf ein Holzkreuz geschnallt bei der Wasserprobe, bei der sie beinahe gestorben wäre. »Ich glaube nicht«, wiegelte er ab. Er hatte keine Ahnung, ob dieser Mönch hier ein Hochstapler oder tatsächlich Heinrich Kramer – Henricus Institoris –, der Verfasser des inzwischen recht berüchtigten Hexenhammers, war. Besser, er hütete seine Zunge.

Kramer neigte verständnisvoll den Kopf. »Natürlich. Ihr sagtet eben, es seien persönliche Angelegenheiten, die Euch nach Nürnberg treiben. Verratet Ihr mir mehr davon?«

Richard zog sein Messer aus dem Gürtel und machte sich daran, das Fleisch auf seinem Teller zu zerteilen. Während er das tat, sagte er: »Eigentlich lebe ich dort. Ich war aber einige Zeit nicht in der Stadt.«

Kramer betrachtete Richards braungebrannte Handrücken. »So wie Ihr ausseht, wart Ihr im Süden.«

Richard nickte, spießte ein Stück Braten auf die Messerspitze und führte es zum Mund. Anders als der Wein, der ihm vorzüglich mundete, schmeckte ihm das Essen nicht besonders gut. Es war mit Nelken und einem anderen Kraut viel zu stark gewürzt, und Richard hoffte nur, dass dies nicht geschehen war, um den Geschmack von Fäulnis zu überdecken. Spätestens in der Nacht, dachte er grimmig, würde er es wissen. »In der Toskana«, sagte er. »Ich habe Ländereien dort.«

Der Mönch sah zu, wie er kaute. Er beugte sich zu seinem Tisch hinüber, griff nach seinem Becher. Er trank einen Schluck und wischte sich den Mund ab. »Ihr seid reich.«

Richard wiegelte ab.

Der Mönch grinste. »Und bescheiden. Eine christliche Zier!« Er lachte.

Richard war sich Gieselas Gegenwart bewusst. Die junge Frau hatte sich zwar in die hinter der Theke liegende Küche zurückgezogen, aber sie hatte sich derart vor dem dort stehenden Herd platziert, dass sie durch die offene Tür immer wieder heimliche Blicke in seine Richtung werfen konnte. Er bemühte sich, es zu ignorieren. Er war derlei gewöhnt, auch wenn es früher, als er seine Haare noch lang und wellig getragen hatte, häufiger vorgekommen war.

»Und Ihr?«, brachte er nun das Gespräch auf Kramer. »Was führt Euch nach Nürnberg? Ihr seid auch auf dem Weg dorthin, vermute ich?«

Der Mönch nickte. »Richtig. Ich bin auf dem Weg dorthin, weil ich dem Stadtrat mein Werk vorstellen möchte.« Ein Schatten flog über seine Miene. »Vor zwei Jahren habe ich der Stadt eine eigens geschriebene Zusammenfassung davon geschenkt, aber nun ist mir zu Ohren gekommen, dass sie sie offenbar überhaupt nicht zur Rechtsprechung heranzieht.«

»Und nun wollt Ihr wissen, woran das liegt«, meinte Richard.

Der Mönch lächelte. Wie seine hellen Augen sah auch sein Lächeln kühl aus. »Ich vermute, dass einfach jemand dem Rat einmal deutlich sagen muss, wie groß die Gefahr ist, die den Menschen durch die Sekte der Hexen droht.«

Richard schluckte eine ärgerliche Erwiderung hinunter. »Und wer wäre besser dafür geeignet als der Verfasser des berühmten Hexenhammers persönlich?«, sagte er stattdessen.

Wenn Kramer den beißenen Spott bemerkt hatte, den er in seine Worte gelegt hatte, so ließ er es sich nicht anmerken. »Genau«, nickte er. Er wirkte zufrieden. Wie viele Männer von großer Frömmigkeit schien er völlig immun gegen Doppeldeutigkeiten jeglicher Art.

Während sie gesprochen hatten, hatte Richard die Hälfte des Bratens aufgegessen und auch die Scheibe Brot, die dabeigelegen hatte. Ein großer, grauer Hund war durch die Küchentür in die Schankstube getreten und hatte sich in sicherer Entfernung niedergelegt. Aufmerksam beobachtete er Richard, wohl in der Hoffnung, etwas von dem Fleisch könne für ihn abfallen.

Richard tat ihm den Gefallen. Mit dem Messer schnippte er den Rest des Bratens von seinem Teller zu Boden. Wie ein hungriger Wolf sprang der Hund auf, stürzte sich auf den Leckerbissen und schlang ihn mit einem einzigen Bissen hinunter. Hechelnd sah er Richard danach an.

»Mehr habe ich nicht«, sagte der.

Der Hund scherte sich nicht darum. Er kam näher, so dass er jetzt auf die Tischplatte schauen konnte. Seine schwarze Nase arbeitete hektisch bei dem Versuch, herauszufinden, ob ein Nachschlag für ihn im Bereich des Möglichen lag.

»Lump!« Die Stimme des Wirtes donnerte durch die halbe Wirtsstube. Sofort zog der Hund den Kopf ein und schlich hinter die Theke. »Du sollst nicht betteln, du Zausel!«, schimpfte Reuther, aber seine Stimme hatte einen versöhnlichen, fast zärtlichen Klang, und Richard hörte ein rhythmisches Klopfen, als der Hund beim Wedeln mit dem Schwanz gegen die Theke stieß. »Entschuldigt, sollte er Euch belästigt haben!«, sagte der Wirt.

»Schon gut.« Richard nickte ihm zu.

Draußen war in der Zwischenzeit die Sonne untergegangen. Giesela hatte mehrere Talglichter entzündet und sie auf Vorsprüngen und Regalen verteilt, die an den Wänden ringsherum angebracht waren. Das flackernde Licht duftete nach Thymian, und ganz kurz fühlte Richard sich in die Toskana zurückversetzt. Doch er verspürte keine Sehnsucht nach dem Süden. Im Gegenteil. Er war froh, hier zu sein.

In der Nähe Nürnbergs.

Wo Katharina wohnte.

Lautes Geschrei weckte ihn.

Der Wirt hatte ihm ein Zimmer unter dem Dach gegeben, dessen Bett mit einer überraschend bequemen Gurtmatratze ausgestattet war. Nachdem Richard sich noch eine Weile mit Heinrich Kramer unterhalten und sich dabei alle nur erdenkliche Mühe gegeben hatte, das Gespräch vom Thema *Hexenhammer* fortzutreiben, war er todmüde und körperlich völlig erschlagen in einen tiefen Schlaf gefallen. Nicht einmal ein wirrer Traum, in dem abwechselnd Katharinas Gesicht und das seiner vor vielen Jahren verstorbenen Schwester Magdalena aufgetaucht waren, hatte ihn davon abhalten können, sich auf die andere Seite zu drehen und weiterzuschlafen.

Das Geschrei jedoch drang durch den Schleier seiner Müdigkeit, zerschnitt den Schlaf und brachte Richards Geist dazu, zurück an die Oberfläche des Bewusstseins zu taumeln.

»Himmel, Herrgott noch mal, Randolf, wie oft soll ich dir noch sagen ...«, hörte er draußen jemanden fluchen, dann folgte ein weiterer Schrei, diesmal so voller Schmerz, dass Richard sich mit einem Ruck aufsetzte. In seiner Kammer war es noch dunkel. Da er die Fensterläden nicht geschlossen hatte, konnte er von seinem Bett aus einen winzigen, pechschwarzen Ausschnitt des Himmels sehen. Ein einzelner Stern blinkte darin, und wenn Richard seinem Gefühl trauen konnte, waren es noch etliche Stunden bis Sonnenaufgang.

»Verflixt! Kommt denn hier noch mal jemand?«

»Heda!« Der schmerzverzerrten Stimme folgte eine zweite, tiefere, dann ertönte ein lautes, dröhnendes Poltern, als jemand gegen das Hoftor schlug. »Wir brauchen Hilfe, hier ist jemand verletzt!«, rief die tiefe Stimme.

Im Haus regte sich etwas.

Richard konnte hören, wie ein Möbel über den Dielenfußboden schrammte, und er stellte sich vor, wie Heinrich Kramer, der die Kammer direkt neben der seinen bezogen hatte, von der Fußbank aufstand, auf der er die vergangenen Stunden im Gebet zugebracht hatte.

»Ich komme ja schon!«, brummte unten im Hof die missmutige Stimme des Wirtes. »So ein Lärm! Mir das ganze Haus aufzuwecken!« Und dann, als würden seine Gäste nur die Fremden draußen vor dem Tor hören können und nicht ihn, brüllte Reuther quer über den ganzen Hof: »Michael, du Taugenichts! Sitzt du auf deinen Ohren? Da verlangt jemand Einlass, bei Mutters Ziegenbart ... ja, ist es denn ...« Den Rest konnte Richard nicht mehr verstehen, weil Reuther offenbar bewusst wurde, dass er seine Gäste nicht minder störte als die Leute vor dem Tor und seine Stimme zu einem wütenden Getuschel senkte.

Richard lauschte, wie der Wirt quer über den Innenhof lief. Das zuckende Licht einer Laterne, die Reuther mit sich trug, tanzte über die Decke seiner Kammer. Andere Schritte erklangen, der Wirt und sein Bruder unterhielten sich kurz und so leise, dass Richard außer »... vorsichtig sein ...« und »... müssen helfen ...« nicht viel verstand. Dann endlich wurde der Riegel fortgezogen, der das doppelflüglige Tor verschlossen hielt. Dumpf polterte der massive Balken auf die Erde, ein leises Quietschen ertönte, als das Tor aufschwang.

»Das wird auch ... Danke!« Die hellere der beiden fremden Stimmen, jene, in der noch immer hörbar der Schmerz mitschwang, klang im ersten Moment noch wütend, gleich darauf aber nur noch erleichtert.

»Was ist passiert?«, fragte der Wirt, um dann einen erschrockenen Fluch auszustoßen. »Bei Gott!«

Das war der Moment, in dem es Richard aus dem Bett und ans Fenster trieb. Er musste sich ein ganzes Stück weit vorlehnen, um einen Blick auf die Versammlung unten im Hof zu erhaschen, aber dann sah er den Wirt, seinen Bruder und eine kleine Gruppe von fünf Fremden. Der Mann in ihrer Mitte schien verletzt zu sein, jedenfalls war er es, auf dessen Gestalt Reuthers Blick erschrocken ruhte.

»Euer Arm!«, ächzte der Wirt.

Richard, der sich in Hemd und Hose hingelegt hatte, schlüpfte in die Reitstiefel und verließ sein Zimmer. Fast hätte er sich in den winkeligen Gängen verirrt, die hier oben kreuz und quer über den in kleine Kammern eingeteilten Dachboden liefen, doch dann fand er den Treppenabgang, hastete hinunter und stand im nächsten Moment hinter der Menschenansammlung im Hof.

Man bemerkte ihn nicht sofort, und das gab ihm die Gelegenheit, die Neuankömmlinge etwas näher zu betrachten. Der Bruder des Wirtes hatte die Laterne übernommen, und in ihrem Licht sah Richard, dass es sich bei den Fremden um eine Gruppe von Spielleuten zu handeln schien. Zwei von ihnen hatten Lauten dabei, einer eine Fiedel und ein paar Handtrommeln. Keiner von ihnen trug ein Schwert oder Waffen irgendwelcher Art.

Der Verletzte trat nun einen Schritt vor, und das bot Richard die Gelegenheit, einen Blick auf ihn zu werfen.

Scharf zog er Luft durch die Zähne.

Mit der unverletzten Hand presste der Spielmann seinen Oberarm gegen den Brustkorb, doch das Ellenbogengelenk war auf fürchterlich anzuschauende Weise nach außen verdreht. Der Unterarm stand in einem völlig unnatürlichen Winkel vom Körper ab, das Gelenk sah aus wie ein nasses Handtuch, das man mit aller Kraft ausgewrungen hatte. Im schwachen Licht der Laterne glaubte Richard die spitzen Knochen zu erkennen, die sich unter der blassen Haut des Verletzten abzeichneten.

»Das ist ausgerenkt!«, sagte er mit so ruhiger Stimme wie möglich.

Auf seine Worte hin drehten sich alle zu ihm um. Das Gesicht des Verletzten war mit kaltem Schweiß bedeckt, und bei diesem Anblick bekam Richard eine ungefähre Vorstellung davon, wie schmerzhaft die Verletzung sein mochte.

Hoffnung erschien auf der Miene des größten der Spielleute, eines wahren Hünen, der alle anderen um fast zwei Haupteslängen überragte. »Seid Ihr heilkundig?«, fragte er, und Richard erkannte die tiefe Stimme, die eben noch Einlass verlangt hatte.

Beinahe hätte er verneint. Doch dann wurde ihm klar, dass er wahrscheinlich der einzige Mensch mit wenigstens einem Ansatz medizinischen Wissens im Umkreis von einem halben Tagesritt war. Sein Blick fiel in die vor Schmerz flackernden Augen des Verletzten. Langsam nickte er und hoffte dabei, sich nicht zu viel anzumaßen. »Wie ist Euer Name?«, fragte er den Verletzten.

»Dietrich.« Der Mann fuhr sich mit der Zunge über die Oberlippe, dann warf er einen Blick auf Richards teure Kleidung und besann sich auf sein gutes Benehmen. »Herr«, setzte er hinzu. Er war schmächtig, Richard schätzte ihn auf knapp zwanzig Jahre. Seine dürren Beine steckten in einer Art Fellstiefel, die mit über Kreuz gebundenen Leinenstreifen um seine Unterschenkel gewickelt waren, und darüber trug er Hose und Wams, die mit bunten Flicken in den verschiedensten Farben – allesamt stark verblichen – versehen waren.

»Könnt Ihr ihm helfen?«, erkundigte sich der Hüne. Er war beinahe ebenso blass wie Dietrich. »Wir können Euch auch dafür bezahlen!«

Richard rieb sich das Kinn. Noch hatte er sich nicht so recht daran gewöhnt, dass sich dort kein Bart mehr befand. »Ich hoffe, dass ich ihm helfen kann«, sagte er. »Aber ich verlange keinen Lohn dafür.« Dann richtete er den Blick auf den Wirt. »Wir müssen reingehen. Ich brauche mehr Licht.«

Reuther schien nicht besonders begeistert darüber, eine Gruppe von Spielleuten in sein Haus einzuladen. Richard fragte sich, ob er Angst vor diesen Männern hatte oder ob er einfach nur um seine Einnahmen fürchtete. Dietrich und seine Begleiter sahen nicht so aus, als könnten sie auch nur ein warmes Essen, geschweige denn eine ganze Nacht in diesem Haus bezahlen.

Richard kümmerte sich nicht um die missmutige Miene des Wirtes. Im Zweifelsfall, dachte er, würde er für die Unkosten aufkommen.

Für ihn wäre es ein Leichtes. Doch darüber konnte er sich später Gedanken machen. Jetzt galt es zunächst einmal, dem armen Teufel hier seinen Arm wieder einzurenken.

Hoffentlich waren die Sehnen in dem Gelenk nicht gerissen.

Der Wirt und sein Bruder führten die Truppe in den Schankraum, wo rasch ein gutes Dutzend Talglichter entzündet wurde und die Versammlung in warmes Licht tauchte.

»Setzt Euch!«, forderte Richard Dietrich auf und schob ihm mit dem Fuß einen dreibeinigen Schemel hin, den er unter einem der Tische hervorgeholt hatte.

Der Spielmann gehorchte. Sein Gesicht war inzwischen noch blasser geworden, und Richard musste schlucken, als er daran dachte, was er dem Mann gleich antun würde. Sein Blick suchte den des Wirtes.

»Braucht Ihr Branntwein?«, fragte der.

Richard unterdrückte ein belustigtes Schmunzeln. »Für mich allenfalls«, gab er zur Antwort. »Wenn wir diesen Mann, so blass, wie er ist, jetzt auch noch betrunken machen, weiß ich nicht, was geschieht. Nein, was ich brauche, ist ein wenig Hilfe Gottes.«

Dietrich erbleichte, und um ihm Mut zu machen, lächelte Richard ihn an. »Gut«, meinte er dann. Behutsam griff er nach Dietrichs unnatürlich abstehendem Unterarm und betrachtete das verdrehte Ellenbogengelenk.

Es gab keine offenen Stellen, was, für sich genommen, schon einmal beruhigend war. »Wie ist das passiert?«, fragte er.

»Ich bin von einem Heuboden gesprungen«, erklärte Dietrich. Er sprach durch zusammengebissene Zähne. »Blöderweise bin ich ausgerutscht und mit dem Arm auf eine Kante gestürzt.«

Nachdenklich nickte Richard. »Ich muss die Knochen auf Brüche abtasten, das wird weh tun.«

Dietrich holte tief Luft. Dann nickte er tapfer. »Wenn Ihr mir nur helfen könnt.«

Richard fuhr sich mit der Zunge über die Lippen. So vorsichtig, wie es möglich war, tastete er über Elle und Speiche des Unterarms, dann über den seitlich weit hervorstehenden Gelenkkopf. Während der gesamten Untersuchung biss Dietrich schweigend die Zähne zusammen, doch als Richard das Gelenk selbst berührte, stöhnte er gequält auf.

»Es sieht recht gut aus«, sagte Richard. »Soweit ich es feststellen kann, scheint nichts gebrochen zu sein.« Behutsam umfasste er nun Ober- und Unterarm. »Ich zähle bis drei«, sagte er. »Dann renke ich es wieder ein.«

Dietrich schloss kurz die Augen. Dann öffnete er sie wieder, blickte Richard ins Gesicht. Richard konnte ihm ansehen, dass er Angst hatte, aber gleichzeitig war da auch ein großer Ausdruck von Vertrauen in seinem Blick. Hoffentlich war es gerechtfertigt.

»Seid Ihr so weit?« Richard war sich der besorgten Mienen der anderen Spielleute überaus bewusst, und ihm war nicht ganz klar, wen er mit dieser Frage eigentlich ansprach. Dietrich nickte.

»Eins«, zählte Richard. Über Dietrichs Kopf hinweg begegnete sein Blick dem des Hünen, und er erkannte, dass der Mann Bescheid wusste, was er vorhatte. Er konnte nur hoffen, dass Dietrich ahnungslos war.

»Zwei«, sagte er und beförderte das ausgerenkte Gelenk mit einem harten Ruck wieder an Ort und Stelle.

Dietrich jaulte auf. »Mistkerl!«, schrie er. »Ihr habt gesagt auf drei!« Er war auf die Beine gesprungen und funkelte Richard zornig an, doch gleich darauf erschien ein erstaunter Ausdruck auf seinem Gesicht. »He!« Prüfend bewegte er das Ellenbogengelenk. »Es tut kaum noch weh!«

Richard lächelte. »Das war Absicht«, erklärte er. »Ihr durftet Euch nicht verkrampfen.«

»Ich …« Dietrich ging auf, wie er Richard soeben tituliert hatte, und flammende Röte überzog sein Gesicht. »Es tut mir leid«, murmelte er. »Ich wollte Euch nicht beschimpfen …«

Richard winkte ab. »Ihr hattet alles Recht der Welt dazu.«

Auf dem Gesicht des Hünen war ein erleichtertes Strahlen erschienen. »Wirt!«, rief er. »Bringt für diesen Mann Wein. Wir müssen auf dieses Wunder anstoßen!«

Reuther wirkte nicht eben glücklich über diese Bestellung, und der Hüne schien es zu bemerken. »Wir können zahlen«, beruhigte er den Mann, und zum Beweis, dass es stimmte, was er sagte, griff er in seine Hosentasche, beförderte einen Geldbeutel hervor und schüttete eine Handvoll Münzen daraus in seine flache Hand.

Reuther nickte. Er sah noch immer mürrisch aus, aber er ging nun, das Verlangte zu holen. Wahrscheinlich, dachte Richard, fragte er sich, woher die Spielleute das Geld hatten.

Der Hüne schlug Richard auf die Schulter, was diesen halb in die Knie gehen ließ. »Setzt Euch!«, forderte er ihn auf. »Wir sind Euch zu großem Dank verpflichtet! Seid Ihr sicher, dass Ihr keine Bezahlung wollt?« Er hielt ihm die Münzen unter die Nase, als sollte Richard daran schnuppern.

Richard schob seine Hand zur Seite. »Lasst gut sein. Ich bin kein studierter Medicus.«

Dietrich lachte, als habe er einen guten Scherz gemacht. Der Spielmann wirkte gelöst und fast ein wenig übermütig. Immer wieder bewegte er das eben noch verrenkte Gelenk, bis Richard sich genötigt sah, ihn zu warnen: »Passt ein bisschen auf! Die Sehnen sind überdehnt, und es ist möglich, dass das Gelenk wieder herausspringt, wenn Ihr es zu schnell wieder belastet.«

Übergangslos erstarrte Dietrich zu absoluter Bewegungslosigkeit.

Richard lachte. »Ihr müsst Euch nicht in eine Statue verwandeln! Seid einfach nur ein bisschen vorsichtig in den nächsten Tagen.«

Der Wirt kehrte mit dem gewünschten Wein zurück. Er stellte mehrere Becher auf den Tisch, dann goss er sie der Reihe nach voll. An Farbe und Geruch des Weins erkannte Richard, dass es sich diesmal nicht um den Kirschwein handelte, den er früher am Abend genossen hatte.

In der Zwischenzeit hatten die anderen Spielleute sich Schemel herangezogen und saßen nun allesamt zusammen mit Richard, Dietrich und dem Hünen um den Tisch und sprachen dem Wein zu. Wie Richard vermutet hatte, war es ein saurer Tropfen, der ein pelziges Gefühl auf seiner Zunge hinterließ. Die Spielleute jedoch schien das nicht zu stören. Sie stießen mit Begeisterung auf Dietrichs Genesung an.

»Wie ist Euer Name?«, fragte der Hüne, nachdem er sich selbst als Randolf vorgestellt hatte.

»Sterner.«

»Eurem Aussehen nach zu urteilen«, sagte Dietrich, »kommt Ihr nicht hier aus dieser Gegend.« Er spielte auf Richards bronzefarbene Haut an, das machte er mit einem demonstrativen Streichen über seine eigene Wange deutlich.

Richard nickte. »Doch. Ursprünglich schon.« Er trank einen Schluck. Sauer rann ihm der Wein die Kehle hinab. »Ich meine, ich lebe eigentlich in Nürnberg, aber ich war mehrere Monate lang auf Reisen.«

»In südlichen Ländern, wie es aussieht«, mischte sich einer der anderen Spielmänner ein. Er war ein lang aufgeschossener Kerl, an dem alles zu groß erschien, seine Nase, seine Ohren, sogar seine Schneidezähne. Ein wenig erinnerte sein Anblick Richard an einen Maulesel.

»Das ist Cäsar«, stellte Randolf den Mann vor.

Cäsar deutete im Sitzen eine leichte Verbeugung an. »Meines Zeichens Jongleur und Schlangenmensch«, fügte er hinzu, und wie um seine Befähigung unter Beweis zu stellen, hob er einen Arm in die Höhe, klappte ihn im Ellenbogengelenk ab und wand ihn sich um den Kopf, als sei er kein menschliches Glied, sondern ein Stück Stoff.

Dietrich lachte. »Dir hätte man den Arm nicht wieder einrenken müssen«, grinste er, und Richard teilte seine Meinung. Es war verblüffend, mit anzusehen, in welch sonderbare Stellungen Cäsar seine Gelenke bringen konnte. Unter seiner eigenen Achsel hindurch blickte der Mann Richard an. »Italien?«, vermutete er.

»Ja. Die Toskana, um genau zu sein.«

Dietrich leerte seinen Becher und goss sich aus dem Krug nach. Der Wirt stand hinter dem Tresen, betrachtete seine Gäste mit einer Mischung aus Missmut und Ergebenheit. Es war ihm deutlich anzusehen, dass er sich zurück in sein Bett sehnte, und wenn Richard ehrlich mit sich selbst war, dann erging es ihm nicht anders. Es waren nur noch wenige Stunden bis Sonnenaufgang, und er wollte am nächsten Morgen so zeitig wie möglich aufbrechen, um den letzten Rest seiner Reise hinter sich zu bringen.

»Warum habt Ihr Italien verlassen?«, fragte Dietrich. »Besonders jetzt, da der Winter bevorsteht und es in Nürnberg eher ungemütlich werden dürfte.«

Katharina! So unvermittelt war die Erinnerung an sie da, dass Richard beinahe aufgeseufzt hätte. Gerade noch gelang es ihm, das Geräusch zu unterdrücken, doch Dietrich hatte ihn trotzdem durchschaut. Wenn es überhaupt möglich war, wurde das Grinsen auf seinem Gesicht noch breiter. »Es gibt da eine Frau, stimmt es?«

Richard hielt seinem prüfenden Blick stand. »Ja«, sagte er endlich, als er einsehen musste, dass seine Tischgenossen sich weigerten, ihn ohne Antwort davonkommen zu lassen.

Cäsar machte einen Kussmund. »Ist sie hübsch?«

Wie ein Traumbild erschien Katharinas Bild vor Richards innerem

Auge, ihre langen, blonden Haare, die rauchblauen Augen, die die Farbe zu wechseln schienen, je nachdem, in welcher Stimmung ihre Besitzerin war. Er spürte, wie ihm das Atmen schwer wurde. Aus genau diesem Grund hatte er es in der letzten Zeit versucht,< zu vermeiden, an Katharina zu denken. Jetzt lächelte er nur geheimnisvoll und antwortete nicht.

Dietrich nickte zufrieden. »Sie muss hübsch sein, wenn Ihr ihretwegen den langen Weg von Italien bis hierher auf Euch nehmt. Ist sie Eure Frau?«

»Nein«, sagte Richard rasch und schluckte den Zusatz »Leider!« gerade noch rechtzeitig hinunter. Randolfs Blick lag auf ihm, und er fühlte dessen Gewicht.

»Seid Ihr auf dem Weg zu ihr, um sie um ihre Hand zu bitten?«

Ganz offensichtlich war Dietrich auf eine schwärmerische Liebesgeschichte aus, über die er in seinen Liedern singen konnte.

Richard verzog das Gesicht. Im ersten Moment war er versucht, der Frage auszuweichen, aber dann gestand er sich ein, dass er sich früher oder später den Tatsachen sowieso stellen musste. »Vielleicht«, gab er deswegen zu. »Aber ich bin nicht sicher, ob sie mich will.«

Da lachte Randolf dröhnend. »Das Los eines jeden Mannes, der auf Freiersfüßen wandelt!« Wie um seine Worte zu unterstreichen, wandt Cäsar seine beiden Arme umeinander wie zwei Schlingpflanzen. Mit gespitzten Lippen hauchte er Küsse in die Luft.

»Lass das!« Spielerisch schlug Dietrich nach ihm. Er setzte seinen Becher an die Lippen, trank ihn in zwei, drei tiefen Zügen aus. Als er ihn sinken ließ, blitzten seine Augen Richard fröhlich an. »Sie wird Euch nehmen!«, prophezeite er und setzte hinzu: »Welche Frau würde sich nicht glücklich schätzen, einen so schmucken Kerl wie Euch zum Mann zu bekommen?«

4. Kapitel

Um die Durchfallmedizin für Brunhild herzustellen, musste Katharina zunächst Mutterkümmelkörner zermahlen – eine anstrengende Arbeit, die ihr alle Kraft abverlangte. Sie nahm einen kleinen Mörser und dazu den schwersten Stößel, den sie besaß. Mutterkümmel war hart, und es dauerte eine ganze Weile, bis endlich auch das letzte Korn zerbarst. Katharina rührte in dem so entstandenen Pulver herum. Ein scharfer Geruch stieg ihr in die Nase, und wie schon häufiger fragte sie sich, warum Mutterkümmel so gänzlich anders roch als der Schwarze Kümmel, den sie in ihrem Garten hinter dem Haus selbst zog.

Sie schüttete das Pulver aus dem Mörser in eine kleine Schale und stellte sie beiseite. Dann trat sie an das Regal, suchte zwischen den dort stehenden Vorratsgefäßen herum, bis sie fand, was sie brauchte: ein kleines, irdenes Gefäß mit einem dicken Stopfen. Sie zog es hervor, öffnete es sorgsam und gab ungefähr zwei Dutzend der darin enthaltenen Kügelchen in den Mörser. Dann verschloss sie das Gefäß wieder und stellte es ins Regal zurück. Vorsichtig machte sie sich daran, auch diese Kügelchen zu zerstoßen, und sie achtete sehr penibel darauf, dass ihr dabei keines abhandenkam. Die Kügelchen waren Pfefferkörner, und sie waren zu dieser Jahreszeit derartig teuer, dass es ihr immer wieder schwerfiel, für eine solch winzige Menge Gewürz so viel Geld auszugeben.

Das Rezept für die Durchfallmedizin kannte sie aus dem Werk der Hildegard von Bingen. Das Pulver, das sie aus dem Mutterkümmel und dem Pfeffer mischen würde, musste anschließend mit einem verquirlten Eidotter vermengt werden. Danach gab man es in die halbe Eierschale zurück, stellte diese in ein Metallsieb und hielt sie in kochendes Wasser, bis die Masse im Inneren stockte. Sodann verabreichte man sie dem Patienten und erzielte alsbald eine sichtbare Besserung des Durchfalls.

Jedenfalls gewöhnlich.

Bei Brunhild jedoch schien diese Medizin zu versagen, und während Katharina den Pfeffer zerstieß, grübelte sie darüber nach, woran das liegen mochte. Vor zwei Tagen hatte es begonnen. Erst war der älteren Frau übel geworden, dann hatte sie sich übergeben. Der Durchfall war kaum eine Stunde später hinzugekommen und seitdem nicht wieder weggegangen, egal, wie sehr Katharina ihre Kunstfertigkeit auch bemühte, egal, welches Mittel sie auspobierte, um Brunhilds Leiden zu lindern.

Als Katharina auch den Pfeffer zu Pulver zermahlen hatte, holte sie aus der Küche eines der Hühnereier, die in einem Korb neben dem Herd aufbewahrt wurden. Während sie in die *Apotheke* zurückkehrte, betrachtete sie das ebenmäßige weiße Ding nachdenklich und ging in Gedanken alles durch, was sie über Übelkeit und Durchfall wusste.

Übelkeit wurde durch einen Überfluss von gelber Galle im Körper ausgelöst, und das Erbrechen diente dazu, diesen Überfluss zu beseitigen. Gelbe Galle galt als warm und trocken, und Katharina vermutete, dass genau dies das Problem war. Denn die Zutaten, die sie in die Durchfallmedizin mischte, Mutterkümmel und Pfeffer, führten dem Körper ebenfalls Wärme und Trockenheit hinzu, folglich verstärkten sie die Übelkeit.

Trotzdem hatte sie sich dafür entschieden, Brunhild diese Medizin zu geben, denn der Durchfall bedrohte ihr Leben weitaus mehr als das Erbrechen. Das wusste Katharina aus den Schriften des Hippokrates, in denen dieser sich über den Durchfall ausgelassen hatte. Während sie das Ei auf der Kante einer kleinen Metallschale zerschlug und den Dotter vom Eiweiß trennte, rezitierte sie in Gedanken einige Lehrsätze des alten Meisters.

Jeder flüssige, wässrige Durchfall ist sehr schlimm, besonders, wenn die Kranken keinen Durst haben.

In allen hitzigen Krankheiten ist Durchfall schlimm, er wird aber tödlich, wenn Schlaflosigkeit und Kopfschmerzen hinzukommen.

Sie füllte den Eidotter zurück in die halbe Eierschale, und plötzlich schoss ihr ein Gedanke durch den Kopf.

Mitten in der Bewegung hielt sie inne. Sie drehte die halbe Eierschale ein wenig, so dass der Dotter darin hin und her schwappte. Dann hielt sie ihn dichter an ihre Lampe und betrachtete ihn. Er sah völlig gewöhnlich aus, gelb, von einer durchsichtigen Hülle umgeben, mit einem weißlichen Faden, der einer Nabelschnur ähnelte. Ein Dotter, wie sie in ihrem Leben schon Tausende gesehen hatte.

Was jedoch, wenn in diesem Dotter der Grund dafür steckte, warum Brunhild überhaupt krank war?

Der Gedanke kam so unvermittelt, dass Katharina die Eierschale sinken ließ und auf diese Weise den Dotter beinahe verschüttet hätte. Rasch nahm sie ein kleines Sieb und stellte die Schale hinein. Dann ging sie zurück in die Küche, zog sich einen Hocker heran und ließ sich darauf niederfallen.

»Das riecht aber würzig!«

Ein Mann betrat die Küche. Sein Name war Donatus, und er arbeitete als Bader für Katharina. Er war zwei Köpfe größer als Katharina und so breit, dass er fast quadratisch wirkte. Seine semmelblonden Haare hatte er kurzgeschnitten, so dass sie wie eine Bürste in die Höhe standen. Auf der rechten Seite bildeten sie einen Wirbel, den er auch mit noch so viel Sorgfalt und Wasser nicht glattzukämmen vermochte. Seine Augen lagen tief in dem runden Gesicht, und sowohl die Brauen als auch die Wimpern hatten dieselbe blonde Farbe wie sein Haupthaar. »Entschuldige«, sagte er mit einem schiefen Grinsen. »Ich wollte dich nicht erschrecken.« Er ging in die *Apotheke* und warf einen Blick in den Mörser. Trotz seiner massigen Gestalt bewegte er sich leichtfüßig, fast auf weibliche Art und Weise. »Was machst du hier mitten in der Nacht?«

Katharina rieb sich die müden Augen. »Eigentlich wollte ich Durchfallmedizin für Brunhild herstellen.«

Donatus griff nach dem Sieb mit der Eierschale und schwenkte es im Kreis. »Das hat die ganzen letzten Tage schon nicht gewirkt.«

»Ich weiß.« Sie unterdrückte ein Seufzen.

Donatus musterte sie aufmerksam. Ein weicher, mitleidiger Ausdruck erschien in seinen Augen. »Erzähl!«, sagte er schlicht, kam zu Katharina in die Küche und ließ sich ihr gegenüber auf die Bank sinken. »Was grübelst du?«

»Was«, meinte Katharina, »wenn wir mit unserer Medizin erst den Grund für Brunhilds Leiden schaffen?«

Wieder schaute Donatus auf den Eidotter. »Du meinst, irgendetwas, was sie zu essen bekommt, löst diese Krankheit aus?«

Katharina zuckte die Achseln. »Egbert hatte einmal einen Patienten, der Leibkrämpfe bekam, wenn er Kuhmilch trank. Nachdem er ihm empfahl, nur noch Mandelmilch zu sich zu nehmen, war sein Leiden wie weggeblasen. Was, wenn es hier ähnlich ist?«

Donatus schürzte die Lippen. Katharina sprach selten über ihren verstorbenen Mann, und als sie eben seinen Namen erwähnt hatte, war ein erstaunter Ausdruck auf dem Gesicht des Baders erschienen. »Milch ist nicht grundsätzlich schädlich«, sann er. »Nur wenn sie verdorben ist, macht sie Leibschmerzen.«

»Aber dieser Mann, von dem ich eben sprach, trank niemals verdorbene Milch, sondern frische. Dennoch machte sie ihn krank. Wir haben das untersucht: Dieselbe Milch, aus demselben Krug, war weder für Egbert noch für mich schädlich.«

Donatus schüttelte den Kopf. »Das ist doch Unsinn! Ich meine: Verdorbene Speisen schaden dem Körper. Gib einem Mann verdorbenes Fleisch, und er reihert genauso wie Brunhild oben in ihrer Kammer. Aber gute, gesunde Milch?«

Bei seinen Worten nickte Katharina sinnend. »Verdorben.« Donatus hatte genau das ausgesprochen, was sie selbst dachte. »Was, wenn die Eier verdorben sind?« Plötzlich war sie ganz aufgeregt. »Können wir nachsehen, was Brunhild gegessen hat, bevor sie krank wurde?«

Donatus zuckte die Achseln. »Natürlich.« Sie führten Buch über alles, was die Frauen zu essen bekamen. Er erhob sich und nahm ein großes Journal aus dem Regal, in das sie alle Einkäufe und jede Mahlzeit eintrugen, die sie an die Frauen verteilten. Mit einem Knall legte er es auf den Tisch und schlug es auf. Dann ging er die Eintragungen der letzten Tage durch.

»Hier.« Er tippte auf eine Stelle der langen, mit schwarzer Tinte geschriebenen Zeilen. »Brunhilds Krankheit ist am Dienstag ausgebrochen, oder?«

Katharina nickte.

»An diesem Tag hat Hiltrud ihr eine Eierspeise bereitet, weil sie über Zahnschmerzen geklagt hat und das Brot nicht beißen konnte.« Triumphierend schaute er von dem Journal auf. »Du hast recht!«

Katharina beugte sich ein wenig vor, doch sie konnte die enggeschriebenen Zeilen über Kopf nicht entziffern. »Gab es an diesem Tag für die anderen Frauen auch Eier?«

Wieder las Donatus. »Nein«, sagte er. Dann schüttelte er den Kopf, als könne er es nicht fassen. »Eier!«

»Wir müssen Brunhilds Medizin mit etwas anderem als Ei herstellen.« Katharina dachte an die Frau, die oben in ihrer Kammer im Sterben lag, und sie ahnte, dass ihre Erkenntnis – wenn sie sich denn als richtig erwies – wahrscheinlich zu spät käme. Sollte es tatsächlich stimmen, sollte Brunhild durch die Eier krank geworden sein, dann hatte sie, Katharina, ihr Leiden durch die Medizin noch verschlimmert. Womöglich war sie gar am Sterben Brunhilds schuld!

Sie zwang sich, diese Gedanken zur Seite zu schieben. Es brachte nichts, sich Vorwürfe über eine falsche Behandlung zu machen, das hatte sie von ihrem Mann gelernt. Ihre Pflicht war es, aus Fehlern zu lernen und sie für die Zukunft zu vermeiden.

»Was schlägst du vor?« Donatus' Stimme riss sie aus ihren Gedanken.

»Bei der Zubereitung der Medizin geht es um die Zuführung von Hitze und Feuchtigkeit«, erklärte sie ihm. »Darum lässt man das Ei über dem Wasser stocken.«

»Rindfleisch«, schlug Donatus vor. »Es ist heiß.«

Katharina schüttelte den Kopf. »Aber trocken, also feurig.«

»Was, wenn wir es in Wasser kochen?«

Katharina war sich nicht ganz sicher, ob es funktionieren würde, aber ihr wollte auch kein anderer Einfall kommen. »Wir sollten es versuchen«, meinte sie darum. Ihr Blick wanderte zu dem kleinen Fenster über dem Tisch.

Draußen war es noch immer dunkel. Sie hatten kein Rindfleisch im Haus, also würden sie warten müssen, bis die Sonne aufging und die Marktstände eröffneten.

Sie vertrieben sich die Zeit damit, Hagebutten, die Katharina am Tage zuvor gepflückt hatte, von ihren Kernen zu befreien und Mus daraus herzustellen. Während Katharina mit einem kleinen Messer die roten Früchte aufschnitt und sie von ihren pelzigen Kernen befreite, zerstampfte Donatus die entkernten Früchte in einer Schüssel zu einer weichen Masse.

Er spürte, dass Katharina dankbar war für seine Gesellschaft. Als er die Küche betreten hatte, hatte sie sehr einsam gewirkt. Vor allem aber auf diese spezielle Weise zerbrechlich, die sie manchmal an den Tag legte und die er sich nicht so recht zu erklären wusste. Zuweilen, wenn sich Falten in ihre Stirn gruben und ihre Miene wie schmerzverzerrt wirkte, glaubte er, dass sie irgendeine schwere Krankheit vor ihm verbarg. Dann wieder, an anderen Tagen, war sie so gelöst und unbeschwert, dass er fast glaubte, sich die düsteren Momente nur einzubilden. Er hatte bereits mehrfach Anlauf genommen, sie nach diesen Schwankungen zu fragen, aber bisher hatte er es nie gewagt. Katharina hatte ihn aufgenommen, als er am Boden gewesen war, sie gab ihm Arbeit und Essen und ein Dach über dem Kopf. Er fürchtete, sich ihr Wohlwollen zu verscherzen, wenn er allzu neugierig ihre Geheimnisse zu ergründen versuchte.

Dennoch wurde ihm das lastende Schweigen, das die nächtliche Küche bis unter die niedrige Decke füllte, irgendwann unangenehm. »Dein Mann …«, begann er zögerlich.

Katharina seufzte. »Ich hätte ihn besser nicht erwähnen sollen, oder?« In ihrer Stimme schwang etwas, ein Zittern, das Donatus sich ebenso wenig erklären konnte wie ihre Zerbrechlichkeit. Sie trauerte längst nicht mehr um Egbert Jacob, das wusste er. Doch da war etwas in ihrem Blick, etwas, das sich seiner Meinung nach mit Egberts Tod nicht erklären ließ. Immerhin hatte er ihr ein kleines Vermögen und ein stattliches Haus hinterlassen, und Katharina nutzte beides, um das zu tun, was sie nach ihrer eigenen Aussage auf der ganzen Welt am liebsten tat: Menschen zu heilen. Und trotzdem war da dieser Ausdruck in ihren Augen. Manchmal kam er Donatus vor wie blanke Verzweiflung.

Er schaute auf und musterte Katharina, bevor er weitersprach. »Ich habe mit den Patientinnen über ihn geredet.« Er grinste entschuldigend. »Ich weiß, dass du nicht gern über ihn sprichst, aber ich bin, ehrlich gesagt, neugierig.«

Katharina antwortete nicht sofort, und als sie sprach, war ihre Stimme sehr sanft. »Ich frage dich auch nicht, warum sie dich aus Heilig-Geist rausgeworfen haben.«

Donatus schluckte. Rauswurf. Beinahe hätte er bitter aufgelacht. Es war mehr gewesen als ein Rauswurf. Fortgejagt hatten sie ihn wie einen räudigen Hund. Er versuchte, sich gegen die Last der Erinnerungen zur Wehr zu setzen, aber es gelang ihm nicht. Wie eine Sturzflut brachen sie über ihn herein und ließen ihn zurück in seine eigene Vergangenheit trudeln …

»Du glaubst gar nicht, wie leid mir das alles tut!«

Dr. Spindlers Gesicht war in unzählige Falten zersplittert. Der kalte Februarwind, der durch die Gassen Nürnbergs heulte und sich in der Ecke fing, die die Kapelle und das Pfründnerinnenhaus von Heilig-Geist bildeten, wehte das lange Priestergewand gegen seine Beine. Donatus konnte ihn frösteln sehen, doch Spindler rührte sich nicht. Dafür war Donatus ihm dankbar. Ein paar Schneeflocken fielen aus den grauen Wolken und blieben auf dem kalten Pflaster liegen. Donatus' Blick wanderte die schmale Gasse entlang. Er wusste, dass sie ein Stück weiter in eine breitere Straße mündete, und dennoch kam sie ihm vor wie eine Sackgasse.

»Hier!« Spindler drückte ihm etwas in die Hand. Es war ein kleiner Beutel mit Münzen. »Viel ist es nicht, aber ich hoffe, es reicht, bis du eine neue Anstellung gefunden hast.«

Hinter ihm wurden Schritte laut. Spindler drehte sich um.

Ein Mann näherte sich, auch sein Gesicht lag in Falten, doch bei ihm waren nicht Betroffenheit und Trauer der Grund dafür, sondern Zorn und blanke Verachtung. Er hatte die Ärmel seines weitfallenden Leinenhemdes bis zu den Oberarmen aufgekrempelt, und Donatus konnte die Adern sehen, die sich über seine mächtigen Muskeln zogen. So schnell er konnte, schlug Donatus den Blick nieder. Er hatte bereits genug Scherereien.

Konrad Rotgerber war der Spitalmeister, der vom Stadtrat eingesetzte Leiter von Heilig-Geist. Er war zuständig dafür, wichtige Entscheidungen für das Spital zu treffen. Ob ein neuer Bader eingestellt werden sollte zum Beispiel.

Oder ob man den alten rauswerfen sollte.

Donatus wich zurück, als Rotgerber jetzt vor ihm stehen blieb und ihn mit solcher Verachtung musterte, dass er sich vorkam wie eine Wanze.

»Bist du immer noch nicht weg?« Die Stimme des Spitalmeisters war tief und klang wie ein Knurren.

»So habt doch ein Einsehen …«, setzte Spindler an, aber Rotgerber unterbrach ihn mit einer harschen Handbewegung.

»Ihr mögt es für Eure Pflicht halten, nachsichtig zu sein mit den Sündern, Vater. Aber meine Pflicht ist es, das Spital vor Schaden zu bewahren.«

Beim Wort »Schaden« hob Donatus den Blick. »Ihr macht einen

Fehler.« Er flüsterte. Noch immer war da diese Wut in ihm, dieser Wunsch, herauszuschreien, was für Ungeheuerlichkeiten im Spital stattfanden. Doch er verschloss die Worte tief in seinem Innersten. Längst hatte er begriffen, dass er hier nichts erreichen konnte.

Rotgerber zuckte die Achseln. »Das denke ich nicht.« Mit dem Kinn wies er auf die schmale Gasse. »Geh jetzt, sonst lasse ich dich davonprügeln wie einen Hund.«

Die Falten um Spindlers Mund vertieften sich noch. »Ihr …«

Donatus legte ihm eine Hand auf den Unterarm. »Lasst gut sein, Pater.« Dann trat er einen Schritt rückwärts. »Ich werde Euch nicht mehr zur Last fallen«, sagte er zu Rotgerber.

Der Mann nickte zufrieden. Er verschränkte die Arme vor der Brust und schwieg.

Einen sehr kurzen Moment gestattete Donatus sich noch, auf ein Wunder zu hoffen, darauf, dass die Heilige Jungfrau Maria das Herz des Spitalmeisters erweiche. Doch nichts dergleichen geschah, und so wandte Donatus sich schließlich ab.

Und verließ Heilig-Geist. Wie ein armer Sünder.

In seiner Erinnerung hatten sich diese Augenblicke zu einem einzigen Moment der Scham verdichtet. Jetzt, hier in Katharinas Küche, starrte Donatus auf seine Finger, weil dieselbe Scham, die er damals empfunden hatte, ihn wieder überkam. Mit viel mehr Kraft, als notwendig war, zerstampfte er die Hagebutten, die Katharina in die Schüssel auf seinem Schoß warf, zu Mus.

Katharina fragte ihn nicht nach den Vorwürfen aus, die Rotgerber damals dazu getrieben hatten, ihn wie einen Hund in den Winter hinauszujagen. Besser, er respektierte im Gegenzug die kleinen und größeren Geheimnisse, die sie mit sich herumtrug.

Eine Weile arbeiteten sie schweigend nebeneinanderher, doch in Donatus gärte es. Er spürte, dass etwas Katharina bedrückte, und zu gern hätte er ihr geholfen. Er musste an Dr. Spindler denken, an die langen Gespräche, die er vor seinem Rauswurf mit dem Priester geführt hatte, daran, wie der Mann ihm klargemacht hatte, dass es helfen konnte, sich das Leid von der Seele zu reden.

Würde er Katharina helfen, wenn er sie dazu brachte, sich ihm zu offenbaren?

»Trotzdem würde ich gern mehr über Egbert wissen«, wagte er zu sagen.

Da ließ Katharina das kleine Messer sinken. »Du bist hartnäckig!«, beschwerte sie sich.

Donatus hörte Spindlers ruhige Stimme. *Beichten ist schmerzhaft, aber im Endeffekt immer heilsam.*

Er zuckte die Achseln, wappnete sich gegen sein eigenes Unbehagen. Katharina war eine gutherzige Frau, sie würde ihn auf keinen Fall einfach davonjagen, wie Rotgerber es getan hatte. *Nein,* sagte eine kleine gemeine Stimme ganz hinten in seinem Kopf. *Das wird sie nicht, weil du so klug bist, ihr niemals zu erzählen, was Rotgerber dazu gebracht hat.*

»Du selbst hast ihn vorhin erwähnt«, sagte er vorsichtig. »Er ist jetzt wie lange tot?«

»Im November sind es zwei Jahre.« Katharina bohrte die Nägel ihrer rechten Hand in das Fleisch ihrer Linken.

Donatus sah es, er fühlte sich schuldig. Wie gern wäre er derjenige gewesen, der Katharina half, ihre Last zu tragen! »Hiltrud hat mir erzählt, dass er getötet wurde.«

»Hiltrud redet zu viel«, murmelte Katharina.

»Jeder in der Stadt redet.« Langsam wurde er sicherer. Sie hatte ihn bisher noch nicht zurechtgewiesen, vielleicht schaffte er es ja, dass sie sich ihm öffnete. »Die Leute tratschen eben gern.« Tief holte er Luft. »Stimmt es?« Er sprach noch immer von Egbert, und er sah ihr an, dass sie es wusste.

Katharina kehrte die Augen gen Himmel, und er fragte sich, was sie wohl für Erinnerungen sah. Er hatte den Punkt, an dem er aufhören konnte, längst überschritten, also wappnete er sich.

»Hiltrud meint, dass es Mord war«, sagte er leise. Gut erinnerte er sich daran, was er gedacht hatte, als die alte Frau ihm davon erzählte. Es wäre eine Erklärung gewesen für die Verzweiflung, die er manchmal in Katharinas Augen sehen konnte.

Doch zu seiner Verblüffung schüttelte Katharina energisch den Kopf. »Nein!« Sie zögerte. »Es war kein Mord.«

Die nächste Frage stellte Donatus, ohne darüber nachzudenken. »Ist er darum weggegangen?«

Überrascht sah Katharina ihn an. »Wer?«

»Na, dieser Sterner. Musste er wegen des Mordes fliehen?« Unwillkürlich hielt er den Atem an. Jetzt war er eindeutig zu weit gegangen, das spürte er, auch wenn sich auf Katharinas Miene keinerlei Regung abzeichnete. Ihr Blick wirkte leicht abwesend, völlig ohne Missbilligung. Aber dennoch kam sich Donatus vor, als stünde er einen Schritt vor einem tiefen Abgrund. Sein Blick fiel auf ihre Handgelenke, die sie wie stets sorgsam mit den Ärmeln ihres Kleides bedeckt hielt.

»Es war kein Mord«, wiederholte sie. Ihre Stimme klang monoton. »Und er ist nicht geflohen, nein.«

»Warum ist er dann fort?« Himmel, warum hörte er nicht einfach auf? Er konnte sehen, wie sehr seine Fragen sie quälten, und nun nützte es auch nichts mehr, sich Dr. Spindlers gute Ratschläge über die Beichte vor Augen zu halten. Er war schließlich kein Priester, wusste, dass er kein Recht zu dem hatte, was er hier tat, und er suchte verzweifelt nach einer Möglichkeit, aus dieser Situation wieder herauszukommen.

Katharina kam ihm zuvor.

»Schluss!« Energisch ließ sie ihre Hand auf den Tisch krachen. »Ich will nicht darüber reden! Verstanden?«

Er nickte. »Ich bin auf deiner Seite«, erwiderte er leise.

Sie sah ihn an. »Ich weiß. Und ich danke dir dafür.« Dann blickte sie aus dem Fenster. Draußen wurde es langsam hell. »Wir müssen los!« Sie legte ihr Messer beiseite und stellte die Schüssel mit den Hagebuttenkernen auf den Tisch. »Die Sonne geht auf. Ich möchte so schnell wie möglich das Fleisch kaufen, um zu sehen, ob es Brunhild hilft.« Sie überlegte kurz, dann schien sie einen Entschluss zu fassen. »Und wir müssen zu Gertrud.«

Donatus schaute sie überrascht an. »Warum das?«

Gertrud war die Marktfrau, bei der sie die Eier zu kaufen pflegten.

Katharina trat auf den Flur hinaus und griff nach ihrer Haube und ihrem Mantel. »Weil ich sie warnen will, dass ihre Eier möglicherweise vergiftet sind.«

Donatus folgte ihr. Skeptisch sah er sie an. »Ob das ein so guter Einfall ist?«, murmelte er. Aber insgeheim fühlte er Bewunderung angesichts ihrer Unerschrockenheit.

5. Kapitel

Es war Ende Oktober, der Herbst war lang und feucht gewesen, und nun hatte es in der Nacht Frost gegeben. Das Pflaster der Gasse und auch die Dächer der gegenüberliegenden Häuser waren mit einer dünnen Schicht Raureif überzogen. Gut! Ein Lächeln glitt über Katharinas Gesicht, als sie aus dem Haus trat und sich umdrehte.

»Warum grinst du?«, erkundigte Donatus sich. Er wirkte noch ein wenig betreten, weil er eben so hartnäckig gewesen war. Katharina wusste, dass er befürchtete, in ihrem Haus nicht mehr willkommen zu sein, und sie verspürte den Wunsch, ihm zu versichern, dass er sich keine Sorgen machen musste. Nachdem sie ihn von der Straße aufgelesen hatte, wo er nach seinem Hinauswurf aus Heilig-Geist einige Monate gelebt hatte, hatte er sich schnell als guter Bader erwiesen. Mehr noch: Er war nahezu unentbehrlich für das Fischerhaus geworden. Aber selbst, wenn das nicht der Fall gewesen wäre, würde Katharina ihn niemals zurück in die Gosse schicken können, und sie ahnte, dass er das in der Tiefe seines Herzens wusste. Warum sonst sollte er in der letzten Zeit immer öfter den Mut fassen, sie nach Egbert oder gar nach Richard zu fragen?

Seufzend gestand sie sich ein, dass sie ihm bald nicht mehr würde ausweichen können. Vielleicht war es an der Zeit, endlich ein paar Geheimnisse miteinander zu teilen, wenn sie schon so eng zusammenarbeiteten. Sie sah ihn an und bemerkte, dass er noch auf eine Antwort auf seine Frage wartete.

»Ich *lächele* …« Sie betonte das Wort. »… weil ich mich über den Frost freue.«

Donatus runzelte fragend die Stirn, und so erklärte sie es ihm.

»Kalte Luft ist ein gutes Mittel zur Bekämpfung der *melancholia*.«

Er sah nicht besonders überzeugt aus. »Genauso wie Licht?«, fragte er. Er klang ein wenig aufsässig, als er nun über die Schulter zu den Fenstern im oberen Stockwerk hinaufwies. Die meisten von ihnen waren des Nachts hell erleuchtet, und auch jetzt brannten in den dahinterliegenden Zimmern Kerzen, auch wenn man dies nach Einsetzen der Morgendämmerung nur noch erahnen konnte.

»Ja. Genauso wie Licht.« Katharina zog den Kragen ihres dunklen Mantels fester um den Hals und ließ ihren Blick von Donatus' Gesicht zu dem Haus schweifen. Aus den Augenwinkeln sah sie, dass in den Schatten auf der gegenüberliegenden Straßenseite ein großer Mann in schwarzer Kleidung lehnte. Mit einem schwachen Nicken grüßte sie ihn, dann konzentrierte sie sich wieder auf Donatus. »Müssen wir das schon wieder diskutieren?« Es war nicht das erste Mal, dass er dieses Thema ansprach. Sie wollte sich auf den Weg zum Markt machen, aber Donatus blieb einfach stur stehen, so dass ihr nichts anderes übrigblieb, als es ihm gleichzutun.

Jetzt rümpfte er missbilligend die Nase. Er hatte den Mann in Schwarz nicht bemerkt. »Reine Verschwendung«, sagte er und kratzte sich in den Haaren. Im Grunde hatte er recht. Es war nicht billig, die Räume die ganze Nacht über so hell zu erleuchten, aber Katharina selbst hatte Anweisung dazu gegeben. Nur zu gut wusste sie, wie sehr der nahende Winter mit seiner früh hereinbrechenden abendlichen Dunkelheit auf das Gemüt drücken konnte. In den oberen Räumen wohnten Frauen, die unter der *melancholia* litten, und das Licht gehörte zu den Mitteln, mit denen Katharina diese Krankheit bekämpfte.

Sie schüttelte den Kopf. »Keine Verschwendung«, widersprach sie. »Sondern notwendige Medizin.«

Störrisch winkte Donatus ab. Die Muskeln an seinem Hals traten deutlich sichtbar hervor. »Licht ist keine Medizin«, brummte er. »Licht ist Licht. Und die Lampen kosten viel Geld.« Anders als bei ihrem Gespräch soeben drinnen wirkte er jetzt nicht befangen oder verunsichert.

Katharina unterdrückte ein Lächeln. Er sorgte sich um ihre Finanzen, dachte sie, und auf gewisse Weise rührte sie das.

»Ich habe dir schon ein paarmal erklärt, dass du dir keine Gedanken darum machen musst«, erklärte sie. Ihr Atem stieg als weiße Wolke vor ihrem Gesicht empor. »Durch das Licht im Haus wird die *melancholia* unserer Schützlinge im Zaum gehalten. Auf diese Weise sparen wir an anderer Stelle.«

Donatus verdrehte die Augen. »Bei der Medizin, ich weiß schon!«

»Warum meckerst du dann immer wieder daran herum?« Katharinas Blick huschte erneut zu dem Mann in Schwarz auf der anderen Seite der Gasse. Er hatte sich bisher nicht von der Stelle gerührt. Sein Körper schien mit den Schatten verschmolzen zu sein.

»Weil die *melancholia* von einem Überschuss schwarzer Galle im Körper herrührt. Ein vernünftiger Aderlass hilft am besten dagegen – und nicht dieser Unsinn mit Lampen und Gesprächen.«

Katharina hatte eigentlich keine Lust darauf, dieses Gespräch schon wieder zu führen, aber sie hoffte, Donatus so von weiteren Fragen nach Egbert – und vor allem nach Richard – abzulenken, also machte sie gute Miene zum bösen Spiel.

»Ein Aderlass ist nicht das Mittel der Wahl, um diese *Krankheit* zu bekämpfen!«, sagte sie und betonte dabei das Wort *Krankheit*. Vorsorglich zog sie die Ärmel ihres Mantels tiefer über die Handgelenke, aber genau das, bemerkte sie im nächsten Moment, war ein Fehler.

Donatus sah es und runzelte die Stirn. Katharina wusste, dass er die feinen Schnittnarben an ihren beiden Armen schon vor längerer Zeit entdeckt hatte und dass er sich fragte, was sie wohl zu bedeuten hatten. Sie war froh darüber, dass er bis heute nicht gewagt hatte, sie danach zu fragen, aber sie ahnte, dass es auch bis dahin nicht mehr lange dauern würde.

»Ich weiß, dass du grundsätzlich gegen den Aderlass bist«, sagte er nun. »Selbst wenn du offenbar früher öfter dieser Behandlung unterzogen worden bist!« Mit dem Kinn deutete er auf ihre Handgelenke.

Sie unterdrückte den Impuls, die Hände auf dem Rücken zu verschränken. »Du hast recht«, erklärte sie. »Ich wurde früher oft zur Ader gelassen, aber es hat meine … Krankheit nicht heilen können.« Sie zögerte, bevor sie den Satz beendete, und das entging Donatus nicht.

Er rieb sich die Nase. »Deine Krankheit.« Sie waren jetzt an dem entscheidenden Punkt angekommen. Katharina ahnte, dass sie ihm besser nicht noch einmal auswich, denn das würde ihn nur noch hartnäckiger nachfragen lassen. Um jeden Preis jedoch wollte sie vermeiden, dass er wieder von Egbert und Richard anfing. Also beschloss sie, ihm ein wenig entgegenzukommen.

Langsam nickte sie und suchte nach den richtigen Worten, mit denen sie ihrem Bader erklären konnte, was mit ihr los war.

Früher war ich wie gelähmt durch die Macht, die die melancholia *über mich hatte,* erschien ihr nicht besonders passend. Aber wie sollte sie es dann ausdrücken?

Sie grübelte noch, als Donatus' Stimme sie aus ihren Gedanken riss. »Du selbst leidest an der *melancholia.*«

Es klang so einfach, wenn er das sagte.

Sie nickte, und er tat es ihr gleich.

»Darum kümmerst du dich um diese Frauen da drinnen.« Plötzlich begriff sie, dass er sich lange Gedanken darüber gemacht hatte, was sie dazu antrieb, ihr gesamtes Vermögen für dieses Haus auszugeben, für das Haus und die Handvoll mittelloser, zum Teil gemütskranker Frauen, die sie darinnen aufgenommen hatte.

Donatus wies auf Katharinas Handgelenke. »Es war dein Ehemann, der dich zur Ader gelassen hat, oder?«

Brachte ihn denn heute alles auf Egbert? Katharina biss die Zähne zusammen. Der Mann in Schwarz rührte sich jetzt. Katharina blickte ihn an.

Donatus bemerkte ihren Blick und folgte ihm, doch der Mann in Schwarz glitt zurück in die Schatten, bevor der Bader ihn entdeckt hatte. »Und du hattest nicht das Gefühl, dass es etwas nützt.« Donatus wägte seine Worte. Ihm war ebenso wie Katharina bewusst, dass er sich auf sehr dünnem Eis bewegte.

Es gab nur sehr wenige Menschen auf dieser Welt, denen sich Katharina jemals anvertraut hatte. Einer davon war … *Richard Sterner* … Tief holte sie Luft und schob die schmerzhaften Erinnerungen von sich. »Nein«, antwortete sie Donatus. »Das hatte ich nicht. Im Gegenteil: Wenn er mir besonders viel Blut abließ, dann machte das die Sache oftmals nur noch schlimmer.« Sie besann sich, überlegte, wie sie es am besten in Worte fassen konnte. »Ich beschreibe die *melancholia* oftmals als Spinnweben, die mir die Gedanken verkleben. Aber die meisten Menschen, die darunter leiden, schildern sie einfach nur als eine allumfassende, kaum zu ertragende Mattigkeit. Und ich frage mich, wie soll eine Heilmethode, die diese Mattigkeit sogar noch steigert, die Krankheit besiegen können?«

Donatus wirkte, als habe er so noch nie über dieses Problem nachgedacht. »Wenn es das ist …«, murmelte er. Er hatte den Blick auf das Pflaster zwischen ihren Füßen geheftet, aber jetzt schaute er auf und sah Katharina direkt an. In seinen kurzen, blonden Wimpern hingen kleine Wassertröpfchen, und Katharina ahnte, dass er sie plötzlich mit ganz neuen Augen sah. Sie vermochte nicht zu erkennen, ob das gut oder schlecht war.

»Ich danke dir«, sagte er leise, »dass du dich mir anvertraut hast!«

Katharina zwang sich zu einem Lächeln und verspürte sofort so etwas wie ein schlechtes Gewissen. Um es nicht zu dicht an sich herankommen zu lassen, versuchte sie sich in einem müden Scherz: »Also?«, fragte sie herausfordernd. »Wer von uns beiden ist nun die erfahrenere Heilerin?«

Donatus grinste, und er vertrieb die Anspannung dadurch, dass er so sprach, als sei er ein unerfahrener, dummer Junge. »Du, Mama!«

Katharina nickte. »Eben!« Sie tat so, als freue sie sich über den gelungenen Scherz. Aus dem Augenwinkel sah sie, dass der Mann in Schwarz sich erneut von der Mauer löste. Sie nickte ihm ein zweites Mal zu, doch heute machte er nicht wie sonst Anstalten, sich grüßend an den Hut zu tippen und dann lautlos zu verschwinden. Heute blieb er stehen.

Jetzt endlich entdeckte auch Donatus ihn. Er runzelte besorgt die Stirn. »Was will der Kerl?«

Katharina schüttelte den Kopf und bedeutete dem Mann damit, nicht näher zu kommen. »Er passt auf mich auf«, erklärte sie ihrem Bader.

Donatus wirkte nicht überzeugt, aber er schien unschlüssig, wie er reagieren sollte.

»Lass uns gehen«, bat sie. »Wir haben heute eine Menge vor.«

Der Mann in Schwarz rührte sich nicht von der Stelle.

Donatus nickte, und das schlechte Gewissen in Katharina wuchs noch. Er war ihr dankbar, dass sie sich ihm endlich anvertraut hatte, dabei hatte sie ihm nur einen Bruchteil dessen erzählt, was sie mit sich herumschleppte.

Kurz wanderten ihre Gedanken in die Vergangenheit zurück, zu Egbert und seinen ungeduldigen Blicken, wenn sie sich wieder einmal in ihrer *melancholia* verfangen hatte. Und dröhnend laut hallten Egberts Worte in ihrer Erinnerung wider.

Stell dich nicht so an, Katharina!

Doch diese Worte wurden überlagert von einer anderen Erinnerung, von einer, die noch viel weiter zurücklag.

Sie war noch ein Kind gewesen, sechs oder sieben Jahre alt vielleicht, und sie war eines Abends nach Hause gekommen. Ihr Vater hatte nur einen einzigen Blick in ihr Gesicht benötigt, um zu erkennen, dass die *melancholia* hinter ihrer Stirn saß und sie quälte.

»Schon wieder?«, flüsterte ihr Vater.

Sie nickte. Sogar diese Bewegung fiel ihr schwer.

»Komm her!«, sagte er mit erstickter Stimme.

Sie gehorchte. Er packte sie.

Und zog den Gürtel aus seiner Hose.

»Du – bist – nicht – krank!«, schrie er auf sie ein. »Du – bist – nicht –« Bei jedem einzelnen Wort klatschte der Gürtel auf ihren Rücken. »– krank!« Ihr Hemd zerriss und ebenso ihre Haut.

Wie eine Furie hatte ihre Mutter sich schützend vor sie geworfen. Wie eine Löwin, die ihr Junges verteidigt, hatte sie Katharinas Vater angeschrien, angespuckt beinahe für das, was er ihr angetan hatte.

Katharina selbst hatte nicht geweint. Im Gegenteil. Sie hatte den Schmerz begrüßt, denn es war besser gewesen, ihn zu spüren, als gar nichts fühlen zu können. Und so war es noch heute. In ihrer Erinnerung erlebte sie die Prügel ihres Vaters oftmals nach, und stets legte sich dann ein Band aus Eisen um ihr Herz, weil die Worte ihres Vaters in ihr widerhallten.

Was, hatte er damals wieder und wieder gefragt, *was, wenn sie besessen ist?*

All diese Erinnerungen wurden in den Hintergrund gedrängt, als der Mann in Schwarz sich endlich einen Ruck gab und zu ihnen trat. Er tippte sich gegen die Hutkrempe. »Katharina!«

Sie neigte den Kopf. »Arnulf.«

Donatus machte unwillkürlich einen Schritt rückwärts. Obwohl er groß und massig war, überragte der Mann in Schwarz ihn um fast eine Haupteslänge. Er hatte seine langen Rabenhaare zu einem Zopf gebunden, der ihm unter dem Hut hervor auf den Rücken fiel. »Bist du wohlauf?«, fragte er. Er hatte eine samtige Stimme, und der Blick seiner grünen Augen richtete sich mit einem spöttischen Funkeln auf Donatus.

»Ja«, nickte Katharina. »Wie geht es Mina?« Vor einigen Wochen hatte sie der Frau, der Arnulf überaus zugetan zu sein schien, das Leben gerettet.

»Gut«, antwortete Arnulf.

Von der Seite her starrte Donatus sie beide an. Wahrscheinlich fragte er sich, warum Katharina vor diesem finsteren Gesellen nicht die geringste Angst hatte.

»Warum bist du hier?«, erkundigte sie sich bei Arnulf.

Er zog seinen Hut vom Kopf und strich sich über die Haare. »Um dich zu warnen.«

Katharina rann ein Schauer den Rücken hinunter. Sie kannte Arnulf inzwischen lange genug, um zu wissen, dass er nicht grundlos Warnungen aussprach. »Wovor?«

»Gestern waren ein paar Männer in der ›Krummen Diele‹. Ein Konrad Rotgerber. Kennst du ihn?«

Donatus schien endlich seine Zunge und vor allem seinen Mut wiedergefunden zu haben. »Das ist der Spitalmeister von Heilig-Geist.« Er schob sich vor Katharina, als wolle er sie beschützen. Es war eine Geste, die lächerlich und rührend zugleich anmutete, denn in diesem Moment erschien er Katharina noch sehr viel weiblicher als gewöhnlich. Sie fragte sich, ob das damit zusammenhing, dass sie ihn noch nie neben Arnulf gesehen hatte.

Arnulfs rechte Augenbraue zog sich in die Höhe. »Genau«, sagte er amüsiert. Dann streckte er den Arm aus und schob Donatus wie ein Möbelstück zur Seite, um sich wieder Katharina zuzuwenden. »Es war erst nur so ein Gefühl, aber ich glaube, dass der Mann dir nicht wohlgesonnen ist. Mechthild sieht es übrigens genauso.«

Katharina zog ihren Kragen enger. »Du hast mit meiner Mutter gesprochen?«

Er nickte gelassen. Er wusste, wie sie zu Mechthild stand, aber es schien ihn nicht im Geringsten zu kümmern.

»Warum sollte Rotgerber etwas gegen mich haben?«, fragte sie.

Arnulf zuckte die Achseln. »Das weiß ich nicht. Es ist ein paarmal dein Name gefallen, und ich hatte nicht das Gefühl, dass er dabei besonders liebevoll an dich gedacht hat.« Sein Blick wanderte zu Donatus. »Du hast dir in den letzten Monaten in der Stadt einige Feinde gemacht«, sagte er ruhig.

Das war der Grund, das wusste Katharina, ohne mit Arnulf darüber gesprochen zu haben, warum er bei ihr regelmäßig nach dem Rechten sah. »Ich tue nichts Unrechtes«, behauptete sie.

Er lächelte. Es war ein kaltes Lächeln. »Nein. Du beherbergst in deinem Haus nur Frauen mit Grillen im Oberstübchen. *Unverheiratete* Frauen!«, fügte er grinsend hinzu. Dann wies er mit dem Kinn auf Donatus. »Und dazu einen ...« Er unterbrach sich, zuckte nur die Achseln, als wollte er sagen: *Du wirst deine Gründe haben!*

»Pass einfach auf, ja?«, fügte er hinzu. »Ich höre mich unterdessen weiter um.«

»Mach ich«, versprach sie.

Das schien ihm zu genügen. Er setzte sich seinen Hut wieder auf, dann nickte er Donatus zu. »Und du kümmere dich ordentlich um sie! Sei wenigstens in dieser Hinsicht ein Mann!« Er warf Katharina einen Blick zu, als wolle er überprüfen, ob sie die richtigen Schlüsse aus diesen Worten zog. Sie schnitt ihm eine Grimasse. Er entblößte zwei Reihen makellos weißer Zähne. Und dann machte er kehrt und verschwand in einer Gasse, die in Richtung St. Lorenz führte.

Donatus starrte ihm sprachlos hinterher. Sein Mund öffnete und schloss sich wieder, öffnete sich erneut. Er sah aus wie ein Karpfen auf dem Trockenen. »Ich bin ...« Er verstummte. Er konnte es nicht aussprechen. Seine Ohren leuchteten blutrot.

Katharina nickte ihm beruhigend zu. »Es ist mir einerlei«, sagte sie und schämte sich dafür, dass auch sie errötete.

Da ballte Donatus beide Hände zu Fäusten. »Dieser Kerl«, murmelte er. »Wer ist er?«

»Arnulf? Oh, er ist ein Freund ...«

... von Richard Sterner, hatte sie hinzufügen wollen, verbiss es sich jedoch.

Heftig schüttelte Donatus den Kopf. »Also, ich fresse meinen Hut, wenn der nicht ein Nachtrabe ist!«

Nachtraben, so nannte man die Anführer der Nürnberger Unterwelt. Katharina unterdrückte ein Schmunzeln. Sie überlegte kurz, ob sie Donatus sagen sollte, dass er den Nagel auf den Kopf getroffen hatte, aber dann entschied sie sich dagegen. Donatus hatte schon genug Respekt vor Arnulf. Es war unnötig, ihn noch zusätzlich zu ängstigen.

»Entschuldigung, Herr Rotgerber!«

Dr. Krafft hatte die dumme Angwohnheit, an die Tür zu Konrad Rotgerbers Verwaltungsstube zu klopfen und im nächsten Moment schon auf der Schwelle zu stehen, egal, ob man ihn hereingebeten hatte oder nicht.

»Was ist denn?« Rotgerber ließ die Schreibfeder sinken und unterdrückte den Wunsch, den massigen Mann zurechtzuweisen. Seit Stunden schon saß er über seinen Büchern und Abrechnungen, weil er nicht hatte schlafen können. Es gab einfach zu viel zu tun und zu bedenken, als dass er die Ruhe gefunden hätte, im Bett liegen zu bleiben, sobald der Schlaf ihn erst einmal verlassen hatte. Nicht, dass er nicht müde war, heilige Mutter Gottes, er war sogar todmüde! Agnes, seine Frau, schimpfte in der letzten Zeit immer häufiger mit ihm. Sie behauptete, er würde sich irgendwann noch einmal zu Tode schuften.

Vielleicht, dachte er, war das gar kein so schlechter Gedanke. Dann hätte er wenigstens endlich seine Ruhe vor all diesen mühseligen und unangenehmen Pflichten. Wenn er doch nur vor ein paar Tagen den Mumm aufgebracht hätte, die fünf Männer vom Stadtrat, die für die Bestallung der verschiedenen Spitalpfleger in der Stadt verantwortlich waren, um einen Gehilfen zu bitten!

Während Rotgerber all diese Gedanken durch den Kopf gingen, schloss Dr. Krafft mit einer sanften Geste die Tür hinter sich und trat vor das Schreibpult hin. »Der Maurer, der gestern beim Einsturz des Gerüstes verletzt wurde …«, begann er. Er hatte seinen Hut in der Hand und drehte ihn unablässig. Seine Kleidung sah mitgenommen aus, gerade so, als trüge er sie noch vom gestrigen Tag. Schlief denn dieser Mann ebenfalls nie?

»Was ist mit ihm?«, seufzte Rotgerber.

»Er hat sich das Bein gebrochen. Ein komplizierter Bruch, eine offene Wunde, und ich muss …«

Rotgerber riss eine Hand in die Höhe. »Verschont mich!« Er wollte keine Einzelheiten hören. Er war Verwalter des Spitals, kein Medicus. Er kannte sich mit Zahlen aus, und er war gut darin, die Menschen, die für Heilig-Geist arbeiteten, zu Höchstleistungen anzuspornen, so dass die Vorratskammern immer gut gefüllt waren. Aber er wollte verdammt sein, wenn er Freude daran empfand, sich mit Krafft über so ekelige Dinge wie offene Wunden oder gar eitrige Geschwüre zu unterhalten.

Sein empfindlicher Magen hob sich, und Rotgerber unterdrückte ein saures Aufstoßen. Krafft schien nicht zu bemerken, wie unwohl er sich bei diesem Thema fühlte, und das war auch gut so. Außer Agnes wusste niemand davon, und Rotgerber setzte alles daran, dass dies auch so blieb. »Was braucht Ihr?«, fragte er.

Krafft knetete seinen Hut. Die Feder daran hatte einen hässlichen Knick. Der Medicus würde sie über kurz oder lang austauschen müssen, wenn er nicht wie ein Gockel mit gerupftem Kleid einherstolzieren wollte. »Die Familie macht dem Spital Vorwürfe. Sie sagen, die neue Sutte hätte niemals auf dem sumpfigen Untergrund so nahe am Fluss gebaut werden dürfen, und sie verlangen, dass Heilig-Geist für die Kosten der Behandlung aufkommt.«

»Wie teuer, schätzt Ihr, wird uns das kommen?«

»Nun, meine Dienste sind Euch sicher«, sagte Krafft. »Aber ich fürchte, das ist nicht das Wesentliche. Viel wichtiger ist, dass die Ehefrau darüber hinaus fordert, dass wir für den Verdienstausfall aufkommen. Er hat vier Kinder, und keines davon ist alt genug, um anstelle des Vaters Geld nach Hause zu bringen.«

Rotgerber knirschte mit den Zähnen. Das hatte ihm gerade noch gefehlt! Ende dieses Monats stand die jährliche Abfindungszahlung an, die das Spital dem Pfarrer von St. Sebald zu zahlen hatte, weil es ihm einige wichtige Einnahmen, hauptsächlich Seelenmessen, weggenommen hatte. Agnes, die als Spitalmeisterin für die Küche und die Wäsche verantwortlich war, hatte ihm gestern erst klargemacht, dass sie neue Betttücher für die Pfründnerinnen brauchten, und Kerzen mussten auch gekauft werden, wenn sie den Winter über nicht mit der frühen Dämmerung ins Bett gehen wollten.

»Wir sind zurzeit nicht besonders üppig mit Mitteln ausgestattet«, sagte Rotgerber. »Zumal der neue Priester in den nächsten Tagen erwartet wird und wir das Geld, das für seine Stelle vorgesehen ist, dann nicht mehr zur freien Verfügung haben.« Nachdem der Vorgänger des Priesters, den sie vor einigen Wochen erbeten hatten, überraschend an einer Blutvergiftung verstorben war, hatte Rotgerber die Mittel, die eigentlich für die Neubesetzung der Stelle vorgesehen waren, anderweitig verwendet. Sobald der neue Priester jedoch da war, würde das nicht mehr möglich sein.

Der Medicus nickte. »Ich weiß. Dennoch denke ich, dass wir gut daran täten, der Frau des Maurers irgendwie entgegenzukommen. Sonst riskieren wir eine Untersuchung des Unfalls durch den Stadtrat.«

Rotgerber griff nach der Feder. Nachdenklich strich er über die schneeweiße Fahne. »Ich werde meine Frau fragen, ob sie eine Möglichkeit sieht, die Frau in der Küche einzustellen, solange ihr Mann darniederliegt.«

Krafft sah nicht überzeugt aus, dass dies der richtige Weg war, aber dennoch nickte er. »Gut.« Er wandte sich bereits zum Gehen, doch Rotgerber hielt ihn zurück.

»Da Ihr schon mal da seid …«

»Ja?« Er drehte sich wieder um.

»Es geht um die Zustiftung, die uns die Witwe Schöfferssen versprochen hat.« Sein Magen schmerzte schon, wenn er nur daran dachte. »Ich hatte Gelegenheit, dieser Tage mit der Frau zu reden. Wie es scheint, ist uns das Geld noch nicht sicher.«

»Nicht?« Krafft wirkte erstaunt ob dieser Eröffnung. »Ich dachte, sie hätte Euch den Betrag fest zugesagt. Wolltet Ihr ihn nicht dazu benutzen, dem Spital eine eigene Apotheke einzurichten?«

Das war in der Tat der Plan gewesen, dachte Rotgerber, und der Ärger, den er dabei empfand, verstärkte seine Magenschmerzen noch. Bis zu dem Zeitpunkt, an dem dieses dämliche Weib ihm eröffnet hatte, dass sie mit dem Gedanken spiele, ihr Geld statt Heilig-Geist lieber dem Fischerhaus dieser Katharina Jacob zukommen zu lassen.

»Wem will sie das Geld denn stattdessen geben?«, fragte Krafft.

Rotgerber war drauf und dran, ihm zu antworten, doch dann winkte er ab. »Darum kümmere ich mich schon! Was ich Euch fragen wollte, ist etwas anderes. Wenn wir einen spitalseigenen Apotheker einstellen, für wen, meint Ihr, sollten wir uns entscheiden?«

»Das ist einfach!«, rief Krafft aus. »Georg Öllinger, würde ich meinen, ist die beste Wahl. Er hat seine Apotheke ganz in der Nähe vom ›Roten Ochsen‹.«

»Ich kenne Öllinger. Warum haltet Ihr ihn für den besten Kandidaten?«

»Er ist noch jung, folglich wird er Euch nicht allzu teuer kommen. Dennoch hat er bereits einen recht guten Ruf.«

»Ist er nicht ein Anhänger von Marcellus Empiricus?«

Krafft machte eine unbestimmte Geste. »Er experimentiert eine Menge. Letztens hatte ich Gelegenheit, mich mit ihm zu unterhalten. Ich glaube, er ist gerade dabei, sich mehr den Heilkräutern zuzuwenden.

Er sagte mir, dass er einiges von einer heilkundigen Frau namens Cornelia oder Claudia Jacob oder so lernt.«

»Katharina«, rutschte es Rotgerber heraus.

Krafft hob fragend die Augenbrauen.

»Katharina Jacob«, wiederholte der Spitalmeister. Der Schmerz in seinem Magen war jetzt heiß und grell. »Das ist ihr Name.«

»Ihr kennt sie?«

Darauf antwortete Rotgerber nicht. Er starrte auf die Feder, die er noch immer in den Händen hielt. Inzwischen war ihre Fahne zerzaust und nicht mehr weiß, sondern unansehnlich grau. Rotgerber warf sie auf seine Aufzeichnungen. »Würdet Ihr mir einen Gefallen tun?«

»Wenn ich kann.«

»Könntet Ihr heute Morgen noch zu diesem Öllinger gehen und ihn bitten, mich heute Vormittag hier in Heilig-Geist zu treffen? Ich glaube, es gibt einige Dinge, die ich mit ihm besprechen muss.«

Krafft nickte. »Natürlich.« Die geknickte Feder an seinem Hut wippte auf und ab.

Rotgerber griff sich ins Genick, um sich die verkrampften Muskeln dort zu massieren. Ein dumpfer Kopfschmerz kündigte sich an. Er musste dringend darauf achten, dass er mehr Schlaf bekam! »Das war alles, ich danke Euch!«

Krafft verneigte sich, dann verließ er das Kontor. Hinter sich schloss er die Tür ebenso sanft wie bei seinem Eintreten.

Rotgerber starrte auf die Feder auf seinem Pult. Er griff danach. Es wurde wirklich Zeit, dachte er grimmig, dass er etwas gegen diese Katharina Jacob unternahm.

Der Kiel der Feder knackte leise, als der Spitalmeister ihn in der Faust zerdrückte.

Nachdem Arnulf verschwunden war, sperrte Katharina die Haustür zu und warf einen Blick an der mit Schnitzereien reichverzierten Fassade ihres Hauses in die Höhe. Es war ursprünglich von einem Mann aus Lübeck erbaut worden, und zur Erinnerung an seine alte Heimat hatte er den tragenden Balken im zweiten Stock mit der Schnitzerei eines Mannes versehen lassen, der ein Netz auswarf. Aus diesem Grund war das Haus in der Gegend nur als »das Fischerhaus« bekannt.

»Wollen wir?«, fragte Katharina Donatus.

Der starrte noch immer nachdenklich in die Richtung, in der Arnulf verschwunden war. Er leckte sich über die Unterlippe, dann nickte er.

Sie machten sich auf den Weg in Richtung Markt, doch sie kamen nicht weit. Eben hatten sie die Gasse an der Frauentormauer halb durchquert, als ihnen jemand entgegenkam. Es war ein schlanker, hochgewachsener Mann, der den langen Mantel eines Gelehrten trug, darüber jedoch einen modisch aussehenden, samtenen Hut mit einem breiten Pelzbesatz. Sein Gesicht war von der morgendlichen Kälte gerötet, und auch in seinen Wimpern hingen Tröpfchen, das sah Katharina, als der Mann dicht vor ihr stehen blieb. Ihm folgte, in zwei oder drei Schritten Abstand, ein Junge, den Katharina noch nie zuvor gesehen hatte.

»Guten Morgen, Frau Jacob.« Der Gelehrte lüpfte den Hut und zum Vorschein kamen hellbraune, kurzgeschnittene Haare, die sich ihm in kleinen Locken um die Ohren kringelten. Dann nickte er Donatus zu. »Herr Bader!«

»Guten Morgen, Herr Öllinger!« Katharina hatte Georg Öllinger durch einen gemeinsamen Bekannten, den Nürnberger Medicus Hartmann Schedel, kennengelernt. Öllinger besaß in der Nähe des »Roten Ochsen« eine kleine Apotheke, in der er mit Erlaubnis des Stadtrates Medizin herstellte und an die Ärzte der Stadt verkaufte. Katharina wusste nicht genau, wie alt er war, aber seinem Aussehen nach schätzte sie ihn auf Anfang, Mitte dreißig. Seine Frau war vor drei Jahren bei der Geburt ihres zweiten Kindes gestorben, und seitdem kümmerte er sich fürsorglich um seinen kleinen Sohn und auch um seinen Ältesten, der den gleichen Vornamen trug wie er.

Donatus erwiderte Öllingers Gruß recht beiläufig.

Katharina gab Öllinger die Hand. »Was treibt Euch zu so früher Stunde schon auf die Beine?« Neugierig versuchte sie einen Blick an Öllinger vorbeizuwerfen, doch der Junge hielt sich schüchtern direkt hinter dessen Rücken verborgen, so dass sie ihre Bemühungen vorerst aufgab.

Öllinger fiel gewöhnlich nicht mit der Tür ins Haus, aber jetzt antwortete er ohne Umschweife auf Katharinas Frage. »Ich brauche Eure Hilfe.«

Katharina hob die Augenbrauen. »Meine Hilfe?«

Öllinger langte hinter sich und zerrte den Jungen nach vorn.

Jetzt erst konnte Katharina ihn genauer betrachten. Er war ebenfalls groß, allerdings nicht ganz so groß wie Öllinger. Seine Gestalt war schlaksig, wie das oft bei Jungen in seinem Alter der Fall war. Er mochte vielleicht vierzehn oder fünfzehn Jahre sein. Seine Arme wirkten zu lang für seinen Körper, die Füße zu groß. Das Auffallendste an ihm war jedoch sein vollkommen kahlrasierter Schädel, der wie eine Elfenbeinkugel schimmerte. Zum Ausgleich für die Glatze hatte der Junge Augenbrauen, die ihm wie dichte, pechschwarze Raupen im Gesicht saßen und sich bewegten, sobald er seinen unruhigen Blick hin- und her schweifen ließ.

»Tobias, das ist die Frau, von der ich dir erzählt habe«, sagte Öllinger zu dem Jungen. »Ihr Name ist Katharina Jacob.« Er wandte sich an Katharina. »Das ist Tobias Weinmann, einer der Armen Scholaren aus Heilig-Geist.«

Von ihren Besuchen bei ihrer Mutter im Spital wusste Katharina, dass die Spitalstiftung mehrere Stellen für Scholaren bereithielt, die zwar talentiert und intelligent waren, aber niemals genug Mittel aufbringen konnten, um an die höhere Bildung der *Artes liberales* zu gelangen. Während ihrer regelmäßigen Besuche bei ihrer Mutter hatte Katharina schon ein paarmal einige dieser sogenannten Armen Scholaren gesehen, doch Tobias war ihr bisher noch nie über den Weg gelaufen. An diesen auffälligen, fast seltsam anmutenden Kontrast zwischen der Glatze und den dichten Augenbrauen hätte sie sich erinnert. Und ebenso an die Art, wie dieser Junge sich gab. Er wirkte wie jemand, der darauf gefasst war, im nächsten Moment einen brutalen Tritt zu erhalten. »Warum bringt Ihr ihn zu mir?«, fragte sie.

Öllinger, der bis eben Tobias' Arm umklammert gehalten hatte, ließ ihn nun los. »Ehrlich gesagt, hoffe ich, dass Ihr ihn bei Euch aufnehmt.«

Bei diesen Worten entwich Donatus ein leiser Laut der Überraschung. Katharina warf ihm einen Seitenblick zu, und sie bemerkte, dass er Tobias mit zusammengezogenen Augenbrauen musterte.

»Warum das?«, fragte sie.

Tobias stand regungslos da und starrte auf seine Schuhspitzen.

Öllinger räusperte sich. Er wich Katharinas Blick aus, als er antwortete. »Nun. Er braucht ein wenig Abstand von Heilig-Geist, und ich wusste, ehrlich gesagt, nicht, wohin mit ihm.« Seine Ohren hatten angefangen zu glühen.

Wie wäre es mit Eurem eigenen Haus?, war Katharina versucht zu sagen, aber sie tat es nicht. Sie war nicht die Sorte Mensch, die ihre Hilfe verweigerte, wenn sie um sie gebeten wurde. Etwas ging vor zwischen ihrem Bader und dem Apotheker, das spürte sie. Es schien, als wüssten beide um Dinge, die sie nicht laut auszusprechen wagten, und Katharina fragte sich, was es sein mochte. Aus irgendeinem Grund kamen ihr Arnulfs Andeutungen von eben in den Sinn.

Sei wenigstens in dieser Hinsicht ein Mann, hatte er gesagt.

Sie schluckte ihr Unbehagen herunter. »Natürlich kann er eine Weile bei uns bleiben.«

»Ich danke Euch!« Öllinger wirkte erleichtert, Tobias hingegen war nicht die geringste Regung anzusehen. Er kam Katharina vor wie ein Möbelstück, das in ihr Haus geschafft werden sollte.

Sie wandte sich an den jungen Mann und streckte vorsichtig eine Hand nach ihm aus. »Tobias? Magst du mit mir kommen?«

Er nickte schüchtern. Seine Lippen öffneten sich, aber ohne ein Wort gesagt zu haben, presste er sie wieder aufeinander. Seine Augen waren groß und ängstlich. Sie hatten eine hellblaue Iris, die so gar nicht zu den schwarzen Brauen passen wollte.

»Du bist ein starker junger Mann, nicht wahr?«, fragte Katharina ihn mit sanfter Stimme.

Er erzitterte. Ein undefinierbarer Laut entrang sich seiner Kehle, es hätte ein Ja, aber auch ein Nein sein können. Oder ein verzweifeltes Ächzen.

Donatus stöhnte unterdrückt. Er wirkte plötzlich angespannt, zornerfüllt, und Katharina sah Öllinger an, um herauszufinden, ob er das ebenso sah. Der Apotheker jedoch war vollständig auf Tobias konzentriert.

»Du musst keine Angst vor mir haben«, wandte sie sich wieder an den Jungen. »Ich werde dafür sorgen, dass dir niemand etwas tut, hast du mich verstanden?« Sie wartete auf eine Reaktion, und diesmal erhielt sie tatsächlich eine.

Ganz sachte, kaum sichtbar, nickte er.

Ein Anfang! Sie spürte, wie sie von zwei völlig verschiedenen Gefühlen erfasst wurde. Das eine war Mitleid, doch das andere, stärkere war Neugier. Neugier darauf, was diesem gequälten jungen Kerl wohl geschehen sein mochte. Wieder sah sie in Donatus' Richtung.

Er kaute auf der Innenseite seiner Wange.

»Gut«, meinte sie. »Das Beste wird sein, du gehst mit unserem Bader hier zusammen nach Hause. Er wird dir ein Zimmer geben und dir alles zeigen, was du fürs Erste wissen musst.« Sie winkte Donatus heran, doch als er näher trat, geschah etwas für Katharina völlig Unerwartetes.

Tobias' Blick fiel auf die massige Gestalt des Baders. Und er begann völlig lautlos zu weinen. Träne um Träne rann aus seinen Augen und die blassen Wangen hinab, während er Donatus anblickte, als stehe er seinem Henker gegenüber.

»Um Himmels willen!« Ohne zu überlegen, trat Katharina vor und streckte die Hand nach Tobias aus, um ihn zu trösten. Doch wie gestochen sprang er rückwärts und entzog sich ihr. Aus wilden Augen sah er sie an, und plötzlich stand eine Hoffnungslosigkeit in seinem Blick, die Katharina die Kehle zuschnürte. Rasch hob sie beide Hände. »Ich tu dir nichts!«

Langsam, zögernd kam er wieder näher.

»Ihr müsst verzeihen«, erklärte Öllinger ihr, und er klang peinlich berührt. »Ich glaube, er hat einfach Angst davor, mit Donatus allein zu sein.«

Heftiges Kopfnicken von Tobias bestätigte seine Worte.

»Hast du vor mir ebenfalls Angst?«, fragte Katharina ihn sanft.

Tobias reagierte nicht sofort. Für eine Weile huschte sein Blick in Katharinas Gesicht herum, und gerade, als sie sich fragte, was er wohl sah, da nickte er endlich. Dann schüttelte er rasch den Kopf. »Nein«, hauchte er. Es war das erste Wort, das er gesprochen hatte.

Er hatte eine leise, fast ein bisschen heisere Stimme.

Donatus' Gedanken waren an einem Punkt eingefroren.

Es geschieht erneut!, war alles, was er denken konnte. *Es geschieht tatsächlich erneut!*

Er rieb sich mit beiden Handflächen über die Augen. Er spürte Apotheker Öllingers Blicke auf sich, ahnte die Frage, die auf dessen Seele brannte und die er doch nicht auszusprechen vermochte.

Kilian!

Der Name stand in seinen Gedanken wie ein Fanal. Gleichzeitig flammte ein Bild vor seinem inneren Auge auf, das Bild eines blassen

Gesichts mit geschlossenen Lidern, blauen Lippen. Und Wassertropfen, die aussahen wie Tränen. Um nicht an der Wucht dieser Erinnerung zu zerbrechen, konzentrierte Donatus sich auf eine andere …

… nachdem im Februar die Tür von Heilig-Geist hinter ihm zugeschlagen worden war, war er eine Weile lang ziellos durch die froststarren Gassen der Stadt gelaufen, bis er begriffen hatte, dass er als Erstes einen Unterschlupf für die Nacht finden musste.

An einer Hausecke war er stehen geblieben. Der Wind drang zwar nicht durch seinen dicken Mantel, aber seine Schuhe waren nur dünn, und die Kälte kroch ihm durch die Sohlen bis hinauf in die Waden. Sein Blick wanderte über die Fassaden der umliegenden Häuser. Er war im Spittlertorviertel gelandet. Rings um ihn befanden sich Wirtsstuben, Mietställe und die Wohnhäuser der ärmeren Bürger, die es sich nicht leisten konnten, eines der stattlichen Gebäude an den großen Plätzen oder gar den breiten Straßenkreuzungen zu kaufen.

Er tastete nach Spindlers Geldbeutel, den er sich im Laufe der vergangenen Stunden irgendwann in die Tasche gesteckt hatte. Jetzt wog er ihn in der Hand, dachte darüber nach, wie lange das Geld wohl reichen würde. Eine Frau entdeckte ihn, löste sich von der Hausecke, an der sie gestanden und offenbar auf jemanden gewartet hatte. Zielstrebig kam sie auf Donatus zu.

Er musterte sie, und es dauerte einen Moment, bis er begriff, was sie vorhatte. Sie trug ein langes, tief ausgeschnittenes Kleid aus dunkelblauem Samt, das an den Seiten Schlitze hatte. Durch sie hindurch konnte Donatus einen Blick auf die Beine der Frau werfen. Mit einem warmen Lächeln und sorgsam darauf bedacht, ihm genügend weiße Haut zu zeigen, blieb sie vor ihm stehen.

»Na?«, sagte sie. Sie hatte eine tiefe Stimme, die schnurrte wie die einer Katze. »Bist du einsam? Suchst du ein bisschen wärmende Gesellschaft?« Sie starrte auf den Geldbeutel in Donatus' Hand, und jetzt erst begriff er, worin das Angebot bestand, das sie ihm gerade machte.

Er spürte, wie seine Ohren flammend rot wurden.

Die Frau lachte. »Verlegen? Wie süß!« Sie streckte eine Hand nach ihm aus, aber er wich zurück. »Du musst dich nicht fürchten«, sagte sie. »Ich kann sehr zärtlich sein, wenn ich jemanden bediene, der noch unerfahren ist. Wie heißt du?«

Er. Unerfahren! Er war zu verwirrt, um die Antwort zu verweigern. »Donatus«, gab er zurück, und gleich darauf wurde ihm klar, dass sie dies als Aufforderung verstehen musste.

Sie kam noch ein wenig näher. Er konnte jetzt das Parfüm riechen, das sie aufgelegt hatte, einen schweren Duft von Blüten und reifem Obst. Überreifem Obst, schoss es Donatus durch den Kopf. Etwas lag unter diesem Geruch, etwas Unangenehmes, Dumpfes, so, als habe die Frau sich lange nicht richtig gewaschen.

Er schluckte schwer.

»Ich bin Mina«, stellte sie sich vor. »Komm. Ich habe ein warmes Zimmer …« Sie wollte ihn am Ellenbogen fassen, aber er wich erneut zurück.

»Nein!«

Erstaunt sah sie ihn an. Sie hatte ein schmales Gesicht, das ihn an ein Wiesel denken ließ, ihre Augen wirkten darin viel zu groß. Braun waren sie, mit kleinen, goldenen Einsprengseln.

»Nur das Zimmer.« Donatus räusperte sich. Mina verstand immer noch nicht. »Nur ein Zimmer«, wiederholte er und kam sich dabei vor wie ein Idiot. »Ich brauche keine … ich meine, ich suche ein Zimmer … zum Wohnen …«

Sie ließ den Blick an seiner Gestalt auf- und abwandern. Kurz schien sie zu glauben, er ziere sich nur, wolle den Preis drücken, aber dann begriff sie. Und trat einen Schritt zurück.

»Ach so.« Plötzlich klang ihre Stimme gar nicht mehr wie die einer Katze. »Geh zu der alten Doris, ganz am Ende dieser Gasse. Sie hat Zimmer zu vermieten.« Schwungvoll drehte sie sich um und stiefelte davon.

Donatus starrte ihr nach. Verwundert stellte er fest, dass er ihre Gegenwart bereits in dem Moment vermisste, in dem ihr blauer Rock um die nächste Hausecke verschwunden war.

Noch am selben Tag im Februar hatte er ein Zimmer bei der alten Doris bezogen, nur um dann festzustellen, dass niemand einen Bader wollte, der im Spittlertorviertel wohnte. Zuerst glaubte er, Konrad Rotgerber habe dafür gesorgt, dass niemand ihn einstellte. Als er nach Monaten der vergeblichen Arbeitssuche endlich begriff, dass der Spitalmeister das gar nicht nötig gehabt hatte, dass die Leute ihm, Donatus, allein wegen seiner räumlichen Nähe zu Huren und Gesindel nicht trauten, war es längst zu spät. Das Geld, das er von Dr. Spindler erhalten hatte, war aufgebraucht, eine Anstellung – und sei es auch nur als einfacher Tagelöhner – in ebenso weiter Ferne wie zuvor. Doris warf ihn hinaus, als er die Miete nicht mehr bezahlen konnte, und er hatte sich gerade mit dem Gedanken vertraut gemacht, in Zukunft betteln gehen zu müssen, als er Mina wiedertraf.

»Beschissen siehste aus«, war das Erste, was sie sagte.

Er widersprach nicht. Seinen alten Mantel hatte er verkauft und gegen einen billigeren getauscht, um wenigstens noch ein paar Tage etwas zu essen zu haben. Die Haare hatte er sich selbst so kurz wie möglich geschoren, um besser vor Läusen und anderem Ungeziefer gefeit zu sein, aber das hatte nichts genützt gegen den grindigen Ausschlag, den er sich irgendwo eingefangen hatte und der seine gesamte Kopfhaut jucken ließ. Er hatte abgenommen, ein übler Dauerschnupfen plagte ihn, rötete seine Augen und ließ seine Nase in einem fort laufen.

»Jetzt siehste mich wohl mit anderen Augen«, fuhr Mina fort. »Nicht wahr?«

Donatus musterte sie. Sie trug noch immer dasselbe blaue Kleid, obwohl inzwischen der Frühling und auch der Sommer ins Land gegangen waren. Das Parfüm schien ihr ausgegangen zu sein, denn sie roch jetzt nicht mehr nach Blumen und Obst. Allerdings vermochte er auch den anderen Geruch, den üblen, an ihr nun nicht mehr wahrzunehmen, und ihm war klar, woran das lag. Er selbst roch nun ebenso.

Er schluckte schwer. »Ich will nach wie vor nicht mit dir …«

Sie stemmte die Hände in die Hüften und warf lachend den Kopf in den Nacken. »Denkste, ich wüsste nicht längst, dass du keine Frauen … Egal!« Sie winkte ab.

Er kratzte sich am Kopf. »Als wir uns das letzte Mal trafen … ich habe dich nicht … verachtet.« Er zögerte, das letzte Wort auszusprechen, denn er war sich nicht sicher, ob sie ihn der Lüge bezichtigen würde.

Doch zu seiner Überraschung nickte sie. »Ich weiß. Was hast du nun vor?«

Er zuckte die Achseln. »In dem Beruf, den ich beherrsche, will mich niemand.«

Im Spittlertorviertel war es ein offenes Geheimnis, dass er noch immer versuchte, eine Anstellung als Bader zu finden. Viele machten sich darüber lustig, etliche davon nicht einmal hinter vorgehaltener Hand.

Mina nicht. »Ich kenne jemanden«, meinte sie.

Donatus wehrte sich gegen den Funken Hoffnung, der in ihm keimte. In den letzten Monaten war er so oft voller Hoffnung gewesen und so oft enttäuscht worden. Noch einmal hätte er das nicht ausgehalten.

Mina lächelte. »Eine Frau. Sie besitzt ein Haus an der Frauentormauer.«

Er wartete, bis sie weitersprach.

»Ich kenne sie schon länger, sie hat mir mal geholfen …« Mit den Händen deutete sie einen dicken Bauch an. Verlegen biss sie sich dabei auf die Unterlippe.

»Ich gehe zu keiner Engelmacherin!«, wehrte er ab. »Lieber gehe ich betteln.«

Sie musterte ihn amüsiert. »Wie du aussiehst, bleibt dir nicht mehr viel übrig. Nein, Katharina ist keine Engelmacherin. Du hast mich falsch verstanden.«

Nach einigem Zaudern hatte er eingewilligt, diese Frau zu treffen. Und so hatte er Katharina Jacob kennengelernt. Sie hatte ihn bei sich aufgenommen, ohne Wenn und Aber. Sie hatte sich um seinen Ausschlag gekümmert und auch um seinen Schnupfen, der unter ihren fachkundigen Händen schnell besser geworden war. Und dann, als er wieder gesund war, hatte sie ihm Arbeit gegeben. Arbeit als Bader, die ihm Tag für Tag half, die furchtbaren Erinnerungen, die ihn mit Kilian verbanden, zu vergessen. Nur des Nachts wachte er manchmal auf, wenn Kilians bleiches Gesicht mit den blauen Lippen ihm im Traum erschienen war. Dann lag er meistens lange wach und fragte sich, womit er Katharinas Mildtätigkeit verdient hatte.

Katharina sah die verschiedensten Gefühle sich auf Donatus' Gesicht abzeichnen, und sie ahnte, dass er in Gedanken in seiner eigenen Vergangenheit weilte. Die Neugier, zu erfahren, was er erlebt hatte, bevor Mina ihn gegen Ende des Sommers zu ihr gebracht hatte, wuchs, aber sie schob sie zur Seite. Eines nach dem anderen!

Sie blickte Tobias an, der dastand und sich nicht rührte. Sie selbst würde ihn ins Fischerhaus bringen müssen, das war nach seiner Reaktion auf Donatus mehr als deutlich. Sie unterdrückte ein Seufzen. Gertrud und ihre Eier würden ebenso warten müssen wie das Rindfleisch für Brunhilds Medizin.

»Was ist ihm geschehen?«, fragte sie Öllinger.

Donatus schien die Antwort auf diese Frage ebenso brennend zu interessieren wie sie selbst. Mit zusammengekniffenen Augenbrauen starrte er den Apotheker an.

Der wich ihnen aus. »Er war meiner Meinung nach dicht davor, in die Pegnitz zu springen«, erklärte er. »Ich dachte mir, Ihr wüsstet vielleicht am besten, wie man mit so was umgeht.«

Katharina hakte nach. »Was meint Ihr mit *so was*?«

»Ich weiß es nicht genau«, sagte er mit einer Miene, die Befangenheit und Scham nur allzu deutlich machte. Er log, und er wusste, dass sie es merkte.

Katharina sah Donatus an. Er kannte die Antwort auf ihre Frage, also beschloss sie, es vorerst dabei zu belassen. Später war noch genügend Zeit für ein ausführliches klärendes Gespräch. »Also gut! Dann wollen wir mal!«, sagte sie munter zu Tobias.

Genau in diesem Moment bog ein Mann um die nächste Hausecke. Katharina achtete nicht weiter auf ihn, weil sie damit beschäftigt war, Tobias dazu zu bringen, mit ihr zu gehen. Aber als der Mann näher trat und dicht neben Öllinger stehen blieb, schaute sie ihn an.

Es war Dr. Krafft, der Spitalarzt von Heilig-Geist.

Bei seinem Anblick traten Tobias' Augen weit hervor. Er machte einen schnellen Schritt zur Seite – und brachte auf diese Weise Katharina genau zwischen sich und den Medicus.

»Krafft!« Öllinger grüßte den massigen Mann mit einem verwunderten Nicken.

Aus den Augenwinkeln sah Katharina, dass Donatus' Lippen zu schmalen Strichen wurden.

»Rotgerber schickt mich«, sagte der Medicus zu Öllinger. »Ich war erst bei Euch zu Hause, aber da sagte man mir, dass Ihr hier seid.« Falls ihn diese Tatsache verärgerte, so ließ er es sich nicht anmerken. Einmal nur wanderte sein Blick kurz an der Fassade des Fischerhauses in die Höhe. »Rotgerber bittet Euch, heute vormittag zu ihm ins Spital zu kommen.«

Öllingers Reaktion nach zu urteilen, schien er auf diese Nachricht seit längerem sehnsuchtsvoll gewartet zu haben. Ein Strahlen glitt über seine Züge. »Natürlich! Ich mache mich sofort auf den Weg.«

»Sehr gut.« Krafft verabschiedete sich von Katharina, indem er seinen Hut kurz lüpfte, Donatus nickte er zu. Dann verschwand er auf demselben Weg, den er zuvor gekommen war.

Verlegen deutete Öllinger auf Tobias. Um Entschuldigung heischend blickte er Katharina an. »Ich fürchte, ich muss Euch allein mit ihm lassen.«

»Mir schien diese Einladung eine gute Nachricht für Euch zu sein«, sagte sie. Aus irgendeinem Grund kam ihr Arnulfs Warnung vor Konrad Rotgerber in den Sinn.

Öllinger nickte. »Erst kürzlich sprach ich mit dem Spitalmeister. Es heißt, dass Heilig-Geist eine größere Zustiftung erhalten wird, die es möglich macht, einen Spitalapotheker einzustellen. Ich hätte niemals zu hoffen gewagt, dass er mich in Erwägung zieht, immerhin ist meine eigene Apotheke nur klein und wenig berühmt. Aber offenbar tut er das.«

Katharina lächelte. »Ich bete für Euch«, sagte sie.

»Danke!« Er lächelte. »Ich glaube, ich muss dann gehen …«

Sie nickte nur, und da wandte er sich um und eilte davon. Er vergaß vollständig, sich von Tobias zu verabschieden.

6. Kapitel

Katharina bat Donatus, auf sie zu warten, während sie Tobias in eine der Kammern unter dem Dach des Fischerhauses brachte.

»Ich kümmere mich unterdessen um das Brennholz«, sagte er.

Katharina verspürte Dankbarkeit angesichts der Ruhe und Gelassenheit, die er auszustrahlen versuchte, auch wenn er sie innerlich nicht wirklich zu empfinden schien. Sie glaubte die Anspannung zu spüren, die ihn bei Tobias' Anblick ergriffen hatte, und sie nahm sich fest vor, dass sie ihn darüber zum Reden bringen würde, sobald sie sich um Tobias gekümmert hatte. In ihr wuchs das ungute Gefühl, dass sie das bereits schon viel eher hätte tun sollen.

Zögernd nur betrat Tobias den Flur, und als Katharina ihn bat, mit ihm die Treppe hinaufzukommen, damit sie ihm eine der dort oben liegenden Kammern zuweisen konnte, da folgte er ihr nur sehr langsam. Jeden einzelnen Schritt setzte er nachdenklich, und Katharina war sich sicher, dass sie nur eine unerwartete Bewegung machen musste, um ihn so sehr zu verschrecken, dass er sich herumwerfen und auf Nimmerwiedersehen davonlaufen würde.

Herr im Himmel, dachte sie bei sich. *Was hast du bloß erlebt?*

Aber sie verbiss sich jede Frage nach seiner Vergangenheit und konzentrierte sich auf das Hier und Jetzt. *Hier bist du in Sicherheit. Jetzt wird dir niemand mehr etwas tun.* Das waren die Zeichen, die sie ihm zu geben versuchte, indem sie ihn immer wieder anlächelte und indem sie stets einigen Abstand zu ihm hielt. »Hier oben wohnen nur lauter Frauen«, erklärte sie ihm. »Und die sind alle schon ziemlich alt.« Sie erreichte die Kammer, die sie für ihn vorgesehen hatte, und blieb davor stehen.

Er blickte sie an, als könne er ihre Freundlichkeit nicht fassen.

Sie öffnete die Tür und stieß sie nach innen auf. »Außer mir und Donatus ist in diesem Haus niemand unter dreißig«, lächelte sie. »Ist das zu glauben?«

»Donatus«, murmelte er.

Sie sah Tobias in die Augen, und dann begriff sie, was ihn umtrieb. Sie ging zu dem schmalen Bett, das die gesamte linke Wand der Kammer einnahm, und setzte sich darauf. »Du willst wissen, ob er gefährlich für dich ist, nicht wahr?«

Tobias blieb mitten im Raum stehen. Sorgsam sah er sich um, betrachtete das Bett, die Truhe, den einzelnen Stuhl, das Waschgeschirr, das unbenutzt und ein wenig verstaubt in der Ecke neben dem kleinen Dachfenster stand. Erst dann kehrte sein Blick zu Katharina zurück, und er nickte.

»Das ist er nicht!« Sie sagte es mit allem Nachdruck, zu dem sie fähig war. »Er ist ein bisschen schroff und manchmal auch ziemlich frech.« Sie lachte, um ihren Worten das Bedrohliche zu nehmen.

Arnulfs vielsagender Blick kam ihr in den Sinn, mit dem er sie bedacht hatte, als er Donatus befahl, sich wie ein Mann zu benehmen, und sie verdrängte die Erinnerung rasch. »Aber er ist nur zu mir schroff, glaub mir! Er wird dir nichts tun.«

Tobias' Blick huschte zu der Tür und dem schweren Eisenschloss daran.

Katharina unterdrückte ein Seufzen. »Es gibt leider keinen Schlüssel dafür. Mein Mann hat dieses Haus gekauft, und der Verkäufer lebte damals schon lange nicht mehr hier. Da müssen die ganzen Schlüssel für hier drinnen irgendwann verlorengegangen sein.«

Tobias schaute auf den Stuhl.

»Ja«, meinte Katharina. »Den kannst du unter die Klinke schieben, wenn du dich unsicher fühlst.« Sie erhob sich wieder. »Jetzt muss ich dich leider allein lassen. Ich muss unbedingt zum Markt und etwas Wichtiges erledigen.« Sie trat zur Tür.

Tobias stand noch immer regungslos in der Mitte des Raumes.

»Ich nehme Donatus mit zum Markt«, erklärte sie. »Du musst dich also nicht fürchten. Hier bist du ganz und gar sicher!«

Als er darauf nicht reagierte, wandte sie sich zum Gehen.

Sie hatte die Treppe schon halb überwunden, als sie oben in Tobias' Zimmer die Stuhlbeine über den Boden scharren hörte.

Nachdenklich biss sie sich auf die Unterlippe.

Am liebsten wäre sie bei ihm geblieben, aber das war nicht möglich. Sie musste sich um Brunhild und die Medizin für sie kümmern. Sie musste mit Donatus reden. Und es wurde Zeit, dass sie endlich auf den Markt kam.

Als sie aus dem Haus wieder auf die Gasse trat, kam ihr Bader gerade mit einem Arm voll frischem Brennholz aus dem Hinterhof. »Ich bringe das nur eben rein«, sagte er, rührte sich aber nicht von der Stelle.

Katharina nickte. Es war eine seltsame Situation, denn sie wussten beide, dass sie sich an einem Punkt befanden, an dem sie sich entscheiden mussten. *Ich bin auf deiner Seite,* hatte Donatus vorhin zu ihr gesagt, und sie war ihm ausgewichen. Ihr war klar, dass er das beim nächsten Mal nicht mehr zulassen würde, wenn sie ihn jetzt das fragte, was ihr auf der Seele brannte. Dennoch gab es keinen anderen Weg.

»Stimmt es«, setzte sie vorsichtig an, »dass du ...« Sie brach ab. Es war unmöglich, es auszusprechen.

Donatus umklammerte das Brennholz, als könne es ihn davor bewahren, sich in Luft aufzulösen. *Selbst schuld!,* schalt er sich. *Warum hast du sie vorhin derart in die Enge getrieben mit deiner dämlichen Fragerei nach Egbert und diesem Richard Sterner? Jetzt sieh zu, wie du ungeschoren aus diesem Schlamassel wieder herauskommst!*

Katharina sah sich um, ob jemand in der Nähe war, der sie belauschen konnte, doch zu dieser frühen Stunde waren sie allein vor dem Fischerhaus.

Einen Moment lang schwiegen sie beide. Endlich fasste Donatus einen Entschluss. Besser, er beendete dieses Schauspiel hier und jetzt, als sich weiter wie auf rohen Eiern zu bewegen!

»Dir ist klar«, begann er und räusperte sich heftig, »was dieser Nachtrabe vorhin angedeutet hat. Über mich. Oder?« Er sprach mit langen Pausen zwischen den einzelnen Sätzen.

Katharina antwortete nicht sofort. Dann nickte sie.

In Donatus' Geist hallte die Erinnerung an die Anschuldigung nach, die sein gesamtes Leben über den Haufen geworfen hatte.

Dieser Bader ist ein sodomitischer Bastard!

Donatus konnte die sich überschlagende Stimme Rotgerbers hören. Er schloss die Augen, wartete darauf, dass Katharina es ebenfalls aussprach und damit auch dieses, sein neues Leben beendete.

»Donatus ...« Ihre Stimme war nur ein Hauch.

Er öffnete die Augen wieder. »Sprich es ruhig aus«, sagte er tonlos.

Doch sie schüttelte den Kopf. In ihren schmalen Zügen arbeitete es heftig, ihre rauchblauen Augen hatten sich verdunkelt, und er vermochte nicht zu sagen, ob aus Ärger oder vor Entsetzen.

»Knabenliebe«, flüsterte er. Er konnte es einfach nicht Sodomie nennen, es klang so nach ewiger Verdammnis. »Das ist die Begründung, mit der sie mich davongejagt haben.« Die ganze Geschichte drängte sich auf seiner Zunge zusammen, er verspürte den Wunsch, sich Katharina vollständig zu offenbaren, ihr alles zu erzählen, doch er konnte es nicht. Das Bild von Kilians blassem Gesicht tauchte vor seinem inneren Auge auf. *Vergib mir, heilige Mutter Gottes!* Ihm war, als habe sich eine kalte Hand um seinen Hals gelegt und drücke ihm langsam die Luft ab. Eine Hündin mit mehreren ausgemergelten Welpen im Schlepptau schlich um die Ecke und schenkte ihnen nicht die geringste Beachtung.

Katharina öffnete den Mund.

Der Boden unter seinen Füßen begann zu schwanken. »Was wirst du jetzt tun?«, versuchte er, der furchtbaren Frage zuvorzukommen.

Sie zuckte die Achseln. Sie wirkte in diesem Moment alles andere als unerschrocken, ganz im Gegenteil. Was hatte dieser Nachtrabe gesagt? Er vermutete, dass Konrad Rotgerber es auf Katharina abgesehen hatte. Seinetwegen?

»Wenn du willst«, sagte er leise, »dann verlasse ich noch heute dein Haus. Ich will nicht, dass du meinetwegen in Schwierigkeiten gerätst.«

Katharinas Schultern strafften sich. Ihr Kinn hob sich ein Stück, und ein Funkeln erschien in ihren Augen. »Ist das nicht ein bisschen scheinheilig?«, gab sie zurück. »Ich meine, bevor ich es eben erfahren habe, hat es dich auch nicht gekümmert, ob ich deinetwegen in Schwierigkeiten komme. Was ist jetzt anders? Außer, dass ich es weiß?«

Er hatte keine Ahnung, was er darauf erwidern sollte. Natürlich hatte sie recht. Er war selbstsüchtig gewesen, als er ihr gestattet hatte, ihn bei sich aufzunehmen. Sein Brustkorb krampfte sich zusammen. Er wollte ihr versichern, dass Rotgerbers Anschuldigung, er habe die Todsünde der Unzucht betrieben, der Grundlage entbehrte.

Aber er tat es nicht. Es wäre eine Lüge gewesen.

Stattdessen trat er einen Schritt zurück.

Sie senkte den Blick. Mit dem Daumen wies sie über die Schulter auf das Fischerhaus. »Da drinnen wohnen Frauen, von denen die Leute denken, sie seien besessen.«

Unsicher, was sie ihm damit sagen wollte, sah er sie an.

»Ich behandle die Armen aus den Gossen und die Huren auf den Straßen. Was glaubst du, was die Leute über mich reden?«

Er verstand. Er nickte. »Lass mir eine Stunde Zeit, meine Sachen zu packen.«

Da lachte sie auf, ein hässliches, gleichzeitig zorniges und unendlich trauriges Geräusch. »Dummkopf! Ich will nicht, dass du gehst. Du bist ein guter Bader!«

Es dauerte einen Moment, bis ihre Worte seinen Verstand erreichten, und noch einen, bis er ihnen Glauben schenken konnte. »Bist du sicher?« Ein Glücksgefühl durchströmte ihn, das ihm fast pervers vorkam. Er klammerte sich daran wie an das Brennholz.

Sie nickte.

»Du …« Er wusste nicht, wie er seine Gefühle in Worte fassen sollte. Da waren Erleichterung, Freude, Jubel gar, und eine tiefe Bewunderung für Katharina. Er spürte, wie ihm Tränen in die Augen schossen. »Du bist eine Heilige, weißt du das?«, murmelte er.

»Unsinn!«, schimpfte sie. Dann deutete sie auf das Brennholz in seinen Armen. »Bring das rein. Und dann sollten wir sehen, dass wir endlich loskommen!« Ihre Stimme klang barsch.

Rasch kam Donatus ihrer Aufforderung nach. Er trug das Brennholz in die Küche, und als er wieder nach draußen auf die Gasse trat, hatte Katharina sich keinen Fingerbreit gerührt. »Du scherst dich nicht allzu viel darum, was die Leute von dir denken, oder?«, fragte er.

Die Hündin kam zurück, diesmal ohne ihre Welpen. Und diesmal warf sie Katharina einen Blick zu, als wollte sie sich ein Urteil über sie bilden. »Sie denken sowieso nichts Gutes, egal, was ich tue oder lasse.«

Donatus wollte widersprechen, aber dann dachte er, dass es für den Augenblick genug war. »Ich gehe und kümmere mich um das Rindfleisch«, sagte er. »Schlag du Gertrud deine Vorwürfe um die Ohren. Wir treffen uns auf dem Refmarkt, ja?«

Die Leute dachten sowieso nichts Gutes von ihr, egal, was sie tat oder ließ.

Mit diesem Gedanken beschloss Katharina, fürs Erste jedenfalls, das Grübeln sein zu lassen und endlich ihr Tagwerk in Angriff zu nehmen. Donatus hatte ganz recht: Sie musste zusehen, dass sie auf den Markt kam!

Also schob sie ihre Probleme zur Seite und machte sich auf den Weg.

An der nordwestlichen Ecke der St.-Lorenz-Kirche fiel ihr Blick auf einen Mann, der sich auf eine Kiste gestellt hatte und auf eine kleine Menschenmenge einredete, die sich um ihn versammelt hatte. Der Mann war mager zum Gotterbarmen. Ein zerschlissenes Hemd schlackerte ihm um den Oberkörper, und durch die Risse darin konnte Katharina weit hervorstehende Rippen erkennen. Die halblange Hose, die der Mann mit einem Sackband um die Hüften zusammenhielt, war von undefinierbarer Farbe, unten ragten die Beine wie Stecken hervor. Seine trotz der fast winterlichen Temperaturen nackten Füße wirkten dagegen riesig. Wie als Gegensatz zu diesem ärmlichen Aufzug trug er einen großen, kostbar aussehenden Hut aus schwarzem Samt mit einer langen, wippenden Feder.

»… ich aber sage euch«, schleuderte er seinen Zuhörern entgegen, »in einer Zeit, in der sogar der Kaiser sich von Nürnberger Dirnen mit silbernen Ketten einfangen lässt, um sich mit ein paar Gulden wieder loszukaufen, in dieser Zeit, in der viele von euch ihre Gedanken lieber auf die Unzucht richten als darauf, ein gottgefälliges und keusches Leben zu führen …«

»Ein gottgefälliges Leben?«, unterbrach ihn die schrille Stimme einer Frau, und er blinzelte irritiert. »Das ist doch Katzenscheiße, alter Mann!«

Die Augen des Predigers suchten in der Menge die Ruferin, und als er sie entdeckt hatte, sah auch Katharina sie.

Es war eine junge Frau, die die bunten Kleider und die gewagte Frisur der Huren trug. Katharina kannte ihren Namen nicht.

»Du!« Der Prediger streckte einen Zeigefinger nach der Frau aus, und es wirkte, als wolle er sie auf der Stelle verdammen. »Wie ist dein Name?«

Die Hure sah sich um und freute sich offensichtlich über die Aufmerksamkeit, die ihr plötzlich zuteil wurde. Ganz in ihrer Nähe standen mehrere junge Männer, die in die Kleidung von vornehmen Patriziersöhnen gehüllt waren. Mit einer tausendmal einstudierten Geste strich die Hure sich erst eine Haarsträhne aus dem Gesicht, dann ließ sie die Hand über die Hüfte nach unten wandern. »Elisabeth«, rief sie mit einer Stimme, die nun etliche Tonlagen tiefer klang als noch eben.

Zwei der jungen Männer stießen sich gegenseitig feixend in die Rippen.

Der Prediger hingegen schluckte schwer. Sein Adamsapfel trat deutlich sichtbar hervor, und Katharina fragte sich, ob er wohl an einem Übermaß von gelber Galle litt. Sein dürrer Körper und der vergrößerte Kehlkopf waren Zeichen für ein nervöses Temperament. »Elisabeth«, würgte er hervor. »Wie kannst du dich erdreisten, dein Wort an einen Prediger des Herrn zu richten?«

Elisabeth warf den Kopf in den Nacken und lachte kehlig. Sie wollte Aufmerksamkeit, und sie bekam sie im Übermaß, das machte sie übermütig und herausfordernd. »Ein Prediger des Herrn, dass ich nicht lache, du abgerissener Lump!«

Der Mann sah an sich herunter. »Ja, ich trage zerschlissene Kleidung, und ja, ich habe seit längerem kaum etwas gegessen, aber wenn du nicht blind wärest, dann würdest du erkennen, dass dies Zeichen von Heiligkeit sind!«

Elisabeth schnaubte. »Klar! Genau wie die Läuse, mit denen mich neulich so ein fetter Mönch beehrt hat. Widerliches, stinkendes Schwein! Wisst Ihr, was er gesagt hat?« Herausfordernd sah sie sich um. »Läuse sind Perlen Gottes!« Angeekelt schüttelte sie sich, und sie schien nicht zu bemerken, dass sie mit der Erwähnung der Läuse das Interesse der Bürgersöhne an ihr um ein Gutteil gedämpft hatte.

»Mäßige dich!«, mahnte der Prediger. »Bedenke, dass du nur eine der niedersten Kreaturen des Herrn bist, mit dem, wodurch du dein täglich Brot verdienst!«

Jetzt hatte er Elisabeth offenbar an einem wunden Punkt getroffen. »Und Ihr?«, schnappte sie. »Womit verdient Ihr Euer täglich Brot? Damit, dass Ihr herumrennt und den Menschen Angst vor der Hölle macht! Da lege ich mich lieber dreimal die Nacht auf den Rücken und mache die Beine breit, das könnt Ihr mir glauben!«

Die ganze Angelegenheit wurde Katharina zu deftig, und sie beschloss, ihren Weg fortzusetzen. Sie wandte sich ab und machte, dass sie weiterkam. Die giftigen Worte des Predigers jedoch hatten sich in ihrem Kopf festgesetzt.

… viele von euch richten ihre Gedanken lieber auf die Unzucht als darauf, ein gottgefälliges und keusches Leben zu führen, hatte der Mann gesagt.

Katharina wendete diesen Satz in ihrem Kopf hin und her, und erst als St. Lorenz schon längst hinter ihr zurückgeblieben war, ging ihr auf, dass sie sich dabei die ganze Zeit die Schläfe rieb. Jene Stelle, an der in ihrem Traum Richards Atem sie gestreift hatte.

Das Gasthaus »Zur krummen Diele« lag am Ende einer Gasse, nicht weit entfernt vom Spittlertor. Eine Handvoll Wirtshäuser drängte sich hier im Schatten der Stadtmauer zusammen, und unter diesen war die »Krumme Diele« eines der kleineren, verschwiegeneren, in dem man nur selten Menschen aus den höheren Schichten antraf. Was der Grund dafür war, dass sich Konrad Rotgerber für diesen Ort entschieden hatte.

Nachdem der Apotheker ihn in Heilig-Geist aufgesucht hatte, hatten sie gemeinsam ein üppiges Frühstück eingenommen und sich beim Verzehr von Fleischpastete und kräftigem Brot über die Einrichtung der neuen Spitalapotheke unterhalten. Während des Gesprächs hatte Rotgerber zunehmend den Eindruck gewonnen, dass Öllinger für seine Zwecke genau der richtige Mann war. Und so hatte er ihm vorgeschlagen, das Gespräch an einem anderen Ort fortzusetzen. Es gebe da etwas, das sie noch klären müssten, hatte er gesagt. Ein kleines Problem, das es aus der Welt zu schaffen galt. Es war Öllinger anzusehen gewesen, dass ihn dieses Ansinnen erstaunte, aber dennoch war er Rotgerber willig in die »Diele« gefolgt.

Gemeinsam saßen die beiden Männer nun an einem der runden Tische, während Niklas, der Wirt, ihnen zwei Becher mit dampfendem Wein brachte.

Rotgerber griff danach und schnupperte wohlig an dem heißen Getränk. »Ah!«, machte er, dann nahm er einen Schluck. Warm und ein wenig kratzig rann ihm die Flüssigkeit durch die Kehle und reizte ihn zum Husten. Er stellte den Becher zurück auf den Tisch. »Das ist doch was anderes als die Plörre, die sie uns in der Spitalküche vorgesetzt haben, oder?«

Georg Öllinger lächelte. Auch er griff nach seinem Becher, doch er pustete erst auf die Flüssigkeit, bevor er einen Schluck trank. Ein

Tropfen der blutroten Flüssigkeit blieb an seiner Unterlippe hängen, und er leckte ihn ab. »Ihr habt recht«, sagte er, noch immer lächelnd.

Er ist auf der Hut, dachte Rotgerber. Verständlich.

Rotgerber wusste, dass der Apotheker sich fragte, warum er hierhergeführt worden war.

»Es ist guter Wein«, sagte Öllinger. »Ich muss gestehen, ich war skeptisch, ob Ihr nicht übertreibt.«

Rotgerber lachte dröhnend. Die »Krumme Diele« war tatsächlich nicht der vertrauenerweckendste Ort in Nürnberg. Aber die Leute hier waren verschwiegen, und das mochte er. »Der gute alte Niklas macht den besten Würzwein, den ich je getrunken habe. Und was wärmt einem an einem solch hundskalten Tag wie heute besser Magen und Seele, nicht wahr?«

Der Apotheker nickte, nahm aber keinen weiteren Schluck. »Doch jetzt sprecht«, bat er. »Warum habt Ihr es vorgezogen, hier weiterzureden und nicht in Heilig-Geist?«

Rotgerber nahm seinen Becher zwischen die flachen Hände und drehte ihn langsam hin und her. »Ich wollte etwas mit Euch besprechen, das zunächst besser unter uns bleiben sollte. Im Spital haben die Wände Ohren, und ich dachte mir, hier sind wir besser dran.« Sein Blick wanderte in die Runde, aber bis auf einen einsamen Zecher an der Theke, der stumpfsinnig in sein Bier schaute, war der Schankraum zu dieser frühen Tagesstunde leer. Sie würden ungestört und vor allem unbelauscht reden können.

Öllinger lehnte sich auf seinem Stuhl zurück. Der Mantel, den er beim Eintreten in die gutgeheizte Schankstube ausgezogen und über die Lehne des Nachbarstuhles gelegt hatte, hatte einen Kragen aus rotem Kaninchenfell, das bei weniger genauem Hinsehen als Fuchspelz hätte durchgehen können. Mit dem Daumen streichelte er darüber, während er wartete, dass Rotgerber weitersprach. Er wirkte unsicher und ein wenig verwirrt. »Ihr macht mich neugierig«, sagte er, als der Spitalmeister schwieg.

Rotgerber beschloss, dass er den Mann nun lange genug auf die Folter gespannt hatte. Er grinste. »Ich war am vergangenen Sonntag in einem Gottesdienst in der Spitalkapelle. Das, was der Priester dort gepredigt hat, hat mich ziemlich nachdenklich gemacht.« Er rümpfte die Nase, dann senkte er sie wieder in seinen Becher und trank ihn bis zur Neige aus. Als er ihn absetzte, fühlte sich die Haut an seinem Hals heiß an. Er registrierte es, ohne jedoch weiter darüber nachzudenken. Er wusste, dass er ein Choleriker war, dass in seinem Körper das Element Feuer überwog und auch die gelbe Galle. Es war nicht gesund für ihn, zu stark gewürzte Speisen zu sich zu nehmen, aber er liebte Niklas' Würzwein einfach viel zu sehr, um sich an diese Regel zu halten.

»Dieser Priester«, fuhr er fort, »warnte davor, dass die Moral in Nürnberg in großer Gefahr ist.«

Öllinger hob eine Augenbraue. »Ist es nicht die Aufgabe der Kirchenmänner, genau das immer wieder zu behaupten?«

»Seht Euch doch um!«, forderte Rotgerber ihn auf. »An jeder Ecke stehen diese unsäglichen Weibsbilder und bieten ihren Körper feil. Hurenhäuser schießen aus dem Boden wie Pilze nach einem feuchten Sommer. Der Stadtrat scheint nur bedingt imstande zu sein, diesem Treiben Einhalt zu gebieten.«

»Und Ihr meint, Ihr könntet das besser?« Öllinger setzte den Becher an die Lippen, ließ ihn aber sofort wieder sinken.

»Irgendjemand muss sich kümmern«, behauptete Rotgerber. »Vergesst nicht, was mit diesem Kilian Schröter geschehen ist ...«

»Wie könnte ich das?« Öllinger stellte seinen Becher ab und sah dem Spitalmeister ins Gesicht. »Was gedenkt Ihr zu tun?«

»Wir müssen klein anfangen. Schritt für Schritt müssen wir den Weg gehen bis zu unserem Ziel.«

»Unserem Ziel?«

Heftig nickte Rotgerber. »Ein sauberes, gottesfürchtiges und vor allem keusches Nürnberg!«

Öllinger unterdrückte ein Lachen. »Keusch?«

Missmutig starrte Rotgerber ihn an. Zu gern hätte er gewusst, was der Kerl gerade dachte. »Es ist nicht gut, dass der Mensch seiner fleischlichen Begierde nachgibt, wann immer es ihn danach gelüstet!«

Öllinger ließ diese Worte eine Weile auf sich wirken. »Habe ich Euch richtig verstanden?«, hakte er nach. »Ihr strebt eine Stadt an, in der alle Bürger völlig enthaltsam und keusch leben?« Er sagte dies mit einem spöttischen Unterton in der Stimme, der Rotgerber verärgerte.

Bevor der Spitalmeister noch etwas erwidern konnte, fuhr Öllinger schon fort: »Korrigiert mich, aber seid Ihr nicht verheiratet? Was sagt

Eure Frau zu diesem, nun, ungewöhnlichen Ansinnen? Habt Ihr sie schon damit vertraut gemacht, dass Ihr vorhabt, in Zukunft nicht mehr das Lager mit ihr zu teilen?«

Rotgerber unterdrückte einen Fluch. Dieses Gespräch verlief nicht im Geringsten so, wie er es sich vorgestellt hatte. Er suchte Zuflucht in seinem Wein, hob den Becher an die Lippen, obwohl er leer war. Über seinen Rand hinweg sah er Öllinger an. »Darum geht es doch gar nicht!«

Öllinger lächelte verunsichert. »Worum geht es dann?«

Rotgerber knirschte mit den Zähnen. Nach ihrem Gespräch im Spital hatte er gehofft, Öllinger leicht auf seine Seite bringen zu können, aber nun beschlich ihn irgendwie das Gefühl, dass er sich mit dem Apotheker den falschen Mann für seine Pläne ausgesucht hatte. Mit einer ruckartigen Bewegung knallte er den Becher auf die Tischplatte. Dann begann er erneut, ihn zwischen den Händen zu drehen. Niklas kam, um zu sehen, ob sie noch etwas brauchten. Rotgerber hob den ausgestreckten Zeigefinger, um einen neuen Becher Wein zu bestellen. Öllinger hingegen schüttelte den Kopf. »Ihr solltet besser darauf verzichten. Ihr seht nicht besonders gesund aus, mein Lieber!«

Niklas schaute den Apotheker an, dann wanderte sein Blick zu Rotgerber. Der unterdrückte den Unmut, der sich in ihm breitgemacht hatte. »Noch einen!«, befahl er.

Niklas warf einen Blick auf Öllingers noch fast vollen Becher. Dann deutete er eine kleine Verbeugung an und zog sich wieder zurück.

Einen Moment lang schwiegen sie beide.

»Es geht um das Fischerhaus«, sagte Rotgerber schließlich.

Öllinger fuhr sich über den Mund. »Wie soll ich das verstehen?« Hatte er zuvor schon unsicher gewirkt, so verstärkte sich dieser Eindruck nun noch.

»Jemand muss diesem Weib das Handwerk legen!«, knurrte Rotgerber.

»Ihr sprecht von Katharina Jacob?«, erkundigte sich Öllinger. Mit einem Mal wurde sein Unterkiefer zu einer harten Linie, und Rotgerber war sich immer sicherer, dass er sich tatsächlich in diesem Mann getäuscht hatte. Dennoch nickte er grimmig.

»Was habt Ihr gegen sie?«

So kühl wie möglich sagte Rotgerber: »Wenn ich mich recht entsinne, hat der Stadtrat ihr das Heilen verboten. Aber was macht dieses

Weib? Kaum dass ihr Mann vor Gott berufen wurde, nimmt sie sein Geld und wandelt das Haus, das sie geerbt hat, in ein Spital um.«

Öllinger verschränkte die Hände vor dem Leib. »Wenn ich mich recht entsinne, hat Kath … Frau Jacob beim Rat nachgefragt, ob es ihr erlaubt ist, sich um die Armen und Kranken zu kümmern.«

Rotgerber war der kurze Stolperer nicht entgangen. Nannte Öllinger diese Hexe etwa beim Vornamen? Hatte ihm nicht Krafft, der Spitalarzt, gesagt, dass Öllinger und die Jacob miteinander in Kontakt standen, dass diese Hexe Öllinger davon abgebracht hatte, die Arzneien von Marcellus Empiricus zu verwenden?

Herr im Himmel, machte er hier gerade den Bock zum Gärtner?

Das konnte auch nur ihm passieren! Er konzentrierte sich darauf, was sein Gegenüber sagte.

»Der Rat hat das Verbot gelockert. Sie darf nach wie vor keine Bürgerinnen und Bürger behandeln, aber um den Bodensatz der Straßen, um die Huren und Irren, die sonst allen egal sind, darf sie sich sehr wohl kümmern.«

»Pah!« Rotgerber schob die Unterlippe vor. Der Wirt kam und brachte den bestellten zweiten Weinbecher. Rotgerber nahm ihn und stürzte einen Gutteil davon hinunter. Als er absetzte, kribbelte seine Gesichtshaut, und auch seine Fingerspitzen fühlten sich unangenehm taub an. »Spital!«, brummte er. »Von wegen! Ein Hurenhaus hat sie eingerichtet, nichts weiter! Was sonst, wo sie dort lauter unverheiratete Frauen um sich schart?«

Öllinger ließ seinen Finger auf dem Rand seines Bechers herumwandern. »Kann es sein, dass es Euch weniger um die Tugend der Nürnberger geht als um die Geldkästen von Heilig-Geist?«, fragte er vorsichtig.

Rotgerber starrte ihn an. Sein Oberkörper schwankte ein wenig. Sah er etwa unscharf? Er blinzelte.

Vor sechs Jahren hatte ein verstorbener Nürnberger Bürger namens Georg Keyper dem Heilig-Geist-Spital einen gehörigen Geldbetrag vermacht, und seine Testamentsvollstrecker hatten eine Zustiftung für Heilig-Geist eingerichtet. Durch dieses Geld war es möglich geworden, einen Spitalarzt anzustellen, so dass man nicht mehr auf die Stadtärzte angewiesen war. Das zweite Ziel der Zustiftung jedoch, die Einrichtung einer Spitalapotheke, war an den fehlenden Mitteln gescheitert. Die Zustiftung war einfach nicht groß genug, um Arzt und Apotheke zu finanzieren. Seitdem war es eine der Aufgaben des Spitalmeisters, um weitere Zustiftungen zu werben, in der Hoffnung, die Apotheke in absehbarer Zeit errichten zu können. Und er war tatsächlich erfolgreich gewesen. Die Witwe eines reichen Brauers hatte sich entschlossen, ihr Vermögen wohltätigen Zwecken zur Verfügung zu stellen. Genug Geld, um die Apotheke damit einzurichten. Dumm nur, dass die Frau, als Rotgerber neulich mit ihr gesprochen hatte, sich noch nicht ganz sicher war, ob sie ihr Geld Heilig-Geist oder doch lieber dem Fischerhaus vermachen sollte.

Und genau da lag das Problem, dass er eigentlich mit Öllinger hatte besprechen wollen. Aber sein Zustand verschlechterte sich jetzt so rapide, dass er beschloss, dieses Gespräch auf einen späteren Zeitpunkt zu verschieben. Er nestelte eine Münze aus seinem Geldbeutel, warf sie auf den Tisch, winkte Niklas und wies auf das Geld.

Der Wirt nickte verstehend.

»Wir müssen später weiterreden.« Rotgerber stand auf. Er musste sich an der Tischkante abstützen, so schwindelig und übel war ihm plötzlich.

Öllingers Gesicht war besorgt. »Geht es Euch gut?«

Er schüttelte den Kopf, und die Welt begann, sich in schwindelerregender Geschwindigkeit um ihn zu drehen. »Nein«, ächzte er. »Nicht im Geringsten!«

Draußen in der Gasse erbot sich Öllinger, ihn nach Hause zu begleiten, aber Rotgerber wehrte ab. Auf keinen Fall wollte er, dass der Apotheker ihn länger als nötig in diesem Zustand sah. Darum riss er sich zusammen und behauptete, es sei nur ein kleiner Schwächeanfall, der gleich wieder vorübergehe.

Öllinger sah nicht so aus, als glaube er ihm, aber er war klug genug, ihm nicht zu widersprechen. »Wenn Ihr meint«, sagte er nur und verabschiedete sich.

Rotgerber sah ihm nach, wie er die Gasse verließ. Erst als seine Schritte verklungen waren, atmete der Spitalmeister tief durch. Und machte sich auf den Weg zurück nach Heilig-Geist.

Das Rumpeln in seinem Magen war nun sehr viel stärker geworden. Sein Blick trübte sich wieder und wieder, und immer öfter musste er blinzeln, um klar sehen zu können. Mit unsicheren Schritten wankte er in Richtung Pegnitz, fasste ein ums andere Mal nach einer Wand oder Hausecke, um sich abzustützen. Schließlich blieb er stehen und wischte sich mit der flachen Hand über Gesicht und Hals.

Besser, er mied die großen Straßen und Plätze. Der Vormittag war gerade einmal wenige Stunden alt, und es machte einen überaus schlechten Eindruck, wenn der Spitalmeister von Heilig-Geist so früh am Tage betrunken durch die Stadt torkelte.

Also bog Rotgerber von der größeren Gasse nach links ab, bis er in die engeren, verwinkelten Gegenden des Elisabethviertels kam. Ein Kind kam ihm entgegen, das mit einem zerzausten Hund spielte, und mehrere Bürger, die offenbar allesamt sehr wichtigen Geschäften nachzugehen hatten. Keiner von ihnen schenkte Rotgerber mehr als einen Blick.

Plötzlich jedoch grub sich ein heißer Schmerz mit solcher Kraft in seinen Magen, dass Rotgerber unvermittelt stehen blieb. Ihm wurde so übel, dass er förmlich spürte, wie ihm das Frühstück in der Kehle aufstieg. »Dieser elende Wirt!«, gelang es ihm noch zu keuchen. Dann stürzte er in eine enge, schmale Gasse.

Er übergab sich schwallartig gegen eine Hauswand. Sein Magen fühlte sich an, als stünde er in Flammen, sein Gaumen brannte ebenfalls, und wieder und wieder würgte er, bis die Kräfte ihn verließen, er in die Knie brach und schließlich nichts mehr kam.

Eine ältliche Frau humpelte an ihm vorbei. Sie hatte sich mit der Rechten auf einen knorrigen Stock gestützt, der ihr Halt bot, und als Rotgerber leise fluchte, schaute sie ihm kurz mitten ins Gesicht. Sie hatte sehr dunkle Augen, bei denen man die Grenze zwischen Pupille und Iris nicht erkennen konnte. Rotgerber fühlte sich wie in zwei tiefe, pechschwarze Löcher gezogen.

»Sieh zu, dass du weiterkommst!«, herrschte er die Alte an. »Hier gibt es nichts zu sehen!« Und er war froh, als sie nickte und sich dann mit einem leisen Murmeln trollte. Eine Gänsehaut war auf seinen Armen erschienen, und er schüttelte den Kopf über sich. Seit wann war er ein Hasenfuß? Es war nur eine alte, hässliche Frau gewesen, kein Grund, sich Sorgen zu machen.

Seine Magenschmerzen und auch die Übelkeit schienen sich schon ein wenig gebessert zu haben, doch als er aufstehen wollte, zitterten seine Knie so sehr, dass er lieber noch einen Moment knien blieb. Mit dem Ärmel wischte er sich über Mund und Kinn. Er hatte einen ekelhaft säuerlichen Geschmack im Mund. Erneut fluchend spuckte er aus. Er holte tief Luft, dann stützte er sich an der Wand ab. Er wollte gerade aufstehen, als er hinter sich ein Geräusch vernahm.

»Wer …?«, setzte er an. Er hatte den Kopf halb über die Schulter gedreht, als ihm ein greller, peinigender Schmerz in die Kehle fuhr. Der Rest seiner Worte entwich ihm als feuchtes Gurgeln.

Seine Hand zuckte hoch, ertastete klebrige, warme Flüssigkeit, und kurz dachte Rotgerber, er habe sich mit seinem eigenen Erbrochenen besudelt. Er wollte Luft holen, aber es ging nicht. Ein seltsam pfeifendes Geräusch drang aus seinem Hals, und dann erst begriff sein Verstand, was geschehen war.

Er schwankte, wollte sich umdrehen, wollte sehen, wer ihm das angetan hatte. Jemand packte ihn von hinten, eine Stimme war ganz dicht an seinem Ohr.

»Wenn sie vor Gier brennen, will ich ihnen ein Mahl zurichten«, sagte sie. Rotgerber versuchte, nach dem Arm zu greifen, der ihn festhielt. Das Leben rann jetzt mit rasender Geschwindigkeit aus ihm heraus, das konnte er fühlen. Schon zogen sich Schatten am Rande seines Gesichtsfeldes zusammen. Die Stimme sprach weiter, ruhig und kalt: *»Und will sie trunken machen, dass sie matt werden und zum ewigen Schlaf einschlafen, von dem sie nimmermehr aufwachen sollen, spricht der Herr.«* Rotgerber krallte sich in den Arm, doch er hatte kaum noch Kraft. Wieder versuchte er einzuatmen, wieder gelang es ihm nicht. Rote Feuerräder explodierten vor seinen Augen. Sein Körper schwankte. Noch hielt ihn sein Mörder, und er konnte dessen Atem an seinem Ohr spüren. *»Ich will sie hinabführen wie Lämmer zur Schlachtbank.«* Der Arm zog sich zurück, der Boden stürzte auf ihn zu. Jemand beugte sich über ihn, aber er konnte bereits nicht mehr erkennen, wer es war. Ein Mann? Die Stimme kam ihm vertraut vor, doch die Nebel in seinem Geist verdichteten sich jetzt, und er wusste, dass er starb. Seine Hand tastete Halt suchend durch die Luft, aber da war nichts. Rasend schnell stürzte er in die Dunkelheit hinein, und die Stimme hallte in ihr wider. »Hättest du Katharina in Ruhe gelassen …«, hörte er noch. Dann war es vorbei.

7. Kapitel

»Guten Morgen, Bertha!«

Albert, der junge Mann, der die große Küche des Heilig-Geist-Spitals betrat, wirkte aufgekratzt und fröhlich. Seine langen Gliedmaßen schlenkerten durch die Luft, während er näher trat und dabei in einem fort plapperte. »Stell dir vor: Heute kommt der neue Priester, den sie uns für die Kapelle schicken. Und Herr Rotgerber hat mich gebeten, ihm entgegenzureiten! Ich darf …«

Bertha hob eine fleischige Hand und brachte ihn damit zum Schweigen. »Weiß ich alles längst!« Sie grinste breit. Ihr Rücken schmerzte, aber daran war sie gewöhnt. Als Köchin eines Spitals von dieser Größe hatte sie eine Menge Aufgaben und Pflichten, und sie genoss es, wie unentbehrlich sie war. Was kümmerte einen da schon ein kleines Reißen in den Knochen ab und an? Sie wusste, der Herrgott würde ihr ihre Dienste an den Armen und Kranken dereinst im Himmel hundertfach vergelten.

Mit einer energischen Geste schob sie die Ärmel ihres Kleides bis halb zu den Ellenbogen hoch. Sie war dicker geworden, dachte sie bei sich. Neulich noch waren die gekräuselten Bündchen fast eine Handbreit weiter hinaufgerutscht.

»Woher weißt du …?« Enttäuscht darüber, dass seine Neuigkeit offenbar keine war, zog Albert einen Flunsch. »Ach, egal! Der Spitalmeister hat mir gesagt, dass ich dich nach etwas zu essen fragen soll …«

Bertha runzelte missmutig die Stirn, doch bevor sie auch nur ein Wort darüber verlieren konnte, dass er ein Gierschlund war und dass die Mengen, die er verputzen konnte, an Völlerei grenzten, warf er lachend den Kopf in den Nacken.

»Doch nicht für mich!«, rief er aus. »Für den neuen Priester!« Er arbeitete noch nicht lange an Heilig-Geist. Die Spitalmeisterin hatte ihn erst vor ein paar Wochen als ihren Gehilfen eingestellt, aber er schien ein helles Köpfchen zu sein. Die meisten Menschen im Spital

– die Pfründnerinnen vor allem – mochten ihn, und wenn Bertha ehrlich war, dann mochte sie ihn auch. Wenn sein Gezappel sie auch hin und wieder schier in den Irrsinn trieb.

»Steh still!«, herrschte sie ihn an. Er gehorchte, jedoch nur für zwei, drei Herzschläge, dann schienen sich seine Hände schon wieder selbständig zu machen.

»Der Spitalmeister hat gesagt, wir wollen dem Neuen gleich demonstrieren, dass wir die Regeln der Gastfreundschaft …«

Diesmal brachte Bertha ihn mit einer leichten Ohrfeige zum Schweigen. »Ich habe gesagt, du sollst still sein! Ich weiß, was sich gehört, du musst es mir nicht eigens erklären!« Natürlich wusste sie es. Es wäre ja auch noch schöner, wenn ihr ein Jungspund wie dieser hier erklären musste, was sich gehörte, wenn hoher Besuch kam. Hoher *kirchlicher* Besuch, korrigierte sie sich im Stillen. Wie dem Kaiser musste ihm jemand entgegenreiten und ihn vor den Toren der Stadt in Empfang nehmen. So war es Brauch, und Rotgerber war ein kluger Mann. Dass er allerdings ausgerechnet Albert, einen einfachen Spitalknecht, dafür ausgesucht hatte, diesen Dienst an dem neuen Priester zu versehen, ließ hingegen vielleicht darauf schließen, dass ihm dieser Brauch doch nicht allzu wichtig war.

Kopfschüttelnd betrachtete Bertha den Jungen. »Sollst du allein reiten?«

Albert schüttelte den Kopf. »Ich soll Gunther und Nikolaus mitnehmen.«

Zwei der Armen Scholaren und einen Knecht. Der neue Priester würde gleich von Anfang an wissen, wie es um seinen Rang im Spital bestellt war. Ein wenig besorgt rieb Bertha sich das schmerzende Kreuz.

»Du sollst das beste Essen rausgeben, das du hast«, teilte Albert der Köchin mit. »Hat Rotgerber gesagt.«

Ihr Blick fiel auf einen Teller mit einer Fleischpastete, der auf dem Herdrand stand. Mit dem Kinn wies sie darauf. »Die kannst du mitnehmen.«

Albert runzelte nachdenklich die Stirn. »Fleischpastete? Heute ist Freitag!«

Bertha zuckte die Achseln. »Den Spitalmeister kümmert's nicht. Die Pastete ist von seinem Frühstück eben übriggeblieben. Wäre zu schade, sie wegzuwerfen, oder? Ich habe sie gestern Abend ganz frisch zubereitet.« Berthas Blick wanderte durch die Küche. Auf dem Herd kochte ein kleiner Kessel mit Hafergrütze vor sich hin, dem Essen, das die armen Pfründner gewöhnlich bekamen. Sonst gab es nichts, was sie einem Kirchenmann wie dem neuen Priester guten Gewissens hätte anbieten können, einerlei, was der Spitalmeister von ihm hielt. Sie trat an den Herd, griff nach einem sauberen Leinentuch und schlug die Pastete darin ein. »Musst dem Neuen ja nicht sagen, dass Fleisch drin ist!« Sie reichte Albert das Bündel und gab ihm noch einen Krug mit gutem Wein dazu. Ja, das war ein würdiges Begrüßungsessen für einen Priester, dachte sie zufrieden. Freitag hin oder her. Vielleicht würde es ihn für das erbärmliche Begrüßungskomitee entschädigen.

»Hm.« Albert klemmte sich beides, Pastete und Krug, unter den Arm. »Der Neue ist Augustiner. Hoffen wir, dass er es mit dem Fleischverbot nicht so ernst nimmt.«

»Pass auf, dass du sie nicht zerdrückst!«, befahl Bertha, und sie schaffte es gerade noch, ihm einen warnenden Klaps auf den Hinterkopf zu verabreichen, bevor er mit seinen merkwürdig schlenkernden Schritten davoneilte.

Nachdem die Spielleute in der Nacht den Weinkrug geleert hatten, den der Wirt ihnen unwillig hingestellt hatte, waren sie zu Richards Erleichterung zu müde gewesen, um noch weiter mit ihm zu plaudern. Sie hatten Reuther um ein Nachtlager gebeten und sich von der Lüge des Wirtes, er habe keine freien Zimmer mehr, nicht beirren lassen. Am Ende einigte man sich darauf, dass die fünf Männer in der Scheune übernachten, dafür jedoch am nächsten Morgen ein Frühstück in der Schankstube erhalten sollten.

Als Richard kurz nach Sonnenaufgang den Raum betrat, war von den Spielleuten noch keine Spur zu sehen. Nur Kramer saß bereits auf demselben Platz wie am Abend zuvor. Im hellen Morgenlicht, das schräg durch ein Fenster in die Gaststube fiel, sah er wesentlich älter aus als am gestrigen Abend. Richard schätzte, dass er über fünfzig sein musste. Wie am Tag zuvor las der Mönch in seinem Buch, und ebenfalls wie am Tag zuvor spielte er dabei mit den seltsam kräuseligen Haaren an seiner Schläfe.

Richard suchte sich diesmal einen Platz ein Stück von dem Mönch entfernt. Er wollte ein rasches Frühstück zu sich nehmen und sich dann wieder auf den Weg machen. Heute endlich, dachte er, würde er noch vor Einbruch der Dämmerung Katharina wiedersehen.

Ein Kribbeln erfasste sein Genick, rann von dort abwärts durch seinen ganzen Körper. Er genoss es.

Reuther kam, fragte ihn nach seinen Wünschen, und als Richard ihn um Fleisch und Brot bat, teilte er mit, dass es nur Haferbrei zum Frühstück gebe.

Richard verzog das Gesicht. »Warum fragt Ihr mich dann, was ich will?«

Reuther verflocht die Finger miteinander. »Für den Fall, dass Ihr Haferbrei bestellt, hätte ich sagen können: Selbstverständlich, hoher Herr!« Er grinste schelmisch, und in diesem Moment erinnerte er Richard an Niklas, den Wirt eines Gasthauses, das er früher gern besucht hatte. Himmel, er hatte nicht nur Katharina und Arnulf, seinen besten Freund, vermisst in den letzten Monaten, sondern sogar den leicht schmuddeligen, zwielichtigen Besitzer der »Krummen Diele«!

Richard nahm seinen Hut ab und legte ihn neben sich auf den Tisch. »Also dann Haferbrei.«

»Kommt sofort!« Eilfertig marschierte Reuther zurück in die Küche, wo Richard ihn nach Giesela bellen hörte.

»Hattet Ihr eine gute Nacht?« Kramers Stimme riss Richard aus den Gedanken, in die er versunken war, nachdem der Wirt ihn allein gelassen hatte.

»Wie man's nimmt!«

»Ich hörte schon, Ihr habt wahre Heldentaten vollbracht.« Lächelnd betrachtete der Mönch Richard, und der musste sich zusammenreißen, nicht missmutig die Augen zu verdrehen.

Er zuckte die Achseln. »Nur einen verrenkten Ellenbogen wieder eingerenkt.« Er hatte nicht die geringste Lust auf ein Gespräch mit dem Mann. In der vergangenen Nacht, nachdem er Dietrich geholfen hatte, hatte Richard eine Weile lang wach gelegen, und dabei hatte er unter anderem auch über Kramer nachgedacht. Wenn es stimmte, was dieser Mann behauptete, wenn er wirklich der Verfasser des Hexenhammers war und sich nicht nur mit fremden Federn schmückte, dann wollte Richard mit ihm lieber nichts weiter zu tun haben.

Kramer lachte. »Wenn man den Worten des Wirtes Glauben schenken kann, dann war das eine wahre Herkulesarbeit.«

Reuther kam und stellte eine Schale mit dampfendem Brei vor Richard hin. Er legte einen Löffel daneben, dann wünschte er »Guten Appetit!« und zog sich wieder zurück.

Richard nahm einen Löffel Brei, pustete darauf, bevor er dem Mönch antwortete. »Keine Herkulesarbeit! Wenn man weiß, wie man anpacken muss, ist es sogar recht leicht.«

Er spürte, wie Kramer ihn aufmerksam musterte. »Dann seid Ihr heilkundig?«

Richard steckte den ersten Löffel in den Mund und kaute kopfschüttelnd. Etliche der Körner waren noch hart, und es schien, als habe Reuther Hafer zugegeben, als die eine Hälfte des Breies bereits halb fertig gewesen war. Der Mann mochte guten Kirschwein herstellen, als Koch jedoch taugte er nicht viel.

Richard schluckte, bevor er antwortete. »Heilkundig ein wenig, aber nicht studiert, wenn es das ist, was Euch interessiert.«

Kramer legte die Hand auf sein Buch. »Nicht jeder, der Großes tut, muss notwendigerweise studiert sein«, sagte er vieldeutig. Richard war sich sicher, dass er von sich selbst sprach.

Da Kramer nicht vorzuhaben schien, ihn in Ruhe zu lassen, konnte er die Gelegenheit genauso gut nutzen, um ein bisschen mehr über diesen Mann herauszufinden. Wer wusste schon, wozu es einmal gut sein mochte?

Er aß einen weiteren Bissen. »Seid Ihr es? Studiert, meine ich.«

Das Gesicht des Mönches leuchtete förmlich auf bei dieser Frage. »Aber ja! Ich studierte die Philosophie und bin Doktor der Theologie.«

»Der Königin der Wissenschaften«, murmelte Richard.

»Die über allen *Artes liberales* steht, ja.« Mit neu erwachtem Interesse musterte Kramer ihn. »Ihr seid ein gebildeter Mann! Wollt Ihr mir nicht doch von Euren Erfahrungen mit Hex …«

»Nein.« Richard leerte seine Schüssel und kümmerte sich nicht darum, dass ein missmutiger Ausdruck über Kramers Gesicht huschte. So viel Widerwillen empfand er gegen diesen Mann, dass er seinen Vorsatz, etwas mehr über ihn in Erfahrung zu bringen, lieber wieder aufgab. »Ich muss mich auf den Weg machen.« Er stand auf. Einige der harten Haferkörner hingen ihm zwischen den Backenzähnen, und er versuchte, sie mit der Zunge dazwischen hervorzupulen.

Kramer lehnte sich zurück. »Ich sehe schon, Euch gelüstet es nicht nach Reisegesellschaft.«

Richard, der schon seinen Hut gegriffen hatte, hielt inne. Fragend sah er den Mönch an.

»Nun, wie gesagt bin ich auch auf dem Weg nach Nürnberg. Wir könnten zusammen reisen! Ich hätte dann Gelegenheit, Euch ein wenig mehr über mein Buch zu erzählen.«

Richard war drauf und dran, dieses Angebot abzulehnen, doch in diesem Moment betraten Dietrich und seine Gefährten die Schankstube und entdeckten Richard. Randolf, der Hüne, steuerte direkt auf ihn zu.

»Sterner!«, rief er, als seien sie gute alte Bekannte. »Wie schön, Euch noch hier anzutreffen! Wir dachten, Ihr seid längst auf der Weiterreise.«

Richard ging unter dem begeisterten Schulterhieb des Hünen fast zu Boden. Er warf Kramer einen Seitenblick zu und bemerkte dessen amüsierten Gesichtsausdruck. »Ich bin schon so gut wie weg«, sagte er.

»Vielleicht können wir uns Euch anschließen?«, fragte Dietrich.

Richard betrachtete den verletzten Arm des Spielmannes. Auf den ersten Blick sah alles gut aus.

»Aber ein Patrizier wie Ihr ist bestimmt mit dem Pferd unterwegs, oder?«, setzte Dietrich hinzu. »Da könnten wir nicht mithalten.«

Richard nickte. Zum Glück, dachte er grimmig.

Zwei Stunden später lag das Gasthaus weit hinter ihm, und er war bestens im Bilde über die verschiedenen Arten von Hexen, die es gab, und über die besten Methoden, herauszufinden, ob eine Frau eine Hexe war oder nicht.

Zu seinem Bedauern hatte nämlich sein Pferd angefangen zu lahmen, kaum dass er die Gaststätte verlassen hatte. So war er gezwungen gewesen, abzusteigen und es am Zügel zu führen. Was zur Folge hatte, dass Kramer und die Spielleute, die sich dem Mönch angeschlossen hatten, ihn nach kurzer Zeit einholten. Im Laufe der vergangenen zwei Stunden hatte Dietrich nicht nur das Gespräch auf Kramers Buch gebracht – sehr zu dessen Begeisterung, sondern er hatte auch begierig zugehört, wie der Mönch über all die Scheußlichkeiten darin dozierte.

»Und dann«, sagte Kramer gerade, »gibt es in meinem Buch noch ein Kapitel, in dem die verschiedenen Methoden, eine Hexe zu bestrafen, erläutert werden.«

Randolf stieß Luft durch die Nase. Seit Kramer von einer Grausamkeit zur nächsten sprang, war die Miene des Hünen immer finsterer geworden, und Richard vermutete, dass der Mann das Ganze ebenso widerlich fand wie er selbst.

»Und das alles habt Ihr aus eigener Erfahrung niedergeschrieben?«, fragte Dietrich.

Kramer nickte. »Ich war einige Zeit in Trient, außerdem in Ravensburg und ... Innsbruck.« Er presste die Lippen aufeinander, bevor er die letzte Stadt hervorbrachte. »Leider sind die Menschen nicht überall wachsam genug für die immer größer werdende Gefahr, die ihnen durch die Hexen droht.«

In Innsbruck, vermutete Richard, hatten sie ihn offenbar zum Stadttor hinausgejagt. Diese Vorstellung bereitet ihm ein stilles, überaus finsteres Vergnügen.

»Wie viele ... Hexen ...«, Dietrichs Stimme kiekste an dieser Stelle, »... habt Ihr schon verbrannt?«

»Zweihundert.« Die Zahl entfuhr ihm mit einem gewissen Stolz. »In meinem Buch ...«

Dietrichs Augen quollen hervor. »Zweihundert?«

Vor Richards geistigem Auge loderten zweihundert Feuer, zweihundert gemarterte Frauen, die in den Flammen brannten und ihre Qualen gen Himmel brüllten. Kurz schloss er die Augen, denn eine jede von ihnen hatte Katharinas Gesicht.

»So wie Ihr redet«, warf Randolf ein, »könnte man meinen, Ihr genießt es, wie die armen Frauen gequält werden.«

Richard nickte zustimmend und schaute dem Mönch ins Gesicht, um zu ergründen, was er bei dieser Unterstellung empfand.

Doch der zuckte nur die Achseln. »Es gibt Dinge, die müssen getan werden«, sagte er ruhig.

Richard zerbiss einen düsteren Fluch in winzig kleine Splitter und schluckte sie hinunter, während der Mönch seinen grausamen Monolog fortsetzte. Richard hatte erwartet, dass es nicht mehr schlimmer werden konnte, aber er hatte sich getäuscht. Das, was er, Dietrich, Randolf und die anderen Spielleute sich nun anhören mussten, war bestenfalls dazu geeignet, ihm den Magen umzudrehen und die Wut rot hinter seinen Lidern leuchten zu lassen.

Als am Horizont endlich die Umrisse der Nürnberger Burg auftauchten, war Richard drauf und dran, den Kerl in der Mönchskutte neben sich zu packen und ihm die dürre Gurgel umzudrehen.

Er schnalzte mit der Zunge und tätschelte seinem Pferd den Hals. Ein halbes Vermögen hätte er dafür gegeben, wenn er jetzt einfach hätte aufsteigen und in einen lockeren Trab fallen können, um den anderen zu entkommen. »Glaubt Ihr etwa nicht an die Existenz von Hexen?«, fragte Kramer ihn. »In meinem Buch habe ich …«

»Haltet endlich das Maul!«, schnauzte Richard ihn an.

Kramers Augen weiteten sich angesichts seines rüden Tons, doch er kam nicht dazu, etwas zu erwidern, denn vor ihnen tauchte eine Gabelung auf, die mit einem Steinkreuz markiert war. Das Große Nürnberger Stadtwappen, der Adler mit einem jugendlichen Königshaupt darauf, zeigte an, welcher Weg einzuschlagen und dass es bis zur Stadtmauer nicht mehr weit war.

An dem Kreuz lehnte ein junger Mann und blickte ihnen entgegen, während zwei weitere es sich auf der Wiese davor gemütlich gemacht hatten. Als sie Richard und den Mönch kommen hörten, wandten die beiden die Köpfe, und ein freundliches Lächeln glitt über das Gesicht des einen von ihnen. Mit einem Satz war er auf den Beinen.

»Bruder Andreas Schober?«, fragte er. Seine Arme bewegten sich unkontrolliert bei jeder Silbe.

Heinrich Kramer hielt an. »Ich fürchte nein.« Er trat vor den jungen Mann hin. »Ihr seid von Heilig-Geist in Nürnberg, nicht wahr?«

Der junge Mann neigte bestätigend den Kopf. »Mein Name ist Albert. Herr Rotgerber, der Spitalmeister, schickt mich und meine Gefährten, Bruder Andreas willkommen zu heißen. Wir warten schon seit Stunden. Es war vereinbart, dass wir uns am vorletzten Wegkreuz treffen sollen …«

»Nun!« Ein Lächeln glitt über Kramers Gesicht, das zugleich mitfühlend und traurig aussah. Auf einmal konnte Richard in dem Mönch den Seelsorger erkennen, der er eigentlich hätte sein sollen. »Ich fürchte, Bruder Andreas wird nicht kommen.« Er schob eine Hand in seinen Beutel und zog ein klein zusammengefaltetes Stück Pergament hervor, das er Albert reichte. »Mein Name ist Dr. Heinrich Kramer. Ich kam mit Bruder Andreas aus Augsburg, doch es gab ein Unglück. Ein Blitz schlug in einen Stall ein, in dem wir Zuflucht gesucht hatten. Ich habe versucht, ihn zu retten, aber es war vergeblich.« Er deutete auf die Haare an seiner Schläfe, und Richard begriff, warum sie so seltsam gekräuselt waren. Sie waren im Feuer angesengt worden. »Das Letzte, worum Bruder Andreas mich bitten konnte, bevor er seinen schweren Verbrennungen erlag, war, herzukommen und Euch von dem Unglück zu unterrichten.« Er deutete auf das Pergament in Alberts Händen. »Als Zeichen meiner Legitimation gab er mir das Sendschreiben, das sein Provinzial für den Leiter Eures Spitals verfasst hat.«

Albert faltete das Schreiben auseinander, las die wenigen Zeilen, die daraufstanden. Dann schluckte er erneut. Und nickte. »Ich verstehe.« Er winkte seine beiden Gefährten nach vorn. Der eine von ihnen, der wie Albert selbst im Gras gehockt hatte, erhob sich und trat näher. Der andere hingegen, der noch immer an das Kreuz gelehnt dastand, rührte sich nicht.

»Nikolaus!«, rügte Albert ihn. »Du bist unhöflich! Hol das Essen heraus, damit wir unseren … Gast bewirten können.«

Nikolaus jedoch zuckte nur die Achseln. »Er ist nicht unser Gast. Wir sollten Bruder Andreas hier abholen, nicht diesen … Dominikaner.« Abschätzig ließ er seinen Blick an Kramers Gestalt auf und ab wandern, und der misstrauische Ausdruck auf seinem Gesicht nötigte Richard stummen Respekt ab. Innerhalb weniger Augenblicke hatte dieser junge Mann Kramer taxiert und ihn offenbar für unsympathisch befunden. »Und überhaupt«, wandte er sich dann an Albert. »Wer sind eigentlich die anderen Kerle?«

Alberts Arme schlackerten aufgeregt durch die Luft. »Du bist unhöf…«

Richard fiel ihm ins Wort. »Schon gut! Wir sind nichts weiter als eine Reisegesellschaft. Wir trafen Bruder Heinrich zufällig auf dem Weg hierher, und da wir dasselbe Ziel hatten, schlossen wir uns ihm an.« Dass es eigentlich umgekehrt gewesen war, dass Heinrich und die Spielleute sich ihm angeschlossen hatten, erwähnte er nicht. Wozu auch?

Auf Alberts Gesicht leuchtete Verstehen auf. »Ah!«

Bevor er noch etwas sagen konnte, schob sich Dietrich vor und ergriff das Wort. »Meine Freunde und ich hier haben es ein wenig eilig, und wir sollten sehen, dass wir vorankommen, nicht wahr, Randolf?«

Randolf nickte. Dann verabschiedeten die Spielleute sich, Dietrich bedankte sich noch einmal bei Richard für die Behandlung seines Ellenbogens.

Richard lächelte ihm zu. »Passt ein bisschen darauf auf«, riet er.

Dietrich lachte. »Werde ich. Lebt wohl!«

Damit tippte er sich gegen die Stirn, und die Spielleute setzten ihren Weg allein fort.

Albert blickte ihnen nach. Dann steckte er das Sendschreiben in die Hosentasche und wandte sich an Richard. »Wie es scheint, werden wir unverrichteter Dinge nach Nürnberg zurückkehren und dem Spitalmeister diese traurige Nachricht überbringen müssen.« Sein Blick fiel auf die drei Pferde, die an einen Busch gebunden dastanden. Eines von ihnen trug gefüllte Satteltaschen. »Schade um das schöne Willkommensmahl, das die Köchin uns mitgegeben hat.« Er überlegte kurz, dann strahlte er Kramer an. »Vielleicht könnt Ihr ja das Mahl mit uns teilen?« Und als habe ihn dieser Gedanke zum nächsten geführt, fügte er hinzu: »Wer weiß? Vielleicht könntet Ihr Euch ja auch vorstellen, an Bruder Andreas' Stelle an Heilig-Geist ...«

»Ich fürchte nein!«, unterbrach Kramer ihn mitten im Satz. »Ich komme aus ganz anderen Gründen nach Nürnberg.« Er klopfte auf den Beutel an seiner Seite, aber zu Richards Erleichterung zog er es vor, nicht schon wieder von dem Buch darin anzufangen.

»Hm. Nun denn.« Albert gab einem seiner Begleiter, jenem, der nicht an das Kreuz gelehnt stand, einen Wink. Der junge Mann nickte und trat an die Seite des Pferdes, um die Satteltasche loszuschnallen.

»Da Bruder Andreas nicht kommt, wäre es uns eine Ehre«, sagte Albert zu Kramer, »wenn Ihr das Mahl mit uns teilen würdet.«

Richard staunte nicht schlecht, als Alberts Begleiter ein weißes Tischtuch auf der Wiese ausbreitete und darauf einen verschlossenen Krug und mehrere Becher stellte und ein in ein weiteres Tuch eingeschlagenes Bündel legte.

Kramer sah zu, wie er das Bündel auspackte. »Eine Pastete?«

Albert lächelte breit. »Die beste Fleischpastete, die Ihr diesseits der Alpen finden werdet«, behauptete er. »Sie stammt von unserer Köchin Bertha. Sie ...«

»Fleisch?« Kramer hob amüsiert eine Augenbraue. »Nun, ich fürchte, ich muss Euer freundliches Angebot ausschlagen. Ich kann nicht von dieser Pastete essen.«

Eine leichte Röte überzog Alberts Gesicht. Er musterte Kramer von Kopf bis Fuß. »Ihr seid ein Predigermönch! Euer Orden geht streng mit dem Verbot um, freitags Fleisch zu essen, nicht wahr?«

»Nun ...« Kramer wirkte noch immer amüsiert. »Leider ja.«

»A ... aber ...«

Albert sah so verzweifelt aus, dass Richard ein Lachen unterdrücken musste.

Kramer blickte ihn an. »Wäret Ihr so freundlich, an meiner statt die Einladung dieser zuvorkommenden jungen Männer anzunehmen?«, fragte er.

Richard machte Anstalten, abzulehnen, aber der Mönch griff nach seinem Ellenbogen und drückte ihn sachte. »Ich werde Euch einen Dispens erteilen für den Genuss von Fleisch am Freitag.« Sein Blick wanderte zu Albert und seinen beiden Gefährten. »Und Euch selbstverständlich auch. Ich bin sicher, der Herrgott wird es gutheißen.«

Alberts Arme und Beine zuckten unkontrolliert. »Seid Ihr ... sicher?« Er wirkte, als bekomme er nur noch schwer Luft.

Kramer nickte. Dann wies er auf das Tischtuch und nötigte Richard, sich zu setzen.

Nürnbergs Refmarkt war Teil des Großen Marktes vor der Frauenkirche und bestand aus mehreren schmalen Gängen zwischen hölzernen Hürden, auf denen die Marktfrauen ihre mitgebrachten Kiepen abstellen und so die darin befindliche Ware feilbieten konnten. Hier gab es neben Eiern auch Schmalz, Käse und Geflügel zu kaufen, außerdem Garne und Flachs – allesamt Waren, die die Händler auf dem Rücken transportieren konnten.

Wie viel Zeit sie mit dem Streit zwischen dem Wanderprediger und der Straßenhure vergeudet hatte, wurde Katharina klar, als sie an einer Ecke der Tuchgasse Donatus traf, der seine Besorgung bereits erledigt hatte. Unter dem Arm trug er ein verschnürtes Bündel, in dem sich das benötigte Rindfleisch befand, und er war guter Dinge, denn er hatte den Preis erfolgreich nach unten gehandelt. In schillernden Worten erzählte er Katharina von seinem Gefecht mit dem Fleischer.

Katharina hörte ihm zu, lachte an den passenden Stellen und vermied es dabei, einen Blick auf das mehrstöckige Haus zu werfen, das ungefähr in der Mitte der Gasse lag. Früher hatte Richard hier gewohnt.

Katharina und Donatus erreichten den Markt von Süden her, gingen an einigen Ständen vorbei, auf denen die Betreiber gerade frischen Fisch und Krebse auslegten, und bogen dann ab in die schmaleren Gänge des Refmarktes. Gertrud, die Witwe eines Tagelöhners, die mit dem Verkauf von Eiern versuchte, sich und ihr Kind über Wasser zu halten, war tatsächlich schon da, genau wie Katharina es sich erhofft hatte.

Katharina blieb in einigem Abstand stehen und holte tief Luft. Das hier fiel ihr nicht leicht, aber sie wusste, es war notwendig, das nun folgende Gespräch zu führen. Wenn sie mit ihrer Vermutung recht hatte, wenn Gertruds Eier wirklich vergiftet waren, dann war es ihre Pflicht, die Frau zu warnen.

Donatus warf ihr einen fragenden Blick zu, als er ihr Zögern bemerkte, doch sie achtete nicht weiter auf ihn, sondern fasste sich ein Herz und schritt auf Gertrud zu.

»Gott zum Gruße!«, sagte die Frau und grinste Katharina breit an. Ihr fehlten zwei Zähne im Oberkiefer, und die schwarzen Lücken ließen sie älter aussehen, als sie tatsächlich war. Wie immer, wenn sie hier auf dem Markt ihren Stand aufgebaut hatte, hing ihr ein kleines, ziemlich schmutziges Mädchen am Rockzipfel, lutschte am Daumen und starrte alle Näherkommenden misstrauisch an.

Katharina erwiderte den Gruß.

»Was ist Euch?« Gertrud runzelte die Stirn. Sie schien zu spüren, dass Ungemach im Anzug war.

»Ich fürchte, ich muss deine letzte Lieferung beanstanden«, begann Katharina. Es war nicht das erste Mal, dass sie in Streit mit der Frau geriet, aber es war das erste Mal, dass es dabei um eine mangelhafte Lieferung ging.

Gertrud stemmte die Arme in die Hüften. Dass sie dabei mit dem Ellenbogen gegen den Kopf ihres Kindes stieß und es einen Schritt rückwärts taumelte, schien sie nicht einmal zu bemerken. »Eine Beanstandung?« Sie hatte eine sehr tiefe Stimme, bei der Katharina sich immer fragte, wie sie in einem so schmächtigen Brustkorb Platz finden konnte.

Katharina nickte. »Die letzten Eier, die du geliefert hast, waren schlecht.« *Es ist nur eine Beanstandung,* sagte sie zu sich selbst. *Du hast schon ganz andere Dinge überlebt.* Aber dennoch fühlte sie sich überaus unwohl. Sie wusste, was kommen würde, und sie irrte sich nicht.

»Unmöglich!«, stieß Gertrud unwirsch hervor. »Ich ...«

Katharina hob die Hand, um die Bäuerin am Weitersprechen zu hindern. »Lass mich bitte ausreden! Eine meiner Patientinnen liegt darnieder, seitdem sie die Eierspeise gegessen hat, die unsere Köchin aus deinen Eiern zubereitet hat. Du solltest das wissen, damit es nicht noch anderen deiner Kunden so ergeht.«

Gertruds Augenbrauen zogen sich zusammen und mit ihnen ihr gesamtes Gesicht, so dass es aussah, als habe sie einen Schluck Essig genommen. »Woher wisst Ihr, dass es an meinen Eiern lag?« Noch immer hatte sie die Arme in die Seiten gestützt. Das Kind hielt jetzt respektvollen Abstand von ihren Ellenbogen.

»Ich weiß es.« Katharina unterdrückte ein Seufzen. Alles, was sie wollte, war, die Frau davor zu warnen, noch weitere schlechte Eier zu verkaufen. Warum nur fühlte sie sich dabei so selbstgerecht? »Brunhild hat zwei Tagen vor ihrer Erkrankung nichts weiter gegessen als die weiche Eierspeise, die meine Köchin ihr zubereitet hat. Nur das kann also der Grund für ihre Krankheit sein.«

»Sie hat nur Eierspeise gegessen?«, meinte Gertrud. »Dann war sie also schon vorher krank!« Es war eine naheliegende Vermutung.

Katharina nickte. »Ja. Aber sie musste sich nicht übergeben, wie nach deinen Eiern. Sie hatte Zahnschmerzen und konnte nichts Festes zu sich nehmen, darum bekam sie Eierspeise.«

Gertruds Standnachbarin, eine Marktfrau, die Milch verkaufte, war inzwischen auf ihr Gespräch aufmerksam geworden und lauschte voller Neugier. Katharina versuchte, sie nicht zu beachten. Sie konnte sehen, wie sich Gertruds Miene verfinsterte. »Und?« Herausfordernd reckte Gertrud das Kinn vor.

Katharina wusste nicht genau, was sie meinte.

»Wieso sollen ausgerechnet meine Eier schuld daran sein?«, hakte Gertrud nach. »Eierspeisen werden auch noch aus anderen Zutaten ...«

»Die Köchin hat mir erzählt, dass sie nichts weiter verwendet hat als deine Eier, ein bisschen Mehl und Milch.« Während Katharina das sagte, ballte Gertrud die Fäuste. Unwillkürlich rückte Donatus etwas dichter an Katharina heran, wie um sie zu beschützen, falls es zu einem Handgemenge kommen sollte. Doch Katharina hatte nicht vor, es so weit kommen zu lassen. Aber natürlich war sie auch nicht gewillt, einfach einen Rückzieher zu machen. Sie war sich mit einem Mal ganz sicher, dass die Eier schuld an dem schlimmen Brechdurchfall waren, der Brunhild plagte, und sie wollte dafür sorgen, dass es nicht noch anderen Menschen so erging wie ihr.

»Woher wisst Ihr, dass es nicht das Mehl und die Milch waren, die Eure Patientin ...«, Gertrud spuckte Katharina das Wort förmlich vor die Füße, »... krank gemacht haben?«

»Meine Milch ist in Ordnung!«, warf die Standnachbarin ein.

Niemand beachtete sie.

»Weil meine Köchin beides auch für andere Speisen verwendet hat«, erklärte Katharina. »Und außer Brunhild ist niemand erkrankt.«

Jetzt wich Gertrud ein Stück zurück. Ihre Kiepe befand sich zwischen ihr und Katharina, und Katharina sah, dass kaum zwei Dutzend Eier in dem Polster aus Stroh lagen. Jetzt gegen Winter legten die Hühner gewöhnlich weniger als im Sommer, und Katharina war klar, dass Gertrud alles andere besser gebrauchen konnte als ausgerechnet eine Beschwerde über ihre Ware.

Tief holte Gertrud Luft, so als müsse sie Anlauf nehmen. »Ich werde Euch mal was sagen«, meinte sie. Katharina machte sich auf eine üble verbale Attacke gefasst, und tatsächlich schnappte Gertrud: »Ihr und Euer Fischerhaus! Fischerhaus! Wenn ich das schon höre. Ein Hurenhaus ist es, das Ihr da führt, das pfeifen doch die Spatzen von den Dächern!«

Nun war es an Katharina, einen Schritt zurückzuweichen. Sie stieß gegen Donatus, der noch immer schräg hinter ihr stand. Über die Schulter warf sie ihm einen Blick zu. Er wirkte finster. Böse starrte er Gertrud an.

»Niemand in meinem Haus hat es verdient, als Hure bezeichnet zu werden!«, sagte Katharina so ruhig, wie sie es vermochte. In ihr brodelte es, nur mühsam beherrschte sie den Zorn, der in ihrer Kehle aufstieg und ihre Worte scharf machte wie Messerklingen.

Gertrud schien davon nichts zu bemerken. Noch immer herausfordernd sah sie Katharina direkt in die Augen. »Ach ja? Wie viele unverheiratete Frauen habt Ihr zurzeit bei Euch aufgenommen?«

Katharina war versucht, darauf zu antworten, aber sie wusste, dass sie dadurch nur weiter in die Defensive gedrängt werden würde. Also schwieg sie und hielt dem Blick ihrer Gegnerin stand.

»Und wie viele davon gehören eigentlich in das Narrenhäuslein im Luginsland?«, bohrte Gertrud weiter.

Katharina biss die Zähne zusammen. Schwer wie Blei spürte sie Donatus' Blicke in ihrem Rücken.

»Wer sagt denn«, lamentierte Gertrud weiter, »dass Ihr nicht selbst Eure Patientinnen krank gemacht habt?« Wieder betonte sie das Wort *Patientinnen* auf eine höhnische Art und Weise. »Ich sage nur: Hexerei! Gab es da nicht mal eine Anklage gegen Euch?«

Das war zu viel! Katharinas Hände fingen an zu zittern. Ihre Wangen hatten sich gerötet, das merkte sie an der Hitze, die ihr plötzlich in den Kopf stieg. »Untersteh dich, Lügen über mich zu verbreiten!«, zischte sie, und sie konnte es nicht verhindern, durch zusammengebissene Zähne zu sprechen. »Diese Anklage wurde ...«

Eine Hand berührte sie am Ellenbogen, und sie wusste, dass es Donatus war, der sie davon abhalten wollte, sich um Kopf und Kragen zu reden. Zornig entriss sie ihm ihren Arm.

»Komm«, sagte er leise, bevor sie wieder das Wort ergreifen konnte. »Lass uns nach Hause gehen!«

Katharinas Zorn fiel in sich zusammen wie ein Kartenhaus. Zitternd holte sie Luft, rang um Selbstbeherrschung. »Ja«, sagte sie dann kühl und musterte Gertrud aus zusammengekniffenen Augen. »Lass uns gehen. Wir müssen uns wohl eine neue Eierlieferantin suchen.« Und mit diesen Worten machte sie kehrt und wollte davonmarschieren. Sie konnte nicht sehen, ob Gertrud ihr wütend hinterherstarrte, aber sie hörte, was die Frau giftete: »Unverheiratetes Weiberpack! Weiß doch jeder, dass Euer ganzes Trachten darauf ausgerichtet ist, die Mannswelt zu verderben!«

Katharina blieb stehen wie vom Donner gerührt. Eine Dienstmagd kam an ihr vorbei, blieb vor Gertruds Eierkorb stehen, um die Ware zu prüfen.

»Lass lieber die Finger davon!«, riet Katharina ihr. »Ihre Eier sind verdorben.«

Sie verspürte Gewissensbisse, weil sie ihrer Rachsucht freien Lauf gelassen und nicht den Mund gehalten hatte, und dummerweise bereitete ihr die Tatsache, dass die Magd sich tatsächlich einem anderen Stand zuwandte, nicht die geringste Genugtuung. Mit einem Ruck wandte sie sich ab und verließ mit weit ausgreifenden Schritten den Refmarkt.

Gertruds böse Blicke trafen sie wie Dolche im Rücken.

»Weißt du, was ich mich gerade frage?« Donatus ging neben Katharina her an der langen Front des Kartäuserklosters vorbei. Seit dem Zusammenstoß mit der Marktfrau war er still gewesen, aber Katharina wusste, dass es in ihm brodelte. Jetzt schienen die Gedanken aus ihm herausbrechen zu wollen.

»Nein«, sagte sie. »Was denn?«

»Das, was Gertrud gesagt hat ...« Verlegen kratzte er sich am Hinterkopf.

Katharina wartete.

»Ich meine, das mit der Hexerei ...« Wieder verklang die eigentliche Frage in einem Räuspern.

Katharina schwieg. Wenn er dieses Gespräch führen wollte, dann sollte er gefälligst den Mumm haben, sie direkt darauf anzusprechen, und hier nicht herumeiern wie ein Dorftrottel.

»Stimmt es?«, stieß er endlich hervor.

Ein bitteres Lächeln trieb Katharinas Mundwinkel nach oben. »Was? Dass sie mich der Hexerei bezichtigt haben?«

Unglücklich nickte er.

An der Ecke des Klosters blieb sie stehen. »Ja«, sagte sie.

Er schluckte, und sie hätte ein Vermögen dafür gegeben, zu erfahren, was er dachte.

»Wurdest du verurteilt?«, fragte er endlich. Seine Blicke wanderten über ihr Gesicht, als suche er nach Brandzeichen, der üblichen Strafe des Nürnberger Rates für das Verbrechen der Zauberei. Schließlich schaute er auf ihre Hände.

Katharina zog die Ärmel über die Narben an ihren Handgelenken. »Nein«, antwortete sie. Plötzlich war ihr kalt, viel kälter als zuvor, als die Sonne noch nicht aufgegangen war und der Frost eisig auf dem Pflaster gelegen hatte.

»Warum nicht?«

»Es ist lange her.« Sie tat, als wüsste sie nicht mehr genau, wie lange, dabei wusste sie es nur allzu gut. Dann fasste sie einen Entschluss. »Kannst du dich an den großen Wahnsinn erinnern, der im August vor zwei Jahren über die Stadt gekommen ist?«, fragte sie.

Donatus lehnte einen Arm gegen die Klostermauer. »Du meinst damals, als die Engel in Nürnbergs Gassen starben?«

Die Kälte, die Katharinas Glieder ergriffen hatte, packte nun auch ihr Herz. Um ihr nicht zu erliegen, schüttelte Katharina den Kopf. »Es waren keine Engel. Nur arme Menschen, die ein Wahnsinniger umgebracht hat. Zum Glück wurde er seiner gerechten Strafe zugeführt. Aber was ich dir eigentlich erzählen wollte: Damals waren die Brunnen der Stadt vergiftet, und das führte dazu, dass die Menschen Dinge sahen, die gar nicht da waren. Aus diesem Grund glaubten sie, dass Hexen in der Stadt ihr Unwesen trieben.«

»Hexen ...« Donatus flüsterte das Wort. Forschend sah er Katharina an. »Wieso wurdest du nicht verurteilt?«, fragte er zum zweiten Mal.

»Es wurde nachgewiesen, dass ich unschuldig bin.«

»Wie?«

»Sie haben mich auf die Probe gestellt. Und ich habe diese Probe bestanden.« Sie verdrängte die Erinnerung an dunkles Wasser, an die Panik in ihrem Herzen, als sie beinahe ertrunken wäre. Und noch energischer verdrängte sie die Gedanken an Richard, der sie damals gerettet hatte.

Einen Moment lang stand Donatus völlig regungslos da. Dann schüttelte er mit Nachdruck den Kopf. »Nein«, sagte er zusammenhanglos. Und setzte seinen Weg einfach fort.

Katharina eilte ihm nach. Ein Mönch trat aus einem Tor des Klosters. Er nickte ihnen zu, als er sie passierte. Eine Gruppe Gänse, die offenbar aus ihren Ställen entwischt war, marschierte quer über den Weg. Ein kleiner Junge jagte ihnen fluchend hinterher, aber alles, was er erreichte, war, dass sie mit wütendem Geschnatter und wildem Flügelschlag auseinanderstoben und in den umliegenden Gassen verschwanden.

»Was meintest du eben mit *Nein*?«, fragte Katharina Donatus, als sie ihn eingeholt hatte.

»Tja!« Er drehte den Blick gen Himmel. Dann fragte er: »Das Fischerhaus. Es hat einmal deinem Mann gehört, oder?«

Katharina war verwirrt. Er wusste das, warum fragte er ausgerechnet jetzt danach? Dennoch nickte sie. »Er hat es gekauft, kurz bevor er starb.«

»Und du hast es zu einem Spital für mittellose Frauen umgewandelt, ganz ähnlich wie Heilig-Geist, nur kleiner, oder?«

Bei der Nennung des Spitals unten am Fluss geisterte kurz Arnulfs Warnung vor Konrad Rotgerber durch Katharinas Gedanken. Donatus hatte nicht ganz unrecht. Ein wenig ähnelte die Institution, die sie mit Egberts Geld gegründet hatte, dem Heilig-Geist-Spital. Doch während man sich dort vor allem um Fieberkranke und Verletzte kümmerte und die Behandlung von Menschen mit krankem Gemüt eher widerwillig vornahm, hatte Katharina das Fischerhaus zu einer Zuflucht für genau diese Art von Kranken gemacht. Keiner ihrer Schützlinge – allesamt waren es Frauen – war wohlhabend oder gehörte gar zu den Patrizierfamilien, aber das scherte sie nicht. Sie nutzte den Reichtum, den ihr Mann ihr hinterlassen hatte, um das zu tun, was sie am besten konnte und was sie als Einziges auf der Welt wirklich tun wollte.

Die *melancholia* heilen.

Und wo sie das nicht vermochte, wollte sie sie zumindest lindern.

»Warum tust du das?«, fragte Donatus mitten in ihre Gedanken. »Ich meine: Es macht doch nur Schwierigkeiten. Du hast vorhin selbst gehört, was dieser komische Nachtrabe gesagt hat. Es gibt Männer, die du mit dem Fischerhaus gegen dich aufbringst. Mächtige Männer. Und trotzdem nimmst du Kerle wie mich auf.« Er hielt kurz inne, und sie glaubte schon, er würde ihr jetzt seine eigene Geschichte erzählen. Doch stattdessen fragte er: »Warum tust du dir das an?« Und er gab sich die Antwort sogleich selbst: »Weil du eine Heilige bist, keine Hexe. Das meinte ich vorhin mit Nein.« Er grinste und strich sich mit einer seiner weiblichen Gesten durch die kurzen Stoppelhaare.

Der kleine Gänsehirt hatte in der Zwischenzeit wenigstens eines seiner Tiere erwischt und am Hals gepackt. Die Gans wehrte sich mit wütendem Gekeife und wildem Flügelschlagen, aber der Junge gab nicht nach. Mit grimmiger Entschlossenheit zog er den widerstrebenden Vogel die Gasse entlang Richtung Zuhause. Als er an ihr vorbeikam, nickte Katharina ihm anerkennend zu, aber er bemerkte es kaum.

8. Kapitel

»Wie geht es ihr?«

Die Tür der kleinen Dachkammer öffnete sich, und Donatus streckte den Bürstenschopf herein.

Katharina ließ die Hand der alten Frau los, an deren Bett sie seit zwei Stunden saß. Sie wandte sich zu ihrem Bader um. »Schlecht«, sagte sie und forschte in Donatus' Gesicht nach Anzeichen dafür, ob er vorhatte, ihr Gespräch fortzusetzen. Zu ihrer Erleichterung jedoch schien er vorerst genug zu haben von weiteren Enthüllungen.

Sie holte tief Luft. Obwohl sie das Fenster so weit geöffnet hatte, wie es ging, roch es in der Kammer noch immer übel nach Fäkalien.

Nachdem sie zusammen mit Donatus vom Markt zurückgekommen war, hatte sie als Erstes nach Tobias gesehen. Wie sie vermutet hatte, hatte er seine Tür mit seinem Stuhl verbarrikadiert. Als sie geklopft hatte, hatte er zuerst nicht reagiert und dann etwas gemurmelt, das recht verschlafen geklungen hatte. Also hatte sie ihn in Ruhe gelassen und sich darangemacht, Brunhilds Durchfallmedizin mit dem frischen Rindfleisch zuzubereiten und es ihr zu essen zu geben. Eine Weile hatte es so ausgesehen, als würde die alte Frau es tatsächlich bei sich behalten, doch als sie sich dann übergeben hatte, war es explosionsartig geschehen. Katharina hatte eine Weile gebraucht, um Bettzeug, Wände und Fußboden wieder zu säubern.

Jetzt winkte sie Donatus herein und wies auf Brunhild. Die ältere Frau lag auf dem Rücken, eine Decke bis unter die Achseln gezogen, ihre Hände ruhten obenauf. Eingefallen waren sie, deutlich konnte man die Adern unter der papierdünnen Haut sehen, ebenso wie ihr Gesicht kaum mehr zu sein schien als ein pergamentüberzogener Schädel, an dem die schütteren, schneeweißen Haare klebten. Brunhild hatte die Augen geschlossen, aber Katharina wusste, dass sie nicht schlief. Sie hörte jedes Wort, das in ihrer kleinen Kammer gesprochen wurde. »Die Medizin hat nicht gewirkt.« Mehr zu sagen war nicht nötig. Katharina wusste, dass Donatus sie trotzdem verstand.

Er sah sie an und nickte betrübt.

Sie wird sterben, war der Satz, den sie beide nicht aussprachen.

»Ihr müsst euch nicht grämen!« Die faltigen Lider der alten Frau hoben sich, und aus überraschend klaren, hellblauen Augen sah sie Katharina an. »Ich bin bereit, meinem Schöpfer gegenüberzutreten.«

Katharina spürte einen Kloß in der Kehle. Es war unerträglich für sie, dass sie Brunhild nicht helfen konnte.

»Es ist schwer, dich so leiden zu sehen«, sagte sie leise.

Brunhild versuchte sich an einem Lachen, aber es misslang. Sie war längst zu schwach dazu. »Das Leiden ist eine Gnade Gottes«, flüsterte sie. »Es bringt mich meinem Herrn Jesus Christus näher.« Sie schloss die Augen wieder. »Bald werde ich mit ihm im Paradies sein.«

Donatus kratzte seine blonden Stoppeln, und Katharina fiel auf, dass er das in letzter Zeit wieder häufiger tat. War es nur ein Zeichen seines Unbehagens? Der Ausschlag, mit dem er bei ihr aufgetaucht war, war nicht wieder zurückgekommen, dafür hatte sie gesorgt. Vielleicht jedoch hatte er sich Flöhe eingefangen. Zwar hatte sie ihn ursprünglich als Bader angestellt, aber er beschränkte sich zu ihrer Freude nicht auf diese Arbeit, sondern half aus, wo immer er konnte. Eine der Aufgaben, die er freiwillig übernommen hatte, war die Ausgabe der wöchentlichen Armenspeisung, die Katharina eingeführt hatte. Jeden Freitag zum Mittagsläuten stellte er sich mit einem Kessel Suppe und Brot vor dem Haus auf und verteilte warme Mahlzeiten an die Ärmsten der Armen. Dass er dabei mit jeder Menge Ungeziefer in Kontakt kam, nahm er mit resignierter Gelassenheit in Kauf.

Seufzend machte Katharina sich im Geiste eine Notiz. Sie würde Donatus etwas gegen die Flöhe geben müssen. Noch eine Sache, an die sie denken musste.

Sie spürte, wie Müdigkeit nach ihr griff, und sie wusste nicht genau, ob es die Müdigkeit von zu viel Arbeit war oder aber jene, die die *melancholia* verursachte und gegen die anzukämpfen so unendlich viel schwerer war.

»Es ist schön, dass du dein Los so vertrauensvoll annehmen kannst«, sagte sie zu Brunhild. Sie selbst hatte Mühe, die Krankheiten und all das Elend, mit dem sie tagtäglich konfrontiert wurde, als Gabe eines mildtätigen Gottes anzusehen.

»Warum sollte ich nicht?«, gab Brunhild zurück, ohne die Augen zu öffnen. »Immerhin habe ich mein Bestes getan, mich mein ganzes Leben lang an seine Gebote zu halten.«

Fast hätte Katharina spöttisch geschnaubt. Gerade noch rechtzeitig unterdrückte sie das Geräusch, und es klang, als habe sie niesen müssen.

Brunhild öffnete die Augen wieder. In ihnen lag ein belustigter Ausdruck. »Du scheinst das anders zu sehen.«

Inzwischen war es empfindlich kalt in der kleinen Kammer. Katharina sah Donatus zu, wie er zum Fenster ging und es schloss. Er zog den Vorhang halb zu, doch Katharina schüttelte missbilligend den Kopf. Seit längerem schon versuchte sie, ihn von der irrigen Meinung abzubringen, dass Kranke im Dunkeln liegen müssten. Er schaute Katharina an, begriff, was sie dachte, und zog den Vorhang wieder auf. Dann gesellte er sich zu ihr ans Bett und beteiligte sich an ihrem Gespräch.

»Und?«, fragte er, und sie spürte das Gewicht seines Blickes auf sich. »Siehst du es wirklich anders?«

Sie zwang sich zu einem unverfänglichen Lächeln. »Versteh mich nicht falsch«, meinte sie. »Ich glaube, dass die gute Brunhild ein wenig untertreibt.«

»Inwiefern?« Neugierig sah Donatus auf die verhärmt wirkende Frau hinab.

Brunhild zuckte nur die Achseln. Ihre Schlüsselbeine zeichneten sich unter der blassen Haut ab wie die Knochen eines Vogels.

»Sie hat nach dem frühen Tod ihres Mannes nie wieder geheiratet«, erklärte Katharina. »Sie hat ein beträchtliches Vermögen geerbt und ihren Bruder dazu gebracht, dass sie es für mildtätige Zwecke verwenden darf. Ihr gesamtes Leben seitdem hat sie gelebt wie eine Nonne, nur, dass sie sich nicht in die Stille und Abgeschiedenheit eines Klosters zurückgezogen hat, sondern mitten in der Welt blieb, um gute Werke zu tun.«

Brunhild kicherte leise. »Du übertreibst«, widersprach sie mit milder Rüge in der Stimme. Katharina dachte daran, wie sie ihr vorhin Ratschläge gegeben hatte, was sie gegen ihre Sehnsucht nach Richard tun sollte. Brunhild kannte sich also mit Anfechtungen dieser Art durchaus aus. Aber waren nicht genau diejenigen die größten Heiligen, die gegen die Versuchung gekämpft und sie besiegt hatten?

Brunhild musste würgen, und ihr gesamter Körper verkrampfte sich.

Während Katharina ihr die Schüssel hinhielt, tappte jemand so leise wie möglich draußen auf dem Gang entlang. Sie warf einen Blick durch die nur halb geschlossene Tür und glaubte die Gestalt von Tobias zu erkennen, die an dem Spalt vorbeihuschte.

Auf Donatus' Miene erschienen tiefe Falten der Missbilligung. Nachdem Brunhild sich wieder beruhigt hatte, nahm er Katharina die Schüssel ab und verließ den Raum, um sie zu entleeren. »Lauschst du etwa?«, hörte Katharina ihn sagen. Sie ließ die kranke Frau zurück in die Kissen sinken.

Auf dem Flur ertönte unverständliches Gemurmel, dann das Geräusch von hastigen Schritten, schließlich klappte eine Tür, und Möbelbeine scharrten über den Fußboden.

Inzwischen stand Schweiß auf Brunhilds Gesicht. Sie würgte erneut, aber zu Katharinas Erleichterung übergab sie sich diesmal nicht. Donatus war noch nicht mit der Schüssel zurück. Katharina starrte verdrießlich auf die Kammertür. Warum dauerte das so lange?

Gerade als sie das dachte, kehrte der Bader zurück. »Tobias hat gelauscht«, berichtete er und reichte Katharina die Schüssel. Er war am Brunnen gewesen und hatte sie ausgewaschen. Ein paar klare Tropfen hingen noch an ihrem Rand, und sie netzten Katharinas Hände.

Brunhild hatte die Augen geschlossen, und sie sah aus, als würde sie gleich einschlafen.

»Na und?« Katharina stellte die Schüssel zurück auf den Boden. Dann legte sie der Kranken die Hand auf die Stirn. Brunhilds Haut war klamm. Kein gutes Zeichen.

»Ich glaube, es wird Zeit, den Priester zu holen.« Brunhild öffnete die Augen kurz, schloss sie aber sogleich wieder. An ihrem faltigen Hals pochte eine einzelne Ader in langsamem, leicht unregelmäßigem Rhythmus.

Katharina biss die Zähne zusammen. »Bist du sicher?«

Brunhild nickte. Sie atmete einmal ein, einmal aus, und dann lag sie für einen Moment lang so still, dass Katharina schon fürchtete, sie sei gestorben. Doch gleich darauf schlug sie die Augen wieder auf, und diesmal ließ sie sie offen. Schweigend sah sie Katharina an.

Katharina verspürte Unsicherheit angesichts des nahenden Todes. Dies war das Schwierigste, was sie als Heilerin zu tun hatte: einzugestehen, dass all ihre Kunst nicht mehr weiterhelfen konnte. Dass alles letztendlich doch in Gottes Hand lag.

Donatus schaute betroffen auf die alte Frau nieder. »Wen sollen wir holen?«, fragte er leise.

Katharina dachte nach. Das Viertel an der Frauentormauer wurde seelsorgerisch eigentlich von einem Priestermönch des Kartäuserklosters betreut, doch der Mann war ein missgünstiger, unfreundlicher und wenig herzlicher Kerl, dessen Predigten vor Höllenstrafen nur so strotzten. Vor ein paar Tagen hatte er Brunhild die Krankensalbung erteilt, und danach hatte sie sich darüber beschwert, wie lieblos und hastig er die Zeremonie durchgeführt hatte. Nein, in seine Hände wollte sie Brunhilds Seelenheil nur ungern legen.

»Was ist mit Dr. Spindler?«, schlug Donatus vor.

Katharina rieb sich die Stirn. Der Priester aus Heilig-Geist war eine gute Wahl, er war warmherzig und vermochte es, zu trösten. Katharina nickte. »Ja«, meinte sie. »Eine gute Idee! Lauf nach Heilig-Geist und hol ihn!« In Gedanken überschlug sie den Weg bis ins Spital. Wenn Donatus sich beeilte und den Priester sofort fand, wäre er in kaum einer halben Stunde wieder hier.

Donatus war erleichtert, dass er einen Grund hatte, die stickige, übelriechende Kammer zu verlassen und im Freien frische Luft zu schnappen. Er wusste, dass er sich beeilen musste, wenn er Dr. Spindler rechtzeitig herholen wollte, aber trotzdem hielt er inne, als sein Blick auf Tobias fiel.

Wie eben schon einmal stand der Junge jetzt wieder neben seiner Kammertür. Wie ein Reh kam er Donatus vor, das sich ängstlich aus der Deckung seines Dickichts wagte und das angespannt darauf lauschte, ob ihm eine Gefahr drohte. Sein Blick hing an Donatus' Gesicht. Groß waren seine Augen und voller Angst.

»Ich tue dir nichts«, versicherte Donatus ihm. Er hatte sich schon halb an dem Jungen vorbeigeschoben, als der einen kurzen Pfiff ausstieß.

Eine eisige Hand fasste nach Donatus' Herz. »Was …?« Er wirbelte herum, starrte Tobias an.

Der Junge hatte sich mit dem Rücken gegen die Wand gepresst, und obwohl er die Hände hinter sich verbarg, glaubte Donatus zu sehen, wie sie zitterten. Tobias öffnete die Lippen ein wenig, presste sie aufeinander. Mit der Zungenspitze befeuchtete er seine Mundwinkel, und dann pfiff er eine kurze Melodie.

Eine Melodie, die Donatus ein entsetztes Keuchen entlockte. *Nein!*, dachte er erschrocken. *Bitte nicht!* Er wich zurück, der Boden unter seinen Füßen fühlte sich plötzlich an, als sei er zu Treibsand geworden.

Mitten im Ton brach Tobias ab. Seine Wimpern waren nass.

»Geh in dein Zimmer!«, krächzte Donatus.

Der Junge gehorchte. Leise drückte er die Tür ins Schloss, dann scharrte erneut der Stuhl über die Fußbodendielen.

Mit jagendem Herzen stand Donatus da und starrte gegen das dunkle Holz des Türblatts. *Warum?* Sein Verstand stellte diese Frage voller Ängstlichkeit. *Warum, Gott, lässt du das erneut zu?*

»Donatus?« Katharinas Stimme erklang, ihr verwundertes Gesicht erschien in der Tür zu Brunhilds Kammer. »Ist etwas?«

Er musste sich zusammenreißen. Rasch räusperte er sich. »Nein.«

Sie musterte ihn einen Moment, dann blickte sie zu Tobias' Tür. Halb erwartete er, sie würde ihn zurechtweisen, weil er sich nicht beeilte, Dr. Spindler zu holen. Doch in ihren rauchgrauen Augen war kein Ärger zu sehen.

Mit dem Kopf deutete sie in Richtung Haustür. »Du solltest dich beeilen«, sagte sie nur.

Und sie kehrte an Brunhilds Bett zurück.

Donatus lief, so schnell er konnte. Vorbei an St. Lorenz und am Katharinenkloster, von dort aus über die Heubrücke auf die Insel Schüdt. Auf der Brücke nahe Heilig-Geist konnte er jedoch nicht mehr weiter.

Mitten auf dem breiten hölzernen Steg blieb er stehen. Unter ihm gurgelte das Wasser um die Pfeiler, wirbelte in kleinen Strudeln umeinander und brach sich schäumend an ein paar Steinen, die in seinem Weg lagen.

Donatus klammerte die Hände um das Brückengeländer.

Er bekam kaum noch Luft. Keuchend atmete er ein, dann aus, und mit jedem Atemzug wurde sein Brustkorb enger und enger. Tobias'

Melodie hallte in seinem Kopf wider, diese kurze Folge an- und abschwellender Töne, die er hinter sich gelassen zu haben geglaubt hatte.

Ein Schluchzer drängte sich in seiner Kehle nach oben. Seine Knie zitterten, und nur mit Mühe konnte er sich aufrecht halten.

Diese Melodie! Wie lange war es her, dass er sie zum letzten Mal gehört hatte? Er vermochte es nicht in Tagen und Wochen zu sagen, aber trotzdem kannte er die Antwort genau. An jenem Tag war es gewesen, als Kilian gestorben war …

»Kilian, um Himmels willen! Was ist denn passiert?« Donatus schaute von dem Haufen Gänsefedern auf, die er gerade mit seinem Messer schärfte. Kilian war in die Stube gestolpert gekommen, blass im Gesicht und mit blauschwarzen Schatten unter den Augen. Er war einer der Armen Scholaren, ein hübscher Junge von vierzehn Jahren, dessen Züge noch kindlich weich waren, obwohl bereits ein erster Bartschatten seine Oberlippe zierte. Bei seinem Anblick ließ Donatus die Feder sinken.

»Ich …« Kilian durchquerte den gesamten Raum, trat ans Fenster und starrte hinaus, ohne sich zu erklären.

Donatus legte die Feder fort, an der er gerade gearbeitet hatte, blieb jedoch sitzen. Ein Kribbeln erfasste sein Genick. »Was ist passiert, Kilian?« Er bemühte sich, sehr sanft zu sprechen.

Doch er erhielt keine Antwort. Stattdessen begann Kilian zu pfeifen. Es war eine kurze Melodie nur, wenige Töne, die mehr wie das Zwitschern eines Vogels klangen denn wie ein Lied, das von einem Menschen ersonnen worden war. Donatus schloss die Augen.

Bitte nicht!

Kilian brach ab. Schwer lastete die Stille auf ihnen.

»Was ist mit dieser Melodie?«, flüsterte Donatus, obwohl er die Antwort kannte.

Da endlich drehte sich Kilian zu ihm um. Wild war sein Blick, fast ein wenig irre und zutiefst verletzt. »Das ist sein Zeichen«, flüsterte er.

Das Kribbeln in Donatus' Genick verstärkte sich. Langsam nickte er. Er wusste, was jetzt kommen würde. Dennoch fragte er: »Was für ein Zeichen?« Seine Stimme klang heiser.

Da ließ Kilian den Kopf hängen. »Das Zeichen, dass man kommen muss. Zu ihm. Aus dem Schlafsaal hinaus und zu ihm.« Er zog die

Nase hoch, und in diesem Moment wirkte er sehr jung und sehr verletzlich.

Donatus erhob sich, blieb jedoch hinter seinem Pult stehen.

Gepeinigt starrte Kilian ihn an. »Sie tuscheln«, sagte er. »Über dich. Sie sagen, du seist mit dem Teufel im Bunde, weil du Jungs magst.« Er wischte sich mit dem Ärmel über die Nase. Seine Hand zitterte sichtbar. »Aber du hast mich niemals … angefasst.«

Das Kribbeln in Donatus' Nacken verwandelte sich in ein Gefühl von Kälte. »Wer hat dich angefasst?«, murmelte er. Er drehte das Messer in den Händen, dann schob er es in die Scheide an seinem Gürtel.

Kilian antwortete ihm nicht. Stattdessen begann er wieder, diese furchtbare kleine Melodie zu pfeifen.

Donatus drehte sich der Magen um. »Wer, Kilian?« Jetzt kam er doch hinter dem Pult hervor.

Kilian hob abwehrend beide Hände. Sein Blick flackerte. »Was weißt du schon?«, schrie er. »Du hast doch keine Ahnung!«

Und mit diesen Worten war er aus dem Raum gestürmt. Donatus hätte ihn aufhalten können, aber er hatte es nicht getan, und darum quälten die Schuldgefühle ihn seitdem Nacht für Nacht.

Als er Kilian nämlich das nächste Mal wiedergesehen hatte, waren seine Lippen blau gewesen. Das Wasser der Pegnitz war aus seinen Haaren getropft und hatte auf seinen Wangen ausgesehen wie Tränen …

Die Erinnerung überwältigte Donatus mit solcher Wucht, dass er in die Knie ging. Durch die Streben des Brückengeländers hindurch starrte er in das gurgelnde Wasser, in dem Kilian am Ende seinen Frieden gefunden hatte.

Er spürte, wie ihm Tränen über das Gesicht rannen. Wie sehr er den Jungen vermisste! Kurz zuckte ein finsterer Gedanke durch seinen Kopf. Was, wenn er jetzt und hier selbst ins Wasser …?

Er würde ebenfalls Frieden finden.

Erschrocken rappelte er sich auf. Sein Messer, das er am Gürtel trug, blieb an dem Geländer hängen, und er musste es zur Seite schieben. Eilig schlug er ein Kreuz über sich. Was war er nur für ein Waschlappen? Katharina und Brunhild warteten daheim auf seine Hilfe, und er saß hier und ergab sich in Heulen und Zähneklappern!

Zögernd ließ er das Brückengeländer los. Der Boden schien jetzt wieder fest unter seinen Füßen. Er packte die Messerscheide, rückte sie bequemer hin.

Dann setzte er seinen Weg fort.

»Sie stirbt!«

Ganz leise erklang Tobias' Stimme, und wenn es in der Kammer genau in diesem Moment nicht so unendlich still gewesen wäre, hätte Katharina ihn überhört.

So jedoch wandte sie sich zu ihm um. Sein Gesicht war bleich, die Augen weit aufgerissen, und er wirkte fahrig, wie ein Tier auf der Flucht. Nachdem Donatus ihm geraten hatte, in seine Kammer zu gehen, und danach verschwunden war, um Dr. Spindler zu holen, schien irgendetwas Tobias erneut auf den Flur getrieben zu haben. Katharina fragte sich, was es wohl sein mochte.

»Du musst keine Angst haben«, sagte sie.

Zögernd kam er einen Schritt näher, trat jedoch nicht über die Schwelle. Sein Kopf berührte beinahe den Türrahmen, und trotz seiner Körpergröße erschien Tobias in diesem Augenblick eher wie ein verängstigtes Kind als wie ein junger Mann. Wie alt mochte er wohl sein? Kaum älter als fünfzehn, schätzte sie.

Er konnte den Blick nicht von Brunhilds Gesicht abwenden. Katharina sah, wie sich die verschiedensten Gefühle in seiner Miene abwechselten. Da war die Faszination des Todes, der ihm möglicherweise noch nie in seinem Leben so nahe gekommen war. Da war Angst, die Angst, die ihm in den Augen stand, als Öllinger ihn gebracht hatte. Und dann sah sie auch noch so etwas wie Sorge.

»Ist es meine Schuld?«, wisperte er.

Wieder konnte sie ihn kaum verstehen. »Was meinst du?«

Mit einer kindlich aussehenden Geste streckte er die Hand aus und wies mit dem Zeigefinger auf Brunhild. »Dass sie stirbt. Ist es meine Schuld?«

Er blickte sie an, als sei er sich ganz sicher, dass sie ja sagen würde.

»Warum sollte es deine Schuld sein?«, fragte sie und mühte sich, dabei die Fassungslosigkeit aus ihrer Stimme zu verbannen, die sie empfand.

»Weil ich verderbt bin.« Langsam schien er Zutrauen zu fassen. Seine

Stimme gewann an Kraft, aber noch immer kam er nicht näher. »Weil ich Gottes Zorn über jeden bringe, der mit mir …«

»Was für ein Unsinn!« Unwirsch unterbrach Katharina ihn, und er machte einen Satz rückwärts, als habe sie ihm Schläge angedroht.

Sie warf einen Blick auf Brunhild, doch die schien ruhig und entspannt. Also stand Katharina auf und ging zu Tobias auf den Flur. Gegen die Wand gedrückt stand er da, völlig unfähig, sich zu bewegen.

»Tu mir nichts!«, bat er.

Katharina schossen Tränen in die Augen. »Ich werde dir nichts tun.«

»Du bist böse auf mich!«

Sie schüttelte den Kopf. »Nein! Ich war nur so erschrocken über das, was du gesagt hast! Du hast keine Schuld an Brunhilds Zustand. Sie ist sehr krank. Sie war es schon, bevor du herkamst. Es ist nicht deine Schuld!« Bei den letzten zwei Sätzen trat Katharina vor ihn hin. Kurz war sie versucht, nach Tobias' Armen zu greifen, aber sie ahnte, dass ihn das endgültig in die Flucht schlagen würde. Also beherrschte sie sich.

»Sie war schon krank?«, murmelte er.

»Ja.« Eindringlich sah sie ihn an. »Es ist nicht deine Schuld!«

»Du beschützt mich, hat Apotheker Öllinger gesagt!«

Katharina nickte. Sie spürte das Gewicht von Tobias' Blicken wie Blei auf sich.

Durch die Tür wies er auf Brunhild. »Beschützt du sie auch?«

Ich würde es, wenn ich könnte. Katharina zögerte, war sich der Lüge bewusst, die es bedeuten würde, zu nicken. Gleichzeitig jedoch wusste sie, dass Tobias ein Nicken dringend brauchte.

»Katharina?« Brunhilds matte Stimme enthob sie einer Antwort.

Sie schenkte Tobias ein winziges Lächeln. »Ich muss jetzt zu ihr zurückgehen.«

Tobias blickte sie unverwandt an. »Geh!«, sagte sie und dann, nach einer kurzen Pause: »Dr. Spindler kommt bald.«

Er verschwand in seiner Kammer. Gleich darauf hörte Katharina, wie die Beine seines Stuhles über den Fußboden scharrten.

»Wo bleibt er bloß?« Brunhilds Stimme war kaum mehr als ein Hauch.

Katharina saß noch immer an ihrem Bett und hielt ihre Hand, die inzwischen so kalt war, als habe der Tod die kranke Frau längst mit sich genommen. Seit Donatus gegangen war, um Dr. Spindler zu holen, war mehr als eine Stunde vergangen, und langsam wandelte sich Katharinas Sorge, er könne nicht rechtzeitig zurück sein, in Gewissheit.

Voller Verzweiflung blickte Brunhild sie an. »Wenn er nicht … kommt«, murmelte sie. Sie stockte inzwischen alle paar Worte, und Katharina glaubte, zusehen zu können, wie mit jedem ihrer Atemzüge das Leben ein wenig mehr aus ihr wich.

Einige Minuten lang war es sehr still in der Kammer. Nur das immer flacher werdende Atmen Brunhilds war zu hören – und die Geräusche von draußen, die jedoch durch die geschlossenen Fensterscheiben nur gedämpft zu ihnen hereindrangen.

»Bete mit mir!«, flüsterte Brunhild. Ihre Augen waren geweitet, und Katharina konnte die Angst in ihnen sehen. Die Angst davor, den Schritt über die Schwelle ohne priesterlichen Beistand vollziehen zu müssen. »Damit … nicht alle meine Mühen umsonst waren …«

Katharina nickte. Sie legte Brunhild die Hände auf der Brust zusammen, und die alte Frau faltete sie mühsam und begann, ein Gebet zu flüstern: »Sei gegrüßt, o Königin, Mutter der Barmherzigkeit; unser Leben, unsere Wonne und unsre Hoffnung, sei gegrüßt! Zu dir rufen wir verbannte Kinder Evas; zu dir seufzen wir trauernd und weinend in diesem Tal der Tränen. Wohlan denn, unsere Fürsprecherin, wende deine barmherzigen Augen uns zu, und nach diesem Elend zeige uns Jesus, die gebenedeite Frucht deines Leibes. O gütige, o milde, o süße Jungfrau Maria.«

Brunhild begann nun, diese wenigen Sätze wieder und wieder vor sich hinzumurmeln. Als sie sie zum dritten Mal wiederholte, konnte Katharina die Worte mitsprechen. Sie tat es, und in Brunhilds Augen traten Tränen, als sie es hörte. »Ich kann es spüren, das Feuer …«, hauchte sie.

So viel Verzweiflung sprach aus den Augen der alten Frau, so viel Angst, dass Katharina am liebsten aufgestanden wäre und schreiend gegen die Wände getrommelt hätte. Wie konnte es sein, dass eine Frau, die den größten Teil ihres Lebens nur Gutes getan hatte, jetzt in Ängsten sterben musste, nur weil der Priester, der ihr die letzte Wegzehrung geben sollte, sich verspätete?

Widerwille und Missmut verschlossen Katharinas Gesicht, und ihr gesamter Körper verkrampfte.

»Nicht!«, hörte sie Brunhild wispern.

Sie sah die ältere Frau fragend an.

»Du verfällst der Sünde des Zorns«, erklärte Brunhild. »Das … ist nicht gut. Du musst …« Sie hielt inne, konnte nicht weitersprechen. Langsam sanken ihre Lider nach unten.

Katharina blieb sitzen, hielt Brunhilds Hände, als diese begannen, fahrig über die Bettdecke zu gleiten. Immer wieder wanderten ihre Blicke dabei zur Kammertür, doch sie wollte und wollte sich einfach nicht öffnen.

Erst nach einer schier unendlich erscheinenden Zeitspanne ging unten die Haustür. Schnelle Schritte ertönten auf der Treppe, Schritte von zwei Paar Füßen.

Erleichterung erfasste Katharina. »Sie kommen, Brunhild!«, murmelte sie. Ihr Blick fiel auf Brunhilds Gesicht, und genau in dem Moment, in dem die Kammertür aufflog, mit einem Krachen gegen die Wand schwang und Donatus gefolgt von einem abgehetzt aussehenden Priester hereinkam, begriff Katharina, dass es zu spät war.

Brunhild war ohne priesterlichen Beistand gestorben.

Mit einer behutsam anmutenden Geste zeichnete Dr. Spindler der Toten ein Kreuz auf die Stirn. Das Öl, das er dazu benutzte, roch schwach nach irgendeinem Kraut, das Katharina jedoch nicht einzuordnen wusste.

Dann ließ der Priester sich auf die Knie sinken. »Requiem aeternam dona eis, Domine«, murmelte er.

Donatus, der bei der Tür stand, zögerte, doch als Spindler ihm einen auffordernden Blick zuwarf, trat er näher an das Bett. Anders als der Priester blieb er stehen, doch er faltete die Hände. Und dann fiel er in das Gebet ein, das der Priester nun fortsetzte. »Et lux perpetua luceat eis. Te decet hymnus, Deus, in Sion, et tibi reddetur votum in Jerusalem: exaudi orationem meam, ad te omnis caro veniet. Requiem aeternam dona eis, Domine.«

Katharina konnte genügend Latein, um Teile davon zu verstehen. *Gib ihnen die ewige Ruhe, Herr.* Sie unterdrückte ein Zähneknirschen, als sie an die Angst dachte, die Brunhild empfunden hatte, kurz bevor der Tod sie mit sich genommen hatte.

»Wo ist sie jetzt?«, fragte sie leise, als Spindler die letzten Worte des Gebets gesprochen hatte.

Fragend wandte er ihr das Gesicht zu. Er hatte dunkelbraune Augen, die sie spontan an die von Richard erinnerten. Auch in ihnen standen Schmerz und Trauer.

»Sie hatte solche Angst«, erklärte Katharina. »Weil Ihr nicht rechtzeitig da wart.«

»Ja, das ist bedauerlich«, sagte Spindler. »Wir haben zurzeit in Heilig-Geist einen Priester zu wenig.« Mit diesen Worten erhob er sich. Er bewegte sich mühsam, und Katharina erinnerte sich daran, dass er Schmerzen in der Hüfte hatte. Sein Blick fiel auf die tote Brunhild. »Sie hat nicht viel zu befürchten gehabt«, sagte er. »Sie war eine gottesfürchtige Frau, die die Stellung, die der Herr ihr bestimmte, mit Demut und stiller Freude eingenommen hat.«

Katharina nickte. Obwohl sie Spindler mochte, teilte sie seine Meinung nicht. »Aber trotzdem hatte sie Angst vor dem Feuer.«

»Das Feuer!« Spindler rieb sich die Stirn. »Natürlich.«

Er schwieg, und Katharina rang um die passenden Worte. »Erklärt es mir!«, flüsterte sie endlich.

Wieder schaute er fragend.

»Warum muss eine Frau wie sie die Feuer der Hölle fürchten? Sie hat gottgefällig gelebt, sie hat …«

»Sie ist sündig gewesen, wie wir alle«, fiel Spindler ihr ins Wort. »Sie wurde in Sünde geboren, und in Sünde ist sie gestorben. Aber Ihr müsst Euch nicht sorgen, sie wird nicht lange in den Feuern brennen. Die übrigens nicht die Feuer der Hölle sind, sondern die des Purgatoriums.«

Das Purgatorium. Das Fegefeuer.

Katharina unterdrückte ein Schaudern.

»Das Fegefeuer dient dazu, die Sünden der Menschen fortzubrennen, so dass sie geläutert in den Himmel aufsteigen können.«

Katharina hatte den Eindruck, dass der Priester mit dieser Tatsache ebenso haderte wie sie selbst. Doch dann blinzelte er einmal, zweimal, und der Eindruck verflog.

»Sie hat nicht gesündigt!« Katharina schüttelte den Kopf. »Sie hat die Krankensalbung erhalten und dabei gebeichtet. Sie hat in diesem Bett gelegen, tagelang. Sie konnte nicht sündigen, warum ist sie also nicht im Zustand der Reinheit gestorben?«

»Der Mensch sündigt mit jedem Atemzug«, sagte Spindler sanft. »Er sündigt von dem Moment an, in dem er morgens die Augen aufschlägt, bis zu dem, in dem er sich abends niederlegt.« Er seufzte, als trüge er eine schwere Last auf sich. »Und er sündigt sogar im Schlaf, fürchte ich.«

Katharina dachte an Richards Atem an ihrer Schläfe und spürte Verunsicherung. Sie wusste, dass der Priester recht hatte, sie konnte es fühlen, wenn sie nach einem solchen Traum aufwachte und sich elend fühlte. Dann lastete die Schuld der Sünde wie ein Gewicht auf ihr.

Sie schluckte.

Sanft legte Spindler eine Hand auf ihren Unterarm. »Ihr fürchtet um Euer eigenes Seelenheil, nicht wahr?«

Katharina unterdrückte ein bitteres Auflachen. Er musste das denken. Er hatte keine Ahnung davon, dass sie schon mit der Lehre seiner Kirche haderte, seitdem die *melancholia* sie überkommen hatte.

Langsam nickte sie. Sie spürte Donatus' Blicke auf sich.

»Alles, was wir tun können«, sagte Spindler mit einem Lächeln, »ist, uns anzustrengen, so gut wir es vermögen. Habt Ihr das Buch gelesen, das ich Euch gegeben habe?«

»Ja.«

»Versucht, danach zu leben. Das ist ein Schritt in die richtige Richtung, und wenn Ihr Euch wirklich anstrengt, dann werdet Ihr es auch schaffen, den Rest Eures Lebens den einen Weg zu gehen.«

»Den einen Weg?«

Er nickte. »Jenen, der hundertfache Ernte einbringt.«

Katharina biss sich auf die Unterlippe. Sie hatte offenbar nicht genau genug gelesen, sie hatte keine Ahnung, wovon Spindler sprach. Sie nahm sich vor, das an diesem Abend zu ändern. »Ich versuche es«, sagte sie leise.

Spindlers Lächeln vertiefte sich. »Das ist doch gut!« Er hielt inne, als sei ihm etwas eingefallen. »Ich habe gehört, dass Apotheker Öllinger Tobias bei Euch untergebracht hat.« Sein Blick zuckte kurz zu Donatus.

Der Bader runzelte die Stirn.

»Ja«, antwortete Katharina zögernd.

»Wo ist er?«

Hinter Donatus' Stirn arbeitete es. Dann sagte er: »In einer Kammer nebenan, aber ich glaube nicht ...«

»Vielleicht sollte ich nach ihm sehen.« Schon hatte Spindler sich der Tür zugewendet. »Welche Kammer ist seine?«

Katharina wechselte einen Blick mit Donatus. Er zuckte die Achseln.

Da drängte sie sich an dem Priester vorbei. »Lasst mich zuerst fragen, ob er Euch sehen will.« Sie ging zu Tobias' Kammer und klopfte an die Tür. »Tobias?«

Es dauerte eine Weile, bis sich drinnen etwas regte. »Ja?« Seine Stimme klang noch immer heiser.

»Dr. Spindler ist hier und fragt, ob du ihn sehen möchtest.«

Lange Zeit blieb es still in der Kammer. Dann hörte es sich an, als werde der Stuhl unter der Klinke fortgezogen. Als Katharina schon glaubte, die Tür würde sich nicht öffnen, schwang sie doch noch einen Spaltbreit auf.

Von Tobias jedoch war keine Spur zu sehen.

Vorsichtig streckte Katharina den Kopf durch den Spalt. »Alles gut?«, fragte sie.

Tobias saß auf dem Bett und hatte die Beine vor die Brust gezogen. Er nickte langsam.

»Du musst nicht mit ihm reden, wenn du ...«

»Schick ihn rein«, sagte er. Katharina konnte ihn kaum verstehen, so leise war seine Stimme. »Ich möchte beichten.«

Sie nickte. Beichten war vielleicht gar kein so schlechter Gedanke. Sie kehrte auf den Gang zurück. »Seid behutsam mit ihm«, bat sie den Priester. »Er hat große Angst.«

»Ihm die zu nehmen ist meine Aufgabe«, sagte Spindler. Noch einmal legte er Katharina eine Hand auf den Arm. Seine Finger waren jetzt kalt. »Und Ihr: Sorgt Euch nicht. Alles wird gut werden, wenn Ihr nur glaubt!«

Katharina wich dem Blick seiner warmen braunen Augen aus. *Genau das,* dachte sie im Stillen, *ist ja das Problem.*

Sie schwieg jedoch.

Ihre Gedanken weilten bei Richard, während Dr. Spindler in Tobias' Kammer verschwand und ihn mit sanfter Stimme begrüßte.

9. Kapitel

Katharina saß in ihrer Kammer auf dem Bett und blätterte in dem Buch, das Dr. Spindler ihr gegeben hatte.

Denn weitaus besser ist die ungehinderte Freiheit als die Knechtschaft in der Ehe, die sich, ob du willst oder nicht, notwendigerweise ergibt.

Seufzend legte sie das Buch zur Seite.

Sie war so unendlich müde. Spindler war ungefähr eine halbe Stunde bei Tobias geblieben. Danach hatte sie ihn gebeten, ihr ebenfalls die Beichte abzunehmen, und das hatte er getan. Sie hatte ihm von ihrem Streit mit Gertrud erzählt und von den sündigen Gefühlen, die sie dabei empfunden hatte. Neid. Zorn. Schadenfreude. Spindler hatte ihr einige Ave-Maria zur Buße aufgegeben und ihr die Absolution erteilt, bevor er das Haus wieder verlassen hatte. Wenigstens ein bisschen getröstet hatte sie anschließend alles Notwendige in die Wege geleitet, was nach dem Tod einer Patientin zu tun war. Sie hatte die anderen Frauen des Hauses für die Totenwache eingeteilt, hatte Donatus gebeten, zum Kartäuserkloster zu gehen und dem Priester dort mitzuteilen, dass er morgen ein Begräbnis würde abhalten müssen. Sie hatte sich um diejenigen ihrer Patientinnen gekümmert, deren Gemüt durch den Todesfall in Aufruhr geraten war. Allein das hatte sie fast den gesamten Rest des Nachmittags gekostet. Jetzt, da die Dämmerung über Nürnberg hereinbrach und Katharina endlich einen Moment für sich hatte, sehnte sie sich nur noch nach einem.

Nach ein wenig Schlaf.

Sie fühlte sich wie ausgewrungen.

Sie lehnte den Kopf gegen die Wand und schloss die Augen. Nur für einen Moment, dachte sie, dann würde sie wieder aufstehen und sich kümmern …

»Katharina!«

Als sie die Augen öffnete, stand Richard vor ihr.

»Wie …«, wollte sie fragen, doch er lächelte und streckte die Hand aus, um ihr die Fingerspitzen auf die Lippen zu legen.

»Scht!«, machte er.

Seine Berührung sandte ein wohliges Kribbeln durch ihren Körper. »Ich dachte, du bist in Italien«, flüsterte sie.

Er antwortete nicht. Stattdessen kniete er vor dem Bett nieder. Federleicht berührte seine Hand sie am Knöchel. Seine Augen waren dunkel, die Pupillen sehr groß. Die langen, welligen Haare hatte er sich am Hinterkopf zu einem losen Zopf gebunden.

»Du bist da!« Noch immer flüsterte Katharina.

Ein Lächeln erschien auf seinen Lippen. »Das bin ich.« Langsam ließ er die Hand an ihrem Bein nach oben wandern, zum Knie und weiter hinauf.

Katharina biss sich auf die Lippe. Dann öffnete sie die Beine ein Stück. »Du bist da«, wiederholte sie.

Er stand auf, ließ sich neben ihr auf dem Bett nieder, und während seine Hand noch ein wenig höher wanderte, fanden seine Lippen die ihren …

Ein heftiger, krampfartiger Schmerz fuhr durch ihren Unterleib, und sie erwachte. Mit einem unterdrückten Stöhnen richtete sie sich auf, lauschte auf das schwere Pochen ihres Herzens. Ihr Innerstes war angefüllt mit der Erinnerung an Richards Liebkosungen, mit der brennenden Sehnsucht nach ihm und mit glühender Scham angesichts des unkeuschen Traumes.

Sie blickte an sich hinab. Eilig schlug sie die Beine übereinander, und als das nicht ausreichte, um den Aufruhr in ihrem Leib zu unterdrücken, sprang sie auf, trat ans Fenster und riss es auf.

Eine Weile stand sie einfach nur da und starrte in die Dunkelheit hinaus. Am Nachbarhaus entzündete ein Diener eine Fackel und steckte sie in einen eisernen Halter an der Fassade. Die Flammen zuckten in dem kalten Wind, der durch die Gasse wehte, und warfen scharf umrissene Schatten auf das Gesicht des schmächtigen Mannes. Er blieb einen Moment lang regungslos stehen. Fast kam es Katharina so vor, als lausche er in die Nacht hinaus. Dann, nach einigen Augenblicken, gab er sich einen Ruck und kehrte in die Wärme seines Hauses zurück.

Die Fackel brannte unruhig, aber beständig vor sich hin.

Katharina starrte in ihren Schein, bis ihre Augen anfingen zu tränen und alles verschwamm.

Was war sie nur für ein selbstsüchtiges Weibsbild? Heute war in ihrem Haus eine Frau gestorben, eine Frau, die ihrer Obhut anvertraut gewesen war und der sie nicht hatte helfen können. Gleichzeitig saß im Zimmer nebenan ein junger Mann, dem ganz offensichtlich Furchtbares widerfahren war. Aber statt sich um ihn zu kümmern, statt auch nur angemessene Trauer angesichts von Brunhilds Tod zu empfinden, aalte sie sich in unkeuschen Träumen. Und schlimmer noch: Sie ließ es zu, dass auch jetzt noch die Sehnsucht nach Richard alle anderen Gefühle in ihrem Herzen überwog.

Katharina bedeckte Mund und Nase mit beiden Händen, dann nahm sie sie wieder fort, betrachtete sie, die Schwielen, die sie vom Medizinherstellen hatte, die kurzgeschnittenen Fingernägel, die Knöchel. Langsam hob sie die Arme hinter den Kopf und verschränkte die Finger dort. Irgendwo im Haus ertönte ein entsetztes Heulen, hielt mehrere Lidschläge lang an und brach dann abrupt ab.

Katharina schloss die Augen.

Die alte Nanne, ihre älteste Patientin, war aufgewacht und wusste wieder einmal nicht, wo sie sich befand. In manchen Nächten ging das mehrmals so. Katharina hatte Mittel und Wege gefunden, der verwirrten alten Frau Trost zu spenden, indem sie sie festhielt und so lange wiegte, bis sie sich beruhigte. Doch jetzt vermochte sie sich kaum zu rühren. Sie wusste, dass sie zu Nanne hätte gehen müssen, aber sie konnte es einfach nicht. Ihr Unterleib krampfte sich schmerzhaft zusammen. Sie löste ihre Hände voneinander, aber statt sie sinken zu lassen, legte sie sie um ihre eigene Kehle.

Schritte erklangen auf dem Flur. Donatus.

»Ich kümmere mich um sie«, sagte er vor Katharinas Tür, dann ging er weiter, zu Nannes Kammer.

Katharina senkte die Arme. Sie nickte schweigend. Ihre Lider brannten, aber es kamen keine Tränen. Sie hatte sich geschworen, die Frauen in ihrem Haus vor ihren ureigensten Dämonen zu beschützen, und jetzt?

Katharina lachte bitter auf.

Eine schöne Beschützerin war sie – eine, die dringend einmal selbst jemanden brauchte, der sie hielt und in einen traumlosen Schlaf wiegte.

So wie Richard früher …

»Bitte mich, zu bleiben«, hatte er gesagt, und sie hatte geschwiegen. Bei der Erinnerung daran wühlte der Schmerz in ihrem Unterleib scharf und grell. Sie krümmte sich. Warum nur hatte sie Richard nicht gebeten, zu bleiben? Was war es, das sie davon abhielt, ihn in ihr Leben zu lassen, ganz und gar, wie sie es im Grunde ihres Herzens so sehr ersehnte?

Sie hatte geschwiegen.

Und seitdem träumte sie von ihm.

Sie schloss die Augen erneut, rief sich seine Gestalt ins Gedächtnis, seine langen, welligen Haare, die braunen Augen mit dem immer etwas traurigen Ausdruck, seine Hände. Auf ihrem Schenkel. Seine Lippen auf ihrer Haut.

Ihre Kehle zog sich zusammen, und sie konnte nichts dagegen tun. Sie riss die Augen wieder auf, aber sie sah nicht die Gasse vor ihrem Haus und die Fassaden der Nachbarn auf der anderen Straßenseite. Sie sah noch immer Richards Züge, seinen rötlichen Bart, das leichte Lächeln, das seine Lippen umspielte. Und dann …

Wie von einem Blitzschlag erhellt, war da ein anderes Gesicht. Entblößte Zähne. Eisblaue Augen.

Sie glaubte, ein Keuchen zu hören, so dicht an ihrem Ohr, dass sie herumfuhr. Ihr Herz klopfte zum Zerspringen, doch da war niemand. Sie war allein in ihrer Kammer.

Mit der einen Hand klammerte sie sich an der Fensterbank fest, um nicht zu taumeln, die andere legte sie auf ihr rasendes Herz, doch es wollte sich einfach nicht beruhigen.

In einem kurzen, schmerzhaften Krampf zog sich ihr Unterleib erneut zusammen.

»Katharina!«

Die dunkle Stimme drang nicht sofort bis zu ihrem Verstand durch. Erst als Arnulf unten in der Gasse ein zweites Mal ihren Namen rief, schaffte sie es, sich aus der Umklammerung ihrer *melancholia* zu reißen und zu ihm hinabzuschauen.

»Was willst du?«, rief sie.

»Mit dir reden. Lass mich rein!« Ohne eine Antwort abzuwarten, überquerte er die Gasse und kam zur Haustür.

Katharina atmete einmal tief durch. Sie war in ihrer Kleidung eingeschlafen, so dass sie sich jetzt nichts überziehen musste. Als sie den Flur vor ihrer Kammer betrat, hörte sie, wie Donatus in Nannes Kammer leise sprach. Von Tobias war weder etwas zu sehen noch zu hören. Kurz spielte Katharina mit dem Gedanken, zu prüfen, ob er noch immer den Stuhl unter die Klinke gestellt hatte, aber dann besann sie sich eines Besseren.

Wenn Arnulf sie nach Einbruch der Dunkelheit aufsuchte, hatte er seine Gründe dafür. Sie eilte die Treppe hinunter und sperrte auf. Der Nachtrabe schlüpfte ins Haus, kaum dass sie die Tür mehr als einen Spaltbreit geöffnet hatte.

»Danke«, sagte er. Er war in Schwarz gekleidet wie immer, aber im Gegensatz zu ihrem Treffen am Morgen hatte er seine Haare jetzt aus dem Zopf gelöst. Als Nachtrabe besaß er keine Bürgerrechte, was bedeutete, dass er öffentlich kein Schwert tragen durfte. Nicht, dass er sich gewöhnlich darum scherte, doch heute schien er es zu tun. Katharinas Blick fiel auf den schlanken Dolch an seinem Gürtel.

»Was ist los?«, fragte sie. Klang ihre Stimme belegt?

Im Licht der Lampen, die hier unten ebenso wie oben in den Kammern möglichst die ganze Nacht hindurch brannten, musterte Arnulf sie. Sie ahnte, dass er ihr ihre Verwirrung ansah, denn ein finsterer Ausdruck erschien auf seiner Miene.

»Es geht um diesen Bader«, sagte er. Er stand sehr aufrecht da, lang aufgeschossen, ehrfurchtgebietend, und schaute von oben auf sie herab.

Katharina runzelte die Stirn. »Was ist mit ihm?«

»Du weißt schon, was die Spatzen von den Dächern pfeifen?«

Sie nickte. »Du magst mich dafür halten, Arnulf, aber ich bin nicht blauäugig.«

Ein düsteres Lächeln zog seinen Mundwinkel auf einer Seite nach oben. »Das weiß ich.«

»Er hat mir selbst gesagt, dass er …«, sie zögerte, »… Knaben liebt.«

»Knaben liebt?« Jetzt lachte Arnulf. »Eine harmlose Umschreibung für die Todsünde der Sodomie! Weißt du auch, dass das der Grund war, warum sie ihn aus Heilig-Geist rausgeworfen haben?«

Sie wich einen Schritt zurück. Auf einmal schien ihr zu wenig Luft in dem schmalen Hausflur zu sein. »Ich habe es mir gedacht«, murmelte sie.

»Und trotzdem gibst du ihm Obdach und Arbeit!« Er sagte es ohne Gefühl in der Stimme, aber trotzdem fühlte sie sich gemaßregelt.

Es ärgerte sie. »Was kümmert es dich?«

Er zuckte die Achseln, und das brachte sie noch mehr auf.

»Es ist mein Haus«, zischte sie ihn an, und in dem Moment, in dem die Worte heraus waren, wusste Katharina, dass sie ungerecht waren. Arnulf war nicht ihr Feind, im Gegenteil! Er sorgte sich um sie, auch wenn ihr nach all den Wochen und Monaten, in denen er sich unauffällig immer wieder in ihrer Nähe aufgehalten hatte, noch immer nicht ganz klar war, warum er das tat.

Er wischte das Lächeln von seinem Gesicht. »Das weiß ich«, sagte er ernst. »Und ich respektiere es auch. Es ist dein gutes Recht, Selbstzerstörung zu betreiben.«

Sie wollte einlenken, aber sie konnte es nicht. »Was soll das dann hier?« Erbost stemmte sie die Arme in die Hüften.

»Katharina!« Er trat einen Schritt auf sie zu. »Es gibt keinen Grund, wütend auf mich zu sein.«

»Du bevormundest mich wie …« Schlagartig verschloss sie den Mund, denn ihr wurde bewusst, warum sie so abwehrend und wütend reagierte. »… wie Matthias«, fügte sie mit einem Flüstern hinzu.

Arnulfs Blick wurde weich. »Das tue ich nicht, und das weißt du.«

Katharina zog die Ärmel wieder über ihre Hände und schlang die Arme um den Oberkörper. Matthias, ihr Bruder. Ihr Halbbruder, genau genommen. Er hatte sich auch stets so um sie gesorgt. Er hatte sich um sie gekümmert, auch wenn sie das nicht gewollt hatte. Es hatte lange gedauert, bis sie es ihm ausgetrieben hatte, ihr Vorschriften zu machen, weil es ihm als ihrem Bruder und einzig lebenden Verwandten zustand. Es war ihr niemals völlig gelungen – bis zu seinem Tod nicht. Gott, wie sehr sie ihn vermisste! Fast so sehr wie Richard.

Sie rieb sich die Stirn. »Nein«, murmelte sie. »Entschuldige. Du hast recht.« Sie sah ihm ins Gesicht. »Warum bist du dann so oft hier?« Sie erwartete keine Antwort, und darum fügte sie selbst hinzu: »Weil Richard dich darum gebeten hat, nicht wahr?«

Konnte einmal eine Stunde – eine Minute nur – vergehen, in der sie nicht an ihn dachte?

In Arnulfs Augen blitzte es auf. Langsam schüttelte er den Kopf. »Das hat er nicht.«

»Aber …«

Er unterbrach sie, indem er nach ihrer Hand griff und sie festhielt. »Aber er würde es wollen, dass ich auf dich aufpasse. Darum tue ich es.«

Katharina unterdrückte den Impuls, sich loszureißen. Zu sehr erinnerte Arnulfs Berührung sie an die von Richard eben in ihrem Traum. Sie spürte, wie ihre Wangen sich röteten und heftig schüttelte sie den Kopf. Sie hatte nie verstanden, was für eine Art Freundschaft es war, die Richard mit Arnulf verband. Sie hatte nie begreifen können, wie der eine zu Ende denken konnte, was der andere begonnen hatte. Vielleicht war es etwas, das nur Männern eigen war.

Sie räusperte sich. »Ich komme allein zurecht«, sagte sie lahm. »Du musst mich nicht beschützen.« Und dabei dachte sie wieder daran, wie er sie an diesem Morgen vor Konrad Rotgerber gewarnt hatte. Unbehagen prickelte in ihrem Genick. »Gibt es etwas Neues vom Spitalmeister?«, fragte sie.

Wenn es ihn amüsierte, dass sie sich damit selbst Lügen strafte, so ließ er es sich nicht anmerken. »Nichts von Belang. Deswegen bin ich ja auch nicht hier, sondern wegen …«

»Donatus, ich weiß.«

»Mehr deinetwegen.« Er ließ jetzt endlich ihre Hand los. »Du scherst dich recht wenig um die weltliche Gewalt und ihre Vorschriften, das hast du schon mehr als einmal bewiesen.«

»Du übertreibst!« Katharina wich zurück, bis sie mit den Fersen gegen die unterste Treppenstufe prallte. Arnulf verschränkte die Arme vor der Brust und lehnte sich gegen das Geländer. Sie fühlte sich in die Enge getrieben, und um ihm wenigstens ein bisschen zu entkommen, ließ sie sich auf die Stufen sinken.

»Ach ja?« Er grinste. »Die reichen Bürgerinnen behandeln, obwohl der Stadtrat es dir verboten hat?«

Sie lenkte ein. Wohl wahr. Sie hatte sich damals über Recht und Gesetz hinweggesetzt, als sie das getan hatte. »Das ist lange her«, sagte sie. »Es ist vorbei.«

Ernst sah er sie an. »Und jetzt: einen sodomitischen Mann aufnehmen, der in Schimpf und Schande aus seiner früheren Stellung gejagt wurde. Wenn das nicht eine Auflehnung gegen die Mächtigen ist, dann weiß ich es nicht.«

»Er ist ein guter Bader.« Sie spürte, dass sie diese Schlacht längst verloren hatte. Arnulf hatte sie durchschaut, so gründlich, dass sie wieder einmal in Erstaunen über ihn versetzt wurde.

»Das ist nicht der Grund, warum du ihn bleiben lässt«, schnaubte er. »Und das weißt du!«

Herausfordernd reckte sie das Kinn vor. »Sondern?«

Er ließ den Kopf sinken. Seine Haare rutschten ihm vor die Augen, so dass Katharina für einen kurzen Moment nicht sehen konnte, was für eine Miene er machte. Als er wieder aufschaute, war sein Blick undurchdringlich. »Du tust es, weil Angst ...«, er zeigte auf ihr Herz, »... das Einzige ist, was du noch fühlen kannst, ohne daran irre zu werden.«

Sie gab sich geschlagen. »Ja«, bestätigte sie. »Angst ist besser als diese Sehnsucht nach ...« Sie sprach den Namen nicht aus. Es war nicht nötig.

»Die Sehnsucht ...« Arnulf hielt inne, fuhr dann fort: »Du vermisst Richard, nicht wahr?«

Ihn seinen Namen aussprechen zu hören schnitt ihr wie ein Dolch durchs Herz. »Mehr, als ich sagen kann.«

Er nickte ernst. »Ich weiß. Aber es ist gefährlich, Katharina, die Sehnsucht zu verdrängen, indem du sie gegen Angst eintauschst. Du wirst in Gefahr geraten, wenn du dich nicht an die Regeln hältst! Denk daran, was vor zwei Jahren beinahe passiert wäre. Noch zerreißen die Leute sich nur das Maul über dich. Aber ich weiß nicht, wie lange noch. Und vor allem weiß ich nicht, ob ich dir dann noch helfen kann, wenn erst der Stadtrat ein Auge auf dich geworfen hat.«

»Ich tue nichts Ungesetzliches!«, murmelte sie.

»Nein. Das tust du nicht. Aber du eckst an. Dass Rotgerber dich aufs Korn genommen hat, sollte dir zeigen, wie gefährlich es ist, gegen den Strom zu schwimmen. Du hast bereits einmal im Lochgefängnis gesessen. Und der Vorwurf der Sodomie ist brandgefährlich. Ich ...« Er brach ab, und sie fragte sich, was er noch hatte sagen wollen.

Abwartend schaute sie ihn an.

»Himmel, ich weiß nicht, was ich Richard sagen soll, wenn sie dich ...« Wieder verstummte er. Mit der flachen Hand strich er sich die Haare aus dem Gesicht, doch sie fielen sofort wieder zurück, beschatteten seine grünen Augen.

»Stehst du mit ihm ... in Verbindung?«

Bevor der winzige Funke Hoffnung, der in ihr aufgeflammt war, hochlodern konnte, schüttelte Arnulf den Kopf. »Nein.«

»Verstehe.« Sie senkte den Blick. »Ich danke dir für deine Ehrlichkeit.«

»Was wäre, wenn er wiederkäme? Wenn er dich noch mal fragen würde, ob du seine Frau werden willst?«

Ja, was würde sie dann tun? Himmel, sie wusste es einfach nicht! Ein Teil von ihr sehnte sich genau danach, und jede Faser ihres Körpers schmerzte, wenn sie sich auch nur gestattete, dieser Sehnsucht nachzuspüren. Doch ein anderer Teil, einer, den sie selbst nicht verstand, fürchtete genau diese Frage so sehr, dass sich ihr Leib schon wieder krampfhaft zusammenzog. Sie legte die Hand auf ihren Bauch. Schwieg.

Verstehend seufzte Arnulf. »Pass einfach auf dich auf, ja?«

Sie nickte. »Ich werde Donatus nicht rauswerfen.« Von unten herauf sah sie ihn an.

Er grinste. »Ich weiß.«

Plötzlich musste sie schmunzeln. Es war eine völlig unpassende Reaktion, das wusste sie. Und es fühlte sich seltsam an, so als seien ihre Züge eingefroren.

»Was?«, fragte er.

»Nichts. Es ist nur so sonderbar, dass ausgerechnet du dir Sorgen um meinen *Ruf* machst.«

Er ging über ihre Anspielung auf sein Dasein als Nachtrabe hinweg. »Nicht um deinen Ruf. Um dein Leben.«

Sie lauschte in sich hinein. Hatte er recht? Stimmte es, dass sie sich in Gefahr begab, um überhaupt etwas zu fühlen? Sie kam zu keinem Schluss, denn nun stieß Arnulf sich von dem Treppengeländer ab und wandte sich zum Gehen.

An der Tür hielt er inne, und es sah aus, als wolle er noch etwas Wichtiges sagen. Dann jedoch entschied er sich anders. »Gute Nacht«, wünschte er.

Sie öffnete ihm die Tür. »Gute Nacht. Und: Arnulf?«

Er wandte ihr den Kopf zu. »Ja?«

»Ich danke dir.«

Arnulfs Gedanken kreisten noch um Katharina und das Gespräch von eben, als er längst durch die Gassen nahe dem Spittlertor ging. Wie ähnlich diese Frau Richard in ihren Zweifeln und Ängsten war! Man musste nachgerade Angst haben, dass sie in tausend Scherben zersprang, so durchscheinend wirkte sie inzwischen.

Wenn er nur gewusst hätte, wie er ihr helfen konnte! Er stieß einen leisen Fluch aus und bog in eine schmale Seitengasse ein. Seine Schritte waren auf dem ungepflasterten Boden kaum zu hören. Wie es sich bei einem Nachtraben gehörte, gingen die meisten Menschen, die ihm begegneten, ihm vorsorglich aus dem Weg. Gewöhnlich empfand er ein finsteres Vergnügen daran, zu sehen, wie der Blick eines ehrbaren Bürgers auf ihn fiel, wie dann der Kopf gesenkt und die Straßenseite gewechselt wurde. Heute jedoch, nach dem unbefriedigend verlaufenen Gespräch mit Katharina, störte ihn dieses Verhalten eher, als dass es ihn amüsierte. Den ganzen Tag lang war er schon von dieser inneren Unruhe erfüllt gewesen, deren Ursprung er sich nicht erklären konnte und deren Auswirkungen ihn übellaunig und übervorsichtig machten. Etwas ging vor in seiner Stadt, das spürte er mit der einem Nachtraben eigenen Hellsichtigkeit. Es war, als bewege sich ein Raubtier durch die engen Gassen des Spittlertorviertels, ein Raubtier, das früher nicht da gewesen war.

Angespannt umrundete Arnulf eine Hausecke und trat von der breiteren Gasse in den Schatten eines schmalen Durchlasses, in dem es nach Fäkalien roch. Beiläufig nur achtete er darauf, dass seine hohen Lederstiefel so wenig wie möglich mit dem Unrat in der Gosse in Berührung kamen, und ebenso beiläufig duckte er seinen langen Körper unter einem Balken hindurch, der aus einer der windschiefen Fassaden hervorragte.

Die Gasse endete im Schatten der Stadtmauer auf einer Fläche, die von weiteren windschiefen Hütten umstellt war und wie ein abseitiger, geheimer Marktplatz wirkte. Mehrere Stände waren hier aufgebaut, ganz ähnlich wie auf dem Großen Markt an der Frauenkirche, wo die wohlhabenderen Bürger Nürnbergs einkauften. Im Gegensatz zu jenem Ort jedoch wirkte hier nichts wohlhabend oder gepflegt. Arnulfs Blick glitt über Frauen in grauen Kleidern, deren Haare verfilzt und zerzaust in verwitterte, ausgemergelte Gesichter hingen. Er sah kleine Kinder, Jungen zumeist, die barfuß durch den Schmutz rannten, immer auf der Suche nach einer mildtätigen Hand, die ihnen eine Münze zu geben bereit war, oder auf der Lauer nach einer unbewachten Geldbörse, die sich mit einer schnellen Klinge vom Gürtel schneiden ließ. Und dann waren da noch die Männer, deren Mienen von den Sorgen um das tägliche Auskommen gezeichnet waren. Männer, deren Augen verschlagen blickten oder resigniert, je nach Temperament, das in ihren Adern floss. Arnulf sah Geschwüre und verrenkte Glieder, gerötete Augen, blasse, rissige Lippen, und er hörte qualvollen festsitzenden Husten ebenso wie das unregelmäßige Pochen einer Krücke auf dem feuchten Boden.

Trotz des offensichtlichen Elends ringsherum lag über allem eine heitere Ausgelassenheit, die Schmutz und Krankheit zuzudecken schien wie der erste Schnee die kahle Erde. Arnulf hörte Frauen kichern. Aus den Augenwinkeln sah er sie die Köpfe zusammenstecken und über ihn tuscheln, sobald er sich an ihnen vorbeigedrängt hatte. Zwei Männer unterhielten sich über irgendetwas Anzügliches und lachten dröhnend. Ein Gaukler namens Harald hatte sich an einer Hausecke auf einen Leiterkarren geschwungen und gab eine Darbietung zum Besten, bei der er in rasender Geschwindigkeit mit fünf Äpfeln jonglierte. Als er einen davon mitten im Flug aus der Luft pflückte, davon abbiss und ihn wieder hochwarf, ohne dass die anderen vier zu Boden fielen, brach die kleine Menge um ihn herum in Jubelrufe aus.

Während Arnulf der Darbietung einen Moment lang zuschaute, tippte ihm jemand von hinten auf die Schulter. Er drehte sich um.

Vor ihm stand ein ungefähr sechzehn- oder siebzehnjähriger junger Mann mit zerzausten Haaren, wachen Augen und einer hässlichen Kerbe im rechten Ohr, die ihn als verurteilten Betrüger auswies. An seiner Seite stand hechelnd ein massiger fuchsfarbiger Hund mit sehr langen Ohren und hängenden Lefzen.

»Jonas!«, begrüßte Arnulf den Jungen, dann tätschelte er dem Hund den Kopf. Er musste sich dafür nicht einmal bücken. »Was gibt es, ihr zwei?«

Jonas sah sich um, als fürchte er, unberechtigte Ohren könnten mithören. »Hast du schon gehört?«, fragte er. »In der Stadt hat es einen Mord gegeben.« Er schluckte schwer. »Einen weiteren«, fügte er bedeutungsschwer hinzu und fuhr sich mit der flachen Hand über die Kehle, um zu zeigen, wovon genau er sprach.

Arnulf runzelte die Stirn. »Bist du sicher?« Vor etwa drei Wochen war ein Mann in einer dunklen Gasse gefunden worden, dessen Kehle brutal aufgeschlitzt gewesen war. Einige Tage lang hatten die Stadtbüttel das Spittlertorviertel unsicher gemacht, bis sich herausgestellt hatte, dass der Tote nicht aus Nürnberg stammte. Danach war der Wunsch der Obrigkeit, diesen Mord zu sühnen, stark abgekühlt. Nach geltendem Recht war der Friede der Stadt nicht gestört, wenn Fremde starben, also musste man auch nicht allzu große Anstrengungen unternehmen, einen Schuldigen zu finden.

Jetzt jedoch? Ein neuer Mord? Wieder eine durchgeschnittene Kehle?

Arnulf dachte an das ungute Gefühl, das ihn plagte. Das Raubtier in seinem Revier ... »Weißt du, wer das Opfer ist?«, erkundigte er sich.

Der Hund hechelte weiter. Zwei dicke Speichelfäden hingen ihm von den Lefzen.

Jonas nickte. »Der Spitalmeister von Heilig-Geist.«

»Konrad Rotgerber?«, entfuhr es Arnulf.

Jonas nickte erneut. »Wurde in einer Gasse entdeckt. Lag offenbar in seiner eigenen Kotze.« Er verzog das Gesicht. »Und in einer Menge Blut, sagt man.«

Arnulf griff nach seinem Dolch, zog ihn und spielte damit herum, während er überlegte. Unbehagen hatte sich in seinen Eingeweiden zusammengeballt und verursachte einen haarfeinen Schmerz. Konrad Rotgerber, der Spitalmeister von Heilig-Geist! Der Mann, vor dem er selbst Katharina gewarnt hatte. Herr im Himmel!

»Was tut der Stadtrat?«

»Diesmal müssen sie etwas genauer nachforschen«, grinste Jonas. Der Gedanke schien ihm zu gefallen. »Sie haben Bürgermeister Silberschläger mit den Untersuchungen beauftragt.«

Arnulfs Blick fiel auf einen Mann, der gegenüber dem Leiterkarren des Jongleurs eine Art Bauchladen auf zwei wackeligen Holzböcken aufgebaut hatte. Die Miene des Nachtraben verdüsterte sich. Er hatte den Mann noch nie zuvor hier gesehen, und er mochte es nicht, wenn Fremde sich so einfach in seinem Revier breitmachten.

»Gut«, wandte er sich an Jonas. »Ich danke dir für die Auskunft. Halt Augen und Ohren offen, und sag mir Bescheid, wenn du was Neues hörst.« Er fixierte den Mann mit dem Bauchladen, doch bevor er zu ihm ging, griff er noch einmal nach Jonas' Arm. »Und: Wenn du Bufo triffst, schick ihn zu mir in die Diele, ich habe einen Auftrag für ihn.«

»Mach ich!« Jonas gab seinem Hund einen Klaps auf den Rücken. »Komm, Rubius. Gehen wir!« Damit verschwand er.

Arnulf richtete seine Aufmerksamkeit jetzt vollends auf den Mann mit dem Bauchladen, einen rundlichen, eher kurz geratenen Kerl mit roten Wangen, der eine kleine Tonflasche in die Höhe hielt und sie anpries.

»Ein Haarwässerchen, Alter?«, rief er einem der Umstehenden zu, dessen riesiger Schädel vollständig kahl war. »Du wirst sehen, es lässt deine Mannespracht wieder sprießen, dass es eine wahre Freude ist.«

Der Kahlkopf starrte aus blitzenden Augen vor sich hin. Arnulf kannte ihn unter dem Namen Gregor, und er wusste, dass er weit über sechzig Lenze zählte. »Meine Mannespracht braucht deinen Hokuspokus nicht«, rief Gregor, und um ihn herum erhob sich Gelächter.

Doch dem Händler schien der Spott nichts auszumachen. »Das vielleicht«, parierte er mit einem breiten Grinsen. »Aber frag doch mal die Holde an deiner Seite, ob sie es nicht vorziehen würde, ihre Finger in eine seidige Mähne zu krallen, wenn sie – du weißt schon!« Mit der rechten Hand machte er eine anzügliche Geste, um zu verdeutlichen, wovon er redete.

Gregor war für einen Moment sprachlos, aber die Frau neben ihm, die keinen Tag jünger aussah als er selbst, winkte ab. »Vertane Liebesmüh!«, nuschelte sie. »Wenn du stattdessen eine Medizin hättest, die den Alten vom Schnarchen abhält, wär ich dir mehr als dankbar!« Und sie entblößte Kiefer, die mehr Lücken aufwiesen als Zähne.

»Du schnarchst?« Harald, der Gaukler auf dem Karren, fing einen der Äpfel nach dem anderen auf. Listig griente er Gregor an. »Wie das, wo du doch so oft damit prahlst, was du die ganze Nacht über im Bett mit deiner Alten anfängst!«

Wieder lachten alle Umstehenden, während der Händler begann, in den Schubladen zu kramen, die seitlich an seinem Bauchladen angebracht waren. »Natürlich hab ich …«

Er verstummte, denn nun trat Arnulf an seinen Stand. Im ersten Moment glaubte er in dem Nachtraben einen neuen Kunden vor sich zu haben, doch dann fiel sein Blick in Arnulfs grüne Augen, und der Mund, den der Händler noch eben zu einem flotten Spruch geöffnet hatte, klappte wieder zu.

»Gott zum Gruße«, sagte Arnulf mit ruhiger Stimme.

Der Händler nickte hastig. »Di … Euch auch.« Gerade noch rechtzeitig hatte er sich besonnen und für eine ehrfürchtige Anrede entschieden.

Arnulf unterdrückte ein zufriedenes Lächeln. »Ich hab Euch noch nie hier gesehn«, sagte er, noch immer ganz ruhig. »Wie is Euer Name?« Wie oft, wenn er nicht sofort eingeschätzt werden wollte, verfiel er in die Sprache der Gosse. Und als er registrierte, dass der Händler sich entspannte, wusste er, dass der einfältige Ausdruck, den er von einem Moment auf den anderen auf sein Gesicht zu zaubern vermochte, wieder einmal seine Wirkung getan hatte.

Der Händler zog den Hut vom Kopf und vollführte damit eine Verbeugung, die recht eindrucksvoll gewesen wäre, wenn er sich dabei nicht die Stirn an seinem aufgebockten Bauchladen angestoßen hätte. »Gerhardus Sutorius. Meines Zeichens Medicus aus Salerno und Euer Diener, mein Herr!«

Arnulf kniff die Augen zusammen. »Soso«, meinte er gedehnt. »Salerno. Wo is das denn?«

Ein Schatten huschte über Sutorius' Miene. Arnulf wusste, dass der Mann in Windeseile darüber nachdachte, wie er ihn am besten über den Tisch ziehen konnte, und er musste ein Schmunzeln unterdrücken. Das Ganze hier fing an, ihm Spaß zu machen!

»Das, mein Herr, ist eine berühmte Universität im Süden von Italien!«

Arnulf gab sich gebührend beeindruckt. »Und Ihr habt da stu … sta …?« Er verstummte, als wüsste er das genaue Wort nicht.

»Studiert, ja. Die Medizin und auch die Anatomie. Habt Ihr Bedarf an dem einen oder anderen meiner Mittel?« Während Sutorius das fragte, griff er wahllos in das Durcheinander von Fläschchen, Dosen und Beuteln in seinem Bauchladen. Er erwischte einen kleinen, roten Samtbeutel, der mit einer Kordel verschnürt war und an dem mehrere Metallplättchen und kleine Knochen klimperten. »Das hier, zum Beispiel, ist eine Liebesmedizin.«

Arnulf trat einen Schritt vor und tat so, als müsse er sich das Ganze genauer ansehen. »Und was macht die?« Hinter sich hörte er jemanden leise glucksen. Er wandte den Kopf und sah, dass eine Frau aufgetaucht war, deren schlanker Leib und üppiger Busen nicht so recht zu dem faltigen Gesicht mit den hoch aufgetürmten grauen Haaren passen wollten. Er schoss einen warnenden Blick auf die Frau ab und wandte sich mit gespanntem Gesichtsausdruck wieder dem Händler zu.

»Sie sorgt dafür, dass Eure Liebste begierig jeden Eurer Wünsche im Bett erfüllen wird«, pries Sutorius sein Wundermittel an. Er hielt es Arnulf vor die Nase, so dass diesem nichts anderes übrigblieb, als es an sich zu nehmen. Der Beutel schien mit irgendwelchen Kügelchen gefüllt, Erbsen vielleicht oder Steinchen. Die Knochen an der Kordel klimperten leise in seiner Hand, und plötzlich rann Arnulf ein Schauer über den Rücken.

Er war sich der Blicke der grauhaarigen Frau sehr bewusst. Mit einer energischen Geste gab er Sutorius den Beutel zurück. »Ich brauch keinen Liebeszauber nich!«, sagte er. Es fiel ihm zunehmend schwer, seine einfältige Maske aufrechtzuerhalten, denn langsam stieg Zorn in ihm auf. Zorn über die Dreistigkeit, mit der dieser Fremde in sein Revier kam und die Menschen hier auszunehmen versuchte.

Sutorius wirkte erschrocken. »Aber das ist doch kein Zauber!«, rief er, und wie zur Abwehr von bösen Blicken, die nun aus der Menge auf ihn abgeschossen wurden, bekreuzigte er sich rasch. »Ich bin ein guter, gottesfürchtiger Medicus!«

Arnulf tat, als beruhige ihn das ein wenig. Er streckte die Hand aus und ließ sich den Beutel wieder hineinlegen. »Und wie geht das?«, fragte er.

»Legt es am Abend unter die Bettseite, auf der Eure Liebste schläft. Es wird sie Dinge tun lassen, die keine anständige Frau auch nur in ihren Träumen tun würde.«

Arnulf tat so, als spiele er mit dem Gedanken, den Beutel tatsächlich zu kaufen. An der Art, wie Sutorius begierig die Schultern vorreckte, erkannte er, dass der Mann sich bereits als Gewinner sah. Doch dann schüttelte Arnulf den Kopf, griff nach Sutorius' Hand und legte ihm den Beutel wieder hinein. »Ich glaub, ich kann mir so was nich leisten.«

Der Händer war enttäuscht. Seine Schultern strafften sich wieder. Er reichte Arnulf bis knapp an die Brust. »Nicht? Oh. Schade!« Sein Blick huschte über die Menge und fand die grauhaarige Frau. »Was ist mit dir, schönes Mädchen?«

Auf seinem Karren lachte der Gaukler auf. »Ja, Sibilla!«, rief er. »Wie sieht es mit dir aus? Du kannst doch bestimmt einen heißen Liebhaber brauchen, der dich in einsamen Nächten wärmt!« Er machte einen Kussmund.

Sibilla schaute ihn nur schweigend an. Dann wandte sie sich an Sutorius. »Wirkt das Ding denn auch bei Männern?«, fragte sie. Arnulf, der sie gut kannte, unterdrückte ein Grinsen. Auch sie machte sich einen Spaß aus dem Gespräch!

»Das hier nicht.« Sutorius legte den Beutel auf den Bauchladen zurück. Dann nahm er einen anderen, der dem ersten bis aufs Haar glich. Arnulf vermutete stark, dass er auch die gleichen Dinge enthielt wie der erste. Aber der Händler war nicht dumm. Bedeutungsvoll schüttelte er den Beutel, in dem es klapperte. »Er wurde mit Kürbis hergestellt statt mit Salbei, weil, wie jeder weiß, Kürbis die Lust des Mannes steigert, während der Salbei …« Er hielt Sibilla den Beutel unter die Nase. Irritiert, weil Sibilla keinen Finger rührte, starrte er sie an. »Was ist …«

»Geht mir vom Hals mit Euren Zaubermitteln!«, zischte sie ihn mit solchem Zorn in der Stimme an, dass er blass wurde.

»Aber, ich sagte Euch doch …« Er wollte nach ihr greifen.

Herrisch riss sie den Arm hoch und schlug seine Hand zur Seite. »Fasst mich nicht an! Und jetzt seht zu, dass Ihr mit Eurem unheiligen Zeug das Weite sucht!«

Hilfesuchend blickte Sutorius Arnulf an, doch der hatte nun auch genug von dem Kerl. Übergangslos ließ er die Maske des ungebildeten Idioten fallen und verschränkte mit einer kühlen Geste die Arme vor der Brust. »Tut lieber, was sie sagt«, meinte er mit sanfter Stimme.

Sutorius' Augäpfel traten hervor. »Ich … wie Ihr meint …« Er begann, seine Utensilien zusammenzuraffen. Seine Bewegungen waren dabei so fahrig, dass ihm mehrere Fläschchen und auch einer der Liebeszauberbeutel zu Boden fielen. Der Gaukler, der inzwischen von seinem Karren gesprungen war und sich neugierig zu ihnen gesellt hatte, half ihm, die Fläschchen aus dem Dreck zu klauben.

Mit einem gestotterten Dank nahm Sutorius sie an und verstaute sie in den Schubladen des Bauchladens. Dass Harald den Beutel in einem Ärmel verschwinden ließ, bemerkte er nicht. Eilig schlang er sich den Schulterriemen um den Leib, klappte die Beine des Ladens ein und lud sich das ganze Gebilde auf. »Gehabt Euch wohl!«, murmelte er in einem letzten Aufbegehren von Trotz. »Möge der Herrgott Euch Euren Unglauben verzeihen.«

Arnulf wartete, bis der Mann in einer Gasse verschwunden war. Dann ließ er das Lachen heraus, das er die ganze Zeit im Hals stecken gehabt hatte. »Was für ein Quacksalber!«, grinste er. Dann wandte er sich Sibilla zu. »Du hast ihm ganz schön Angst eingejagt!«

»Du nicht oder was?« Sie lächelte nicht, sondern wirkte noch immer recht finster. »Du solltest darauf achten, dass Kerle wie der sich hier nicht festsetzen. Ihre unheiligen Tränke und Tinkturen sind des Teufels!« Sie schauderte.

Arnulf dachte an das seltsame Gefühl, das ihn überkommen hatte, als er selbst den Beutel in die Hand genommen hatte. »Meinst du, das waren tatsächlich wirksame Zaubermittel?« Er streckte die Hand nach Harald aus.

Der Gaukler tat überrascht, aber als Arnulf ihm einen Blick zuwarf, seufzte er, ließ den roten Samtbeutel aus seinem Ärmel rutschen und gab ihn dem Nachtraben. Der wog ihn in der Hand. Die kleinen Knochen daran klimperten leise.

Sibilla antwortete nicht sofort. Sie starrte in die Gasse, in der Sutorius verschwunden war. »Was ist Medizin, was Zauberei, Arnulf? Sag mir das, dann kann ich dir deine Frage vielleicht beantworten!« Ihr Blick richtete sich auf ihn, und er konnte erkennen, wie sehr sie mit sich rang. »Ist es nicht schon Zauberei, wenn wir eine von Gott gesandte Krankheit mit einem Kräutersud aus unserem Garten zu lindern versuchen?«

Arnulf war verwundert. So hatte er die alte Sibilla bisher noch nie reden hören, ganz im Gegenteil. Sie war im ganzen Viertel als Engelmacherin bekannt, und sie galt als Meisterin ihres Fachs. Die Huren gingen gern zu ihr, wenn sie in Schwierigkeiten waren, denn Sibilla konnte sich rühmen, dass ihr nur sehr wenige ihrer Patientinnen wegstarben. Was nun allerdings das düstere Gerede der Alten sollte, begriff Arnulf nicht. Wieder musste er an den Schauder denken, der ihn überfallen hatte, als er den Beutel in der Hand gehalten hatte.

»Glaubst du wirklich, das war ein Zauberer?«, mischte sich Harald in ihr Gespräch ein. Er wirkte beunruhigt – so, als fürchte er, der Mann könnte im nächsten Moment wieder auftauchen.

Sibilla antwortete nicht, dafür meinte Arnulf: »Er war ebenso wenig ein Zauberer, wie er ein Medicus war!«

Harald zog lautstark die Nase hoch. »Was macht dich so sicher?«

Arnulf lächelte. »Sein Name. Gerhardus Sutorius. Sutorius! Das heißt so viel wie Flickschuster. Der Mann ist nichts weiter als ein Scharlatan!«

Katharina hatte die Tür hinter Arnulf soeben wieder geschlossen und war auf dem Weg nach oben zu ihrer Kammer, als die Türglocke läutete.

In der Annahme, dass er etwas vergessen hatte, eilte sie zurück nach unten und öffnete, doch es war nicht der Nachtrabe, der auf dem Hausstein stand. Es war Georg Öllinger.

Seine Nase war von der draußen herrschenden Kälte gerötet, er zog ein Taschentuch hervor und schnäuzte sich lautstark.

»Herr Öllinger!« Katharina stieß die Tür weiter auf, um ihn einzulassen. »Was führt Euch zu dieser späten Stunde zu mir?«

Er räusperte sich, machte aber keine Anstalten, das Haus zu betreten. »Nun, zum einen wollte ich mich nach Tobias erkundigen. Wie geht es ihm?«

Katharina warf einen Blick in Richtung Zimmerdecke. »Er hat sich in seiner Kammer eingeschlossen, aber ich habe ihm vorhin ein wenig Brot und Suppe hochgebracht, und da hat er kurz geöffnet, um sie mir abzunehmen. Ich denke, er wird gegessen haben, aber sicher bin ich nicht.« Sie dachte an das kurze Gespräch, das sie mit dem Jungen geführt hatte, kurz bevor Brunhild gestorben war. »Er …« Wie sprach sie es am besten an? »Kommt doch erst einmal herein«, bat sie.

Er wirkte unsicher. »Ich weiß nicht, ob das ein guter Einfall ist.« Über beide Schultern hinweg sah er sich um, wie ein Mann, der etwas zu verbergen hatte. »Die Leute werden reden, wenn ich einfach so … mitten in der Nacht …«

Katharina verzog den Mund zu einem knappen Lächeln. »Glaubt mir, das schert hier niemanden«, versicherte sie ihm, und im Stillen dachte sie: *weil die Leute ganz andere Dinge haben, über die sie sich meinetwegen das Maul zerreißen können. Der Besuch eines verwitweten Apothekers zu nachtschlafender Stunde ist für sie nur ein kleiner Fisch.*

Skeptisch sah Öllinger sie an, aber dann nickte er. Er zog den Hut vom Kopf und trat ein. Katharina schloss die Tür hinter ihm, nicht ohne die Gasse in beide Richtungen nach Arnulfs Gestalt abzusuchen. Aber wenn er tatsächlich noch da war, dann hielt er sich in den Schatten gut verborgen. Katharina konnte ihn nicht entdecken. Trotzdem fühlte es sich beruhigend an, zu wissen, dass sie auf ihn zählen konnte.

Sie führte Öllinger in die Küche und bot ihm einen Platz an dem Esstisch an. »Möchtet Ihr etwas trinken?«

Er setzte sich und schüttelte den Kopf. Falten hatten sich tief um Mund und Nase eingegraben, und Katharina vermutete, dass ihn irgendwelche Schmerzen plagten.

»Nein«, sagte er und bestätigte mit seinen nächsten Worten ihre Theorie. »Ich muss mir heute irgendwo den Magen verdorben haben.« Er legte eine Hand auf den Leib, um zu demonstrieren, wo der Schmerz saß. Dann lächelte er matt. »Das ist der zweite Grund, warum ich Euch diesen Besuch abstatte.«

Katharina zog sich einen Schemel heran, setzte sich jedoch nicht. »Ihr möchtet von mir eine Medizin?«, fragte sie.

Er bejahte.

»Versteht mich nicht falsch, natürlich helfe ich Euch, wenn ich kann.« Sie strich sich eine Haarsträhne aus den Augen. »Aber Ihr seid selbst Apotheker. Warum kommt Ihr zu mir?«

Unglücklich blickte er auf seine Hände nieder, die er auf dem Tisch ineinander verschränkt hatte. »Ich fürchte, meine Kunst ist an ihre Grenzen geraten.«

Beinahe hätte Katharina genickt. Es war nicht das erste Mal, dass Öllinger sie um ihren Rat bei Heilkräutern fragte. Er selbst war bisher ein Anhänger des Marcellus Empiricus gewesen, eines Medicus aus Gallien, dessen Heilmittel Katharina eher gewöhnungsbedürftig fand. So hatte Öllinger noch vor ein paar Monaten versucht, Mechthilds Lähmung mit einer Mischung aus Steinbockmist, Pfeffer, Honig und Wein zu kurieren. Eine Behandlung, die in Katharinas Augen von vornherein zum Scheitern verurteilt gewesen war und tatsächlich nicht die Spur einer Verbesserung bewirkt hatte. Die Tatsache, dass Öllinger in der letzten Zeit des Öfteren zu ihr kam und ihren Rat in Fragen der Heilkunde erbat, war ihr zuerst verdächtig vorgekommen. Anfangs hatte sie vermutet, dass er sie im Auftrag des Rates bespitzelte, um herauszufinden, ob sie gegen das noch immer gültige Verbot verstieß, Nürnberger Bürgersfrauen zu behandeln. Doch mit der Zeit hatte sie begriffen, dass er ganz andere Absichten verfolgte. Ihm war nicht daran gelegen, sie beim Rat anzuzeigen. Seine Gründe waren persönlicherer Natur: Er hoffte offenbar, sie würde die Mutter seiner zukünftigen Kinder werden.

»Nun«, meinte sie und wandte sich der niedrigen Tür zu, die in ihre *Apotheke* führte. »Wenn Ihr Euch den Magen verdorben habt, dann rate ich Euch zu einem Sud verschiedener Kräuter.« Sie öffnete die Tür und nahm einen kleinen Beutel von einem der Regale, der eine Mischung aus getrocknetem Salbei, Kamille und Fenchelsamen enthielt. Ihn gab sie Öllinger. »Gießt ein wenig davon mit heißem Wasser auf, lasst es ziehen, und dann trinkt es mehrmals täglich.«

Er nahm den Beutel. »Ich danke Euch.« In seinem Blick lag ein warmer Ausdruck, dem Katharina lieber auswich. Sie mochte Öllinger, und sie schätzte ihn für die medizinischen Dispute, die sie mit ihm bestreiten konnte. Seit sie ihn im Haus von Hartmann Schedel kennengelernt hatte, hatte sich zwischen ihnen so etwas wie eine kollegiale Freundschaft entwickelt. Sie wollte, dass es auch dabei blieb, darum versuchte sie, ihm möglichst wenig Grund zu der Annahme zu geben, ihr könnte ebenfalls an einer Verbindung mit ihm gelegen sein.

»Ihr fragtet mich nach Tobias«, sagte sie, um dem zuvorzukommen, was immer ihm auf der Zunge lag. »Ich habe mich heute kurz mit ihm unterhalten, und er hat einige sehr merkwürdige Dinge gesagt.«

»Merkwürdige Dinge?« Öllinger steckte den Beutel in seine Tasche.

Katharina setzte sich, bevor sie ihm antwortete. »Er hat sich für schuldig am Tod einer meiner Patientinnen gehalten.« Sie musterte Öllinger. Und stand wieder auf. »Ich denke, ich werde Euch gleich einen Kräutersud kochen«, schlug sie vor. »Ihr seht wirklich ein wenig elend aus.« Sie stellte den Wasserkessel auf den Herd und schürte die Glut in der Asche. Dann wandte sie sich zu dem Apotheker um.

Öllinger lächelte mitfühlend. »Ein Todesfall? Oh. Stimmt! Dr. Spindler hat mir gesagt, dass heute eine Eurer Patientinnen gestorben ist. Es tut mir leid!« Er wusste, wie sehr es Katharina mitnahm, wenn sie eine der Frauen verlor. Sie hatte ihm einmal davon erzählt.

Mit einem schwachen Lächeln nahm sie die Beileidsbekundung hin, brachte das Gespräch aber zurück auf Tobias. »Warum glaubt er, dass er den Zorn Gottes auf jeden herabbeschwört, dem er begegnet?«

Die Linien in Öllingers Gesicht wurden noch eine Spur tiefer. »Es sind schlimme Dinge passiert in Heilig-Geist!«

Genau dieselben Worte hatte Donatus früher am Tag auch benutzt. Katharina kniff die Augen zusammen und wartete, ob Öllinger von sich aus weiterreden würde, doch das tat er nicht.

Auf dem Herd begann der Wasserkessel zu singen.

Schließlich räusperte Öllinger sich. »Frau Jacob, bitte!« Er errötete. »Das sind Dinge, die für eine Frau …«

Noch ein Mann, der sie beschützen wollte? Ansatzlos hob Katharina die Hände. »Verschont mich mit Eurer Fürsorge!«, bat sie kühl. »Ich weiß, dass Donatus sich zu Knaben hingezogen fühlt …« Erschrocken hielt sie inne, weil sie dieses Wissen preisgegeben hatte. War sie von allen guten Geistern verlassen? Fieberhaft überlegte sie, was sie nun tun sollte, aber es war ohnehin zu spät, also konnte sie genauso gut beenden, was sie hatte sagen wollen. »Ich bin nicht daran zerbrochen. Was also glaubt Ihr …«

»Katharina! Nicht!«

Plötzlich stand Donatus in der Küchentür. Er hatte die Arme vor der Brust verschränkt, und er sah sehr finster aus. Katharina hätte im Boden versinken mögen vor Scham darüber, dass sie Öllinger gegenüber von seinen Neigungen gesprochen hatte.

»Es tut mir leid«, sagte sie.

Zu ihrer Überraschung zuckte er die Achseln. Er trat näher, ließ die Arme jedoch verschränkt. »Er wusste schon vorher über mich Bescheid«, sagte er, zog sich einen Schemel unter dem Tisch hervor und setzte sich. Die Arme stützte er auf der Tischplatte ab. Dann sah er Öllinger an. »Zusammen mit Dr. Spindler hat er damals versucht, Rotgerber davon abzuhalten, mich auf die Straße zu setzen.«

»Leider vergeblich«, nickte Öllinger. Für eine Weile schwiegen sie beide, und Katharina wagte es nicht, ihr Grübeln zu unterbrechen. Auf einmal herrschte große Anspannung im Raum.

»Kilian ist …«, sagte Öllinger schließlich, verstummte jedoch sofort, als Donatus ihn warnend ansah.

Katharina blickte von einem zum anderen. »Wer ist Kilian?«, fragte sie.

Donatus zog die Schultern hoch. Seine Hände, die noch immer um seine Oberarme lagen, verkrampften sich.

Katharina wartete. Herausfordernd sah sie Öllinger an.

Der wand sich. »Kilian war ein junger Scholar, genau wie Tobias.« Donatus ließ ein warnendes Geräusch vernehmen, aber das hielt den Apotheker nicht davon ab, weiterzureden. »Er sprang in die Pegnitz.« Er begegnete dem wütenden Blick des Baders und hielt ihm stand.

Katharina blinzelte. Sie begriff nicht, was zwischen den beiden Männern vorging. »Donatus?«, fragte sie.

Er musste sich sichtlich zwingen, ihr zu antworten. »Sie haben behauptet, dass ich Kilian verführt habe. Er hat angeblich so sehr unter der Schuld gelitten, dass er … sich umgebracht hat.« Es kostete ihn einiges, es auszusprechen, das war deutlich.

Das Wasser im Kessel begann zu simmern. Niemand achtete darauf.

Öllinger vergrub das Gesicht in den Händen.

Katharina nickte langsam. »Aber das ist nicht die Wahrheit, oder?« Täuschte sie sich, oder glitzerten Tränen in Donatus' Augenwinkeln?

Sie wartete.

Endlich schüttelte ihr Bader den Kopf, aber sie wusste nicht, ob es eine Antwort auf ihre Frage war oder ob er einfach nur seine Abwehr deutlich machen wollte.

Angespannt fuhr er sich mit der Zunge über die Unterlippe. »Bitte, Katharina«, murmelte er. »Zwing mich nicht, das alles noch mal zu durchleben!«

10. Kapitel

Es ging bereits gegen Mittag, als Albert das gemeinsame Mahl endlich für beendet erklärte. Richard bedauerte einmal mehr, dass sein Pferd lahmte. Sein Bedürfnis, endlich anzukommen, vor allem aber der dringende Wunsch, das elende Geschwätz von Heinrich Kramer nicht mehr hören zu müssen, wuchs von Augenblick zu Augenblick.

Er hatte ein mulmiges Gefühl in der Magengegend, und er fragte sich, ob es an Reuthers Braten vom vergangenen Abend lag oder doch eher an der Pastete, die er soeben genossen hatte. Er kam zu dem Schluss, dass es an dem Braten liegen musste, denn die Pastete hatte wirklich erlesen geschmeckt, nach Rindfleisch und Pilzen.

Albert bestand darauf, Richard und Kramer in die Stadt zu begleiten. Er und die beiden anderen jungen Männer nahmen ihre Pferde am Zügel und gingen vorweg, so dass Richard und Kramer sich notgedrungen nebeneinander wiederfanden. Zu Richards Bedauern schien der Mönch nicht vorzuhaben, ihn mit weiteren Gesprächen über sein Lieblingsthema zu verschonen.

»Ihr habt mir vorhin meine Frage nicht beantwortet«, begann er.

Richard unterdrückte einen Fluch. Ob es etwas nützen würde, den Ahnungslosen zu spielen? »Ich weiß nicht, wovon Ihr redet«, sagte er und gab sich keinerlei Mühe, seine Stimme freundlich klingen zu lassen.

Kramer schien unbeeindruckt. »Ob Ihr an die Existenz von Hexen glaubt, habe ich Euch gefragt.«

Von der Seite her warf Richard ihm einen Blick zu. Er war um einiges größer als der Mönch, und so musste Kramer zu ihm aufschauen. Doch das schien ihn nicht im Geringsten zu kümmern. Neugierig, fast ein bisschen herausfordernd sah er Richard ins Gesicht.

Der zuckte die Achseln. Sein Pferd schüttelte den Kopf, und das Zaumzeug klirrte leise. Richard ahnte, worauf der Mönch hinauswollte, und er hatte keine Lust, ihm auf dieses Terrain zu folgen.

»Euch ist schon klar«, hörte er Alberts fröhliche Stimme von vorn,

»dass Ihr Euch verdächtig macht, wenn Ihr ihm nicht antwortet!« Er lachte, als habe er einen guten Scherz gemacht.

Kramer schüttelte unwillig den Kopf. »Was für ein Unsinn!« Er stolperte über einen im Weg liegenden Ast. Erst, als er schon mehrere Schritte weitergegangen war, fügte er hinzu: »In meinem Buch habe ich sehr genaue Anleitungen darüber niedergeschrieben, wie man Hexen erkennt.«

In meinem Buch, in meinem Buch, dachte Richard finster. Wenn dieser Kerl noch einmal diese drei Worte aussprach, würde er ihm tatsächlich den dürren Hals umdrehen.

»Also?« Kramer blieb hartnäckig. »Was denkt Ihr nun?«

Richard seufzte hörbar. »Ich weiß, dass die Heilige Kirche bis vor kurzem noch den Glauben, es gebe Hexerei, als Ketzerei verurteilt hat.« Er führte sein Pferd um einen weiteren Ast herum. Offenbar hatte in dieser Gegend unlängst ein Sturm gewütet. Mehrere Bäume waren umgestürzt und lagen am Rand des Weges. Man schien sie dorthin gezogen zu haben, damit sie den Pfad nicht blockierten.

»Das stimmt wohl. Aber wisst Ihr auch, dass der Papst in seiner Bulle *Summis desiderantes affectibus* zu einem ganz anderen Schluss kommt? Ich habe diese Bulle meinem Buch vorangestellt.« Kramer klopfte auf die Tasche, in der er sein Machwerk verstaut hatte. Sie hing ihm von der Schulter und schlug bei jedem Schritt gegen seine Hüfte. Mit einem Anflug von Häme hoffte Richard, dass das gewichtige Opus ihm blaue Flecken verursachen möge.

Er überlegte, ob er erwähnen sollte, dass ebenjene Bulle, von der der Mönch sprach, in Italien von den Gegnern der Hexenverfolgung als Waffe ins Feld geführt wurde. Doch dann entschied er sich zu schweigen. Es wäre auf einen rhetorischen Disput hinausgelaufen, und dazu hatte er nicht die geringste Lust.

Also zuckte er nur die Achseln.

»Eure Wortwahl lässt in der Tat darauf schließen, dass Ihr zu den Skeptikern gehört, was die Existenz von Hexen angeht. Wie jedoch steht Ihr zu der Existenz von Dämonen, dazu habt Ihr Euch bisher noch gar nicht geäußert!«

Vor ihnen lachte Albert erneut, und Richard verfluchte den jungen Mann. *Nehmt meinen Platz ein, wenn Euch dieses einseitige Wortgefecht so viel Vergnügen bereitet!,* dachte er grimmig.

Sie überquerten einen Bachlauf, der ihren Weg kreuzte. Dann kamen sie an eine Weggabelung, an der ihnen wiederum ein Steinkreuz mit dem Nürnberger Wappen die Richtung wies.

»Nun?« Kramers Frage machte Richard klar, dass er seit mehreren Minuten geschwiegen hatte.

»Ihr seid eine Plage!«, beschwerte Richard sich.

»Manche Plagen sind eine Prüfung Gottes!«, spöttelte Albert.

Der Mönch beachtete ihn nicht, sondern wartete weiterhin mit herausfordernder Miene auf eine Antwort.

»Ja«, sagte Richard endlich gedehnt. »Ich glaube, dass es Dämonen gibt, aber ich ...«

»Seht Ihr!« Triumphierend lächelte Kramer ihn an. »Wenn Ihr das schon einmal begriffen habt, dann ist es doch auch gar nicht mehr schwer, zu akzeptieren, dass diese Wesenheiten sich eines menschlichen Körpers bemächtigen können. Und: zack!« Er stieß die Faust in die Luft, als könne er so einen seiner Dämonen fangen. »Haben wir eine Hexe!«

Obwohl er noch eben versucht hatte, einem Disput auszuweichen, ärgerte Richard sich nun darüber, dass der Mönch ihn nicht hatte ausreden lassen. Aber was hatte er auch erwartet? Kramer gehörte ganz offensichtlich nicht zu den Menschen, die in feinen Abstufungen dachten. Für ihn glaubte man entweder an die Existenz von Hexen und Dämonen, oder aber man tat es nicht. Die Zweifel, die Richard empfand, würde dieser Mönch niemals im Leben nachvollziehen können, und so versagte Richard es sich, sie zu äußern. Er unterdrückte ein bitteres Auflachen. Es wäre sowieso keine gute Idee gewesen, ausgerechnet einem Hexenjäger zu erklären, dass er manchmal nichts mehr fürchtete als die Dämonen seiner eigenen Seele.

»Vielleicht habt Ihr recht«, murmelte er aus diesem Grund nur.

»Habe ich«, nickte der Mönch.

»Pater!« Einer von Alberts Begleitern wandte sich zu ihnen um. »Wenn Ihr wirklich so versiert seid in den Fragen der Hexerei, könnt Ihr dann erklären, wie man sich vor ihnen schützen kann?«

Kramer schaute nachdenklich. Dann beschleunigte er seine Schritte etwas, schloss zu den jungen Männern auf und begann nun mit ihnen ein längeres Gespräch über sein Lieblingsthema.

Richard seufzte. Er versuchte, nicht hinzuhören, sondern seine

Gedanken auf andere Dinge zu richten. Sein baldiges Wiedersehen mit Katharina. Ein feines Kribbeln rann ihm den Rücken hinunter, doch es wurde hinweggefegt, als er Kramer sagen hörte: »Dämonen, mein Lieber, sind in der Lage, das Erinnerungsvermögen eines Mannes zu beeinflussen. Wir können uns nicht sicher sein, dass das, woran wir uns zu erinnern glauben, auch wirklich geschehen ist.«

»Aber wie …«, setzte Albert zu einer Frage an.

Richard unterdrückte einen Fluch.

Als vor ihnen endlich die Mauern von Nürnberg auftauchten, begrüßte er die Fahnen auf den Zinnen wie ein Ertrinkender das rettende Ufer.

Am späten Nachmittag – Mechthild hatte sich mit der Hilfe einer der anderen Pfründnerinnen gerade ein wenig hingelegt – klopfte es an ihrer Kammertür.

»Immer herein!«, rief sie.

Die Tür schwang auf, und einer der Scholaren, ein junger Mann namens Johannes, streckte den Kopf ins Zimmer. Er war blass, und an seinem Gesichtsausdruck konnte Mechthild ohne Schwierigkeiten erkennen, dass er schlechte Nachrichten brachte.

Sie stemmte sich auf die Ellenbogen.

»Entschuldigt, dass ich Euch störe«, murmelte Johannes, »aber Dr. Spindler hat uns gebeten, alle Bewohner des Spitals zusammenzutrommeln.«

Mühsam setzte Mechthild sich aufrecht hin. Sie musste dazu eines ihrer gelähmten Beine mit beiden Händen umfassen und bequemer hinlegen. »Was ist passiert?«

»Etwas Schlimmes.« Mit diesen Worten zog Johannes den Kopf zurück und ging weiter, um an der nächsten Tür zu klopfen. Dann jedoch, nachdem er auch der Frau, die in der Nachbarkammer wohnte, seinen Spruch aufgesagt hatte, kehrte er zu Mechthild zurück. Diesmal betrat er ihre Kammer. »Ich soll Euch runter ins Refektorium tragen, hat der Doktor gesagt.«

Er beugte sich zu ihr hinunter, so dass sie die Arme um seinen Hals legen konnte. Er war ein kräftiger junger Mann, und es war ihm ein Leichtes, sie hochzuheben. Während er sie die Stiege hinuntertrug, die im hinteren Teil des Pfründnerinnenhauses hinunter in den Speisesaal führte, forschte Mechthild in seinem Gesicht nach einem Anzeichen dafür, ob er ihr doch noch sagen würde, was geschehen war.

Sie fand keines.

Johannes' Gesicht war verschlossen. Und sehr finster.

In diesem Moment begriff sie, dass ein Todesfall das Spital getroffen hatte.

Das Refektorium war bereits bis auf wenige Plätze besetzt. Als Johannes Mechthild auf einen Stuhl in einer Ecke setzte und sich dann selbst ganz in der Nähe gegen eine Wand lehnte, sah sie, dass nicht nur die Pfründerinnen und Pfründner zusammengerufen worden waren, sondern auch alle Scholaren sowie die Bediensteten des Spitals und die Priester. Letztere standen ein wenig abseits in einer Traube zusammen und unterhielten sich mit einem Mann, der die Kleidung der Predigermönche trug, der versammelten Menge jedoch den Rücken zukehrte, so dass Mechthild sein Gesicht nicht sehen konnte.

Vielleicht war dieser Mann der Grund dafür, dass sie alle zusammengerufen worden waren. Sollte nicht heute jemand kommen, der die zurzeit leere Priesterstelle einnehmen würde? Mechthilds Herz hob sich ein wenig. Vielleicht hatte es doch keinen Todesfall gegeben!

Doch in diesem Moment betrat am anderen Ende des Saales Dr. Spindler den Raum. In seinem Gefolge befand sich eine schmale, blasse Frau in einem dunkelbraunen Samtkleid und mit lose hochgesteckten rötlichen Haaren. Agnes Rotgerber, die Spitalmeisterin. Ihre Augen waren gerötet, das konnte Mechthild sogar über die Entfernung hinweg sehen. Schlagartig schwand alle Hoffnung darauf, ihre Versammlung könne mit dem fremden Mönch zusammenhängen. Doch ein Todesfall ... Wer? Mechthild betrachtete Agnes' bleiche Züge. Ein brennender Funke aus Angst entzündete sich in ihrem Magen.

Spindler blieb am Rand eines niedrigen Podestes stehen, das gewöhnlich dem Lektor, der bei den Mahlzeiten der Pfründner aus der Bibel vorzulesen hatte, als Bühne diente.

Eine von Mechthilds Sitznachbarinnen, eine fette Frau mit unzähligen geplatzten Äderchen auf Nase und Wangen, stieß Mechthild in die Seite. »So wie die Meisterin aussieht, ist was mit Rotgerber«, flüsterte sie.

Genau das war es, was Mechthild ebenfalls fürchtete.

Und sie hatte sich nicht getäuscht.

Mit wachsendem Entsetzen sah sie zu, wie Dr. Spindler die Hände hob und sich bedeutungsvoll räusperte. Das allgemeine Getuschel erstarb nach und nach.

»Ich muss leider eine traurige Ankündigung machen«, begann Spindler. Sein Blick schweifte über die Menge, blieb kurz an Mechthild hängen, huschte dann jedoch rasch weiter.

Mechthilds Magen ging in Flammen auf.

»Konrad Rotgerber, unser Spitalmeister, hat heute Morgen den Tod gefunden«, sagte Spindler.

Einen Moment lang war es sehr still im Saal, dann setzte erregtes Getuschel ein.

Mechthild schloss die Augen, und als sie sie wieder öffnete, bemerkte sie, dass Spindler sie ansah.

Sag, dass es nicht wahr ist!, flehte sie lautlos.

Er fuhr sich mit der Zunge über die Lippen. »Es scheint«, setzte er erneut an und musste innehalten in seiner Rede, weil er sich kein Gehör verschaffen konnte. Er hob beide Arme über den Kopf. Seine Ärmel rutschten ihm über die Ellenbogen, enthüllten Arme, die dicht mit hellen Haaren bewachsen waren. »Herrschaften!«, rief er. »Ich bitte doch!«

Diesmal dauerte es um einiges länger als beim ersten Mal, bis das Getuschel verstummte und er weitersprechen konnte.

»Man fand Herrn Rotgerber in einer Gasse, wo ihn offenbar sein Mörder überrascht hat.«

»Mord?«, rief jemand aus der Menge.

Spindler nickte. »Ihm wurde …« Der Rest seiner Worte ging in dem Wirbel von Mechthilds Gedanken unter. Sie hörte nicht, was der Priester den Anwesenden berichtete. Wie durch einen Schleier sah sie, dass Spindler sich an Agnes Rotgerber wandte und ihr ein paar tröstende Worte spendete. Dann sah sie, dass die Spitalmeisterin etwas sagte. Doch kein Wort drang bis zu Mechthild durch, denn das Einzige, was sie denken konnte, war: Konrad Rotgerber war tot!

Plötzlich fiel ein Name, und der Schleier ihrer Betäubung zerriss.

»… möchte ich Euch Heinrich Kramer vorstellen«, sagte Dr. Spindler.

Mechthilds Kopf ruckte hoch. Der Predigermönch, der ihr die ganze Zeit den Rücken zugekehrt hatte, drehte sich nun um und ließ seine Blicke über die Menge schweifen, so dass sie einen Blick in sein Gesicht werfen konnte. Sie erstarrte vor Entsetzen.

»Bruder Heinrich kam anstelle von Bruder Andreas Schober, der eigentlich die Stelle als Priester bei uns antreten sollte«, erklärte Dr. Spindler. »Leider hat auch Bruder Andreas durch einen tragischen Unfall sein Leben verloren, und Bruder Heinrich war so freundlich, uns davon zu unterrichten. Aus diesem Grund haben wir ihm angeboten, für die Dauer seines Aufenthalts in Nürnberg im Spital zu übernachten.«

Mechthild hörte seine Worte, aber sie ergaben nicht den geringsten Sinn für sie. Ihr Verstand weigerte sich, zu begreifen, wer dort vor ihr stand. Heinrich? Herr im Himmel!

Alles Blut wich aus ihrem Gesicht.

Das kann nicht sein!, heulte es in ihr.

»Witwe Augspurger!« Jemand fasste sie an der Schulter, und sie zuckte zusammen. Nur mit Mühe richtete sie ihre Aufmerksamkeit auf das Gesicht, das dicht vor ihr schwebte. Sie schaute in zwei besorgte Augen. »Geht es Euch nicht gut? Ihr seid leichenblass!«

»Johannes!«, wisperte sie. An seiner massigen Gestalt vorbei warf sie einen Blick auf den Mönch, der sich nun mit Dr. Spindler unterhielt. Diese vertrauten Züge, die hellblauen Augen. Heinrichs Haar war an der Seite seines Kopfes seltsam kräuselig, und älter war er geworden, aber sonst hatte er sich kaum verändert. Er lachte über etwas, das Spindler gesagt hatte, und das Geräusch zerfetzte Mechthild schier die Brust. Hatte er sie bereits entdeckt? Offenbar nicht.

Sie musste hier weg! »Nein.« Ihre Stimme war nur ein Hauch. »Mir geht es gar nicht gut. Seid Ihr so freundlich und bringt mich hinaus an die frische Luft?«

»Natürlich.« Johannes beugte sich über sie und hob sie auf seine Arme. Die fette Pfründnerin, die neben ihr saß, schaute verwundert, achtete dann aber wieder auf das, was vorn auf der Bühne geschah.

Mechthild zwang sich, den Kopf nicht an Johannes' Schulter zu legen. »Ins Freie«, murmelte sie.

»Schon gut.« Er drehte sich um, stieß eine Tür mit dem Absatz auf und trat nach draußen. Es dämmerte bereits. Frische Abendluft strich über Mechthilds Wangen. Sie stöhnte auf.

»Soll ich besser Dr. Krafft Bescheid sagen?«, erkundigte sich Johannes.

Mechthild schüttelte den Kopf. »Setzt mich einfach dort bei der Wiese auf die Bank!«

Er tat, worum sie ihn bat. Sie richtete den Blick auf ihre Hände.

»Geht es ihr nicht gut?« Eine Stimme ertönte hinter ihr, die ihr wie mit eiskalten Fingern das Rückgrat hinunterfuhr. Er hatte sie also doch entdeckt. Resigniert schloss sie die Augen, riss sie jedoch gleich wieder auf.

Über ihren Kopf hinweg schaute Johannes zu jemandem, der hinter ihr stand. »Nein«, sagte er. »Ihr muss schlecht geworden sein.«

»Ich kümmere mich um sie!« Der Sprecher trat einen Schritt zur Seite, so dass seine Gestalt jetzt am Rande von Mechthilds Gesichtskreis auftauchte.

Sie saß wie erstarrt, wagte nicht, sich zu bewegen. Sie schluckte schwer.

Skeptisch sah Johannes sie an. »Ich weiß nicht, ob nicht besser ein Medicus ...«

»Das wird nicht nötig sein!« Die Stimme war sehr freundlich, aber gleichzeitig sehr bestimmt. Genau wie früher.

Mechthild hob eine Hand an den Mund, biss hinein.

Noch immer wirkte Johannes unschlüssig. Eine Hand legte sich schwer auf Mechthilds Schulter. Der Boden unter ihren Füßen tat sich auf.

»Es ist gut, Johannes«, krächzte sie. »Ich kenne diesen Mann ...«

Der junge Scholar zog die Augenbrauen zusammen. »Wirklich? Er ...«

Jetzt trat der Predigermönch hinter Mechthilds Rücken hervor, so dass er neben ihrer Bank stand. Langsam hob sie den Blick zu ihm auf, starrte ihm in die hellblauen Augen.

Er lächelte sanft, und sie glaubte, ihr Herz müsse aussetzen. »Mechthild«, sagte er. »Wir haben uns lange nicht gesehen.«

Wieder senkte sie den Blick auf ihre Hände. Wie Klauen lagen sie verkrampft in ihrem Schoß.

»Heinrich ...«, hauchte sie.

»Was tust du hier in Nürnberg?« Ihre Stimme schien die einer völlig Fremden zu sein.

Nachdem Heinrich dem jungen Johannes versichert hatte, dass er beruhigt gehen könne, beugte der sich der priesterlichen Autorität und zog sich zurück. Nicht ohne zuvor noch einmal einen langen, fragenden Blick auf Mechthild geworfen zu haben.

Jetzt ließ sich Heinrich dicht neben ihr auf der Bank nieder. »Was glaubst du?«

Sie wusste es, aber sie vermochte nicht zu antworten. Jetzt, da Johannes fort war, fiel ihr Blick ungehindert auf die Wiese. Die Pilze waren fort, die noch kürzlich dort gestanden hatten.

»Wie hast du mich gefunden?«, wisperte sie.

»Oh. Glaub mir, ich weiß schon lange, dass du hier in Nürnberg lebst!« Er lachte leise.

In Mechthilds Nacken richteten sich die Haare auf. Sie blinzelte und schwieg.

»Bisher war ich nur zu beschäftigt, um herzukommen.« Beiläufig zuckte er die Achseln.

Wie von selbst begann Mechthilds Kopf, sich zu bewegen, von rechts nach links und zurück, nein, nein, nein, wieder und wieder und wieder.

In einer sanften Geste, die ihr Innerstes erzittern ließ, legte Heinrich ihr eine Hand auf das Bein. »Sag mir, wo Katharina wohnt!«

Nein!

Ihre Halsmuskeln protestierten gegen die Bewegung, aber sie konnte einfach nicht aufhören, den Kopf zu schütteln.

Heinrich drückte zu, sie ahnte, dass seine Hände immer noch kräftig sein mussten, aber ihre Beine waren seit langem taub. Sie spürte seinen Griff nicht. Nur Angst und Entsetzen in ihrem Innersten, die spürte sie genau.

»Ich gehe davon aus, dass du weißt, wen du vor dir hast. Ich meine, abgesehen davon, dass ich Burckhards Bruder bin.«

Burckhard. Wie lange hatte sie diesen Namen nicht mehr gehört? Sie griff sich in die Haare, hielt ihren Kopf fest. Die Stimme war ihr abhandengekommen, also starrte sie Heinrich nur aus großen Augen an.

Er lächelte leicht. »Du weißt es.« Er hatte ein hübsches Lächeln, doch die Kälte, die seine Augen ausstrahlten, wurde davon nicht gemildert. Er ließ ihr Bein los, lehnte sich zurück und verschränkte die Arme vor der Brust. Völlig entspannt sah er aus. »Du weißt, dass ich *Praedicator generalis* und *Magister Theologiae* bin. Und Inquisitor für *Alamania superior*. Und du weißt bestimmt auch, dass ich der berühmte Verfasser des *Malleus Maleficarum* bin.« Er wartete einen Augenblick, prüfte, ob seine Worte den gebührenden Eindruck auf sie machten.

Mechthild versuchte, seinem Blick standzuhalten, aber es gelang ihr nicht einmal einen Wimpernschlag lang. Kraftlos sanken ihre Hände in den Schoß.

»Wusstest du aber auch«, fuhr er mit großer Selbstgefälligkeit fort, »dass ich vor zwei Jahren einen Hexenhammer für Nürnberg schrieb?«

Da sie nicht antwortete, legte er ihr die Hand wieder auf den Oberschenkel. Alles in Mechthild schrie auf vor Entsetzen. Sie wollte aufspringen, wollte weglaufen, aber sie konnte es nicht. Ihre gelähmten Beine fesselten sie an diese Bank, und sie war sich nicht einmal sicher, ob sie hätte flüchten können, wenn sie gesund gewesen wäre. *Schrei!*, kam es ihr in den Sinn. *Schrei um Hilfe!* Aber was hätte es genützt?

All die Titel, die er aufgezählt hatte, waren echt. Vor ihr saß ein berühmter und auch einflussreicher Mann, das wusste sie, ohne dass er es ihr eigens hätte sagen müssen.

Dennoch redete er ungeniert weiter. »Eigentlich bin ich in die Stadt gekommen, um dem Rat mein Buch ans Herz zu legen. Sie missachten es einfach, ist das zu fassen? Sie haben eine Handreichung für die Bekämpfung der größten Gefahr, die der Menschheit jemals gedroht hat, und was tun sie damit? Sie lassen es links liegen!« Er schüttelte betroffen den Kopf. Dann wiederum lächelte er, und diesmal war es ein nachdenkliches, fast ein wenig wehmütig wirkendes Lächeln. »Aber ich bin hier, um ihnen klarzumachen, dass sie gegen die Hexenbrut kämpfen müssen, wenn sie verhindern wollen, dass der Teufel über kurz oder lang die Herrschaft auf Erden übernimmt. Und weißt du auch, welche Hexe ich als Erste ins Loch werfen lassen werde?«

Mechthild schluckte gegen die Panik an. Sie wollte etwas sagen, aber ihre Stimmbänder waren ebenso gelähmt wie ihre Beine. Heinrich ließ ihren Oberschenkel los, griff stattdessen nach ihrer linken Hand. Unfähig, sich zu rühren, ließ sie ihn gewähren.

Seine Haut war wärmer als ihre.

»Sag mir, wo Katharina wohnt!«, forderte er ein zweites Mal.

»Nein!« Diesmal sprach sie es aus. Und dann, als habe die Panik sich durch göttlichen Einfluss in Kraft verwandelt, wandte sie Heinrich den Kopf zu. »Nein«, wiederholte sie. Sie wusste, was ihre Weigerung zu bedeuten hatte. Mit etwas festerer Stimme sagte sie: »Nur über meine Leiche!«

Ein feines Lächeln zuckte um seine Mundwinkel. »Nun. Das lässt sich möglicherweise einrichten. Ich habe zwar gesagt, dass Katharina die erste Hexe sein wird, die ich zu verurteilen gedenke. Aber was spricht eigentlich dagegen, dass du die zweite …« Gleichgültig zuckte er die Achseln. »Es werden ohnehin ein paar Scheiterhaufen brennen in der nächsten Zeit. Einer könnte gut der deine werden.«

Mechthilds Kopf begann wieder, sich wie von selbst zu bewegen. »Katharina«, flüsterte sie und konnte nicht weitersprechen.

»Was ist mit ihr?«

»Sie weiß nichts von den Dingen, die damals passiert sind. Lass sie …«

»Hier seid Ihr!« Wie ein Fanfarenstoß fuhr Dr. Spindlers laute Stimme zwischen sie und Heinrich. Es kam Mechthild vor wie eine Rettung. Vor lauter Erleichterung senkten sich ihre Eingeweide, und nur durch äußerste Willensanstrengung schaffte sie es, sich nicht einzunässen.

»Johannes hat mir gesagt, dass es dir nicht gutgeht, Mechthild.« Mit sorgenvollem Gesicht kam Spindler auf sie zu. Sie wusste, dass er ihr das Entsetzen ansehen konnte. Irritiert runzelte er die Stirn, blickte Heinrich an. »Ihr habt Euch schon bekannt gemacht …?«

Heinrich sprang auf. »Ja«, sagte er. Auf der anderen Seite der Wiese traten in diesem Moment mehrere Pfründnerinnen aus dem Refektorium ins Freie. Die Versammlung schien beendet zu sein. Heinrich starrte die Frauen an, seine Rechte ballte sich zur Faust und öffnete sich wieder.

Mechthild presste die Lippen zusammen. »Ich möchte in meine Kammer«, sagte sie zu Spindler.

Der nickte. »Ich sage Johannes Bescheid. Aber die anderen wollen noch ein wenig zusammensitzen, um den Tod von Rotgerber zu verdauen. Wärest du nicht lieber dabei?« Schwer senkte sich sein Blick in

Mechthilds, und sie glaubte zu wissen, was er dachte. In diesem Moment kümmerte es sie nicht. Heinrichs Auftauchen hatte alles, was ihr noch Augenblicke zuvor wichtig gewesen war, ins Gegenteil verkehrt.

Mechthild warf Heinrich einen unsicheren Blick zu. Der Gedanke, in Gesellschaft zu sein, statt allein in ihrer Kammer zu sitzen und zu grübeln, erschien ihr verlockend, aber dann entschied sie sich anders. Besser, zwischen ihr und ihm befand sich ein massives Türblatt. »Nein«, sagte sie. »Ich würde lieber allein sein.«

»Ja«, meinte Heinrich, und seine hellblauen Augen funkelten sie vielsagend an. »Du solltest beten, meinst du nicht auch?«

Sie schaute zu ihm auf. Betäubt nickte sie.

Kurz darauf war sie wieder in ihrer Kammer. Johannes, der sie hochgetragen hatte, schaute sie besorgt an.

»Ihr seid blass«, sagte er. »Soll ich nicht doch den Medicus ...«

»Nein!« Sie wehrte ab und bat ihn, sie nicht auf das Bett zu setzen, sondern ihr einen Stuhl neben die Tür zu schieben und sie darauf zu platzieren.

Er gehorchte, wenn auch verwirrt ob dieser seltsamen Bitte.

»Aber etwas anderes könnt Ihr für mich tun«, sagte Mechthild.

Er nahm die Schultern zurück. »Natürlich!«

Sie warf einen Blick in Richtung Fenster. Draußen war es jetzt dunkel. »Bitte sagt Dr. Spindler, dass ich beichten muss.«

Er legte den Kopf schief, die Neugier schlug ihm aus den Augen. Kurz fürchtete Mechthild, er wäre dreist genug, sie zu fragen, was los sei, aber dann nickte er nur gehorsam. »Mach ich.«

Er wandte sich zum Gehen.

Als er fort war, beugte Mechthild sich zur Seite und schob den Riegel vor ihre Tür. In Sicherheit. Für den Moment. Aufatmend lehnte sie den Kopf gegen die Wand.

Ihre Gedanken rasten. Rotgerber war tot. Konnte es ein Zufall sein? Ein Anflug von grausamem Humor Gottes? Und Heinrich! Warum tauchte er ausgerechnet jetzt hier auf? All die Jahre, die seit ihrem letzten Zusammentreffen vergangen waren, hatte Mechthild sich sicher gefühlt vor ihm. Sie und Katharina. Katharina vor allem. Und nun?

Ein Klopfen riss sie aus ihren wirbelnden Gedanken.

»Wer ist da?« Ihre Stimme klang krächzend.

»Ich bin es!«

Spindler!

Mechthild legte die Hand auf den Riegel. Zögerte.

So lange, dachte sie, hatte Gott sie nicht gestraft für ihre Sünden. Wie es aussah, hatte er dafür nun beschlossen, ihr gesamtes Leben zu Scherben zu schlagen.

Mit einem Ruck zog sie den Riegel fort.

Spindler betrat die Kammer heimlichtuerisch wie ein Dieb, und ebenfalls wie ein Dieb drückte er die Tür hinter sich zurück ins Schloss, kaum dass er hindurch war. Besorgt schaute er Mechthild an.

»Was war das eben?«, fragte er und wies über seine Schulter nach hinten.

»Heinrich ...« Mechthild verstummte. Ihre Hände schienen ein Eigenleben entwickelt zu haben. Sie hörten einfach nicht auf zu zittern. Mechthild schob sie unter ihre Oberschenkel. »Er ist ...«

»Der Autor des Hexenhammers«, sagte Spindler. »Vermutlich kommt er nach Nürnberg, weil er den Rat zu einigen hübschen Hexenprozessen überreden will. Ich habe gehört, dass er in Basel und Straßburg war und es dort auch versucht hat.«

»Das ist es nicht«, murmelte Mechthild. »Wir müssen ihn aufhalten!«

»Wozu? Der Stadtrat wird ihm schon den Kopf zurechtrücken und ihm klarmachen, dass man hier keinen Anlass für derlei Prozesse sieht.«

»Trotzdem!«, insistierte Mechthild.

Spindler zog die Nase kraus. »Was hast du bloß?«

Da schaute sie ihm ins Gesicht. Ihr Kinn zitterte, das konnte sie deutlich spüren. Ihr gesamter Körper schien in Flammen zu stehen. »Überall, wo er hinkommt, beginnt er mit einer einzelnen Frau«, sagte sie. »Und dann beginnt es sich auszuweiten ...«

»Wie ich schon sagte, der Rat wird ...«

»Nein!« Energisch fiel Mechthild ihm ins Wort. »Die Erste, die er ins Feuer schicken wird, wird Katharina sein.« Jetzt war es heraus. Die Befürchtung verlor jedoch nicht ein bisschen von ihrem Schrecken dadurch, dass sie sie ausgesprochen hatte.

Spindlers Augen weiteten sich. »Was?«

Sie nickte. »Er wird ...«

»Ich habe dich schon verstanden! Aber warum?«

Da kehrten Mechthilds Gedanken in die Vergangenheit zurück, zu Dingen, die sie im hintersten Winkel ihres Gedächtnisses lange Zeit überaus erfolgreich vergraben hatte. Zu Dingen, die zu furchtbar waren, um sich länger als ein paar Augenblicke damit zu befassen, ohne darüber den Verstand zu verlieren. Sie schluckte schwer. »Heinrich Kramer«, flüsterte sie, »ist der Bruder von Burckhard.«

Ihre Worte hatten auf Spindler die Wirkung, die ein harter Hieb in die Magengrube gehabt hätte. Schlagartig sank er in sich zusammen. Kurz schloss er die Augen, öffnete sie wieder. Schnappte nach Luft. »Wie bitte?« Jetzt war es an ihm, zu flüstern.

Mechthild nickte nur.

Da wurde er blass.

»Ihr müsst Euch um Katharina kümmern«, sagte sie, und ihr Herz zog sich zusammen. »Passt auf, dass dieser Kerl sie nicht …«

Spindler straffte die Schultern. Sein Blick richtete sich über Mechthilds Kopf hinweg in unergründliche Fernen, und deutlich war zu sehen, dass die Gedanken hinter seiner Stirn angefangen hatten zu rasen. Dann, nach geraumer Weile, besann er sich darauf, wo er war. Er richtete den Blick auf Mechthild. »Ich kümmere mich darum«, sagte er leise.

»Und ich? Was soll ich tun?«

»Befolge Kramers Rat.«

Sie verstand nicht, was er meinte.

Er legte die Hand auf den Türriegel. »Bete!«, riet er ihr. »Wir können von nun an wahrscheinlich jedes bisschen göttliche Unterstützung brauchen.« Er zog die Tür auf, schlüpfte hindurch, zog sie hinter sich wieder zu. Im nächsten Moment hörte Mechthild ihn über den Flur davoneilen.

Eine Weile starrte sie auf die Wand. Dann legte sie den Riegel wieder vor. Jedes bisschen göttliche Unterstützung …

Bitter lachte sie auf.

Die Sonne hing dicht über dem Horizont, als Elfriede sich mit einem leisen Ächzen aufrichtete, um ihren schmerzenden Rücken zu strecken. Sie war eine der angestellten Dienstmägde von Heilig-Geist, und die Aufgabe, die die Spitalmeisterin ihr heute zugeteilt hatte, war es, Siegwurz zu ernten, die im hinteren Teil des Spitalgartens wuchs. Ein Händler in der Burgstraße hatte Bedarf an einer größeren Menge angemeldet, und da das Spital auf jede Einnahme angewiesen war, hatte Agnes Rotgerber den Auftrag gern angenommen.

Elfriedes Begeisterung jedoch hielt sich in Grenzen. Es war harte Arbeit, die Knollen aus dem Boden zu graben, sie anschließend zu säubern und mit ihrem Kraut zu Bündeln zusammenzuschnüren, die leicht transportiert werden konnten. Wie viel lieber hätte sie stattdessen heute in der Küche geholfen! Sie hatte gesehen, dass der neue Gehilfe, den der Koch eingestellt hatte, heute dort Dienst tat, und seit Elfriede den jungen Burschen mit den hübschen dunkelbraunen Augen zum ersten Mal gesehen hatte, war sie völlig vernarrt in ihn. Ja, sie hatte sogar des Nachts schon davon geträumt, mit ihm vor den Traualtar zu treten ... Mit einem leisen Seufzen schob sie diesen Gedanken fort. Sebastian, so hieß der Junge, hatte ihr bisher keinen einzigen Blick geschenkt. Elfriede sah an sich hinab. Missmutig betrachtete sie ihre schmutzigen Hände mit den eingerissenen, schwarzen Fingernägeln. Sie war keine Schönheit, das wusste sie selbst. Sebastian konnte unter den hübschesten Dienstmädchen vermutlich frei wählen – und niemals im Leben fiele seine Wahl auf sie.

»Träumst du?« Ein Stoß gegen die Schulter riss sie aus ihren trübseligen Gedanken. Sie stolperte einen Schritt vorwärts und ließ die letzte Knolle fallen.

»Lass das!«, fuhr sie Annalisa an, die andere Dienstmagd, die mit ihr zusammen für die Ernte der Siegwurz eingeteilt worden war.

Annalisa grinste nur, und am liebsten hätte Elfriede ihr ins Gesicht geschlagen für den höhnischen Ausdruck in ihren Augen. Nicht nur, dass Annalisa viel schlanker war als sie selbst, Gott hatte ihr auch eine sahneweiße Haut geschenkt, eine niedliche Stupsnase und Wimpern dazu, die so lang und seidig waren wie die einer Kuh.

Jawohl! Einer Kuh.

Ein Kichern entwich Elfriede bei dem Vergleich mit einem der dummen, glotzäugigen Tiere, die hinten in den Ställen standen und dumpf vor sich hinkauten. Das gefiel ihr!

»Entschuldige!« Ein leises Räuspern erklang hinter ihr, und sie drehte sich um.

Auf einem der schmalen Weg zwischen den Beeten stand der

Mönch, den Dr. Spindler ihnen allen vorhin als Heinrich Kramer vorgestellt hatte. Elfriede hatte die anderen über den Mann tuscheln hören. Offenbar war er irgendeine Berühmtheit, der Verfasser eines Buches, von dem sie noch nie zuvor gehört hatte.

Ein berühmter Mann. Und er sprach sie an!

Neugierig sah sie dem Mann ins Gesicht. »Kann ich Euch irgendwie helfen?«

Annalisa nahm den Korb, in dem sie ihre Siegwurzknollen abgelegt hatten, und trug ihn zu dem kleinen Schuppen an der hinteren Gartenmauer. Elfriede kam es so vor, als wolle sie dem Mönch ausweichen, und ein wenig konnte sie sie verstehen. Jetzt, wo er so dicht vor ihr stand, fand sie den Kerl auch ein bisschen unheimlich.

Er lächelte jedoch freundlich. Er hob die Knolle vom Boden auf, die Elfriede eben hatte fallen lassen, und hielt sie in die Höhe.

»Was hat sie für eine Wirkung?«, fragte er. Er klang so, als würde er es wirklich wissen wollen.

Elfriede schluckte. »Unter einem Kettenhemd getragen, soll sie unbesiegbar machen.«

Ein düsterer Schatten huschte über Kramers Gesicht, verschwand aber sofort wieder. Noch immer lächelte er, doch nun sah es etwas verkrampft aus. »Wofür sind sie bestimmt?«, fragte er.

»Die Spitalmeisterin hat Anweisung gegeben, sie an einen Händler in der Sebalder Stadt zu verkaufen. Offenbar beliefert der Mann die Armee irgendeines Grafen.«

Kramer rieb die Siegwurz mit den Fingerspitzen sauber. Die Erde daran roch würzig. Dann warf er die Knolle fort, wischte sich die Hände ab. »Kannst du mir mit einer kleinen Auskunft helfen?«, fragte er.

Elfriede nickte zögerlich.

»In diesem Spital gibt es eine Pfründnerin namens Mechthild.«

»Die Augspurger-Witwe, ja!« Wieder nickte Elfriede, eifrig diesmal.

Kramer schenkte ihr ein weiteres Lächeln. Er hatte eigentlich ein schönes Lächeln, dachte Elfriede, nur seine Augen wirkten etwas zu kühl. »Genau die!«, meinte er. »Ich habe reden hören, dass sie eine Tochter hat.«

»Katharina Jacob, ja.« Elfriede rümpfte die Nase.

Kramer sah es. Erstaunt hob er die Augenbrauen. »Du sagst das, als seist du nicht besonders gut Freund mit ihr.«

Elfriede hatte den Mund schon halb geöffnet, um dem Mann einige Dinge über diese Katharina zu erzählen, aber dann machte sie ihn rasch wieder zu. Möglichst beiläufig zuckte sie die Achseln. Sie würde nicht so dumm sein, sich das Maul zu verbrennen. Sollte er doch selbst herausfinden, was diese Katharina für eine Dirne war!

»Kannst du mir sagen, wo ich diese Katharina finden kann?«

»Oh, sie hat ein ... Haus an der Frauentormauer.« Elfriede unterdrückte ein höhnisches Schnauben.

Kramer runzelte die Stirn. »Ein Haus«, sagte er gedehnt.

»Sie nennen es das Fischerhaus, Ihr könnt es gar nicht verfehlen, wenn Ihr in der Gasse seid. Es hat geschnitzte Balken und ist ziemlich protzig.« Sie reckte die Nase in die Höhe, um ihm zu zeigen, wie sehr ihr jede Prunksucht zuwider war.

»Du siehst nicht so aus, als würdest du Katharina besonders schätzen«, versuchte er ein zweites Mal, sie zum Plaudern zu bewegen.

Sie schüttelte den Kopf. So leicht überlistete er sie nicht! Sie würde sich an das achte Gebot halten, das ihr vorschrieb, nicht schlecht über ihren Nächsten zu reden.

Kramer wartete geduldig, und da platzte es plötzlich doch noch aus ihr heraus: »Sie war schon einmal als Hexe angeklagt!«

Er wirkte überaus zufrieden über diese Worte. Noch einmal wischte er sich die Hände sauber. Dann nickte er Elfriede zu. »Ich danke dir für deine Hilfe«, sagte er.

Und er wandte sich ab.

11. Kapitel

Die Gestalt, die das Gasthaus »Zur krummen Diele« kurz nach Einbruch der Dunkelheit betrat, sah sich so verstohlen um, dass Arnulf sich ein Schmunzeln nicht verkneifen konnte. Die Gestalt war klein, und ihr Gesicht lag so tief im Schatten einer Kapuze, dass man sie für ein Kind hätte halten können, wäre da nicht die tiefe männliche Stimme gewesen, die aus den Falten des Kleidungsstücks hervordrang und Niklas, dem Wirt, einen guten Abend wünschte.

Nachdem Arnulf sich im Laufe des Abends ein wenig umgehört hatte, ob bereits Gerüchte über Rotgerbers Mörder die Runde machten, saß er nun auf seinem üblichen Platz in der hintersten Ecke der »Krummen Diele«. Von hier aus konnte er alles beobachten. Seine langen Beine hatte er entspannt ausgestreckt, doch der Dolch, den er gewöhnlich am Gürtel trug, lag griffbereit auf dem Tisch. Er diente weniger zu seiner Verteidigung als dazu, das Bild zu vervollständigen, das er für seine Umgebung abgab. Die »Diele« war sein ureigenstes Revier. Hier hatte er gewöhnlich keinen der Feinde zu fürchten, die ein Nachtrabe wie er draußen auf den Straßen besaß. Er setzte sich aufrechter hin. Er hatte auf die Gestalt mit der Kapuze gewartet, und als er jetzt sah, wie diese sich aufmerksam in der gesamten Gaststube umsah, bevor sie ihn entdeckte und näher trat, da verwandelte sich das Schmunzeln auf seinem Gesicht in ein amüsiertes Grinsen.

Für einen Augenblick sahen der Neuankömmling und Arnulf sich schweigend an. Schließlich senkte Arnulf den Kopf zu einem spöttischen Gruß. »Bufo«, sagte er.

Die Gestalt streifte die Kapuze nach hinten, und zum Vorschein kam ein ältliches Männergesicht mit einer Unzahl von Falten und schütteren, teils ergrauten Haaren. Ein ebenfalls dürres Ziegenbärtchen und eine schmale, sehr spitze Nase gaben dem Gesicht Bufos einen verwegenen Ausdruck.

Er wandte sich dem Wirt zu. »Ein Bier«, bestellte er. Er wartete nicht ab, bis Niklas bestätigend genickt hatte, sondern drängte sich zwischen zwei vollbesetzten Tischen hindurch in die Ecke, in der Arnulf saß. Dabei stieß er mit dem Fuß gegen das Stuhlbein eines der Spieler. Der Mann fuhr herum und hatte schon einen zornigen Ausruf auf den Lippen, doch als er Bufo erkannte, schluckte er hinunter, was auch immer er hatte sagen wollen. Stattdessen senkte er grüßend das Kinn.

Bufo ging achtlos an ihm vorüber und trat vor Arnulf hin. »Jonas hat mir gesagt, dass du mich suchst«, sagte er mit seiner tiefen Stimme, die so gar nicht zu seinem mageren Kinderkörper passen wollte.

Arnulf nickte. »Ich habe einen Auftrag für dich.« Mit einer gemessenen Bewegung griff er nach dem Geldbeutel an seinem Gürtel und knüpfte ihn los. In Bufos hellen Augen leuchtete Gier auf.

Arnulf wog den Beutel in der Hand. Er enthielt nur einen geringen Geldbetrag, allerdings in meist kleinen Münzen, so dass der Beutel gewichtig wirkte. Als der Nachtrabe ihn in Bufos ausgestreckte Hand fallen ließ, klirrten die Münzen darin leise.

Der Spieler, der eben noch auf Bufo hatte losgehen wollen, sah mit zusammengekniffenen Augen zu, wie das Geld unter dem dunklen Umhang verschwand. Dann erst schien ihm bewusst zu werden, dass Arnulf ihn aus seinen grünen Augen musterte. Rasch wandte er sich ab und tat so, als habe er nichts gesehen.

Arnulf deutete auf den Stuhl neben sich. »Setz dich!«

Bufo gehorchte.

»Ich möchte, dass du dich um einen Mann kümmerst, der sich Gerhardus Sutorius nennt. Ein Quacksalber, der heute auf dem Dunklen Markt aufgetaucht ist.«

Bufo warf den Geldbeutel in die Luft und fing ihn wieder auf. »Kümmerst?«, wiederholte er und grinste.

Arnulf zuckte die Achseln. »Mir ist egal, was dem Mann geschieht, aber ich will ihn aus der Stadt haben.« Er beugte sich ein Stück vor. »Lebend!«

»Warum so zimperlich?« Beiläufig langte Bufo nach dem Dolch auf dem Tisch und drehte ihn im Kreis.

Arnulf stoppte die Bewegung der Klinge mit raschem Griff. »Es liegen schon genug Männer mit durchgeschnittener Kehle in der Gosse.«

Bufo nickte. »Also keine Gewalt.«

»Keine *tödliche* Gewalt!«

»Schon klar! Ich ...« Bufo wurde unterbrochen, weil Niklas ihm das bestellte Bier an den Tisch brachte. Er trank einen Schluck, setzte den Krug ab und wischte sich den Schaum vom Mund. »Du hast gesagt, der Kerl soll die Stadt verlassen, und das wird er tun.« Er trank einen weiteren Schluck. Über den Rand des Kruges sah er Arnulf an. »Lebend!« Mit einem einzigen langen Zug leerte er das Bier, knallte den Krug zurück auf den Tisch und erhob sich. Dann deutete er eine leichte Verbeugung an. »Immer wieder ein Vergnügen, mit Euch Geschäfte zu machen, Herr Nachtrabe!«, sagte er, und in seiner Stimme schwang ein Anflug von Hohn mit. Er zog sich die Kapuze über den Kopf und machte eine weitere Verbeugung. »Gehab dich wohl!«

Arnulf nickte ihm zu. Er verschränkte die Arme vor der Brust, streckte die Beine noch ein wenig weiter aus und genoss den Anblick, wie Bufo die Schankstube nun in umgekehrter Richtung durchquerte. Diesmal beschwerte sich niemand, als er gegen ein paar Stuhlbeine stieß, und auch keine Blicke folgten ihm auf seinem Weg nach draußen. Jeder Gast schien mit wichtigeren Dingen beschäftigt zu sein – mit seinem Becher, seinen Spielkarten oder einfach nur mit einer besonders interessanten Maserung des Tisches.

Dann war Bufo verschwunden. Er machte sich nicht die Mühe, die Tür zur Schankstube hinter sich zu schließen, sondern ließ sie sperrangelweit offen stehen.

Es dauerte keine zehn Herzschläge, da wurde es im Schankraum um die Füße herum empfindlich kalt, denn die Außentür, die vom Flur hinaus auf die Gasse vor dem Haus führte, schloss nicht richtig. In der Kälte der letzten Tagen hatte sie sich wieder einmal verzogen.

»Niklas!«, brüllte einer der Spieler an dem vorderen Tisch. »Entweder du sorgst dafür, dass diese dämliche Tür endlich abgeschliffen wird, oder ich komme persönlich vorbei und mache das.« Er sah in die Runde, bevor er mit einem breiten Grinsen hinzufügte: »Mit deinen Zähnen als Werkzeug!«

Niklas, der hinter der Theke gerade damit beschäftigt war, etwas in sein Geschäftsbuch einzutragen, blickte missmutig auf. Ohne auf die unverhohlene Drohung des Mannes einzugehen, legte er die Feder fort, umrundete die Theke und verließ den Schankraum. Am Geräusch war zu erkennen, dass er kräftig ziehen musste, um die Außentür zu schließen. Mit einem hässlichen Kreischen rutschte ihre Kante über den unebenen Fußboden. Schließlich kehrte Niklas zurück in den Schankraum, schloss auch dessen Tür, aber statt dann an seinen alten Platz hinter der Theke zurückzukehren, besann er sich auf halber Strecke und trat an Arnulfs Tisch.

»Hast du einen Moment Zeit für mich?«, fragte er.

Von unten herauf sah Arnulf den Wirt an. Er war im Laufe der Zeit aufgedunsen und reichlich fett geworden. Die Haut an seinen Wangen hing schlaff herunter, und seine blonden Haare hatten sich in einen schütteren Kranz verwandelt, der mehr einem Nest aus Stroh glich denn einer Frisur. »Setz dich!«, forderte der Nachtrabe ihn auf.

Niklas gehorchte. Einige Augenblicke lang rieb er die Lippen aufeinander, als müsse er erst überlegen, wie er beginnen sollte. »Ich brauche deine Hilfe«, sagte er dann.

Arnulf antwortete nicht, sondern hob nur eine Augenbraue. Noch immer saß er mit ausgestreckten Beinen da.

»Du hast bestimmt schon gehört, was heute Morgen passiert ist«, fügte Niklas hinzu.

Sachte schüttelte Arnulf den Kopf. »Ich höre eine Menge. Wovon sprichst du?«

»Der Spitalmeister«, erklärte der Wirt. »Konrad Rotgerber.«

Jetzt nickte Arnulf. »Was hast du damit zu tun?«, fragte er.

Der Wirt schluckte so heftig, dass sein Kehlkopf dabei auf und ab ruckte. »Rotgerber war hier und hat Gewürzwein getrunken, bevor er … nun ja.« Hilflos hob er die Schultern und dann, um zu verdeutlichen, was er meinte, fuhr er sich mit dem Daumennagel mitten über die Kehle.

»Sehr anschaulich«, meinte Arnulf amüsiert. »Aber ich verstehe immer noch nicht, wofür du meine Hilfe brauchst.«

»Rotgerber war nicht allein hier. Ein Mann war bei ihm, Öllinger, so hieß er. Muss ein Medicus sein oder so. Jedenfalls hat Öllinger behauptet, mein Wein sei schlecht. Ihm ist übel davon geworden, und Rotgerber wohl auch. Der Lochschöffe, der den Mord untersucht, glaubt das jedenfalls. Also, Rotgerber ist in eine dunkle Gasse gegangen, weil er kotzen musste. Und da hat ihn der Mörder dann …« Wieder vollführte er die Geste mit dem Daumen. »Am helllichten Tag! Das muss man sich mal vorstellen!«

Diesmal wartete Arnulf ab, bis er weitersprach.

»Vorhin waren zwei Männer von Bürgermeister Silberschläger hier und haben mich verhört. Wegen des Weins. Aber er war nicht gepanscht, Arnulf, das schwöre ich! Du musst mir helfen!«

Arnulf entflocht seine Arme und legte die Hände rechts und links seiner Oberschenkel auf die Bank. Das Holz war nur grob behauen, und er konnte die kleinen Splitter fühlen, die sich in seine Haut bohrten. »Ich soll helfen, zu beweisen, dass dein Wein dem Alten nich die Kehle aufgeschlitzt hat?« Er verspürte einen Anflug von Belustigung, als er das sagte, und aus diesem Grund wechselte er in die Gossensprache.

Niklas glotzte ihn verständnislos an, doch dann ging ihm auf, dass er verspottet wurde. »Nein!« Wieder zwinkerte er. »Natürlich nicht! Mit dem Mord habe ich nichts zu tun, darum ging es Silberschlägers Männern ja gar nicht. Es geht nur um die Übelkeit der beiden Kunden. Öllinger ist Medicus, Herrgott! Wenn er behauptet, der Wein war schlecht – oder vergiftet ...« Er warf die Arme in die Luft, als sei ihm dieser Gedanke soeben erst gekommen. »Du liebe Zeit!« Langsam ließ er die Arme wieder sinken, rieb sich über die Wangen, so dass es aussah, als wolle er sie noch mehr in die Länge ziehen. »Wenn ein so hochgestellter Bürger Silberschläger dazu kriegt, mich der Panscherei zu bezichtigen, dann verliere ich meine Schanklizenz!«

Arnulf nickte vor sich hin und entschied sich, die Spielchen mit der Gossensprache zu lassen. »Du willst also, dass ich versuche, herauszufinden, warum diesen beiden Männern nach dem Besuch deines Hauses schlecht geworden ist?« Er unterdrückte ein Auflachen. »Nimm es mir nicht übel, aber das ist wohl ein bisschen unter meiner Würde!«

»Du hast Leute, die du damit beauftragen kannst!« Verzweifelt und flehend blickte Niklas ihn an. »Diesen Jonas. Oder Bufo. Und ...« Wieder verstummte er. Kurz sank er in sich zusammen, dann richtete er sich erneut auf. Plötzlich war seine Miene nicht mehr verzweifelt, sondern geradezu verschlagen. »Wenn ich die ›Diele‹ zumachen muss, wo hast du dann dein Hauptquartier?«, fragte er. »Ich glaube nicht, dass es in Nürnberg viele Wirte wie mich gibt, die dir erlauben würden, deine ... Geschäfte in ihrer Schankstube ...«

»Schon gut!«, wehrte Arnulf ab. Er hatte sich längst entschieden, Niklas zu helfen, es war nicht nötig, ihm zu drohen. Immerhin hatte der Wirt recht mit dem, was er eben gesagt hatte. Er hatte Arnulf und seine sogenannten Geschäfte immer gedeckt. Selbst, als Richard und Arnulf vor ein paar Jahren in seinem Schuppen anatomische Studien an einer toten Hure durchgeführt hatten, hatte er das mitgemacht – wenn auch unter Heulen und Zähneklappern. »Wenn ich es recht bedenke, ist es ein kleiner Gefallen für dein fortdauerndes Wohlwollen.«

Niklas' Kopf wackelte heftig auf und ab. »Ja! Ja!«, sagte er atemlos.

»Um das klarzustellen: Du brauchst nichts weiter als ein paar Zeugen dafür, dass die beiden – wie hießen sie noch, Rotgerber und …«

»… Öllinger«, half Niklas aus. »Georg Öllinger!«

»… Rotgerber und Öllinger vor dem Besuch in der ›Krummen Diele‹ noch anderweitig eingekehrt sind und sich da den Magen verdorben haben können.«

»So in etwa.« Niklas verdrehte die Augen gen Himmel, als versuche er herauszufinden, ob das wirklich alles war, was er von Arnulf verlangte.

Der Nachtrabe verschränkte die Arme wieder vor der Brust. »Das dürfte nicht schwierig sein.«

»Danke!« Niklas rang die Hände wie in einem verzweifelten Gebet.

»Warte mit deinen Dankesreden lieber, bis ich etwas herausgefunden habe«, meinte Arnulf trocken. »Und jetzt bring mir noch'n Bier.«

Während der Wirt hinter seine Theke zurückkehrte, um ihm das Gewünschte zu bringen, schwang die Schankraumtür auf, und ein Mann betrat das Gasthaus.

Arnulfs Blick schweifte über ihn hinweg, doch im nächsten Moment richtete er sich mit einem Ruck auf.

Der Neuankömmling war hochgewachsen und seine Hautfarbe am besten mit dem Ton von Bronze zu vergleichen. Die hellbraunen Haare hatte er kurzgeschnitten, sein Gesicht glattrasiert. Ein breitkrempiger schwarzer Hut mit Feder beschattete die Augen des Mannes, doch Arnulf wusste, dass sie von dunkelbrauner Farbe waren und einen brennenden Ausdruck besaßen.

Der Blick dieser Augen tastete den Raum ab, als vermute der Mann irgendeine Gefahr, die ihm hier drohen könnte. Dann jedoch, als er sich in Sicherheit wähnte, betrat er den Schankraum und stieß die Tür hinter sich ins Schloss. Angetan war er mit Reitkleidung, seine Stiefel waren ebenso schmutzig wie die von Arnulf, und als sein Blick jetzt auf den Nachtraben fiel, glitt ein Lächeln über seine Züge. Zielstrebig steuerte er auf die Bank in der Ecke zu.

Die Spieler, zwischen deren Tischen er hindurchgehen musste, machten ihm bereitwillig Platz.

Unmittelbar vor Arnulf blieb er stehen. Er war hager, durchtrainiert, als habe er die letzten Wochen im Sattel verbracht. Arnulf wusste, dass dies der Fall war.

Der Mann schaute auf ihn herab. Dann nahm er den Hut vom Kopf, so dass sein Gesicht besser zu erkennen war. Die Augen besaßen tatsächlich noch immer jenen brennenden Ausdruck, den sie früher schon gehabt hatten.

»Arnulf«, sagte der Mann. Er hatte eine angenehme, sanfte Stimme.

Arnulf nahm seinen Dolch vom Tisch und steckte ihn fort. Erst dann senkte er den Kopf zu der Andeutung eines Nickens. »Richard«, erwiderte er den Gruß. »Willkommen zurück in Nürnberg!«

»Na, das ist ja eine Überraschung!«

Niklas kam mit einem Bierkrug in der Hand in Arnulfs Ecke, und erst jetzt fiel sein Blick in Richards Gesicht.

»Herr Sterner!«, rief er aus. »Ihr seid zurück in der Stadt? Wo ist Euer Bart geblieben?«

Richard warf den Hut auf den Tisch neben Arnulfs Bank und legte den Reitmantel ab. Sein Schwert stellte er so in die Ecke, dass er es sofort zur Hand hatte. Ein paar Huren an der Theke schielten zu ihm herüber.

Ein Lächeln glitt über Richards Züge. »Ich hatte das Bedürfnis, etwas zu verändern«, antwortete er und rieb sich das nackte Kinn. Dann setzte er sich mit einem Seufzen und den steifen Bewegungen eines Mannes, der eben erst aus dem Sattel gestiegen war. »Wärt Ihr so freundlich und würdet mir ein Glas Wein bringen?«

Niklas war schon halb umgekehrt, als Arnulf trocken meinte: »Ich glaube, das ist keine so gute Idee!«

Der Wirt wandte sich wieder zu ihm um. Zwischen seinen Augenbrauen stand eine steile Unmutsfalte. »Ich pansche meine Getränke nicht!«

Richard, der keine Ahnung hatte, wovon die beiden sprachen,

schaute Arnulf ratlos an. Der achtete nicht darauf. Er ließ den Blick nicht von dem Wirt. Ruhig meinte er: »Wenn ich das glauben würde, Niklas, würde ich hier keinen Tropfen mehr trinken. Ich denke nur, es wäre besser, kein Risiko einzugehen, solange wir nicht wissen, was mit Öllinger und Rotgerber wirklich geschehen ist.«

Niklas sah aus, als wolle er widersprechen, doch dann besann er sich. Er nickte betrübt. »Wahrscheinlich hast du recht!« Er wandte sich an Richard. »Würdet Ihr auch mit einem Krug Bier vorliebnehmen?«

Richard fuhr sich mit der Zungenspitze über die Lippen. »In den Monaten, die ich im Süden verbracht habe, habe ich zwar einen guten Tropfen Wein schätzen gelernt, aber um der alten Zeiten willen: natürlich!«

Erleichtert zog der Wirt ab, und Richard sah Arnulf an. »Was sollte das?«

»Später!«, wehrte Arnulf ab. »Erstmal erzähl: Was führt dich nach Nürnberg zurück? Wenn ich mich recht erinnere, hast du vor einem Jahr gesagt, dass du nicht wieder herkommen willst.«

Richard zuckte die Achseln. »Sagen wir, ich habe meine Gründe.«

Arnulf nickte. In den Kreisen, in denen er gewöhnlich verkehrte, war es nicht üblich, allzu viele Worte zu machen.

Mit einem leisen Stöhnen lehnte Richard sich auf seinem Stuhl zurück und streckte die Beine aus. Mit beiden Händen massierte er sich seinen rechten Oberschenkel.

Arnulf deutete darauf. »Gerade erst angekommen, oder?«

»War eine harte letzte Etappe, das kannst du mir glauben!« Richard grinste. »Und trotzdem führt mich gleich mein erster Gang zu dir in die ›Krumme Diele‹! Das ist wahre Freundschaft!« Er beendete seine Massage und warf Niklas einen dankbaren Blick zu, der ihm einen gefüllten Bierkrug hinstellte. Als der Wirt wieder gegangen war, meinte Arnulf: »Dann warst du noch gar nicht zu Hause?«

»Nein. Warum auch? Dort erwartet mich außer Thomas doch sowieso keiner.« Thomas war Richards Diener. »Und der hat keine Ahnung davon, dass ich zurückkomme.«

Arnulf griff nach seinem Bierglas, hielt es in die Höhe und wartete, bis Richard sein eigenes hob. »Eigentlich habe ich nicht von deinem Zuhause gesprochen«, sagte der Nachtrabe.

Richard grinste. »Ich weiß.«

Dann stießen sie an.

»Wie dem auch sei«, meinte Arnulf. »Auch wenn es peinlich ist: Ich freue mich, dass du wieder da bist!«

Richard war froh, wieder in Nürnberg zu sein. Der Gedanke, Katharina wiederzusehen, machte ihn kribbelig, und ihm war völlig bewusst, dass er das Treffen mit ihr durch den Gang in die »Diele« aufgeschoben hatte. Was war er für ein Feigling! Er genoss Arnulfs Gegenwart wohl auch deshalb so sehr, weil er auf einmal Angst vor der Begegnung mit Katharina hatte!

Nachdem er und Arnulf ein paar Erlebnisse der vergangenen Monate ausgetauscht hatten, begannen sie Scherze zu reißen wie in alten Zeiten. Gerade, als Richard davon erzählte, wie er Kramer kennengelernt hatte, verließen die Huren die Theke und kamen auf ihn zu. Ein Summen entstand in seinem Kopf, leichter Schwindel erfasste ihn, trübte seinen Blick, und er musste blinzeln, um wieder klar sehen zu können.

Die eine der Huren war klein und zierlich. Sie hatte einen Wust blonder Locken, die sie zu einer kunstvollen Frisur aufgetürmt hatte, und sie trug ein Mieder, das so eng war, dass Richard sich unwillkürlich fragte, wie sie Luft bekam. Er wusste ihren Namen nicht. Die andere jedoch, eine magere Frau mit einem blutroten Kleid, kannte er. Ihr Name war Inga. Er war ihr zum ersten Mal im Gasthaus »Zum Roten Ochsen« begegnet. Damals war ihm aufgefallen, dass sie eleganter aussah und besser gekleidet war als die Huren hier im Spittlertorviertel. Konnte es sein, dass das blutrote Kleid, das sie trug, noch immer dasselbe war wie damals? Er verspürte einen Anflug von Mitleid.

Sie baute sich vor Richard auf und legte anmutig die Hände in die Hüften. »Herr Sterner!«, sagte sie mit einem Lächeln, das gleichzeitig anzüglich und seltsam wehmütig war. »Ich wusste ja gar nicht, dass Ihr wieder hier in der Stadt seid! Eure neue Frisur steht Euch gut!«

Richard blickte zu ihr auf. Wieder ergriff ihn ein leichter Schwindel. Das Summen in seinem Kopf verstärkte sich. Er versuchte, auf beides nicht zu achten. Nickte. Er spürte Arnulfs Blicke auf sich ruhen, aber er vermied es, dem Freund ins Gesicht zu sehen, denn er ahnte, dass er sich über ihn amüsierte.

»Lass es gut sein, Inga«, sagte er in freundlichem Tonfall. »Ich habe noch immer kein Interesse.«

Inga pustete sich gegen die Haare, die ihr etwas zu lang in die Augen fielen. Ihr Blick huschte zu Arnulf, dann schluckte sie und sagte: »Wenn er nicht hier wäre, würde ich sogar umsonst mit Euch gehen, das wisst Ihr hoffentlich.«

Richard senkte den Kopf, und es war das erste Mal, dass er es bedauerte, seine Haare abgeschnitten zu haben. Sie hätten ihn jetzt gut vor Ingas prüfenden Blicken verbergen können. »Dein Angebot würde mich ehren«, meinte er dann. »Aber ich müsste es trotzdem ablehnen.«

Inga warf den Kopf in den Nacken. »Tja. Da ist es ja gut, dass ich Euch das Angebot gar nicht mache!« Sie schoss einen bösen Blick auf Arnulf ab, dann drehte sie sich auf ihren hohen Absätzen herum und hakte sich bei der kleineren Hure unter. »Komm, Süße! Hier ist nichts zu holen!«

Und gemeinsam stolzierten sie zur Theke zurück. Richard sah zu, wie sie die Köpfe zusammensteckten und tuschelten. Diesmal, das wusste er, waren die Worte, die sie über ihn wechselten, nicht mehr so freundlich wie noch eben.

Arnulf lachte leise. »Sie ist verschossen in dich, das weißt du hoffentlich!«

Richard zuckte die Achseln. »Macht mir eher nicht den Eindruck.« Er setzte sich etwas anders hin, so dass er den Huren den Rücken zudrehte. Ingas Blicke brannten in seinem Genick. »Wie kommt sie hierher ins Spittlertorviertel?«, fragte er. »Hat sie nicht früher im ›Roten Ochsen‹ gearbeitet?«

Arnulfs Miene verzog sich spöttisch. »Du willst mir hoffentlich nicht sagen, dass du das für einen Abstieg hältst!«

Richard zuckte die Achseln. Das Schwindelgefühl in seinem Kopf verstärkte sich. Das Summen brach abrupt ab, dafür schien die Welt um ihn herum plötzlich in einem gleichmäßig-langsamen Rhythmus zu pulsieren.

Arnulfs Blick wanderte über seine Schulter zu Inga, doch sie hatte sich abgewandt. »Sie mag dich, seitdem du sie beim letzten Mal abgewiesen hast. Es gibt nicht viele Freier, die Huren so höflich behandeln, wie du es tust.« Er hustete in die hohle Hand und griff dann nach seinem Krug, um einen tiefen Zug zu nehmen. »Aber mal im Ernst!«, sagte er, als er abgesetzt hatte. »Noch immer kein Interesse an anderen Weibern?«

Richard spürte das Gewicht dieser Frage wie einen Stein, den Arnulf auf seinem Herzen abgeladen hatte. Langsam schüttelte er den Kopf. Ein Bild erschien vor seinem inneren Auge, das Bild einer jungen Frau mit blonden Haaren und rauchgrauen Augen.

Arnulf schien zu wissen, was er dachte: »Noch immer Katharina also!« Auf seiner Stirn waren tiefe Falten erschienen.

Richard zögerte, doch dann nickte er langsam. »Ihretwegen bin ich zurückgekommen.«

Katharina. Der Klang ihres Namens rührte sein Herz an. Katharina.

Arnulf wiegte den Kopf. »Ich habe mich schon gewundert, warum du hier bist.«

Da gab Richard sich einen Ruck. »Ich werde sie noch einmal fragen, ob sie meine Frau werden will.«

»Und wenn sie wieder nein sagt?«

»Dann werde ich es aufgeben.« Der Schwindel verstärkte sich erneut. In seinen Ohren begann es zu rauschen.

Arnulf blickte ihn an. »Sicher?«

Er rieb sich über die Stirn. »Ehrlich? Ich kann es dir nicht sagen!«

Kurze Zeit später erhob er sich. Seine Knie zitterten, und er musste einen Moment lang stehen bleiben, um sie wieder unter Kontrolle zu bekommen. Seit wann war er so ein Schwächling? Ein einziger Krug Bier – es war ihm fast peinlich, dass dies auszureichen schien, um ihn von den Beinen zu hauen. Er musterte Arnulf und war froh darüber, dass der Freund ihm offenbar seinen Schwächeanfall nicht ansehen konnte. Für seinen Geschmack hatte er heute bereits genug Spott von dem Nachtraben abbekommen und Mitgefühl sowieso. Das Beste würde sein, er ginge nach Hause und ruhte sich aus, bevor er sich auf den Weg zu Katharina machte. Die Aussicht, ein Bad zu nehmen und in seinem eigenen Bett zu schlafen, schien ihm auf einmal überaus verlockend.

Er unterdrückte ein Gähnen. »Ich glaube, ich muss nach Hause ins Bett«, murmelte er. »Ich bin todmüde.«

Arnulf nickte. »Klar.« Er machte Anstalten, ebenfalls aufzustehen, aber Richard nötigte ihn, sitzen zu bleiben.

»Mach dir keine Mühe! Ich war zwar ein Jahr lang nicht in der Stadt, aber den Weg finde ich schon noch allein.« Er grinste und griff nach Mantel und Schwert. Dann verabschiedete er sich von Arnulf, schließlich von Niklas und Inga und verließ die »Krumme Diele«. Die Tür klemmte so sehr, dass er sie nur mit Mühe aufbekam.

Die kalte, klare Luft im Freien klärte seinen Geist und vertrieb den Schwindel. Das Pulsieren der Umgebung ließ ein wenig nach. Erst jetzt bemerkte er, dass er seinen Hut drinnen vergessen hatte, und er schüttelte den Kopf über sich. Er brauchte wirklich dringend Schlaf!

Kurz überlegte er, ob er kehrtmachen und den Hut holen sollte, aber dann entschied er sich dagegen. Dafür wäre auch morgen noch Zeit, jetzt galt es, in ein warmes Bett zu kommen.

Die Wolkendecke, die gegen Abend den Himmel verhüllt hatte, war ein wenig aufgerissen, und ein halbvoller Mond sandte sein kaltes Licht auf Nürnberg nieder. Sein Leuchten konkurrierte mit dem wärmeren Schein der Fackeln, die an manchen Hausfassaden brannten.

Richard durchquerte das Spittlertorviertel in Richtung Norden. Er ging vorbei am Elisabethspital, das dem Deutschen Ritterorden gehörte und seit der Gründung von Heilig-Geist im Osten der Stadt nur noch das *Alte Spital* hieß. Es war durch eine hölzerne Brücke mit der Jakobskirche verbunden. Unter dieser Brücke ging Richard hindurch, dann wandte er sich nach links und passierte das Gasthaus »Zum Roten Ochsen«. Der alte Apfelbaum, der früher auf dem kleinen Platz vor dem Gebäude gestanden hatte, ein Überbleibsel der Gärten aus früheren Zeiten an dieser Stelle, war fort. Jemand hatte ihn gefällt, dann aber offensichtlich ein schlechtes Gewissen bekommen und den alten Baum durch einen neuen ersetzt. Der noch kleine Nachfolger reckte kahle, reichlich dünne Äste in die kalte Luft, und irgendwie kam er Richard traurig vor, ohne dass er hätte sagen können, warum.

Vorbei an einer langen weiß getünchten Mauer und entlang an einer Reihe Bürgerhäuser, deren wappenverzierte Fassaden verrieten, dass hier Kaufleute wohnten, erreichte er das Viertel an der Pegnitz, in dem das lederverarbeitende Gewerbe ansässig war. Der strenge Geruch der Lohe lag hier in der Luft, ohne dass der leichte Wind, der aufgekommen war, ihn vertreiben konnte. Richard durchquerte die Ledergasse und wollte sich erneut nach links wenden. Doch Stimmen, die aus einem schmalen Durchgang zu seiner Rechten kamen, ließen ihn innehalten.

»Was wollt Ihr von mir?«, rief jemand. Eine raue Stimme, von der Richard nicht hätte sagen können, ob sie einem Mann oder einer Frau gehörte. »Lasst mich in Ruhe!«

Er zögerte. Wenn hier jemand in Not war, dann musste er helfen. Er rieb sich über die Augen. Das Schwindelgefühl kehrte zurück, seine Knie zitterten. Sein Magen kehrte sich um, und er schluckte gegen den Würgereiz an.

»Lasst mich!« Wieder die raue Stimme, dann ein Kreischen, das in einem schrecklichen, feuchten Gurgeln endete.

Richard atmete einmal tief durch. Dann wandte er sich dem schmalen Durchgang zu und betrat die Gasse dahinter. Hier war es weitaus dunkler als auf der vom Mond beschienenen Hauptstraße, und so tastete sich Richard vorsichtig voran. Seine Hand lag auf dem Griff seines Schwertes. Weit musste er nicht gehen. Die Gasse führte um eine Biegung und endete vor einer Mauer, wo Hühnerställe aufgetürmt waren. Kein einziges Fenster wies von den umliegenden Häusern auf diesen finsteren Ort hinaus.

Vor der Mauer stand eine Gestalt. Sie kehrte ihm den Rücken zu, aber dennoch erkannte er, dass es sich um eine hagere Frau handelte, vielleicht ein Marktweib. Sie schwankte, und als er sie ansprechen wollte, wandte sie sich zu ihm um.

Ihm versagten fast die Knie.

Wie von einer unsichtbaren Hand herangezerrt, ruckte die Umgebung auf ihn zu. Die gesamte Welt schien zu einem Punkt zusammenzustürzen und dieser auf ihn zuzurasen. In seinem Zentrum befand sich die Frau. Und das viele Blut. In einem furchtbaren dunklen Schwall brach es aus der Wunde am Hals der Frau hervor, besudelte ihre Brust, ihren Leib, den Boden. Dann bemerkte Richard das Messer, das die Frau in der Hand hielt. Er sah sie taumeln, sie machte einen Schritt auf ihn zu, ihr Atem war ein tonloses Gurgeln. Aus weit aufgerissenen Augen sah sie ihn an, und hilfesuchend streckte sie die Arme nach ihm aus. Er sprang vor. Wieder geriet die Welt aus den Angeln, doch es gelang ihm, die Frau aufzufangen. Beiläufig nur bemerkte er, dass er sich dabei über und über mit ihrem Blut besudelte. In seinen Armen brach die Frau zusammen. Richard ließ sie zu Boden gleiten.

Einen Moment stand er da, kämpfte den Schwindel nieder. Verdammt, was war nur los mit ihm? Er schob das Schwert auf seiner Hüfte nach hinten, und gerade, als er sich über die Frau beugen wollte, um nachzusehen, ob er ihr noch irgendwie helfen konnte, fuhr ein Schatten von der Seite her auf ihn nieder. Er wollte ausweichen, der Schwindel in seinem Kopf vervielfachte sich, dann wurde er von den Füßen gerissen. Hart prallte er mit dem Rücken auf dem Boden auf. Er glaubte, einen Körper auf sich zu spüren, Knie, die sich in seinen Brustkorb pressten, glühende Klauen, die sich in sein Fleisch gruben. Er wusste, dass er den Schwertgriff noch immer in der Hand hielt, aber er konnte ihn nicht mehr spüren, denn jetzt griff eine Ohnmacht nach ihm, und ihm wurde pechschwarz vor Augen. Während ihm das Bewusstsein entglitt, verschwand das Gewicht von seiner Brust.

Etwas grub sich glühend heiß in seine Schulter.

Danach war nur noch Finsternis.

12. Kapitel

Es war stockfinster, als Bürgermeister Gernot Silberschläger aus einem unruhigen Schlummer erwachte, in dem ihn wirre Träume von jungen Frauen, nackter Haut und ziemlich vielen Fesseln und Ketten geplagt hatten. Mit offenen Augen lag er in der Finsternis und lauschte auf die Geräusche im Haus. Eine seiner Dienstmägde schien noch wach zu sein, er glaubte, ihren leichten Schritt in dem Stockwerk über dem seinen zu hören. Und durch die geschlossenen Fensterläden drang das Mitternachtsläuten von St. Sebald ins Zimmer.

Silberschläger seufzte. Der starke Schlaftrunk aus heißem Branntwein, den er kurz vor dem Zubettgehen zu sich genommen hatte, um seine aufgewühlten Gedanken zu beruhigen, war völlig nutzlos gewesen. Alles, was er ihm eingebracht hatte, waren Magenschmerzen und ein unangenehmes saures Aufstoßen.

Mit einem leisen Fluch setzte Silberschläger sich auf.

Es war kein Wunder, dass er nicht zur Ruhe kam – nach all dem, was ihm an diesem Tag widerfahren war. Da war zunächst die Leiche dieses Spitalmeisters gewesen. Silberschläger würgte es jetzt noch, wenn er an all das Blut dachte. Sein vom Branntwein verdorbener Magen wollte sich umdrehen.

Gewöhnlich mochte er seine Arbeit. Als Lochschöffe war er dafür zuständig, sich der Verbrechen anzunehmen, die auf dem Stadtgebiet begangen wurden. Er musste die Täter finden und sie der weltlichen Gerechtigkeit des Nürnberger Stadtrichters übergeben. Er mochte die Macht, die ihm dieses Amt verlieh. Indem er an den richtigen Stellen Druck ausübte oder auch einmal ein Auge zudrückte, hatte er einige wirklich nennenswerte Vorteile errungen, von denen dieses neue Haus hier in der Tuchgasse der größte und angenehmste war.

Die Glocken von St. Sebald verstummten.

Still lag Silberschläger da, lauschte in seinen gluckernden Leib hinein und schüttelte dann den Kopf. »Ach, Richhild!«, seufzte er und tastete zu der anderen Seite des Bettes. Seine Hand griff ins Leere. Natürlich! Richhild war vor drei Monaten gestorben, und auch wenn es ihn einiges kostete, es zuzugeben: Er vermisste sie. Es war weniger die Wärme ihres Körpers in seinem Bett, die ihm fehlte. In dieser Hinsicht hatte er sich schon immer lieber an die schlanken, schüchternen Dienstmädchen gehalten, die seine Frau einzustellen pflegte. Nein, er vermisste Richhilds stille, duldsame Gegenwart, die Art, wie sie ihm zugehört hatte, ohne ihm allzu sehr zu widersprechen. Als sie noch gelebt hatte, hatte sie sein Haus mit etwas gefüllt, das er damals nie wahrgenommen hatte, das nun aber schmerzlich spürbar fehlte.

Er setzte sich auf.

Vielleicht war es an der Zeit, sich eine neue Frau zu suchen! Der Gedanke erschien ihm recht erwägenswert. Er würde sich bald damit näher befassen.

Jetzt war jedoch nicht der Zeitpunkt dafür, denn noch etwas anderes ging ihm im Kopf herum, beschäftigte ihn fast noch mehr als der brutale Mord an dem Spitalmeister und Richilds Tod.

Es war der Besuch dieses Predigermönches gewesen, der ihn heute Abend kurz nach Sonnenuntergang in seinem Kontor im Rathaus aufgesucht hatte.

Silberschläger hatte an seinem Pult gesessen und die Wandmalereien griechischer Götter betrachtet, mit denen er die Wände hatte verzieren lassen. Wie stets, wenn er sie ansah, verschaffte der Anblick der knapp gekleideten Athene mit ihren straffen Schenkeln und Brüsten ihm ein wohliges Gefühl im Leib.

Geistesabwesend rieb er sich zwischen den Beinen, als an seine Tür geklopft wurde und einer seiner Büttel, ein Mann namens Klaus Eberlein, den Kopf hereinstreckte. »Habt Ihr einen Moment Zeit?«, fragte er.

Silberschläger unterdrückte ein Seufzen. »Was gibt es denn?«

»Hier ist ein … Mann.«

Silberschläger war das Zögern nicht entgangen. »Und?«

Eberlein deutete mit dem Kopf auf den Gang zu seiner rechten Seite. »Ein Mönch, um genauer zu sein. Er sagt, er muss Euch dringend sprechen.«

Kurz überlegte Silberschläger. Mönche waren im Allgemeinen freundliche Gesellen, mit denen er gut umgehen konnte.

»Schickt ihn rein!«, befahl er.

Eberlein nickte. »Selbstverständlich.« Dann trat er zur Seite und machte einem Mann Platz, bei dessen Anblick Silberschläger ein weiteres Seufzen unterdrücken musste. Hatte er eben noch gedacht, er würde es mit einem friedfertigen Mann zu tun bekommen?

Der hagere ältliche Kerl mit den seltsam gekräuselten Haaren auf einer Seite seines Kopfes, der nun vor ihm stand und finster die freizügigen Wandmalereien betrachtete, schien alles andere als friedfertig zu sein. Ergeben starrte Silberschläger auf die schwarz-weiße Kutte des Mannes. Ein Predigermönch. Und mehr noch: Der Art nach zu urteilen, wie er selbstbewusst, ja fast ein bisschen überheblich den Raum betrat, war der Mann ein Inquisitor.

Silberschläger beschloss, gute Miene zum bösen Spiel zu machen.

Mit einem gezwungenen Lächeln auf den Lippen erhob er sich und deutete eine Verbeugung an. »Exzellenz!«, sagte er mit honigsüßer Stimme. »Womit kann ich Euch dienen?«

Dem Mann war nicht anzusehen, ob er sich über die Anrede freute oder sie als das durchschaute, was sie im Grunde war, reine Speichelleckerei. Schweigend blickte er Silberschläger genau in die Augen. Irritiert wies Silberschläger auf den Stuhl vor seinem Pult. »Bitte setzt Euch doch!«

Er war es gewohnt, Menschen, mit denen er zum ersten Mal zu tun hatte, recht schnell zu durchschauen, aber bei diesem Kerl hier versagten all seine Instinkte. Nervös leckte er sich über die Lippen, setzte sich selbst wieder.

Der Mönch tat es ihm gleich. Er schaute in aller Ruhe die einzelnen Bilder der Wandmalereien an. An der halbnackten Athene mit dem Tierfell, das ihre üppigen Rundungen nur unzureichend verhüllte, blieb sein Blick am längsten hängen. »Frauen«, murmelte er dann in einem angeekelten Tonfall.

Silberschläger stützte die Ellenbogen auf seinem Pult ab und zwang sich zu Geduld. Wenn dieser Kerl Spielchen mit ihm treiben wollte, nun gut. Das konnte er auch. In einer lässigen Geste stützte er das Kinn auf die zu einem Dreieck zusammengelegten Fingerspitzen und wartete.

Als der Mönch sich nicht weiter äußerte, sagte Silberschläger: »Seid Ihr hergekommen, um Euch an meinen Gemälden zu ergötzen, oder gibt es etwas, womit ich Euch dienen kann?«

Jetzt endlich richtete der Mann den Blick auf ihn. »Man sagte mir, Ihr seid der derzeit amtierende Lochschöffe«, sagte er.

Silberschläger nickte. Er musste dazu das Kinn von den Fingern heben. »Gernot Silberschläger, zu Euren Diensten.«

Gnädig neigte der Mönch den Kopf. »Mein Name ist … Heinrich Kramer.«

Silberschläger war das deutliche Zögern nicht entgangen, aber im ersten Moment hatte er keine Erklärung dafür. Der Kerl war merkwürdig, dachte er und schluckte. »Seid Ihr im Auftrag der Heiligen Inquisition hier?«

Ein Schatten flog über Kramers Gesicht. Etwas passte ihm nicht im Geringsten, und seine nächsten Worte machten Silberschläger auch klar, was es war. »Der Name sagt Euch nichts, oder?«

Der Kerl war ärgerlich, dass er ihn nicht kannte!

Silberschläger unterdrückte ein Schmunzeln. »Ich fürchte, nein.«

Da stieß Kramer ein langgezogenes, übertriebenes Seufzen aus. »Ja«, murmelte er. »Genau das ist das Problem!«

Silberschläger zwang sich, wieder eine gelassene Haltung einzunehmen. Diesmal entschied er sich dafür, sich zurückzulehnen und die Arme vor der Brust zu verschränken. »Ich fürchte, ich verstehe Euch nicht.«

Der Blick aus den wasserblauen Augen des Mannes war eisig. »Mein Name ist Heinrich Kramer, oder Henricus Institoris, wenn Euch das mehr sagt.«

Bei dem lateinischen Namen klingelte etwas ganz schwach hinten in Silberschlägers Gedächtnis, aber er bekam es immer noch nicht zu fassen. Knapp zuckte er die Achseln.

»Ich bin der Verfasser des berühmten *Malleus Maleficarum* – des Hexenhammers«, schob Kramer gleich nach. »Der, ganz nebenbei gesagt, seit zwei Jahren in Euren Ratsstuben herumsteht und nicht genutzt wird!« Es war ein Umstand, das konnte Silberschläger dem Mann ansehen, der ihm eindeutig nicht passte.

»Und?«, fragte er.

»Ich kam hierher, um vor dem versammelten Rat eine Einführung in mein Werk zu halten, das, nebenbei gesagt, durch eine päpstliche Bulle und eine Approbation der Kölner theologischen Fakultät legitimiert wurde. Und ich hoffe, ehrlich gesagt, von Euch Hilfe dabei zu bekommen, um mit den entsprechenden Ratsmitgliedern sprechen zu können.«

Silberschläger verspürte eine Mischung aus Langeweile und Verdruss. Zwar war er in der Lage, Politik zu betreiben, wenn es seinen eigenen Interessen nützte, und er mochte es auch, Fäden zu ziehen, Gespräche zu führen und Seilschaften zu bilden, die sich vielleicht irgendwann in ferner Zukunft einmal auszahlten. Aber wenn er sich diesen hageren Kerl hier so ansah, dann konnte er sich nicht vorstellen, dass es ihm irgendeinen Vorteil brachte, ihm zu helfen. »Ich fürchte«, meinte er also, »dass Ihr an den Falschen geraten seid. Ich habe eine Mordserie aufzuklären, ich kann mich nicht um Eure Belange kümmern.«

Kramer nickte. »Nein. Natürlich nicht. Nichts liegt mir ferner, als Eure kostbare Zeit zu verschwenden.« Wieder glitten seine Blicke zu der Athene, und Silberschläger fragte sich, ob dieser Mann unter seiner keuschen Kutte vielleicht ein paar pikante Geheimnisse verbarg. Doch der Ausdruck, der sich beim Anblick von Athenes nackter Haut auf Kramers Gesicht abzeichnete, kündete inzwischen von größtem Widerwillen. »Gestattet mir dennoch, kurz zu erwähnen, dass meine Mission hier in Nürnberg noch einen anderen Grund hat. Meine Disputation mit dem Stadtrat dient natürlich dem Zweck, diesen auf den Wert des Hexenhammers für die hiesige Rechtsprechung hinzuweisen. Gleichzeitig aber, und das ist vielleicht noch viel wichtiger, bin ich hier, weil ich auf der Suche nach einer Frau bin.« Er blinzelte, offenbar wurde ihm die Zweideutigkeit seiner Worte bewusst. »Ich meine natürlich, in meiner Eigenschaft als Inquisitor bin ich hinter ihr her.«

Silberschläger unterdrückte ein Schmunzeln. »Selbstverständlich. Der Rat hat jedoch seine Grundsätze. Hier in Nürnberg ist er für die Verurteilung von Männern und Frauen zuständig, die der Zauberei verdächtig sind. Ihr und Eure Inq ...« Er verstummte, weil Kramer eine Hand hob.

»Ich wende mich nicht an den Rat«, sagte der Mönch sanft. »Sondern an Euch.«

Silberschläger fuhr sich mit der Zunge in die Wangentasche. »Ich fürchte, ich verstehe Euch nicht so recht.«

»Nun. Ich habe mich ein wenig umgehört in der Stadt, seitdem ich hier angekommen bin. Ihr geltet als Mann, der, nun, sagen wir, einer kleinen Geldspende nicht abgeneigt ist.« Beiläufig berührte er seinen Gürtel, und jetzt erst bemerkte Silberschläger, dass daran eine sehr unmönchisch aussehende dicke Geldbörse hing.

In seinem Kopf überschlugen sich die Gedanken. Sollte das eine Falle sein? Falls ja, sollte er besser vorsichtig sein. »Ihr wollt doch nicht etwa andeuten, dass ich bestechlich sein könnte«, sagte er und räusperte sich.

Kramer lächelte. »Selbstverständlich nicht!«

»Sondern?«

»Diese Frau, von der ich spreche, steht im Verdacht, eine überaus gefährliche Hexe zu sein. Möglicherweise ist sie in diesem Moment gerade dabei, eine ganze Sekte auszuheben. Nürnberg könnte große Gefahr drohen, wenn sie nicht dingfest gemacht wird.«

Silberschläger schüttelte den Kopf. »Ich sagte bereits, dabei kann ich Euch nicht helfen! Wendet Euch an den Rat!«

Sanft schüttelte Kramer den Kopf. »Diese Hexe ist höchst gefährlich! Ihr wisst selbst, dass der Rat nicht geneigt ist, meine Ermittlungsmethoden überhaupt in Betracht zu ziehen.«

»Das stimmt nicht ganz«, widersprach Silberschläger. »Es gibt dort durchaus Männer, die Euren Gedanken gegenüber nicht völlig abgeneigt sind. Allerdings sind sie in der Minderzahl.«

»Wenn es mir gelänge, an dieser Frau zu beweisen, wie gefährlich die Bedrohung durch die Hexen geworden ist ...« Kramer besann sich, fuhr dann fort: »Wenn ich sie befragen könnte und dabei herauskommen würde, dass sie Gefährtinnen hat, eine ganze Armee von Weibern, die sich in der Finsternis formieren, um Nürnberg zu verderben ... Dann würde der Rat vielleicht einsehen, dass es in Zukunft klug wäre, den Hexenhammer zu benutzen.«

Eine ganze Armee von Hexen? Silberschläger unterdrückte das Unbehagen, das ihn bei diesem Gedanken überfiel. »Glaubt Ihr wirklich ...«

»Sonst hätte ich mir kaum die Mühe gemacht, von Augsburg eigens hierherzureisen.« Erneut berührte Kramer den Geldbeutel, dann jedoch schien er sich eines Besseren zu besinnen. Sein Blick richtete sich erneut auf die Wandmalereien. Er stand auf, trat vor die Wand mit der Athene. »Wenn Ihr mir helft, diese Frau in Eurem Kerker dingfest zu machen und sie mit meinen neuesten Methoden zu verhören, könnte ich, nun sagen wir, ein wenig wegsehen, wenn ihr ...« Mit den Fingerspitzen strich er der Göttin an der Innenseite der Schenkel entlang.

In Silberschlägers Leib begann es zu kribbeln. »Was genau wollt Ihr von mir?«

»Sagt mir, wie wir den Stadtrichter dazu kriegen, die Frau einzukerkern!«

Abermals strich der Mönch über den Schenkel der Athene. *Er hat die gleichen Neigungen wie du!,* schoss es Silberschläger durch den Kopf, und dann endlich begriff er. Ein Grinsen breitete sich auf seinem Gesicht aus.

»Es geht Euch gar nicht um Hexerei!«, rief er aus.

In Kramers Augen blitzte es, und Silberschläger konnte nicht ausmachen, ob er belustigt oder verärgert war. Was für ein unheimlicher Kerl!

Etwas vorsichtiger fügte Silberschläger hinzu: »Ihr habt persönliche Motive, diese Frau ...« Er brach ab.

Der Mönch kehrte zu seinem Platz zurück und setzte sich wieder.

Silberschläger beugte sich vor. »Wenn ich Euch helfen soll, müsst Ihr ehrlich zu mir sein. Was wollt Ihr von dieser Frau?«

Nun war es an Kramer, sich zurückzulehnen. »Alles, was ich will«, sagte er, »ist, Nürnberg vor der Gefahr, die von diesem Weib und ihrer Brut ausgeht, zu bewahren.«

Natürlich! Silberschläger unterdrückte ein Grinsen. Kurz spielte er mit dem Gedanken, Kramer zu sagen, dass er seine wahren Motive durchschaut hatte, aber er entschied sich dagegen. In all den Jahren, die er jetzt im Amt eines Bürgermeisters war, hatte er gelernt, dass es von Vorteil sein konnte, sein Wissen für sich zu behalten.

Mit dem Kinn wies er auf die Geldbörse. »Was ist für mich dabei drin, ich meine, außer dem Vergnügen im Lochgefängnis?«

Ein zufriedenes Funkeln erschien in den Augen des Mönches. Er knüpfte die Börse vom Gürtel ab und warf sie auf das Pult. Silberschläger griff danach, zog sie auf und schaute hinein.

»Das dürfte genügen. Ich denke, ich kann mich um Euer Anliegen kümmern. Alles, was ich also noch brauche, ist der Name der Frau.«

Ein zufriedenes Lächeln zeichnete Kramers Mundwinkel. Er kratzte sich in seinen gekräuselten Haaren. Dann fuhr er sich mit der Zunge über die Unterlippe. »Katharina Jacob«, sagte er.

Katharina Jacob!

Jetzt hier in seiner Kammer, im Dunkel der Nacht, hallte dieser Name in Silberschlägers Geist wider.

Katharina.

Vor zwei Jahren war es gewesen, als er sie zum ersten Mal getroffen hatte, und damals schon hatte ihn ihre schlanke Gestalt in den Bann gezogen und ihm so manchen hitzigen Traum verursacht. Im Laufe der Zeit, die seitdem vergangen war, hatte er immer wieder einmal von ihr gehört, und ab und an war sie ihm auch in der Stadt über den Weg gelaufen. Er wusste, dass sie noch immer nicht wieder geheiratet hatte, obwohl ihr Mann inzwischen fast zwei Jahre tot sein musste. Er wusste auch, dass der Mann, den sie offenbar liebte, dieser Richard Sterner, die Stadt feige verlassen hatte.

Katharina Jacob.

War sie also doch eine Hexe! Dieser Verdacht war ihm bereits mehr als einmal gekommen, doch er hatte ihn bisher immer weit von sich geschoben. Verflixt, er hätte sich sogar vorstellen können, diese Katharina nach Richhild zu seiner neuen Frau zu machen. Aber eine Hexe heiraten?

Bedauern rann durch seine Adern. Seine Hand tastete nach Kramers Geldbörse, die er auf seinem Nachtkästchen abgelegt hatte, als er zu Bett gegangen war.

Katharina. Eine Hexe. Was, wenn nicht? Was, wenn Kramer sich täuschte?

Aber er ahnte, dass er sich etwas vormachte. Er hatte dem Inquisitor versprochen, ihm Katharina auszuliefern, und er war ein Mann, der seine Versprechen hielt.

Langsam ließ Silberschläger sich wieder in die Kissen sinken und verschränkte die Arme hinter dem Kopf. In der Kammer über ihm verstummten die Schritte der Dienstmagd. Silberschläger stellte sich vor, wie sie sich das Kleid über den Kopf streifte und der Mond auf ihrer hellen Haut schimmerte. Doch als er die Augen schloss und versuchte, das Bild festzuhalten, da hatte die Magd plötzlich Katharinas Gesicht.

Nachdem Georg Öllinger gegangen war, saß Katharina noch eine Weile allein in der von Dampfschwaden erfüllten Küche und grübelte vor sich hin.

Es dauerte einige Minuten, bis Donatus zu ihr zurückkehrte. Offenbar hatten er und Öllinger an der Haustür noch einiges zu besprechen gehabt. Er nahm den Kessel vom Feuer und riet Katharina, schlafen zu gehen.

Zu matt, um zu protestieren, gehorchte sie.

Auf ihrem Weg nach oben läutete es erneut an der Haustür, aber sie war zu erschöpft, um kehrtzumachen und wieder nach unten zu gehen. Wie festgewachsen blieb sie einfach mitten auf der Treppe stehen und sah zu, wie Donatus öffnete.

»Ist Frau Jacob da?«, fragte eine Stimme, und als Donatus unwillig abwiegelte, fügte sie hinzu: »Ich komme wegen ihrer Mutter.«

Katharina beugte sich über das Geländer der Treppe und sah nach, wer vor der Tür stand. Es war Johannes, einer der Scholaren des Spitals. Sie überwand ihre Müdigkeit und kehrte nach unten zurück.

»Schickt sie Euch?«, fragte sie.

Er schüttelte den Kopf. »Sie weiß nicht, dass ich hier bin.« Er sagte das, weil er wusste, dass Mechthild oftmals ohne Grund nach Katharina schickte und dass es zwischen den beiden deswegen schon des Öfteren Streit gegeben hatte.

Nun doch ein wenig beunruhigt, sah Katharina ihn an. »Ist sie krank?«

Wieder schüttelte er den Kopf. »Ich weiß nicht«, sagte er jedoch. »Sie wirkte vorhin ein wenig mitgenommen, aber das kann auch daran liegen, dass heute der Spitalmeister ermordet wurde.«

Katharina wollte etwas sagen, aber Donatus kam ihr zuvor. »Kümmert sich jemand um sie?«

»Soweit ich weiß, ist Dr. Spindler zu ihr gegangen.«

»Gut!« Donatus blickte Katharina an. »Morgen ist auch noch Zeit dafür.«

Die Müdigkeit überrollte sie jetzt in Wellen. Sie überlegte kurz, dann nickte sie. »Ich gehe morgen zu ihr.«

Johannes schien mit dieser Entscheidung nicht ganz glücklich, aber er akzeptierte sie. »Danke.«

Katharina gab Donatus einen Wink, und er machte dem jungen Mann die Tür vor der Nase zu. Danach fiel es ihr schwer, zur Ruhe zu kommen, und der Schlaf, in den sie schließlich glitt, war oberflächlich und unruhig. Als aus Tobias' Kammer ein unterdrückter Schrei kam, fuhr sie in die Höhe. Ein Kribbeln erfasste ihren Körper, das sich anfühlte, als liefen Tausende Ameisen über ihre Haut.

Sie rieb sich die Oberarme.

Ein Murmeln erklang nebenan, Katharina glaubte die Worte »Virgo gloriosa« und »benedicta« zu hören. Tobias betete.

Einem Impuls folgend, schwang Katharina die Beine aus dem Bett, entzündete die Talglampe auf ihrem Nachtkästchen und tappte damit zu Tobias' Kammertür. Hier draußen auf dem Flur waren die Worte deutlich zu verstehen, die der Junge vor sich hinmurmelte.

»*... a periculis cunctis libera nos semper, Virgo gloriosa et benedicta!*«

Erlöse uns jederzeit von allen Gefahren, o du glorreiche und gebenedeite Jungfrau.

Behutsam legte Katharina die Hand auf die Klinke und drückte sie nach unten. Die Tür war noch immer versperrt.

Drinnen in der Kammer brach Tobias sein Gebet ab. Zwei Herzschläge lang war es sehr still, dann wimmerte der Junge vor Angst.

Katharina brachte ihr Gesicht ganz dicht an das Türblatt. »Tobias?«, rief sie leise.

Im ersten Moment geschah nichts. Dann vernahm sie ein Flüstern. »Katharina?«

»Ja. Ich habe dich schreien hören und wollte nur nachsehen, ob alles in Ordnung ist.«

Er antwortete nicht. Stattdessen erklangen hastige Schritte in der Kammer. Dann wurde der Stuhl unter der Klinke fortgezogen, und die Tür schwang auf.

Zögernd trat Katharina ein.

Tobias wich zu seinem Bett zurück. Er wirkte bleich und fahrig, noch ängstlicher als am Vormittag, als Öllinger ihn gebracht hatte.

»Was ist denn?« Ganz sanft versuchte sie zu klingen, mitfühlend. »Hast du schlecht geträumt?«

Das flackernde Licht der Talglampe in ihrer Hand fiel in die Kammer, und in ihrem Schein wirkte der Junge wie ein gehetztes Tier.

»Habe ich dich geweckt?«, murmelte er und wischte mit dem Daumenballen rasch erst über das linke Auge, dann über das rechte, damit sie nicht sah, dass er geweint hatte. »Das wollte ich nicht.«

»Ist nicht schlimm«, beruhigte sie ihn. »Was ist los?« Sie trat näher.

Das Licht ihrer Lampe erfasste sein Bett, die Truhe daneben, das Kruzifix an der gegenüberliegenden Seite des Raumes.

Der Heiland daran sah müde aus.

»Ein Traum«, murmelte Tobias. »Ich liege im Dunkeln und kann einfach nicht glauben, dass ich allein bin.« Er schauderte so heftig, dass Katharina bei dem Anblick ganz elend zumute wurde. »Ich habe Angst, dass er kommt und pfeift.« Er setzte sich aufs Bett und rutschte ganz nach hinten an die Wand.

Einige Augenblicke lang war es sehr still in der Kammer. Dann spitzte Tobias die Lippen. Eine kleine Melodie brachte er zum Vorschein, wenige Töne nur.

»Was hat es damit auf sich?«, flüsterte sie und trat ein Stück näher.

Tobias antwortete nicht. Stattdessen pfiff er die Melodie erneut. Seine Augen waren jetzt schreckgeweitet, und Katharina wusste, dass sein Verstand sich nicht hier bei ihr in der Kammer befand, sondern bei den Dingen, die er erlebt – durchlitten hatte. Dann, mitten in der Tonfolge, brach er plötzlich ab. Seine Hände zitterten, als er sie hob und sich über den kahlgeschorenen Schädel strich. »Wenn er so pfiff, dann hieß das, dass man kommen musste.« Ein Schluchzen steckte in seiner Kehle fest.

»Kommen? Wohin?« *Wozu?*, ergänzte sie in Gedanken, aber sie wusste es längst. Im Grunde hatte sie es schon vorhin in der Küche gewusst, als Donatus sie gebeten hatte, es ihn nicht erneut durchleben zu lassen.

Jetzt stand sie hier und hörte mit an, wie Tobias mit bebender Stimme sprach.

»Man muss mit ihm gehen. Und dann … dann … tut er einem weh.«

Katharina schloss die Augen und sah Donatus' gequälten Gesichtsausdruck vor sich. Jemand in Heilig-Geist vergriff sich an den jungen Scholaren. War auch Donatus ein Opfer gewesen?

Sie öffnete die Augen wieder, rieb sich den Nasenrücken. Auf einmal hatte sie Kopfschmerzen. »Wer ist er, Tobias?«, fragte sie behutsam. Sie würde diesem Kerl das Handwerk legen!, das schwor sie sich.

Tobias blickte sie an. Schwieg. Rang nach Atem.

»Du siehst aus wie ein Engel«, flüsterte er.

Katharina wusste, dass er ihr ihre Frage nicht beantworten würde, und sie beschloss, ihn nicht weiter zu quälen.

»Das ist kein besonders angenehmer Vergleich für mich«, sagte sie sanft. Tobias wirkte verwirrt.

»Entschuldige!«, sagte er vorsorglich.

»Du musst dich nicht entschuldigen!« Sie setzte sich auf seine Bettkante und stellte das Licht auf die Truhe.

Er winselte wie ein kleiner Hund.

»Es ist gut!«, murmelte Katharina. »Hier tut dir niemand etwas. Du kannst ganz beruhigt schlafen. Er wird nicht hierherkommen.«

»Bist du sicher?« Tobias schluckte krampfhaft.

»Versuch, wieder einzuschlafen!«, riet sie. »Hier bei mir bist du in Sicherheit. Und wenn du glaubst, dass du stark genug bist, mir zu erzählen, wer er ist, dann musst du nur rufen.«

Er nickte. »Ich danke dir.«

Sie stand auf und nahm das Licht. Sie würde nicht darauf warten, dass er es tat. Sie würde zu Donatus gehen und mit ihm sprechen.

»Schlaf gut!«, sagte sie und ging zur Tür.

Draußen auf dem Flur blieb sie stehen und hörte mit an, wie Tobias den Stuhl wieder unter die Klinke schob. Traurig senkte sie den Kopf, und ein paar Haarsträhnen rutschten ihr ins Gesicht.

Donatus' Kammer lag nicht in diesem Stockwerk, sondern eines darunter. Katharina wandte sich der Treppe zu, und in dem Moment, in dem sie ihre Hand auf das Geländer legte, durchfuhr sie ein scharfer Schmerz. Beinahe hätte sie die Lampe fallen lassen. Sie taumelte, presste die freie Hand auf den Unterleib und holte mehrmals tief Luft, bevor der Schmerz nachließ.

Herr im Himmel, was war das bloß?

Langsam richtete sie sich wieder auf, lauschte in sich hinein, und gerade, als sie glaubte, der Anfall sei vorüber, blitzte ein Bild in ihrem Gedächtnis auf. Sie sah eisblaue Augen, hörte ein schweres Keuchen dicht an ihrem Ohr, ganz kurz nur, doch so intensiv, dass sie erneut ins Taumeln geriet.

Burckhard!, kreischte eine Stimme in ihrem Kopf.

Nur mit äußerster Willensanstrengung gelang es Katharina, sich auf den Beinen zu halten. Sie klammerte sich an das Geländer, wartete, und dann, so schnell, wie die Bilder und Geräusche gekommen waren, verflogen sie auch wieder. Woher kamen sie bloß?

Burckhard. Sie hatte den Namen noch nie zuvor gehört. Tief holte sie Luft.

Dann setzte sie ihren Weg fort. Sie klopfte an Donatus' Zimmertür, erst leise, um die anderen Bewohner des Hauses nicht zu wecken, dann lauter.

»Donatus?«, rief sie. »Mach auf!«

Aber nach einigen Augenblicken musste sie einsehen, dass Donatus nicht da war.

Sie war eben wieder auf dem Weg zu ihrer Kammer, als sie die Haustür gehen hörte.

»Donatus?« Sie wandte sich um. Mit schnellen Schritten lief sie die Treppe ganz nach unten.

Es war tatsächlich Donatus, der die Tür zurück ins Schloss drückte und sich dann aus seinem Mantel schälte. Er wirkte abgehetzt und bleich. Schweiß stand auf seiner Stirn, und er atmete schwer.

»Bist du gelaufen?«, war alles, was Katharina zu sagen wagte.

Eine Stimme in ihrem Hinterkopf stellte die Frage, deren Antwort sie wirklich wissen wollte.

Wo warst du?

Donatus nahm auch seinen Hut ab, hängte ihn an den Haken. »Ja. Ich brauchte ein bisschen frische Luft.«

Katharina dachte daran, was Tobias ihr eben erzählt hatte. Die gepfiffene Melodie hallte in ihrem Kopf wider, und es war ihr unmöglich, sie zu ertragen. Sie schluckte schwer, suchte nach den passenden Worten, mit denen sie Donatus auf das Thema ansprechen konnte.

Die Vorstellung, dass er, ebenso wie Tobias, dieses nächtliche Pfeifen gehört hatte, dass er mit seinem Peiniger mitgehen musste und dann aushalten, was auch immer der Kerl mit ihm angestellt hatte, war fast zu viel für sie. Sie umklammerte das Treppengeländer.

Sie hatte den Mund schon geöffnet, um etwas zu sagen, als Donatus ihr zuvorkam. Fahrig wischte er sich über das breite Gesicht. In seinen Augen flackerte etwas, das sie nicht zu deuten wusste.

»Ich war in Heilig-Geist«, sagte er mit rauer Stimme. »Rotgerber ist ermordet worden.«

Lisa öffnete die Tür ihrer Hütte und starrte missmutig in den noch stockfinsteren Morgen hinaus. Waren das etwa Schneeflocken, die dort vom Himmel fielen? Sie streckte die Hand aus und fing einige der weißen Gebilde ein. Mit einem Seufzen starrte sie sie an und sah zu, wie sie auf ihrer bloßen Haut zu kleinen Wassertropfen zerschmolzen. Tatsächlich. Schnee.

Das hatte ihr noch gefehlt! Erst musste sie in aller Herrgottsfrühe aufstehen, um die dämlichen Kühe zu melken, die in dem an die Hütte angrenzenden Stall bereits ungeduldig an ihren Ketten zerrten. Dann hatte sie festgestellt, dass sie heute Morgen ihre monatliche Blutung bekommen hatte und ihr Unterleib sich anfühlte, als habe ihr jemand ein Messer hineingerammt und es einmal umgedreht. Und jetzt musste es auch noch anfangen zu schneien, und das, obwohl der November noch nicht einmal begonnen hatte. Es würde ein harter Winter werden, das hatte Vinzent, Lisas Mann, schon vor ein paar Tagen behauptet, und es bereitete ihr nicht das geringste Vergnügen, dem Idioten auch noch recht geben zu müssen.

»Mach die Tür zu, Weib!«, hörte sie von drinnen die verschlafene Stimme ihres nichtsnutzigen Ehemannes. »Man friert sich ja die Eier ab!«

Mit einem missmutigen Fluch auf den Lippen trat Lisa vor die Hütte. Warum musste ausgerechnet sie an einen solchen Taugenichts und Säufer geraten? Andere Männer waren um diese Tageszeit bereits auf den Beinen und sahen zu, für ihre Familie etwas zu essen heranzuschaffen. Wie sie Vinzent kannte, würde er immer noch im Bett liegen, wenn sie heute Nachmittag vom Markt kam und ihm die mageren Erlöse vom Verkauf der Milch aushändigen musste.

Sie stapfte durch das verwelkte Gras vor ihrer Haustür und stieß die Stalltür auf. Dumpfer Viehgeruch schlug ihr entgegen. Sie hasste ihn. Sie hasste die Kühe, diese winzige Hütte, in der sie hausen musste. Sie hasste ihren saufenden Ehemann, ihr gesamtes erbärmliches Leben.

Seufzend griff sie nach dem Eimer, der neben der Stalltür stand, und trat neben die erste der drei Kühe, die sie ihr Eigen nannte.

Sie hätte eben doch auf ihre Mutter hören sollen. Die hatte sie mehr als einmal vor einer Ehe mit Vinzent gewarnt.

Jetzt aber war es zu spät. Sie war durch ihr heiliges Eheversprechen an diesen Nichtsnutz gekettet, weil sie in einem Anfall von Dummheit vor Gott versprochen hatte, ihn zu lieben und ihm zu gehorchen. Gehorchen! Ein bitteres Lachen stieg in Lisas Kehle nach oben. Das Einzige, was Vinzent mit schönster Regelmäßigkeit von ihr verlangte, war, sich hinzulegen und die Beine breit zu machen. Wenn er wenigstens Vernügen an dieser Sache gefunden hätte, aber manchmal hatte sie das Gefühl, er lag nur bei ihr, weil er es für seine Pflicht hielt, Kinder zu zeugen.

Da hatte er allerdings die Rechnung ohne sie gemacht!

Lisa grinste und rieb sich den schmerzenden Unterleib. Eigentlich konnte sie ganz froh sein über diese Schmerzen, zeigten sie ihr doch, dass ihre Bemühungen, eine Empfängnis zu verhindern, auch in diesem Monat wieder erfolgreich gewesen waren. Auf keinen Fall, das hatte sie sich schon vor einigen Jahren geschworen, würde sie sich auch noch durch plärrende Blagen an diesen Nichtsnutz von Mann binden lassen.

Lisa stellte den Eimer unter die erste Kuh, dann zog sie sich den Melkschemel heran und machte sich an die Arbeit.

Eine gute Stunde später war sie fertig. Sie hatte die Milch auf zwei kleine Fässer und ein größeres aufgeteilt. Eines der beiden kleinen würde sie für sich und ihren Mann behalten. Heute Abend wollte sie aus Hafer und Milch einen Brei kochen. Sie hatte noch ein wenig Honig übrig, und vielleicht konnte sie sich ihr Schicksal auf diese Weise wenigsten ein bisschen versüßen. Das zweite kleine Fässchen würde sie heute Nachmittag nach nebenan bringen. Grete, Lisas Nachbarin, war zu alt, um sich noch um Vieh zu kümmern. Darum hatte sie vor einigen Monaten ihre Kuh Lisa und Vinzent überlassen. Dafür beteiligte Lisa sie zum einen an dem mageren Gewinn, den sie auf dem Markt für die Milch erzielte, und zum anderen brachte sie ihr jeden Tag ihren Anteil an der Milch.

Das dritte Fass hingegen, das größere der drei, schnallte Lisa nun auf ihre Kiepe und hob diese dann auf den Rücken. Sie war leicht, das war nicht gut, denn es bedeutete, dass Lisa heute nur wenig Geld verdienen würde.

Aber wenigstens musste sie nicht so schwer schleppen! Sie klemmte die Daumen unter die Schultergurte der Kiepe, verteilte das Gewicht etwas angenehmer und machte sich auf den Weg in die Stadt.

Die Tore würden gleich geöffnet werden. Frühmorgens ließ sich Milch am besten verkaufen, also würde sie sich beeilen müssen.

Heute hatte sie Glück. Kaum war sie auf dem Markt angekommen, trat ein livrierter Diener irgendeiner reichen Patrizierin zu ihr und bat sie, ihre Milch probieren zu dürfen. Er fand sie ausreichend fettig, sie einigten sich auf einen Preis, und so kam es, dass Lisa ihren gesamten Vorrat bereits kurz nach Sonnenaufgang verkauft hatte. Zwar musste sie noch einige Zeit warten, bis zwei junge Männer mit einem leeren Fass kamen, in das sie Lisas Milch umfüllen konnten, aber auch das war schließlich erledigt. In Lisas Schürze klimperten die Münzen, ihr schmerzender Unterleib hatte etwas Ruhe gegeben. Darüber hinaus schienen die paar Schneeflocken von heute Morgen die einzigen zu bleiben. Lisas Laune besserte sich von Augenblick zu Augenblick.

»Sag mal!«, sprach ihre Standnachbarin, eine Bäuerin mit Namen Rotraud, sie an. »Weißt du, wo Gertrud heute bleibt?« Rotraud wies auf den leeren Platz, an dem Gertrud sonst ihre Eierkiepe abstellte. Die Hürde glänzte in der morgendlichen Helligkeit leicht feucht.

Lisa schüttelte den Kopf. »Hoffentlich ist sie über Nacht nicht krank geworden!«

Rotraud hatte die Arme in die Hüften gestemmt. »Du bist doch für heute schon fertig«, meinte sie. »Kannst du nicht mal nachsehen gehen, wo sie bleibt?«

Lisa unterdrückte ein Seufzen. Eigentlich hatte sie vorgehabt, sich den Rest des Tages ein paar angenehme Stunden zu machen. Sie wollte gerade einen Vorwand anbringen, da überkam sie das schlechte Gewissen. Gertrud hatte sich neulich um sie gekümmert, als sie mit Fieber daniedergelegen und Vinzent sich zwei Tage lang nicht hatte blicken lassen. Wenn es der Eierverkäuferin wirklich schlecht ging, dann musste Lisa sich um sie kümmern.

Sie nickte missmutig. »Mach ich. Passt du so lange auf mein Fass auf?«

Rotraud nickte.

Lisa wusste, dass Gertrud ein kleines Häuschen im Gerberviertel bewohnte, und dorthin wandte sie sich jetzt. Der Geruch der Lohe und das Aroma der zum Trocknen aufgehängten Häute legten sich schwer auf Lisas Hals. Sie zog ein Tuch aus ihrer Schürzentasche und presste es vor Mund und Nase, aber es half nicht viel. Es kam ihr vor, als dringe der Gestank ihr durch jede Pore in den Körper ein.

Ein Gerbergeselle kam ihr entgegen, seine Hände und Unterarme waren dunkel gefärbt und ebenso die schwere Lederschürze, die er trug. Er tippte sich freundlich grüßend gegen die Stirn, aber Lisa wandte den Blick von seiner abstoßenden Gestalt ab und machte, dass sie weiterkam. Sie erreichte die schmale Gasse, in der Gertrud wohnte. Hier gab es kaum Licht, so eng standen die Häuser beieinander. Jemand hatte offenbar vor kurzem erst einen Nachttopf aus dem Fenster entleert, denn in den Gestank der Gerbereien mischte sich jetzt auch noch der von Fäkalien. Wenn Gertrud ihre Hühner in diesem Dreck frei laufen ließ, dachte Lisa bei sich, dann war es kein Wunder, dass die Viecher vergiftete Eier legten.

So flach wie möglich atmete sie durch den Mund, während sie versuchte, sich einen Weg durch all den Unrat in der Gasse zu bahnen. Sie war bereits zwei- oder dreimal bei Gertrud gewesen, darum fand sie das kleine Häuschen auf Anhieb. Es war das vorletzte in einer Sackgasse. Hier bewohnte Gertrud die obere Etage, und eine schmale, wackelige Holzstiege, die man nachträglich an das Haus angebracht hatte, führte nach oben zu ihrer Eingangstür. Lisa erklomm sie und klopfte, aber sie erhielt keine Antwort.

»Willst du zu der Alten?«

Eine freche Kinderstimme scholl zu ihr hoch. Sie wandte sich um und blickte über das Geländer hinweg auf einen vielleicht fünf oder sechs Jahre alten Jungen, der zu ihr hinaufgrinste.

»Gertrud?« Lisa nickte. »Ja. Ich wollte nach ihr sehen.«

Der Junge zuckte die Achseln. Er hatte keinen einzigen Schneidezahn im Mund, und zusammen mit dem dünnen Haar, das ihm wirr um den Schädel stand, und den eingefallenen Wangen sah er eher wie ein Greis aus denn wie ein Kind. Unwillkürlich fragte Lisa sich, wann er zum letzten Mal etwas gegessen hatte.

»Hab sie heute noch nicht gesehen«, sagte der Junge. Er zeigte in einen düsteren Durchlass, aus dem das dumpfe Pock-Pock mehrerer Hühner drang. »Klingt für mich so, als hätte die heute noch keiner gefüttert.«

Lisa stieg die wackelige Treppe wieder nach unten. Konnte man Hühnern tatsächlich anhören, ob sie hungrig waren oder nicht? Ihre Kühe, die meldeten sich lauthals, wenn sie meinten, dass es an der Zeit war für ihr Fressen und fürs Melken, aber Hühner? In Lisas

Ohren klangen sie immer gleich. »Ich sehe mal nach ihnen«, sagte sie.

Der Junge nickte gleichmütig. »Klar.« Dann setzte er sich auf einen Findling, der aus der Fassade des gegenüberliegenden Hauses ragte, und schlug lässig die Beine übereinander.

Lisa betrat den Durchlass, der so schmal war, dass sie rechts und links gleichzeitig die Wände berühren konnte. Ein ungutes Gefühl hatte sie gepackt, als sie dem Jungen ins Gesicht geschaut hatte. Irgendetwas, dachte sie, war da in seinem Blick gewesen, das ihr seltsam vorkam. War es Angst? Die Sonne war vor ungefähr einer Stunde aufgegangen, doch sie stand noch tief, und so fiel ihr Licht nicht zwischen die engstehenden Häuser. Lisa machte einen Schritt in das Dämmerlicht hinein, und im nächsten Moment richteten sich ihr alle Nackenhaare auf, ohne dass sie zu sagen vermochte, warum. Ein Geruch lag in der Luft, der ihr Magenschmerzen bereitete, etwas Metallisches, das nicht von der Lohe der Gerber oder dem Fäkaliengestank auf der Gasse herrührte. Lisa schnüffelte. Irgendwo hatte sie so was schon mal gerochen. Sie brauchte einen Augenblick, bis sie sich erinnerte, wo das gewesen war.

Damals. Als sie Vinzents Bruder geholfen hatten, das Schwein zu schlachten ... Plötzlich wusste sie es. Das, was sie hier roch, war Blut.

Viel Blut.

Wie von einer unsichtbaren Kraft angezogen, machte sie noch einen weiteren Schritt vorwärts, so dass sie um die Biegung sehen konnte. Das Erste, was sie sah, war ein Mann in teurer Kleidung. Im Dreck lag er, und im ersten Moment dachte sie, er sei tot. Sie begann zu schreien, wie sie noch nie in ihrem Leben geschrien hatte.

13. Kapitel

Ein schrilles Kreischen durchschnitt die Finsternis, die Richard umhüllte, und langsam taumelte sein Geist aus der Ohnmacht empor. Das Erste, was er zu deuten wusste, war ein scharfer Schmerz in seiner Schulter, das Zweite waren bohrende Kopfschmerzen. Im Rhythmus des Kreischens, das an- und abschwoll wie das Geschrei von Schweinen im Schlachthaus, pulsierte sein gesamter Schädel.

Nur mit Mühe konnte er die Augen aufschlagen. Er lag auf dem Rücken.

Vor ihm stand jemand. Sein Blick war verschwommen, der Blickwinkel ungünstig, aber als sich die Nebel vor seinen Augen langsam zu heben begannen, erkannte er, dass es eine Frau war. Sie kreischte, als sei der Leibhaftige hinter ihr her.

Richard atmete ein. Sein Kopf lag im Dreck, das war das Nächste, was er wahrnahm. Er setzte sich hin und schrie auf, als sich Schmerz mit grimmiger Wut in seine Schulter krallte. In seinem Leib, direkt unter dem Schlüsselbein, dort, wo der Knochen des Armes ansetzte, steckte ein Messer! Ohne darüber nachzudenken, was er tat, griff er danach und zog es heraus.

Die Frau verstummte. Erschrocken wich sie vor ihm zurück. Aus großen, panischen Augen starrte sie ihn an, dann kreischte sie erneut, noch immer schrill und voller Entsetzen. Wie eine Sirene aus den alten Sagen.

Richards Oberkörper schwankte. Seine Seite fühlte sich an wie in flüssiges Feuer getaucht, und nur mit äußerster Anstrengung schaffte er es, bei Bewusstsein zu bleiben.

Seine gesamte linke Seite war voller Blut.

Das Hemd klebte an seiner Brust, beide Hände waren dunkelrot, auch die rechte, in der er noch immer das Messer hielt. Er ließ es fallen. Seine Finger klebten aneinander.

»Ich …«, ächzte er und brach ab. Seine Stimme schien ihm nicht mehr zu gehören. Er wollte Luft holen, aber es fühlte sich an, als sei er unter Wasser. Der Blick der Frau glitt über ihn hinweg, blieb an etwas hinter ihm hängen, und ein solcher Horror erschien in ihren Augen, dass Richard sich umwandte.

Übelkeit wallte in ihm auf. Er konnte den Schwächeanfall auf sich zurollen spüren. Er kämpfte dagegen an, indem er beide Hände fest in den feuchten, übelriechenden Boden stemmte und den Kopf hängen ließ. Als sich sein Blick wieder klärte, sah er die Leiche.

Auf dem Rücken lag sie da, die Augen weit aufgerissen, das Gesicht erstarrt in einer Maske des Todes. Blutig rot klaffte ein tiefer Schnitt in ihrer Kehle, und in einem Anflug von Klarheit erkannte Richard, dass das Weiße, was er in der Wunde sehen konnte, ein Rückenwirbel war. Wieder wurde ihm schlecht. Für den Moment vergaß er den bohrenden Schmerz in seiner Seite.

Er rappelte sich hoch auf die Knie, dann auf die Füße. Schwankend stand er da, und sein Blick fiel auf sein Schwert. Halb verborgen unter dem Leib der Toten lag es, und ihr Blut hatte die Schneide dunkel gefärbt.

Richards Herz setzte einen Schlag aus. Was war hier geschehen? Schmerz und Übelkeit überrollten ihn jetzt in Wellen, sein Schädel drohte zu bersten. Vornübergebeugt krallte er beide Hände um die Schläfen.

Die Erinnerung verschwamm im Nebel

»Mörder!«

Das eine Wort, das die Frau ihm entgegenschleuderte, hallte in seinem schmerzenden Kopf wider. Er bückte sich, langte nach dem Schwertgriff, kämpfte gegen die Schwäche an. Der Griff war glitschig und klebrig vom Blut.

Mit der Klinge in der Hand richtete Richard sich nun vollends auf. Er wandte sich zu der Frau um.

In ihrem Blick hatte sich die Panik in Hass verwandelt. Sie streckte einen Finger nach Richard aus. Eigenartig dürr wirkte er, fast wie ein Knochen. »Mörder!«, gellte sie zum zweiten Mal.

Und da begriff Richard, dass sie ihn für den Mann hielt, der dieses Blutbad hier angerichtet hatte.

Er starrte auf die blutige Klinge in seiner Hand, als gehörte sein Arm nicht zu ihm. Er wollte etwas sagen, aber seine Kehle war wie zugeschnürt. So richtete er nur den Blick auf die Frau, schüttelte den Kopf.

»Hierher!«, schrie sie. »Mörder!«

Richard taumelte einige Schritte vorwärts. Er musste weg von hier!

Als die Glocken der Stadt den nahen Sonnenaufgang ankündigten, erwachte Katharina verwirrt aus einem unruhigen Schlaf, in dem Richard sie diesmal nicht nur berührt und geküsst hatte. Sie wischte sich über das Gesicht, fand es tränennass und versuchte, sich zu orientieren. Ihr fiel ein, dass Konrad Rotgerber tot war. Sie dachte an das eigenartige Gespräch mit Arnulf gestern Abend, seine Bemühungen, sie zu beschützen, seine Warnung vor dem Spitalmeister, aber sie schob beides von sich. Schuldgefühle übermannten sie, weil sie nach der Nachricht, dass der Spitalmeister ermordet worden war, nicht mehr die Kraft aufgebracht hatte, ihren Vorsatz einzuhalten und Donatus nach den unheiligen Vorgängen in Heilig-Geist zu befragen.

Wie eine Tote war sie stattdessen auf ihr Bett gefallen.

Jetzt, im fahlen Morgenlicht, fühlte es sich an, als habe sie Tobias im Stich gelassen. Sie seufzte, als ihr bewusst wurde, dass sie trotz all der furchtbaren Vorkommnisse von Richard geträumt hatte. Als sie daran dachte, was er im Traum mit ihr getan hatte, fühlte sie sich elend und schmutzig. Ihr Kopf schien mit zu vielen Gedanken vollgestopft.

Ihr Blick wanderte zu Dr. Spindlers Buch auf ihrem Nachtkästchen.

Seufzend erhob sie sich, wusch sich Gesicht und Hände, dann flocht sie rasch ihre Haare zu einem Zopf und steckte ihn am Hinterkopf fest. Nachdem sie ihr Kleid übergeworfen hatte, trat sie aus ihrem Zimmer hinaus auf den Flur.

Hiltrud kam ihr entgegen und grüßte sie freundlich. »Guten Morgen, Katharina!«

Katharina lächelte die Frau an, die auf einen Stock gestützt über den blanken Holzfußboden humpelte. »Guten Morgen! Wie geht es deinem Knie heute?«

Hiltrud sah an sich hinunter. »Geht schon.« Sie trug einen langen, taubengrauen Rock, der ihre Beine komplett verhüllte, so dass Katharina nur anhand ihres unbeholfenen Ganges sehen konnte, dass sie Schmerzen hatte.

»Wenn du magst, komm nachher in die Apotheke«, schlug sie ihr vor. »Ich habe ein Mittel gegen die Schmerzen, das ich dir geben kann.«

Sie ahnte, was jetzt kommen würde, und sie wurde nicht enttäuscht.

»Der Herrgott hat uns die Schmerzen gegeben, um uns demütig zu machen«, sagte Hiltrud. »Es ist Sünde, sie zu unterdrücken.«

Katharina kannte diese Redeweise zur Genüge. Sie war es leid, darüber zu disputieren, also nickte sie nur. »Wie du willst. Bist du auf dem Weg zur Kapelle?«

Die Kapelle war, ebenso wie die Apotheke, ein kleiner Raum im Erdgeschoss des Fischerhauses. Katharina hatte dort mehrere Bänke aufstellen lassen und einen Tisch, auf dem ein hölzernes Kruzifix stand. Zwei massive Kerzenleuchter aus Silber waren das einzig Wertvolle, was diese Kapelle an Ausstattung besaß. Sie hatten ursprünglich einer der Frauen gehört, die das Fischerhaus beherbergte. Als sie eingezogen war, hatte sie der Gemeinschaft die wertvollen Gerätschaften überlassen. Wie Katharina wusste, trafen sich einige der Frauen regelmäßig jeden Morgen nach dem Aufstehen in der Kapelle, um gemeinsam zu beten und einige Lieder zu singen.

»Die anderen haben mich gebeten, dich anzusprechen«, sagte Hiltrud nun. Sie wirkte etwas unsicher. »Sie sagen, dass wir einen Priester benötigen, der bei uns regelmäßig die Messe liest. Es reicht ihnen nicht mehr, nur für sich selbst zu beten.«

Katharina nickte langsam. »Wir haben jeden Sonntag eine Messe«, gab sie zu bedenken. Das kostete bereits eine gute Stange Geld. Geld, das sie selbst viel lieber für Medizin oder neue, bessere Betten ausgegeben hätte, um den kranken Frauen ihr Los zu erleichtern.

»Es reicht den Frauen nicht«, sagte Hiltrud. »Sie sorgen sich um ihr Seelenheil. Sie wollen eine tägliche Messe, genau wie in Heilig-Geist.«

Bei dem Namen »Heilig-Geist« dachte Katharina daran, dass sie heute ja auch noch zu ihrer Mutter musste. Allein der Gedanke fühlte sich an, als bestünde er aus zentnerschweren Mühlsteinen. Katharina beschloss, diesen Gang irgendwann am Vormittag zu erledigen.

»Heilig-Geist«, sagte sie zu Hiltrud, »hat sehr viel mehr Mittel zur Verfügung als wir.« Genug, um nicht nur einen Priester zu bezahlen, sondern gleich sechs. In Heilig-Geist war es selbstverständlich, dass an jedem Tag mindestens eine Messe gefeiert wurde.

»Sieh mich nicht so vorwurfsvoll an!« Abwehrend hob Hiltrud die linke Hand, die sie nicht für ihre Krücke brauchte. »Ich gebe nur weiter, was die Frauen mir aufgetragen haben.«

Katharina war sich sicher, dass das nicht der Wahrheit entsprach. Soweit sie wusste, war Hiltrud die treibende Kraft in dieser Angelegenheit. Hiltrud redete den anderen Frauen ein, dass es unbedingt notwendig war, eine tägliche Messe zu feiern. Und so musste sich Katharina mit diesem Thema wieder und wieder herumschlagen.

Wie lässt sich deine Sorge um dein Seelenheil damit vereinbaren, dass du mich frech anlügst?, dachte Katharina bei sich, biss sich jedoch auf die Zunge, um es nicht laut auszusprechen.

»Wenn wir jeden Tag einen Priester kommen lassen«, sagte sie stattdessen, »dann müssen wir auf andere Dinge verzichten. Auf die wöchentliche Fleischration zum Beispiel.« Sie hoffte, dass dies Hiltrud zum Einlenken bringen würde, doch sie hatte sich getäuscht.

Die Frau zuckte die Achseln. »Die anderen sind der Meinung, dass das ein geringer Preis ist für ihr Seelenheil.«

Katharina unterdrückte ein Seufzen. »Ich muss mich jetzt erst einmal um andere Dinge kümmern. Was hältst du davon, wenn wir heute Nachmittag eine Versammlung einberufen? Sag allen Frauen, die gehen können, Bescheid, dass wir uns eine Stunde vor Sonnenuntergang in der Kapelle treffen, dann werden wir darüber sprechen.«

Mit dieser Regelung schien Hiltrud zufrieden zu sein. Sie nickte knapp. »Eine Stunde vor Sonnenuntergang. Wir werden da sein.«

Sei du es auch!, hieß das. Katharina verstand sehr wohl.

Sie zwang sich zu einem Lächeln. »Gut. Bis nachher.« Und damit drängte sie sich an Hiltrud vorbei und schritt vor ihr die Treppe nach unten.

Als sie die Küche betrat, bemerkte sie sofort den angebrannten Geruch, der in der Luft lag.

Donatus saß auf seinem üblichen Platz am Esstisch und hatte eine Schüssel mit Hafergrütze vor sich. Ein kleiner Topf stand auf dem Herd, dessen Inhalt leise vor sich hinblubberte. Donatus wies mit seinem Löffel darauf.

»Mir ist ein bisschen was in die Flammen gefallen«, sagte er mit vollem Mund.

Katharina nahm sich einen Lappen und hob damit den Topf vom Feuer. Vorsichtig schnupperte sie daran, die Grütze darinnen roch, wie sie riechen sollte. Katharina war erleichtert. Wenn es etwas gab, das ihr den Tag noch mehr verderben konnte als unruhiger Schlaf und sündhafte Träume, dann war das verbrannter Haferbrei, den sie sich in ihren ohnehin stets missmutigen Magen zwängen musste.

Sie gab zwei Holzlöffel voll von der Grütze auf einen Teller und setzte sich zu ihrem Bader an den Tisch. Eine Weile lang aßen sie beide schweigend, und Katharina spürte die Anspannung, die Donatus erfasst hatte. Ihm war bewusst, dass eine Aussprache in der Luft lag und dass er ihr nicht mehr lange ausweichen konnte.

Schließlich räusperte er sich. »Wegen der Sache …«

Sie ließ den Löffel sinken. Aufmerksam und, wie sie hoffte, offen und freundlich sah sie Donatus ins Gesicht.

Er zögerte, biss sich mit dem Eckzahn auf die Unterlippe. »Was wollte dieser Nachtrabe gestern Abend hier?«, wich er dem eigentlichen Thema schließlich aus.

Mit einer behutsamen Geste legte Katharina den Löffel auf den Tisch. »Du hast ihn bemerkt«, sagte sie. Sie hatte gehofft, das sei nicht der Fall gewesen.

Er nickte nur.

Kurz überlegte sie, was sie ihm sagen sollte. Dann entschied sie sich, ehrlich zu sein. »Er wollte mich warnen. Vor dir.« Sie wedelte durch die Luft, weil sie selbst merkte, dass ihre Worte ungenau waren. »Eigentlich eher vor deiner …«

»Sodomie.« Er sagte es ganz ruhig. »Er hat Angst, dass du meinetwegen Schwierigkeiten bekommen könntest. Was hast du ihm gesagt?«

Sie nahm den Löffel wieder auf, aß einen Bissen, bevor sie antwortete. »Dass ich dich nicht fortschicken werde.«

Donatus senkte den Blick auf die Tischplatte. Sein rundliches Gesicht war bis eben blass gewesen, aber jetzt zog eine leichte Röte an seinem Hals herauf, und Katharina vermochte nicht zu sagen, ob sie von Verlegenheit herrührte oder von Freude.

Sie wappnete sich. »Aber ich werde dich auch nicht mehr so einfach davonkommen lassen.«

Sein Kopf ruckte hoch. »Was meinst du?«

»Ich war in der Nacht bei Tobias. Er hat schlimme Alpträume, und als ich wissen wollte, was er in Heilig-Geist erlebt hat, da hat er nicht geantwortet, nur … gepfiffen.« Sie forschte in Donatus' Gesicht bei diesen Worten.

Sein Adamsapfel bewegte sich auf und ab, zweimal schnell nacheinander. Die roten Flecken an seinem Hals verdunkelten sich. Dann, nach einer Pause, die Katharina schier unendlich vorkam, spitzte er die Lippen und pfiff dieselbe Melodie, die auch Tobias in der Nacht von sich gegeben hatte.

Wieder rann Katharina ein Schauer über den Rücken. Sie presste die Lippen aufeinander, wollte die nächste Frage nicht stellen, wollte sich die Ohren zuhalten und sich nicht mit diesen furchtbaren Dingen befassen. Himmel, musste sie denn immer noch mehr Lasten auf ihrer ohnehin schon wunden Seele ertragen?

»Was bedeutet das?«, flüsterte sie.

Wenn er so pfeift, muss man mit ihm gehen, hatte Tobias gesagt. *Und dann tut er einem weh.*

Katharina stützte beide Ellenbogen auf der Tischplatte ab und legte die Fingerspitzen gegen ihre Schläfen. Die Gedanken in ihrem Kopf fühlten sich an, als hätten sie scharfe Kanten.

»Er …« Donatus holte tief Luft und setzte dann noch einmal an. »Er geht des Nachts durch die Schlafsäle der jungen Scholaren.« Seine Stimme war kaum zu hören. »Und bleibt er an einem Bett stehen und pfeift diese leise Melodie, dann weiß derjenige, dass er ihm ausgesucht hat. Man muss mitgehen.« Die Stimme versagte ihm.

In Katharinas Kopf spielten sich die Szenen ab, die seine Worte heraufbeschworen, und sie fühlte, wie sich ihr Magen mit einem dumpfen Schmerz gegen das Grauen wehrte.

Mehrere Atemzüge lang war es totenstill in der Küche, nur das Herdfeuer knackte leise.

»Er führt einen in eine stille Ecke, eine Abstellkammer vielleicht oder hinter den Altar der Kapelle.«

Der Altar? Was kam als Nächstes? Katharina schloss die Augen. Ihre Ellenbogen schmerzten von dem Aufstützen auf der harten Tischplatte. Sie war unfähig, sich zu rühren.

»Dann zieht er einem die Hose runter, und man muss sich bücken …« Die Worte stolperten jetzt aus Donatus heraus. Katharina hörte sie und hörte sie gleichzeitig auch nicht, weil das, was er berichtete, wie mit grellen Farben gemalt in ihrem Kopf ablief …

… und er stößt zu, wieder und wieder, und er keucht dicht an deinem Ohr, und es tut weh, so weh …

»… so weh!« Mit einem Schluchzen verstummte Donatus.

Katharina riss die Augen auf, kämpfte gegen die Bilder in ihrem Kopf, gegen den Schmerz, der plötzlich wieder in ihrem eigenen Leib wühlte.

Donatus' Lider waren gerötet, aber keine Träne rollte über seine Wangen. Oben im Haus wurden Geräusche laut, Schritte, das Poltern von Möbeln, die über den Fußboden gerückt wurden. Die Frauen erwachten und begannen ihr Tagwerk. Es erschien Katharina nicht richtig. Die Welt musste doch Notiz von dem nehmen, was sie eben erfahren hatte, musste doch innehalten angesichts so vielen Leids und … Boshaftigkeit.

Aber sie tat es nicht.

Sie drehte sich einfach weiter.

In Katharina festigte sich etwas, das bis zu diesem Moment noch nicht da gewesen war. Sie würde Tobias helfen, das schwor sie sich, und sie würde dafür sorgen, dass keinem der jungen Scholaren mehr das widerfuhr, was er und möglicherweise auch Donatus durchgemacht hatten.

»Wer ist er?«, flüsterte Katharina.

Heftig schüttelte Donatus den Kopf. »Sie werden dich fertigmachen«, sagte er. »Genauso, wie sie mich fertiggemacht haben, als ich versucht habe, ihnen beizubringen, was in ihrem ach so wunderbaren Spital vor sich geht …«

Katharina verspürte Unwillen. »Wer, Donatus?«, hakte sie nach.

Aber statt ihr zu antworten, stemmte er sich in die Höhe. Von oben herab sah er auf sie nieder. Er atmete so schwer, als befände er sich wieder in der dunklen Ecke hinter dem Altar der Heilig-Geist-Kapelle. »Ich weiß es nicht!«, stieß er hervor.

Dann warf er sich herum und rannte aus der Küche wie vom Leibhaftigen selbst gehetzt. Katharina konnte seine Schritte auf dem Flur hören, und gleich darauf wurde die Tür zu seiner Kammer ins Schloss geworfen.

Regungslos blieb sie sitzen. Die Grütze in ihrer Schüssel wurde kalt und bildete eine ekelhaft aussehende Kruste. Katharina schob die Schüssel von sich, stützte den Kopf wieder auf, legte beide Hände über die Augen und drückte zu. Grelle Lichtfunken erschienen hinter ihren Lidern, bildeten Muster, die sich zusammenzogen und wieder auseinanderflirrten, tanzende Wirbel und sich windende Blitze. Sie konnten die Bilder nicht überlagern, die Donatus' Schilderung in ihr wachgerufen hatte, und sie halfen auch nicht gegen die Klingen, die sich jetzt wieder heiß und schmerzhaft in ihren Leib gruben.

»Geht es dir nicht gut?«

Hiltruds Stimme erklang so unverhofft, dass Katharina zusammenzuckte. Sie ließ die Arme sinken und schüttelte den Kopf. »Nein. Schon in Ordnung. Es ist nur ein bisschen viel zurzeit.«

Mit einem mitleidigen Lächeln nahm Hiltrud Katharina gegenüber Platz. »Ich habe mit den Frauen gesprochen«, sagte sie, und Katharinas Züge verhärteten sich, weil sie fürchtete, jetzt würde erneut das Thema der täglichen Messe auf den Tisch kommen. Doch sie täuschte sich. »Laurentia und ich helfen dir«, fuhr Hiltrud fort. Laurentia war eine der wenigen anderen Frauen im Fischerhaus, die, wie Hiltrud, noch imstande war, für sich selbst zu sorgen. Sie litt häufig unter heftigen Rückenschmerzen, aber trotzdem war sie an den meisten Tagen in der Lage, zu laufen und leichte Arbeiten zu verrichten. »Wir kümmern uns um die Beerdigung und alles, was damit zusammenhängt. Ich vermute, Donatus hat dem Priester vom Kloster schon Bescheid gegeben?«

Katharina nickte, und sie hatte ein schlechtes Gewissen dabei. So viel war gestern Abend passiert, dass sie völlig vergessen hatte, ihren Bader danach zu fragen, wann Brunhilds Leiche abgeholt werden würde.

Genau das sagte sie Hiltrud jetzt.

»Ich fürchte, Donatus können wir im Moment nicht danach fragen«, meinte die. »Er ist eben wie vom Teufel gehetzt an mir vorbeigestürzt. Aber einerlei. Ich werde gleich nachher zu den Kartäusern gehen und das in Erfahrung bringen.« Forschend musterte sie Katharina. »Was hast du jetzt vor?«

Wieder beutelte das schlechte Gewissen Katharina, doch diesmal schaffte sie es, sich dagegen zur Wehr zu setzen. Mit einem unterdrückten Seufzen stand sie auf. »Ich muss kurz nach Heilig-Geist und etwas erledigen.« Vielleicht konnte sie zwei Fliegen mit einer Klappe schlagen. Sie würde sich nach Mechthilds Befinden erkundigen, und dann würde sie sie nach den furchtbaren Dingen fragen, die sie eben von Donatus erfahren hatte. Wenn er bereits versucht hatte, die Zustände im Spital anzuprangern, dann mussten doch auch andere Menschen davon wissen.

»Kannst du mir noch einen Gefallen tun?«, fragte sie, während sie schon auf den Flur hinaustrat und nach Mantel und Haube griff.

Hiltrud nickte.

»Kannst du dafür sorgen, dass Tobias etwas isst?«

»Natürlich.«

»Ich danke dir.« Katharina legte ihre Haube an. Dann machte sie sich auf den Weg nach Heilig-Geist.

Eigentlich hatte Donatus vorgehabt, sich in seine Kammer zurückzuziehen, um ein wenig zur Ruhe zu kommen. Als er aber die Tür hinter sich zugeworfen hatte, war er erfüllt von der Qual, Katharina ihre Frage nicht beantworten zu können.

Weil er die Antwort nicht kannte.

Er wusste es nicht!

Er wusste schlicht nicht, wer den Jungen in Heilig-Geist all diese furchtbaren Dinge antat. Mitten im Raum blieb er stehen. Sein Herz kam an seiner Stelle ins Stolpern, als er am Bettpfosten Halt suchte.

Er wusste es nicht, weil Kilian sich geweigert hatte, es ihm zu erzählen. »Was weißt du schon?«, hatte er ihm an den Kopf geschleudert, bevor er davongelaufen war und Donatus ihn zum letzten Mal gesehen hatte.

Wie sehr hatte er sich nach Kilians Tod gewünscht, das elende Schwein würde kommen und ihn, Donatus, als Opfer erwählen. Er hatte jedem männlichen Bewohner des Spitals vielsagende Blicke zugeworfen, wohl wissend, dass er Gefahr lief, als Sodomit erkannt zu werden. Jede Nacht hatte er dagelegen und auf Schritte gelauscht, die in der Dunkelheit erklungen waren. Vergebens. Irgendwann hatte er einsehen müssen, dass er für den Mistkerl offenbar bereits zu alt war.

Vorsichtig, weil er nicht sicher war, ob seine Beine ihn bereits wieder trugen, ließ er den Bettpfosten los.

Und dann fasste er einen Entschluss.

Er würde die Antwort erfahren. Hier. Jetzt!

Er verließ seine Kammer, ging die Treppe hoch und hielt vor Tobias' Tür inne. Einen Moment zögerte er, dann biss er grimmig die Zähne aufeinander. Verflucht sollte er sein, wenn er noch einmal zuließ, das es erneut geschah!

»Tobias?« Sachte klopfte er an die Tür. »Tobias, kann ich mit dir reden? Es ist wirklich wichtig!«

Er erwartete nicht, dass ihm geöffnet wurde, umso überraschter war er, als drinnen tatsächlich Stuhlbeine über den Boden schrammten und die Tür einen Spaltbreit aufschwang. Tobias' Gesicht blickte ihm entgegen, ganz eingefallene Wangen und tiefe Schatten unter den Augen.

»Darf ich reinkommen?«, fragte Donatus.

Wortlos kehrte Tobias zu seinem Bett zurück, und an den Geräuschen, die die Matratze machte, konnte Donatus erkennen, dass er sich daraufsetzte.

Er streckte die Hand aus und stieß die Tür weiter auf, so dass er Tobias gut sehen konnte. Der Junge hatte sich in die hinterste Ecke zurückgezogen und die Beine vor der Brust umschlungen. Über seine Knie hinweg starrte er Donatus ängstlich entgegen.

»Ich tu dir nichts!«, versprach der Bader. »Ich bleibe hier bei der Tür stehen, versprochen!« Er wartete, wie Tobias reagieren würde.

Der überlegte. Dann nickte er zaghaft. »Was willst du?«

So unverhofft kam diese Frage, dass Donatus unwillkürlich doch einen Schritt vorwärts machte. Sofort drängte Tobias sich noch dichter in die Ecke, seine Augen wurden weit, und ein panischer Laut entrang sich seiner Kehle.

Rasch sprang Donatus zurück. »Entschuldige! Ich bleibe schon stehen! Sieh!« Die Gedanken bildeten ein Knäuel in seinem Kopf. »Ich muss dich etwas fragen, darf ich das?«

Tobias nickte.

»Dieser Mann, der so pfeift …«

Tobias unterbrach ihn, indem er die grauenhafte Melodie ertönen ließ. Donatus musste sich beherrschen, um nicht auf dem Absatz kehrtzumachen und davonzulaufen. Plötzlich war es nicht Tobias, der vor ihm saß, sondern Kilian. »Genau«, bestätigte er. »Kannst du mir sagen, wer dieser Mann ist?«

Tobias hob das Kinn. Kurz glaubte Donatus, er würde es ihm tatsächlich sagen. Doch der Junge schüttelte nur den Kopf.

»Du weißt es aber, oder?«

Tobias setzte zu einem Nicken an, dann jedoch schüttelte er erneut den Kopf. Kurz. Heftig.

Donatus dachte an all die Nächte, die er in seinem Bett auf das Schwein gelauert hatte. »Er hat einen ... Freund von mir auf dem Gewissen«, flüsterte er Tobias zu. Die Trauer um Kilian machte ihn heiser. »Hör zu«, sagte er, als Tobias noch immer nicht reagierte. Er legte so viel Eindringlichkeit in seine Stimme, wie er vermochte. »Du bist nicht der Erste, dem dieses Schwein das angetan hat. Aber wir können ihn aufhalten. Wir können dafür sorgen, dass er das nicht noch einem Jungen antut, Tobias!«

»Kilian war dein Freund, oder?« Auch die Stimme des Jungen klang rau.

Donatus musste sich zusammennehmen. »Das war er. Hör zu, Tobias. Auch Kilian war nicht der Erste. Vorher gab es schon andere. Es gab Gerede auf den Gängen von Heilig-Geist, Gerüchte.« Er musste sich mit der Schulter gegen den Türrahmen lehnen, um die Kraft zu finden, weiterzusprechen. »Ich habe damals nichts darauf gegeben. Ich dachte, dass man solch bösem Gerede um des eigenen Seelenheils ...«

... vor allem um des eigenen Schlafes willen ...

»... besser keine Beachtung schenkt. Das war ein Fehler!« Er musste sich sammeln, bevor er weiterreden konnte. »Wenn ich damals schon etwas getan hätte, dann wäre Kilian nichts passiert.«

»Hast du ihn gefragt?«

»Wer der Scheißkerl ist? Ja.«

»Er hat dir auch nichts gesagt.«

»Er ist weggelaufen. Er hatte Angst, Tobias, so wie du jetzt. Aber nur, wenn wir unsere Angst überwinden, können wir ihn aufhalten. Willst du, dass noch einem Jungen das angetan wird?«

»Kilian hat sich umgebracht. Das ist eine Todsünde.«

Donatus musste sich beherrschen, um nicht vor lauter Verzweiflung einen Fluch auszustoßen. »Ja«, murmelte er.

Für einen Moment war es still in der kleinen Kammer. In Tobias' Gesicht begann ein einzelner Muskel zu zucken. Gebannt starrte

Donatus darauf, er meinte zu sehen, wie der Junge mit sich rang. Gleich, da war er sich ganz sicher, würde er endlich den Namen des Schweins erfahren. Nachdem sie ihn aus dem Spital rausgeworfen hatten, all die Zeit, in der er in der Gosse gelegen hatte, war er sämtliche Männer des Spitals durchgegangen. Vom Spitalmeister bis hin zum niedrigsten Bediensteten – ein jedes Gesicht hatte er sich vorgestellt, hatte es sich wieder und wieder vor Augen gerufen und darin nach Zeichen für das Böse gesucht. Vergeblich. Aber jetzt, das sagte ihm eine Hoffnung, die sein Herz schier zerriss, jetzt würde er einen Namen zu hören bekommen. Und dann konnte er beenden, was er damals angefangen hatte.

»Ich muss ...«, begann Tobias und verstummte. Der Muskel in seinem Gesicht hatte sich wieder beruhigt, dafür sah das Gesicht des Jungen nun aus wie eine Totenmaske. Starr und blass. »Er ist nicht schuld!« So leise flüsterte er die vier Worte, dass Donatus im ersten Augenblick glaubte, sich verhört zu haben.

»Was?«, wisperte er.

»Er ist nicht schuld daran, das hat er mir gesagt. Es ist allein meine Schuld!« Zitternd holte Tobias Luft. »Weil ich sündig bin!«

Donatus glaubte seinen Ohren nicht zu trauen. *Sag das noch mal!*, wollte er schreien, aber er brachte keinen Laut über die Lippen.

»Es ist dieser Ausdruck in meinen Augen, hat er gesagt, der ihn zwingt, das zu tun. Weil ich ihn mit meinen sündigen Blicken dazu auffordere ... weil ich ...«

Donatus' Knie wurden weich. »Sag, dass das nicht wahr ist!«, hauchte er. »Sag, dass du das nicht wirklich glaubst?« Aber wenn er ehrlich mit sich selbst war, ging es ihm nicht um Tobias. Ein einziger Gedanke nur beherrschte seinen Verstand.

Hatte Kilian das auch geglaubt?

»Er sagt, dass ich es wollte, aber ich wollte es nicht, es hat doch so weh ...«

Den Rest der Worte hörte Donatus nicht mehr, weil er es nicht mehr aushalten konnte. Auf dem Absatz wirbelte er herum, stürzte die Treppe hinunter und zur Küche. Durch die Hintertür schaffte er es gerade noch ins Freie, bevor sich Verzweiflung und Trauer in einem langgezogenen Schrei Luft verschafften.

Als Katharina im Pfründnerinnenhaus ankam, fand sie die Kammer ihrer Mutter verwaist vor. Im ersten Moment erschrak sie fast zu Tode, aber dann wandte sie sich an eine der Dienstmägde. Das Mädchen war gerade dabei, den Flur zu wischen. Katharina fragte es, ob ihrer Mutter etwas zugestoßen war.

Die Magd, ein zierliches Ding mit einer hübschen Stupsnase und vollen Lippen, musterte sie erst von oben bis unten, bis sie sich gegen die Haare blies und den Kopf schüttelte. »Nein. Sie wollte nur runter in die Kapelle, um zu beten.«

Katharina bedankte sich, dann eilte sie die Stiege wieder hinunter und in Richtung der kleinen Kirche des Spitals.

Als sie sie jedoch durch dieselbe Tür betrat wie am Tag zuvor, fand sie sie leer bis auf einen der jungen Scholaren, der dabei war, neue Kerzen auf die Halter am Altar zu stecken, und Dr. Spindler, der vor der Madonnenstatue kniete und betete.

Als er Katharinas Schritte hörte, drehte er sich um.

»Katharina! Was führt Euch her?« Sein Lächeln war herzlich, doch zwischen seinen Augenbrauen stand eine steile Falte, die Katharina daran erinnerte, dass gestern der Spitalmeister ermordet worden war. Wahrscheinlich gab es hier im Augenblick genauso viele traurige Pflichten zu erledigen wie im Fischerhaus, dachte sie.

»Ich bin auf der Suche nach meiner Mutter«, erklärte sie ihm. »Eine der Mägde sagte mir, sie sei hier zum Beten.« Sie blickte sich um. Der Scholar war mit seiner Arbeit fertig. Er machte vor dem Altar einen Knicks, dann nickte er Dr. Spindler zu und verließ die Kapelle. Die ledernen Sohlen seiner Sandalen klangen auf dem gepflasterten Weg draußen nach, bis die Tür hinter ihm ins Schloss fiel und das Geräusch abschnitt.

Dr. Spindler bewegte sich auf der Gebetsbank. Seine Bewegungen sahen mühsam aus, und er ächzte schmerzvoll. »Oh, das ist sie, ja.« Mit dem Kinn wies er auf eine niedrige Tür, die sich zwischen Beichtstuhl und Altarraum befand. Sie war aus hellem Holz und mit silbernen Metallbändern kreuzweise verziert, in die ein Metallschläger kleine Blumen gepunzt hatte. Katharina wusste, dass sich dahinter die ehemalige Sakristei der Kapelle befand. Nachdem man das Gotteshaus umgebaut und erweitert hatte, war sie ihrer ursprünglichen Funktion beraubt und diente nun als eine Art Seitenkapelle. In ihr befand sich ein schlichter

Holzaltar mit einer Schnitzerei, die Mariae Verkündigung zeigte. Der Anblick des Engels darauf war für Katharina nur schwer zu ertragen.

»Warum hat sie sich dorthin zurückgezogen?«, fragte sie nun.

»Sie möchte sich besinnen«, erklärte Spindler und lächelte leicht. »Ich fürchte, daran bin ich nicht ganz unschuldig. Wir hatten gestern ein Gespräch …«

»Über die Frage, wie eine Witwe gottesfürchtig leben kann«, vermutete Katharina.

»Genau.« Dr. Spindler erhob sich. Es sah mühsam aus, und Katharina erinnerte sich daran, dass er unter starken Schmerzen litt. »Nun«, sagte der Priester. »Ich habe ihr gerade die Beichte abgenommen. Ich denke, wir sollten sie nicht stören.«

Katharina war erleichtert. Offenbar hatte Johannes gestern Abend die Angelegenheit gründlich missverstanden. Mechthild ging es gut. Es gab keinen Grund zur Sorge.

»Komm!«, sagte Spindler, legte ihr eine Hand unter den Ellenbogen und geleitete sie zu einer der Kirchenbänke, wo er ihr bedeutete, sich hinzusetzen.

Katharina fügte sich. »Eure Hüfte ist immer noch nicht besser. Wenn Ihr mir sagen würdet, was für Beschwerden Euch plagen …«

»Nun.« Der Priester rieb sich den Nasenrücken. »Ich denke, das wird nicht nötig sein.« Als er sich nun neben sie setzte, ächzte er nicht mehr. Katharina fragte sich, ob er das absichtlich tat, um sie zu beruhigen. »Erzählt mir doch lieber, wie Ihr mit der Lektüre des Jungfrauenspiegels vorankommt!«

»Ich habe darin gelesen«, sagte sie wahrheitsgemäß.

Er musterte sie, und sie war sicher, dass er sich fragte, wie lange das gewesen war. Wie stets erwies er sich als nachsichtiger Beichtvater und hinterfragte es nicht. »Gut«, sagte er nur und nickte vor sich hin.

Sie überlegte, was er nun von ihr erwartete. »Darf ich Euch eine Frage stellen?«, erkundigte sie sich.

Er lächelte. »Darum sitze ich hier, denke ich.«

Sie erwiderte sein Lächeln. »Als Brunhild gestern gestorben ist, da habt Ihr mir gesagt, dass der Mensch mit jedem Atemzug sündigt. Wie kann ich damit leben?«

»Nun. Durch Adams Sündenfall im Paradies kam die Sünde auf jeden Menschen nieder. Wir werden in Sünde empfangen, in Sünde geboren, und wir leben in Sünde. Bis zu unserem letzten Atemzug. Aber wir müssen daran nicht verzweifeln, denn Christus hat uns durch seinen Kreuzestod errettet.«

Katharina wusste, dass Spindler das aus ganzem Herzen glaubte, und sie war mehr als neidisch auf seine Sicherheit. »Ihr sprecht von der Erbsünde. Ich meine aber meine eigenen alltäglichen Sündhaftigkeiten.« Sie zögerte, dachte an ihre unkeuschen Träume, für die sie doch nichts konnte, oder? »Was ich meine, ist: Bin ich frei zu entscheiden, ob ich sündigen will oder nicht?«

»Ihr seid frei, Euch gegen die Sünde zu entscheiden. Natürlich.«

»Aber wenn es stimmt, was die Priester sagen, wenn alle Schöpfung und jeder Mensch von Gott vorhergedacht und vorherbestimmt sind, dann heißt das doch nichts anderes, als dass Gott wollte, dass Brunhild ohne die heiligen Sakramente stirbt. Und dann heißt es auch, dass er es so bestimmt hat, dass ich … sündige Träume habe.« Sie musste sich ein Herz fassen, es auszusprechen.

Spindler sah sie an. In schneller Folge huschten mehrere Gefühlsregungen über sein Gesicht, zuerst Verwunderung, dann Nachdenklichkeit und schließlich Traurigkeit. »Eure Träume«, sagte er langsam, »sind nicht von Gott geschickt.«

»Sondern vom Teufel, der mich verderben will, ich weiß schon!« Sie fühlte Widerwillen gegen ihre eigenen Worte. »Was ich sagen will, ist: Wenn Gott alles, was geschieht, so will, warum hat er dann zugelassen, dass Luzifer aus dem Himmel stürzt und …«

»Kind!« Spindler griff nach Katharinas Händen. »Ihr grübelt über Dinge, die sogar den gelehrtesten Theologen den Schlaf rauben!«

»Was ich einfach nur wissen muss«, murmelte sie, »ob es für mich überhaupt einen Weg gibt, Gottes Gnade zu erlangen.«

Um seine Augen erschien ein weicher Zug. »Die Tatsache, dass Ihr diese Zweifel mit Euch herumschleppt, sollte Euch ein Zeichen sein, so hell wie ein Leuchtfeuer in dunkelster Nacht!«

Sie blickte ihn verwundert an. Gewöhnlich neigte er nicht zu so blumiger Sprache.

Jetzt lachte er leise auf. »Jeder große Heilige war von Zweifeln darüber zerfressen, ob er der Gnade Gottes teilhaftig ist oder nicht.«

»Was kann ich tun, um Gottes Gnade zu erlangen – abgesehen davon, Euer Buch zu lesen und zu versuchen, danach zu leben?«

Übergangslos wurde er ernst und ließ nun auch Katharinas Hände los. »Wir haben keinerlei Einfluss darauf, ob wir der göttlichen Gnade teilhaftig werden oder nicht, denn wenn wir uns für die Gnade entscheiden, dann ist dies selbst bereits das Geschenk der Gnade.«

Verwirrt senkte Katharina den Blick, doch bevor sie noch sagen konnte, dass sie ihn nicht verstand, sprach Spindler schon weiter. »Vertrauen, Kind. Das ist das einzige Mittel.«

Hilflos schüttelte sie den Kopf, und sie wusste, dass er es falsch deuten musste. Er würde denken, sie verstehe noch immer nicht, was er ihr sagen wollte. In Wahrheit jedoch konnte sie nicht vertrauen. Das war die Ursache für alles, vielleicht sogar die Ursache für ihre *melancholia*. Sie vertraute nicht. Nicht ihrer Mutter. Nicht den Menschen, die sie liebten. Nicht Gott. Und schon gar nicht sich selbst.

Sie schloss die Augen und hielt die Luft an, bis ihr schwindelig wurde.

»Kind!« Ganz sanft war Spindlers Stimme. Er wartete, bis sie ihn ansah. »Wenn Ihr selbst nicht daran glauben könnt, dann vertraut mir. Ich bin mir sicher, dass Ihr der Gnade teilhaftig seid. Ihr seid voller Zweifel, aber genau das macht Heiligkeit aus!«

Heiligkeit! Katharina stieß Luft durch die Nase. Hatte nicht auch Donatus dieses Wort im Zusammenhang mit ihr erst kürzlich benutzt?

Sie nickte. Dann erhob sie sich, schaute von oben herab auf den Priester nieder. »Ich danke Euch«, sagte sie leise.

Und während sie den Mittelgang entlangschritt, um die Kapelle zu verlassen, kreisten ihre Gedanken immer nur um das Eine. Sie konnte nicht vertrauen.

Auch Spindler nicht?

14. Kapitel

Mit weit ausgreifenden Schritten, denen sein Gehilfe Klaus Eberlein kaum zu folgen vermochte, schritt Gernot Silberschläger die Burgstraße entlang in Richtung Pegnitz. Er hatte schlechte Laune, weil er die vergangene Nacht wegen dieses elenden Predigermönchs und der Vereinbarung über Katharina Jacob, zu der er sich hatte überreden lassen, schlecht geschlafen hatte. Sein Magen schmerzte noch immer von dem Branntwein, den er vor dem Zubettgehen getrunken hatte. Und zu allem Überfluss hatte man heute Morgen eine weitere Leiche mit aufgeschlitzter Kehle gefunden. Eben dahin war er jetzt auf dem Weg.

Er unterdrückte einen lästerlichen Fluch. Wenn er wenigstens dem Gedanken, mit dem er kurz vor Sonnenaufgang aufgewacht war, nachgegeben und sich mit einer seiner Dienstmägde ein wenig vergnügt hätte. Dann wäre der Druck in seinem Innersten nun nicht ganz so groß gewesen. Aber er hatte sich dagegen entschieden, das Mädchen zu sich zu rufen, weil ihm wieder Katharinas Gesicht erschienen war und er plötzlich keine Lust mehr auf die dümmlichen Hühner gehabt hatte.

»Wo liegt diese Leiche?«, schnaufte Eberlein neben ihm und riss ihn damit aus seinen Selbstvorwürfen. Das breite Gesicht des Büttels war übersät mit roten Flecken, von denen die meisten jedoch nicht vom schnellen Laufen, sondern eher von zu viel Branntweingenuss kamen.

»Im Gerberviertel«, gab Silberschläger zurück.

Grimmig versuchte er, sich auf seine Pflicht zu konzentrieren. Erst würde er sich um diese Leiche kümmern, und dann wollte er zu Kramer gehen, ihm sein Geld zurückgeben und ihm sagen, er solle sich jemand anderen suchen, der ihm half, Katharina ins Lochgefängnis zu werfen. Und danach würde er sie vielleicht vor diesem Kerl warnen …

Eberlein stolperte über einen hochstehenden Pflasterstein. »Im Gerberviertel?«, meinte er erstaunt. »Eine Frau von dort?«

Silberschläger nickte. »Offenbar ein Marktweib.« Er wusste, warum Eberlein so verwundert aussah. Wenn es einen Mord im Spittlertor- oder im Gerberviertel gab, schickte Silberschläger gewöhnlich seine Männer dorthin. Denn was er an seiner Arbeit als Lochschöffe überhaupt nicht mochte, war die Tatsache, dass er sich auch um Morde zu kümmern hatte, die in den Armutsvierteln geschahen. Dabei konnte man sich kaum Sporen verdienen, und wenn es ihm tatsächlich ab und an gelang, den Täter unter diesen erbärmlichen Gestalten ausfindig zu machen, ließ sich daraus meist nicht einmal persönlicher Profit schlagen. Was der Grund dafür war, dass Silberschläger es so oft wie nur möglich vermied, sich mit solchen Fällen selbst zu befassen.

Missmutig trat er einen Kieselstein aus dem Weg. »Es wurde gemeldet, dass der Frau die Kehle aufgeschlitzt worden ist«, sagte er.

»Die Kehle aufgeschlitzt!« Verstehend nickte der Büttel.

Silberschläger wusste, was er dachte. »Ja. Genau wie dem Spitalmeister. Und dem Kerl von neulich.«

Ein paar Wochen vor dem toten Konrad Rotgerber hatten sie schon eine Leiche entdeckt, der man die Kehle von einem Ohr zum anderen aufgeschlitzt hatte: die Leiche eines Mannes, der nicht aus Nürnberg stammte, sondern fremd in der Stadt gewesen war. Da in diesem Fall der Friede der Stadt nicht gestört worden war, hatte man zwar den Toten ins Lochgefängnis geschafft, wie es bei Mordopfern üblich war, dann aber die Sache auf sich beruhen lassen.

Bis gestern. Konrad Rotgerber war alles andere als fremd hier. Und er hatte als Mann von tadellosem Leumund gegolten.

»Ein Fremder, ein Spitalmeister und ein Marktweib?« Eberlein kratzte sich am Kinn. »Wie passt das zusammen?«

Silberschläger zuckte die Achseln. Genau das hatte er sich auch schon gefragt.

»Ist es derselbe Mörder?«, sann Eberlein.

»Möglich.« Silberschläger schauderte. »Aber selbst wenn es so ist, müssen wir versuchen, jeden Anschein davon zu vermeiden.«

Eberlein war anzusehen, dass er sich fragte, warum, aber Silberschläger zog es vor, sich ihm nicht zu erklären. Auf keinen Fall durften die Leute denken, dass schon wieder ein wahnsinniger Mörder in Nürnberg sein Unwesen trieb. Zweimal war dies allein in den letzten zwei Jahren der Fall gewesen, und jedes Mal war es dabei zu äußerst unschönen und gefährlichen Ausschreitungen gekommen. Einmal waren diese Ausschreitungen allerdings auch der Grund für seine Begegnung mit Katharina Jacob gewesen.

Katharina …

Konzentrier dich!, mahnte er sich. *Ein jedes Ding zu seiner Zeit.*

Seine Aufgabe war es, das Gleichgewicht wiederherzustellen, das durch die feigen Morde in ihrer Stadt entstanden war. Zahn um Zahn, so stand es schon in der Bibel. Ein Mord bedurfte der entsprechenden Sühne, und es war wichtig, dafür zu sorgen, dass der Mörder möglichst schnell seinen Henker traf.

An der Pegnitz bogen Silberschläger und Eberlein ab und erreichten schon wenig später den Eingang zum Gerberviertel. Ein abgerissen aussehendes Mädchen lief ihnen über den Weg, schmutzig das Gesicht und nackt die Füße und Beine. Bei diesem Anblick musste Silberschläger an die Schenkel der Athene in seinem Kontor denken. Ob Katharinas …

Er unterdrückte ein Ächzen.

Aus stumpfen Augen starrte das Kind Silberschläger an, trottete dann aber weiter, ohne das Wort an ihn zu richten.

»Pöbel!«, entfuhr es ihm unwillkürlich.

Eberlein nickte, und Silberschläger wusste, dass sie beide das Gleiche dachten. Pöbel und Fremde. Einer so schlimm wie der andere! Sollten sie sich doch gegenseitig die Kehle aufschlitzen!

Wie passte Rotgerber in das Bild?

Mit großen Schritten bog Silberschläger um eine Ecke. Hier irgendwo musste es sein – wenn er den Wegbeschreibungen seiner Männer Glauben schenken konnte. Sein Blick fiel auf einen schmalen Durchlass, in dem ein einzelnes schneeweißes Huhn herumstolzierte und Körner vom schmutzigen Boden aufpickte.

»Da ist es.« Er wies auf das Tier. »Kommt!«, forderte er seinen Büttel auf und betrat die Gasse.

Die Marktfrau, die die Tote gefunden hatte, war noch immer da. Zwei Büttel bewachten sie und gaben acht, dass sie sich nicht heimlich aus dem Staub machte. Ihr schien es gar nicht zu gefallen, dass sie hier festgehalten wurde. Mit schriller Stimme und weit ausholenden Gesten beschwerte sie sich lauthals bei Silberschläger, kaum dass dieser vor ihr aufgetaucht war.

»Seid Ihr dieser Lochschöffe, auf den ich warten soll?« Sie streckte einen dürren Zeigefinger nach ihm aus, als wolle sie ihm drohen. »Ich habe nicht ewig Zeit! Ich muss auf den Markt zurück und mein Fass abholen. Rotraud wartet nicht ewig auf mich, und das Geld muss ich auch zu Hause abliefern. Mein Mann wundert sich bestimmt schon, wo ich bleibe!« In dieser Weise ging es noch eine ganze Weile weiter. Silberschläger hörte kaum richtig hin, sondern nutzte die Zeit dafür, das Marktweib genauer zu betrachten.

Sie hatte ein hageres Gesicht, strähnige blonde Haare, die sie nur nachlässig unter einer Haube verborgen hatte. Das Auffallendste und eigentlich auch das Anziehendste an ihr waren ihre ebenmäßigen weißen Zähne. Leider saßen sie hinter schmalen, blutleeren Lippen, denen man ansehen konnte, dass ihre Besitzerin im Leben nicht allzu viel zu lachen hatte.

Nein, sie reizte ihn nicht im mindesten.

»Bist du jetzt endlich fertig?«, fragte er, als die Frau einmal kurz Luft holen musste.

Erbost starrte sie ihn an, um dann zu nicken.

»Gut.« Silberschläger straffte seine Schultern und verschob den Gürtel ein wenig, so dass die Frau sein Schwert bemerken musste. »Wie ist dein Name?«

»Lisa«, antwortete sie. Auf einmal klang sie weitaus weniger wütend. Fast schüchtern senkte sie den Blick.

Silberschläger unterdrückte ein zufriedenes Lächeln. Bisher hatten seine imposante Gestalt und die Tatsache, dass er als Ratsmitglied und vereidigter Lochschöffe Schwert und Dolch am Gürtel trug, noch stets ausgereicht, um Angehörige des Pöbels zu beeindrucken.

»Gut. Lisa. Was ist geschehen?«

Sie schluckte und wies hinter sich in die Tiefe der Gasse. Das Huhn pickte noch immer um sie herum und machte dabei leise Geräusche, die in Silberschlägers Ohren irgendwie zufrieden klangen. Mit einem blitzschnellen Tritt beförderte er das Tier aus seiner Reichweite. Es schrie auf, Federn flogen durch die Luft, dann prallte es gegen die Wand des nächsten Hauses, wo es für einen Moment lang benommen liegen blieb.

Lisa schluckte erneut, heftiger diesmal.

Silberschläger genoss das Gefühl, Macht über sie zu haben. Kurz schweiften seine Gedanken ab zu Katharina Jacob.

»Also?«, fragte er und fand, er klang dabei überaus liebenswürdig.
»Gertrud«, haspelte Lisa. »Meine … Bekannte. Sie ist tot. Liegt da hinten in dem Hof, und jemand hat ihr …«

Mit einer harschen Handbewegung schnitt Silberschläger ihr das Wort ab. »Das weiß ich alles längst.« Er hatte gehofft, aus dieser Krähe etwas Brauchbares herauszubekommen – irgendeinen Hinweis, dem er nachgehen konnte und der ihn am Ende zu dem Mörder führen würde. Doch Lisa verlor jetzt zusehends an Selbstbeherrschung. Zuerst füllten Tränen ihre Augen, dann begann ihr Kinn zu zittern. Silberschläger unterdrückte ein Seufzen. »Ich werde mir selbst ein Bild machen, was mit ihr passiert ist. Komm mit!«

Lisa war anzusehen, dass es ihr gar nicht behagte, sich Gertruds Leiche noch einmal nähern zu müssen, aber sie wagte es nicht, Silberschläger zu widersprechen. Tapfer blinzelte sie die Tränen fort. Sie nickte, dann folgte sie dem Lochschöffen und Eberlein, der vorausging, tiefer in das Dunkel der schmalen Gasse hinein.

Das Huhn hatte sich inzwischen von dem Tritt erholt und rappelte sich auf. Als es seine Körnersuche fortsetzte, hing sein rechter Flügel lahm nach unten.

Die Tote lag hinter einer Biegung, vor einem der Hühnerställe, die hier im trüben Halbdunkel in mehreren Reihen übereinandergestapelt waren. Das Erste, was Silberschläger wahrnahm, als er seinen Blick auf den zerschundenen Körper der Frau richtete, war das viele Blut. In einer riesigen Lache hatte es sich rund um ihren Körper ausgebreitet, fast kreisrund, unterbrochen nur von einer schmalen Stelle, deren Herkunft Silberschläger sich nicht sofort erklären konnte.

Das Zweite, was er sah, war der tiefe, klaffende Schnitt, der von einem Ohr der Toten bis zum anderen reichte. Etwas schimmerte gelblich-weiß in dem roten Fleisch, und Silberschläger brauchte einen Moment, bis er begriff, dass es sich um einen Knochen der Wirbelsäule handelte. Der Mörder, der diesem dämlichen Weib die Kehle aufgeschlitzt hatte, war mit großer Brutalität und offenbar auch mit ziemlich viel Kraft vorgegangen.

Genau wie bei Rotgerber.

Silberschlägers Magen hob sich bedrohlich. Zum Glück war er beim Frühstück unterbrochen worden, bevor er mehr als ein paar Bissen herunterbekommen hatte. Das kam ihm jetzt zugute. Er richtete einen Blick auf Eberlein, der mit einem Gesicht, das in rascher Folge zwischen schneeweiß und grasgrün wechselte, neben ihm stand.

»Hast du den Täter gesehen?«, fragte er Lisa. Im Leben musste die Tote einmal recht hübsch gewesen sein, dachte er.

Er erhielt keine Antwort. Erst, als er den Blick auf die Marktfrau richtete, begriff er, dass sie genickt haben musste. Sie tat es noch immer. Mit großen Augen starrte sie auf die Leiche, und dabei wackelte ihr Kinn auf und ab, als sei sie eine dieser teuren Puppen, die mit einer Zahnradmechanik im Inneren versehen waren und stets nur dieselbe Bewegung ausführen konnten.

»Du hast den Mörder gesehen?« Silberschläger griff nach Lisas Arm und ruckte daran, um die Marktfrau auf sich aufmerksam zu machen.

Langsam, wie im Rausch, wandte sie ihm das Gesicht zu, doch es dauerte eine Weile, bevor sie ihn tatsächlich ansah.

»Herrgott!«, entfuhr es Silberschläger. »Rede schon, Frau!«

»Ja«, flüsterte sie. Ihre Hände hatten sich in die Falten ihres Rockes gekrampft.

»Wie sah er aus?«

Sie verdrehte die Augen gen Himmel, und kurz hatte Silberschläger die Befürchtung, sie würde ihm hier und jetzt ohnmächtig werden. Doch offenbar war dies die Miene, die sie gewöhnlich beim Nachdenken aufsetzte. »Groß. Schlank.« Sie musterte Silberschläger von Kopf bis Fuß. »Viel schlanker als Ihr. Und auch größer.«

Eberlein stieß ein kurzes Schnauben aus. »Geht es vielleicht ein bisschen genauer?«, schnauzte er.

Lisa zuckte zusammen. Ihr Blick fiel auf die Tote, und plötzlich waren ihre Augen wieder voller Tränen. Diesmal liefen sie über. »Ich …« Lisa schniefte. »Ich weiß es doch nicht!« Ein Schluchzen schüttelte sie so heftig, dass ihr gesamter Körper zu beben begann.

»Großartig gemacht!«, knurrte Silberschläger Eberlein an.

Der zog den Kopf ein.

»Was soll's!« Silberschläger starrte auf die Tote. »Das ist nur ein Marktweib. Sagt den anderen Bescheid: Sie kann jetzt abgeholt werden.«

Bei diesen Worten unterbrach Lisa ihr Schluchzen. »Was passiert jetzt mit ihr?«

»Sie kommt ins Lochgefängnis«, erklärte Eberlein ihr mit übertrieben sanftem Tonfall. »Dort wird sie eine Weile bleiben, während wir versuchen, ihren Mörder zu finden. Aber es wird nicht leicht sein, wenn du uns nicht eine genauere Beschreibung lieferst.«

»Ich habe ihn doch kaum gesehen, es ging alles so schnell!«, jammerte die Frau. Sie wich seinem forschenden Blick aus. »Ich bin hergekommen, und er ist an mir vorbeigetaumelt. Teuer angezogen war er, das weiß ich noch.«

Ein Patrizier? Das fehlte ihm noch! Silberschläger unterdrückte einen Fluch. Besser, er verfolgte diese Spur erst einmal nicht so genau. Sowieso war es eher unwahrscheinlich, dass ein Mann von Stand solcherart Verbrechen beging, oder? Nein, er war sich ziemlich sicher, dass er den Mörder unter Gesindel und lichtscheuen Gestalten suchen musste.

Sein Blick fiel auf die armselig gekleidete Tote. »Nun«, sagte er und mühte sich um einen beruhigenden Tonfall. »Wir werden sehen.«

»Ihr müsst ihren Mörder finden!«, rief Lisa plötzlich. »Gertrud war zwar nur eine einfache Frau, aber es darf doch nicht sein ...« Sie verstummte, schlug die Hand vor den Mund und schüttelte ungläubig den Kopf.

»Wir nehmen uns der Sache an«, versicherte Eberlein ihr. »Weißt du, ob Gertrud irgendwelche Feinde hatte?«

»Feinde?« Lisa glotzte ihn verständnislos an.

»Gibt es Leute, die sich mit ihr gestritten haben? Irgendwelche Drohungen?«

»Gestritten?«, echote sie erneut, und Eberlein wollte sich schon abwenden, als sie ausrief: »Da war was!«

Jetzt war auch Silberschlägers Neugier geweckt. »Was meinst du?«

»Gestern Morgen!«, sagte Gertrud. »Da war eine Frau bei ihr am Marktstand. Sie hat behauptet, Gertruds Eier seien vergiftet. Sie haben eine ganze Weile miteinander gestritten.«

Silberschläger winkte ab. »Eine Frau hat nicht genug Kraft ...«

»Katharina!«, fiel ihm Lisa ins Wort. »So hieß sie! Katharina Jacob!«

Herr im Himmel! Silberschläger zuckte zusammen. »Sag das noch mal!«, befahl er scharf.

Lisa erstarrte vor Schreck. »Katharina Jacob«, wiederholte sie.

Konnte es wahr sein? War es göttliche Fügung, dass dieser Name ausgerechnet jetzt fiel, nur wenige Stunden nachdem Heinrich Kramer ihm ihren Namen ebenfalls genannt hatte? Und wenn ja: Was wollte Gott ihm dann damit sagen? Wollte er, dass dieser Mönch Katharina in die Finger bekam? Oder war es gerade das Gegenteil? Sollte er Katharina vor seinen dürren Klauen retten?

Silberschläger unterdrückte die Erregung, die in seinen Adern zu pulsieren begann. Ein Zeichen!, dachte er. Nun musste er nur noch herausfinden, was es zu bedeuten hatte.

Und das hieß, dass er Katharina aufsuchen musste.

Silberschläger spürte, wie sich das Pulsieren in seinen Adern nach unten ausbreitete und es in seiner Hose eng wurde.

Nachdem Donatus eine Weile wie ein gefangenes Raubtier im Hinterhof auf und ab marschiert war, war Hiltrud auf ihn aufmerksam geworden. Sie trat durch die Hintertür und fragte ihn, ob sie ihm helfen könne. Wortlos ließ er Hiltrud stehen, stürzte aus dem Hinterhof, rannte auf die Gasse und von dort aus weiter. Und weiter. Weiter! Die Bestürzung einfach aus dem Leib rennen. Quer durch drei Stadtviertel, atemlos vor Entsetzen und getrieben von den Dämonen, die Tobias' Worte in ihm wachgerufen hatten. Erst als seine Schritte schwer auf den Holzbohlen des Drudenstegs polterten, wurde ihm klar, wohin es ihn getrieben hatte.

Unvermittelt blieb er stehen, starrte in das aufgewühlte Wasser der Pegnitz, die hier durch ein Gitter in der Stadtmauer floss.

»Kilian!« Der Schrei steckte in seinem Hals fest, drängte schmerzhaft über seine Lippen. Donatus umklammerte das Geländer und legte die Stirn auf seinen Handrücken ab.

Hier hatten sie Kilian mit langen Stangen aus dem brodelnden Wasser gezogen.

Wie eine riesige schneeweiße Puppe hatten sie ihn am Ufer abgelegt, und Donatus war neben ihm auf die Knie gesunken. Ungläubig hatte er auf das regungslose geliebte Gesicht gestarrt, und für einen langen Augenblick hatte er es nicht gewagt, es zu berühren. Einzelne Haarsträhnen hatten nass auf der blassen Haut geklebt, und als Donatus es endlich geschafft hatte, sie fortzustreichen, waren Wassertropfen daraus hervor geronnen und hatten Kilians Wangen genetzt. Sie hatten wie Tränen ausgesehen.

Donatus selbst hatte nicht geweint. Nicht in diesem Moment, in dem der Schmerz sich in seinem Herzen mit dem Hass gegen jenen Menschen vermischte, der ihm das Schreckliche angetan hatte. Und auch nicht, als er erfuhr, dass Kilian als Selbstmörder ein christliches Begräbnis in geweihter Erde verwehrt werden würde. Er schwieg, als sie Kilian in einem Loch verscharrten, und auch noch, als die Gerüchte aufkamen, dass es an Heilig-Geist zu sodomitischen Praktiken gekommen war. Erst als sie behaupteten, Kilian sei wohl selbst Sodomit gewesen, da machte Donatus endlich den Mund auf. Er schrie sie alle an, all die Männer in diesem ehrwürdigen Spital, die Priester und Bader und Heiler. Den Spitalmeister und sogar dessen Frau beschuldigte er, sich an Kilian vergangen zu haben.

Am Ende hatte er froh sein können, dass sie ihn einfach nur rauswarfen. Sie hätten ihn ebenso wie Kilian anklagen können, denn durch die Gefühle, die er für den Jungen empfunden hatte, hatte auch er sich am göttlichen Gesetz versündigt. Doch sie hatten es vorgezogen, ihn in die Gosse zu stoßen, um eine offizielle Untersuchung zu vermeiden.

Jetzt hob Donatus den Kopf. Seine Lider brannten. Ein wenig Gischt sprühte in die Höhe und netzte sein Gesicht. Sie fühlte sich kalt an.

Er musste zurück zu Tobias! Der Junge war der Einzige, der ihm einen Namen nennen konnte. Donatus musste noch einmal versuchen, mit ihm zu reden, und diesmal würde er stärker sein und es noch behutsamer angehen.

Für Kilian.

Er löste die Hände vom Brückengeländer. Dann machte er sich auf den Weg nach Hause.

Als er das Fischerhaus erreichte, stand ein Karren vor der Tür, und zwei kräftige Männer waren gerade dabei, die Leiche von Brunhild abzutransportieren.

Hiltrud stand im Flur und warf ihm einen bösen Blick zu, den er nur zu gut zu deuten wusste. *Wo warst du?*, bedeutete er. *Warum kümmerst du dich nicht um deine Pflichten hier?*

Er achtete nicht auf sie, sondern drängte sich an ihr vorbei. Mit langen Schritten rannte er die Treppe hinauf bis vor Tobias' Kammer.

Er hatte schon die Faust erhoben, um gegen die Tür zu klopfen, doch dann ging ihm auf, dass er sich vorgenommen hatte, behutsamer zu sein. Also ließ er den Arm wieder sinken. »Tobias?«, rief er durch die Tür.

»Da wirst du kein Glück haben.« Hiltrud stand auf halber Treppe, so dass sie ihm über den obersten Absatz hinweg einen Blick zuwerfen konnte.

Fragend wandte Donatus sich zu ihr um.

»Er ist weg.«

Ihre Worte rannen eisig durch Donatus' Verstand. »Weg?« In seiner Phantasie sah er gurgelndes Wasser, einen leblosen Körper, der diesmal nicht Kilians Züge trug, sondern die von Tobias.

Hiltrud nickte. »Er muss kurz nach dir fortgerannt sein. Geh ruhig rein und sieh selbst nach!«

Das tat er. Er fasste nach der Klinke und drückte sie hinunter. *Lass versperrt sein!*, flehte er, bevor er die Tür aufdrückte. *Lass ihn auf seinem Bett sitzen, Herr! Bitte! Er soll mich anschreien, auf mich einprügeln, weil ich ihn nicht in Ruhe lasse, es ist mir recht. Nur lass ihn da sein!*

Doch sein Flehen war vergeblich.

Völlig ungehindert schwang die Tür auf und gab den Blick auf die Kammer frei.

Sie war leer.

Das Grab von Katharinas Halbbruder Matthias befand sich auf dem kleinen Friedhof an der Nordseite der großen Bürgerkirche in der Nordstadt. Katharina erreichte es genau in dem Moment, in dem die Glocken von St. Sebald den Beginn der fünften Tagstunde schlugen.

Ein schlichtes Steinkreuz markierte jene Stelle, an der Matthias' sterbliche Überreste begraben lagen. Über dunkler Erde und einigen wenigen längst verblühten Herbstblumen ragte es auf. *Matthias Körber* stand darauf und das Datum seines Todes.

Nur das Jahr, kein Tag, kein Monat.

1491. Das Jahr des Großen Wahnsinns.

Am Rand des Grabes ließ Katharina sich auf die Knie sinken. Es kümmerte sie nicht, dass ihr Rock dabei schmutzig wurde. Sie zog einige der verwelkten Blumen aus der Erde und häufte sie neben sich auf dem schmalen Friedhofsweg auf. Sie war in der letzten Zeit nicht mehr sehr oft hier gewesen. Die viele Arbeit im Fischerhaus hatte sie davon abgehalten, hatte die Erinnerung an ihren Bruder mit anderen Dingen überlagert und die Trauer um ihn mit der Zeit erträglich gemacht. Doch das Gespräch mit Arnulf gestern Abend hatte Katharina zum ersten Mal seit längerem wieder an Matthias denken lassen, und nach ihrem Besuch im Spital eben, bei dem sie ihre Mutter nicht angetroffen hatte, war das Bedürfnis in ihr erwacht, hierherzukommen. Einen Moment lang mit ihrem verstorbenen Bruder allein zu sein.

»Ach, Matthias!«, seufzte sie.

Das Gespräch mit Spindler, das sie eben geführt hatte, ging ihr im Kopf herum, vermischte sich mit der Erinnerung daran, wie ihr Vater versucht hatte, die *melancholia* mit dem Gürtel aus ihr herauszuprügeln. Einmal – sie war vielleicht zwölf Jahre alt gewesen – hatte ihr Bruder sie gegen ihren Vater verteidigt. Der Gürtel war genau einmal auf Katharinas Rücken niedergefahren, als er seinem Vater in den Arm gefallen war. Wie einen halbvollen Strohsack hatte er ihn zur Seite gestoßen, und als ihr Vater, von der Wucht des Angriffs überrascht, auf dem Hintern saß, stand Matthias mit blitzenden Augen über ihm.

»Rühr sie nie wieder an!«, schrie er. »Sie ist nicht besessen! Hörst du mich? Sie ist nicht besessen!«

Ihr Vater brauchte einen Moment, bis er seine Überraschung überwunden hatte. Dann hatte er sich aufgerappelt und sich nach seinem Gürtel gebückt. Katharina befürchtete, dass er sich nun Matthias vorknöpfen würde, aber er hatte nur schweigend den Kopf geschüttelt und war fortgegangen.

Zwei Tage war er nicht nach Hause gekommen, und als er schließlich doch noch zurückgekehrt war, hatte er Matthias eine solche Abreibung verabreicht, dass der Junge fast eine Woche lang im Stehen essen musste.

Diese Auflehnung ihres geliebten Bruders gegen die Macht des Vaters war der Beginn von Katharinas langem Weg gewesen, sich von der Angst, sie könnte besessen sein, zu befreien. Mühsam hatte sie sich Stück für Stück von diesem Glauben freigemacht, hatte durch Taten und Gedanken darum gerungen, ihre Angst zu überwinden. Und nun? Hatte sie all diese Mühen, all die finsteren Nächte voller Grübelei und Hadern nur dafür auf sich genommen, dass sie jetzt mit Spindlers Hilfe erkannte, dass ihre *melancholia* eigentlich von einer ganz anderen Ursache herrührte?

Vom Fehlen göttlicher Gnade?

Ein Windhauch ging durch die Friedhofsbüsche, die den Weg auf der anderen Seite der Grabstellen säumten. Katharina fröstelte.

»Matthias«, murmelte sie erneut.

Der Wind legte sich wieder, und für einen ganz kurzen Moment hatte Katharina das Gefühl, jemand stünde hinter ihr. Sie glaubte, eine warme Hand zu spüren, die über ihrer Schulter schwebte, sie jedoch nicht berührte.

Rasch drehte sie sich um.

Doch da war niemand.

Tränen traten ihr in die Augen. Matthias war fort. Für immer. Bei ihm konnte sie keinen Trost mehr finden, und der einzige Mann, bei dem sie es seither gekonnt hatte, war weit, weit entfernt in der Toskana.

»Richard«, flüsterte Katharina.

Dann erhob sie sich. Sie klaubte die verwelkten Blumen auf, warf sie auf den Haufen in der Ecke des Friedhofes, der dafür vorgesehen war. Schließlich machte sie sich auf den Weg nach Hause.

Sie hatte Hiltrud und die anderen einfach mit all ihren Pflichten alleingelassen. Es wurde Zeit, dass sie sich zusammenriss und sich endlich wieder um die Menschen kümmerte, die ihr anvertraut waren.

Arnulf erwachte, weil jemand lautstark an die Tür klopfte.

Neben ihm regte sich etwas, die Decken und Kissen des Bettes gerieten in Bewegung, und dann kam ein verstrubbelter Haarschopf zum Vorschein. »Wer ist das?«, murmelte Mina verschlafen.

Arnulf hatte sich aufgesetzt. Jetzt schlang er das Laken um seine Hüften, mit dem Mina selbst gerade versuchte, ihre Blöße zu bedecken. »He!«, protestierte sie, überließ ihm das Laken jedoch. Ohne sich um ihre Nacktheit zu scheren, drehte sie sich auf den Rücken und verschränkte die Arme hinter dem Kopf. »Wer es auch ist: Schick ihn wieder weg!«

Arnulf ging zur Tür, schob den Riegel zur Seite und spähte auf den Gang hinaus.

»Ausgeschlafen?« Die Stimme von Niklas, dem Wirt der »Krummen Diele« klang spöttisch.

»Nein«, gab Arnulf ebenso spöttisch zurück. »Von einem Narren aufgeweckt worden, der nicht weiß, dass er mit seinem Leben spielt.«

Gleichgültig zuckte Niklas die Achseln. »Ich wollte dich eigentlich nur fragen, wie weit du mit deinen Nachforschungen bist.« Unten in der Küche fiel irgendetwas Schweres zu Boden und schepperte dabei laut. Niklas verzog missbilligend die Augenbrauen, richtete seine Aufmerksamkeit dann jedoch wieder auf Arnulf.

»Bisher war ich noch nicht sehr erfolgreich«, gab der Nachtrabe zur Antwort. »Aber ich tue mein Bestes.«

Wenn Niklas ahnte, dass er angelogen wurde, so zeigte er es zumindest nicht. »Gut«, murmelte er. Dann zog er sich zurück.

Arnulf schob die Tür ins Schloss und legte den Riegel wieder vor. Als er sich zu Mina umdrehte, hatte sie sich aufgesetzt und die graue Decke um ihren Leib geschlungen. Gegen den dunklen Stoff wirkte ihre helle Haut weich und weiß wie Milch.

Der Anblick ihres Körpers ließ das Blut in Arnulfs Adern schneller fließen.

»Was wollte er?«, fragte sie.

Er ging zum Bett zurück und ließ sich auf der Kante nieder, ohne dabei das Laken, das noch immer um seine Hüften geschlungen war, loszulassen. »Ich habe ihm versprochen, ein paar Dingen nachzugehen.«

Mina beugte sich zu ihm herüber. Mit dem Fingernagel des Zeigefingers fuhr sie über seine Schulter und an seinem Oberarmmuskel nach unten bis zum Ellenbogen. »Was für Dinge?« Ihre Stimme war weich und samtig.

Arnulf empfand einen wohligen Schauer. »Man wirft ihm vor, vergifteten Wein ausgeschenkt zu haben, aber er sagt, er sei unschuldig.«

»Und du sollst nachweisen, dass das stimmt?«

Arnulf zuckte die Achseln. Über die Schulter hinweg sah er Mina an, die nun die Decke ein Stück nach unten rutschen ließ und so den Ansatz ihrer kleinen Brüste enthüllte.

Das Blut in Arnulfs Adern wanderte weiter nach unten. Er ließ das Laken los.

»Antworte!«, lachte Mina auf, griff mit einer blitzschnellen Bewegung in seine langen, schwarzen Haare und zerrte ihn daran nach hinten auf den Rücken. Als sie sich über ihn beugte, konnte er sich in ihren Pupillen spiegeln. Sachte strich ihr Atem über sein Gesicht, so nah war sie ihm.

»Ja«, antwortete er. »Ich soll herausfinden, was den Männern zugestoßen ist, die nach einem Besuch hier …« Er konnte den Satz nicht beenden, denn Mina verschloss ihm mit einem Kuss den Mund.

Als sie sich wieder von ihm löste, war sie ein wenig außer Atem.

Arnulf griff nach der Decke, mit der sie sich noch immer umhüllte, doch geschickt wich sie ihm aus. »Erst die Arbeit!«, befahl sie. »Was hast du vor, um Niklas' Bitte nachzukommen?«

»Ehrlich?« Arnulf setzte nach, und jetzt schaffte er es, die Decke zu greifen. Er hielt inne. »Ich weiß es nicht. Die beiden Opfer sind ziemlich hochgestellte Leute. Ich suche noch nach einem Weg, an den einen von ihnen heranzukommen.«

»Dann hat einer das Gift überlebt?«

»Ein Mann namens Georg Öllinger. Er ist offenbar Apotheker.« Mit diesen Worten zerrte Arnulf ruckartig an der Decke.

Mina ließ los, und sie wartete, bis Arnulfs Blicke sie von oben bis unten abgetastet hatten, bevor sie meinte: »Warum wendest du dich nicht an diesen Richard Sterner?«

Er blickte hoch in ihre Augen. »Wie meinst du das?«

Sie hob die Hand und legte sie auf seine Brust. Er glaubte, den schnellen Schlag ihres Pulses zu spüren.

»Dieser Sterner ist Patrizier, oder nicht?« Sie hatte einen leicht wehmütigen Ausdruck im Gesicht, als sie seinen Namen jetzt zum zweiten Mal aussprach. Arnulf biss die Zähne zusammen.

»Stimmt«, meinte er.

»Dann kann er dir vielleicht Zugang zu diesem Öllinger verschaffen.« Während sie das sagte, schwang Mina ein Bein über Arnulfs Körper und kam rittlings auf ihm zu sitzen.

Er nickte anerkennend. Auf diese Idee war er noch gar nicht gekommen. Aber bevor er mehr als einen Gedanken an diesen Plan verschwenden konnte, beugte sich Mina über ihn und küsste ihn nun so heftig, dass er für eine Weile alles andere vergaß.

Schmerzen.

Das war das Erste, was Richard wahrnahm, als er erwachte.

Das Zweite war Wasser, das um seine Beine floss. Eisiges Wasser.

Er versuchte, den Kopf zu heben, aber es gelang ihm nicht. Sein Blick war verschwommen. Bewegten sich seine Beine? Taub fühlten sie sich an, wie abgestorben in dem eisigen Wasser, das um seinen Unterleib spülte.

Er blinzelte, doch sein Blick klärte sich nicht.

Ein Bild blitzte vor seinem geistigen Auge auf, engstehende Häuser, eine Gasse. Blut. Er wollte sich in die Höhe stemmen. Seine Hände versanken in kaltem, zähem Schlamm, und als er sie belastete, grub sich ein brutaler Schmerz in seine Schulter. Kraftlos brach er wieder zusammen. Wo war er? Und, was noch wichtiger war: Wie war er hierhergekommen?

Er sog Luft durch die Nase, spürte, wie ihre Flügel sich blähten. Er roch Fäulnis. Winter. Es war kalt. Was noch? Er wusste es nicht.

Das Wasser. Lag er am Fluss? Offenbar.

Wie war er hierhergekommen? Er erinnerte sich daran, dass er einer Frau gegenübergestanden hatte. Eine Frau. Blut. Schrecklich viel Blut.

Wieder versuchte er, sich aufzustützen, und diesmal schonte er dabei die schmerzende Schulter. Er kam ein Stück hoch, so dass er an sich herabsehen konnte. Sein Körper war über und über mit Blut besudelt. Doch bevor er zu begreifen vermochte, was das zu bedeuten hatte, hatte er alle Kräfte verbraucht, die sein geschundener Körper aufbringen konnte. Ihm schwindelte.

Dann wurde es wieder schwarz um ihn.

Richards Haus in der Tuchgasse war eines der vornehmeren mit mehreren Stockwerken, geschnitzten Balken und verglasten Fenstern sogar im obersten Stockwerk ganz unter dem Dach.

Ein Fuhrwerk rumpelte vorbei, als Arnulf die Stufen zur Haustür erklomm und den Klingelzug betätigte. Der Fuhrknecht ließ die Peitsche auf den Rücken seiner Ochsen knallen. »Obacht!«, schrie er, und zwei Kinder sprangen eilig zur Seite. Eines von ihnen entkam nur um Haaresbreite dem Horn eines der mächtigen Tiere, als dieses unwillig mit dem Kopf schüttelte.

Arnulf beobachtete, wie das Fuhrwerk um die nächste Ecke verschwand und dabei mit einem Rad ein Stück der Fassade mitnahm, dann wandte er sich der Haustür zu, die in diesem Moment geöffnet wurde.

Thomas, Richards Diener, schaute ihn verblüfft an. »Herr … Nachtrabe!« Das zweite Wort klang verlegen. Arnulf hatte Thomas immer wieder erlaubt, ihn beim Vornamen anzusprechen, aber der Diener weigerte sich standhaft, dies zu tun. Da er jedoch den Zunamen Arnulfs nicht wusste und Arnulf sich im Gegenzug ebenso hartnäckig weigerte, ihn ihm zu nennen, blieb dem armen Thomas nichts anderes übrig, als Arnulf mit seiner Berufsbezeichnung anzusprechen.

»Was führt Euch hierher?«, schob der Diener rasch nach, um seine Befangenheit zu überspielen.

»Ich wollte eigentlich zu Richard«, erklärte Arnulf.

Ein leichtes Weiten der Augen zeigte die Überraschung des Dieners an. »Herr Sterner? Ihr wisst doch, dass er sich in der Toskana aufhält.«

Arnulf wich einen Schritt zurück. An Thomas' Schulter vorbei warf er einen Blick ins Innere des Hauses. Keinerlei Gepäck stand auf dem Boden herum und erzählte von der kürzlichen Ankunft seines Besitzers. Auch von dem Reitmantel, den Richard gestern Abend in der Schenke getragen hatte, war keine Spur zu sehen.

»Er …«

»Seid Ihr krank?«, fragte Thomas besorgt und setzte nach, als Arnulf noch einen Schritt nach hinten wich. »Ihr wirkt … nun, verwirrt.«

Arnulf wehrt ab. »Nein! Alles gut.« Er sah Thomas an. »Dein Herr ist also gestern Abend nicht hier aufgetaucht?«

Thomas schüttelte den Kopf. Dann erst glitt ein Ausdruck von Verstehen über sein Gesicht und gleich darauf ehrliche Freude. »Ihr meint, er ist wieder in der Stadt?«

Arnulf nickte. »Er kam gestern Abend an. Wir trafen uns in der ›Diele‹, und er wollte eigentlich anschließend nach Hause.« In seinem Kopf wirbelten die Gedanken umeinander. Warum war Richard niemals hier angekommen? War ihm etwas geschehen?

Er rief sich Richards Gestalt vor Augen, die Art, wie er in der »Diele« aufgestanden war. Irgendwie, so schien es Arnulf jetzt, war es Richard nicht gutgegangen. Arnulf hatte dies als Erschöpfung abgetan, aber was, wenn er sich getäuscht hatte? Er dachte an die Vorwürfe, die man Niklas machte. Was, wenn sich auch Richard in der »Diele« mit irgendetwas vergiftet hatte?

Auf Thomas' Gesicht war die Freude einer tiefen Bestürzung gewichen. »Meint Ihr, ihm ist etwas zugestoßen? Die Straßen von Nürnberg sind eigentlich sicherer seit den Ereignissen vom vorletzten Jahr.

Der Stadtrat hat die Anzahl der Büttel verdoppelt, und es gibt …« Er verstummte, als Arnulf ihm das Wort abschnitt.

»Bist du sicher, dass er nicht in der Nacht unbemerkt nach Hause gekommen ist?«

Thomas nickte. Dann schüttelte er den Kopf. »Ich gehe nachsehen«, sagte er. Er machte auf dem Absatz kehrt und verschwand im Inneren des Hauses. Die beiden Kinder, die eben nur knapp dem Fuhrwerk entkommen waren, spielten jetzt wieder auf der Straße, und eines von ihnen entdeckte Arnulf auf den Stufen der Treppe.

Neugierig starrte es ihn an, beugte sich zu seinem Freund hinüber und tuschelte ihm etwas ins Ohr.

Arnulf beschloss, dass es wohl besser wäre, nicht allzu lange vor Richards Tür herumzustehen. Die meisten Menschen konnten auf den ersten Blick sehen, dass er kein ehrenhafter Bürger war, und er wollte Richards Ruf nicht über Gebühr schaden. Also betrat er kurzerhand das Haus und schloss die Tür hinter sich.

Thomas runzelte die Stirn, als er die Treppe wieder herabkam. »Keine Spur von Herrn Sterner«, meinte er. »Es hätte mich auch gewundert, wenn er nach Hause gekommen wäre, ohne dass ich …« Diesmal brach er ab, weil Arnulf bereits wieder draußen auf der Treppe stand, bevor er zu Ende gesprochen hatte. »Wo wollt Ihr hin?«

Arnulf drehte sich noch einmal zu ihm um. »Ihn suchen.«

Mit zwei langen Schritten überwand er die Stufen. Und dann war er auch schon halb die Tuchgasse hinunter.

Fluchend lief er durch das Spittlertorviertel und grübelte, wo Richard sein mochte. Ein ums andere Mal hielt er Leute an und befragte sie, in der Hoffnung, jemand könnte ihn nach seinem Aufbruch aus der »Diele« noch gesehen haben. Zwei Huren, die an einem Brunnen ganz in der Nähe des Weißen Turms standen, schüttelten die Köpfe, als er Richards Namen nannte.

»Er ist wieder in der Stadt?«, sagte die eine von ihnen mit einem hoffnungsvollen Lächeln. »Nein. Wenn ich ihn gesehen hätte, würde ich mich dran erinnern. So bezecht war ich gestern Abend nicht.«

Arnulf wandte sich in Richtung »Diele«, und als er gerade in die Gasse einbiegen wollte, stand plötzlich Jonas mit seinem Hund vor ihm.

»Arnulf!«, grüßte der Junge. »Ich habe gehört, du suchst nach deinem Freund?«

Wie so oft fragte sich Arnulf, wie dieser Jungspund es schaffte, stets derartig gut über die Dinge auf dem Laufenden zu sein. Er würde später einmal einen großartigen Nachtraben abgeben, wenn er erst ein wenig älter – und härter – geworden war.

»Ja.« Arnulf warf einen Blick auf Jonas' riesigen fuchsfarbenen Hund.

Jonas tätschelte Rubius' Kopf. »Darum bin ich hier. Der Dicke hier kann uns vielleicht helfen, Richard zu finden.«

Skeptisch schaute Arnulf Jonas an. »Wie das?«

»Rubius hat eine hervorragende Nase. Wenn ich ihm sage, dass er uns zu Richard führen soll, macht er das.«

Arnulf lachte. »Das ist nicht dein Ernst, oder?«

Jonas grinste breit. »Mein voller Ernst, Herr Nachtrabe! Hast du irgendwas von Richard, ein Kleidungsstück oder so?«

»Er hat gestern Abend in der Diele seinen Hut vergessen.«

»Perfekt!« Zackig drehte Jonas sich um und marschierte einfach los. »Komm, Rubius! Es gibt Arbeit!«

Arnulf kam aus dem Staunen nicht mehr heraus, als er nun miterlebte, was geschah. In der »Diele« bat Jonas den Wirt, ihm Richards Hut zu geben, und dann hielt er ihn seinem Hund vor die Nase.

»Rubius!«, sagte er eindringlich. »Such!«

Mehr war nicht nötig.

Rubius schnüffelte hörbar an dem Hut, steckte seine feuchte Schnauze fast zur Gänze hinein, dann schaute er seinen Herrn erwartungsvoll an.

Jonas wies auf den Boden. »Such!«, befahl er noch einmal.

Rubius senkte den Kopf und begann zu schnuppern.

Dicht bei der Tür stieß er ein freudiges Jaulen aus.

»Er hat eine Spur!«, verkündete Jonas und knuffte Arnulf gegen den Arm. »Los! Jetzt müssen wir schnell sein!«

Er öffnete dem Hund die Gasthaustür, und das Tier schoss mit einem aufgeregten Winseln davon. Die Nase immer auf dem Boden, rannte er in Richtung Norden, vorbei am Alten Spital, dann nach links und am »Roten Ochsen« vorbei, bis er sie direkt in das Gerberviertel unten am Fluss führte. Sie durchquerten die Ledergasse, und gleich darauf bog der Hund in eine schmale Gasse ab.

Mit einem lauten Jaulen hielt er an.

Arnulf und Jonas, die ihre Mühe gehabt hatten, ihm zu folgen, holten ihn ein und blieben erschrocken stehen.

Sie befanden sich in einem Hinterhof, der mit Hühnerställen vollgestellt war. Die Tiere machten einen Höllenlärm, als sie Rubius bemerkten, aber der große Hund kümmerte sich nicht um das Federvieh.

Laut bellend blieb er vor einer riesigen dunklen Lache stehen.

Jonas trat neben ihn und tätschelte ihm den Rücken. »Scheiße!«, murmelte er. »Das ist Blut!«

Arnulfs Magen verkrampfte sich, als er der Menge gewahr wurde, die hier vergossen worden war. »Bist du sicher, dass Richard hier war?«, fragte er durch zusammengepresste Lippen.

Jonas blickte auf seinen Hund. »Rubius ist es.« Ihm war anzuhören, dass er lieber etwas anderes gesagt hätte. Mitleidig schaute er Arnulf ins Gesicht. »Was nun?«

Arnulf bückte sich. In der von all dem Blut noch feuchten Erde war schwach der Abdruck eines Körpers zu erkennen. Ganz in der Nähe schien der Boden aufgewühlt, gerade so, als habe dort ein Kampf stattgefunden. Mitten in dem Schlamm befand sich eine weitere, kleinere Blutlache.

Arnulf entdeckte sie genau in dem Augenblick, in dem Rubius sich von der großen Lache abwandte und erneut den Boden zu beschnüffeln begann.

»Schick ihn mal hierher«, bat der Nachtrabe Jonas und zeigte auf die aufgewühlte Stelle.

Jonas gab dem Hund den entsprechenden Befehl. Rubius schnüffelte an der kleineren Lache, dann jaulte er erneut auf und rannte zum zweiten Mal los.

»Sieht so aus«, sagte Jonas zufrieden, »als hätte Richard diesen Ort lebend verlassen.«

Die Insel Schüdt wurde von zwei Armen der Pegnitz gebildet, die sich unmittelbar nach der östlichen Stadtmauer teilte und ein Areal einfasste, auf dem sich hauptsächlich Gärten und Wiesen befanden.

»Hier lang!« Jonas folgte Rubius über einen der hölzernen Stege zur Insel. An den Schießständen der Eibenschützen, die zu dieser Jahreszeit nur selten benutzt wurden, ging es vorbei bis zu einer Gruppe von Weidenbäumen, die dicht am Flussufer standen. Von hier aus hatte man einen guten Blick über den nördlichen Flussarm, und Arnulf schaute auf die Fassaden der gegenüberliegenden Häuser. Allesamt waren sie so dicht ans Wasser gebaut, dass ihre Grundmauern von den Fluten umflossen wurden. Bei einem von ihnen, einem mehrgiebeligen Kaufmannshaus mit fünf Schornsteinen auf dem Dach, wurden gerade Waren in großen Säcken von einem Flusskahn auf den Dachboden gehievt. Das Geschrei der Männer, die die Winde bedienten, scholl bis zu Arnulf herüber, aber es vermochte das Dröhnen seines Herzschlags nicht zu übertönen.

Bei einem Hain aus Weidenbäumen blieb der Hund zum zweiten Mal stehen und bellte. Jonas rief ihn, er kam gehorsam und setzte sich neben seinem Bein hin. »Ich glaube, Richard ist dahinten.«

Arnulf holte tief Luft, dann ging er weiter, an dem Hain vorbei und entdeckte einen Pfad. Er führte in einem Bogen um die schlanken Baumstämme herum und auf eine kleine Landzunge zu, auf der der Boden feucht und matschig war. Dort, bäuchlings am Ufersaum und mit den Beinen im Wasser, die Arme seitlich neben dem Kopf ausgestreckt, lag ein Mann. Arnulf erkannte ihn sofort.

»Scheiße!«

Eine Baumwurzel hatte eine Art Stufe geschaffen, und offenbar war Richard über diese gestürzt und am Ufer liegengeblieben. Arnulf setzte seinen Fuß auf diese Stufe, um zum Wasser hinunterzugelangen. Mit einem Satz überwand er den leicht abschüssigen Hang dahinter und landete mit beiden Füßen in knöcheltiefem Wasser. Er packte Richard unter den Schultern, zog ihn aus dem Wasser. Dann rollte er ihn auf den Rücken und zog ihn gleichzeitig in die Arme. Furcht griff nach seinem Herzen, als er all das Blut sah, das Richards Brust, seine Hände und sogar sein Gesicht bedeckte. Er fürchtete, in tote Augen zu blicken, doch dann spülte Erleichterung wie eine Woge über ihn hinweg. Richards Augen waren geschlossen. Sein Brustkorb hob und senkte sich, schwach zwar nur, aber er war eindeutig am Leben.

»Ist er es?« Jonas war hinter ihm erschienen – ohne seinen Hund. Neugierig schaute er in Richards Gesicht.

Arnulf nickte und ließ Richard zurück auf den Boden sinken. »Er lebt.« Er kniete neben ihm auf dem Hang und untersuchte ihn sorgsam, während Jonas ihm dabei zusah. Der Junge kommentierte das viele Blut nicht, sondern stand einfach schweigend da.

Richard hatte eine kleinere Wunde im Gesicht und eine größere an der linken Schulter, die nach einem Messerstich aussah. Durch sie schien er einiges an Blut verloren zu haben, aber Arnulf konnte nicht feststellen, wie viel. Wenn all das Blut, das er am Körper hatte, von ihm war, sah die Sache finster aus.

»Richard!« Sachte schlug Arnulf dem Freund gegen die Wange. »Richard! Wach auf!«

Doch Richard rührte sich nicht. Er war sehr blass, was den Anblick all des Blutes auf seiner Haut noch schrecklicher machte. Seine Wimpern wirkten zwischen all dem Weiß und Rot wie mit feinem Pinselstrich gemalt.

»Was jetzt?«, fragte Jonas.

Arnulf sah sich um. In einigen Schritten Entfernung lag Richards Schwert, ebenfalls mit Blut besudelt.

»Scheiße, Scheiße, Scheiße«, murmelte Arnulf und ließ sich neben Richard auf die Erde sinken. »In was bist du da reingeraten?« Er rieb sich über das Gesicht und überlegte. Dann schaute er zu Jonas auf. »Du musst mir noch einen Gefallen tun!«

»Klar.« Hinter Jonas war Rubius aufgetaucht. Er schnüffelte lautstark durch das Unterholz, kam jedoch nicht näher.

»Kennst du das Fischerhaus an der Frauentormauer?«, fragte Arnulf.

Jonas schüttelte den Kopf.

Arnulf verspürte Ungeduld, aber er riss sich zusammen. »Wo die Frauentormauer ist, weißt du?«

Jonas nickte.

»Gut. Wenn du direkt davorstehst, wende dich nach rechts. Du kannst das Fischerhaus nicht verfehlen, es ist groß und hat geschnitzte Balken. Die Frau, die dort wohnt, heißt Katharina Jacob. Gib ihr Bescheid, dass Richard Sterner Hilfe braucht, und bitte sie, mit dir zu kommen.«

Jonas war schon drauf und dran, sich abzuwenden und loszumarschieren, als ihm etwas einzufallen schien. »Warte!« Er nestelte an seinem Gürtel herum und knüpfte eine kleine Lederflasche ab. »Das ist Branntwein. Weckt seine Lebensgeister.« Mit einer raschen Bewegung warf er sie Arnulf zu.

»Danke«, sagte der Nachtrabe. »Jetzt beeil dich!«

Jonas schaute auf den bewusstlosen Mann zu ihren Füßen hinab. »Mache ich.«

Als er fort war und sein großer Hund mit ihm, kniete Arnulf sich wieder neben Richard nieder. »Komm, Alter«, murmelte er und schlug ihm abermals gegen beide Wangen. »Du musst aufwachen!«

Zu seiner Erleichterung begannen Richards Lider zu flattern.

»Richard?« Arnulf beugte sich über ihn. »Kannst du mich hören?«

Langsam, als lägen Zentnergewichte auf ihnen, öffnete Richard die Augen. Im ersten Moment war sein Blick unstet, irrte über Arnulfs Schulter davon. Richards Lippen öffneten sich, und dem Nachtraben fiel auf, wie aufgesprungen sie aussahen.

»Was …«, stammelte Richard und brach ab. Sein Blick klärte sich jetzt zunehmend. »Arnulf!«

»Hier! Trink das!« Mit den Zähnen zog Arnulf den Stopfen aus Jonas' Flasche und setzte sie Richard an die Lippen. Der Branntwein roch scharf, und als Richard ihn schluckte, musste er husten.

»Himmel, was ist das denn für ein Gesöff?«, murmelte er. Seine Stimme gewann an Festigkeit, und Arnulf spürte schon die Erleichterung durch seine Adern strömen, als Richard in seinen Armen anfing zu zittern.

Nur einen Wimpernschlag später glitt der Freund Arnulf wieder davon. Sein Kopf fiel nach hinten.

Arnulf hielt ihn. »Mist!«, fluchte er.

15. Kapitel

Auf dem Weg nach Hause wurde Katharina von einer ihrer ehemaligen Patientinnen, einer Frau namens Bettine, angehalten und in ein längeres Gespräch verwickelt, aus dem sie sich nur befreien konnte, indem sie auf ihre unzähligen Pflichten hinwies. Bettine nickte ihr lächelnd zu. »Noch immer im Dienst der gesamten verlorenen Welt, nicht wahr?«, sagte sie. Dann ließ sie Katharina ihres Weges gehen.

Als Katharina ins Fischerhaus zurückgekehrt war, berichtete ihr Hiltrud, dass Donatus zwischenzeitlich kurz da gewesen, aber wieder fortgegangen war, um Tobias zu suchen.

Katharina, die eben dabei war, ihre Haube abzulegen, hielt mitten in der Bewegung inne. »Tobias ist weg?«

Hiltrud nickte. »Als ich ihm sein Frühstück bringen wollte, wie du mich gebeten hast, habe ich festgestellt, dass seine Kammer leer ist.«

Katharina hängte ihre Haube auf. Plötzlich fühlte sie sich einfach nur noch müde. Nein, nicht müde, zu Tode erschöpft. Nicht einmal ihren Mantel vermochte sie auszuziehen. Sie stand einfach nur da und starrte vor sich hin.

Hiltrud griff nach ihrem Arm. »Komm«, sagte sie. »Trink erst mal etwas, und dann …« Sie wurde unterbrochen, weil es an der Tür läutete. »Himmel, Herrgott!«, fluchte sie und schlug ein Kreuz über sich. »Hier geht es heute zu wie in einem Taubenschlag!« Sie humpelte zur Tür und riss sie mit einem wütend anmutenden Ruck auf. »Was?«, herrschte sie den jungen Mann an, der draußen stand.

Katharina wandte den Kopf.

Der junge Mann wirkte nicht sehr vertrauenerweckend, was hauptsächlich an der großen Kerbe in seinem Ohr lag, die ihn als Betrüger auswies. Dennoch hatte er einen offenen, wachen Blick, der Katharina im ersten Augenblick sofort ehrlich vorkam. »Seid Ihr Katharina Jacob?«, fragte er, ohne auf Hiltrud zu achten.

»Ja.« Katharina trat einen Schritt vor. Jetzt sah sie, dass der junge

Mann einen großen roten Hund bei sich hatte, der hechelnd neben seinem Bein saß. Auch dessen Augen wirkten wach, und auf seltsame Art und Weise ähnelten sie denen des Jungen.

»Arnulf schickt mich«, sagte der Junge. »Mein Name ist Jonas. Ich soll ausrichten, dass Richard Sterner in der Stadt ist und Eure Hilfe braucht.«

Katharina lief durch die Gassen der Stadt hinter Jonas und seinem Hund her. Ihr Herz klopfte zum Zerspringen, und sie befahl sich selbst, sich nicht zu sehr ihren Hoffnungen hinzugeben. Richard? In der Stadt?

Katharinas Gedanken überschlugen sich.

Bleib besonnen!, mahnte sie sich. Richard war in der Toskana. Es war alles bloß ein Irrtum, und die Enttäuschung würde sie treffen wie ein Fausthieb. Nein, es war besser, zunächst nicht daran zu glauben, dass Richard wirklich wieder in Nürnberg war.

»Er ist verletzt!«, hatte Jonas gesagt. »Arnulf ist bei ihm.« Er hatte sie nicht zweimal bitten müssen, mitzukommen.

Jetzt eilte sie hinter ihm her über die Heilig-Geist-Brücke auf die Insel Schüdt und dann hin zu einem Weidenbaumhain, bei dessen Anblick sie wie vom Donner gerührt stehenblieb.

»Hier lang«, sagte Jonas.

Katharina rieb sich über Stirn und Augen. In diesem Hain hatte sie den toten Schwan gefunden – damals, als der Mörder umgegangen war, der ihren Bruder getötet hatte ... Ein Band aus Eisen legte sich um ihre Brust, presste ihr Herz zusammen, so dass sie kaum noch Luft bekam.

Richard! Ausgerechnet hier?

Welcher grausame Gott spielte jetzt wieder sein Spiel mit ihr?

Sie zwang sich, einen Schritt vorwärts zu gehen. Seit langem schon hatte sie keinen Fuß mehr auf die Schüdt gesetzt, geschweige denn in die Nähe dieses Hains. Als sie jetzt sah, wie Jonas rechts von den Bäumen verschwand, begannen ihre Knie zu zittern.

Auf halbem Weg kehrte er um. »So kommt doch!« Sein Gesicht schwebte riesengroß vor ihr, und er bemerkte ihre Erstarrung. »Was habt Ihr?«

Sie konnte es ihm nicht erklären. »Nichts.« Sie zwang sich, stark zu sein. Egal, wer der Mann dort unten am Wasser war, er brauchte ihre

Hilfe! Und sie würde verdammt sein, wenn sie ihm diese Hilfe allein wegen eines dummen Schwächeanfalls verweigerte!

Tief holte sie Luft. »Gehen wir!«, sagte sie.

Jonas wirkte verunsichert, aber er nickte. Er half ihr, den abschüssigen Pfad zu überwinden.

Unten am Flussufer kniete ein Mann in schwarzer Kleidung neben einem anderen und hielt ihn in den Armen. Seine langen schwarzen Haare, die mit einem Lederband zu einem lockeren Pferdeschwanz gebunden waren, erkannte sie sofort.

»Arnulf!« Ihre Stimme war rau und zitterig.

Der Mann drehte den Kopf. Leuchtend grüne Augen schauten Katharina von unten herauf an. »Du bist da! Gut!«

Jetzt konnte Katharina sehen, wen Arnulf da im Arm hielt.

»Richard!« Sie stürzte vorwärts. Ihr Fuß glitt auf der glatten Oberfläche einer Baumwurzel aus, und sie stürzte mehr nieder, als dass sie sich neben Richard hinkniete.

Wie blass er war!

Katharinas Hände zitterten, als sie Richards Wange berührte, auf der ein ungefähr zwei Finger langer Schnitt klaffte.

Und wie kalt seine Haut war! Er hatte sich den Bart abgenommen. Seine Haare waren jetzt kurz. Ihr Herz machte einen Stolperer. Und dann erst nahm ihr Verstand das viele Blut wahr. Blut nicht nur im Gesicht, sondern an seiner Brust, an seinen Händen. Überall.

»Nein!«, hauchte sie.

Arnulf griff nach ihrem Unterarm, umklammerte ihn, dass es weh tat. Sie war dankbar dafür, der Schmerz hinderte sie daran, sich einfach aufzulösen. »Er wird leben!«, sagte er ruhig.

Sie hörte es, doch es fiel ihr schwer, es zu glauben. Fieberhaft untersuchte sie Richards Körper nach weiteren Wunden, fand einen tiefen Schnitt in der Schulter. Sie tastete und forschte, bis Arnulf ihre Hände packte und sie nötigte, mit der Untersuchung aufzuhören. »Katharina!« Ernst sah er sie an. »Das habe ich bereits gemacht. Nur die Schulter, alles Weitere ist harmlos!«

Katharina starrte das blutige Schwert an, das in einigem Abstand lag. Was war nur geschehen?

Arnulf folgte ihrem Blick.

In diesem Moment drang ein leises Stöhnen aus Richards Mund.

Katharinas Kopf flog zu ihm herum. Seine Lider flatterten, hoben sich dann. Unstet huschte sein Blick über sie hinweg, richtete sich in weite Ferne.

»Richard!« Sie beugte sich über ihn, legte eine Hand an seine kalte Wange. »Hörst du mich? Ich bin es: Katharina!«

Sein Blick flackerte, festigte sich dann jedoch. »Kath …« Die Stimme versagte ihm. »Was ist …?« Seine rechte Hand fuhr Halt suchend durch die Luft. Arnulf fasste zu, hielt ihn fest, sodass er sich jetzt mühsam aufrichten konnte. Seine Kiefer verkrampften sich, und mit der freien Hand griff er sich an die verletzte Schulter.

Katharina hielt ihn davon ab, die Wunde zu berühren. Es zerriss ihr schier das Herz, als sie sah, wie schwach er war.

»Hi … hilf mir auf!«, bat er den Nachtraben.

»Es ist besser, wenn du …«

»Hilf mir auf!« Bestimmt sah Richard Arnulf an.

Der biss die Zähne aufeinander. Hilfesuchend blickte er zu Jonas, der noch immer oberhalb des kleinen Hangs stand und das Geschehen beobachtete. Der junge Mann verstand. Mit einem Satz sprang er hinzu und half Arnulf, Richard zuerst zum Sitzen und anschließend auf die Füße zu ziehen.

Schwankend stand Richard am Ende da, seine Rechte noch immer in Arnulfs Hand, während er sich vorsichtig von Jonas losmachte.

»Was ist passiert?«, fragte Katharina.

Richard senkte das Kinn, als lausche er in sich hinein.

Von jenseits des Flusses klangen Rufe herüber und erinnerten sie daran, dass sie nicht allein auf der Welt waren.

Arnulf starrte über das Wasser. »Wir sollten sehen, dass wir hier wegkommen!«, meinte er. »Wir können später reden!« Forschend sah er Richard an. »Kannst du laufen?«

»Ich glaube schon.« Während er das sagte, hatte Richard den Blick auf Katharina geheftet, und in seinen Augen standen die unterschiedlichsten Gefühle zu lesen. Behutsam, jederzeit bereit, ihn aufzufangen, falls er wieder ohnmächtig werden würde, ließ Arnulf ihn los. Als der Nachtrabe sicher war, dass Richard allein stehen konnte, bückte er sich, nahm das blutige Schwert an sich.

»Dann ab!«, kommandierte er.

Richard hatte sich das Wiedersehen anders vorgestellt.

Die ganzen vergangenen Wochen, seit er sich entschieden hatte, zurück nach Nürnberg zu reisen, und auch während der Reise selbst hatte er sich wieder und wieder ausgemalt, wie er Katharina gegenüberstehen würde. An ihrer Tür würde er läuten, und sie würde ihm öffnen. Erschrocken würde sie aussehen, aber dann würde ein Strahlen über ihr Gesicht gleiten, er würde sie in den Arm nehmen. Und später dann, vielleicht nicht allzu viel später, würde er sie auf ihr Bett legen …

Stattdessen hing er hier nun wie ein nasser Lappen zwischen Arnulf und diesem jungen Mann mit der Kerbe im Ohr und kämpfte gegen Übelkeit, Schmerzen und Ohnmachtsanfälle.

»Ich … bin nicht bezecht«, murmelte er. Er wollte, dass Katharina es hörte. Sie ging zwei Schritte hinter ihnen, und er ahnte, dass seine Stimme zu schwach dafür war. Die Einzigen, die ihn verstehen konnten, waren Arnulf und Jonas.

»Wissen wir«, sagte Arnulf. Er sah grimmig aus. Grimmig und besorgt.

Scham ergoss sich über Richard wie eine Sturzflut. Er musste sich zusammennehmen! Auf keinen Fall wollte er Katharina wieder verlieren, bevor er überhaupt Gelegenheit gehabt hatte, sie zurückzugewinnen. Er knirschte mit den Zähnen.

Sie kehrten der Insel Schüdt den Rücken. In der Nähe des Katharinenklosters verließen Richard plötzlich die Kräfte, und er geriet ins Taumeln. Seine Begleiter zogen ihn wieder auf die Füße, und Arnulf wehrte den neugierigen Blick einer alten Frau ab, indem er sie mit seinem finstersten Nachtrabengesicht anstierte. Nachdem die Alte sich eilig getrollt hatte, setzten sie ihren Weg fort und erreichten schließlich ohne weitere Zwischenfälle das Fischerhaus.

Dort empfing sie eine ältere Frau, die einen entsetzten Schrei ausstieß, als sie Richards ansichtig wurde. »Jesus, Maria und Josef! Was ist geschehen?«

Katharina ging an den Männern vorbei als Erste ins Innere des Hauses. Während Jonas mit seinem Hund an der Haustür zurückblieb, half der Nachtrabe Richard, die wenigen Stufen des Haussteins zu überwinden.

»Es sieht schlimmer aus, als es ist, Hiltrud!«, sagte Katharina zu der älteren Frau. »Aber er braucht unsere Hilfe.« Sie wandte sich an Arnulf. »Bring ihn in die Küche!«

Er tat, was sie verlangte, und führte Richard in den hinteren Teil des Hauses, in einen großen Raum mit Herd und einem Holztisch. Dort half er ihm, sich auf eine Bank zu setzen. Damit Katharina ihn besser untersuchen konnte, schob er kurzerhand den Tisch zur Seite.

»Eine Schüssel«, befahl Katharina der Frau, die sie Hiltrud genannt hatte. »Und Tücher. Schnell!«

Die Frau nickte und machte sich daran, das Gewünschte zu bringen. Aus einem Eimer neben dem Herd schöpfte sie Wasser in eine Metallschüssel und brachte sie an den Tisch. Während Arnulf Katharina half, Richard seine blutigen Sachen auszuziehen, eilte die Alte los, um Tücher zu holen. Richard bemerkte, dass sie stark humpelte.

Sein Reitmantel fiel als Erstes zu Boden, dann sein blutiges Hemd. Mit einem Anflug von Befangenheit dachte Richard daran, wie oft er in seinen Träumen schon derart entblößt vor Katharina gestanden hatte. Ihre Nähe, ihr warmer Atem, der über seine nackte Haut strich, verursachten ihm einen Schauder.

Arnulf schnaubte leise. Er hatte seinen Hut abgenommen und achtlos auf den Tisch geworfen.

Während Katharina seinen Oberkörper noch einmal genauer nach Wunden absuchte, saß Richard schwankend auf der Bank und hielt die Augen geschlossen.

»Jetzt rede endlich!«, knurrte Arnulf. »Was ist passiert?«

Langsam schüttelte Richard den Kopf. Die Berührungen von Katharinas Fingerspitzen auf seiner Haut fühlten sich an wie Liebkosungen. Er zwang sich, sich davon nicht einlullen zu lassen, sondern versuchte, seine Erinnerungen zurückzuholen. Sie waren dunkel und verschwommen.

»Das Letzte, was ich noch sicher weiß, ist, dass wir zusammen in der ›Diele‹ saßen.«

»Stimmt.« Arnulf zog sich einen Schemel heran, setzte sich jedoch nicht. »Du bist gegangen.«

Im Geiste sah Richard sich selbst auf der Gasse vor der »Diele«. Er erinnerte sich daran, wie elend er sich gefühlt hatte, und zog es vor, das für sich zu behalten. Mit der flachen Hand rieb er sich über die Kehle. Katharina war mit ihren Untersuchungen bei seiner Schulterwunde angekommen. Als sie sie betastete, raste ein bohrender Schmerz durch Richards Seite. Zischend zog er Luft durch die Zähne. »Au!«

Unter ihren blonden Haaren hervor sah sie ihn an. »Entschuldige!« Ihre Nähe raubte ihm den Atem, viel mehr, als es der wühlende Schmerz in seiner Schulter vermochte.

Er versuchte sich an einem Lächeln, aber offenbar misslang es, denn ein besorgter Ausdruck zeichnete sich auf ihrem Gesicht ab. »Du hast im Dreck gelegen« sagte sie leise.

Er nickte. Er besaß genügend medizinische Kenntnisse, um zu wissen, was sich hinter ihren Worten verbarg. Eine Wunde wie die seine und Schmutz darin. Die Gefahr war groß, dass er Fieber bekommen würde.

Hinter Katharina ließ Arnulf ein Räuspern vernehmen. Er wirkte angespannt, und er wich Katharina aus, als sie ihm einen kurzen Seitenblick zuwarf. Endlich kam Hiltrud mit einem Stapel Tücher. Katharina nahm das oberste, tauchte es in die Schüssel und wrang es aus. Dann wusch sie Blut und Schmutz rund um die Schulterwunde fort. Erleichtert sah Richard, dass kein neues Blut nachkam. Wenigstens war kein größeres Blutgefäß verletzt.

»Sieht aus wie eine Stichwunde«, murmelte Katharina.

Richard erinnerte sich daran, wie er das Messer aus seiner Schulter gezogen hatte. »Ist es auch. Nachdem ich aus der ›Diele‹ weg bin, habe ich …«

Katharina griff nach seinem Arm und hob ihn an. Ein brutaler Schmerz raste durch seinen halben Körper, verschlug ihm die Sprache. Er biss die Zähne zusammen, um nicht aufzuschreien. Arnulfs Blick lag schwer auf ihm, und er hielt ihm stand.

»Kannst du den Arm selbst heben?«, fragte Katharina.

Er tat es. Es schmerzte höllisch, aber es ging.

Katharina wirkte erleichtert. »Gut. Offenbar sind keine Sehnen oder Muskeln durchtrennt.« Sie blickte ihm ins Gesicht. »Wenn wir Glück haben …« Sie sprach nicht weiter, tupfte vorsichtig um die Wunde herum.

Fieber, wisperte es leise in Richards Hinterkopf. Er sah zu, wie sie ein sauberes Tuch zu einem kleinen Päckchen faltete und es auf die Wunde drückte. »Kannst du das halten?«

Er tat es mit der rechten Hand. Mit der linken jedoch griff er gleichzeitig nach ihren Fingern. Es gab so vieles, was er ihr sagen wollte, aber plötzlich fiel ihm nicht ein einziges Wort mehr ein.

Tief sah er ihr in die Augen. »Danke«, sagte er. Mehr nicht, und er wusste selbst nicht genau, wofür er sich bedankte. Für die Behandlung seiner Wunden oder dafür, dass sie einfach nur da war.

Sie schluckte. Forschend lag ihr Blick auf ihm. Ihr Mund öffnete sich, doch sie brachte keinen Ton hervor. Stattdessen tauchte sie den Lappen erneut ein und begann, ihm Schulter und Brust zu waschen. Aber das Blut dort war bereits angetrocknet, sie bekam es kaum ab.

»Hiltrud«, bat sie, »hol mir die Seife aus der Apotheke.«

Die Frau tat wie geheißen. Katharina tauchte das Stück Seife ins Wasser und seifte dann den Lappen ein. Mit diesem Hilfsmittel gelang es ihr, Richards Oberkörper, seine Arme und Hände zu säubern und sich zu vergewissern, dass er tatsächlich keine weiteren Verletzungen hatte.

»Du bist aus der ›Diele‹ weg«, brachte nun Arnulf das Gespräch auf den gestrigen Abend zurück. »Wir haben Bier getrunken, und du wolltest nach Hause.«

Tief sog Richard Luft ein. Er erinnerte sich daran, dass er das Gasthaus verlassen hatte. Und er erinnerte sich auch noch, wie er aus der Gasse, in der die »Krumme Diele« lag, in eine der größeren Straßen eingebogen war, wie er die Frau hatte schreien hören …

»Jemand schrie.« Er kniff sich in den Nasenrücken. *Der klaffende Schnitt in der Kehle. All das Blut.* »Eine Frau.«

Katharina warf das blutige Tuch in die Schüssel und griff sich ein sauberes, um sich die Hände abzuwischen. Dann nahm sie aus einem Kasten, den Hiltrud ihr in der Zwischenzeit geholt hatte, ein zu einem dicken Packen zusammengerolltes Stück Leinen hervor und machte sich daran, Richard einen Schulterverband anzulegen.

Und plötzlich blitzten Bilder vor seinem geistigen Auge auf. Die entsetzten Augen der Frau, das furchtbare blutige Gurgeln, das aus ihrer zerfetzten Kehle kam, das Messer in ihrer Hand. Er sah wieder den Schatten auf sich zukommen, wusste nicht, ob es vor oder nach der Entdeckung der schwerverletzten Frau gewesen war. Er spürte, wie er zu Boden gerissen wurde, und jetzt überkam ihn die Scham darüber, dass er zu schwach gewesen war, um sich wie ein Mann zur Wehr zu setzen, mit aller Kraft.

Er senkte den Kopf. Mit wenigen Worten beschrieb er, woran er sich erinnerte.

»Wie kam es zu der Schulterwunde?«, fragte Arnulf.

Richard wollte die Achseln zucken, aber das war keine gute Idee. Mit einem Stöhnen griff er sich an die Wunde. Katharina hielt seine Hand fest. »Nicht!«

Einen langen Moment schaute sie ihm in die Augen, und er vergaß alles um sich herum, ihr Gespräch, Arnulf, sogar den Schmerz. Ihre Lippen pressten sich aufeinander, Richard schluckte bei dem Anblick. Dann besann er sich auf Arnulfs Frage. »Ich weiß es nicht. Ich bin zwischendurch einmal aufgewacht, weil eine Frau gekreischt hat.« Die Erinnerungen kamen jetzt in Wellen, hämmerten sich in seinen Verstand. »Die Frau, die ich zuvor hatte schreien hören, sie lag da. Tot. Da war eine Menge Blut, und das Messer steckte …« Er unterbrach sich, schaute auf seine Schulter, sodass Katharina und Arnulf begriffen, was er hatte sagen wollen. »Und mein Schwert lag in der Blutlache.«

Draußen auf dem Flur ging die Haustür, Schritte ertönten, und ein Mann betrat die Küche. Er war massig, seine kurzen Haare semmelblond, und ganz offensichtlich gehörte er zu diesem Haushalt, denn Katharina nickte ihm nur zu. Richard verspürte einen Stich der Eifersucht. Zwischen dem Blonden und Arnulf gab es ein kurzes Blickgefecht.

»Was ist hier los?«, fragte der Blonde. Trotz seiner kräftigen Oberarme hatte er etwas Weiches, Weibliches an sich.

Katharina richtete sich auf, trat einen Schritt zurück. »Donatus«, sagte sie. »Das ist Richard Sterner.«

Sie schien ihm von ihm erzählt zu haben, denn Donatus' Augenbrauen zuckten in die Höhe, und mit jäh erwachtem Interesse musterte er Richard.

Richard hätte ein Vermögen dafür gegeben, zu erfahren, was er dachte.

»Ich dachte, er ist in der Toskana.« Donatus' Blick huschte zu Katharina, dann zu Arnulf, wieder zu Katharina und endlich zu Richard. »Gut, dass Ihr da seid«, sagte er. Zu Richards Überraschung klang er so, als meine er es ehrlich.

Arnulf grinste nur.

Katharina strich sich eine Haarsträhne aus dem Gesicht. Dabei schmierte sie einen blutig roten Streifen quer über ihre Wange. *Sein Blut.* Mit dem Knöchel seines Daumens rieb Richard sich über die Stirn.

Katharina nahm die Schüssel vom Boden auf. »Wo warst du?«, fragte sie Donatus.

Er winkte ab. »Später! Kümmere dich erst mal um ihn.« Und als sei es das Selbstverständlichste von der Welt, durchquerte er die Küche und verschwand kurz in der kleinen Kammer, aus der Hiltrud zuvor die Seife geholt hatte. Als er zurückkehrte, hielt er eine Flasche in der Hand, die er in Richards Reichweite auf den Tisch stellte.

»Eure Wunden sehen übel aus«, sagte er. »Ihr solltet davon trinken, das wird das Fieber in Schach halten.«

Richard blickte auf die Flasche, dann in Katharinas Gesicht. Sie nickte. »Es ist eine Medizin, die ich von Dr. Schedel bekommen habe. Sie hilft, Wundfieber zu unterdrücken.« Sie nahm einen irdenen Becher von einem Regal neben dem Herd und reichte ihn Richard.

Er schenkte sich ein und setzte den Becher an die Lippen. Die Flüssigkeit rann ihm heiß und brennend die Kehle hinunter. Er schmeckte Kräuter – Rosmarin vor allem – und starken Branntwein. Er unterdrückte ein Husten. »Danke«, sagte er und gab Donatus die Flasche zurück.

Der Mann nickte nur. Er stellte die Flasche auf dem Herd ab, dann trat er zur Seite, lehnte sich gegen den Türrahmen und verschränkte die Arme vor der Brust. Misstrauisch sah er Arnulf an.

Die Anspannung zwischen ihm und dem Nachtraben war deutlich zu spüren, doch Arnulf schien sie nicht zu kümmern. Er wandte sich wieder Richard zu und brachte das Gespräch zurück auf die Ereignisse des vergangenen Abends. »Viel Blut?«, wiederholte er Richards Worte. »Weißt du, wo das war?«

»Im Gerberviertel. In irgendeinem Hinterhof.« Ein Summen entstand in Richards Kopf.

»Scheiße!« Arnulfs Fluch kam so von Herzen, dass Richard ein mulmiges Gefühl bekam. Leichter Schwindel erfasste ihn.

»Was ist?« Es war Katharina, die diese Frage stellte. Sie stand noch immer mit der Schüssel im Arm da, hochaufgerichtet, die Schultern zurückgenommen wie eine Statue.

»Jonas hat mir mit seinem Hund geholfen, dich zu suchen«, erklärte

Arnulf. »Er hat deine Spur verfolgt, und dabei kamen wir in einen Hinterhof im Gerberviertel, in dem …«

»… eine Marktfrau ermordet wurde!«, fiel Donatus ihm ins Wort.

Böse starrte Arnulf ihn an. »… eine große Blutlache auf der Erde war«, beendete er seinen Satz.

Doch Donatus schüttelte den Kopf. »Die Spatzen pfeifen es von allen Dächern. Heute Morgen hat eine Marktfrau in einem Hinterhof im Gerberviertel ihre Freundin gefunden. Ermordet, genau wie dieser Spitalmeister.«

Bei dem Wort *Spitalmeister* bohrten sich Donatus' Blicke vielsagend in die von Arnulf, und Richard fragte sich, was wohl zwischen den beiden Männern vorging. Der Schwindel in seinem Kopf verstärkte sich.

»Mit durchgeschnittener Kehle«, ergänzte Donatus.

Die Worte riefen Erinnerungen in Richard wach. Die Frau, ihr blutiges Gurgeln. Bei allen Heiligen! Der Schatten, der ihn niedergerungen hatte: War es der Mörder gewesen …?

»Aufhören!« Der schrille Schrei und ein lautes Poltern ließen ihn zusammenzucken. Mit aufgerissenen Augen stand Katharina da, die Hände vor den Mund geschlagen. Die Schüssel, die sie eben noch gehalten hatte, lag auf dem Boden, und das hellrote Wasser bildete eine riesige Lache um ihre Füße, die langsam zwischen den Dielen versickerte.

Bei Katharinas Ausruf erstarrten alle drei Männer mitten in der Bewegung. Blut. Morde. Sie presste die Hände auf die Ohren. Sie wollte es nicht mehr hören, aber sie konnte die Worte auch nicht davon abhalten, in ihrem Verstand umherzupurzeln wie Murmeln in einem hohlen Gefäß.

Der Spitalmeister, vor dem Arnulf sie gewarnt hatte. Tot. Und jetzt Richard. Er war wieder in Nürnberg, sie hatte ihn zurück, endlich, und da fiel ausgerechnet ihm die nächste Leiche vor die Füße?

Was war es für ein grausiges Spiel, das Gott jetzt wieder mit ihr trieb? Wollte er ihr wieder einmal zeigen, dass sie auf seine Gnade besser nicht zählte?

Sie griff nach der Herdumrandung hinter ihrem Rücken, stützte sich daran ab, und dabei bemerkte sie, dass sie noch immer inmitten der hellroten Lache stand. Sie bückte sich und begann, mit den ohnehin durchnässten Tüchern, die in der Schüssel gelegen hatten, das blutige Wasser aufzunehmen. Es war ein nutzloses Unterfangen, alles, was sie damit erreichte, war, das Wasser hin- und herzuwischen. Jeder im Raum konnte sehen, wie ihre Hände dabei zitterten.

»Komm.« Donatus löste sich von dem Türrahmen, trat neben sie und nahm ihr die triefenden Tücher aus der Hand. »Setz du dich hin und beruhige dich erst mal!«

Sie schaute zu ihm hoch. Dann nickte sie, richtete sich auf und ging zu einem der Schemel. Sie nahm Platz, sprang jedoch sofort wieder auf. »Ich muss mich noch um die Wunden …« Sie sprach nicht zu Ende, sondern wandte sich Richard zu. Der Schnitt in seinem Gesicht, um ihn hatte sie sich noch gar nicht gekümmert. Sie musste ihn versorgen, auch er konnte zu Wundfieber führen. Sie beugte sich über Richard, nahm sein Kinn und hob sein Gesicht so, dass sie die Wunde besser betrachten konnte. Dann stutzte sie. Richards Augen …

Sie waren glasig, ihr Blick unstet, so, als sei er nur noch halb bei Bewusstsein.

»Donatus!«, sagte Katharina.

Der Bader blickte von der Lache auf.

»Schau dir das mal an, bitte!« Schrillte ihre Stimme?

Donatus erhob sich, trat vor Richard hin und musterte ihn.

»Siehst du das?«, fragte Katharina ihn. Richard war bleich geworden, Schweiß erschien auf seiner Stirn, und sein Kopf rollte nach hinten. Mit einem Ruck riss er ihn wieder nach vorn, kämpfte sichtbar darum, nicht das Bewusstsein zu verlieren.

Donatus griff nach seinen Schultern, hielt ihn. Er schaute einen Moment, dann nickte er. »Hast du eine Idee, woher das kommen könnte?«

Katharina riss sich zusammen. »Jedenfalls nicht vom Blutverlust«, murmelte sie mit nachdenklicher Stimme. »Sonst wäre er zwischendurch nicht so klar gewesen.« Erschrocken sah sie zu, wie Richards Lider sich senkten. Er kämpfte dagegen an. »Es … geht schon«, murmelte er. Seine Zunge war schwer, seine Lider flatterten, und seine Hände zitterten jetzt.

»Wir müssen ihn hinlegen!«, sagte Katharina. Eine kalte Hand presste ihr Herz zusammen, als ihr bewusst wurde, dass sie keine Ahnung hatte, worunter er litt. Sie legte ihm die Hand an die Stirn. Seine

Haut war kühl, beinahe klamm. Arnulf half ihr, Richard zu stützen. Auch in seinen grünen Augen lag tiefe Besorgnis.

Donatus sah es, machte ihm Platz. »Also, wenn ich eine Vermutung äußern müsste«, warf er ein, »dann würde ich denken, dass jemand ihn vergiftet hat.«

Arnulfs Kopf ruckte hoch. »Gift?« Er schüttelte Richard, und Katharina schrie protestierend auf. Doch der Nachtrabe achtete nicht auf sie. »Richard! Hörst du mich? Hattest du einen solchen Anfall gestern Abend auch schon?«

Richards Blick wurde für einen kurzen Moment klarer. »Ja.« Er verzog das Gesicht. »Mir war ein wenig schwindelig, aber ich dachte, es liege daran, dass ich zu wenig gegessen hatte. Niklas' Bier ... ist recht ... stark.« Beim letzten Satz begann seine Zunge wieder zu stolpern.

Arnulf nickte grimmig. »Du wolltest nicht bezecht wirken. Nun, das ist dir gelungen.« Ein Schatten ging über sein Gesicht.

In seinem Griff fiel Richard nach vorn, und Donatus kam Arnulf zu Hilfe. Sie beide mussten kräftig zupacken, um Richard zu halten.

»Bringt ihn in die Stube«, bat Katharina. »Er muss sich hinlegen.«

Richard wollte protestieren. »Ich kann allein ...«

»Nein!« Mit einer knappen Handbewegung schnitt Katharina ihm das Wort ab. »Ich habe keine Ahnung, was mit dir los ist. Du siehst aus, als würdest du jederzeit wieder das Bewusstsein verlieren, und ich habe keine Lust, auch noch eine Schädelverletzung zu heilen!« Sie gab Arnulf und Donatus einen Wink. »Sie helfen dir!«

Der Nachtrabe verzog das Gesicht. »Sieht ganz so aus, als hätte sie hier das Sagen.« Der Spott in seiner Stimme war ein vergeblicher Versuch, seine Sorge zu überspielen.

Dennoch schoss Katharina einen bösen Blick auf ihn ab. »Du hättest ihn davor bewahren können, dieses ... Gift zu trinken, also spotte nicht!«

Seine Miene verfinsterte sich.

Katharina wusste, dass viele Menschen diesen großen Mann fürchteten, besonders, wenn er so düster aussah wie in diesem Moment. Doch seltsamerweise hatte sie keine Angst vor ihm – hatte sie noch nie wirklich gehabt.

»Niemand weiß, ob es tatsächlich Gift war«, murmelte er. Fragend sah er Richard an. »Bereit?«

Richard prustete Luft durch die Lippen. »Bin ich ein kleines Kind?«, murmelte er.

Statt ihm zu antworten, half Arnulf ihm auf die Beine. Donatus stützte ihn auf der anderen Seite, und zu dritt gingen sie den Gang entlang zu dem kleinen Raum, den Katharina sich als Stube eingerichtet hatte. Ein Sofa stand neben einem kleinen Tisch und zwei Stühlen. Arnulf und Donatus ließen Richard darauf nieder.

Mit einem unterdrückten Stöhnen legte er den Kopf gegen die Lehne und schloss die Augen.

»Kann ich dich für eine Weile allein lassen?«, fragte Arnulf.

»Bin ich ein kleines Kind?«, murmelte Richard erneut. Er klang erschöpft.

Arnulfs Zähne blitzten. »Pass auf ihn auf«, sagte er zu Katharina. »Du weißt, dass er ein Idiot ist.«

»Wo willst du hin?«, fragte Katharina.

Arnulf wandte sich zur Tür. »Ich will sehen, ob ich über diese ganze Sache etwas herausfinden kann.« Und mit diesen Worten verließ er die Stube.

Katharina konnte hören, wie er in die Küche ging, um seinen Hut zu holen. Gleich darauf klappte die Haustür, und er war auf und davon.

16. Kapitel

Kurz nachdem Arnulf das Fischerhaus verlassen hatte, ging er die Gasse an der Frauentormauer entlang und bemerkte, dass Jonas auf ihn gewartet hatte. Der Junge stand an eine Hausecke gelehnt da, Rubius saß zu seinen Füßen und hechelte leicht.

Arnulf ging auf die beiden zu. »Danke für deine Hilfe«, sagte er.

Jonas nickte nur. »Und jetzt?«

Der Nachtrabe schaute ihm in das schmale Gesicht. Unternehmungslust glitzerte in Jonas' hellen Augen. Er brannte darauf, Arnulf zu helfen, das war ihm deutlich anzusehen.

Arnulf überlegte. Warum eigentlich nicht? Jonas war ein kluger Kopf, vielleicht konnte er noch nützlich sein. »Zwei Dinge«, sagte Arnulf. »In der Stadt läuft ein Mörder herum, der den Leuten die Kehlen aufschlitzt. Das wäre für sich genommen nicht so bedeutsam, wenn diese Morde nicht ein, zwei Verbindungen zu meinen Freunden hätten.«

Jonas tätschelte Rubius' Kopf. »Deinen Freunden.«

»Ja. Es hat den Anschein, als sei eines der Mordopfer, ein Mann namens Konrad Rotgerber, vor seinem Tod vergiftet worden, und jetzt auch Richard.«

»Er ist wirklich dein Freund, oder?«, warf Jonas ein.

Arnulf nickte. »Der beste, den ich habe.«

»Obwohl er ein Patrizier ist?«

»Vielleicht deswegen.« Arnulf grinste. »Nun. Ich kann dir später einmal erzählen, woher wir uns kennen. Wichtig ist im Moment nur, dass du weißt, dass ich Richard mein Leben anvertrauen würde. Und er mir seines auch.«

»Du willst ihm helfen.«

»Er ist irgendwie in diese Mordserie hineingeraten, ja. Er war dabei, als die Frau aufgeschlitzt wurde.«

»Könnte Zufall sein.« Rubius legte sich neben Jonas nieder. Mit dem Blick folgte er einer großen schwarzen Katze, die die Gasse überquerte.

Arnulf schüttelte den Kopf. »Er war in der ›Diele‹ wie Rotgerber. Und er wurde dort auch vergiftet. Jedenfalls scheint es so.«

»Niklas ein Panscher, der vergifteten Wein ausschenkt?« Jonas dachte einen Moment lang nach. Dann schüttelte er energisch den Kopf. »Niemals!«

»Das weißt du, und ich weiß es auch.« Arnulf schaute zu, wie die Katze über einen Zaun sprang. Dann setzte er seinen Weg fort. Jonas und der Hund schlossen sich ihm an.

»Niklas hat mich gebeten, herauszufinden, was es mit Rotgerbers Vergiftung auf sich hat. Irgendwas stimmt in der ›Krummen Diele‹ nicht, und ich glaube langsam, dass wir auch den Mörder haben, wenn wir herausfinden, was es ist.«

»Was, wenn Richards Zustand nur vom Blutverlust kommt und gar nicht von einer Vergiftung?« Jonas tippte sich gegen die Schulter. »Die Wunde sah übel aus.«

Sie wandten sich in Richtung Spittlertor und gingen nun nebeneinander her durch die Gassen der Stadt. Rubius folgte ihnen in einigen Schritt Abstand. Ab und an blieb er stehen, um an einer Ecke zu schnüffeln oder etwas aus dem Rinnstein zu fressen, von dem Arnulf lieber nicht wissen wollte, was es war.

»Schon. Aber Richard ist zäh. Er hat schon Schlimmeres erlebt.« Arnulfs Gedanken wanderten zurück zu früheren Zeiten, zu Szenen, die mit dunklem Wasser und darin treibenden Leichen zu tun hatten – und mit Schwanenflügeln in klaffenden Wunden. Er schüttelte den Kopf. »Nein! Da ist noch irgendwas anderes, und ich werde herausfinden, was es ist!«

Sie erreichten eine breitere Straße, die die Stadt von Norden nach Süden durchquerte und in deren Mitte ein gemauertes Rinnsal vor sich hinplätscherte. Von hier aus konnte man die große Bürgerkirche St. Lorenz sehen, die sich zwischen ihnen und der Pegnitz befand und deren Westwerk bis dicht an die Straße heranreichte. Der südliche der beiden hoch aufragenden Türme verdeckte den anderen, so dass es wirkte, als besäße die Kirche nur einen Turm.

Arnulf richtete seinen Blick auf dessen Spitze. Die Sonne hatte ihren höchsten Punkt für diesen Tag bereits überschritten. Ihre Strahlen brachen sich schräg an den rundherum angebrachten Giebelchen und warfen ihre Schatten auf die gegenüberliegende Häuserzeile.

Da fasste Arnulf einen Entschluss. Er wandte sich gen Norden.

»Komm mit!«, befahl er Jonas, und noch bevor der Junge nach seinem Hund pfeifen konnte, der gerade dazu ansetzte, ein paar Tauben von der Kante des Rinnsals fortzujagen, marschierte Arnulf schon los.

»Wohin gehen wir?« Jonas musste laufen, um zu ihm aufzuschließen.

»Ich stelle ein paar Leuten ein paar Fragen«, sagte Arnulf.

Wenn er herausfinden wollte, wer diese Morde begangen hatte, hatte er nicht besonders viele Möglichkeiten. Er konnte diesen Georg Öllinger befragen, von dem ihm Niklas erzählt hatte. Aber es war noch immer unwahrscheinlich, dass sich ein Mann wie er mit einem Nachtraben unterhalten würde, und der ursprüngliche Plan, nämlich Richard zu bitten, ihm Zugang zu Öllinger zu verschaffen, war für den Augenblick kaum durchführbar. Jedenfalls nicht, solange Richard sich in diesem Zustand befand.

Eben jedoch war ihm ein ganz anderer Gedanke gekommen. Wenn die Morde an Rotgerber und dieser Frau zusammenhingen, dann konnte er vielleicht auf diesem Weg zu Wissen gelangen, das ihm weiterhalf. Er rief sich ins Gedächtnis, was Donatus über diesen zweiten Mord erzählt hatte. Eine Marktfrau hatte ihre tote Freundin gefunden.

Diese Frau würde er also zunächst aufspüren.

Im Gerberviertel herrschte der Betrieb eines gewöhnlichen Sonnabendnachmittags. Hier scherte sich niemand besonders darum, dass man heute Morgen in einem der engen Hinterhöfe eine Leiche gefunden hatte. Die Leute hatten zu arbeiten, um ihre großen Familien zu ernähren. Für ein Innehalten oder gar Nachdenken über die eigene Vergänglichkeit war hier kein Platz.

Als Arnulf und Jonas in dem Hof ankamen, stieß Jonas ein angeekeltes Stöhnen aus.

Eine graugestromte Katze hockte mitten in der inzwischen getrockneten Blutlache. Sie bemerkte die beiden Menschen, die ihr Revier betreten hatten, und fauchte Arnulf an. Er warf ihr einen langen Blick zu, doch sie ließ sich davon nicht beeindrucken, sondern fuhr fort, an einem Erdbrocken herumzulecken.

Katzen! Arnulf unterdrückte ein Schaudern.

Ein Junge, der vielleicht fünf oder sechs Jahre alt war und keinen einzigen Zahn im Mund zu haben schien, drückte sich in einer der Ecken des Hofes herum. Immer wieder starrte er mit einer Mischung aus Ekel und Faszination auf die Blutlache, und Arnulf vermutete, dass er den Kitzel des Todes genoss. Auch als der Nachtrabe ihn zu sich winkte, wirkte er unerschrocken. Weder schien ihn die Tatsache zu beunruhigen, dass er mit einem Nachtraben sprach, noch die, dass sich in dessen Begleitung ein Hund befand, der ihm geradewegs in die Augen blicken konnte. Neugierig sah er zu Arnulf und Jonas auf.

»Weißt du, wer die Frau gefunden hat, die heute Morgen hier gelegen hat?«, fragte Arnulf ihn.

Er nickte ernsthaft. »Lisa«, verkündete er und reckte dabei seine Brust nach vorn, als sei er stolz auf sein Wissen. Er hatte schütteres Haar und wirkte nicht nur verwahrlost, sondern auch halbverhungert.

»Lisa?«, hakte Arnulf nach. »Weißt du, wo sie wohnt?«

Er zuckte mit den mageren Schultern. »Irgendwo draußen vor der Stadt, glaube ich.« Inzwischen war so etwas wie Hoffnung in seinem Blick erschienen, Hoffnung darauf, dass seine Auskünfte ihm vielleicht ein oder zwei kleinere Münzen einbringen würden.

Arnulf griff nach seinem Geldbeutel, den er unter dem schwarzen Hemd so dicht wie möglich am Körper trug.

Die Augen des Jungen begannen zu leuchten. »Sie ist eine Freundin von der Alten gewesen«, erklärte er. Arnulf vermutete, dass er mit der Alten die tote Marktfrau meinte. »Ist öfter hier gewesen, wenn sie früh auf dem Markt fertig waren.«

»Kannst du dich an irgendwas erinnern, das mir hilft, sie zu finden?«

Jetzt erwachte plötzlich Misstrauen in dem kleinen Kerl. Mit zusammengezogenen Brauen sah er Arnulf an. »Was wollt Ihr von der?« Sein Blick wanderte zu dem Dolch, den Arnulf am Gürtel trug, und schlagartig erschienen in seinen Augen all jene Gefühle, die Arnulf bisher vermisst hatte: Unbehagen, Nervosität. Angst. Plötzlich atmete der Junge schwer.

»Ich will ihr nur ein paar Fragen stellen«, beruhigte Arnulf ihn. »Die tote Frau …«

»Gertrud«, warf der Junge ein.

»Gertrud«, wiederholte Arnulf. Es fühlte sich seltsam an, dass die

Frau nun einen Namen hatte. So erging es ihm öfter. Als Nachtrabe hatte er es ab und an mit Mord und Totschlag zu tun, und obwohl er selbst nicht zimperlich war, wenn es darum ging, sein Leben oder auch das seiner Leute im Spittlertorviertel zu verteidigen, empfand er es stets als einfacher, wenn die Opfer namenlos blieben. Er straffte die Schultern. »Also Gertrud. Gut. Ich möchte herausfinden, wer sie umgebracht hat.«

Nun verschloss sich das Gesicht des Jungen endgültig. »Das glaubt Ihr doch selbst nicht!« Er pustete sich gegen die Stirn, und vorsorglich wich er einige Schritte zurück. Arnulf vermutete, dass er fürchtete, im nächsten Moment seinen Dolch zu schmecken zu bekommen.

»Keine Angst!«, sagte er. »Es ist wirklich so.«

»Ihr seht nicht aus wie jemand von hier!«

Arnulf blickte an seiner schwarzen Kleidung hinab. Er hatte keine Ahnung, woher dieser Knirps die Sicherheit nahm. Er richtete den Blick auf die zerlumpte Hose des Jungen. »Bin ich auch nicht.«

Der Junge nickte. »Klar.«

»Also?«

»Was also?«

»Weißt du jetzt, wo ich diese Lisa finden kann?«

Da drehte der Junge die Hand mit der Fläche nach oben. »Krieg ich was dafür?«

Arnulf zog seinen Geldbeutel hervor. Er öffnete ihn und nahm einige kleinere Münzen heraus. »Wenn du etwas Brauchbares weißt.«

Gier leuchtete in den trüben Augen des Kindes auf. »Ist ein kleines Dorf vor dem Spittlertor. Lisa verkauft Milch auf dem Markt, also müsst Ihr nach einem Mann suchen, der Kühe hat.«

»Sie hat also einen Mann?«

»Vinzent heißt er.« Der Junge schob sich jetzt langsam wieder näher. Sein Blick hing wie festgenagelt auf den Münzen in Arnulfs Hand.

Der ließ sie in seine ausgestreckten Finger fallen. »Danke.«

»Ihr seid ziemlich vertrauensselig!«, murmelte das Kind, steckte die Münzen jedoch so schnell fort, dass Arnulf der Bewegung mit den Blicken kaum folgen konnte.

»Wieso?«

Da grinste der Junge sein zahnloses Grinsen. Sein Zahnfleisch sah grindig aus. »Was, wenn ich Euch einfach irgendwas erzählt habe?«

Arnulf lächelte sanft. Mit dem Daumennagel schnippte er gegen den Griff seines Dolches. »Dann werde ich wiederkommen und diesem kleinen Kerl hier etwas zu tun geben.«

Entsetzt riss der Junge die Augen auf. »Nein, nein!«, rief er. »Ist alles wahr, was ich Euch erzählt habe!« So ängstlich sah er plötzlich aus, dass Arnulf lachte.

»Glaubst du im Ernst, ich tue einem Spätzchen wie dir was?« Und er strubbelte dem Jungen durch das dünne Haar. Es fühlte sich an, als bestehe es aus lauter toten Fliegenbeinen.

»Bin kein Spätzchen!«, murrte der Junge.

Da nickte Arnulf ihm freundlich zu. »Nein. Natürlich nicht.«

Als er machte, dass er davonkam, hörte er hinter sich Jonas leise lachen.

Wie im Gerberviertel herrschte auch am Spittlertor reges Treiben. Ein Bettler, der sich an den Brunnenrand gelehnt hatte und den Vorbeieilenden flehentlich eine verkrüppelte Hand entgegenstreckte, nickte Arnulf höflich zu. »Gott zum Geleit, Herr Nachtrabe!«

Arnulf erwiderte den Gruß. Der Mann hatte nicht nur eine missgestaltete Hand, sondern ihm fehlte auch eines seiner Augen. Die Höhle, in der es einst gesessen hatte, glänzte dunkelrot und fürchterlich in seinem sonst eher bleichen Gesicht. Ein kleiner Junge stolperte mit mühsamen und eiligen Schritten hinter seinem Vater her. Seine Schuhe waren ihm um mindestens die Hälfte zu groß, jedenfalls sahen sie am unteren Ende seiner spindeldürren Beinchen geradezu lächerlich aus.

Als er an dem Bettler vorbeikam, zuckte er beim Anblick des fehlenden Auges zusammen.

»Buh!«, machte der Bettler und lachte leise glucksend in sich hinein, als der Junge einen kleinen Hopser zur Seite machte. Der Vater hingegen bedachte ihn mit einem finsteren Blick.

»Komm schon!«, herrschte er seinen Sohn an und zerrte ihn kurzerhand weiter.

Das Spittlertor bestand aus zwei gegeneinander versetzten doppelflügligen Holztoren, die beide weit offen standen. Arnulf und Jonas durchquerten erst das eine, dann mussten sie sich nach links wenden. Arnulf wich einem leichten Karren aus, dessen schmale Räder in den tiefen Furchen zwischen den Toren leise knirschten.

Als sie das zweite Tor hinter sich ließen, fiel Arnulfs Blick auf eine Wiese, die von einem langen Weidenzaun in weitem Bogen eingefasst wurde. Der Weg führte an diesem Zaun entlang und gabelte sich dahinter. Linker Hand verschwand er in einem Wäldchen, rechts führte er direkt zu einem der Stadt vorgelagerten Dorf, in dessen Mitte eine winzige, aus dunklem Holz erbaute Kirche stand.

Die Glocke dieser Kirche schien irgendwann Schaden genommen zu haben, denn als Arnulf nur wenig später das Dorf betrat und sie genau in diesem Moment anfing zu läuten, da klang sie misstönend und schrill.

Mehrere Kinder, die allesamt besser genährt aussahen als der zahnlose Junge im Gerberviertel, rannten an Arnulf vorbei. Er pflückte sich eines von ihnen – ein kleines Mädchen mit hübschen blonden Locken – heraus und hielt es fest.

Misstrauisch richtete sich ihr kornblumenblauer Blick auf ihn.

»Ich suche eine Frau namens Lisa, kennst du sie? Sie hat einen Mann, der Vinzent heißt.«

Die Kleine lächelte. »Klar kenne ich die!« Ein wenig besorgt sah sie Rubius an, aber als Jonas ihm befahl, sich niederzulegen, und er, ohne zu zögern, gehorchte, entspannte sie sich.

»Und wo wohnen sie?«, fragte Arnulf.

Die Kleine zappelte, und so ließ er sie wieder los. Mit ausgestrecktem Arm wies sie auf eine kleine Hütte, die am Rande des Dorfes unter einer mächtigen Eiche stand und aussah, als müsse sie sich gegen ihren Stamm lehnen, um nicht umzukippen. Ein ebenfalls recht baufälliger Stall schloss sich an die Hütte an. Dumpfes Muhen drang durch die geschlossene Tür.

Arnulf bedankte sich mit einer galanten Verbeugung bei dem Mädchen. Es kicherte und rannte dann hinter den anderen her. Der Nachtrabe stellte sich vor, wie es ihnen aufgeregt von seiner unheimlichen Begegnung mit dem großen schwarzen Mann erzählen würde.

Mit einem Lächeln auf den Lippen trat er vor die ärmliche Hütte hin.

Als er klopfte, wackelte die Tür in ihren ledernen Angeln so bedenklich, dass er unwillkürlich einen Schritt nach hinten trat, um nicht aus Versehen erschlagen zu werden. Doch die Tür hielt. Einen Moment lang tat sich nichts, dann knirschte in der Hütte irgendein morsches Möbel, ein Stuhl oder vielleicht auch ein Bett.

»Komme!«

Schlurfende Schritte ertönten, dann wurde die Tür geöffnet, und Arnulf schaute in ein verhärmtes Männergesicht, in dem Bartstoppeln wuchsen und eine riesige, rotgeäderte Nase.

»Bist du Vinzent?«, fragte Arnulf.

»Hm.«

Es war nicht ersichtlich, ob das ein Ja oder ein Nein sein sollte. Arnulf spähte an der traurigen Gestalt vorbei ins düstere Innere der Hütte. Der Geruch von verbranntem Essen und menschlichen Ausdünstungen quoll ihm entgegen und nahm ihm fast den Atem. So flach wie möglich holte er durch den Mund Luft, dann fragte er weiter: »Wo ist deine Frau Lisa?«

»Im Stall, bei den Viechern.« Offenbar hatte der Mann für den Rest des Tages genug gesprochen, denn er wandte sich einfach um und schlug Arnulf die Tür vor der Nase zu.

Achselzuckend wandte der Nachtrabe sich ab. Er war schon drauf und dran, sich dem Stall zuzuwenden, als eine magere, ebenfalls abgehärmt aussehende Frau mit zwei Holzeimern in der Hand ins Freie trat.

»Wer seid Ihr?«, fragte sie sofort. Sie sah misstrauisch aus.

Arnulf schenkte ihr sein schönstes, vertrauenerweckendstes Lächeln. »Mein Name ist Arnulf. Bist du Lisa?«

Sie nickte, kam jedoch nicht näher. Mit langsamen Bewegungen setzte sie die Eimer rechts und links von sich ab, dann streckte sie den Rücken, indem sie sich beide Hände ins Kreuz drückte.

»Ich habe ein paar Fragen an dich«, erklärte Arnulf ihr. Er machte Anstalten, zu ihr zu treten, aber sie hob die Hand und bedeutete ihm, zu bleiben, wo er war. Ihr Blick wanderte von ihm zu Jonas. Bei Rubius' Anblick lächelte sie ein wenig.

»Du hast heute Morgen diese tote Marktfrau – Gertrud – gefunden, nicht wahr?«, fragte Arnulf.

Das Misstrauen auf Lisas Gesicht vertiefte sich noch. »Was geht Euch das an?«

Arnulf unterdrückte ein Seufzen und den Wunsch, diese dämliche Kuh zu packen und einfach aus ihr herauszuprügeln, was sie wusste. Stattdessen griff er unter sein Hemd.

Lisa wich einen Schritt zurück, doch als sie sah, dass er seinen Geldbeutel hervorholte, stahl sich ein schwaches Lächeln in ihre Mundwinkel. Es zeigte Arnulf, dass sie früher einmal sehr hübsch gewesen sein musste. Sie schob sich eine lose Haarsträhne aus dem Gesicht und trat vorsichtig wieder einen Schritt näher. »Was wollt Ihr wissen?«, erkundigte sie sich.

Er bat sie, so genau wie möglich zu schildern, was geschehen war. Sie erzählte ihm davon, wie sie Gertrud am Morgen auf dem Marktplatz vermisst hatte und wie sie gegangen war, um nach ihr zu sehen. Sie berichtete ihm davon, wie sie Gertruds Leiche in der Gasse gefunden hatte.

»War noch jemand bei der Leiche?«, hakte er nach.

Eifrig nickte sie. »Ein Mann. Bestimmt ein Patrizier, so wie er aussah.«

»Kannst du ihn beschreiben?«

Sie schüttelte den Kopf. »Braune Haare, glaube ich. Aber sicher bin ich nicht. Auf jeden Fall hatte er ein Schwert, und er war über und über mit Blut besudelt. Er ist weg, als er mich gesehen hat. Verständlich, denke ich.«

»Hast du eine Idee, wer Gertrud das angetan hat?«, fragte Arnulf.

Sie rümpfte die Nase. Es war eine kokette Geste. »Na, doch dieser Patrizier!«

Sanft schüttelte er den Kopf. »Ich meine, ob du jemanden wüsstest, der in der letzten Zeit Streit mit Gertrud hatte. Hatte sie Feinde, irgendwelche Neider?«

Lisa überlegte einen Moment. Ihr Blick war dabei die ganze Zeit auf en Geldbeutel in Arnulfs Hand gerichtet, und er ahnte, dass sie begierig darauf war, ihm möglichst das zu erzählen, was er hören wollte. Schließlich hellte sich ihre Miene auf. »Natürlich! Dieses Weib, wie heißt sie noch … der das Fischerhaus an der Frauentormauer gehört.«

In seinem Magen senkte sich etwas. »Katharina Jacob?«, rutschte es ihm heraus. Neben ihm machte Jonas große Augen.

Lisa zuckte die Achseln. »Glaube, ja. Gestritten haben die beiden, Gertrud und diese Katharina, meine ich. Am Tag vor dem Mord.«

»Worüber?«

»Irgendwelche verdorbenen Eier, glaube ich. Ich habe ja nicht die ganze Zeit zugehört, weil ich selbst Kunden bedienen musste.

Jedenfalls war diese … Katharina sehr wütend, besonders, als Gertrud sie eine Hure genannt hat.« Sie lachte leise und freudlos auf.

Arnulf zog die Augenbrauen zusammen. »Katharina Jacob eine Hure?«

»Genau genommen hat Gertrud das Fischerhaus als Hurenhaus bezeichnet. Ganz ruhig ist die Jacob danach geworden, fast eisig. Keine der Frauen hat es verdient, eine Hure genannt zu werden, hat sie geantwortet, dann ist sie abgerauscht. Also, wenn Ihr mich fragt: Sie war so zornig, ich bin mir fast sicher, dass sie Gertrud den Hals aufgeschlitzt hat.« Um zu verdeutlichen, wie genau das Ganze vonstattengegangen war, fuhr sich Lisa mit dem Daumennagel über die Kehle.

Arnulf biss nun doch die Zähne zusammen. Katharina als Mörderin? Es war unmöglich, sich das vorzustellen. Aber auf einmal ging ihm etwas ganz anderes im Kopf herum.

Das Fischerhaus ein Hurenhaus. Er hatte genau das Gleiche schon einmal gehört, und er musste nicht lange nachdenken, bis ihm einfiel, wo. Schließlich hatte er selbst Katharina gewarnt. Vor Konrad Rotgerber. Auch er hatte das Fischerhaus als Hurenhaus bezeichnet. Und war kurz darauf gestorben.

Nachdenklich starrte Arnulf Jonas an.

Hier hatte er eine Verbindung zwischen den beiden Mordfällen, wenn auch eine winzige.

Aber was mochte sie bedeuten?

Nachdem Arnulf verschwunden war, stand Donatus noch einen Moment unschlüssig in der Stube und schaute von Richard zu Katharina und wieder zurück zu Richard.

Verlegen räusperte er sich. »Ich lasse euch allein«, sagte er dann. »Aber wenn du Hilfe brauchst: Ich bin in der Küche.«

Dankbar nickte Katharina ihm zu. Sie war versucht, ihn um Rat zu fragen. Er hatte den Verdacht einer Vergiftung geäußert, und irgendwie hoffte sie, er wüsste vielleicht, was sie tun konnte. Doch an der ratlosen Art und Weise, wie er Richard musterte, bevor er sich zum Gehen wandte, sah sie, dass auch er über die Ursache des plötzlichen Schwächeanfalls grübelte.

Schweigend und nachdenklich verließ er den Raum, und leise schloss er die Tür hinter sich.

Katharina setzte sich auf die Kante des Sofas und griff nach Richards Hand.

»Du musst mich für einen Schwächling halten«, murmelte er. Seine Lippen waren sehr bleich und trocken.

Sie legte ihm eine Hand an die Wange, und er zuckte zusammen. »Das tue ich nicht, und das weißt du.«

»Mir ist schlecht«, sagte er. »Alles dreht sich, du musst mich festhalten.« Und mit diesen Worten sackte er weg.

Katharina breitete eine Decke über Richard, während sie im Geiste die Ereignisse der vergangenen Tage durchging. Da war zunächst Arnulfs Warnung vor Konrad Rotgerber gewesen. Und nun war Rotgerber tot. Mit durchgeschnittener Kehle hatte er in einer Gosse gelegen, aber das konnte doch unmöglich etwas mit ihr zu tun haben, oder?

Die Vorstellung, dass Arnulf Rotgerber aus dem Weg geräumt hatte, um sie zu schützen, sandte ein unangenehmes Kribbeln ihr Rückgrat hinunter. Nein, dachte sie. Wenn er das wirklich getan hätte, hätte er es ihr gesagt. Vor allem aber würde er sich nicht die Mühe machen, nach dem Mörder zu suchen, dessen war sie gewiss. Sie schob also diesen Gedanken von sich fort, doch wie ein kleines bissiges Tier blieb er in ihrem Hinterkopf sitzen. Bereit, sich jederzeit in ihrem Verstand festzubeißen und dann nicht mehr loszulassen.

Wie aber war Richard in diese Sache verwickelt? All das Blut an seinem Körper. Katharina schauderte, als ihr klar wurde, dass diese Morde näher an sie herankamen, als sie gedacht hatte.

Die Tür öffnete sich. Donatus kam herein und brachte einen Becher mit frisch gekochtem Kräutersud, den er auf den kleinen Tisch neben dem Sofa stellte. »Zur Stärkung für ihn«, sagte er nur, und Katharina verspürte tiefe Dankbarkeit, als er sich ohne weitere Worte zurückzog.

Richard schreckte aus seiner schlafähnlichen Ohnmacht auf, nur um gleich darauf wieder zurückzusinken. Seine Hände begannen, sich unruhig auf der Decke hin und her zu bewegen. Katharina nahm sie, hielt sie fest.

»Ich bin hier«, flüsterte sie.

Irgendwann, sie wusste nicht, wie viel Zeit vergangen war, öffnete er plötzlich die Augen. Und war vollkommen klar. Ihm war keinerlei Anzeichen dieser seltsamen Schwäche mehr anzusehen.

»Das hatte ich mir, ehrlich gesagt, ein bisschen anders vorgestellt«, sagte er und verzog den Mund zu einem spöttischen Grinsen, das Katharina beinahe noch mehr das Herz zerriss als sein Leiden kurz zuvor.

»Warum bist du zurückgekommen?«, fragte sie leise.

Er schwieg, setzte sich nur etwas aufrechter hin, sodass die Decke ein Stück nach unten rutschte und seinen Oberkörper entblößte. Sein Gesicht verzog sich vor Schmerzen, aber kein Laut kam über seine Lippen. Aus seinen dunklen, brennenden Augen blickte er Katharina an.

»Ich ...« Sie verstummte. Sie war unsicher, was sie sagen sollte, und gleichzeitig auch so unendlich beschwingt, weil Richard wieder da war.

»Ich hatte Sehnsucht nach dir«, sagte sie.

Noch immer schwieg er.

Dann glitt ein Lächeln über sein Gesicht. Von einem Mundwinkel aus wanderte es bis hinauf zu seinen Augen.

»Ich bin froh, dass du das sagst«, flüsterte er. Seine Lippen waren jetzt nicht mehr so bleich, aber immer noch rissig.

Katharina holte tief Luft. Auf einmal war ihr so schwindelig, als habe sie von dem Gift getrunken, das ihn geschwächt hatte. »Es ...« Sie konnte nicht weitersprechen. Stattdessen drehte sie sich zu dem Tischchen um, reichte Richard den Becher mit Kräutersud.

Er trank einen Schluck. Angeekelt verzog er das Gesicht. »Igitt!«

Sie sah ihm in die Augen. »Vorsicht«, meinte sie und lächelte. »Das ist bitter.«

»Danke für die Warnung!« Er lachte leise, dann zog er schmerzerfüllt Luft durch die Zähne. Beide Geräusche gingen ihr durch Mark und Bein.

»Es ist zur Stärkung«, erklärte sie. »Ich habe es selbst hergestellt. Das Rezept ...«

»Katharina!«, versuchte er sie zu unterbrechen, aber sie konnte nicht aufhören zu reden.

»Das Rezept stammt von Hartmann Schedel, genau wie das von der Medizin vorhin. Du erinnerst dich sicher noch an Schedel, nicht wahr? Er hat mir ein paar seiner Rezepte überl ...«

Sie verstummte mitten im Wort, weil Richard ihr die Fingerspitzen auf die Lippen legte. Sanft griff er nach ihrem Handgelenk und zog sie zu sich heran.

»Scht!«, machte er. »Ich bin hier, weil ich dich etwas fragen muss.«

Über seine Hand hinweg sah sie ihm in die Augen.

Und plötzlich wurden ihre Lider kalt. Tränen stiegen in ihr auf.

»Warum weinst du?« Ganz leise war seine Stimme.

Sie schüttelte den Kopf. Seine Finger wanderten zu ihrer Wange, dann an ihrem Unterkiefer hinunter, ihren Hals entlang. Ein wohliger Schauer überlief sie.

Dann ließ sie sich in seine Arme ziehen. Seine Lippen waren ganz dicht vor ihrem Gesicht, sie spürte, wie sein Atem über sie hinwegstrich. Eine Träne löste sich von ihren Wimpern.

Richard küsste sie fort. Sanft wanderten seine Lippen über ihre Haut, bis sie ihren Mund fanden.

17. Kapitel

Der Kuss hätte ihn von den Beinen geholt, wenn er nicht bereits gelegen hätte. Richard umfing Katharina mit dem gesunden Arm, zog sie an sich, sog ihren Geruch ein. Sanft strich ihr Atem über die nackte Haut seiner Brust, und das Bedürfnis, diese Frau niemals im Leben wieder loszulassen, war so mächtig, dass ihm schon wieder schwindelig wurde. Diesmal jedoch war es ein angenehmes, keinesfalls beängstigendes Gefühl.

Er schloss die Augen und genoss es.

Ein leises Räuspern an der Tür holte ihn aus dem Paradies zurück, und er zuckte erschrocken zusammen. Bei der ruckartigen Bewegung protestierte seine verletzte Schulter, aber er achtete nicht darauf. Stattdessen sah er zu, wie Katharina auf die Füße taumelte, ihren Rock ordnete und sich mit schuldbewusster Miene umwandte.

In der Tür stand Donatus, einen Stapel sauberer Kleidung auf dem Arm. Er wirkte fast ebenso befangen wie Katharina. »Entschuldige«, sagte er leise. Flammende Röte stieg ihm aus dem Kragen am Hals empor.

Katharina strich sich eine Haarsträhne hinter das Ohr. »Schon gut«, seufzte sie leise.

»Ich wollte das …« Zur Erklärung hob er die Hose und das Hemd, das er hatte bringen wollen, ein wenig an. Er legte beides auf einen Stuhl, und als er keine Anstalten machte, den Raum wieder zu verlassen, seufzte Katharina erneut, lauter diesmal.

»Was ist denn noch?«

Donatus blinzelte. Mit dem Daumen wies er über seine Schulter. »Da ist … jemand. Er will dich sprechen!« Er sah aus, als sei dieser Jemand von überaus großer Bedeutung.

Katharina schien das nicht zu begreifen, oder aber sie ging absichtlich darüber hinweg. »Sag ihm, er muss sich ein bisschen gedulden!« Sie blickte in Richards Augen und lächelte. »Ich habe hier noch einen anderen Patienten, den ich verarzten muss.«

Donatus sah nicht glücklich aus. »Er ist vom Stadtrat«, sagte er eindringlich. »Er sagt, er hat ein paar Fragen an dich.«

Richard stützte sich auf die Ellenbogen. Ein Mitglied des Stadtrates? Hier? Die Frau in der Gasse, das Blut ... Er verspürte jetzt keine Schwäche mehr, und er fühlte sich völlig klar, aber die Art und Weise, wie die Gedanken in seinem Kopf aufflackerten und umeinanderwirbelten, ähnelte dem Schwindelgefühl von vorhin. Er versuchte, einen Blick in Katharinas Gesicht zu werfen, aber sie wandte ihm den Rücken zu.

Sie ordnete ihren Rock und ihre Haare. »Ich komme gleich!«, sagte sie.

Donatus nickte. »Beeil dich!«

Er wirkte ziemlich beunruhigt, als er ging und Katharina unschlüssig zurückließ.

»Soll ich mitkommen?«, fragte Richard.

Sie schüttelte den Kopf. »Nein. Ich habe die ganzen letzten Monate allein ...« Sie verstummte, senkte den Kopf. »Entschuldige, das war unangemessen.«

Er unterdrückte den Schmerz, den ihm ihre Worte versetzten, und griff nach ihrer Hand. Sie wehrte sich dagegen, erneut zu ihm herabgezogen zu werden, aber er war stärker als sie. Schließlich gab sie nach und sank zurück auf die Kante des Sofas. Ganz nahe war sie ihm nun. Er legte ihr zwei Finger unter das Kinn und zwang sie so, ihn anzusehen. »Ich bin jetzt bei dir«, meinte er leise.

Sie presste die Lippen aufeinander. Nickte. Dann raffte sie ihren Rock zusammen und stand auf. »Ich komme gleich wieder«, murmelte sie.

»Katharina, ich weiß, dass es mir nicht zusteht, aber ...« Donatus' Stimme drang durch den Spalt der Tür, die Katharina hatte offen stehen lassen, als sie hinausgegangen war.

»Wovon sprichst du?« Richard hörte das leichte Zittern in ihrer Stimme. Sie *war* beunruhigt, das erkannte er jetzt.

»Bist du wirklich sicher, dass du weißt, was du tust?«

Eine kurze Pause, dann erklang ein tiefer Seufzer.

»Ich meine«, fuhr Donatus fort, »erst taucht dieser Kerl, dieser Nachtrabe, hier auf und gibt sonderbare Warnungen von sich. Und keine paar Stunden später liegt der Mann, vor dem er dich gewarnt hat, mit aufgeschlitzter Kehle in der Gosse.«

Ein winziges Ächzen aus Katharinas Kehle begleitete diese Worte, und Richard verspürte das dringende Bedürfnis, aufzustehen und ihr beizuspringen. Prüfend schwang er die Füße auf den Boden.

»Und dann«, hörte er Donatus sagen, »gibt es einen zweiten Mord, und diesmal ist ausgerechnet dein Herr Sterner darin verwickelt!« Wieder gab es ein kurzes Schweigen.

Richard hörte die Geräusche, die das Haus machte, überlaut. Ein leises Knarzen der Deckenbalken. Schritte im Geschoss über ihm. Er blickte auf den Stapel Kleidung, den Donatus gebracht hatte.

»Da drinnen sitzt jemand vom Stadtrat, Katharina!« Jetzt hatte Donatus die Stimme gesenkt. »Im Hof befindet sich ein blutiges Schwert von diesem … Kerl …«

»Nenn Richard nicht so!« Katharina ging einige Schritte, schien dann wieder stehenzubleiben. »Ich bin sicher, es wird sich gleich alles aufklären.« Jetzt klang sie unwirsch. »Was ist noch?«

Donatus seufzte. »Nichts. Ich möchte nur nicht, dass du Schwierigkeiten bekommst.«

Katharina schnaubte leise. »Mich fragt auch keiner danach, was ich will«, sagte sie.

Die sogenannte Kapelle befand sich am anderen Ende des Flures, und als Katharina dorthin ging, überkam sie ein sonderbares Gefühl bei dem Gedanken, dass Richard ganz in der Nähe war. Er war da! Er würde ihr beistehen, wie er es schon früher getan hatte. Zugleich jedoch verspürte sie so etwas wie eine Bedrohung. All das Blut, eine neue Mordserie …

Richards Schwert im Hinterhof, wo Arnulf es abgelegt hatte.

Himmel!

Sie legte die Hand auf die Klinke, hob das Kinn. Dann öffnete sie die Tür, und ihr Blick fiel auf den breiten Rücken eines Mannes, der vor dem Altartisch stand, einen der beiden Altarleuchter in der Hand hielt und ihn betrachtete.

»Womit kann ich Euch helfen?«, fragte sie und betrat die Kapelle.

Der Mann fuhr zusammen, als habe sie ihn bei etwas Ungehörigem ertappt. Dann hielt er inne, besann sich und stellte schließlich den Leuchter zurück an seinen Platz. Erst danach drehte er sich um.

Katharina erstarrte.

»Ihr!«, entschlüpfte es ihr.

Der Mann war Bürgermeister Gernot Silberschläger. Der Mann, der als Lochschöffe dafür zuständig war, bei Morden in der Stadt nach dem Täter zu suchen! In dem Moment, als sie ihn sah, wusste Katharina, dass er wegen Rotgerber und dieser Marktfrau kam. Wusste er von Richard? Von dem Schwert im Hof? Unwillkürlich geriet alles in ihr in Aufruhr.

Auf Silberschlägers breitem Gesicht hatte ein Grinsen gestanden, das jedoch ins Rutschen gekommen war bei ihrem wenig begeisterten Ausruf. »Welch freundliche Begrüßung!«, sagte er jetzt, sichtbar um Fassung bemüht. Er hatte noch immer diese seltsam grau aussehenden Zähne, stellte Katharina fest, aber anders als damals, als sie schon einmal mit ihm zu tun gehabt hatte, fehlte ihm jetzt einer davon. Dunkel klaffte eine Lücke in seinem Unterkiefer.

Katharina riss sich zusammen. »Verzeiht!« Sie ließ die Kapellentür angelehnt und trat zu dem Mann nach vorn an den Altar. Höflich neigte sie den Kopf zu einer etwas verspäteten Begrüßung. »Guten Tag, Herr Bürgermeister. Was führt Euch zu mir?«

Silberschläger legte die Hände auf dem Rücken zusammen und lächelte. Er trug einen kostbaren Mantel mit rotem Pelzbesatz und darunter ein vielfach gefälteltes weißes Hemd. Ein intensiver Geruch nach Sandelholz ging von ihm aus, der Katharina in der Nase kitzelte. »Frau Jacob!«, schnurrte er. »Wie schön, Euch einmal wiederzusehen. Es ist schon eine ganze Weile her, nicht wahr?«

Katharina nickte knapp. »Ja.« Sie wies auf die vorderste der Bänke. »Wollen wir uns setzen?« Ihr war bewusst, dass es unhöflich war, Silberschläger nichts anzubieten. Eigentlich hatte sie vorgehabt, ihren Gast mit in die Stube zu nehmen, aber jetzt, da sie sah, mit wem sie es zu tun hatte, beschloss sie, ihre Pläne zu ändern. Silberschläger brauchte nichts von Richards Anwesenheit zu erfahren. Er konnte gut hier in der Kapelle mit ihr sprechen.

Wenn der Bürgermeister das als Beleidigung empfand, so ließ er es sich nicht anmerken. Mit einem freundlichen Lächeln bedankte er sich und ließ sich auf der Bank nieder.

»Was führt Euch nun zu mir?«, fragte Katharina erneut und setzte sich gleichfalls. Alles in ihr erzitterte vor der Antwort, die er geben mochte.

Seine Augen huschten in den Höhlen hin und her, seine Blicke tasteten über Katharinas Körper, sodass sie sich vorkam, als würde er sie betatschen. »Nun«, meinte er. »Es gibt Hinweise darauf, dass Ihr in Verbindung steht mit einigen Morden hier in der Stadt.« Er lächelte entschuldigend.

Sie hatte es kommen sehen!

»Das ist unmöglich!«, behauptete sie, doch ihre Gedanken eilten auf der Stelle zu Richard im Nebenzimmer, zu seinen blutbesudelten Händen, dem blutigen Schwert. Und wie an einem Faden gezogen sprangen sie von Richard zu Arnulf und hin zu Rotgerber. »Was für Hinweise?«, gelang es ihr, zu fragen. Sie wusste, dass Silberschläger ihr ihren Schrecken ebenso deutlich ansehen konnte, wie er den belegten Tonfall ihrer Stimme hörte. Sie räusperte sich. *Reiß dich zusammen!*, schalt sie sich.

»Heute Morgen«, begann Silberschläger, »wurde im Gerberviertel eine Frauenleiche gefunden.«

Katharina schloss die Augen. Ihr Magen fühlte sich an wie ausgehöhlt. »Was hat das mit mir zu tun?«, fragte sie knapp.

»Nun, die Tote trägt den Namen Gertrud«, erklärte Silberschläger. Sein Blick lag auf Katharinas Gesicht, während er weitersprach. »Sie verkaufte Eier auf dem Refmarkt.«

Das hohle Gefühl in ihrem Magen verwandelte sich in einen Eisklumpen, die Gedanken hämmerten wie Schläge durch ihr Gehirn. Rotgerber und Arnulfs Warnung. Gertrud. Ihr Streit um die verdorbenen Eier. Richard, der Gertrud hatte sterben sehen …

»Ihr kennt diese Gertrud, stimmt es?«, fragte Silberschläger.

Katharina nickte langsam. Er wusste es ohnehin, es würde keinen Zweck haben, es zu leugnen. »Ich kaufe gewöhnlich meine Eier bei ihr.«

»Gewöhnlich?«

»Die letzten waren schlecht.« Katharina atmete tief durch. »Wir hatten einen Streit deswegen.« Sie schaute Silberschläger unverwandt an. »Ich vermute, das ist der Grund, warum Ihr hier seid, oder?«

Er fuhr sich mit der Zungenspitze über die Schneidezähne. »Nun, ich fürchte, ja. Es ist meine Pflicht, Euch zu befragen, sobald Euer Name in Zusammenhang mit einem Mord fällt.« Er hob in einer bedauernden Geste die Hände. »Aber seid unbesorgt. Ich bin auf Eurer Seite!«

Katharina wurde nicht schlau aus ihm. Was genau wollte er von ihr? Sie richtete den Blick auf das Kreuz. Die Christusfigur daran war aus Holz geschnitzt, und einer ihrer Arme war einmal abgebrochen gewesen. Jemand hatte ihn mehr schlecht als recht mit Leim repariert. »Ihr glaubt nun aber nicht, dass ich wegen ein paar verdorbener Eier zum Dolch greife und Menschen ermorde.«

Überrascht blickte der Bürgermeister sie an. »Woher wisst Ihr, dass der Täter einen Dolch benutzt hat?« Entspannt lehnte er sich zurück und legte seinen Arm auf die Rückenlehne der Bank.

Seine Hand befand sich nur noch eine knappe Spanne von Katharinas Schulter entfernt. Sie rührte sich nicht. »Ich habe es nur vermutet.«

»Vermutet.« Er lächelte. »Ihr seid eine kluge Frau, meine Liebe. Wisst Ihr das?«

In Katharina wuchs die Verunsicherung. Wenn es hier nicht um den Mord an dieser Gertrud ginge, hätte sie glauben können, Silberschläger versuche, ihr auf seine unbeholfene, ekelhafte Art den Hof zu machen. »Es gehört nicht allzu viel dazu, zu vermuten, dass man einen Dolch benötigt, um jemandem …« Katharina verstummte. Wieder fiel ihr Richards blutverschmiertes Schwert ein. Hinter der halb offenen Kapellentür vermeinte sie einen Schatten zu sehen.

Im nächsten Moment zuckte sie unter einer federleichten Berührung zusammen. Silberschläger hatte den letzten Rest Distanz überwunden und seine Hand auf ihre Schulter gelegt.

Empört rutschte Katharina ein Stück von ihm fort. »Ihr vergesst Euch!«, zischte sie.

»Aber warum?« Seine Hand setzte nach.

Das Ende der Bank hinderte Katharina daran, noch weiter auszuweichen. Stocksteif blieb sie sitzen, als Silberschlägers Fingerspitzen sie im Genick berührten.

»Ihr seid Witwe, nicht wahr?«, fragte Silberschläger. »Wusstet Ihr, dass meine Frau vor drei Monaten ebenfalls starb?«

Katharina wusste es nicht. Wie auch? Sie hatte mit Silberschläger seit vielen Monaten nichts mehr zu tun gehabt, hatte in der Tat nicht einen einzigen Gedanken an ihn verschwendet.

Seine nächsten Worte zeigten ihr, dass das umgekehrt für ihn nicht zu gelten schien. »Seit ich Euch damals zum ersten Mal traf«, flüsterte er und näherte ihr sein Gesicht, »geht Ihr mir nicht mehr aus dem Kopf!«

Katharina lehnte sich von ihm fort. Sie hätte aufstehen können, um ihm auszuweichen, aber sie hatte das Gefühl, dass sie ihm diesen Triumph nicht gönnen durfte. Er schien es zu genießen, Macht über sie zu haben, das war seinen verzerrten Lippen und dem gierigen Ausdruck in seinen Augen anzusehen. Also straffte sie die Schultern, langte nach seinem Arm und schob ihn von sich fort. »Eure Gefühle ehren mich«, sagte sie mit fester Stimme. »Doch ich muss sie …«

Wenn sie geglaubt hatte, ihn mit einer harmlosen Geste von weiteren Annäherungsversuchen abzuhalten, so sah sie sich gründlich getäuscht. Unbeeindruckt näherte sich seine Hand ihr wieder, doch diesmal berührte er sie nicht im Genick, sondern er beugte sich vor und legte ihr den halben Arm schwer auf den Oberschenkel.

Nun sprang Katharina doch auf. »Fasst mich nicht an!«, fauchte sie.

Da veränderte sich Silberschlägers Gesichtsausdruck schlagartig. »Angesichts der Tatsache, dass Ihr des Mordes verdächtig seid«, meinte er kalt, »solltet Ihr Euch lieber überlegen, ob Ihr Euch nicht ein wenig …«

Bevor er den Satz beenden konnte, schwang die Kapellentür auf.

Gleichzeitig mit Silberschlägers fuhr Katharinas Kopf herum.

In der Tür stand Richard. Hoch hatte er sich aufgerichtet und den Unterarm gegen den Türstock gelegt. Katharina wusste, dass er Halt brauchte, seine Schwäche war an dem blassen, versteinerten Gesicht deutlich abzulesen. Er hatte die saubere Hose und das saubere Leinenhemd angezogen, die Donatus ihm hingelegt hatte, und so war von seinem Schulterverband nichts zu sehen.

Mit offenem Mund starrte Silberschläger ihn an. »Ihr …« Er musste schlucken. »… seid zurück!«, vollendete er den Satz.

Richard nickte nur.

»Was …?« Silberschläger schien sich bewusst zu werden, dass er stammelte. Er verstummte abrupt. Er räusperte sich, dann stand er auf. »Nun. Ich denke, wir sind hier erst einmal fertig. Sollte ich noch Fragen an Euch haben, Frau Jacob, so werde ich mich wieder mit Euch in Verbindung setzen.« Und mit erhobenem Haupt stolzierte er an Richard vorbei durch die Tür.

Der machte ihm Platz, jedoch nur so viel, dass der Bürgermeister sich gerade an ihm vorbeizwängen konnte. Die beiden Männer maßen sich mit einem langen Blick, der Katharinas Herz erzittern ließ. Im nächsten Moment ging die Haustür.

Silberschläger war verschwunden.

Richard ließ den Kopf sinken und presste die Hand gegen den Türrahmen. »Was wollte er von dir?«, fragte er. Er klang erschöpft.

Rasch lief Katharina zu ihm. »Du sollst nicht aufstehen!«, rügte sie ihn. »Wie blass du bist!«

Unter seinem eigenen Arm hindurch sah er ihr ins Gesicht. »Was wollte er?«, wiederholte er.

Katharina dachte mit Schaudern an die Berührung des Bürgermeisters, an das Gewicht seiner schweren Hand auf ihrem Schenkel. Ein scharfer Schmerz fuhr in ihren Unterleib, und sie musste sich zusammenreißen, um Richard nichts davon merken zu lassen. So ruhig, wie sie es vermochte, zuckte sie die Achseln. »Nichts.«

Katharina hatte ihn genötigt, sich in der Stube wieder auf das Sofa zu setzen, dann hatte sie den Raum verlassen. Auch wenn Richard ahnte, dass sie sich sammeln musste und dass sie dabei seine Gegenwart nicht ertragen konnte, war er dankbar dafür, eine Weile allein zu sein. Auch er musste dringend nachdenken. Dass Donatus über sein Auftauchen nicht begeistert war, war verständlich. Silberschlägers Besuch hatte schließlich gezeigt, dass die Befürchtung, Richard könne Katharina in Schwierigkeiten bringen, nur allzu berechtigt war. Nicht auszudenken, was geschehen wäre, wäre er Silberschläger entgegengetreten, ohne sich vorher umzuziehen! Ein Blick auf den Verband an seiner Schulter hätte dem Lochschöffen wahrscheinlich ausgereicht, ein paar überaus unangenehme Schlüsse zu ziehen. Richard war am Fundort der Leiche gesehen worden, und wahrscheinlich war Silberschläger längst auf der Suche nach jenem Mann, der blutbesudelt neben der Toten gelegen hatte und auf geheimnisvolle Weise verschwunden war.

Richard schloss die Augen und massierte seine Nasenwurzel. Der Schnitt an seiner Wange ziepte leicht.

»Geht es dir gut?«

Katharinas Stimme erklang so unvermittelt, dass er erschrocken die

Augen aufschlug. Er hatte sie nicht wieder hereinkommen hören. Er sah in ihr Gesicht und wusste, dass er ihr nichts vormachen konnte. »Wie man's nimmt«, versuchte er ihr auszuweichen.

Sie setzte sich neben ihn auf das Sofa, doch der Abstand, den sie zu ihm hielt, schmerzte ihn. »Du hast dich umgezogen. Gut …« Sie hatte also die gleichen Schlüsse gezogen wie er. Sie zuckte die Achseln. Auch sie war nun blass, und sie sah aus, als leide sie unter Schmerzen. Tiefe Falten hatten sich um ihre Mundwinkel gegraben, unter ihren Augen lagen Schatten.

Er ignorierte die Distanz, die plötzlich zwischen ihnen lag, griff nach Katharinas Fingern. Sie waren kalt, und er nahm sie in beide Hände, um sie zu wärmen. »Ich habe gehört, was geschehen ist«, sagte er leise.

Fragend sah sie ihn an.

»Die Marktfrau«, erklärte er. »Silberschläger denkt, du hast etwas damit zu tun.«

Sie schaute auf seine verletzte Schulter. »In gewisser Weise habe ich das sogar«, sagte sie. Dann erzählte sie ihm von dem Streit, den sie mit der Toten gehabt hatte, von verdorbenen Eiern und einer ihrer Patientinnen, die deshalb gestorben war. »Jemand muss Silberschläger von dem Streit erzählt haben. Darum kam er her.«

Die Art, wie Silberschläger Katharina betatscht hatte, ging Richard einfach nicht aus dem Kopf. »Bedrängt er dich schon länger?« Er fürchtete sich vor der Antwort, denn wenn Katharina jetzt ja sagte, würde das bedeuten, dass er sich Vorwürfe machen musste, sie so lange allein und schutzlos zurückgelassen zu haben.

Doch zu seiner Erleichertung schüttelte sie den Kopf. »Ich habe ihn heute zum ersten Mal seit damals wiedergesehen.« Offen blickte sie Richard an, und er konnte ihr ansehen, dass sie die Wahrheit sagte.

Langsam nickte er. »Gut. Er wird dich nicht wieder anrühren. Dafür sorge ich.« Dann wanderten seine Gedanken zu der toten Marktfrau zurück. Das Bild von Blut, das aus ihrer aufgeschlitzten Kehle sprudelte, tauchte vor seinem geistigen Auge auf. Er wusste sich nicht anders dagegen zu wehren als mit finsterem Humor. »Sieht fast so aus, als könnten wir beide nicht beieinander sein, ohne dass irgendwo Leichen herumliegen, was?«

Katharina zuckte zusammen, und ihm wurde bewusst, wie unpassend diese Bemerkung gewesen war. Wieder sah er die aufgerissenen Augen dieser Frau vor sich, den klaffenden Schnitt in ihrer Kehle.

»Entschuldige!«, sagte er.

»Scht!« Katharina legte ihm die Fingerspitzen auf den Mund. »Lass uns über etwas anderes sprechen. Du hast vorhin gesagt, dass du mich etwas fragen musst.«

Seine Frage!

Richard holte Luft. Seine Schulter schmerzte dabei. *Willst du meine Frau werden?* Das war es, was er Katharina hatte fragen wollen. Aber jetzt, wo der Moment gekommen war, konnte er es einfach nicht.

Wieder sah er das viele Blut. Er war dort gewesen, als die Marktfrau starb. Und er war dort auch gesehen worden. Besser, er hielt einstweilen so viel Abstand wie möglich von Katharina.

Er befeuchtete die Lippen mit der Zunge, überlegte, was er sagen sollte.

Da wurde die Tür geöffnet, und Donatus streckte den Kopf herein. Ärgerlich starrte er Richard an, und Richard konnte es ihm nicht verdenken.

»Entschuldige«, sagte Donatus zu Katharina. »Aber es gibt noch andere Dinge, um die du dich kümmern musst.«

Mit verzweifelter Miene warf Katharina Richard einen Blick zu. Der passende Moment für seine Frage war vorüber, das wussten sie beide.

Richard sah die Enttäuschung in Katharinas Gesicht, und er hoffte, dass sie ihm ihrerseits die Erleichterung nicht ansehen konnte.

Donatus fuhr sich mit der flachen Hand durch die kurzen Haare. »Ich wollte dich eigentlich nicht damit belästigen, aber Tobias ist weg.«

Erschrocken fiel Katharina ein, dass sie das bereits wusste. Hiltrud hatte es ihr erzählt, aber gleich darauf war Jonas mit seinem Hund an der Tür erschienen, und bei aller Aufregung um Richard hatte sie den Jungen völlig vergessen. »Er ist noch nicht wieder da?«, fragte sie besorgt.

Donatus schüttelte den Kopf.

Mit einem grimmigen Gefühl im Magen trat Silberschläger zurück auf die Gasse an der Frauentormauer.

Die Hände hatte er tief in die Taschen seines Mantels gerammt und die Fäuste geballt. Warum nur war dieses Gespräch eben überhaupt nicht so verlaufen, wie er es sich erhofft hatte? Er blieb stehen und kämpfte gegen die Schmach an, die ihm soeben angetan worden war.

Dieses Weib war in eine Mordserie verstrickt, Herrgott noch mal! Und er hatte ihr die Hand gereicht, hatte ihr klargemacht, dass sie von ihm nichts zu befürchten hatte, wenn sie ihm nur ein kleines bisschen entgegenkam. Sie jedoch hatte ihn zurückgestoßen! Hatte gar so getan, als seien seine Berührungen ihr widerwärtig gewesen, dieses hochmütige kleine Weibsstück!

Silberschläger presste die Kiefer aufeinander, dass seine Zähne anfingen zu schmerzen. Kräftig schritt er aus, ließ das Fischerhaus und seine Bewohner hinter sich, diese Dirne Katharina vor allem.

An der nächsten Hausecke blieb er stehen. Rechts führte der Weg zum Heilig-Geist-Spital, wo Heinrich Kramer darauf wartete, dass er kam und ihm berichtete, wie er gedachte, Katharina für ihn in das Lochgefängnis zu befördern.

Silberschläger zog die Hände aus den Taschen. Mit voller Wucht schlug er gegen die Hauswand. Ein Mann, der gerade um die Ecke bog, zuckte erschrocken zusammen und machte einen großen Bogen um ihn.

Silberschläger richtete den Blick gen Himmel. »Gut«, murmelte er. »Du hast es nicht anders gewollt, du kleine Hexe!«

Dann machte er sich auf den Weg zum Spital.

Der Mönch empfing ihn in der kleinen Zelle, die ihm als Wohnstatt diente. »Ah«, sagte er, als Silberschläger eintrat, und erhob sich von seiner Gebetsbank, auf der er offensichtlich gerade gekniet und in einem dicken Buch gelesen hatte. »Ihr haltet Wort, das ist gut!«

Er bot Silberschläger den einzigen Sitzplatz des Raumes an, das schmale Bett mit der harten Matratze. Selbst blieb er an dem kleinen Fenster stehen, das auf die Pegnitz hinausführte und anstelle von Glasscheiben mit einer Bespannung aus Ziegenhaut versehen war, um die Oktoberkälte auszusperren.

»Habt Ihr inzwischen einen Plan?«, fragte er freundlich.

Silberschläger schluckte seinen Ärger hinunter. »Ja. Und wie abgemacht, bin ich nun da, um mit Euch zu besprechen, wie wir am besten vorgehen.« In ausführlichen Worten erzählte er Kramer von der toten Marktfrau und Katharinas Verstrickung in diese Angelegenheit.

Als er geendet hatte, sah Kramer ihn verblüfft an. »Katharina Jacob hatte mit Eurer Toten kurz vor deren Ermordung Streit?« In seinen Augen erschien ein Glitzern. »Sehr gut!« Plötzlich wirkte er wie ein Raubtier.

Domini Canes.

Silberschläger schauderte. Um es zu verbergen, fuhr er sich mit der flachen Hand über das Gesicht. »Nun. Da der Name Katharina Jacob im Zusammenhang mit der Mordserie aufgetaucht ist, dürfte es ein Leichtes sein, den Stadtrichter dazu zu bringen, sie für weitere Untersuchungen in den Kerker zu werfen.« Er grinste, und in seinem Geist sah er mit einem Mal ganz neue Bilder.

Bei ihrer nächsten Begegnung würde diese Hexe ihn nicht wegstoßen, dafür würde er sorgen!

18. Kapitel

Richard wusste nicht, wer dieser Tobias war, von dem Donatus eben gesprochen hatte, aber er sah Katharina an, dass es jemand sein musste, um den sie sich Sorgen machte.

Er setzte sich aufrecht hin und schwang die Beine vom Sofa. »Du hast dich um wichtige Dinge zu kümmern«, sagte er. Er spürte dabei Donatus' Genugtuung im Nacken.

»Was hast du vor?«, fragte Katharina.

»Ich bringe dich in Schwierigkeiten. Es ist besser, wenn ich gehe.«

Donatus schnaubte höhnisch.

Katharina achtete nicht auf ihn. Blass und schweigend schaute sie Richard an und half ihm dann, sich aufzurichten. Als sie ihn zur Tür begleitete, schaute sie ihn nicht an. »Ich bitte dich nur um eines«, flüsterte sie.

Er wartete. Sein Innerstes war wund.

Da sah sie auf. »Bleib in Nürnberg! Geh nicht wieder so weit fort!«

Seine Kehle wurde eng. »Natürlich nicht.« Allein die Vorstellung, das zu tun, ging über seine Kräfte.

Katharina öffnete die Haustür. »Was hast du vor?«, wiederholte sie ihre Frage von eben.

»Wenn Silberschläger erfährt, dass ich dort war, als diese Frau umgebracht wurde, besteht die Gefahr, dass er dich der Komplizenschaft beschuldigt.«

»Du hast Gertrud nicht umgebracht.« Sie sagte es mit voller Überzeugung. Ihr Blick lag unverwandt und ruhig auf ihm, und er liebte sie dafür umso mehr.

»Nein«, meinte er. *Ist es so?*, wisperte eine leise Stimme in seinem Hinterkopf. Er brachte sie zum Schweigen. Er fürchtete seine inneren Dämonen schon lange nicht mehr! Jedenfalls schaffte er es ab und an, sich das einzureden. »Ich habe sie nicht umgebracht. Aber du kennst Silberschläger. Wenn er nur den leisesten Verdacht hat, wird er alles daransetzen, mich in die Finger zu bekommen. Seit ich ihn damals davon abgehalten habe, den Juden die zweite Engelmordserie in die Schuhe zu schieben, wartet er nur auf eine Gelegenheit, mich zum Schweigen zu bringen.« Er griff nach ihrer Hand. Wie gern hätte er sie in die Arme gezogen und festgehalten! »Und du weißt, dass ihm jedes Mittel recht ist, um seine Ziele zu erreichen.« Er musste Luft holen, weil die Vorstellung, Katharina könne ins Lochgefängnis geworfen werden, ihm unerträglich war.

»Du hast meine Frage noch nicht beantwortet«, beschwerte sich Katharina. »Was hast du jetzt vor?«

»Ich werde sehen, dass ich Arnulf finde, und mit ihm gemeinsam versuchen, den wahren Mörder ausfindig zu machen.«

»Und dann kommst du zurück. Versprich mir das!«

Er nickte. Rasch sah er sich über beide Schultern hinweg um, ob sie jemand beobachtete. Dann nahm er Katharinas Gesicht zwischen beide Hände. Sanft küsste er sie auf den Mund. »Ich verspreche es!«

Sie löste sich aus seinem Griff, trat einen Schritt zurück.

Richards Muskeln waren verkrampft, als er die Stufen hinunterschritt. Er bewegte die unverletzte Schulter im Kreis, aber es nützte nichts. Die Spannung in seinem Körper ließ sich dadurch nicht vertreiben.

Mitten in der Gasse blieb er stehen, und diesmal war es Kramers Stimme, die in seinem Hinterkopf wisperte.

Glaubt Ihr an Dämonen?

Die Sonne stand bereits tief über den Dächern der Stadt. Eine Gruppe Kinder rannte an ihm vorbei. Allesamt hatten sie lange Stecken in der Hand, mit deren Hilfe sie eiserne Reifen von Fässern vor sich hertrieben. Richard musste einem der Reifen ausweichen, um ihn nicht zu Fall zu bringen. Das Kind, dem er gehörte, ein kleines Mädchen von vielleicht sechs Jahren, warf ihm im Vorbeilaufen ein dankbares Lächeln zu, dann lief es weiter, den anderen hinterher.

Richard sah ihnen nach, bis sie um die nächste Hausecke verschwunden waren. Ihr Lachen und Schreien hallten noch eine Weile zwischen den Fassaden wider.

Als es verklungen war, blickte er zurück.

Katharina hatte die Haustür geschlossen.

Er traf Niklas in seinem Hof an, wo er damit beschäftigt war, Brennholz für den Kamin in der Schankstube zu hacken. Der Schweiß lief dem Wirt in Strömen über das feiste Gesicht, aber darüber hinaus wirkte der Mann nicht besonders angestrengt. Seine Miene verzog sich missmutig, als Richard ihn auf die Vergiftungserscheinungen ansprach, unter denen er gelitten hatte.

»Ich habe damit nichts zu tun!«, behauptete er. »Mein Wein ist einwandfrei!« Er musterte Richard von Kopf bis Fuß, und der wurde sich des seltsamen Anblicks bewusst, den er bieten musste, so ohne Mantel und Hut, dafür in schlichter Kleidung, die ihm ein wenig zu groß um den Leib schlackerte. Die Wunde an seiner Wange und das Schwert, das er aus Katharinas Hinterhof geholt und notdürftig gesäubert hatte, mochten ein Weiteres dazu beitragen, dass er im Moment eher wie ein Strauchdieb denn wie ein Nürnberger Patrizier wirkte.

Niklas jedoch schien das nichts auszumachen. Er war es gewohnt, seltsam zwielichtige Gestalten in seinem Haus zu beherbergen, und er stellte selten Fragen. »Mein Bier übrigens auch«, fügte er nach einer längeren Pause hinzu, und Richard musste sich erst besinnen, um zu verstehen, was er meinte.

Dann nickte er. »Das Bier, das ich getrunken habe«, setzte er hinzu.

Niklas nickte.

Richard überlegte. »Arnulf hat ebenfalls von dem Bier getrunken.«

»Und eine Menge andere Leute von dem Wein, den Öllinger und Rotgerber bestellten!« Niklas wandte sich wieder seinem Holzklotz zu. Er legte einen neuen Scheit darauf und spaltete ihn mit solcher Wucht, dass Richard die Aufgewühltheit spüren konnte, die der Wirt in sich trug. »Keiner von ihnen ist krank geworden!«

Nachdenklich fuhr sich Richard über das Kinn. Er hatte in der »Diele« außer dem Bier nichts zu sich genommen. Dennoch fragte er: »Haben die beiden Männer etwas bei Euch gegessen?«

Niklas schüttelte den Kopf.

Richard ließ von seinem Kinn ab, rieb sich stattdessen die Wange. Seine Finger schabten über die Bartstoppeln, die darauf sprossen. Es wurde höchste Zeit, dass er zu Hause ein Bad nahm.

Er unterdrückte ein Seufzen.

»Wisst Ihr, wo Arnulf ist?«, fragte er Niklas.

Der Wirt schüttelte den Kopf. »Hoffentlich dabei, meine Unschuld zu beweisen.« Er hieb die Axt in den Holzblock und machte sich daran, die gespaltenen Scheite in einen riesigen Weidenkorb zu legen. Richard sah ihm zu und fragte sich, wie der Wirt diese Last tragen wollte. Noch während er darüber nachdachte, trat der junge Mann mit dem roten Hund auf den Hof, der geholfen hatte, ihn ins Fischerhaus zu schaffen.

»Niklas!«, sagte er und grüßte Richard dann mit einem Nicken. Richard konnte Erstaunen darüber in seinen Augen lesen, ihn hier anzutreffen. »Arnulf schickt mich. Er sagt, du sollst mir einen Krug von dem Wein geben, den du Rotgerber ausgeschenkt hast – und einen von dem Bier, das Richard getrunken hat.«

Niklas beugte sich vor, umfasste den inzwischen vollen Korb mit beiden Armen. Mit einem lauten Prusten hob er ihn an. Die Adern an seinem Hals und seinen Schläfen traten hervor, doch seine Schritte waren verblüffend sicher, als er seine Last in die Schankstube schleppte.

Richard und Jonas folgten ihm. Der rote Hund, dessen Namen Richard vergessen hatte, zog es vor, draußen zu bleiben und in den Ecken herumzuschnüffeln.

Nachdem Niklas den Korb neben dem Kamin abgesetzt und seinen Rücken durchgestreckt hatte, gab er Jonas einen Wink. »Komm mit!« Gemeinsam verschwanden die beiden hinter der Theke und dann durch eine Tür in einem Raum, den Richard für die Küche oder eine Speisekammer hielt. Als sie wieder zum Vorschein kamen, hielt Jonas zwei mit Stopfen verschlossene Krüge im Arm.

»Das ist genau der gleiche Wein, wie ich ihn Öllinger und Rotgerber gegeben habe«, sagte der Wirt. »Mit den gleichen Gewürzen.«

Richard horchte auf. »Rotgerber hat Würzwein getrunken?«

Statt ihm zu antworten, warf Niklas einen Blick aus dem Fenster. »War ziemlich kalt an dem Morgen. Und Rotgerber mag meinen Würzwein. Er ist besser als das Gesöff, das sie in Heilig-Geist ausschenken, sagt er. Darum sind die beiden auch hierhergekommen, obwohl sie da schon gefrühstückt hatten.«

Etwas klingelte in Richards Hinterkopf, als er das sagte, aber er bekam den Gedanken nicht zu fassen. »Was für Gewürze tut Ihr rein?«, erkundigte er sich.

»Nelken und Honig hauptsächlich. Ein bisschen Kuchelkraut und

Zingiber.« Es war Niklas anzusehen, dass er das Rezept nur ungern verriet, doch das war Richard in diesem Moment einerlei.

In Gedanken ging er die vier verschiedenen Inhaltsstoffe durch. Allesamt besaßen sie, wenigstens soweit er wusste, keinerlei giftige Eigenschaften. Seine Gedanken wanderten zu Katharina. Sie würde ihm bestimmt sagen können, ob er mit dieser Einschätzung richtig lag oder nicht.

Er wies auf die Krüge in Jonas' Händen. »Was hat Arnulf damit vor?«

»Ich glaube, er will jemanden fragen, ob sie giftige Substanzen enthalten. Er hat gesagt, er kennt da ein, zwei Leute.«

Richard nickte. Vermutlich dachte Arnulf an genau die gleichen Personen wie er. »Wo ist er im Moment?«, erkundigte er sich bei Jonas.

»Wir waren eben bei einer Frau namens Lisa.« Jonas verzog das Gesicht, als habe er Zahnschmerzen. »Danach hat er gesagt, er will ins Lochgefängnis.«

Das Klicken, mit dem die Haustür hinter Richard ins Schloss fiel, hallte in Katharinas Kopf wider wie in einem leeren Raum voller Spinnweben. Für einen Moment stand sie regungslos da, die Hand gegen das Türblatt gelegt und den Kopf gesenkt, und das Einzige, was sie denken konnte, war: *Geh nicht fort!*

Sie wollte die Tür wieder aufreißen, Richard nachlaufen, ihn festhalten. Sie tat es nicht. Stattdessen hob sie den Kopf, blinzelte gegen die Flut der Tränen an, die sich in ihren Augen sammelte.

»Kann ich irgendwas tun?«, fragte Donatus hinter ihr.

Sie zuckte zusammen. Sie war so mit ihren Gefühlen beschäftigt gewesen, dass sie nicht gehört hatte, wie er aus der Stube getreten war.

»Wie lange stehst du da schon?«, fragte sie. Ihre Stimme klang brüchig.

Er rührte sich nicht. »Lange genug, um zu wissen, dass du ihn liebst.«

Jetzt wandte sie sich zu ihm um, sah den mitleidigen Ausdruck in seinen Augen. Der Flur, die Möbel, sogar das Sonnenlicht, das in schrägen Bahnen durch die Fenster ins Haus fiel, alles hatte einen grauen Farbton angenommen.

Sie machte einen Schritt vorwärts. Es kostete sie beinahe mehr

Kraft, als sie aufbringen konnte. »Jetzt rede schon!«, sagte sie barsch zu Donatus. »Was ist mit Tobias?«

Er sah sie skeptisch an, und kurz fühlte sie sich wie ein Patient unter dem gestrengen Blick eines Medicus. Sie zwang sich, ihre Aufmerksamkeit auf Tobias und seine Probleme zu richten. Vielleicht würde das die *melancholia* ein bisschen mildern.

Endlich nickte Donatus. »Er ist seit heute Morgen verschwunden, jedenfalls sagt das Hiltrud. Ich habe ihn schon überall gesucht, aber er ist ... weg.« Er holte Luft, bevor er das letzte Wort aussprach.

Katharina trat zu ihm und legte ihm eine Hand auf die Schulter. »Wovor hast du Angst?«, fragte sie.

»Dass er sich umbringt, so wie Kilian, und dass ich es nicht verhindert habe.« Er wirkte auf einmal um viele Jahre jünger, und Katharina erschauderte bei dem Gedanken daran, wie er ihr von den Misshandlungen in Heilig-Geist erzählt hatte.

»Du hast dich auch nicht umgebracht«, erinnerte sie ihn.

Er schien nicht zu verstehen, was sie ihm damit sagen wollte, also erklärte sie es ihm.

»Es gibt Menschen, die mit dem Furchtbaren besser fertig werden als andere. Du bist so jemand. Vielleicht ist es auch Tobias.« Während sie diese tröstenden Worte aussprach, wanderten ihre Gedanken zu Richard. Wie viel Furchtbares würden sie beide noch aushalten müssen, bevor Gott ihnen ein bisschen Frieden schenkte?

Um sich von diesen ketzerischen Gedanken abzulenken, verschränkte sie die Arme vor der Brust und krallte die Fingernägel in ihre Oberarme.

Donatus schüttelte langsam den Kopf. »Du hast mich falsch verstanden«, flüsterte er.

»Was meinst du?«

»Du glaubst, das ... das Schwein hat auch mir ...«, er fuhr sich mit der Zunge über die Lippen, »... Gewalt angetan.«

»Du hast mir davon berichtet.«

Jetzt nickte er. Es war eine ebenso langsame Bewegung wie zuvor das Kopfschütteln. Er wirkte plötzlich wie in einem Alptraum gefangen. »Aber es waren keine eigenen Erfahrungen. Kilian hat mir das alles erzählt, kurz bevor er sich umgebracht hat.« Er rieb sich die Nase. »Sie haben mich aus dem Spital geworfen, weil sie meinten, ich würde es mit meinen dreckigen Lügen beschmutzen. Sie haben gedroht, mich beim Rat anzuzeigen, weil ich … Kilian …« Nun rannen ihm Tränen über das Gesicht. »Aber ich habe ihn nicht … ich habe ihm nie weh getan, wie dieses Schwein, das ihn mit dieser beschissenen Melodie … mitten in der Nacht …« Er brach ab. Sein massiger Körper schüttelte sich unter Schluchzen.

Katharina nahm ihn beim Arm und führte ihn zurück in die Stube. Auf dem Sofa, auf dem eben noch Richard gesessen hatte, drückte sie ihn nieder. »Was ist es, was dich wirklich quält?«, fragte sie leise und kniete sich vor ihm nieder.

Nach einer Weile erst vermochte er zu antworten. »Dass ich schuld bin, dass Kilian tot ist!«

Katharina nickte. »Du hast ihn geliebt.«

»So wie du diesen Sterner.«

Eine Weile sagten sie beide gar nichts, hingen den eigenen Gedanken und Erinnerungen nach. Katharina war erleichtert, als Donatus wieder das Wort ergriff. »Wenn ich den Gerüchten damals Glauben geschenkt hätte, wäre Kilian noch am Leben. Und wenn ich nicht so unfähig gewesen wäre, rauszufinden, wer das Schwein ist, würde Tobias jetzt nicht da draußen …« Er hieb sich mit der flachen Hand vor die Stirn.

Katharina nahm seine Hand, hielt sie fest. »Du hast das Böse nicht getan«, sagte sie sanft. »Du darfst dir nicht die Schuld daran geben!« In ihrem Innersten lachte eine leise, gemeine Stimme sie hämisch aus ob dieser Worte. Kurz schloss sie die Augen. »Wie kann ich dir helfen?«, fragte sie abermals.

»Es wird bald dunkel«, murmelte er. »Und Tobias ist immer noch irgendwo dort draußen.« Er zog die Schultern bis zu den Ohren. »Hilf mir, ihn zu finden!«

»Kind!« Bestürzt sah Dr. Spindler Katharina an, als sie ihm auf den Fluren des Pfründerinnenhauses von Heilig-Geist begegnete. »Was macht Ihr hier?« Draußen war es inzwischen längst dunkel geworden, der Gang von wenigen Talglichtern erhellt.

»Donatus und ich sind auf der Suche nach Tobias«, erläuterte sie dem Priester. Sie waren zunächst bei Georg Öllinger gewesen, aber dort war Tobias den ganzen Tag über nicht aufgetaucht. Also hatten sie beschlossen, im Spital nachzuforschen. Dr. Spindler war Tobias' Beichtvater, der Gedanke lag also nahe, dass der Junge hierhergekommen war und sich ihm anvertraut hatte. Doch an dem Ausdruck in Spindlers Gesicht sah Katharina sofort, dass diese Hoffnung trügerisch gewesen war.

»Er war nicht hier, nein.« Spindler sah Donatus an. »Das habe ich dir vorhin auch schon gesagt.«

Der Bader senkte den Kopf. »Wir hatten gehofft, er wäre in der Zwischenzeit vielleicht aufgetaucht.« Aus großen Augen sah er Spindler an, und in seinem Blick lag etwas Kindliches, fand Katharina. Sein Flehen sprang ihm förmlich aus den Augen.

Helft mir!

»Das ist er nicht, nein.« Spindler wirkte bedrückt.

Katharina presste die Lippen zusammen. »Ich nehme an, meine Mutter befindet sich noch immer in ihrer Klausur?«

Dr. Spindler nickte.

»Geht es ihr gut?«, fragte sie.

Spindler griff nach ihrem Ellenbogen. »Ja. Ihr müsst Euch keine Sorgen um sie machen, ich kümmere mich gut um sie.«

Katharina blickte ihm ins Gesicht. Ja, dachte sie. Das würde er tun. Sie zwang sich, ihre Gedanken wieder auf Tobias zu richten. Langsam schien ihr Kopf zu klein für all die Sorgen, die in ihm kreisten. Sie spürte, wie sich ein dumpfer Druck unter ihrer Schädeldecke aufbaute. Seufzend rieb sie sich das Genick. »Also gut. Falls Tobias hier auftaucht: Schickt mir bitte jemanden, der mir Bescheid gibt.«

Spindler lächelte sanft. »Natürlich.«

Katharina wollte sich schon zum Gehen wenden, als Spindler sie noch einmal aufhielt. »Kind?«

»Ja, Doktor?«

»Was bedrückt Euch?«

Fragend sah sie ihn an. Sie hatte ihm eben lang und breit von ihrer Sorge um Tobias erzählt! Doch seine Worte zeigten ihr, dass er nicht von dem Jungen sprach. Er hatte sie gründlicher durchschaut, als sie je vermutet hätte. »Es ist nicht nur Tobias«, sagte er leise. »Da ist sehr viel mehr, das spüre ich!«

Sie empfand das Bedürfnis, fortzulaufen, irgendwohin, weit weg, wo sie all das hier hinter sich lassen konnte, wo sie Frieden finden würde.

»Ihr seid ein guter Beichtvater«, meinte sie. Sie schwieg einen Moment, hoffte, er würde nicht darauf bestehen, dass sie ihm seine Frage beantwortete. Doch er war wirklich ein guter Beichtvater.

Er wartete geduldig.

Endlich nickte sie. »Also gut!« Sie wollte ihm von Silberschläger erzählen, von der Sorge, dass man sie des Mordes verdächtigte, aber stattdessen drängte etwas ganz anderes aus ihr heraus. Ein Wort nur.

»Richard!«

Spindler warf Donatus einen Blick zu. »Kannst du uns einen Moment allein lassen?«

Donatus zögerte. »Tobias …«, wandte er ein, aber dann, als Spindler ihm in die Augen blickte, nickte er. »Natürlich.«

Er ging davon und verschwand um die Gangecke. Katharina lauschte seinen sich entfernenden Schritten nach.

Dr. Spindler schaute sich um. Der Gang war kahl und unmöbliert. Nur ein einsames Holzkreuz ohne Christusfigur hing an der Wand an seinem Ende. »Nicht gerade der passendste Ort für ein Beichtgespräch«, meinte der Priester trocken. »Erzählt: Was hat es mit diesem Richard auf sich?«

Katharina trat einen Schritt zurück, bis sie mit der Schulter beinahe die Wand berührte. »Er ist der Mann, von dem ich träume.«

Spindler kniff sich mit Daumen und Mittelfinger in den Nasenrücken. »Die unkeuschen Träume.«

Sie nickte schamhaft.

»Nun.« Er machte eine Pause. Hinter seiner Stirn arbeitete es. »Erinnert Euch an unser letztes Gespräch. Alles, was uns geschieht, einerlei, ob es Gutes ist oder Böses, ist eine Prüfung Gottes. Es gibt nichts auf dieser Welt, was nicht durch seinen heiligen Willen geschieht.«

Vor Katharina tauchten verschiedene Bilder auf. Ihr toter Bruder, der vor zwei Jahren mit Engelsflügeln in den finsteren Gängen der unterirdischen Wasserleitung gefunden worden war. Eine junge jüdische Frau, von einem wütenden Mob mit einem Schwert an die Wand genagelt. Richard am Ufer der Pegnitz, all das Blut auf seinem Körper.

Sie konnte nicht anders, sie stieß ein gehässiges Lachen aus.

»Auch wenn wir Gottes Willen nicht immer verstehen«, sagte Spindler, »so hat am Ende doch alles seinen Sinn in seinem göttlichen Plan! Darauf vertrauen wir.«

Du, dachte Katharina grimmig. *Du vertraust darauf.*

Ich kann es nicht.

Sie sprach es nicht aus, sondern nickte nur.

Sie wusste, dass Spindler sie durchschaute. Traurig sah er ihr ins Gesicht. »Ihr empfindet viele Zweifel, Kind! Aber glaubt mir: Es gehört zu Gottes Prüfung, gegen diese Zweifel anzukämpfen. Bleibt zuversichtlich und keusch, dann wird am Ende alles gut werden.«

Katharina senkte den Blick auf ihre Füße. Anders als bei ihrem letzten Gespräch fühlte sie sich kein bisschen getröstet, aber sie wusste, dass sie Spindler nicht die Schuld dafür geben durfte. Er tat, was in seiner Macht stand.

»Ich danke Euch«, murmelte sie.

Um von der »Krummen Diele« zum Lochgefängnis zu kommen, mussten Richard und Jonas halb Nürnberg durchqueren und über die Pegnitz in den St. Sebalder Teil der Stadt gehen.

Die meisten Stände auf dem Großen Markt waren um diese Tageszeit bereits geschlossen, denn die Dämmerung senkte sich jetzt rasch auf Nürnberg nieder. Doch ein paar Unentwegte – hauptsächlich Bauern aus dem Umland – warteten noch immer unverdrossen auf Kundschaft. Richards Blick fiel auf einen Mann, der in einem Gatter von vielleicht drei mal drei Schritt Länge zwei Kälber feilbot. Die beiden Tiere waren mager und struppig, und es war offensichtlich, warum sich bisher kein Käufer für sie gefunden hatte. Der rote Hund, den Jonas inzwischen zweimal mit seinem Namen, Rubius, gerufen hatte, schnüffelte an einem der Gatterpfosten, und eines der Kälber streckte seinen Kopf zwischen den Stäben hindurch. Als Rubius ihm in seiner Neugier zu nahe kam, zog es sich rasch wieder zurück.

Richard und Jonas ließen den Kälbermarkt hinter sich und überquerten den Obstmarkt, auf dem um diese Jahreszeit hauptsächlich Äpfel angeboten wurden. Die winkeligen, dutzendfach erweiterten und angebauten Teile des Rathauses grenzten im Westen an die freie Fläche des Obstmarktes, und unter einem reichverzierten Erker erblickte Richard einen Mann, den er kannte.

Dietrich, der Spielmann, dem er auf dem Weg nach Nürnberg den Ellenbogen eingerenkt hatte. Er bemerkte Richard, und ein Strahlen glitt über sein Gesicht. »Herr Sterner!« Fröhlich reckte er den ehemals kranken Arm in die Luft und winkte damit.

Richard lächelte anerkennend. »Das sieht gut aus!«, meinte er.

Dietrich lachte so laut, dass ein kleines Mädchen, das an der Hand seiner Mutter ganz in der Nähe vorbeiging, ihm einen neugierigen Blick zuwarf. Die Mutter jedoch betrachtete erst Dietrich, dann auch Richard misstrauisch und zog ihr Kind mürrisch weiter.

»Es fühlt sich auch gut an«, sagte der Spielmann.

»Keine Schmerzen mehr?«

»Kaum noch. Bald kann ich wieder Laute spielen, denke ich.« Dietrich sah sich um. »Verzeiht, ich habe nicht viel Zeit für eine Plauderei, die anderen warten auf mich.«

Es kam Richard gelegen. »Ich muss auch weiter.«

Dietrich tippte sich an die Stirn. »Gehabt Euch wohl!«, grinste er, dann setzte er seinen Weg fort.

Während die beiden sich unterhalten hatten, war Jonas ein Stück weitergegangen und dann bei einer kleinen Menschenansammlung stehengeblieben. Ein Mann hatte dicht an der Rathausmauer eine Kiste aufgestellt, war auf sie geklettert und unterhielt die Umstehenden mit einer flammend vorgetragenen Rede.

»... ihr euch hüten«, hörte Richard ihn schreien. »Denn wenn ihr es nicht tut, werdet ihr niemals des Himmelreiches teilhaftig!«

Der Mann war sehr mager, und sein zerschlissenes Hemd und die bloßen Füße wollten nicht recht zu seinem riesigen, kostbar aussehenden Hut aus schwarzem Samt passen.

»Erzähl uns von den Succubi, von denen du gestern gesprochen hast!«, rief ein Mann inmitten des Gedränges. Er hatte ein feistes Gesicht, in dem ein anzügliches Grinsen klebte.

Auf der Suche nach dem Rufer ließ der Prediger seine Blicke über die Menge schweifen. Als er ihn ausfindig gemacht hatte, maßen die beiden Männer sich einige Wimpernschläge lang, und es war der Dicke, der zuerst fortsah.

»Prüfe dich!«, befahl ihm der Prediger. »Schau in dich hinein, und sage mir, ob der Wunsch, den du eben geäußert hast, nicht aus reiner Wolllust geboren wurde.«

Der Dicke murmelte etwas zu seinen Füßen hin. Das anzügliche Grinsen war aus seinem Gesicht verschwunden.

»Das verspricht, spannend zu werden.« Jonas trat ein wenig näher an den Prediger und seine Zuhörer heran.

Richard wollte ihn fortziehen, aber bevor er das konnte, erhob der Prediger wieder seine Stimme. »Von den Succubi wollt ihr hören, die sich dem Manne hingeben?«

Zustimmendes Gemurmel erklang. Richard sah, wie drei junge Männer sich gegenseitig anstießen und feixend auf die nächsten Worte des Predigers warteten. Ein anderer, offenbar ein Patrizier mit schütterem Haar und borstigen Augenbrauen, stand stirnrunzelnd etwas abseits.

Der Prediger seufzte übertrieben. Wie ein nachsichtiger Vater wirkte er, der zum hundertsten Male versuchte, seine unverständigen Kinder zu maßregeln. Dann jedoch hob er an: »Wie schon Thomas von Aquin wusste, können Dämonen, obwohl sie selbst Geister sind, in einen Körper schlüpfen. Das müssen sie nämlich, wenn sie den Menschen zu unheiligem Tun verführen wollen. Nun ist es so, dass sich ein Dämon als Succubus ausgibt, und sodann ist er durch nichts von einer schönen Frau zu unterscheiden. Als solcher verführt er den Mann und empfängt so seinen Samen, den er wie in einem Gefäß in sich aufbewahrt. Dann jedoch verwandelt er sich. Als Incubus liegt er bei der Frau und zeugt mit ihr ein Kind, dessen Vater der zuvor verführte Mann ist, ohne dass er davon ahnt.« Während er diese Schauergeschichte erzählte, ließ der Prediger seine Blicke über die Schar seiner Zuhörer wandern und hielt schließlich bei einem Mann und einer Frau inne, die ein ungefähr dreijähriges Kind an den Händen zwischen sich hielten. »Du!« Mit ausgestrecktem Zeigefinger deutete der Prediger auf den Mann.

Der sah sich unsicher um, ob wirklich er gemeint war, und als er begriff, dass das der Fall war, schaute er den Prediger ängstlich an.

»Wer sagt dir«, fragte der, »dass das Kind, das du dort an der Hand führst, wirklich das Deine ist?«

Die Frau öffnete den Mund, um ob dieser bösartigen Unterstellung zu protestieren, aber der Prediger schnitt ihr barsch das Wort ab. »Wer von euch«, wandte er sich nun wieder an die gesamte Menge, »kann sicher sein, dass derjenige, zu dem ihr euch legt, egal, ob es Mann oder Frau ist, wirklich der ist, für den ihr ihn haltet? Was, wenn es ein Dämon ist, der sich euch hingibt, sei es als Succubus oder Incubus?«

Der Patrizier mit den borstigen Augenbrauen hatte sich ein Stück zurückgezogen. Unsicherheit flackerte in seinem Blick, und Richard schien es, als habe der Prediger ihn überzeugt.

Der Vater indes hatte die Hand seines Kindes losgelassen. Sein Blick streifte das Gesicht seiner Frau, und zwischen seinen Augen erschien eine steile Falte. Misstrauen flackerte in seinem Gesicht auf. Die Worte des Predigers waren hier auf fruchtbaren Boden gefallen, dachte Richard. Zorn überkam ihn.

»Wie kann ich mir sicher sein?«, rief der Vater dem Prediger zu. »Wenn der Dämon die Gestalt meines Weibes annehmen kann, wie kann ich sicher sein, dass es wirklich sie ist, die die Beine für mich breitmacht?«

Die jungen Männer lachten laut angesichts der derben Worte.

Strafend blickte der Prediger sie an. »Ihr seid nicht besser als jener hier!«, rügte er, und alle drei blickten betreten zu Boden. Der Patrizier bekreuzigte sich. »Du aber!« Der Prediger streckte den Finger nach dem Vater aus. »Du kannst nur sicher sein vor den Dämonen, wenn du dich hütest vor ihrer List. Bezähme die Wollust in dir, dann musst du nichts fürchten!«

»Aber das heißt doch …«, setzte der Vater an.

»… dass du enthaltsam leben sollst!«, donnerte der Prediger. »Genau das heißt es, ja! Denn es ist eine Tatsache, dass nur derjenige das Himmelreich erlangt, der keusch zu leben weiß.«

Damit jedoch forderte er nun einen der drei jungen Männer zum Widerspruch heraus. »Aber wie kann das sein?«, rief er so laut, dass alle Umstehenden es hören konnten. Er war lang aufgeschossen, und unter der dunkelroten Kappe, die er trug, fielen ihm lange, sorgsam in Wellen gelegte Haare bis fast auf die Brust. Mit einer Hand warf er sich die Locken erst auf der einen, dann auf der anderen Seite über die Schultern nach hinten. »In der Bibel steht doch, dass Gott wollte, dass der Mensch sich vermehrt!«

Der Prediger stand für einen Augenblick lang ganz still da, wie jemand, der völlig unerwartet einen hinterhältigen Schlag erhalten hat. »Du Narr!«, zischte er dann mit gebleckten Zähnen. »Glaubst du allen Ernstes, dass du dich erdreisten darfst, die heiligen Worte im Mund zu führen, ohne die Strafe des Herrn auf dich herabzubeschwören?«

Der junge Mann zuckte zurück. Doch gleich darauf besann er sich, wollte widersprechen, aber der Prediger ließ ihn nun nicht mehr zu Wort kommen. »Aber da dieser Unwürdige das Unsägliche nun schon einmal gewagt hat, will ich euch nicht ohne eine Antwort nach Hause entlassen!«, rief er der Menge zu. »Ja, es steht in der Heiligen Schrift, dass Gott wollte, dass der Mensch fruchtbar sei und sich mehre. Doch dies geschah im Paradies, denn es waren Adam und Eva, zu denen er das sagte. Im Zustand vollkommener Unschuld befanden sie sich damals. Doch dann ließ Eva, das dämliche Weib, sich von der Schlange verführen, und Adam, der ihr vertraute, wurde durch sie mit ins Verderben gerissen. Durch den Sündenfall – und auch das steht in der Bibel – ...«, diese Worte schrie der Prediger in Richtung des widerstrebenden jungen Mannes, »... kam die Wollust in die Welt, und von diesem Augenblick an war es die Pflicht der Menschen, dagegen anzukämpfen!« Er riss beide Hände in die Höhe, wie um seine Schäfchen zu segnen. Die Augen rollten in seinem knochigen Schädel hin und her, und auf Richard machte der Mann den Eindruck, als habe er den Verstand verloren. Die Umstehenden jedoch schienen das nicht so zu sehen. Etliche von ihnen bekreuzigten sich, steckten beunruhigt die Köpfe zusammen und tuschelten ängstlich angesichts dieser Demonstration von heiligem Furor. Der Patrizier mit den buschigen Augenbrauen war nirgends mehr zu sehen. »Geht jetzt!«, keuchte der Prediger, nachdem sich seine Gesichtszüge wieder geglättet hatten. »Versucht wenigstens, keusch zu leben, ihr Elenden!« Und mit diesen Worten scheuchte er die Menschen auseinander wie eine Herde dummer Schafe.

Jonas lachte leise.

»Komm!« Richard griff nach seinem Ellenbogen. »Wir müssen weiter.«

Jonas nickte, rief Rubius an seine Seite und tätschelte ihm den großen Kopf. »Das war recht unterhaltsam, nicht wahr?«

Rubius hechelte nur.

»Unterhaltsam?« Richard war noch immer bemüht, seine Wut im Zaum zu halten. »Solche Kerle können eine ganze Stadt in Brand setzen mit ihren unseligen Reden!« Er blickte sich um und entdeckte die kleine Familie mit dem dreijährigen Kind, die in einigem Abstand hinter ihnen durch dieselbe Gasse ging. Deutlich waren die Zweifel in der Miene des Vaters zu sehen, die Zweifel darüber, ob er nicht von einem

Dämon gehörnt worden war. Die Frau schien seine Unsicherheit zu spüren. Wenn sie eben noch dicht bei ihrem Mann gestanden hatte, hielt sie jetzt wohlweislich eine Armeslänge Abstand. Nur das Kind schien nichts von der Spannung zu ahnen, die plötzlich zwischen seinen Eltern herrschte. Es hatte Rubius entdeckt und strebte fröhlich auf den großen Hund zu.

Rubius wedelte freundlich.

»So viel dazu«, meinte Jonas zufrieden.

Richard begriff nicht, was er damit sagen wollte. Fragend sah er ihn an, und Jonas deutete auf Rubius. »Er ist der klügste Hund, den ich kenne! Er weiß, dass dieses Kind kein Dämonenbalg ist.« Er sagte das so laut, dass die Mutter des Kindes es hören musste. Hoffnungsvolle Erleichterung huschte über ihre Miene, und unsicher sah sie ihren Mann an.

Dessen finstere Miene glättete sich nur wenig.

Hoffentlich, dachte Richard, würde die arme Frau zu Hause nicht die anmaßenden Worte des Predigers ausbaden müssen. Wieder wallte Zorn über den Prediger in ihm auf.

Inzwischen hatten sie das Rathaus in seiner gesamten Länge abgeschritten und gelangten auf die Burgstraße. Während die kleine Familie zum Großen Markt abbog und aus Richards Blick verschwand, wandten Richard und Jonas sich der schmalen Gasse zu, in der das Lochgefängnis lag.

Da Gabriel Dengler, der Lochwirt, sie nicht erwartete, beschloss Richard, den Klingelzug zu betätigen, der auf der gegenüberliegenden Seite der Gasse befestigt war. Als Richard die Hand nach dem steigbügelförmigen Griff ausstreckte, bemerkte er den toten Frosch, der daran befestigt war. Eine Drahtschlaufe war dem erbarmungswürdigen Tier so eng um den Leib geschlungen, dass es beinahe in zwei Hälften zerschnitten wurde. Im Licht der einen Fackel, die neben der Tür brannte, wirkte sein auf die Wand geworfener Schatten wie ein böses Omen.

Jonas verzog das Gesicht. »Bäh!«, machte er. »Was soll das denn?«

Richard schob die Drahtschlinge zur Seite, sodass er die Klingel betätigen konnte. Ihr Scheppern war durch die dicken Mauern und die massive Eichentür hindurch nur schwach auszumachen. »Ein Kinderstreich. Sag bloß, du kennst das nicht?«

Der Junge rief Rubius zur Ordnung, der neugierig an dem toten Frosch schnupperte, dann zuckte er die Achseln. »Ich komme nicht aus Nürnberg.«

Richard nickte. »Ja dann.« Und er erklärte Jonas, was es mit dem toten Frosch auf sich hatte: »Es ist eine Mutprobe für die Kinder. Es gilt, einen Frosch zu fangen, ihn an der Klingel aufzuhängen und zu läuten, ohne vom Lochwirt erwischt zu werden.«

»Verstehe.« Stirnrunzelnd sah Jonas das tote Tier an.

Richard lauschte, ob sich im Inneren des düsteren Gebäudes etwas tat, aber es blieb alles ruhig.

»Warum ausgerechnet ein Frosch?«, wollte Jonas wissen.

»Wenn jemand hier eingekerkert wird, heißt es in Nürnberg, er kehre beim Wirt zum Grünen Frosch ein. Frag mich aber jetzt bitte nicht, woher dieser Ausdruck kommt!« Er läutete ein zweites Mal, etwas kraftvoller nun. Diesmal war das Scheppern der Glocke deutlich zu vernehmen.

Jonas grinste. »Der Wirt zum Grünen Frosch.«

Noch immer schien niemand ihr Läuten gehört zu haben. Doch als Richard sich schon entschieden hatte, sein Glück auf der anderen Seite der Gasse an der massiven Kerkertür zu versuchen, ertönten drinnen schlurfende Schritte. Ein Riegel wurde fortgeschoben, dann schwang die Tür mit einem langgezogenen, durchdringenden Quietschen auf.

»Was?« Ein unfreundliches Gesicht mit rot umränderten Augen und stoppeligen Wangen starrte ihnen entgegen.

Richard lüftete grüßend seinen Hut. »Guten Tag, Herr Lochwirt.«

Gabriel Dengler blinzelte in das helle Tageslicht. Dann schien er Richard zu erkennen. »Ah!«, machte er. Er kratzte sich abwartend am Hinterkopf. Richard vermutete, dass er in seinem Gedächtnis nach seinem Namen kramte.

»Richard Sterner«, stellte er sich vor. »Ihr erinnert Euch vielleicht an mich. Ich war vor längerem einmal mit Bürgermeister Silberschläger hier, um eine Leiche zu begutachten.«

Hinter Denglers Stirn arbeitete es sichtbar. Dann nickte der Mann, auch wenn er nicht den Eindruck machte, als habe er verstanden. »Was wollt Ihr?«, brummte er. Sein Blick huschte zu Rubius, der sich vorgedrängt hatte und an seiner Hand zu schnüffeln versuchte. Er zuckte zurück. »Lass das, Köter!« Er sah Jonas an, und diesmal leuchteten seine Augen auf. »Dich kenne ich! Du bist doch dieser kleine Betrüger, den sie vor 'ner Weile begnadigt haben!« Wieder glotzte er Rubius an. »Hattest du dich nicht verpflichtet, als Hundeschläger für die Stadt zu arbeiten?«

Jonas schien nicht eben froh darüber, dass der Mann sich an ihn erinnerte. Richard beschloss, ihn aus seiner unangenehmen Lage zu befreien. »Mir ist zu Ohren gekommen«, lenkte er Dengler ab, »dass Ihr wieder einmal einige Leichen unter Eurem Dach beherbergt.«

»Hm. Stimmt. Drei, um genau zu sein.« Dengler kratzte sich erneut am Kopf, und Richard machte unauffällig einen Schritt rückwärts. Er hatte keine Lust, sich bei dem ungepflegten Kerl Flöhe einzufangen.

»Die will ich sehen!«, verlangte er.

Dengler wirkte angespannt. Er musterte Richard in seiner merkwürdigen Aufmachung von Kopf bis Fuß, und er war schon drauf und dran, den Kopf zu schütteln, als Richard hinzufügte: »Arnulf, der Nachtrabe, ist dort unten, nicht wahr?«

Missmutig nickte Dengler.

»Genau zu dem will ich!«

Einen Moment noch schien Dengler unschlüssig, dann traf er eine Entscheidung. »Kommt mit!«, brummte er. Statt sie jedoch durch seine Wohnung ins Gefängnis zu führen – was, wie Richard wusste, möglich war –, trat er auf die Gasse hinaus und zog die Tür hinter sich zu. Dann griff er nach einem schweren Schlüsselbund, der ihm vom Gürtel hing, und nahm einen der größten Schlüssel zur Hand. Während er quer über die Gasse zum eigentlichen Eingang des Gefängnisses stapfte, wandte sich Richard an Jonas.

»Das ist kein Vergnügen da drinnen.«

Jonas nickte. »Weiß ich.«

Richards Blick fiel auf die Kerbe in Jonas' Ohr. »Du musst mich nicht begleiten«, sagte er. Er wies auf die Krüge, die der Junge noch immer im Arm trug. »Du könntest mir einen Gefallen tun. Bring die zu Dr. Schedel, der in der Burgstraße wohnt. Sag ihm, dass ich sie schicke und dass ich ihm bald erkläre, was damit geschehen soll.«

Jonas verzog den Mund. Er wirkte nicht besonders glücklich über diese Aufgabe.

»Dann könntest du mir auch noch einen weiteren Gefallen tun.« Richard zog einen schmalen Silberring vom kleinen Finger und gab ihn Jonas. »Ich wohne in der Tuchgasse. Das Haus ziemlich genau in der Mitte mit dem schmiedeeisernen Geländer. Geh dorthin. Der Mann, der dir öffnen wird, heißt Thomas und ist mein Diener. Gib ihm diesen Ring, damit er weiß, dass ich dich schicke, und bitte ihn, dir ein paar saubere Sachen für mich mitzugeben.« Er sah an sich herunter. »Ein Hemd vor allem und einen vernünftigen Mantel.«

Jonas grinste. »Eine saubere Hose und Stiefel könnten auch nicht schaden!«

Richard musste lächeln. »Du hast recht. Bring alles zu Dr. Schedel, und sag ihm, dass ich ihn heute noch aufsuchen werde.«

»Gut.« Jonas tätschelte Rubius' Kopf. »Komm, Junge. Gehen wir!«

19. Kapitel

Nachdem Jonas sich auf den Weg gemacht hatte, stiegen Richard und Dengler die schmale und überaus steile Treppe hinunter, die ins Lochgefängnis führte. Sie umrundeten eine Biegung, die die Treppe auf den letzten Stufen machte, und Richard bückte sich unter einem niedrigen Sturz hindurch. Als er sich wieder aufrichtete, spürte er, wie sein Kopf die tiefhängende Decke streifte.

Der Gestank hier unten raubte ihm den Atem. Unsichtbarer Jauche gleich legte die Luft sich auf seine Zunge, auf seine Haut. Drang in seine Kleidung. Gut, dass er sich noch nicht umgezogen hatte!

Dengler schien den Gestank nicht wahrzunehmen. Tief holte er Luft, dann drängte er sich an Richard vorbei und ging voraus.

Sie bogen um mehrere Ecken, gingen an Zellentüren mit winzigen Gucklöchern vorbei, aus denen Richard ein ums andere Mal glühende Augen anstarrten. Doch keiner der Eingekerkerten sprach ihn an. Es schien, als hätten sie allesamt Angst davor, hier unten die Stimme zu erheben. Die drückende Stille, die herrschte, war beklemmend. Es war so still, dass Richard das leise Zischen der Talglampen hören konnte, die in regelmäßigen Abständen auf kleinen Mauervorsprüngen brannten. Und als sie an einem der Gitter vorbeikamen, die nach oben auf die Gasse führten, hörte er Schritte über sich. Ein paar Wortfetzen drangen zu ihm nach unten.

»… uns noch kümmern.«

Und: »Sei ohne Sorge …«

Das alltägliche Leben, das oben weiterging, schien unendlich weit entfernt. Die Enge und die Trostlosigkeit dieses Ortes schnürten Richard die Brust zusammen, und er empfand sie mit einer Intensität, die schmerzlich war. Als er sich vorstellte, wie es sein musste, hier unten eingekerkert zu sein, ohne Aussicht vielleicht, jemals die Sonne wiederzusehen, da wuchs seine Beklemmung noch.

Rasch eilte Richard Dengler nach, vorbei an der Zelle, über deren

Tür eine schwarze Katze gemalt war und in der Gefangene eingesperrt wurden, die der Zauberei angeklagt waren. Die Zelle daneben schien besetzt. Richard sah eine blasse, schmale Hand, die sich durch das kleine Fensterchen in der Tür reckte, aber auch der bedauernswerte Mensch, der hier einsaß, brachte keinen Laut über die Lippen.

Richard schluckte. Langsam begann er sich zu fragen, was Dengler mit den Gefangenen anstellte, dass keiner von ihnen es wagte, den Mund aufzumachen.

Der Lochwirt, der bemerkte, dass Richards Blick auf die schmale Hand gefallen war, lachte leise. »Eine Brandstifterin«, erklärte er, obwohl es nicht nötig gewesen wäre. Richards Blick wanderte zu dem roten Hahn, der über den Türstock gemalt war. Er wusste, was er zu bedeuten hatte.

Dengler schlug gegen die Finger der Frau, und rasch zogen diese sich zurück. »Sie hat ihre eigene Wohnung angesteckt, nachdem sie dort ein Kind geboren hat. Das arme Wurm! Ist in den Flammen geröstet worden.« Er grinste Richard zufrieden an. »Aber lange dauert es nicht mehr, dann wird die da drinnen ihre gerechte Strafe bekommen. Kommt jetzt! Hier ist es!«

Die nächste Zellentür stand offen, und wenn Richard nicht gewusst hätte, was sich dahinter befand, so hätte der üble Verwesungsgeruch es ihm verraten, der sich nun mit dem allgegenwärtigen Gestank von Kot und Urin und Körperausdünstungen mischte.

Dengler streckte den Kopf in die Zelle. »Hier ist Besuch für Euch!«, sagte er, dann zog er sich so rasch zurück, als fürchte er, für seine Botschaft erdolcht zu werden.

»Hm?« Das dunkle Brummen, das die Antwort auf seine Ankündigung war, wurde überlagert von dem feinen Geräusch einer Klinge, die von einem steinernen Untergrund hochgehoben wurde.

Dengler machte Platz, sodass Richard zu Arnulf hineingehen konnte. Die Zelle war durch mehrere Talglampen weitaus heller als gewöhnlich erleuchtet. In dem flackernden Schein der Flammen stand der Nachtrabe vor einer Leiche, die man an der hinteren Wand der Zelle auf einer hölzernen Pritsche abgelegt hatte. Als er Richard sah, zog er erstaunt die Augenbrauen in die Höhe. »Was machst du hier? Ich dachte, du bist bei Katharina!« Er musterte Richard genau. »Du siehst nicht besonders gut aus, mein Lieber!«

Richard ging nicht auf den letzten Satz ein. »Ich dachte, ich helfe dir, was auch immer du vorhast!« Er richtete den Blick auf die Leiche. Es war die eines Mannes von vielleicht dreißig Jahren, die ursprünglich in ein festes Leintuch eingeschlagen gewesen war. Dieses Leintuch hatte jemand – Arnulf vermutlich – mit dem Dolch vom Kopf bis zum Bauch aufgeschlitzt. Die Haut des Toten wirkte fleckig. An den Fingern war das Fleisch bereits in Verwesung übergegangen und hatte sich schwarz verfärbt. Der Mann trug schmale, schwarze Hosen und ein weißes Hemd, dessen weiter Kragen mit einer Borte aus Brokat besetzt war. Die dicke gold-schwarze Kordel eines Umhangs lief quer über die Brust des Toten. Der Umhang selbst war jedoch von der Leiche und dem Rest des Leintuches verdeckt. Das blonde Haar des Mannes, sein Hals, seine Brust und auch große Teile des Hemdes und der Kordel waren von dunklem Blut bedeckt, das aus einem weit klaffenden Schnitt in der Kehle geronnen war.

Richard schloss für einen Moment die Augen. Plötzlich schmerzte seine Schulterwunde wieder heftiger.

»Dengler!« Arnulfs Stimme füllte die enge, stickige Zelle.

»Ja?«

»Bring uns etwas Starkes zum Trinken!«, befahl der Nachtrabe. »Um den Gestank aus der Kehle zu spülen.«

Dengler wollte protestieren, aber ein Blick in Arnulfs Gesicht belehrte ihn eines Besseren. Er nickte, dann verschwand er. Richard glaubte, in dem finsteren Gemurmel, das er von sich gab, die Worte »Bin ich Euer Mundschenk?« auszumachen. Er unterdrückte ein Grinsen.

»Was hast du vor?«, fragte er Arnulf. Dabei fiel sein Blick auf die beiden anderen Leichenbündel. Eines lag rechts an der Wand, das andere links, beide waren sie unter die schmalen Sitzbänke geschoben, die hier angebracht waren, und beide waren, wie der Mann auf der Pritsche, in Leintücher eingeschlagen. Eines dieser Bündel, das wusste Richard, war die Marktfrau, deren Tod er wieder und wieder vor sich sah. Er vermied den Anblick der dunklen Flecken auf den Tüchern und wandte sich stattdessen ganz zu Arnulf.

Der starrte auf den Toten auf der Pritsche nieder. »Das hier scheint der Fremde zu sein, den der Mörder als Erstes umgebracht hat.« Sein Blick wanderte zu dem größeren der beiden Bündel auf der Erde. »Eigentlich hatte ich nur vor, mir Rotgerbers Leiche anzusehen.«

Richard trat näher an die Pritsche heran. »So, wie er aussieht, ist er schon seit längerem tot.«

»Hilf mir mal!« Arnulf beugte sich zu dem größeren Bündel nieder und schnitt die Seile durch, mit denen das Leintuch an Ort und Stelle gehalten wurde. Richard half ihm, indem er das Tuch ein wenig anhob. Als der Nachtrabe die Klinge hindurchstieß und begann, es aufzuschlitzen, ertönte ein reißendes Geräusch.

Wie eine Klinge, die in eine Kehle gestoßen wurde …

Richard fuhr mit einem Ruck in die Höhe.

Arnulf schaute ihn von unten her fragend an. »Geht es dir gut?«

Richard rieb sich über die Stirn. »Ja, ja.« Er kniete sich wieder hin und griff erneut nach dem Leintuch, sodass Arnulf weitermachen konnte.

Vor ihnen lag die Leiche eines weiteren Mannes.

»Der Spitalmeister«, sagte Arnulf.

Die Leiche hatte einen mächtigen, fassartig sich hervorwölbenden Bauch und eine Halbglatze. Und auch in ihrer Kehle klaffte ein tiefer, grausig aussehender Schnitt. Im Unterschied zu dem Mann auf der Pritsche jedoch hatte dieser hier gelblichen Schaum im Gesicht. In den Mundwinkeln, auf den Lippen und auch am Kinn war er festgetrocknet. Vorsichtig roch Richard daran.

»Erbrochenes«, sagte er.

Arnulf nickte. »Er hat gekotzt, kurz bevor er ermordet wurde.« Er wies auf Rotgerbers starre Züge. »Du bist doch der Gelehrte von uns beiden. Kannst du irgendwas feststellen?«

»Du meinst Gift?« Richard schnupperte noch einmal an den Resten auf Rotgerbers Lippen, doch er konnte nichts anderes riechen als säuerliches Magensekret. »Ich weiß nur wenig über Gifte«, meinte er. Er spürte, wie der Gestank der Verwesung und der ekelhafte Geruch des Erbrochenen ihm den Magen umdrehten. Um nicht zu würgen, trat er einen Schritt zurück und presste die Hand auf Mund und Nase.

In diesem Moment kehrte Dengler mit einem irdenen Krug und zwei hölzernen Bechern zurück. Beides stellte er auf der Sitzbank auf der rechten Seite der Zelle ab. Dann nickte er Arnulf knapp zu und suchte schnellstmöglich das Weite.

Richard nahm den Krug. Er enthielt Branntwein, offenbar ziemlich starkes Zeug. Genau das, was er jetzt brauchte. Er goss sich etwas davon in einen der Becher und trank ihn leer. Erst dann füllte er den anderen Becher für Arnulf.

»Danke.« Spöttisch lag der Blick des Nachtraben auf ihm. »Sag nicht, dein Magen ist empfindlich geworden in dem vergangenen Jahr!«

Richard starrte Arnulf finster an. »Die Zeiten ändern sich eben!«, sagte er grimmig.

»Ja«, meinte der Nachtrabe und ließ seinen Blick von Rotgerbers Leiche zu der auf der Pritsche wandern. »Das tun sie. Nur gemordet wird immer.«

Es war ein seltsam nachdenklicher Satz für ihn. Richard trank einen weiteren Schluck Branntwein, dann stellte er seinen Becher auf die Bank zurück. »Was nun?«

Arnulf schaute nachdenklich zwischen den beiden Leichen hin und her. »Fällt dir was auf?«, fragte er.

Richard sah genauer hin. Rotgerbers Kehle war mit großer Wucht durchtrennt worden. Richard konnte in der klaffenden Wunde die Halswirbel weißlich schimmern sehen. Bei der Leiche des unbekannten Mannes hingegen wirkte der Schnitt weniger präzise und auch weniger kraftvoll. »Meinst du, der Täter musste erst üben?«

Arnulf schüttelte den Kopf. »Sieht für mich eher so aus, als hätte er den Kerl nicht richtig erwischt. Hilf mir mal!« Er zerschnitt auch die restlichen Seile und schlug das Leintuch des Fremden vollständig zurück. Nun kam auch der Umhang zum Vorschein. Er war aus dunklem, schwerem Samt. Etwas rutschte aus seinen Falten und fiel mit einem metallischen Klappern zu Boden.

Arnulf bückte sich danach.

Es war ein Dolch. Eine kleine Waffe, ein Zierdolch, wie sie ein Patrizier am Gürtel zu tragen pflegte, um seinen Stand als freier Mann zu demonstrieren. Die beiden Schneiden waren wellig geschliffen, so dass sich das Licht der Talglampen funkelnd in ihnen brach.

»Schau mal!« Arnulf winkte Richard näher.

Der besah sich die kleine Waffe. Eine der beiden Schneiden war blutig. Richard schätzte die Tiefe der Halswunde ab, dann die Breite des Blutrandes auf der Klinge. »Das ist nicht die Mordwaffe«, befand er. »Die Wunde ist viel zu tief dazu.«

»Hm.« Arnulf schob einige Falten des weißen Hemdes zur Seite und brachte den Gürtel der Leiche zum Vorschein. Eine metallverzierte Scheide hing daran. Sie passte von der Größe her genau zu dem kleinen Dolch. »Das ist die Waffe des Opfers«, sagte Arnulf.

Richard nickte. »Was bedeutet, dass der Mann seinen Mörder womöglich verletzt hat.«

Arnulf wiegte nachdenklich den Kopf. »Nützt uns das was?«, fragte er.

»Nur, wenn wir jeden Nürnberger Bürger darum bitten, sich auszuziehen.«

Arnulf grinste. »Bei einigen Frauen wäre das durchaus erwägenswert!«

Richard ertappte sich dabei, dass ihm Katharina in den Sinn kam. Er nahm Arnulf den Dolch aus der Hand und betrachtete ihn genauer. »Ziehst du allen Ernstes in Betracht, dass der Mörder eine Frau sein könnte?«

»Wäre nicht das erste Mal«, murmelte Arnulf. Dann hieb er völlig unvermittelt mit der Faust gegen die Wand der Zelle. »Zum Henker! Das alles hier bringt uns keinen Schritt weiter!« Er schlug die zerschnittenen Zipfel des Leintuches wieder über die Leiche des Fremden. Dann sah er Richard an. »Könntest du irgendwie herausfinden, ob Rotgerber wirklich vergiftet wurde?«

Richard wusste, worauf diese Frage eigentlich abzielte. Früher hatte er Menschen seziert. Seine Fähigkeit, die Toten zu lesen, hatte ihnen schon einmal geholfen, einen Mörder dingfest zu machen. Jetzt jedoch zuckte er die Achseln. »Gift zu finden ist durch eine Sectio fast unmöglich. Wenn er Glasscherben gegessen hätte oder Nägel, dann ja. Aber Gift?« Er schüttelte den Kopf. »Ich wüsste nicht, wie man das bei einer Sectio feststellen sollte.« Kurz verschwamm sein Blick. Er blinzelte. »Wir sollten lieber versuchen, herauszufinden, ob in Niklas' Wein Gift ist. Das halte ich für vielversprechender. Ich habe Jonas mit den beiden Krügen zu Hartmann Schedel geschickt.«

Arnulf schwieg einen Moment. »Gut. Eigentlich hatte ich vor, damit zu Öllinger zu gehen, aber ja. Schedel ist Medicus. Er kann uns damit vielleicht auch weiterhelfen.« Er nahm Richard den Dolch wieder ab und betrachtete ihn. »Dieser Fremde hat seinen Mörder verletzt«, murmelte er. »Wie?« Dann schien ihm ein Gedanke zu kommen. Er drehte sich so, dass er Richard den Rücken zuwendete. »Ich bin das Opfer. Wenn du mir die Kehle aufschneiden wolltest, wie es bei den beiden hier passiert ist, geht das nur von hinten.« Er wartete, bis Richard sich hinter ihm aufgestellt hatte, dann steckte er den Dolch in seinen Gürtel. »Mach mal!«

Richard zögerte erst, doch dann packte er Arnulf, legte ihm den linken Arm um den Brustkorb und presste ihn an sich. Den scharfen Schmerz, der dabei durch seine Schulter raste, schob er beiseite, so gut es ging, ebenso das jäh einsetzende Pochen seines Herzens. Mit einer ruckartigen Bewegung zog er Arnulf die flache Handkante über die Kehle. Halb erwartete er, den Tod der Marktfrau wieder vor Augen zu sehen, doch zu seiner Erleichterung war das nicht der Fall.

Arnulf machte sich aus seiner Umklammerung los und drehte sich um. »So wäre es passiert, wenn er überrascht worden wäre. Noch mal!« Er wandte Richard wieder den Rücken zu, und der vollführte das gleiche Spielchen noch einmal. Diesmal versuchte Arnulf, unter seinem Arm wegzutauchen und gleichzeitig nach seinem Dolch zu greifen, doch Richard packte ihn fester. Zwar schrie er diesmal vor Schmerzen auf, doch wieder konnte er dem Nachtraben die Handkante über die Kehle ziehen.

Arnulf warf einen stirnrunzelnden Blick auf Richards Schulter. »Er muss den Dolch schon in der Hand gehabt haben«, vermutete er. »Wenn er ihn erst hätte ziehen müssen, als er angegriffen wurde, wäre es zu spät gewesen, um seinen Mörder noch zu verletzen.« Er zog die kleine Klinge wieder aus seinem Gürtel und wog sie in der Hand.

»Vielleicht hat er ihn kommen hören und sich ihm gestellt?« Richards Hand ruhte an seiner Schulter. Schmerz wühlte in der Wunde, aber das war nicht das Beängstigendste. In seinen Ohren begann es jetzt wieder zu rauschen, genau wie am Abend zuvor, als er die »Diele« verlassen hatte. »Vielleicht hat der Täter ihn in einem Kampf überwältigt und ihm dann erst die Kehle durchgeschnitten?«

Arnulf betrachtete noch einmal die klaffenden Schnitte in den Kehlen von Rotgerber und dem Unbekannten. Dann schüttelte er den Kopf. »Nein. Wenn das der Fall wäre, hätte der Mann nicht gestanden. Die Wunden müssen den Opfern hinterrücks zugefügt worden sein. Und zwar …« Er ging zu Rotgerber und deutete auf den Schnitt an seiner Kehle. »… hier, als das Opfer gekniet hat. Wie jemand, der gerade dabei ist, zu kotzen. Hier aber …«, er kehrte zu dem Fremden zurück, und mit dem Dolch zeigte er auch auf dessen Wunde, »… ist der Winkel ganz anders, siehst du das? Nein, dieser Mann hat eindeutig gestanden, als ihm die Kehle durchschnitten wurde.« Ruhig begegnete er Richards Blick, und Richard unterdrückte die Frage, wie viele Menschen auf diese Art und Weise schon durch seinen Dolch gestorben waren.

Arnulf bemerkte es und grinste düster. »Also ein heimtückischer Angriff bei beiden. Wenn wir jetzt davon ausgehen, dass das erste Opfer seinen Dolch schon in der Hand hatte …« Er warf die kleine Waffe in die Luft und fing sie wieder auf. Noch einmal stellte er sich vor Richard hin, und erneut spielte der mit. Er packte den Nachtraben ein drittes Mal, etwas weniger kräftig diesmal, was zum einen seiner Wunde geschuldet war, zum anderen aber auch dem Schwindelgefühl, das sich jetzt wieder in ihm breitmachte. Schatten schoben sich in sein Gesichtsfeld. Er musste blinzeln, um sie zu vertreiben. Er zog Arnulf die Handkante über die Kehle. Arnulf griff sich an den Hals, ahmte ein Röcheln nach und taumelte nach vorn. Dann fuhr er herum und stieß mit dem Dolch nach Richard. Der konnte sich gerade noch mit einem Sprung in Sicherheit bringen.

»He!«, protestierte er. Sein Herz hämmerte ihm gegen die Rippen.

Arnulf jedoch wirkte zufrieden. »So muss es gewesen sein. Dem Opfer wird die Kehle durchgeschnitten, es wirbelt herum und – zack!« Er schaute sich den Dolch an. »Die Klinge ist nur auf einer Seite blutig. Also ist sie nicht zur Gänze in den Körper des Mörders eingedrungen. Ich vermute eher, er hat einen harmlosen Schnitt abbekommen. Am Arm vielleicht oder am Oberschenkel.«

»Und was nützt uns das jetzt?«, fragte Richard. In seinem Magen revoltierte es.

»Wenn ich das wüsste!« Arnulf legte den Dolch zurück zu der Leiche.

Etwas Dunkles flatterte durch Richards Gesichtsfeld, und er verspürte einen Anflug von Panik.

Glaubt ihr an Dämonen?, hallte Kramers Stimme in seinem Kopf wider.

Arnulfs Blick wanderte zu der dritten Leiche. Dann machte er sich daran, auch deren Leichentuch zu entfernen.

Diesmal zog Richard es vor, ihm nicht dabei zu helfen, sondern sah aus der Entfernung zu, wie der Nachtrabe das Tuch über dem Gesicht der Frau zur Seite schlug. Es war das vor Schrecken verzerrte Gesicht aus Richards Erinnerung, dieselben weit aufgerissenen Augen. Schlagartig kehrten die Bilder zurück, und diesmal hörte Richard auch die Geräusche wieder, die dabei entstanden waren.

Das grässliche, tonlose Gurgeln, als die Frau an ihrem eigenen Blut ertrank.

Das Geräusch von Blut, das auf den Boden klatschte.

Seine Hände begannen zu zittern, sein Gesicht fühlte sich heiß an, und sein Herz hämmerte jetzt so schnell, dass er kaum noch Luft bekam. Er spürte, wie die Beine unter ihm nachgaben, doch Arnulf sprang herbei und half ihm, sich auf die Bank zu setzen.

»Was ist?«

Wegen des Rauschens in seinen Ohren hörte er die Frage des Freundes nur gedämpft.

Sein Magen drehte sich um, und es kostete ihn alle Willenskraft, um sich nicht zu übergeben. Er beugte sich vor und holte so tief Luft, wie er konnte. In seinen Ohren kreischte es. Mit Mühe nur gelang es ihm, den Schwächeanfall zu bekämpfen. »Nichts«, keuchte er. »Nur so ein Anfall wie gestern Abend in der ›Diele‹.«

Arnulf runzelte die Stirn. Schweigend starrte er auf den Branntwein, den Dengler ihnen gebracht hatte. »Lass uns gehen«, sagte er. »Wir sind hier fertig.«

Die Wände der Sakristei drängten sich eng um Mechthild. Im einen Moment schienen sie ihr die Luft nehmen und sie erdrücken zu wollen, im nächsten kamen sie ihr vor wie eine schützende Rüstung, die sie vor den Gefahren der Welt bewahrte. Der geschnitzte Engel auf dem Holzaltar schien sich schon vor längerem von Maria ab- und ihr zugewandt zu haben. Sein Blick beruhigte und ängstigte Mechthild zugleich, und sie senkte den Kopf tiefer über ihre Hände und betete noch inniger.

Der Rosenkranz in ihrer Hand fühlte sich längst an wie ein Teil ihres Körpers. Wieder und wieder glitten die kleinen schwarzen Perlen durch ihre Finger, und die Worte, die sie dazu sprach, kamen wie von selbst aus ihrem Mund. Der ewige Gleichklang des Mariengebets leerte gewöhnlich ihren Geist, machte sie ruhig und zuversichtlich.

Doch nicht heute.

Heinrich. Der Name kreiste in ihrem Kopf, ein winziges, stacheliges Tier, das hinter ihrer Stirn eingesperrt war, gegen ihren Schädel prallte, wieder und wieder und wieder, bis sie glaubte, daran irre zu werden.

Heinrich.

Heinrich!

»Gegrüßet seist du, Maria, voll der Gnade«, murmelte sie. »Der Herr ist mit dir. Du bist gebenedeit unter den Frauen, und gebenedeit ist die Frucht deines Leibes, Jesus.« Sie hielt inne. Dann wiederholte sie den Satz. Zögerte. Und fügte schließlich hinzu: »Heilige Maria, Mutter Gottes, bitte für uns Sünder jetzt und in der Stunde unseres Todes.«

»Du hast den Text verändert.« Dr. Spindlers Stimme riss sie aus ihrer Versenkung, und sie zuckte zusammen. Weder hatte sie ihn kommen hören, noch hatte sie mitbekommen, dass er die schwere, mit Eisenbändern versehene Tür zu ihrer Klause geöffnet hatte. Ihr Herz schlug einen Salto. Wenn Heinrich an seiner statt … Doch diesen Gedanken verwehrte sie sich sofort. Heinrich war kein Meuchelmörder. Er besaß ganz andere Waffen als verborgene Klingen oder Drosselseile. Feuer. Und fanatischen Eifer. Sie schauderte.

»Katharina!« Der Name ihrer Tochter entfuhr ihr.

Dr. Spindler schloss die Tür hinter sich und verriegelte sie. Dann warf er einen Blick auf die Gebetsbank, die Mechthild wegen ihrer gelähmten Beine nicht benutzen konnte, und setzte sich schließlich neben sie auf die Sitzbank, die er eigens für sie hatte hereinschaffen lassen. »Alles ist gut.«

»Was habt Ihr …?« Auf einmal fühlte sie sich atemlos. Der Rosenkranz glitt ihr aus den Fingern und rutschte zu Boden.

Spindler hob ihn auf. Sanft ließ er ihn durch seine Hände gleiten. »Katharina geht es gut«, sagte er. »Du musst dir keine Sorgen mehr machen. Alles ist gut.«

Sie spürte Erleichterung wie ein süßes Gift durch ihre Adern rinnen. Sie wollte sich dagegen wehren, wollte skeptisch sein, ihn fragen, wie er so sicher sein konnte, aber sie ertappte sich dabei, dass sie sich Spindlers Worten hingab. Es tat gut, vertrauensvoll wie ein Kind zu sein. Wenigstens einen Augenblick lang.

Spindler gab ihr den Rosenkranz zurück. »Warum hast du die Todesbitte hinzugefügt?«, fragte er. »Du weißt, dass sie nicht zu dem eigentlichen Text gehört.«

Sie starrte auf das kleine Kreuz an der Perlenkette. Es war aus schwarzem Stein geschnitten, der sich unter ihren Fingerspitzen glatt und weich anfühlte. »Es erschien mir passend«, murmelte sie.

Da legte er ihr eine Hand auf den Arm. Es war eine so unerwartete Berührung, dass sie ihn erschrocken ansah. Plötzlich drängten sich Tränen in ihre Augen. »Ich weiß nicht, wie ich mit dieser übergroßen Schuld ...«, sie hielt inne, rang um Fassung, »... weiterleben soll.«

»Gott vergibt jede Schuld, wenn du sie bereust.«

Sie sah ihm ins Gesicht. Trauer stand auf seinen vertrauten Zügen, und wie so oft, wenn sie mit ihm sprach, fragte sie sich, wie er es aushielt, sich ihren Schmerz ein jedes Mal zu eigen zu machen. »Ich hätte gern Eure Sicherheit«, flüsterte sie.

Da erhob er sich, drehte die Gebetsbank so, dass er sich Mechthild genau gegenüber hinknien konnte. Mit einem schweren Ächzen ließ er sich nieder. Dann nahm er Mechthilds Hände in die seinen. »Bete mit mir!«, forderte er sie auf.

Und sie versuchte es. Gemeinsam mit ihm bat sie Gott um Vergebung für die großen Sünden, die sie begangen hatte, aber sie konnte keine Erleichterung empfinden dabei. Die Tränen strömten ihr jetzt ohne Unterlass über das Gesicht.

»Ihr könnt es nicht«, flüsterte sie tonlos.

Er blickte auf, sah ihr in die Augen, und etwas tief in ihrem Innersten erschauderte.

»Ihr könnt mir meine Sünden nicht vergeben«, fügte sie hinzu.

Und in seinem Gesicht zeichnete die Trauer tiefe Linien.

»Richard!« Als Hartmann Schedel ihnen persönlich die Tür seines Wohnhauses öffnete, breitete sich ein Strahlen auf seinem Gesicht aus. »Du wurdest mir bereits angekündigt. Von einem jungen Mann mit Hund, der einige Dinge für dich hier abgegeben hat.« Er stieß die Tür ganz auf. »Ich wusste ja gar nicht, dass du vorhattest, nach Nürnberg zurückzukommen!«, sagte er, dann bedeutete er erst Richard und schließlich Arnulf einzutreten.

Er war ein ganzes Stück dicker als früher, aber die intelligenten, hellwachen Augen unter den hellen Brauen waren noch immer dieselben. Aus ihnen musterte er Richard jetzt eindringlich. »Du siehst nicht besonders gesund aus!«

»Es geht schon!« Richard wischte sich über die Stirn. Dort stand noch immer Schweiß, und sein Herz jagte nach wie vor, wenn auch das Dröhnen in seinen Ohren und die seltsamen Schatten, die im Lochgefängnis vor seinen Augen getanzt hatten, merklich nachgelassen hatten. Weitaus schneller war dieser neuerliche Anfall diesmal vorübergegangen. Wenn er wirklich einem Gift ausgesetzt gewesen war, schien dessen Wirkung langsam nachzulassen.

Schedels Blick blieb an der Wunde an Richards Wange hängen. »Bist du wieder einmal in etwas hineingeraten, bei dem ich euch helfen soll?« So selbstverständlich klangen seine Worte, dass Arnulf auflachte.

Richard berührte die Wunde. »Wir benötigen tatsächlich deine Hilfe«, sagte er. Hartmann Schedel war einer der vom Rat bestellten Ärzte, denen es erlaubt war, in der Stadt Menschen zu behandeln. Er hatte nicht nur Medizin, Anatomie und Chirurgie studiert, sondern auch Physik. Von seinem immensen Wissen erhoffte Richard sich einiges.

Schedel führte Richard und Arnulf in sein Kontor, das, genau wie Richard es in Erinnerung hatte, vollgestopft war mit Büchern und Dokumenten. Der Schreibtisch brach unter der Last von Pergament- und Papierstapeln fast zusammen, und oben auf dem ganzen Durcheinander lagen zwei Stapel großformatiger Blätter, die mit Bildern und Schrift bedeckt waren.

Neugierig trat Richard näher und sah sich das Ganze genauer an. Es handelte sich um gedruckte Seiten. Über dem Bild eines Bischofs mit Hirtenstab und Mitra stand in geschwungener Schrift der Name »Sankt Bernhard«, über dem eines Mannes mit Samtmütze und faltenreichem Gewand »Petrus Alfonsus«. Das Auffälligste an dieser Seite jedoch waren drei Bilder von blutigem Regen, der aus dichten Wolken fiel. Richards Blick wanderte zu dem danebenstehenden Text. »In diesem Jahr in dem Monat Juni«, stand dort, »hat es an etlichen Enden in welschen Landen Blut geregnet.«

So sehr faszinierte der Anblick dieser Seiten Richard, dass er die Hand nach ihnen ausstreckte, um umzublättern und sich das nächste anzusehen. Ein leises Räuspern Hartmann Schedels hielt ihn davon ab.

Rasch trat er einen Schritt zurück. »Entschuldige!«, sagte er.

Schedel lächelte beruhigend. »Sieh es dir ruhig an. Es ist das allererste Exemplar, das Meister Koberger mir geschickt hat. Ich muss jede einzelne Seite durchsehen, ob sie Fehler enthält.«

Vorsichtig griff Richard nach der Ecke einiger Blätter und hob sie an. Er las von Thomas von Aquin, von Albertus Magnus, von Königen und Bischöfen. Und schließlich landete er bei einer Stadtansicht, die sich quer über beide Seiten erstreckte. »Basel«, las er. Fasziniert schlug er die Seiten wieder um, sodass die gleiche obenauf zu liegen kam, die schon zu Anfang dort gelegen hatte. »Das ist sie nun«, murmelte er.

Schedel strahlte ihn an. »Ja. Schön, nicht wahr?«

Arnulf, der mit ihnen in das Kontor getreten, aber bis eben schweigend in der Ecke gestanden hatte, kam näher. Richard wies auf den Stapel vor sich. »Die Weltchronik, an der der Doktor seit Jahren arbeitet«, erklärte er. »Das ist der erste Druck.«

Arnulf sah nicht besonders begeistert aus. »Schön«, murmelte er. Demonstrativ wies er auf Niklas' Weinkrüge, die auf einem Tischchen standen. Das Paket mit Richards Kleidung, das Jonas von Thomas geholt hatte, lag daneben.

Richard wandte sich von der Chronik ab.

Schedel lächelte breit. »Also: Womit kann ich dir helfen? Ich vermute, es geht nicht um einen medizinischen Rat, wenn du dich an mich statt an Frau Jacob wendest.«

Die plötzliche Erwähnung von Katharinas Namen sandte einen schmerzhaften Stich in Richards Herz. »Doch«, setzte er an. »Es ist eine medizinische Frage. Wir haben hier Wein und Bier, und wir müssen herausfinden, ob eines davon vergiftet ist.«

Schedel hob eine seiner hellen Augenbrauen. »Vergiftet?« Er betrachtete die Wunde auf Richards Wange. »In was bist du da wieder hineingeraten, mein Lieber?«

Der winkte ab. »Frag nicht!«

Da lachte der Medicus. »Natürlich!« Er sah Arnulf an, und sein Lachen verstummte. »Natürlich«, wiederholte er. Dann nahm er einen der beiden Krüge, entfernte den Stopfen und schnüffelte an dem Inhalt. »Würzwein. Nelken hauptsächlich. Und Honig?«

Arnulf nickte. »Kuchelkraut und Zingiber«, zählte er die restlichen Zutaten auf. »Der Wein stammt aus der ›Krummen Diele‹. Zwei Männer litten unter Vergiftungserscheinungen, nachdem sie ihn getrunken hatten.«

Schedel roch noch einmal an dem Krug. »Also, ich kann nichts Ungewöhnliches feststellen. Aber nicht jedes Gift ist auch zu riechen, das wisst ihr hoffentlich.«

»Darum sind wir hier«, warf Richard ein. »Weil wir hoffen, dass du Mittel und Wege kennst, es trotzdem ausfindig zu machen.«

Schedel ging zu einem Schrank und nahm ein Glas heraus. Er schüttete ein paar Tropfen des Weines hinein, bewegte es ein paarmal im Kreis und hielt es dann gegen das Licht. »Nichts Ungewöhnliches. Sieht aus wie ganz gewöhnlicher Wein und riecht auch so. Die kleinen Krümel scheinen mir von den Nelken zu stammen, auch das ist gewöhnlich so bei Würzwein.« Er senkte das Glas, wandte sich dem anderen Krug zu und vollzog die gleiche Prüfung auch mit dem Bier.

Mit der freien Hand rieb er sich anschließend über Mund und Kinn, während er nachdachte. »Man könnte ein paar Destillierversuche machen und sehen, was dabei herauskommt«, murmelte er. »Dazu vielleicht ein oder zwei Versuche mit Tetrasoma oder Theion hydor, aber ich bin nicht sicher, ob das zu etwas führt.«

Richard wartete, während Schedel weitere Zutaten der Alchemistenküche aufzählte, ihren Nutzen abwog und sie schließlich alle verwarf. »Die einfachste Methode ist immer noch die beste!«, sagte er endlich. »Kommt mit!« Unter je einen Arm klemmte er Wein- und Bierkrug. Auf für seinen fetten Leib erstaunlich flinken Beinen eilte er aus dem Kontor und den Flur entlang in den hinteren Teil des Hauses.

Richard und Arnulf warfen sich einen erstaunten Blick zu, bevor sie dem Medicus nachliefen. Hinter ihm her eilten sie durch eine große Küche und achteten nicht weiter auf die überraschten und auch finsteren Blicke, die ihnen die Köchin und Maria, das Dienstmädchen, zuwarfen.

Schedel griff sich eine Laterne von einem eisernen Haken, und durch eine Hintertür führte er Richard und Arnulf hinaus in einen Hof. Hier befand sich neben mehreren aufeinandergestapelten Holzkäfigen, in denen wohl zwei Dutzend braune Hühner hockten, ein kleiner Pferch, in dem sich zwei fette Schweine tummelten. Beide grunzten leise, als sie Schedel sahen.

»Nun, ihr Guten«, sagte der Medicus. »Ihr wartet auf etwas zu fressen, nicht wahr?« Er tätschelte die beiden rosigen Schnauzen, die sich ihm durch die Gitterstäbe entgegenreckten.

Richard verbiss sich einen Kommentar. Als er von der Seite her Arnulf betrachtete, sah er, dass die Augen des Nachtraben amüsiert glitzerten.

»Nun«, gurrte Schedel weiter. »Wir wollen sehen, was wir für euch tun können. Kommt, meine Süßen!« Er lockte die Schweine zum Futtertrog. Seine Wangen glühten jetzt, und Richard konnte den Forscherdrang förmlich sehen, der dem Medicus aus den Augen schlug.

»Du weißt schon«, warf er vorsichtig ein, »dass du sie zum Abdecker bringen musst, wenn wirklich Gift in diesen Krügen ist?«

Schedel machte eine wegwerfende Handbewegung. »Und wenn? Sind doch nur Schweine!«

Richard nickte. »Wenn du meinst.« Insgeheim nahm er sich vor, dem Medicus den Schaden zu ersetzen, sollten die Tiere wirklich an dem Gift sterben.

Er sah zu, wie Schedel einen Teil des Weines in den Futtertrog schüttete. Das Tier in seiner Nähe schnüffelte daran, machte jedoch keine Anstalten, ihn zu saufen. Stattdessen strebte das andere Tier zu dem Trog. Es schnupperte erst misstrauisch, dann tauchte es seinen Rüssel hinein. Es schluckte, schüttelte den Kopf, dass seine Ohren schlackerten, und flitzte mit einem empörten Quieken zurück in die gegenüberliegende Ecke des Pferchs.

»Sieht ganz so aus, als seien Eure Säue keine Säufer«, kommentierte Arnulf trocken.

Schedel nickte nachdenklich. »Was nun?« Sein Blick fiel auf einen Sack mit Hafer, der neben dem Hühnerstall stand. Er grinste, dann ging er hin, nahm zwei Hände voll von den Körnern und kehrte damit zu dem Trog zurück. »Jetzt solltet ihr eines der beiden festhalten!«

Beide Tiere hatten witternd den Kopf erhoben, und das eine, das eben den Wein probiert hatte, drängte sich bereits wieder mit solcher Kraft an Arnulf vorbei, dass er nur mit Mühe das Gleichgewicht halten konnte.

Schedel schüttete den Hafer zu dem Wein in den Trog und vermischte beides zu einem dicklichen Brei.

»Hiergeblieben!«, kommandierte Arnulf, schlang seine Arme um den Nacken des Schweines und spannte die Muskeln an. Das Tier protestierte mit einem wütenden Quieken. Arnulf musste seine gesamte Kraft aufwenden und die Absätze seiner Stiefel tief in den Schlamm des Pferchs stemmen, um es von dem Trog fernzuhalten.

Doch glücklicherweise brauchte das andere Tier kaum mehr als drei Wimpernschläge, bis es den Trog mit dem Hafer-Wein-Gemisch restlos leer gefressen hatte.

»Ihr könnt loslassen!«, rief der Medicus, und das tat Arnulf.

Seine langen, schwarzen Haare hatten sich aus dem Zopf gelöst und hingen ihm zerzaust um das Gesicht. Dreck und Schlamm verzierten seine Stiefel und auch seine Beine.

»Nettes Parfüm!«, spöttelte Richard.

In einem nutzlosen Versuch, sich zu säubern, klopfte Arnulf sich die Hose. »Erinnere mich daran, dass ich Niklas das büßen lasse!«, knurrte er.

Hartmann Schedel machte sich daran, das Bier zu prüfen, allerdings diesmal, indem er den Krug dem anderen Schwein einfach an die Schnauze hielt. Gierig soff es das dunkle Gebräu, und Schedel grinste zufrieden. »Fast jedes Tier mag Bier, wusstet ihr das? Der Hund meines Nachbarn ist sogar ganz verrückt danach!«

Nachdem das Schwein den Krug geleert hatte, beobachteten sie aufmerksam die Reaktionen der beiden Tiere. Sie schienen sehr zufrieden mit ihrer unerwarteten Mahlzeit zu sein, jedenfalls grunzten sie gemütlich vor sich hin. Eines von ihnen begann sogar, sich im Schlamm zu wälzen.

»Wie lange hat es gedauert, bis das Gift bei den beiden Opfern gewirkt hat?«, erkundigte sich Schedel.

Arnulf zuckte die Achseln. »Niklas meinte, Rotgerber …«

»Der tote Spitalmeister?« Schedel riss die Augen auf. »Also darum geht es hier!«

Richard nickte.

Schedel schürzte die Lippen. »Ich hörte allerdings nur, dass Rotgerber in einer Gasse ermordet wurde. Ich hätte dabei, ehrlich gesagt, nicht an Gift gedacht!«

Richard sah die Schweine an, die keinerlei Anzeichen einer Vergiftung zeigten. Ausführlich berichteten er und Arnulf dem Medicus, was geschehen war und warum sie hier waren.

Als sie geendet hatten, nickte Schedel. Das eine Schwein war inzwischen fertig mit dem Wälzen und hatte sich wieder auf die Beine gewuchtet. Mit großer Sorgfalt wühlte es im Schlamm herum, fand einen dicken Regenwurm und verspeiste ihn genüsslich schmatzend.

Sie warteten fast eine Stunde, aber keines der Tiere machte Anstalten, tot umzufallen. Im Gegenteil: Beide wirkten überaus vergnügt und begannen irgendwann sogar, sich miteinander zu balgen.

»Also«, konstatierte Schedel schließlich. »Ich denke, wir können annehmen, dass Wein und Bier nicht vergiftet sind.«

Richard war nicht vollständig überzeugt. »Was, wenn es ein Gift ist, das bei Menschen wirkt, aber bei Schweinen nicht?«

Schedel sah ihn an. »Warum sollte es das? Hat nicht Galenos Schweine aufgeschnitten, um herauszufinden, wie das Innere des Menschen aussieht? Heißt das nicht, dass der Körper von Schweinen denen des Menschen ähnelt?«

Richard rümpfte die Nase und dachte an all die menschlichen Leichen, die er früher – in einem anderen Leben – seziert hatte. Wie oft war ihm dabei aufgefallen, dass Galenos sich mit seinen anatomischen Beschreibungen geirrt hatte, dass das Innere eines Menschen völlig anders aussah als das eines Schweines? Er überlegte, ob er Schedel das sagen solle, aber dann schwieg er doch.

Der Medicus klatschte in die Hände. »Nun! Wie dem auch sei! Wir sollten wieder ins Haus gehen!«

Im Kontor holte Schedel eine Karaffe mit blutrotem Wein aus einem Schrank hervor. Richard stellte Niklas' leere Krüge auf einem kleinen Tischchen ab und schüttelte den Kopf, als Schedel fragend die Karaffe hochhielt.

Arnulf hingegen lehnte nicht ab. Er warf sich in einen der Sessel, hängte ein Bein über die Armlehne und zog es vor, die verdrießlichen Blicke, die Schedel auf seine schmutzigen Füße warf, zu ignorieren. Als der Medicus sich ebenfalls gesetzt hatte, begannen er und der Nachtrabe eine Diskussion über die Frage, wer ein Interesse daran haben konnte, Konrad Rotgerber, eine einfache Marktfrau und einen völlig Fremden zu ermorden. Richard nutzte die Gelegenheit, die Kleidung anzuziehen, die Jonas ihm gebracht hatte. Während er sein völlig verschmutztes Hemd gegen das saubere, spitzenbesetzte wechselte, hörte er zu, wie sein Freund und der Medicus redeten.

»... um das in Erfahrung zu bringen, müssten wir wissen, ob er Feinde hatte«, sagte Arnulf gerade. »Er war Spitalmeister in Heilig-Geist, oder?«

Schedel nahm einen Schluck Wein und drehte das Glas dann so, dass er die blutrote Flüssigkeit darin ansehen konnte. Genießerisch verdrehte er die Augen, bevor er schluckte. »Ja, das war er. Und ich bedaure, es sagen zu müssen, aber er war nicht eben beliebt.«

»Viele Feinde also?«, hakte Arnulf nach.

»Unzählige, auch wenn ich sie eher Gegner nennen würde.« Schedel lehnte sich zurück. »Aber ob uns das weiterhilft? Ich meine, immerhin sind bereits drei Menschen ermordet worden. Und wenn wir nur die Feinde von Rotgerber berücksichtigen, müssten wir sogar Frau Jacob verdächtigen!«

Richard, der in Gedanken versunken sein sauberes Hemd zugeschnürt hatte, zuckte bei der Nennung des Namens zusammen. »Katharina?«

Schedel zog die Schultern hoch. »Georg Öllinger hat mir erzählt, dass Rotgerber vorhatte, ihr Fischerhaus schließen zu lassen. Er fürchtete wohl, dass die Nürnberger nicht mehr genug Geld für Heilig-Geist stiften würden, wenn es eine Konkurrenz wie Frau Jacob gäbe.«

»Es ist völlig an den Haaren herbeigezogen, Katharina zu verdächtigen!«, sagte Richard eine Spur heftiger, als er es vorgehabt hatte. Die Blicke von Schedel und Arnulf ruhten schwer auf ihm. Er begegnete dem des Medicus.

»Natürlich«, nickte der.

Richard suchte Arnulfs Blick, doch der wich ihm aus.

20. Kapitel

»Was hast du gedacht, eben dort drinnen?« Geradeheraus sah Richard Arnulf an, kaum dass sie Hartmann Schedels Haus verlassen hatten und wieder auf der breiten Burgstraße standen. Hier brannten mehrere Fackeln an den Hauswänden, so dass die Fassaden der umliegenden Häuser und des nahen Predigerklosters in rötliches Licht getaucht waren.

In seinem Schein forschte Arnulf in Richards Miene nach Anzeichen dafür, dass wieder einer dieser rätselhaften Anfälle bevorstand. Doch er konnte nichts dergleichen entdecken. Richard war blass, was angesichts seines Blutverlustes nicht weiter verwunderlich schien. Darüber hinaus schien er wohlauf zu sein. Für den Moment.

»Der Anfall im Lochgefängnis hat nicht so lange gedauert wie der vorige«, sagte Arnulf und wich damit der Frage aus.

Richard hielt inne. »Stimmt. Das ist mir auch schon aufgefallen.«

»Vielleicht lässt die Wirkung des Giftes langsam nach«, vermutete Arnulf. »Wenn es denn Gift war. Diese Anfälle sind irgendwie komisch, findest du nicht?«

Richard sah über seine Versuche, ihm auszuweichen, hinweg. »Was hast du eben dort drinnen gedacht?«, wiederholte er seine Frage. »Du hast nicht so ausgesehen, als seist du mit uns einer Meinung. Was Katharina angeht, meine ich.«

Arnulf presste die Lippen zusammen. Seine Hand tastete in der Hosentasche herum. Gewöhnlich störte es ihn nicht, dass Richard einer der wenigen Menschen war, die ihn zu lesen verstanden. Jetzt jedoch hätte er einiges dafür gegeben, von ihm nicht so ohne Weiteres durchschaut zu werden.

»Es ist völlig abwegig, dass sie einen dieser Morde begangen haben soll!« Wie schon in Schedels Kontor sprach Richard heftig, und seine Stimme vibrierte in der Tiefe.

Mit einem langen Durchatmen wappnete Arnulf sich. »Komm mit!«, bat er. »Ich muss dir etwas erzählen.« Und während er Richard zur »Krummen Diele« führte, umklammerte seine Hand in der Tasche den kleinen Samtbeutel mit Tierknochen, den er von Gerhardus Sutorius hatte.

Die Luft in der »Krummen Diele« war erfüllt von Stimmengewirr, von dem Geruch von gebratenem Fleisch und Zwiebeln, von Bier und Schweiß. Gleich nachdem Arnulf die Wirtsstube betreten hatte, packte er sich einen von Niklas' Zechern und gab ihm den Befehl, Sibilla, die Engelmacherin, zu ihm zu bringen. Der Mann blinzelte mehrfach, bevor er seinen vom Branntwein vernebelten Geist so weit geklärt hatte, dass er begriff. Dann nickte er und zog von dannen.

»Setzen wir uns.« Arnulf führte Richard zu seinem Stammplatz in der Ecke der Wirtsstube, der, obwohl es Samstagabend war und die »Diele« zum Bersten voll, unbesetzt auf ihn wartete. Allerdings schien er das nicht den ganzen Abend gewesen zu sein, denn die Tischplatte war mit Wasserringen und Krümeln von Brot und Fleisch übersät.

Arnulf wartete, bis Richard Platz genommen hatte, bevor er sich selbst niederließ. Er wusste, dass ihm ein schwieriges Gespräch bevorstand, und auch wenn er gewöhnlich nicht so leicht ins Bockshorn zu jagen war, fürchtete er Richards Reaktion auf das, was er ihm zu sagen hatte.

»Während du in Katharinas Stube gelegen und dich erholt hast, habe ich ein paar Nachforschungen angestellt«, begann er.

Richard legte den unverletzten Arm über die Rückenlehne seines Stuhls. Er wirkte angespannt und auch ein wenig zornig. Arnulf konnte es ihm nicht verdenken. Er beobachtete mehrere Zecher, die den Raum betraten, sich zu zwei anderen an der Theke gesellten und sich Niklas' billigen Branntwein bestellten. Ein Mann und eine Frau, beide ungepflegt und mit langen, fettigen Haaren, hockten am Nachbartisch und waren völlig mit sich selbst beschäftigt. Der Blick des Mannes lag auf dem Gesicht der Frau wie der eines verliebten Katers auf seiner Katze.

Arnulf zwang sich, die beiden nicht weiter zu beachten.

»Und?«, fragte Richard.

»Diese Marktfrau, die ermordet wurde. Ihr Name war Gertrud.«

Richard nickte. »Das weiß ich.«

Überrascht sah Arnulf ihn an. »Woher?«

»Katharina hat es mir erzählt.«

»Hat sie dir auch von dem Streit erzählt, den sie mit dieser Gertrud hatte?«, fragte Arnulf, und zu seiner Verblüffung nickte Richard schon wieder.

»Selbstverständlich. Es ging um verdorbene Eier. Offenbar ist ihr deswegen eine Patientin weggestorben.«

Die Wirtsstubentür öffnete sich, und herein kam eine von Arnulfs Huren. Sie entdeckte Arnulf und nickte ihm kurz zu. Arnulf tat so, als müsse er sie dabei beobachten, wie sie ein warmes Bier bestellte und dabei jeden anwesenden Gast mit Blicken abtastete. In Wahrheit jedoch brauchte er einen Moment, um das zu verdauen, was er soeben gehört hatte. Nicht nur ein einfacher Streit, sondern eine tote Patientin, zur Hölle damit! Er unterdrückte einen deftigen Fluch. Rache war ein starkes Motiv.

In Richards Miene erschien Begreifen. »Jetzt sag mir nicht, dass das der Grund ist, warum du es für möglich hältst, dass Katharina …« Fassungslos griff er sich an die Nasenwurzel, kniff hinein. Über seine Finger hinweg starrte er Arnulf in die Augen. »Du kennst Katharina so gut wie ich!«

Der rote Samtbeutel in seiner Tasche schien plötzlich Zentner zu wiegen. Der Zecher, den er nach Sibilla geschickt hatte, enthob Arnulf der Pflicht, Richard sofort zu antworten. Der Mann betrat die Wirtsstube und steuerte auf ihren Tisch zu. »Sie kommt, aber es dauert noch ein bisschen«, richtete er aus. »Sie hat gerade eine Geburt.«

Arnulf bedankte sich mit einem Nicken.

»Sie hat immer irgendeine Geburt«, hörte er den Zecher murmeln, während er zurück zu seinen Kumpanen ging. »Man könnte meinen, ihr Ruf als Engelmacherin ist erfunden.«

Arnulf lauschte in sich hinein, wo die Scham darüber brannte, dass er es tatsächlich fertigbrachte, an Katharina zu zweifeln. Er wollte etwas sagen, wollte sich erklären, aber er kam wieder nicht dazu, denn jetzt trat Niklas an ihren Tisch und brachte zwei Krüge mit Bier. »Hast du was rausgekriegt?«, erkundigte er sich, während er die schweren irdenen Gefäße vor ihnen abstellte, ohne zuvor den Tisch abzuwischen. Richard seufzte hörbar und wies missmutig auf die Wasserringe und die feuchten Krümel.

»Sieht so aus, als ginge es bei der ganzen Sache nicht um Gift«, nickte Arnulf.

Der Wirt nahm ein Tuch von seinem Gürtel und wischte damit den Tisch sauber. »Es gab nie Gift hier?« Seine Miene hellte sich auf. »Sicher?«

Arnulf warf Richard einen schnellen Seitenblick zu. Seine Hand schloss sich wieder um den Samtbeutel in seiner Hosentasche. Doch nun nahte endlich Unterstützung. Am anderen Ende der Gaststube ging die Tür auf. Herein kam Sibilla. Die grauen Haare hatte sie heute zu einem dicken Zopf geflochten, der ihr über eine Schulter nach vorn auf den Busen fiel. Um ihre Oberarme hatte sie ein Wolltuch geschlungen, das sie in der Wärme der überfüllten Gaststube bis zu den Ellenbogen nach unten rutschen ließ.

»He, Süße!«, rief ihr ein Mann an der Theke zu. »Brauchst du ein bisschen Gesellschaft?«

Sibilla warf ihm einen langen, schweigenden Blick zu, und der Mann senkte den Kopf rasch wieder auf seinen Bierkrug. »Mein' ja nur!«, hörte Arnulf ihn murmeln. Im Vorbeigehen verpasste Sibilla ihm einen mütterlichen Klapps auf die Schulter und raunte ihm etwas zu, das ihm das Blut bis unter die Haarwurzeln schießen ließ. Lachend trat sie dann an Arnulfs Tisch.

»Guten Abend, die Herren.« Noch amüsiert von der Befangenheit des Kerls an der Theke, funkelten ihre Augen.

Arnulf wies auf einen freien Stuhl. »Setz dich«, forderte er sie auf und schob ein »Bitte!« hinterher, als sie unwillig die Stirn runzelte.

Sie leistete ihm Folge, legte dabei eine Hand auf Richards Unterarm. »Ich wusste gar nicht, dass Ihr wieder in Nürnberg seid!«, sagte sie zu ihm. Ihr Blick streifte die Wunde an seiner Wange, wanderte von dort aus an seiner Gestalt hinunter. Obwohl Richard aufrecht saß, war Arnulf sich sicher, dass die Engelmacherin ihm die Verletzung an der Schulter ebenso deutlich ansehen konnte wie die im Gesicht.

Richard zwang sich zu einem Lächeln. »Ich bin erst kürzlich angekommen.«

»Und hattet bereits einiges durchzustehen, so wie Ihr ausseht.« Sibilla wandte sich an Arnulf. »Was kann ich für dich tun?«

Arnulf deutete erst auf Niklas, der noch immer an ihrem Tisch herumstand und auf eine Antwort wartete, dann auf Richard. Schließlich zog er die Hand aus der Tasche und holte den roten Samtbeutel hervor.

Behutsam, als sei er aus Glas, legte er ihn in die Mitte des Tisches. »Erinnerst du dich an den Quacksalber, mit dem wir uns gestern unterhalten haben?«

»Natürlich«, sagte Sibilla. »Mich wundert allerdings, dass du das Ding aufgehoben hast. Du sahst nicht so aus, als glaubtest du an seine Wirkung.« Abschätzig musterte sie ihn und grinste anzüglich. »Brauchst du jetzt schon Zaubermittel, die dir aufhelfen?« Dann fiel ihr Blick auf Richard, und sie begriff, dass dies nicht der passende Zeitpunkt für Scherze war.

Arnulf unterdrückte die Wut, die sich hinter seiner Stirn ballte und bei der er nicht so recht wusste, gegen was sie sich eigentlich richtete. »Der Händler sagte, dass das Amulett Frauen dazu bringt, Dinge zu tun, die sie niemals tun würden.«

Neben ihm stieß Richard ein Ächzen aus. Aus dem Augenwinkel musterte Arnulf ihn. Er war bleich. Fassungslos. Er begann zu begreifen.

Sibilla schnappte sich Arnulfs Bierkrug und fuhr mit dem Zeigefinger auf dessen Rand herum. »Ja. Und?«

Gleichzeitig stemmte sich Richard auf die Füße. Mit flammendem Blick beugte er sich über die Tischplatte. »Du glaubst allen Ernstes, dass jemand Katharina dazu verhext hat, Menschen …«, er bemerkte, dass er viel zu laut sprach, und senkte seine Stimme, »… zu töten?«

Arnulf rieb sich das Kinn. Er selbst hatte auch die gegenteilige Möglichkeit in Betracht gezogen: dass Katharina diejenige war, die die Zaubermittel hergestellt hatte! »Ich will sie nicht verdächtigen, Richard.« Es war die Wahrheit. »Aber es gibt Dinge, die wir nicht außer Acht lassen können. Konrad Rotgerber hatte eindeutig vor, Katharinas Fischerhaus schließen zu lassen. Kurz darauf liegt er tot in einer Gasse, mit zerschnittener Kehle. Dann erfahren wir, dass die Marktfrau möglicherweise schuld daran war, dass Katharina eine Patientin weggestorben ist. Glaubst du, diese Dinge führen nur uns zu der Frage, ob Katharina etwas mit den Morden zu tun hat? Dieser Silberschläger ist nicht blöd! Er wird früher oder später auch auf diesen Gedanken kommen, und dann …«

»Ist er schon.« Sehr langsam ließ Richard sich wieder auf seinen

Stuhl sinken. Zu der Blässe seiner Haut kam jetzt noch die Blässe seiner Lippen, als er sie zusammenpresste.

Arnulf umklammerte die Tischkante. »Was meinst du?«

»Silberschläger. Er war schon da, bei Katharina, meine ich. Er verdächtigt sie.«

»Scheiße!« Die Tatsache, dass er nicht der Einzige war, der diese Schlüsse gezogen hatte, linderte Arnulfs Scham darüber, Katharina verdächtigt zu haben. Jetzt konnte er sich wenigstens einreden, dass er nur versuchte, sie vor Schaden zu bewahren. Er schob die leisen Zweifel, die hinten in seinem Verstand nagten, zur Seite. »Was ich mich frage«, wandte er sich an Sibilla. »Ist es möglich, solche Amulette herzustellen, die … andere Dinge bewirken können als einen Liebeszauber?«

Fragend schaute Sibilla ihn an. »Andere Dinge?«

Er zuckte die Achseln. »Könnte ein Amulett zum Beispiel einen Mann dazu bringen, einen anderen zu töten?«

Richard runzelte die Stirn.

Sibilla antwortete nicht sofort. Sie lehnte sich auf ihrem Stuhl zurück und betrachtete Arnulf forschend. »Ich schenke mir jetzt mal das Gerede darüber, dass man die meisten Männer nicht zu Gewalt treiben muss …«

»Ich bitte darum!«

Sie nickte knapp und tippte gegen den Samtbeutel. »Also: Wenn man davon ausgeht, dass diese zauberischen Dinge wirken, dann würde ich meinen, dass man sie für jede beliebige Tat herstellen kann. Was ist schließlich anderes daran, einen Mann dazu zu bringen, einem anderen die Kehle aufzuschlitzen, als eine Frau gegen ihren Willen … du weißt schon.«

Arnulf nickte und rieb sich das Kinn.

»Katharina hat nichts«, Richard wiederholte das Wort scharf, »*nichts* mit Zauberei zu tun! Und mit Mord ebenso wenig.« Er saß blass und aufrecht auf seinem Stuhl. Arnulf hätte viel dafür gegeben, seine Gedanken lesen zu können.

»Zauberei!« Sibilla griff sich Arnulfs Krug, leerte ihn bis zur Neige, stellte ihn aber nicht zurück auf den Tisch, sondern betrachtete ihn wie einen kostbaren Schatz. »Ich habe darüber nachgedacht. Wenn ich diesen Krug jetzt nehme und hier in der Luft loslasse …« Sie hielt ihn am ausgestreckten Arm hin, dann ließ sie tatsächlich los.

Arnulfs Hand schnellte vor und fing den Krug auf, bevor er auf dem Boden zerschellte. Als Sibilla ihn überrascht anlächelte, stellte er ihn wieder auf den Tisch. Ihm war nicht nach Lächeln zumute.

»Schnelle Hände«, sagte sie anerkennend. »Aber was ich eigentlich sagen wollte: Wenn dieser Krug jetzt nicht nach unten, sondern nach oben gefallen wäre, dann würde ich sagen: Das war Zauberei! Was ist hingegen, wenn ich einer Frau Bilsenkraut gebe, um die Schmerzen der Geburt zu lindern? Ist das dann Zauberei oder Heilkunde? Was wissen wir schon? Wenn ein Irrer in der Gosse sitzt und davon faselt, dass er von schwarzen Schatten verfolgt und angefallen wird, ist er dann nur krank im Kopf oder aber besessen?« Sie hielt inne, sammelte sich, bevor sie fortfuhr. »Und erinnere dich an den Engelmörder vor mehr als zwei Jahren. Er hat die Brunnen vergiftet, und die Leute haben weiße Mäuse gesehen. Zauberei? Oder vielleicht auch nur Heilkunde, wenn auch in einer Weise fehlgeleitet, die … nun ja.« Sie strich sich zwei Haarsträhnen aus dem Gesicht und steckte sie hinter die Ohren. »Hilft euch das weiter?«, fragte sie nach einer Weile.

Arnulf schwieg und starrte gedankenverloren auf den roten Samtbeutel.

In seinem Verstand hatte sich ein Knoten gebildet.

»Ich fasse es nicht«, hörte er Richard murmeln, »dass wir dieses Gespräch überhaupt führen. Ich selbst war dabei, als Gertrud starb, Arnulf! Die Gestalt, die mich angefallen hat, war auf keinen Fall Katharina!«

Arnulf schloss die Augen. »Beschreib sie!« Seine Stimme kratzte ihm im Hals. Er sah Richard an.

Dessen Kehlkopf ruckte. »Ein Schatten, groß. Mit einem Umhang, glaube ich. Mehr habe ich nicht erkennen können, es ging alles so schnell. Und ich war nicht wirklich klar im Kopf.«

»Aber du bist sicher, dass es nicht Katharina war.« Es kostete Arnulf Überwindung, diese Frage zu stellen. Jetzt waren sie an dem Punkt angelangt, dem er eigentlich hatte ausweichen wollen.

Richard senkte den Kopf. Er wirkte, als würde er im nächsten Moment zu dem Schwert an seiner Seite greifen. »Natürlich!« Auch er klang heiser.

Arnulf langte nach dem Samtbeutel und umklammerte ihn so fest, dass die feinen Knöchelchen daran unter seinen Finger splitterten. »Es muss nicht sein, dass Katharina verhext wurde, die Morde zu begehen.«

Ganz langsam hob Richard den Blick, und ihm war anzusehen, dass es dauerte, bis er die Tragweite von Arnulfs Worten begriff. Seine Augen wurden groß und sehr dunkel. »Das ist jetzt nicht dein Ernst?«, hauchte er. »Du glaubst, dass Katharina durch Zauberei Männer dazu bringt, für sie …« Seine Stimme kippte weg. Er stützte die Arme auf dem Tisch ab und drückte sich in die Höhe. Mit einer zornigen Bewegung ließ er beide Hände auf die Platte krachen. »Du Arschloch!«

Und damit wandte er sich ab, stiefelte quer durch die Wirtsstube und war im nächsten Moment verschwunden.

»Du liebe Güte!«, murmelte Sibilla.

Arnulf strich sich mit beiden Händen die Haare aus dem Gesicht und raffte sie im Nacken zusammen.

»Moment mal«, drang Niklas' Stimme in sein Bewusstsein, und jetzt erst wurde Arnulf gewahr, dass der Wirt die ganze Zeit hinter ihm gestanden und jedes ihrer Worte mit angehört hatte. »Du willst sagen, dass es nicht mein Wein war, der vergiftet wurde, sondern dass jemand meine Gäste verhext?« Er lachte auf. Es klang unsicher und klirrend wie Glas. Rings herum wurden die Gäste auf ihn aufmerksam, sodass er sich über Arnulf beugte und ihm ins Ohr zischte: »Du bist mir ja eine großartige Hilfe, mein Freund!«

Als Gernot Silberschläger die winzige Zelle von Heinrich Kramer verließ, war sein Zorn auf Katharina verraucht und hatte einer Art Jagdfieber Platz gemacht. Auf dem Weg zum Stadtrichter aalte er sich darin und genoss das prickelnde Gefühl, das durch seine Adern rauschte. Der Stadtrichter, ein Mann namens Isidor Flechner, war erst seit ein paar Monaten im Amt. Er galt als unangenehm korrekter Kerl, doch genau das kam Silberschläger jetzt zugute. Obwohl es längst dunkel war, war er sich sicher, dass er den Mann noch in seinem Kontor im Rathaus antreffen würde. Er warf einen Blick auf eine einzelne Krähe, die auf dem Dach der Heilig-Geist-Kapelle landete. Aus ihren schwarzen Augen starrte sie auf ihn herab, als wollte sie sagen: *Was wartest du noch? Mach, dass du loskommst!*

Flechners Kontor unterschied sich kaum von Silberschlägers eigenem Domizil – natürlich abgesehen von den griechischen Wandmalereien.

Wo sich bei Silberschläger die Athene mitten in ihrer Götterschar rekelte, gab es bei Flechner nichts weiter als eine große weiße Wand.

Es hätte Silberschläger auch gewundert, wenn es anders gewesen wäre.

Zu seinem Verdruss war Flechner nicht da, als einer der Ratsschreiber Silberschläger in dessen Kontor führte und ihn bat, auf einem der beiden an der Wand stehenden Stühle Platz zu nehmen und auf ihn zu warten. Als Flechner nach einer guten halben Stunde noch immer nicht kam, beschloss Silberschläger, dass er die Zeit besser nutzen konnte. Er sagte dem Schreiber Bescheid, dass er in sein eigenes Kontor gehen und einige Berichte verfertigen werde, und bat den Mann, ihn zu holen, sobald Flechner sich wieder blicken ließ.

Er musste lange warten. Die dritte Nachtstunde war längst angebrochen, als der Schreiber endlich an Silberschlägers Tür klopfte und verkündete, der Herr Stadtrichter erwarte ihn jetzt.

»Danke!« Mit einem Lächeln, das vermutlich eher dem Zähnefletschen eines Hundes ähnelte, legte Silberschläger die Schreibfeder fort, streute Sand auf seinen Bericht, der länger geworden war als eines der Bücher der Bibel. Dann erhob er sich, zog seine Hose hoch und machte sich auf den Weg zu Flechner.

Der Stadtrichter war ein kräftiger Mann mit schütterem Haar und Augenbrauen, die aus wenigen kreuz und quer abstehenden Borsten bestanden. Ein einziger Blick in seine grauen Augen verriet Silberschläger, dass er klug vorgehen musste. Flechner schien schlecht gelaunt zu sein.

»Setzt Euch doch«, grummelte der Stadtrichter und schob seinen eigenen Stuhl ein wenig zurück, so dass er die Arme vor der Brust verschränken konnte.

Silberschläger ließ sich vorsichtig auf der Kante jenes Stuhles nieder, auf der er sich vorhin schon einmal den Hintern platt gesessen hatte. Er rief das Lächeln auf sein Gesicht zurück, das er eben dem Schreiber geschenkt hatte. Diesmal fühlte es sich weitaus weniger verkrampft an. »Ihr hattet sicherlich einen anstrengenden Tag«, begann er und hielt kurz inne, um Flechner Gelegenheit zu geben, bestätigend zu nicken. Dann fuhr er fort: »Ich werde Euch auch gar nicht lange aufhalten. Alles, was ich von Euch brauche, ist die Erlaubnis, eine Frau ins Lochgefängnis werfen zu lassen. Nichts Besonderes, nur eine …«

»Worum geht es genau?«, unterbrach Flechner ihn. Seine Augenbrauen hatten sich gesträubt, während Silberschläger gesprochen hatte.

»Um eine Frau namens Katharina Jacob, sie steht in dem Verdacht, etwas mit den drei Morden zu tun zu haben, die …«

Wieder unterbrach Flechner ihn. »Ihr redet von den Menschen, denen die Kehlen aufgeschlitzt wurden?«, fragte er mit leiser Stimme. Seine Augenbrauen sträubten sich noch mehr, und jetzt erschien auch eine Falte zwischen ihnen.

Silberschläger nickte. »Ich …«

»Herr Lochschöffe!« Noch immer war Flechners Stimme leise, aber sie hatte jetzt einen schneidenden Tonfall, der Silberschläger durch Mark und Bein ging. »Ihr wollt mir weismachen, dass die Verhaftung einer Verdächtigen in einer Mordserie, die Nürnberg schon seit mehr als drei Wochen in Atem hält, eine Kleinigkeit ist?« Er beugte sich vor, dabei umfassten seine Hände die Lehnen seines Stuhles. »Ich rate Euch dringend davon ab, noch einmal zu versuchen, mich für dumm zu verkaufen! Worum geht es Euch wirklich?«

Silberschläger hielt die Luft an, dann ließ er sie durch die Nase entweichen. In einer Ader an seinem Hals pochte der Ärger darüber, so angegangen zu werden. »Verzeiht«, murmelte er. »Ich dachte, ich kümmere mich um diese Angelegenheit, um Euch die Arbeit abzunehmen. Nur darum bezeichnete ich die Sache als Kleinigkeit …«

Flechner lehnte sich wieder zurück. »Mir war bis jetzt nicht bewusst, dass es Euch nach meinem Stuhl gelüstet«, sagte er. Sein Tonfall war nun wieder sachlich, doch da war ein Ausdruck in seinen Augen, der Silberschläger sagte: *Unterschätzt mich nicht!*

»Dem ist nicht so.« Silberschläger schüttelte den Kopf. »Es ist nur …« Er hätte sich ohrfeigen können. Fieberhaft überlegte er, wie er aus dieser Sache wieder rauskommen sollte.

Doch Flechner kam einer Antwort zuvor. »Wusstet Ihr, dass meine Tochter an diesem Wochenende Verlobung feiert? Ich sollte in diesem Augenblick zu Hause sein und mit dem Bräutigam einen kleinen Umtrunk einnehmen, und was mache ich stattdessen? Ich renne den ganzen Tag lang durch die Stadt und versuche, den Befehl des Rates zu befolgen und die Bußprediger zu kontrollieren, die neuerdings die Stadt unsicher machen.«

Silberschläger neigte leicht den Kopf. »Eine Plage«, bestätigte er, doch zu seiner Verblüffung schaute Flechner ihn finster an.

»Findet Ihr? Ich glaube eher, dass wir froh sein müssen über diese Männer. Sie sind die Einzigen, die den Leuten den Spiegel vor die Augen halten und ihnen zeigen, dass es an der Zeit ist, Buße zu tun und umzukehren.«

»Wie meint Ihr das?«

»Nun, nicht umsonst mehren sich die Anzeichen, dass der Satan auf Erden wandelt und mit aller Macht danach trachtet, die Menschheit zu verderben.« Flechner blickte im Zimmer umher, als fürchte er, Satan leibhaftig in einer der Ecken stehen zu sehen. Er wirkte jetzt richtiggehend angespannt, fast panisch.

Erstaunlich, dachte Silberschläger. Er hatte nicht gewusst, dass der Stadtrichter unter einer solchen Angst vor dem Teufel litt. Kurz spielte er mit dem Gedanken, Flechner zu erzählen, Katharina Jacob sei eine Hexe. Doch bevor er noch überlegt hatte, wie er es am besten anfing, damit der Stadtrichter tat, was er von ihm wollte, wischte Flechner das Hexenthema mit einer ruppigen Handbewegung vom Tisch. »Bevor ich entscheiden kann, ob diese Frau Jacob ins Lochgefängnis wandert«, sagte er und blinzelte zweimal schnell nacheinander, »brauche ich mehr Hinweise, dass sie wirklich in die Morde verwickelt ist. Besorgt mir diese, und ich werde sehen, was ich tun kann.«

Silberschläger wollte den Mund aufmachen und etwas sagen, aber Flechner wedelte in Richtung Tür. »Das war es fürs Erste!«, sagte er kühl.

»Aber …«

»Auf Wiedersehen, Herr Bürgermeister! Schließt die Tür hinter Euch, wenn Ihr rausgeht.«

Nur wenig später stand Silberschläger in der Gasse an der Frauentormauer und starrte an der hoch aufragenden Fassade des Fischerhauses empor. Die Art und Weise, wie Flechner ihn aus seinem Kontor geworfen hatte, brannte noch auf seiner Seele. Wenn er blinzelte, sah er kleine blutrote Funken sprühen. Und an allem war nur diese Katharina schuld!

Er seufzte. Er würde ihr zeigen, was sie davon hatte, ihn von sich zu stoßen und ihn mit diesem Ekel in den Augen anzusehen!

Er leckte sich über die Unterlippe. Oh, er würde dafür sorgen, dass sich in ihrem Blick bei ihrem nächsten Treffen kein Ekel zeigte. Sondern echte Angst.

Während er sich noch ausmalte, was er mit Katharina anstellen würde, trat aus dem Nachbarhaus zur Rechten eine ältere Frau mit einer Fackel in der Hand und einer ausladenden weißen Flügelhaube auf dem Kopf. Auf dem Hausstein blieb sie stehen, warf einen Blick in den schmalen Ausschnitt des Himmels, in dem nur wenige Sterne zu sehen waren. Dann wandte sie sich der Fackel neben ihrer Tür zu, die nur noch schwach und mit einem matten Flackern brannte. Sie zündete die neue an der alten Flamme an, nahm die fast erloschene Fackel aus dem Halter und ersetzte sie durch die andere. Als sie sich umwandte, um wieder im Haus zu verschwinden, sprach Silberschläger sie an.

Wie er es auch drehte und wendete: Er war verdammt.

Für ihn gab es keine Hoffnung mehr.

Tobias zog die Nase hoch und wischte sich mit dem Ärmel die Tränen vom Gesicht. Wie lange stand er jetzt schon hier am Fluss? Es mussten Stunden sein. Nachdem er am Morgen aus dem Haus geflohen war, war er lange ziellos durch die Gassen der Stadt gelaufen. Inzwischen war es dunkel geworden und der Mond längst aufgegangen. Das Henkershaus lag ganz in der Nähe. Tobias konnte die Weide sehen, die auf dem kleinen Landzipfel in der Flussmitte wuchs und ihre langen Zweige ins Wasser hängen ließ.

Vor ein paar Jahren war einmal ein Glockengießer in das Dorf gekommen, in dem er mit seinen Eltern gelebt hatte. Für das ganz in der Nähe liegende Kloster hatte er eine kleine Bronzeglocke gegossen, und er hatte Tobias erlaubt, ihm bei der Arbeit zuzusehen. Er hatte ihn sogar helfen lassen, die Tonform um den Wachskörper zu verschließen, die später als Gussform für die Bronze dienen sollte. Und er hatte ihm erlaubt, das Feuer zu schüren, mit dem er die Form gebrannt hatte. Durch die Hitze war das Wachs unten aus einem kleinen Loch in der Form herausgeflossen. Tobias erinnerte sich noch gut an den Geruch. Holzkohlefeuer, heißes Wachs und gebrannter Ton. Die Vorfreude der Menschen, die ihnen zuschauten, hatte ihn lächeln lassen.

Jetzt und hier, am Ufer der Pegnitz und viele Jahre später, fühlte es sich an, als sei sein eigener Körper in solch eine tönerne Form gesteckt und diese dann rund um ihn herum verschlossen worden. Er brauchte all seine Kraft, um weiterzuatmen, und er konnte bereits die Hitze des Feuers spüren, das auf ihn wartete. Das Feuer, das all die furchtbaren Sünden aus seiner Seele brennen würde, wie es damals das Wachs aus der Form gebrannt hatte.

Wenn er nur gewusst hätte, was er tun sollte! Er hatte gebetet, hatte Gott um ein Zeichen angefleht, was von ihm erwartet wurde, aber Gott hatte geschwiegen. Hatte er sich bereits mit Grausen von ihm abgewendet?

Bei diesem Gedanken wurde Tobias auf einmal ganz ruhig. Eine große Kälte hüllte sein Denken ein. Es fühlte sich an, als sei er nur noch zur Hälfte auf dieser Welt anwesend, als habe seine andere Hälfte sich bereits der brennenden Taubheit des Fegefeuers ergeben.

Er erhob sich. Es ging einfacher, als er geglaubt hatte, und das lag daran, dass sich in seinem Innersten jetzt etwas gefestigt hatte. Hatte er sein Schicksal akzeptiert? Er dachte daran, was Dr. Spindler gestern im Fischerhaus zu ihm gesagt hatte. Daran, dass Gott in seiner unendlichen Weisheit vorherbestimmte, welche Seelen des Himmelreichs teilhaftig wurden und welche nicht. Wenn der Herr es so wollte, dass seine nicht dazugehörte, wer war er schon, dies anzuzweifeln oder gar zu verurteilen?

Gott hatte Gründe für alles, was er tat. Er würde auch seinen Grund haben, ihn, Tobias, der Verdammnis anheimfallen zu lassen.

Tobias beugte sich vor. Das Wasser des Flusses floss schnell, aber dort, wo er saß, hatte sich eine kleine Ausbuchtung im Ufer gebildet, und darum war die Wasseroberfläche hier ruhiger. Im Licht des Mondes konnte Tobias sich in den zitternden Wellen spiegeln. Sein kahler Schädel leuchtete ihm entgegen und die Augen unter den struppigen, schwarzen Brauen.

Eine starke Sehnsucht erfasste ihn. Er richtete den Blick auf die schnell fließende Flussmitte. Das Wasser dort war tief. Schwarz. Und kalt. Ein Schritt nur. Mehr war nicht nötig, dann würde er Ruhe haben, genau wie Kilian damals seine Ruhe gefunden hatte.

Er hockte sich hin. Seine Fingerspitzen berührten das Wasser, zeichneten feine, ständig größer werdende Kreise darauf. Ein Schwan, der sich offenbar einen Leckerbissen erhoffte, kam näher. Sein weißes Gefieder leuchtete im Mondlicht fast überirdisch. Es war gesträubt, der Hals zu einem eleganten Boden geschlungen.

»Wie schön du bist!«, murmelte Tobias und zog die Finger aus dem Wasser. Sein Blick wanderte in die Höhe, zu den Wolken, die in schnellem Flug vor dem Mond dahinzogen, und kurz glaubte er, in ihnen ein Abbild des Schwans zu entdecken. Die Weiden neben dem Henkerssteg schienen ihm mit ihren langen, hängenden Ästen zuzuwinken.

Tobias richtete sich auf.

Fort war die Sehnsucht. Fort der Wunsch, in das schwarze Wasser zu gehen und darin zu versinken. Er tat einen Schritt rückwärts. Die feuchte Erde schmatzte unter seinen Füßen, saugte sich an ihnen fest, als wollte sie ihn nicht fortlassen.

Doch er wandte sich um und verließ diesen Ort. Es war spät geworden.

Er musste zum Fischerhaus zurück. Bestimmt machte Katharina sich schon längst Sorgen um ihn.

Als er um die Hausecke bog und auf das große Haus mit den geschnitzten Balken zuging, fiel ihm eine Frau mit einer großen Flügelhaube auf, die nebenan gerade eine neue Fackel aufsteckte. Und er sah einen Mann in Pelzmantel und Hut und mit dickem Bauch, der auf diese Frau zusteuerte.

»Gute Frau!«, sprach er sie an. Er hatte eine unangenehme Stimme, und etwas war an ihm, das Tobias innehalten und in die Schatten zurückweichen ließ.

»Was wollt Ihr?«, fragte die Frau. Die ausgebrannte Fackel hing an ihrer Seite nach unten, und die Frau krampfte die Finger darum, als wolle sie sie als Prügel benutzen. Erst, als der Mann näher trat und das Licht der anderen Fackel auf seinem Pelzkragen schimmerte, entspannte sie sich ein wenig.

Tobias wunderte sich darüber, wie blind die Leute oft waren. Sie sahen das Böse in einem Menschen nur schwer, wenn dieser teure Kleidung trug. Zitternd drückte er sich tiefer in die Schatten. Wenn die beiden nur endlich gehen würden, damit er ins Fischerhaus zurückkehren konnte!

Der Mann stellte sich der Frau vor. »Ich bin Bürgermeister Silberschläger. Ich bin im Auftrag des Stadtrichters hier, um Euch ein paar Fragen zu stellen«, sagte er.

»Fragt!« Die Frau nickte missmutig. Es war kalt, und sie hatte nur ein einfaches Kleid an. Tobias konnte sich vorstellen, dass sie fror, ihm selbst war die Kälte längst bis in die Knochen gedrungen.

»Eure Nachbarin, Frau Jacob«, begann der Bürgermeister. »Könnt Ihr mir etwas über sie sagen?«

Jetzt erschien ein Funkeln in den Augen der Frau. »Kommt drauf an, was Ihr hören wollt.«

»Nun, es geht mir um Unregelmäßigkeiten, Dinge, die Ihr gesehen oder gehört habt, die ... sagen wir, Euch beunruhigen.«

»Wenn Ihr das Hurenhaus meint ...«, sagte die Frau gedehnt, und plötzlich wirkte sie sehr viel begieriger darauf, mit Silberschläger zu reden, als noch einen Moment zuvor.

Silberschläger nickte und wartete.

Die Frau deutete auf Katharinas Haus. »Lauter Weibsbilder hält sie darin, die kein ehrbarer Mensch auch nur in seine Nähe lassen würde. Manchmal höre ich nachts die Irre kichern, ich sage Euch, man könnte glatt Angst kriegen, dass der Teufel mit denen im Bunde steckt!«

»Hexerei!« Silberschläger verschränkte die Arme vor der Brust, als komme das für ihn völlig überraschend. Tobias konnte jedoch den gierigen Ausdruck in seiner Miene sehen. Genau so etwas hatte Silberschläger erwartet, das war ganz deutlich. Dennoch sagte er: »Mir geht es eigentlich mehr um irdische Verbrechen. Ist Euch in der letzten Zeit etwas aufgefallen, das Frau Jacob mit den Morden in der Stadt in Verbindung bringen könnte?«

Tobias blinzelte irritiert. Es beunruhigte ihn oft, wenn Menschen etwas anderes sagten, als ihre Mienen oder ihre Körper ausdrückten. Dieser Silberschläger war eindeutig zufrieden damit gewesen, dass die Frau den Teufel angesprochen hatte. Warum nur behauptete er das Gegenteil?

»Die Dolchmorde ...« Die Frau erschrak. Ihre Augen weiteten sich, und sie schlug die Hand vor den Mund. Aber sie konnte das Wort nicht zurück in ihre Kehle stopfen. Hastig sah sie sich um, und Tobias fragte sich, was genau sie fürchtete. »Ich habe aber nichts gesagt!«, wisperte sie Silberschläger zu. »Man weiß ja schließlich nie, wo dieses

Gesindel überall lauert. Die Schatten sind undurchdringlich, sage ich nur!« Sie erschauderte übertrieben. Tobias konnte sie jetzt kaum noch verstehen, und er unterdrückte den Impuls, etwas näher zu treten. Neugier war auch eine Sünde, das hatte Dr. Spindler ihm beigebracht.

»Wovon redet Ihr?«, fragte Silberschläger.

»Von diesem Kerl, groß, schwarze Haare, schwarze Kleidung. Eindeutig ein Nachtrabe, da bin ich sicher! Er lungert oft hier herum, beobachtet das Fischerhaus und trollt sich dann wieder. Aber gestern – ich habe es natürlich nur aus Versehen gehört, schließlich belausche ich nicht anderer Leute Gespräche, müsst Ihr wissen …« Sie hielt inne, wartete auf eine Bestätigung.

Silberschläger nickte ungeduldig. »Natürlich nicht. Sprecht weiter!«

»Gestern hat dieser Nachtrabe sich mit der Jacob unterhalten. Eine ganze Weile sogar. Ganz heimlichtuerisch haben die beiden ausgesehen, das kann ich Euch sagen! Und einmal ist ein Name gefallen, ich weiß allerdings nicht mehr genau. Irgendwas mit Rot … Rotschläger oder so.«

»Rotgerber?« Silberschlägers Stimme überschlug sich.

»Könnte sein, ja.«

»Was haben die beiden über Herrn Rotgerber zu reden gehabt?«

Die Frau kehrte die Handflächen nach oben. »Wie gesagt, ich lausche nicht. Aber ich glaube, es ging darum, dass er, Rotgerber, meine ich, das Fischerhaus schließen lassen wollte.«

Silberschläger straffte sich. Kurz schien er nachzudenken, dann glitt ein überaus zufriedenes Lächeln über sein Gesicht. »Ich danke Euch für Eure Aussage«, meinte er. »Wärt Ihr bereit, sie vor dem Stadtrichter zu wiederholen, sollte es zu einer Anklage kommen?«

»Anklage?« Die Frau legte eine Hand an die Lippen, als werde sie sich jäh ihrer Geschwätzigkeit bewusst. »Ich weiß nicht.« Sie trat einen Schritt zur Seite und bekreuzigte sich eilig. »Diese Nachtraben sind doch gefährlich …«

Silberschläger grinste. »Wir werden Euch zu schützen wissen, seid gewiss. Ihr habt mir einen großen Dienst erwiesen, gute Frau. Ich werde dem Stadtrichter also sagen, dass er auf Euch als Zeugin zählen kann.« Er lüpfte seinen Hut und schickte sich an zu gehen.

»Wartet!« Die Frau eilte einige Schritte hinter ihm her. Sie musste dabei an Katharinas Haus vorbei, und ängstlich schielte sie an der Fassade nach oben, um dann die Schatten auf der gegenüberliegenden Seite der Gasse mit den Blicken abzutasten. »Meine Familie – wird sie in Gefahr geraten?«

»Natürlich nicht!« Silberschläger schien es mit einem Mal eilig zu haben. Er ließ die Frau einfach stehen. Gleich darauf war er um die nächste Hausecke verschwunden.

Tobias sah zu, wie die Frau noch einen Augenblick lang grübelnd vor sich hinstarrte. »Huren- und Hexenpack!«, zischte sie in Richtung des Fischerhauses, zog den Kragen ihres Kleides enger um den Hals und lief dann eilig zu ihrer Haustür zurück. Als sie sie hinter sich geschlossen hatte, trat Tobias aus den Schatten in die Mitte der Gasse.

Katharina eine Hexe?

Im Leben würde er das nicht glauben! Katharina war einer der wenigen Menschen, die er jemals kennengelernt hatte, bei denen das, was sie sagte, und das, was ihr Körper ausdrückte, übereinstimmten. Dieser Silberschläger hingegen, er war ein verschlagener, zorniger Mann, die Nachbarin ein klatschsüchtiges Weib.

Tobias wollte eben nach dem Klingelzug greifen, als ihm etwas einfiel. Vielleicht bot sich ihm hier eine Gelegenheit, etwas Gutes zu tun – und damit doch noch die Gnade Gottes zu erlangen. Was, wenn Gott ihn dieses Gespräch absichtlich hatte belauschen lassen? Was, wenn er wollte, dass Tobias diesem Silberschläger folgte und versuchte, herauszufinden, was er vorhatte? Er konnte Katharina dann vor ihm warnen. Ohne zu überlegen, ob es klug war, was er tat, wandte er sich von der verschlossenen Haustür ab und ging Silberschläger nach.

Er folgte ihm quer durch das Viertel in Richtung Spittlertor und wieder hinein in das Gewirr der kleinen Gassen.

Plötzlich fiel ihm etwas auf. Immer, wenn Silberschläger durch den Lichtkreis einer Fackel ging oder durch den Schein, der aus einem Fenster nach draußen fiel, huschte nur wenige Augenblicke später eine dunkle, in einen Mantel mit Kapuze gehüllte Gestalt hinter ihm her. Bei den ersten ein, zwei Malen glaubte Tobias noch an eine Täuschung, doch als die Gestalt auch nach einigen Kurven und Abzweigungen immer noch da war, begriff er, dass er nicht der Einzige war, der Silberschläger folgte.

Ein mulmiges Gefühl ergriff ihn. War es richtig, was er hier tat? Er verlangsamte seine Schritte, dachte daran, einfach umzukehren. Doch dann bog er um eine Ecke. Und blieb erschrocken stehen. Die Gestalt war fort! Und mit ihr auch Silberschläger.

Tobias sah sich um. Er befand sich auf einem winzigen Platz, dem Kreuzungspunkt von fünf verschiedenen Gassen, die sternförmig von hier fortführten. Rechts von ihm erhob sich ein mannshoher hölzerner Zaun, hinter dem der riesige Schatten eines Baumes aufragte. Die kahlen Äste von Büschen säumten den Zaun und zeigten an, dass sich dahinter ein Garten befinden musste.

Wo war die Gestalt? Und wo Silberschläger?

Er lauschte aufmerksam. Aus einem der nahe stehenden Häuser drang Gelächter. Ganz leise war das schläfrige Pockern von ein paar Hühnern zu hören, die irgendwo im Finstern vermutlich auf ihren Stangen hockten. Eine Katze kam aus einer der fünf Gassen, überquerte den Platz und verschwand in einer anderen. Ihr Schritt war völlig lautlos – ganz im Gegensatz zu jenem von zwei Betrunkenen, die dem Tier folgten und sich lauthals und vergnügt über die Vorzüge der verschiedenen Kneipen des Viertels unterhielten. Torkelnd kamen die beiden dicht an Tobias vorbei, warfen ihm im Vorübergehen einen Blick zu, achteten jedoch nicht weiter auf ihn. Als ihre Schritte in der Dunkelheit verklungen waren, lauschte Tobias erneut. Sein Herz schlug mit solcher Kraft, dass es schmerzte, und die Angst grub sich jetzt mit kalten Klauen in seinen Magen. Besser, er kehrte um.

Er hatte sich schon umgewandt, als er etwas hörte. Stocksteif blieb er stehen. Hatte da jemand gestöhnt? Er drehte den Kopf ein wenig, und tatsächlich: In dem Garten hinter dem Holzzaun schien jemand zu sein. Die Äste der Büsche bewegten sich jetzt heftig. Rascheln war zu hören, angestrengtes Ächzen. Das Geräusch von Stoff, der zerriss, dann ein gepeinigter Aufschrei. Eine Stimme rief um Hilfe, wurde jedoch mitten im Wort abgeschnitten. Wieder waren Kampflaute zu hören.

Tobias war drauf und dran, wegzulaufen, aber dann fiel ihm ein, warum er überhaupt hier war. Er war jetzt ganz sicher, dass Gott ihn prüfen, dass er noch einmal neu darüber entscheiden wollte, ob er wirklich verdammt war. Wenn er jetzt half … seine Gedanken überschlugen sich … würde er …

Er dachte nicht weiter nach, sondern rannte mit großen Schritten an dem Zaun entlang und suchte nach einem Durchschlupf.

»Lass mich …«, rief eine Stimme. »Nein! Ich …« Dann ertönte ein grausiger, gepeinigter Schrei, bei dem Tobias die Knie weich wurden. Er zögerte, machte noch einen Schritt vorwärts.

Und eine andere, eine kalte Stimme murmelte: »Hinabführen werde ich dich wie ein Lamm zur Schlachtbank.«

Tobias erstarrte. Er kannte diese Stimme! In seinem Leib flammte wieder dieser unbändige Schmerz auf, der ihn an die furchtbare Schuld erinnerte, die er auf sich geladen hatte.

Du hast dich nicht gewehrt!, hörte er Dr. Spindler sagen.

»Hilfe!«, schrie Silberschläger. Zumindest glaubte Tobias, dass es Silberschläger war, denn der Ruf klang erstickt. Ein weiterer schmerzhafter Aufschrei schloss sich an. Etwas Schweres stürzte zu Boden, blieb mit einem dumpfen Aufprall liegen. »Du wirst Katharina Jacob nie wieder anrühren, hörst du?«, sagte die kalte Stimme.

Tobias rannte los. Ein winziges Fachwerkhaus stand an der Ecke des Platzes, und der Zaun grenzte an eine seiner Wände. Tobias umrundete es, tauchte ein in die Gasse daneben und fand hinter dem Haus einen Zugang zu dem Garten. Es war nur eine schmale, sehr finstere Lücke, aber Tobias zögerte nun nicht mehr. Die geballten Fäuste hoch erhoben, stürmte er in die Finsternis. Die Äste der Büsche schlugen ihm ins Gesicht, doch er merkte es kaum.

»Ich helfe Euch!«, rief er noch, bevor er wie angewurzelt stehenblieb.

Er spürte, wie das Blut aus seinem Kopf wich. »Ihr!«, keuchte er. Der Mann, der den Bürgermeister angegriffen hatte, ließ ein Messer fallen. Kurz begegneten sich sein und Tobias' Blick, und in seinen Augen las Tobias die längst vertraute Warnung.

Schweig still!

Dann wandte der Mann sich um und floh hinein in die Dunkelheit. Tobias stand wie erstarrt. Silberschläger erwachte aus seiner Ohnmacht, griff sich röchelnd an den Hals. Blut schoss zwischen seinen Fingern hervor, und Tobias konnte nicht anders. Er bückte sich.

Und hob das Messer auf. Der Weg, den Gott für ihn vorbestimmt hatte, begann sich vor ihm abzuzeichnen.

Irgendwo hinter ihm ertönte eine Glocke und schlug die vorletzte Stunde gen Mitternacht.

21. Kapitel

Nachdem Katharina und Donatus Tobias in Heilig-Geist nicht angetroffen hatten, liefen sie eine ganze Weile gemeinsam durch die Straßen und Gassen der Stadt, befragten Menschen und riefen in unzähligen dunklen Winkeln und Gassen nach dem Jungen. Vergeblich. Ungefähr eine Stunde gen Mitternacht sah Katharina dann in der »Krummen Diele« nach, in der Hoffnung, Arnulf hier anzutreffen und ihn um Hilfe bitten zu können. Sie konnte Donatus ansehen, dass er diesen Schritt nicht im mindesten guthieß, aber er folgte ihr, und das rechnete sie ihm hoch an. Der Wirt schüttelte bedauernd den Kopf und meinte, der Nachtrabe sei zwar den ganzen Abend über hier gewesen – mit Richard Sterner übrigens! –, aber es habe offenbar Streit gegeben. Danach seien beide Männer verschwunden, ohne zu sagen, wohin sie wollten.

Nach dieser niederschmetternden Aussage trat Katharina wieder auf die Gasse vor dem Wirtshaus. Ihre Augen brannten. Sie fühlte sich müde und ausgelaugt von den Ereignissen dieses Tages, und am liebsten hätte sie sich in eine Ecke verkrochen. Stattdessen sah sie Donatus an. »Was jetzt?« Ihre Stimme klang fremd in ihren eigenen Ohren.

»Geh nach Hause!«, riet Donatus ihr. »Du siehst völlig erschöpft aus!«

Katharina wollte abwehrend den Kopf schütteln, aber nicht einmal dazu reichte ihre Kraft noch. »Und du?«, brachte sie hervor.

»Ich gehe noch einmal zu Öllinger, vielleicht ist Tobias in der Zwischenzeit dort aufgetaucht.« Er musste sich mit Gewalt an diese Möglichkeit klammern, das sah Katharina ihm an. Hinten in seinem Kopf spukte vermutlich die ganze Zeit ein bestimmtes Szenario herum. Tobias – tot in einem Fluss treibend.

Sie schluckte. Sie wollte etwas Tröstliches sagen, doch sie wusste einfach nicht, was. Also nickte sie nur. »Wenn er dort nicht ist«, murmelte sie, »komm gleichfalls nach Hause, versprich mir das!«

Er versprach es. Dann brachte er sie bis an die Ecke der Gasse an der Frauentormauer, und dort trennten sie sich. Als Katharina das Fischerhaus betrat, hatten die Türmer von St. Sebald und vom Weißen Turm gerade Mitternacht geläutet.

Völlig ermattet ließ sich Katharina in der angenehm warmen Küche auf die Bank fallen und vergrub das Gesicht in den Händen. Hiltrud, die auf sie gewartet und dabei das Feuer im Herd gehütet hatte, stellte ihr einen Becher mit Kräutersud hin. Dann setzte sie sich Katharina gegenüber, warf ihr einen mitleidigen Blick zu. »Er kommt schon wieder!«, meinte sie und tätschelte Katharina die Hand wie eine Mutter ihrem verzweifelten Kind.

Katharina hob den Kopf. In diesem Moment fiel ihr ein, dass sie Hiltrud versprochen hatte, sich am Nachmittag mit ihr und den anderen Frauen zu treffen und über die tägliche Messe zu reden. »Unser Treffen«, murmelte sie. »Entschuldige, das habe ich ganz vergessen.«

Hiltrud winkte ab.

Dankbar lächelte Katharina ihr zu. Dann senkte sie seufzend den Kopf wieder in ihre Hände. Ihre Haare, die sich längst aus ihrer Frisur gelöst hatten und ihr wirr um Stirn und Wangen hingen, rutschten nach vorn und verbargen sie so vor dem Rest der Welt. Ihr war es recht. Sie fühlte sich elend und zerschlagen, kalt und einfach unendlich müde. Und sie ertappte sich dabei, dass sie an Richard dachte. Wenn er jetzt doch nur hier wäre …

Entsetzt über sich selbst schloss sie die Augen. Wie konnte sie nur in diesem Moment an Richard denken? Sie spürte, wie sich ihr Magen umdrehte vor lauter Selbstekel, und sie kämpfte gegen den Drang an, den Kopf einfach auf die Tischplatte sinken zu lassen.

Tränen der Erschöpfung schossen ihr in die Augen.

»Kind, Kind!«, rügte Hiltrud. »Wie gewöhnen wir es dir nur ab, dich für alles und jeden verantwortlich zu fühlen?« Katharina antwortete nicht darauf, und so fuhr Hiltrud fort: »Die Last der ganzen Welt ist zu schwer für deine Schultern, Katharina!«

Katharina legte die Hände um den Becher und genoss die Wärme, die in ihre klammen Finger kroch. Sie war versucht, etwas zu sagen, aber dann schwieg sie. Wie sollte sie es auch in Worte fassen, was sie empfand? Was für Erklärungen gab es dafür, dass sie glaubte, den

Dämon in ihrem Innersten nur im Zaum halten zu können, indem sie all ihre Kraft auf gute Taten richtete?

»Katharina, ich denke …«, begann Hiltrud nach einer kurzen Pause erneut, doch Katharina schüttelte den Kopf. »Nicht!« Was auch immer Hiltrud zu sagen hatte, sie wollte es nicht hören. Sie konnte es einfach nicht. Sie setzte schon an, um sich Hiltrud zu erklären, aber sie kam nicht dazu. Draußen auf dem Flur ertönten Schritte.

So rasch war sie auf den Beinen, dass sie gegen den Tisch stieß. Ihr Becher kippte um, der Inhalt ergoss sich in Hiltruds Richtung. Die entging der heißen Flüssigkeit nur, indem sie selbst aufsprang.

»Tobias!« Katharina war auf dem Flur, bevor der Fluch der älteren Frau verklungen war.

Doch draußen stand nicht Tobias. Draußen stand Donatus. Und bei ihm war Georg Öllinger.

Auf dem Gesicht des Apothekers lag ein Ausdruck, den sie nicht zu deuten wusste. »Darf ich?«, fragte er und wies in die Küche.

»Natürlich.« Sie trat einen Schritt zur Seite und ließ ihn ein.

»Er hat mir angeboten, beim Suchen zu helfen, aber es ist wohl sinnlos«, erklärte Donatus, während er dem Apotheker in die Küche folgte und sich gemeinsam mit ihm an den Tisch setzte.

Öllinger nickte. »Die meisten Leute lassen um diese späte Stunde die Fackeln ausbrennen.«

Katharina nickte. Seit den Ereignissen rund um den Großen Wahnsinn vor mehr als zwei Jahren gab es ein vom Rat erlassenes Gesetz, das die Bürger der Stadt dazu verpflichtete, die Straßen und Gassen wenigstens einigermaßen zu erleuchten. Seit diesem Sommer jedoch mussten die Fackeln nach Mitternacht nicht erneuert werden. Seitdem lag Nürnberg in der zweiten Hälfte der Nacht wieder unter der Glocke aus Finsternis, die der Herr für diese Zeit vorgesehen hatte. In dieser Finsternis würden sie Tobias erst recht nicht finden, wenn sie es schon tagsüber nicht geschafft hatten.

Inzwischen hatte Hiltrud auch den beiden Männern einen Becher hingestellt. »Ich glaube, ich gehe mal besser nach oben«, sagte sie nun, dann blickte sie Katharina an. »Mach dir nicht so viele Sorgen!«

Als sie fort war, sah Katharina Öllinger an. »Es tut mir leid«, murmelte sie.

Er runzelte die Stirn.

»Ihr habt mir Tobias anvertraut, und ich habe nicht sorgsam genug auf ihn achtgegeben«, erklärte sie. »Es ist meine Schuld, dass er weg ist.«

Aus dem Augenwinkel sah sie, dass Donatus einen langen, vielsagenden Blick mit dem Apotheker wechselte, und sie konnte darin lesen, was er bedeuten sollte.

Habe ich es Euch nicht gesagt?

Unsicher, was hier vorging, blickte sie von einem zum anderen. Donatus wich ihr aus. Was hatte er Öllinger über sie erzählt?

Der Apotheker räusperte sich. Dann, mit einer befangenen Geste, nahm er Katharinas Hände und drehte sie so, dass er die Aderlassnarben ansehen konnte. »Donatus hat mir erzählt, dass Ihr an der *melancholia* leidet«, gestand er.

Katharina schoss einen bösen Blick auf ihren Bader ab, aber der hielt den Kopf noch immer gesenkt.

»Tobias ist nicht Kilian«, sagte er leise. »Er wird wieder auftauchen.«

Zu gerne hätte Katharina ihm geglaubt, aber es fiel ihr schwer. Sie schluckte. »Er hatte Angst, und ich habe ihn damit alleingelassen.«

Öllinger strich über die Narben an ihren Handgelenken. »Ihr habt auch Angst«, sagte er schlicht. »Wenn Ihr Euch dadurch besser fühlt, dann gebt mir die Schuld. Ich habe Euch mit meiner Bitte, ihn bei Euch aufzunehmen, viel zu viel zugemutet.«

»Nein …« Katharina verstummte. Sie wollte sich an das klammern, was er gesagt hatte, aber sie konnte es nicht. Die Tatsache, dass jeder versuchte, ihr ihre Schuldgefühle auszureden, machte diese nicht erträglicher, sondern im Gegenteil nur noch schlimmer. Waren nicht alle anderen Menschen in ihrer Umgebung tugendhafter, als sie es jemals sein konnte? Behutsam, um ihn nicht zu verärgern, entzog sie Öllinger ihre Hände. »Ich danke Euch«, sagte sie leise.

Der Apotheker warf Donatus einen weiteren langen Blick zu. Der Bader schaute missmutig, doch dann nickte er. Er erhob sich und wandte sich zum Gehen. »Ich bin in der Kapelle«, meinte er knapp, bevor er die Tür hinter sich schloss.

Katharina atmete tief durch. Was hatte das nun wieder zu bedeuten?

Einen Moment lang war es sehr still in der Küche. Katharina konnte das Knistern des Herdfeuers hören und das leise Singen des Wassers im Kessel. Ihr Herz schlug heftig, und Übelkeit presste ihr die Kehle zusammen. Sie legte eine Hand auf ihre Schlüsselbeine und stellte die Fingerspitzen so auf, dass ihre Nägel sich in die dünne Haut bohrten.

Öllinger fuhr sich mit der Zunge über die Lippen. »Ich …« Er lächelte entschuldigend. »Ich bin nicht besonders gut in dem, was ich vorhabe«, gestand er. »Ihr müsst also mein Stottern verzeihen.«

Katharina wartete. In ihrem Magen regte sich das Unbehagen als winziges Flattern. Kam jetzt das, was sie vermutete?

»Ich bin nicht hier, um Eure Lage auszunutzen, das müsst Ihr mir wirklich glauben. Ich möchte Euch nur sagen, dass Ihr all diese Dinge nicht allein durchstehen müsstet.« Er hielt inne, forschte in ihrem Gesicht nach einer Regung.

Sie konnte es nicht fassen. »Herr Öllinger, ich …«, setzte sie an.

Rasch hob er die Hand. »Bitte! Lasst mich ausreden! Ich habe ein recht ansehnliches Auskommen mit meiner Apotheke, und es besteht Grund zu der Annahme, dass ich bald die Apotheke von Heilig-Geist übernehmen kann.« Irgendetwas musste er an ihrer Miene abgelesen haben, denn er stockte, besann sich. Dann fuhr er fort: »Es wäre eine gewinnträchtige Verbindung – nicht nur für uns beide, sondern vor allem für unsere Patienten.« Er legte die Hände auf die Tischplatte, verschränkte sie ineinander. Es sah aus, als wolle er sie anflehen, und das schien ihm bewusst zu werden, denn rasch zog er die Hände zurück und legte sie nun in seinen Schoß. »Ich spiele schon länger mit dem Gedanken, Euch die Ehe anzutragen, aber ich selbst hätte nie gewagt, es ausgerechnet heute zu tun. Es war Donatus, der mich auf diesen Gedanken gebracht hat, dadurch, dass er mir von Eurer *melancholia* erzählte.«

Sie nickte. Sie hatte ihn also doch richtig verstanden. Er machte ihr einen Heiratsantrag! Wenn sie nicht so erschöpft gewesen wäre, hätte sie aufgelacht. So jedoch konnte sie nur eines tun: an Richard denken. Sein Gesicht erschien ihr, seine brennenden Augen, die Wunde an seiner Schulter, die Art, wie er in der Tür der Kapelle gestanden hatte, um Silberschläger zu vertreiben. Ein scharfer Schmerz fuhr ihr durchs Herz. Sie konnte sich nicht erklären, woher er rührte.

Sie fröstelte und zog den Kragen ihres Kleides vor der Brust zusammen.

»Ich will Euch nicht unter Druck setzen! Mein Antrag dient einzig und allein dazu, Euch zu zeigen, dass Ihr nicht allein seid«, sagte Öllinger zaghaft. Er wartete darauf, dass sie etwas sagte.

Sie wusste nicht, was. Sie fühlte sich elend und unendlich müde. Am liebsten wäre sie nach oben gegangen, hätte sich die Bettdecke über den Kopf gezogen und sich bis zum Ende ihres Lebens nicht mehr gerührt. Doch sie blieb, wo sie war.

Da erhob Öllinger sich, wandte sich Richtung Tür. »Es ist wohl besser, ich gehe«, sagte er leise, blieb jedoch mitten im Raum stehen.

Katharina wartete, bis er sich zu ihr umdrehte. Er holte tief Luft. »Alles, was ich möchte, Katharina Jacob, ist, Euch vor dem Übel dieser Welt zu beschützen! Es wäre mir eine Ehre, wenn Ihr mich lassen würdet.« Er war schon halb auf dem Flur, als er sich noch ein weiteres Mal umschaute. Er warf ihr einen Blick zu, dessen Bedeutung sie nicht zu deuten wusste. Dann nickte er zum Abschied. Und ging.

»Au! Trottel! So passt doch auf, das brennt!« Mit einer Hand schlug Gernot Silberschläger den Arm des Medicus weg.

Der Arzt, ein untersetzter Kerl mit einem ziemlich runden Bauch und wachen Augen, lehnte sich ein Stück zurück und hob den Tiegel mit Wundsalbe, von der er gerade ein wenig auf Silberschlägers Wunde gestrichen hatte. »Ich habe Euch gesagt, dass es weh tun wird«, meinte er mit kühler Stimme. »Wenn Ihr aber lieber jemand anderen hinzuziehen wollt – bitte schön!«

Silberschläger biss wütend die Kiefer zusammen. Hartmann Schedel, das war der Name des Medicus, galt als der beste Mann seines Fachs, den Nürnberg zu bieten hatte. Silberschläger würde den Teufel tun, sich in die Hand eines anderen zu begeben. Unglücklicherweise schien dieser arrogante Kerl das genau zu wissen. »Nein«, sagte Silberschläger und hustete, weil er selbst hörte, wie heiser er war. »Verzeiht. Ich bin nur so verärgert über diese ganze Angelegenheit.«

»Verständlich.« Der Medicus beugte sich wieder vor und setzte die Säuberung der Wunde fort.

Verärgert war das falsche Wort. Silberschläger kochte vor Wut darüber, dass der Mörder, der schon seit Wochen die Stadt unsicher machte, es gewagt hatte, sich ausgerechnet ihn als sein nächstes Opfer auszusuchen. Gleichzeitig, und das war das Verwirrende daran, empfand er auch Erleichterung, und die war so stark, dass seine Hände jetzt noch zitterten. Er war nur mit knapper Not mit dem Leben davongekommen, das wusste er. Aber er hatte keine Ahnung, warum das so war. Warum hatte der Mörder plötzlich von ihm abgelassen und sein Werk nicht beendet? Diese Frage trieb ihn um, machte ihm vielmehr eine Heidenangst.

Und Angst zu haben war etwas, das er überhaupt nicht leiden konnte.

Die Wunde, die der Angreifer ihm am Hals beigebracht hatte, schmerzte höllisch. Die Heiserkeit reizte ihn dazu, sich wieder und wieder zu räuspern, obwohl nichts in seiner Kehle festsaß.

»Ihr könnt Euch glücklich schätzen«, sagte Schedel. »Offenbar war der Herrgott der Meinung, dass Eure Zeit auf Erden noch nicht abgelaufen ist.«

Silberschläger nickte grimmig. »Mit Glück hat das nichts zu tun«, krächzte er. »Ich habe dem Kerl recht ordentlich eingeheizt.« Der Medicus musste nicht wissen, dass der Schmerz des Messerstichs ihm sofort die Besinnung geraubt hatte.

»Natürlich.« Schedel legte den Kopf von der einen auf die andere Seite. »Der Dolch hat Eure Kehle verfehlt und ist seitlich in Euren Halsmuskel eingedrungen. Ich weiß nicht, woher Eure Heiserkeit rührt, aber vielleicht ist es besser, wenn Ihr nicht so viel sprecht.«

In diesem Moment wurde an die Haustür gepocht. Marianne, eines von Silberschlägers Dienstmädchen, ein dürres, schwarzhaariges Ding, ging, um zu öffnen, und gleich darauf polterten schwere Schritte ins Haus. Klaus Eberlein, Silberschlägers bester Stadtbüttel, betrat die Stube.

»Der Täter wurde ins Lochgefängnis geworfen«, meldete er. Sein Blick fiel auf den kleinen Haufen blutgetränkter Tücher zu Schedels Füßen, und er schluckte.

Silberschläger dankte ihm. »Marianne, gib dem Mann in der Küche etwas zu trinken und zu essen.«

Marianne knickste und zog sich zurück. Eberlein folgte ihr.

Schedel sah dem Mädchen nach. »Wo ist die kleine Rundliche mit den blonden Locken, die neulich noch in Euren Diensten stand?«, fragte er.

Silberschläger grinste. »Greta. Sie ist mit einem wichtigen Auftrag unterwegs.«

»Mitten in der Nacht?«

Silberschläger wedelte durch die Luft, um deutlich zu machen, dass es den Medicus nichts anging, wann und wohin er seine Mädchen schickte. »Wie lange braucht Ihr noch?«, fragte er. Greta würde wahrscheinlich bald wiederkommen – und den Mann mitbringen, nach dem er sie geschickt hatte. Dann wollte er Schedel nicht mehr hierhaben, denn die Dinge, die er mit Heinrich Kramer zu besprechen hatte, waren nicht für fremde Ohren bestimmt.

Der Medicus griff nach einem Verband und wog ihn in der Hand. »Nur noch das hier, dann seit Ihr mich schon wieder los. Ihr solltet Euch ausruhen, Ihr habt viel Blut verloren.« Er schüttelte den Kopf, als könne er noch immer nicht glauben, wie viel Glück sein Patient gehabt hatte.

Silberschläger konnte ihm nur beipflichten. Tiefe Befriedigung gesellte sich zu dem Chaos in seinem Innersten und verdrängte Erleichterung und Verwirrung. Er, Gernot Silberschläger, hatte den Mörder gefasst, der seit Wochen die Stadt unsicher machte! Er griff sich an den Verband, den Schedel soeben mit einer Schleife versah. Dass er dabei verletzt worden war, würde sein Ansehen im Stadtrat – vor allem aber beim Weibsvolk – mächtig steigen lassen.

Hartmann Schedel legte seine medizinischen Instrumente und die Wundsalbe, die er nicht verbraucht hatte, in eine Tasche und schloss sie. »Wie gesagt«, mahnte er ein zweites Mal. »Ruht Euch aus! Ich kann sonst nicht garantieren, dass die Wunde nicht doch noch Schwierigkeiten macht.«

»Ja, ja«, murmelte Silberschläger, während er den Medicus zur Tür geleitete. Er bat ihn, ihm eine Rechnung zukommen zu lassen, dann schob er ihn kurzerhand auf die Gasse hinaus. »Ausruhen!«, schnaubte er. »Als ob ein Mann wie ich dafür Zeit hat!«

Kurz darauf – Silberschläger hatte sich eben in einen Sessel gesetzt und für einen Moment die Augen geschlossen – kehrte Greta zurück. Er hätte ihren leichtfüßigen Schritt aus Tausenden herausgehört. Das Geräusch von Ledersandalen, das ihr folgte, ließ ihn lächeln.

Greta klopfte sacht an den Rahmen der halb offenstehenden Tür.

Dann streckte sie den Kopf in die Stube. »Der Priester, nach dem Ihr verlangt habt«, meldete sie. In ihren Augen stand noch immer die Verwunderung darüber, dass ihr Herr nach einem Priester schickte. Als er ihr den Auftrag gegeben hatte, Heinrich Kramer zu holen, hatte in ihrer Miene sogar kurz so etwas wie Hoffnung gestanden, Hoffnung darauf, dass er krepieren würde. Er hatte sich vorgenommen, sie diesen Ausdruck spätestens in der nächsten Nacht büßen zu lassen.

»Danke«, sagte er jetzt mit einem liebenswürdigen Lächeln, das Greta kurz erstarren ließ. Sie kannte diesen Ausdruck auf seinem Gesicht sehr genau, und sie wusste, was ihr bevorstand. Sehr gut! So hatte er es gern.

Aber jetzt war nicht die Zeit für Vergnügungen. Heinrich Kramer betrat die Stube und blieb mitten im Raum stehen. Sein weißes Mönchsgewand leuchtete im Schein der Kerzen. Über der Schulter hatte er einen Beutel hängen, in dem sich irgendetwas Schweres, Viereckiges befand. Er wartete, bis Greta hinausgehuscht war und die Tür hinter sich geschlossen hatte. »Was gibt es?«, fragte er dann. »Eure Magd sagte mir, dass es um Katharina geht.«

Silberschläger legte eine Hand an den Verband an seinem Hals. »Setzt Euch!«, forderte er Kramer auf, und als der seiner Forderung nachgekommen war, sagte er: »Ich fürchte, unseren Plan, Katharina wegen dieser Morde ins Loch zu schaffen, müssen wir aufgeben.«

Kramer ließ den Beutel neben seinem Sessel zu Boden gleiten. »Wieso das?«

Mit knappen Worten schilderte Silberschläger ihm, was geschehen war, und noch immer ballte sich der Ärger darüber wie eine Faust hinter seinen Rippen. »Der Täter sitzt im Lochgefängnis, und da er auf frischer Tat ertappt wurde, gibt es keinen Grund mehr, Katharina dieser Sache zu beschuldigen.«

Kramer saugte die Wangen zwischen die Zähne und kaute nachdenklich darauf herum. »Wer ist der Täter?«

»Ein junger Mann. Soweit ich weiß, ist sein Name Tobias.« Er lächelte leicht. »Er hat mir gesagt, dass er Scholar an Heilig-Geist ist.«

Kramer ließ von seinen Wangen ab. »So?«

Silberschläger nickte. Tief in seinem Innersten nagte ein leiser Zweifel. War nicht der Kerl, der ihn angefallen und mit dem er gekämpft hatte, viel größer und kräftiger gewesen als dieser Junge? Er hätte es schwören mögen. Aber schließlich hatte Tobias mit dem Dolch in der Hand dagestanden, als Silberschläger aus seiner kurzen Ohnmacht erwacht war. Rotz und Wasser hatte er geheult. Wenn das kein Beweis für seine Schuld war, dann wollte Silberschläger verdammt sein!

»Was denkt Ihr?«, fragte er. In Kramers Auge war ein Funkeln erschienen.

»Nun«, meinte der Mönch. »Ein gewisser Tobias Weinmann ist aus dem Spital verschwunden. Er ist Scholar, und ich hatte heute Gelegenheit, mit ein paar Leuten zu sprechen. Es geht das Gerücht, dass dieser Tobias in einem Haus Zuflucht gefunden hat, das sie das Fischerhaus nennen.«

Silberschlägers Fingerspitzen begannen zu kribbeln. »Und das Fischerhaus …«, setzte er an. Kramer beendete den Satz für ihn.

»… gehört Katharina Jacob!«

Ein breites Grinsen stahl sich auf Silberschlägers Gesicht, erlosch jedoch sofort wieder. »Verratet Ihr mir, was uns das nützt?«

»Nun, der Mörder mag gefasst worden sein. Aber wir können Katharina immer noch der Mittäterschaft anklagen.«

Silberschläger überlegte. »Wenn Ihr wollt, dass der Stadtrichter Euch in dieser Hinsicht folgt, solltet Ihr dabei nicht mit Hexerei argumentieren.«

»Lasst mich nur machen!« Kramer lächelte vielsagend, und Silberschläger war froh, dass er diesen Mann nicht zum Feind hatte. »Ihr setzt den Stadtrichter von dem Überfall auf Euch in Kenntnis und bittet ihn, so schnell wie möglich herzukommen.«

»Zu dieser Stunde?« Skeptisch sah Silberschläger aus dem Fenster. Draußen war es stockfinster.

Kramer beugte sich zu seinem Beutel hinunter und nahm das Buch heraus, in dem er schon bei ihrem Treffen in seiner Zelle gelesen hatte. Er legte es auf seinen Knien ab und strich zärtlich mit den Fingerspitzen über den Einband. »Zu dieser Stunde«, bestätigte er.

Silberschläger zögerte. Dann erhob er sich, ging zur Tür und rief nach Marianne.

»Ist Eberlein noch da?«, fragte er, als sie angestolpert kam.

Die Magd nickte. »Ja, Herr.«

»Gut. Schick ihn rein.«

Sie tat, wie geheißen, und Silberschläger sandte den Büttel mit dem Auftrag los, den Stadtrichter zu holen. Eberlein wirkte nicht glücklich darüber, aber er wagte keinen Widerspruch. Als er fort war, wandte Silberschläger sich an Kramer. »Was habt Ihr vor?«

»Nun«, meinte der Inquisitor und verzog die Lippen zu einem schmalen Lächeln. »Ich werde den Richter davon überzeugen, dass eine gewisse Katharina Jacob dabei ist, ein ganzes Dämonenheer über der Stadt zusammenzuziehen. Nach all den Dingen, die in den letzten zwei Jahren in dieser Stadt passiert sind, dürfte das nicht allzu schwierig sein, denke ich.«

Silberschläger schluckte. »Ein Dämonenheer ... das ist gut!« Er kratzte sich im Genick. »Aber wie wollt Ihr Flechner davon überzeugen, dass diese Gefahr tatsächlich droht? Er ist überaus penibel, er wird eine Verhaftung nicht einfach vornehmen, weil wir ihn darum bitten.«

Kramer klopfte auf den Deckel des Buches auf seinem Schoß. »Dann ist es ja gut, dass wir beide wissen, dass dieser Tobias von einem Dämon besessen ist.«

Nachdem er die »Krumme Diele« verlassen hatte, war Richard in sein Haus in der Tuchgasse zurückgekehrt, wo ihn Thomas, sein Diener, freudig empfing und mit äußerster Hingabe umsorgte. Er richtete ihm ein Bad, und während er ein üppiges Nachtmahl zubereitete, versuchte Richard, sich in dem warmen Wasser ein wenig zu entspannen. Doch der Verband war etwas hinderlich, und außerdem ging ihm das Gespräch mit Arnulf und Sibilla nicht mehr aus dem Kopf.

Was war Hexerei, was Heilkunst?, hatte die Engelmacherin gefragt. Und sie hatte einen Satz gesagt, der Richard seitdem im Hinterkopf herumspukte und ihn nicht mehr losließ. *Wenn ein Irrer in der Gosse sitzt und davon faselt, dass er von schwarzen Schatten verfolgt und angefallen wird, ist er dann nur krank im Kopf oder aber besessen?*

Schatten, die einen verfolgten und ansprangen. Dämonen, die einen quälten. Schuldgefühle. Krankheit. Besessenheit. Wer vermochte zu sagen, was die Ursache für all die Übel der Welt war?

Seufzend verließ Richard die Wanne, trocknete sich ab und zog frische Kleidung an. Dann machte er sich über Brot, Fleisch, Käse und Trauben her, die Thomas ihm hingestellt hatte. Den Wein jedoch, der in einer gläsernen Karaffe neben den Tellern stand, rührte er nicht an. Aus irgendeinem Grund hatte er das Gefühl, dass es besser wäre, die Finger davon zu lassen.

Nachdem er gesättigt war, fragte Thomas ihn, ob er vorhabe, sich ins Bett zu legen, doch er schüttelte den Kopf. Er war noch immer von einer großen inneren Unruhe erfüllt. »Nein, Thomas«, sagte er. »Ich benötige noch ein wenig frische Luft. Aber du kannst schlafen gehen. Ich brauche deine Hilfe heute nicht mehr.«

Skeptisch sah Thomas ihn an, aber er hinterfragte Richards Anordnung nicht. Das hatte er noch nie getan. Alles, was er sich gestattete, war ein leises Räuspern und ein zögerliches »Äh – Herr Sterner?«.

»Ja?« Richard hatte schon seinen Hut in der Hand.

»Ich bin froh, dass Ihr wieder in Nürnberg seid«, murmelte Thomas.

Richard nickte ihm zu. »Danke!«

Natürlich war es ein Vorwand gewesen, einfach nur einen Spaziergang machen zu wollen. Als Richard die Tuchgasse verließ und sich Richtung Frauentormauer wandte, musste er sich eingestehen, dass er nur ein einziges Ziel hatte.

Das Fischerhaus.

Gegenüber hielt er inne und betrachtete die reichverzierte Fassade, die zu dieser späten Stunde nicht mehr von Fackeln sondern nur noch vom kalten Licht der Sterne erhellt wurde. Der Mond stand dicht über den Dächern der Stadt. Ab und an schob sich eine ausgefranste Wolke vor ihn und verminderte seine Helligkeit. Dadurch wirkten die geschnitzten Figuren auf den tragenden Balken wie lebendig.

In seiner Vorstellung sah Richard Katharina, die in ihrem Bett lag und schlief. Ihre Haare waren gelöst und lagen als goldener Heiligenschein um ihren Kopf, die langen Wimpern ruhten auf ihren Wangen, und eine Hand lag zur Faust geballt neben ihrem Gesicht. Ob sie ein Nachtgewand trug?

Allein sich dies zu fragen erschien ihm so unpassend, dass er die Fingernägel in die Handflächen grub. Er war vorhin gegangen, weil er vermeiden wollte, dass Katharina seinetwegen in Schwierigkeiten geriet. Was, wenn jemand ihn hier vor dem Fischerhaus sah, der wusste, dass Silberschläger nach einem hageren Patrizier mit einer frischen Schulterwunde suchte?

All diese Dinge gingen ihm durch den Kopf, und sein Verstand sagte ihm, dass er gehen musste. Doch sein Körper wollte etwas anderes. Er überquerte die Gasse und blieb vor Katharinas Hausstein stehen. Die Sehnsucht nach ihr, der Wunsch, sie im Arm zu halten und den Duft ihrer Haut einzuatmen, wurde übermächtig.

Er hob einen Fuß und setzte ihn auf die unterste Stufe der Treppe, die zur Haustür hinaufführte. Doch dann nahm er sich zusammen. Er musste all seine Selbstbeherrschung aufbringen, um sich den nächsten Schritt zu verwehren. Seine rechte Hand krampfte sich um das eiserne Geländer, und er spürte die Kälte, die das Metall ausstrahlte.

Mit äußerster Gewalt nur riss er sich los.

Er hatte den Fuß eben von der Stufe genommen und sich halb umgewandt, als hinter ihm die Haustür geöffnet wurde. Hoffnung stahl sich in sein Herz, und es bedurfte eines kurzen Moments, bis er es wagte, sich wieder umzudrehen.

Vor ihm, barfuß und in einem Nachtgewand aus weißem Leinen, stand Katharina.

Sie hatte aus dem Fenster geschaut, weil sie nicht schlafen konnte. Das schlechte Gewissen wegen Tobias' Verschwinden hielt sie wach und auch die Sorge um Richard. Lange war sie rastlos in ihrem Zimmer auf und ab gewandert. Als sie merkte, dass ihre Schritte die anderen Frauen störten, war sie ans Fenster getreten und hatte einfach nur blicklos auf die Straße gestarrt.

Bis *er* aufgetaucht war.

Sie erkannte ihn sofort, obwohl das Licht des Mondes nur kurz auf ihn fiel, als er um die Ecke bog. Und als er sich auf der gegenüberliegenden Straßenseite hinstellte und zu ihr heraufschaute, war ihr erster Gedanke: Er sieht mich!

Aber er machte keinerlei Anstalten, zu ihr zu kommen, also eilte sie so rasch, wie sie konnte, nach unten zur Haustür. Dort angekommen jedoch verließ sie der Mut. Sie stand einfach nur hinter der Tür und fühlte sich, als seien ihre Füße plötzlich im Boden verwurzelt.

Dann gab sie sich einen Ruck. Sie riss die Tür auf, und da war er. Im Fortgehen begriffen.

Langsam nur, fast zögerlich, drehte er sich zu ihr um und sah sie an.

Ihr Herz machte einen Satz.

»Richard!«, sagte sie sehr leise.

Er stand regungslos da und schaute sie an, und es kam ihr vor, als sauge er ihren Anblick in sich auf wie ein Verdurstender das lebensspendende Wasser. In seinen Augen lag wieder dieser brennende Ausdruck, den sie früher so gefürchtet hatte. Doch es gelang ihr, den Gedanken daran zur Seite zu schieben. Ihr gesamter Körper, jede Faser ihres Herzens sehnte sich danach, von ihm in den Arm genommen zu werden.

»Du bist da!«, murmelte sie.

Da senkte er den Kopf. Es wirkte wie das Eingeständnis einer Niederlage. Als er wieder aufschaute, lag ein schwaches Lächeln auf seinen Lippen.

Mit zwei langen Schritten überwand er die Stufen des Haussteins, packte Katharina und zog sie an sich. Mit solcher Kraft drängte er sie rückwärts in den Flur, dass ihr der Atem wegblieb. Er schlang die Arme um ihren Oberkörper, grub seine Finger in ihre Haare, und dann küsste er sie mit einer Leidenschaft, aus der zugleich Gier und Verzweiflung sprachen.

Sie spürte, wie ihre Knie nachzugeben drohten, doch er hielt sie, drängte sie mit dem Rücken gegen die Wand, und in diesem Moment verkrampfte sich ihr Unterleib. Sie erstarrte. Er fuhr zurück, Schrecken in den Augen.

»Verzeih!«, flüsterte er heiser. »Oh Gott, verzeih!« Er wich zurück, tastete nach der Klinke der Haustür, und sie wusste, wenn sie jetzt nicht reagierte, wenn sie ihn jetzt nicht aufhielte, würde sie ihn vielleicht niemals wiedersehen.

Sie griff nach seiner Hand. »Alles ist gut!«, wisperte sie. Dann zog sie ihn in Richtung Treppe. »Komm.«

Als sie ihre Kammertür hinter sich verriegelt hatte, drehte sie sich zu ihm um und begann, die Verschnürung ihres Nachthemdes zu öffnen. Er stand da, seine Augen voller Ungläubigkeit. Sie ließ das Nachthemd zu Boden fallen, und er schluckte. Noch einmal nahm sie seine Hand, zog ihn zu ihrem Bett und ließ sich rücklings darauf nieder.

Ihr Herz jagte. Einen Wimpernschlag lang lauschte sie in sich hinein, fürchtete, dieser sengende Schmerz könne wiederkommen, doch er kam nicht. Sie sah Richard in die Augen.

»Bist du sicher?«, fragte er. Seine Finger tasteten nach seinem Gürtel.

Sie wusste, dass jedes Zögern ihn verjagen konnte. Also nickte sie. »Kann ich dir vertrauen?«

»Ja.« Ganz rau klang seine Stimme jetzt. Er öffnete seinen Gürtel, stieg aus der Hose. Und dann ließ er sich neben ihr auf das Bett sinken. Er öffnete den Mund, um etwas zu sagen, doch sie kam ihm zuvor.

»Tu mir nicht weh«, flüsterte sie.

Kurz schloss er die Augen, schüttelte den Kopf. Seine Hand berührte ihr Knie, wanderte weiter nach oben.

Katharinas Herz setzte einen Schlag aus.

Richards Lippen näherten sich ihren. Sehr sanft küsste er sie, ließ seinen Mund an ihrem Kiefer entlangwandern und ihren Hals hinab. Sein Atem strich über ihre Haut, und sie schloss die Augen.

Sie spürte, wie er sich auf die Ellenbogen stützte. Einmal zog er Luft durch die Zähne, weil seine Schulterwunde ihm Schmerzen bereitete, doch als sie die Augen wieder aufschlug, war sein Gesicht ganz dicht vor dem ihren. »Vertrau mir!«, sagte er. »Ich werde dir nicht weh tun.«

Eine Empfindung, wie sie sie noch nie zuvor in ihrem Leben gespürt hatte. Sie hob ihm ihre Hüften entgegen, und in diesem einen Moment war alles richtig.

Im nächsten zerbrach etwas in ihr.

Sie hörte Richards Keuchen an ihrem Ohr, und plötzlich war es nicht mehr er, der auf ihr lag, sondern der Mann mit den eisblauen Augen. Plötzlich war da nur noch Schmerz. Sie warf den Kopf zurück, schrie auf, schlug nach ihm, wehrte sich.

»Nein!« Das eine Wort zerriss ihre Kehle.

Richard fuhr zurück, taumelte auf die Füße. Sie starrte ihn an, blinzelte, braune Augen, eisblaue Augen, sie wusste nicht mehr, wo sie war, was geschah, ihr Leib krümmte sich, rückwärts kroch sie, bis an die Wand, und er stöhnte voller Verzweiflung auf. »Katharina!«

Tränen strömten ihr über das Gesicht, Schluchzen schüttelte sie, sie konnte nicht an sich halten, umklammerte sich mit den Armen.

»Gott im Himmel, was hast du?« Er kam zu ihr aufs Bett, zuckte zurück, als sie ihn anstarrte, doch dann erkannte sie ihn endlich, sie flog in seine Arme, zitterte.

Er zog sie an sich, hielt sie, wiegte sie. »Katharina«, wisperte er in ihr Haar, wieder und wieder. »Ich bin es! Ruhig, ganz ruhig!«

Die Panik kehrte zurück, Katharina ballte die Fäuste, schlug auf ihn ein, aber er ließ sie nun nicht mehr los. Er hielt sie, sie traf seinen Kopf, seine Schultern, die Wunde, aber er hielt sie fest. Bis sie sich beruhigte.

Bis sie weinend in seinem Arm einschlief.

»Heirate mich!«

Richards Brustkorb vibrierte sachte, als er das sagte. Sie war vor ein paar Minuten aufgewacht. Sie lag noch immer in seinen Armen, an seine Brust geschmiegt, die nass war von ihren Tränen und vielleicht auch von seinen.

»Was?« Kaum hörbar war ihre Stimme. Von unten herauf sah Katharina ihn an.

»Heirate mich!«

Sie wusste, das war die Frage, die er ihr vorhin hatte stellen wollen.

Sie widerstand dem Impuls, von ihm fortzurücken. Sie wollte nie wieder von ihm losgelassen werden, brauchte seinen Halt so dringend wie die Luft zum Atmen. »Ich habe dich gerade ...«

Er schluckte bei der Erinnerung daran. »Was war los?«

Es lag ihr bereits auf der Zunge. Das Bedürfnis, ihm alles zu erzählen, war beinahe übermächtig, aber noch größer war die Angst. Die Angst davor, ihn zu verlieren, wenn sie ihm offenbarte, was sie längst zu wissen glaubte. »Warum fragst du mich das ausgerechnet jetzt?«, flüsterte sie. »Ob ich dich heiraten will, meine ich.«

Er legte die Wange an ihren Scheitel. Er roch nach teurer Seife, offenbar hatte er ein Bad genommen. »Weil ich will, dass du weißt, dass ich dich nie wieder alleinlassen werde.« Er gab ihr einen Kuss aufs Haar. »Weil ich dich liebe.«

Sie schloss die Augen. Fort war alle Panik, fort war sogar die *melancholia* – für den Moment. »Ich möchte so gerne ja sagen.«

Wenn er enttäuscht war, dass sie ihm auswich, so ließ er es sich nicht anmerken. Er schwieg, dachte nach. »Und warum tust du es dann nicht?« Er nahm eine ihrer Haarsträhnen und begann, sie um seinen Zeigefinger zu wickeln. Katharinas Kopfhaut kribbelte. »Wir könnten Nürnberg verlassen und auf meinen Ländereien in der Toskana leben.«

Als seine Fingerspitzen sie an der Wange streiften, rann ein wohliger Schauer über ihren Leib.

Er sah es, und jetzt lächelte er. Für den Augenblick war das Brennen aus seinen Augen verschwunden.

»Die Wahrheit ist, ich habe Angst«, gestand sie ihm.

Ernst blickte er ihr ins Gesicht. »Wovor?«

Sie wusste es nicht genau. Da war einfach dieses unterschwellige Unbehagen, diese Sorge, dass sie sich selbst verlor, wenn sie sich gestattete, schwach zu werden. Und sie wusste, dass er sie schwach machen würde. Er hatte es soeben bewiesen.

Sie schloss die Augen. Ihr Leib verkrampfte sich, und beinahe hätte sie sich gekrümmt. Sie vermied es gerade noch, doch er bemerkte es trotzdem.

»Was hast du, Katharina?«, fragte er besorgt. Er schob sie ein wenig von sich fort.

Sie öffnete die Augen wieder. Er betrachtete sie mit ernstem Blick. »Nichts.« Sie zitterte. »Mir ist kalt«, murmelte sie.

Da zog er die Decke unter sich hervor und deckte sie beide damit zu. Es fühlte sich gut an, völlig richtig, hier mit ihm zu liegen, seinen Atem zu atmen, die Wärme zu spüren, die von seiner Haut ausging.

Ohne dass sie es verhindern konnte, wanderte ihr Blick zu dem Buch auf ihrem Nachtkästchen. »Ich bin Witwe«, sagte sie leise.

Sie sah, wie er schluckte, und weil sie nicht wollte, dass er aussprach, was sie in diesem Moment beide dachten, weil sie um jeden Preis verhindern wollte, dass er sagte: »Ja, und ich habe deinen Mann umgebracht!«, sprach sie eilig weiter: »Ich habe mich im letzten Jahr viel damit beschäftigt, was für eine Frau angemessen ist, die sich im Stand der Witwenschaft befindet.«

Richard umfing sie fester. Als er ihr antwortete, spürte sie seinen Atem durch ihre Haare streichen. »Ich würde sagen, angemessen ist, wieder zu heiraten.«

Sie schüttelte den Kopf. »Die Kirche sagt etwas anderes …« Sie verstummte. Das war doch alles nur vorgeschoben!, dachte sie. Es war nicht die Kirche, die sie hinderte, aus vollem Herzen ja zu sagen. Es war etwas anderes, etwas, das tief in ihrem Leib saß. Wenn sie nur wüsste, was …

»Katharina!« Er setzte sich jetzt vollends auf und lehnte den Rücken gegen die Wand. »Wovor hast du Angst?«

Langsam schüttelte sie den Kopf, und dann sah sie dabei zu, wie er schweigend gegen die Wand über dem Bett starrte und seinen Gedanken nachhing. Als er den Blick wieder auf sie richtete, war das Brennen in seine Augen zurückgekehrt.

»Halt mich einfach nur fest«, bat sie.

Und das tat er.

22. Kapitel

Er wusste nicht, wie lange er sie im Arm hielt, während sie wieder einschlief, und obwohl ihn die Schulterwunde schmerzte, rührte er sich nicht.

Sie hatte ihn erneut abgewiesen, und anders als damals, als er Nürnberg verlassen hatte deswegen, empfand er diesmal keinen Groll. Was war es nur, das sie so sehr quälte, dass sie offenbar körperliche Schmerzen litt? Er wehrte sich dagegen, aber er konnte es nicht verhindern, dass seine Gedanken zu dem Gespräch mit Arnulf und Sibilla zurückkehrten.

Dämonen. Schatten, die einen ansprangen. Irrsinn. War er eine Krankheit? Oder wurde er von Dämonen erzeugt, die der Teufel aussandte?

Arnulf schien zumindest in Betracht zu ziehen, dass Katharina eine Hexe war, eine Annahme, so wahnwitzig, dass Richard allein beim Gedanken daran hätte brüllen mögen. Was aber, wenn jemand anderes Katharina verhext hatte? Wenn die Schmerzen, die sie litt, von einem Dämon kamen …

Er schloss die Augen. Er selbst hatte so lange unter seinen früheren Dämonen gelitten, dass die Vorstellung ihm nicht fremd war.

Seine Dämonen.

Ein ganz anderer Gedanke durchzuckte ihn eisig. Was, wenn sie eben vor *ihm* zurückgeschreckt war? Wenn sie im Moment der innigsten Vereinigung einen Blick auf sein wahres Selbst erhascht hatte und darüber in Entsetzen ausgebrochen war?

Seine wirren Gedankengänge wurden unterbrochen, weil Katharina sich in seinen Armen bewegte. Ihr Kopf schlug von einer Seite auf die andere, und Richard zog sie fester an sich, um sie vor dem Alptraum zu bewahren, der sie quälte.

Doch es war vergeblich.

»Nein!«, flüsterte sie. »Nicht! Das tut so …« Sie verstummte, weil

Richards Hand sich unwillkürlich fester um ihren Arm geschlossen hatte. Ein leises Wimmern drang zwischen ihren Lippen hervor.

»Katharina!« Ganz sanft sprach er, dicht an ihrem Ohr.

Sie zuckte zusammen. Im nächsten Moment öffnete sie die Augen.

»Alles ist gut. Ich bin bei dir!«

Sie schien ihn nicht richtig wahrzunehmen. Ihr Blick wirkte verschleiert, und das flackernde Licht der Kerze ließ ihre Pupillen bodenlos erscheinen. »Tu mir nicht weh«, bat sie erneut.

Die Worte zerrissen schier sein Herz. »Das tue ich nicht.« Er legte auch noch den anderen Arm um sie und wartete, bis sie wieder eingeschlafen war.

Er selbst fühlte sich, als würde er niemals wieder schlafen können.

Als er zu sich kam, stand er am geöffneten Fenster. Eisige Nachtluft drang herein und umfloss seinen nackten Körper, sodass er vor Kälte mit den Zähnen klapperte.

Er erinnerte sich, dass er geträumt hatte. Ein Schwert war in seinem Traum vorgekommen und eine Frau, die mit einem Entsetzensschrei zu ihm herumgefahren war. Blut war zwischen ihren Beinen hervorgeflossen, und er hatte den Blick nicht davon abwenden können. Doch dann hatte er den Blick gehoben, hatte der Frau ins Gesicht gesehen. Sie hatte Katharinas Züge gehabt.

Jetzt hob er die rechte Hand vor das Gesicht. Sie war zur Faust geballt, gerade so, als halte er noch immer das Schwert ihn ihr.

Er schluckte schwer und wandte sich zu Katharina um. Sie schlief jetzt friedlich. Die Decke war halb zu Boden gerutscht und verdeckte nur noch eines ihrer Beine und ihre linke Körperhälfte. Im Licht des durch das offene Fenster hereinfallenden Mondes schimmerte ihre helle Haut wie Milch, und Richard spürte, wie ihn das Verlangen erneut überkam.

Gott, was war er für ein Mistkerl!

»Ich habe Angst«, hatte sie ihm gestanden, und etwas in ihm war erzittert bei diesen Worten, denn in diesem Augenblick war ihm bewusst geworden, dass es ihm nicht anders erging.

In seinem Herzen saß eine tiefe Panik, die Sorge, dass es etwas in ihm gab, das er nicht kontrollieren konnte. Etwas, das ihn mitten in der Nacht aus dem Bett und ans Fenster trieb, um es zu öffnen. Etwas, das ihn als Kind gezwungen hatte, seine sechsjährige Schwester so lange unter Wasser zu drücken, bis sie starb, oder vergangene Nacht in einer dunklen Gasse eine wehrlose Frau zu ermorden …

Sei nicht töricht!

Er hieb sich gegen die Stirn.

Seine Erinnerungen waren glasklar. Er war in die Gasse gelaufen, weil er der Frau hatte helfen wollen. Und dann? Etwas Großes, Schwarzes war auf ihn niedergefahren, hatte ihn zu Boden gedrückt. Was, wenn es kein Mensch gewesen war, wie er bis zu diesem Moment geglaubt hatte? Was, wenn es nicht Gertruds Mörder gewesen war, sondern etwas anderes, noch viel Finstereres? Ein Dämon, der in ihn gefahren war.

Vor seinem geistigen Auge fügte sich die Szene ganz neu zusammen. Er sah sich auf Knien, nachdem der Dämon ihn zu Boden gerungen hatte. Und er sah sich nach dem Schwert greifen und zu der Frau aufsehen, die in diesem Augenblick begriff, dass sie sterben würde …

Ein Ächzen entfuhr Richards Kehle. Er krampfte die Hand um den Fensterrahmen.

Mit einem leisen Seufzen drehte Katharina sich auf die andere Seite und wandte ihm nun den Rücken zu.

Ein schmerzhafter Stich fuhr ihm durchs Herz. Vielleicht war es einfach ihr gesunder Verstand, der sie Angst haben ließ. Vor ihm.

Vielleicht war es tatsächlich besser, wenn er sie in Ruhe ließ.

Er trat von dem offenen Fenster weg und schloss es so behutsam, wie er konnte. Dann griff er nach seiner Kleidung. Leise zog er sich an, und dabei fiel sein Blick auf das kleine Buch, das auf dem Nachtkästchen lag. Es war ihm schon mitten in der Nacht aufgefallen, aber nun nahm er es und schlug es auf.

Es war mit der Hand geschrieben, mit einer steilen, eckigen Schrift, und im Dämmerlicht konnte er die Worte nur schwer entziffern. Lautlos trat er an das Fenster zurück und hielt das Buch so, dass das Mondlicht auf die Seiten fiel.

»Neben der heiligen Anna vermag Dir die heilige Katharina von Alexandrien als Vorbild zu dienen«, las er. »Und ist es nicht göttliche Fügung, dass Du denselben Namen trägst wie sie, die den Tod wählte, als der römische Kaiser sie zur Frau nehmen wollte? Denn ihr war ihre Tugend heiliger als ihr Leben …« Er ließ das Buch sinken. Trachtete

Katharina tatsächlich danach, eine gottgefällige Witwe zu sein? Wenn ja, was hatte er dann eben angerichtet? Er schloss die Augen vor seiner eigenen Widerwärtigkeit. Noch einmal warf er einen Blick auf die Seite, die Worte brannten sich in sein Hirn …

… lieber tot als verheiratet …

Dann schlug er das Buch zu und legte es vorsichtig zurück auf das Nachtkästchen. Bevor er nach dem Türriegel griff, um die Kammertür zu öffnen, warf er noch einen letzten Blick auf Katharina.

Dann gab er sich einen Ruck. Leise zog er den Riegel zurück und öffnete die Tür.

Keine Minute später war er draußen auf der Gasse, und das Fischerhaus blieb in der Finsternis der Nacht hinter ihm zurück.

Als Stadtrichter Flechner in Silberschlägers Haus eintraf, war er überaus ungehalten. Doch bevor er sich noch darüber beschweren konnte, dass man ihn einfach aus dem Bett gezerrt hatte, wo doch morgen seine Tochter ihre Verlobung feierte, stellte Heinrich Kramer sich ihm vor. Nachdem der Richter sich von der Überraschung erholt hatte, den berühmten Verfasser des Hexenhammers persönlich zu treffen, präsentierte Kramer ihm mit knappen Worten all ihre Erkenntnisse. Er erläuterte Flechner, dass Katharina mit drei von vier Morden unmittelbar in Verbindung gebracht werden konnte, und er erzählte ihm auch, dass Tobias, der Mörder, bei ihr gelebt hatte. Und dann fuhr Kramer sein schwerstes Geschütz auf. In schillernden Farben malte er Flechner aus, wie Katharina Tobias durch Zauberei unter ihren Willen gezwungen und ihn dann dazu getrieben hatte, Silberschläger anzugreifen.

Flechner machte sich vor Angst fast in die Hose. »Wenn es so ist, wie Ihr sagt …«, er schluckte schwer, »… werde ich den Stadtrat einberufen, um zu beraten, was mit ihr geschehen soll.«

»Tut das«, gab Kramer ungerührt zurück. »Warten wir ab, bis die hohen Herren sich versammelt haben. Lassen wir sie debattieren und irgendwann, in ferner Zukunft, eine Entscheidung fällen. Aber macht mir hinterher keine Vorwürfe, wenn bis dahin geflügelte Teufel auf die Stadt niedergefahren sind und Eure Familie im Schlaf gefressen haben!«

Flechner quollen bei diesen Worten fast die Augen aus dem Kopf. »Was soll … ich tun?«, ächzte er.

Silberschläger war fasziniert von den rhetorischen Fähigkeiten Kramers. Dass Flechner dem Teufelsglauben zugeneigt war, wusste er ja inzwischen, aber dass er sich derartig ins Bockshorn jagen ließ, war eine Erkenntnis, die er sich tunlichst merken sollte.

In väterlich anmutender Weise legte Kramer dem Stadtrichter den Arm um die Schulter und flüsterte ihm zu: »Begleitet mich zu dem Gefangenen. Unverzüglich! Und dann schauen wir, ob der Junge wirklich besessen ist. Wenn nicht, könnt Ihr immer noch Euren Rat einberufen und alles seinen geregelten Gang gehen lassen. Niemand muss dann davon erfahren, dass ich im Lochgefängnis war. Wenn ich aber mit meiner Vermutung recht habe, lasst Katharina Jacob verhaften, und Ihr seid der Held, der Nürnberg vor der Verdammnis gerettet hat.«

»Ich weiß nicht …« Flechner rieb sich unschlüssig das Kinn.

Kramer rührte sich nicht. Draußen auf der Gasse vor dem Haus balgten sich zwei Katzen. Ihr Gekreische klang unheimlich wie das Wimmern von der Verdammnis preisgegebenen Kinderseelen.

Ein leichtes Lächeln glitt über Kramers Miene, und Silberschläger lief es kalt den Rücken hinunter. Gott musste wirklich auf der Seite dieses Mannes sein, dachte er.

Und endlich nickte Flechner. »Gut«, murmelte er. »Gehen wir!«

Gabriel Dengler, der Lochwirt, brauchte eine halbe Ewigkeit, bis er auf Silberschlägers Läuten reagierte, sich aus dem Bett quälte und die Tür zum Lochgefängnis öffnete.

»Was zum …« Er verschluckte den Rest des Satzes, als er sah, wen er vor sich hatte. »Herr Bürgermeister!« Von Silberschläger wanderte sein Blick weiter zu Flechner. »Herr Stadtrichter!« Rasch zog er sich die Hose höher, doch es änderte nichts an seiner zerzausten, unordentlichen Erscheinung. »Ist etwas passiert, dass Ihr so spät …«

»Ist es!« Flechner drängte sich an Silberschläger vorbei, sodass er jetzt vor dem Lochwirt stand. »Wir müssen zu dem Gefangenen, der den Herrn Bürgermeister angegriffen hat. Sofort!«

Dengler nickte. Er wirkte verwundert, stellte jedoch keine Fragen. »Selbstverständlich. Kommt mit!« Erst jetzt bemerkte er, dass noch ein dritter Mann in der Gasse stand. Sein Blick blieb an Heinrich Kramer hängen, und er schauderte unwillkürlich.

Silberschläger unterdrückte ein Grinsen.

Zu dritt folgten sie dem Lochwirt durch die verwinkelten Gänge des Kerkers und blieben schließlich vor einer der Zellen stehen. »Da drin sitzt er«, sagte Dengler.

Kramer nickte ihm dankend zu. »Öffnet die Zelle«, verlangte er. »Und dann lasst uns allein!«

Tobias saß auf der hölzernen Pritsche an der Rückwand seiner Zelle, die Knie vor die Brust gezogen und den Kopf darauf abgelegt. Er grübelte, was er nun tun sollte. Nachdem Silberschläger aus seiner Ohnmacht erwacht war und ihn mit dem Messer in der Hand dastehen gesehen hatte, hatte er Alarm geschlagen. Zwei Büttel, die ganz in der Nähe gewesen sein mussten, waren angerannt gekommen. Auf Silberschlägers Befehl hin hatten sie ihn verhaftet.

Als er jetzt vor der Tür Stimmen vernahm, sah Tobias hoch.

Die Tür schwang auf. Ein Mann kam herein, den Tobias nicht kannte. Er war kräftig, hatte schütteres Haar und Augenbrauen, die wie Fliegenbeine aussahen. Hinter ihm betrat Bürgermeister Silberschläger die Zelle, und ihm wiederum folgte ein Mönch in der schwarz-weißen Kleidung der Dominikaner. Bei seinem Anblick erzitterte etwas in Tobias' Innerstem. Der kalte, berechnende Ausdruck in den hellblauen Augen des Mönches ließ ihn frösteln.

Der erste Mann, der kräftige, blieb vor Tobias stehen und musterte ihn, bevor er sprach. »Er sieht nicht besessen aus.«

Tobias stellte die Füße auf den steinernen Boden.

Der Mann trat einen Schritt zurück, doch die Zelle war eng, und es gab nicht genug Platz, um auszuweichen. Mit der Schulter stieß der Mann gegen Silberschläger.

»Entschuldigt«, sagte er.

Silberschläger nickte nur. Er starrte Tobias an. Um seinen Hals lag ein weißer Verband, und in seiner Miene arbeitete es heftig.

»Was geschieht nun mit mir?«, flüsterte Tobias. Er war versucht, zu sagen, dass er an Silberschlägers Verletzung keinerlei Schuld trug. Doch wenn er das getan hätte, hätten sie ihn gefragt, wer an seiner Stelle dafür verantwortlich war.

Schweig still! Der knappe Befehl dröhnte in seiner Erinnerung. Tobias presste die Lippen zusammen.

»Wir werden sehen.« Der Kräftige winkte den Mönch nach vorn. »Fangt an!«

Der Mönch nickte. »Ich danke Euch, Herr Stadtrichter!« Ein leicht spöttischer Ton lag in seinen Worten, trieb Tobias auf die Füße. Der Stadtrichter persönlich mühte sich hierher? Mitten in der Nacht? Verunsichert schaute Tobias den Mönch an, der ihn jetzt freundlich anlächelte und sagte: »Setz dich wieder hin, Junge! Dir wird nichts geschehen, das verspreche ich.«

Erfüllt von Misstrauen ließ Tobias sich zurück auf die Pritsche sinken. »Was wollt Ihr?«, krächzte er. »Ich habe …« *… das nicht getan!* Sein Blick zuckte zu Silberschlägers Halswunde, und er schwieg.

»Ich möchte dir ein paar Fragen stellen«, sagte der Mönch. Er klang noch immer freundlich, und jetzt lächelte er so offen, dass in Tobias ein Funke Hoffnung keimte. Vielleicht war dieser Mann tatsächlich auf seiner Seite!

Er sah ihm in die Augen, bemühte sich, das Lächeln zu erwidern, doch seines geriet schwach und unsicher.

Das des Mönches hingegen erlosch schlagartig. »Sag mir, wer den Bürgermeister überfallen hat!«

Nein! Der Gedanke kam so schnell, wie eine Hand vor einer Flamme zurückzuckte. *Schweig still, oder die ewige Verdammnis ist dir sicher!*

Heftig schüttelte er den Kopf.

Noch immer sah der Mönch ihn freundlich an. »Willst du es nicht sagen, oder kannst du es nicht?«

Tobias krümmte sich. »Ich kann … nicht …« Gott hatte ihm den Weg gezeigt. Er wusste, was er zu tun hatte.

Der Mönch legte ihm eine Hand auf den Arm.

Tobias zuckte zurück. »Fasst mich nicht an!«, kreischte er. Aus den Augenwinkeln sah er, wie der Stadtrichter und Silberschläger lange Blicke tauschten.

Der Mönch zog die Hand zurück. Rieb sie. Hatte er sich verbrannt? Tobias griff sich an den Hals, um zu prüfen, ob sein Körper schon im ewigen Feuer schmorte. Er spürte jedoch keine Hitze, sondern nur kalten Schweiß. Der Geruch seiner eigenen Angst kribbelte ihm in der Nase.

»Warum kannst du den Namen nicht nennen?«, fragte der Mönch. »Hindert dich etwas daran?«

»Ja!«

»Was hindert dich?« Der Mönch beugte sich vor. So nah war er jetzt, dass Tobias den Geruch von Weihrauch riechen konnte, der aus seinen Kleidern strömte. Sein Leib verkrampfte sich, und er wimmerte.

»Ich … nicht!«

»Was hast du?«

»Lass …«

»Was, Tobias? Das ist doch dein Name, oder? Sag mir den Namen!«

»Nein!«

Er wurde an den Schultern gepackt und festgehalten. Sein Herz raste jetzt zum Zerspringen, er bekam kaum noch Luft. Er versuchte, nach dem Mönch zu schlagen, aber der war zu stark. Warum nur war er so stark? »Lasst mich in Ruhe!« Mit einem Mal war seine Stimme nicht mehr hoch und kindlich, sondern vor Angst in die Tiefe gerutscht.

»Heilige Maria, Mutter Gottes!«, hörte er den Stadtrichter hauchen.

»Nenn mir den Namen!«, verlangte der Mönch erneut. »Du musst dich wehren, Tobias. Nur wenn du mir den Namen sagst, kann ich dir helfen!«

»Ich darf nicht!«, wimmerte er.

Der Mönch warf dem Stadtrichter einen triumphierenden Blick zu. Dann starrte er Tobias in die Augen. »Ich rufe dich an, Dämon, der du in diesem armen Knaben steckst. Nenn mir deinen Namen!«

Ein Zucken erfasste Tobias. »Nein!«

»Nenn ihn mir!«

»Ich kann nicht!«

»Warum nicht?«

Ein Heulen rollte in seiner Kehle wie das eines Wolfes. »Weil ich der Verdammnis anheimfalle!«

Übergangslos war er frei. Der Mönch trat zurück.

»Reicht Euch das?«, fragte er den Stadtrichter.

Der blickte mit Augen voller Grauen auf Tobias nieder. »J-ja.« Er hustete. »Was sollen wir jetzt tun?«

Der Mönch schob die Ärmel seiner Kutte zurück und ließ die Fingergelenke knacken. »Nun, um die Gefahr von Nürnberg abzuwenden, ist es wichtig, den Namen der Hexe zu erfahren, die den Dämon auf diesen armen Wicht niedergesandt hat.«

Der Stadtrichter schluckte schwer. »Könnt Ihr das bewerkstelligen?«

»Natürlich, dazu brauche ich allerdings ein wenig tatkräftige Hilfe. Ihr habt gehört, wie hartnäckig sich Tobias schon weigert, den Namen des Dämons preiszugeben, der ihn in seiner Gewalt hat. Ihn zur Preisgabe der Hexe zu bringen, die ihm den Dämon gesandt hat, wird noch um einiges schwieriger werden.«

»Aber Ihr könnt das?«

Der Mönch lächelte kühl. »Es ist mein täglich Brot, mein Bester!«, sagte er.

Der Stadtrichter zögerte. »Was braucht Ihr?«

»Lasst den Nachrichter kommen«, sagte der Mönch.

Der Nachrichter!

Tobias erzitterte. Sie würden ihn foltern. Er hatte keine Ahnung wieso, aber sie würden ihn foltern, weil sie unbedingt diesen Namen wollten.

Namen!

Niemals darfst du jemandem erzählen, was geschehen ist, hörst du mich? Mein Name darf nicht fallen …

Hohl klang die drohende Stimme in seinem Kopf wider.

Den Namen einer Hexe wollten sie.

Aber er kannte gar keine Hexe. Er schüttelte den Kopf. Was hatte das zu bedeuten? Das Gespräch fiel ihm ein, das dieser Silberschläger mit Katharinas Nachbarin geführt hatte. Katharina! Wollten sie sie? Doch warum? Tobias kannte niemanden, der freundlicher und besser zu ihm gewesen war als sie.

»Das geht nicht!«, hörte er den Stadtrichter sagen.

»Wie meint Ihr das?«, erkundigte sich der Mönch. Er klang ungehalten.

»Um eine Folter anzuordnen, braucht es mindestens drei Ratsherren. Das kann ich auf keinen Fall allein tun.«

Der Mönch stieß ein ungeduldiges Seufzen aus. »Euch ist schon bewusst, dass Nürnberg eine große Gefahr …«

»Eben!«, fiel der Stadtrichter ihm ins Wort. Seine Blicke huschten jetzt ängstlich umher. »Eine große Gefahr für die Stadt bedingt, dass sich der Rat damit befasst!«

»Wie lange wird es dauern, die Männer zusammenzurufen?«, fragte der Mönch.

Die Augen des Stadtrichters quollen vor. »Unverzüglich?«

»Natürlich!«, zischte der Mönch ihn an.

Er zuckte zurück. »Selbstverständlich. Nun. Ich muss Männer zu ihnen schicken. Ein, zwei Stunden, denke ich, wird es auf jeden Fall dauern!«

Wieder seufzte der Mönch. »Was steht Ihr dann hier noch herum?«

Der Stadtrichter fuhr zusammen, fast salutierte er. »Nat ... Ich ...« Ohne ein weiteres Wort stürzte er aus der Zelle und war im nächsten Moment verschwunden. Von Ferne nur konnte Tobias ihn nach Dengler rufen hören.

»Dieser Einfaltspinsel!« Die Stimme des Mönches hallte dumpf von den Wänden des Lochgefängnisses wider.

Er und Bürgermeister Silberschläger hatten Tobias' Zelle ebenfalls verlassen, kaum dass der Stadtrichter fort war. Sie hatten die Tür wieder verschlossen und standen jetzt draußen auf dem Gang.

»Ich weiß nicht, warum Ihr so ungeduldig seid!«, warf Silberschläger ein. Es war das erste Mal, seit Tobias eingekerkert worden war, dass er das Wort ergriff. Seine Stimme hatte einen seltsam heiseren Klang. »Früher oder später wird Katharina ...«

»Ich weiß, ich weiß«, lenkte der Mönch ein. »Aber ich habe Jahre darauf gewartet, diese Hexe in die Finger zu bekommen. Meine Geduld ist einfach am Ende.«

»Gebt nicht mir die Schuld! Ich habe getan, was Ihr ...«

Eine Art Knurren unterbrach ihn, und Tobias standen bei diesem Geräusch die Haare zu Berge. Je länger er diesen Mönch reden hörte, umso weniger war er davon überzeugt, es mit einem Menschen zu tun zu haben. Da war etwas in diesen hellblauen Augen ...

Katharina, dachte er. Sie wollen Katharina.

Aber warum?

Genau diese Frage schien sich auch Silberschläger zu stellen, denn er krächzte nun: »Was habt Ihr eigentlich gegen diese Hexe?«

Er erhielt keine Antwort. Stattdessen meinte der Mönch: »Kommt. Ich halte diesen Gestank hier unten nicht mehr aus. Lasst uns an die frische Luft gehen, solange Flechner braucht, um die Stadträte herzuholen!«

Während die beiden sich entfernten, wurden ihre Stimmen immer leiser. Das Letzte, was Tobias hören konnte, war, wie Silberschläger meinte: »Nun redet schon! Ihr hegt fraglos einen tiefen Groll gegen sie.«

Und der Mönch antwortete mit einem wütenden Lachen. »Groll ist gut! Ich will sie in den Flammen sterben sehen!« Dann fiel eine schwere Tür hinter ihnen zu und schnitt die nächsten Worte ab.

Tobias verharrte einen Moment regungslos mitten in seiner Zelle. Erst als das Zuschlagen der Tür in den langen Gängen verhallt war, ging er zu der Pritsche. Er setzte sich darauf, starrte in die undurchdringliche Finsternis, dann seufzte er und legte sich der Länge nach hin. Einen Arm über die Augen gelegt, begann er zu beten.

Er bat Gott um Vergebung für sein Vorhaben, sich in die Pegnitz zu stürzen. Ein weiteres Vergehen, dachte er, das er der schier unendlich langen Liste seiner Sünden hinzugefügt hatte. Er würde eine Nachricht zu Dr. Spindler schicken müssen, damit er kam, um ihm hier unten die Beichte abzunehmen. Ob er den Lochwirt darum bitten konnte?

Vorher jedoch galt es, zu überlegen, was diese Männer von Katharina wollten. Der Mönch wollte sie brennen sehen, das hatte er deutlich gesagt. Tobias holte tief Luft. Der Gestank, der in dieser Zelle herrschte, fühlte sich in seiner Nase an wie eine zähe Flüssigkeit. Er hustete. Der Mönch war offenbar ein Inquisitor, es war seine heilige Aufgabe, Hexen zu verfolgen. Aber er musste doch einsehen, dass Katharina keine Hexe war, oder nicht? Würde er sie wirklich unter Anklage stellen? Und wenn ja, bedeutete das, dass er vorhatte, sie zu foltern?

Folter!

Tobias erschauderte, als ihm bewusst wurde, dass er selbst kurz davor stand, der Folter unterzogen zu werden. Die Stadträte waren wahrscheinlich längst auf dem Weg hierher, und sie würden nicht besonders guter Laune sein, weil man sie mitten in der Nacht aus dem Bett gezerrt hatte. Doch würden sie tatsächlich Anweisung geben …

Bilder von ausgerenkten Gliedern und zerquetschten Fingern tanzten vor seinem geistigen Auge herum, und Angst bemächtigte sich seiner. »Muss ich auch wandern in finsterer Schlucht«, flüsterte er, »ich fürchte kein Unheil, denn du bist bei mir, dein Stock und dein Stab geben mir Zuversicht.« Mit einem Ruck setzte er sich auf, starrte in die Finsternis.

Plötzlich, wie aus dem Nichts heraus, erfüllte ihn Zuversicht, und er war sich sicher: Gott sprach mit ihm! In der Finsternis des Gartens, neben dem röchelnden Silberschläger schon hatte er eine Ahnung davon verspürt, was der Herr mit ihm vorhatte. Und jetzt, hier in diesem Loch, im Moment der größten Angst, war Gott bei ihm und zeigte ihm den Weg, den er für ihn vorgesehen hatte! Jeder einzelne Schritt, den er getan hatte, alles, was er hatte durchmachen müssen, war zu einem einzigen Zweck geschehen: ihn hierherzubringen.

Weil er Katharina retten sollte. Ja, er selbst war verdammt, das Feuer der Hölle würde so oder so auf ihn warten, aber nur er hatte es in der Hand, Katharina vor der Anklage der Hexerei zu bewahren.

Er musste nur …

»Die Morde gestehen«, wisperte er.

Sein Innerstes erzitterte, doch dann bemächtigte sich eine nie gekannte Kraft seiner Seele. Auf einmal war er ganz ruhig. Auf einmal lag der Weg klar vor ihm.

Stadtrat Flechner brauchte tatsächlich kaum länger als anderthalb Stunden, um die für eine Entscheidung notwendigen zwei weiteren Ratsherren aus ihren Betten zu klingeln und sie zum Lochgefängnis zu schaffen. Silberschläger, der gemeinsam mit Heinrich Kramer in der Wohnung des Lochwirtes auf die Bürgermeister gewartet hatte, sah erstaunt auf, als bereits so kurze Zeit nach Flechners Aufbruch der Klingelzug vorn an der Haustür betätigt wurde.

»Das sind sie!« Zufrieden erhob Kramer sich von dem Schemel. Er rieb sich die Hände, und Silberschläger rümpfte die Nase.

Wieder lag der fanatische Glanz in Kramers Augen, der deutlich zeigte, wie sehr er Katharina Jacob hasste. Er hatte auf Silberschlägers Frage, warum er sie brennen sehen wollte, keine Antwort gegeben, aber die Art, wie er sich benahm, ließ am Ende nur einen einzigen Schluss zu.

Er sann auf Rache.

Silberschläger leckte sich über die Unterlippe. Zu gern hätte er gewusst, welch finstere Geschichte die beiden miteinander verband, aber jetzt war keine Gelegenheit, noch einmal danach zu fragen, denn nun drängten sich nacheinander zwei Männer in die Stube des Lochwirtes. Beide sahen sie ein wenig zerzaust und müde aus. Der erste, ein Älterer namens Walther Hofer, war überaus missgelaunt.

»Könnt Ihr mir bitte sagen, was das Ganze hier zu bedeuten hat?«, fuhr er Heinrich Kramer an, kaum dass er einen Fuß in die Stube gesetzt hatte. Er klang, als sei er erkältet, seine Nase war stark gerötet. »Wie Ihr sicher wisst, hat die Inquisition in Nürnberg keine Befugnisse hinsichtlich der Verfolgung von Hexentaten, weil der Rat …«

Kramer hob abwehrend beide Hände. »Mein Herr!« Er sprach sehr sanft, und mit gelinder Überraschung blickte Silberschläger ihn an. Kramer hatte nun nichts mehr von dem rachsüchtigen Fanatiker, der noch eben in seiner Haut gesteckt hatte. Er schien nichts weiter zu sein als ein Mann, der in höchstem Maße besorgt war. Eine steile Falte stand über Kramers Nasenwurzel, und sie war so tief, dass seine Augenbrauen sich fast berührten. »Wie ich dem Herrn Stadtrichter schon sagte, bin ich in der Lage, Eure Stadt vor einer gewaltigen Gefahr zu bewahren …« Er ließ den Satz in der Luft hängen.

Der zweite der neu hinzugekommenen Stadträte, ein jüngerer Mann namens Karl Mullner, starrte Kramer mit einer Mischung aus Unbehagen und Scheu an. »Ihr redet, als stehe es bereits fest, dass diese Frau der Hexerei schuldig ist!«

Auch ihn bedachte Kramer mit einem freundlichen und überaus besorgt wirkenden Blick. »Glaubt mir«, sagte er leise und fast ein wenig betrübt, »ich kenne diese Katharina Jacob seit vielen Jahren. Und sie *ist* eine Hexe.«

Mullner schüttelte unwillig den Kopf. Wie ein Pferd sah er aus, das sich gegen einen ganzen Schwarm Fliegen zur Wehr zu setzen versuchte und sich doch vergeblich mühte. »Ich …«

Kramer fiel ihm ins Wort. »Nun seid Ihr schon einmal hier. Was hindert uns dann daran, einen Blick auf diesen jungen Scholaren zu werfen? Ihr werdet rasch feststellen, dass er dem unheiligen Einfluss dieser Hexe unterliegt.«

»Wir werden ihn uns ansehen«, sagte Hofer. »Und wir werden unsere eigenen Schlüsse ziehen.« Er starrte Kramer finster an, und in Silberschläger wuchsen Zweifel daran, ob der Mönch sein Ziel erreichen würde. Die beiden Stadträte waren offenbar weitaus weniger geneigt, an Hexerei und Teufelswerk zu glauben, als Flechner. Es würde nicht einfach werden, sie zu überzeugen. Silberschläger suchte Kramers Blick, doch der Mönch schien nach wie vor zuversichtlich.

»Natürlich!« Kramer neigte den Kopf und wies in Richtung der

Treppe, die nach unten in die Küche der Lochwirtswohnung führte und von dort aus ins Lochgefängnis. Über sie waren Silberschläger und er vor anderthalb Stunden aus der dumpfen Tiefe zurück nach oben gekommen.

Mullner und Hofer sahen sich an. »Gehen wir!«, entschied Hofer schließlich.

Und das taten sie.

23. Kapitel

Tobias wartete. Aufrecht saß er auf der vorderen Kante der Pritsche, die Füße dicht nebeneinandergestellt und die Hände auf den Knien abgelegt. Er fühlte sich gut. Ruhig und zuversichtlich, dass er das, was nun vor ihm lag, durchstehen konnte.

Der Herr war bei ihm, das spürte er deutlich. Wie er seinem Sohn Jesus Christus im Garten Gethsemane Kraft gegeben hatte, sich seinen Häschern zu stellen und den ihm vorgezeichneten Weg anzutreten, so gab er nun auch Tobias Kraft.

Die Schritte mehrerer Männer ertönten draußen auf dem Gang, und als das Geräusch eines Schlüssels erklang, der im Schloss seiner Zellentür umgedreht wurde, da glitt ein Lächeln über Tobias' Miene. Zum ersten Mal seit langer – sehr langer – Zeit fühlte er sich, als könne er Gottes Gnade doch noch erlangen.

»Ich danke dir, Herr!«, murmelte er.

Die Zellentür schwang auf. Herein trat als Erster dieser finstere Mönch mit den komisch gekräuselten Haaren. Er wirkte zufrieden, jedoch auch ein wenig angespannt, und als er nun zur Seite trat, um den restlichen Besuchern Platz zu machen, da begegnete sein Blick dem von Tobias.

Es war unmöglich, in seinen blauen Augen zu lesen, also konzentrierte Tobias sich stattdessen auf die anderen Männer. Da war der Stadtrichter. Er war leicht zu durchschauen, er hatte eindeutig Angst. Tobias vermochte sich nur nicht vorzustellen, wovor.

War nicht vielmehr er derjenige, der hier Angst haben musste?

Hinter dem Stadtrichter kamen jetzt zwei neue Männer herein, beide in die teure Kleidung von Patriziern gehüllt, jedoch etwas nachlässig angezogen. Beide sahen müde aus, etwas ungehalten und überaus unlustig. Einer war vielleicht um die fünfzig Jahre alt, der andere um einiges jünger. Tobias hatte sie beide noch nie zuvor gesehen.

»Nun«, begann der Mönch nach einem leisen Räuspern. »Hier haben wir den ...«

Mit einer raschen Bewegung stand Tobias auf. »Ich war es!« Seine Stimme klang fest, und Stolz erfüllte ihn deswegen.

Der Mönch glotzte ihn an. »Wie bitte?«

In den Augen des jüngeren Patriziers erschien ein Ausdruck von Verwunderung. Bevor der Mönch noch etwas sagen konnte, trat der Patrizier vor. Er war fast genauso groß wie Tobias, und so schauten sie sich in die Augen, bevor der Mann sagte: »Was warst du?«

»Ich ...« Tobias setzte an, aber nun versagte ihm doch die Stimme. Er besann sich. Gott war bei ihm! Und die Heilige Jungfrau auch. Er dachte an die Statue der Madonna in der Heilig-Geist-Kapelle. Manchmal hatte er geglaubt, sie weinen zu sehen über die Dinge, die heimlich hinter dem Altar geschahen. Seine Gedanken wollten zu Dr. Spindler abdriften, doch er stemmte sich dagegen, jetzt an seinen Beichtvater zu denken. »Ich habe den Spitalmeister ermordet. Und auch die Marktfrau.« Er wandte sich an Silberschläger, der mit blassem Gesicht dastand und ebenso erstaunt wirkte wie der Mönch. »Und ich habe versucht, Euch zu töten.« Tobias reckte das Kinn vor. »Ich bin der Mörder, den Ihr sucht!«

Der jüngere und der ältere Patrizier sahen sich an. Beide wirkten sie zufrieden.

»Na, dann ist das ja wohl geklärt«, sagte der Ältere, »und wir können in unsere Betten zurückkehren!«

Der Mönch hatte offenbar nicht vor, es dabei zu belassen. »Wie Ihr seht«, sagte er eilig, »wurde er behext. Und jetzt zwingt der Dämon ...«

»In mir ist kein Dämon!«, widersprach Tobias. »Ich habe all die Taten, die man mir vorwirft, aus freien Stücken getan.«

Der jüngere Patrizier legte den Kopf schief, kam aber nicht dazu, eine Frage zu stellen, denn jetzt mischte sich der Stadtrichter ein. »Jemand zwingt dich, das zu sagen, nicht wahr?« Schweiß stand ihm auf der Stirn, und er blickte sich ängstlich über beide Schultern um. Tobias fragte sich, was er in den finsteren Ecken der Zelle sehen mochte. Der Adamsapfel des Mannes ruckte in regelmäßigen Abständen auf und nieder.

Mit einem Mal verspürte Tobias einen Anflug von Unsicherheit. Was, wenn es gar nicht Gott war, der ihm Zuversicht verlieh? Was, wenn er wirklich einem Dämon zum Opfer gefallen war und dieser wollte, dass er die Morde zugab? Er legte sich eine Hand auf das Herz. Wie konnte er sicher sein, wer in seinem Innersten zu ihm sprach? Er stöhnte leise. Wenn doch Dr. Spindler hier gewesen wäre! Er wusste immer genau, was richtig und was falsch war!

Beim Gedanken an seinen Beichtvater verging die Angst wieder. Tobias richtete den Blick auf das Kreuz, das der Mönch um den Hals trug. »Darf ich es berühren?«, fragte er.

Der Mönch schaute an sich hinab. »Das?« Seine Hand schloss sich um das silberne Metall.

»Gestattet es ihm!«, befahl der jüngere Patrizier. »Er soll das Kreuz in den Händen halten und dann sein Geständnis wiederholen.«

Der Mönch schien nicht zu wollen, dass das geschah, aber ihm blieb keine Wahl. Langsam griff er nach der Kette und streifte sie sich über den Kopf. Dann reichte er Tobias das Kreuz.

Tobias griff danach. Was, wenn das geweihte Metall ihn verbrannte? Aber nichts geschah.

Er. War. Nicht. Besessen.

Wieder und wieder sagte er sich diese Worte vor. Dann, nachdem er einmal tief durchgeatmet hatte, hob er den Kopf, sodass er den Mönch geradeheraus anblicken konnte. »Ich, Tobias Weinmann, gestehe hiermit, die eben genannten Morde begangen zu haben.«

Der Mönch rieb sich mit zwei Fingern über Stirn und Augenbrauen.

»Also gut!«, sagte der ältere Patrizier. »Wie es scheint, ist diese Sache hier eindeutig.« Er nickte Silberschläger zu. »Es ist Euch gelungen, den Dolchmörder zu fassen und ihn zu einem Geständnis zu bewegen.« Er deutete eine leichte Verbeugung an. »Meine Hochachtung!«

Silberschläger schien hin- und hergerissen zwischen Stolz und Verzweiflung. »Aber …«, stammelte er mit seiner heiseren Stimme. Und dann fügte er sehr leise hinzu: »… Katharina!«

»Nun!« Der ältere Patrizier stemmte beide Fäuste in die rundlichen Hüften. »Da wir wohl alle hier derselben Meinung sind, dass wir es mit gewöhnlichen Morden zu tun haben und keinesfalls mit Hexerei …«

»Ähm!« Zögernd hob der Stadtrichter einen Finger. »Ich bin mir da nicht so sicher!«

Der Mönch unterdrückte ein Lächeln.

»Niemand hat mich verhext!«, behauptete Tobias. Es musste ihm gelingen, die Männer davon zu überzeugen! Nur so konnte er verhindern, dass sie Katharina ebenfalls hierher an diesen furchtbaren Ort brachten.

Die Männer begannen, miteinander zu diskutieren. Tobias verstand nur die Hälfte von dem, was sie sagten, denn sie redeten jetzt ziemlich laut und schnell durcheinander. Doch es war ihm ohnehin einerlei. Er behielt lieber den Mönch im Auge, der den Streit zugleich neugierig und überaus gelassen beobachtete.

»Es gibt eine Möglichkeit, wie wir ganz zweifelsfrei herausfinden, ob dieser junge Mann hier besessen ist oder nicht«, sagte er mitten in eine Atempause hinein. Seine Worte schwangen einen Augenblick lang in der Luft.

»Wie?«, fragte der ältere Patrizier. Während des Streits hatten die anderen ihn ein paarmal mit dem Namen Hofer angeredet.

»Nun. Ist es in Nürnberg üblich, Menschen, die einen oder gar mehrere Morde gestanden haben, dem Henker zu übergeben?«

Das Wort ›Henker‹ ließ Tobias' Herz in seiner Brust erzittern, aber er blieb standhaft. Der Herr war mit ihm, wie er mit Jesus Christus gewesen war. Sein Kreuzweg hatte gerade erst begonnen.

»Natürlich!«, antwortete Hofer.

»Dann ist es ganz einfach!«, sagte der Mönch. »Gebt Befehl zur Hinrichtung. Sollte sich ein Dämon in diesem jungen Mann befinden, muss er den Körper in der Todesstunde verlassen. Bei seiner Hinrichtung also werden wir Gewissheit bekommen.«

Der jüngere Patrizier schaute Tobias ins Gesicht. Er hatte Zweifel, das konnte Tobias ihm ansehen. »Dir ist klar«, fragte er, »dass du hingerichtet werden wirst? Wiederholst du unter diesen Umständen dein Geständnis?«

Tobias nickte. Seine Lippen zitterten ein wenig, aber man hörte seiner Stimme kaum Angst an, als er sagte: »Ja, das tue ich!«

»Und wirst du, wenn sie dir deinen Rechtstag bereiten, dein Geständnis ebenfalls wiederholen?«

Der Rechtstag, das wusste Tobias, gehörte zu einer rechtskräftigen Verurteilung. Man würde ihn vor eine größere Gruppe von Ratsherren führen, dort würde er sein Geständnis laut und deutlich und ohne Androhung der Folter wiederholen müssen. Erst dann galt seine Schuld als bewiesen, und er konnte verurteilt werden.

Er *würde* verurteilt werden.

Mit fest aufeinandergebissenen Zähnen nickte er.

Der jüngere Patrizier nickte. »Also gut! Dann soll es wohl so sein.« Tobias glaubte, eine Frage in seiner Miene lesen zu können.

Warum tust du das?

Er senkte den Kopf, ließ die Schultern nach vorn fallen. Er musste schuldig aussehen, schuldig und entsetzt über seine Taten. Von unten herauf versuchte er, dem jüngeren Patrizier ins Gesicht zu schielen, aber der hatte sich abgewandt und disputierte erneut mit den anderen.

»Es liegt in unseren Händen«, sagte Hofer ungeduldig. »Wir sollten abstimmen. Wer ist dafür, dass dieser junge Mann seinen Rechtstag erhält?« Er selbst hob als Erster die Hand. Der Stadtrichter und Silberschläger taten es ihm gleich.

Nur der jüngere Patrizier zögerte.

»Mullner?«, fragte Hofer ihn.

Da nickte der Jüngere. Er wollte etwas hinzufügen, aber Hofer kam ihm zuvor. »Gut. Das ist also einstimmig, wie es das Gesetz vorschreibt.« Er strebte schon in Richtung Tür, doch der Stadtrichter hielt ihn auf, indem er leise »Ähm!« murmelte.

Mit einem ungeduldigen Seufzen drehte Hofer sich wieder um. »Was noch?«, raunzte er.

»Ich beantrage, dass der Rechtstag sofort morgen früh einberufen wird!«, sagte der Stadtrichter.

»Morgen ist Sonntag!« Schon wollte Hofer sich erneut zum Gehen wenden, doch der Stadtrichter, der zuvor einen fragenden Blick in Richtung des Mönches geworfen und von diesem ein aufmunterndes Nicken geerntet hatte, sagte: »Es geht hier immerhin um den schwerwiegenden Vorwurf der Hexerei! Und wenn es stimmt, was dieser heilige Mann hier sagt ...«, an dieser Stelle deutete er auf den Mönch, »... dann könnte Nürnberg sich in großer Gefahr befinden!«

»Hexen!« Hofer schnaubte. »Wer's glaubt!«

Einen Augenblick lang standen er und der Stadtrichter sich erbost gegenüber, und schon wollte der Richter nachgeben, als der Mönch sich nach vorn schob.

»Was habt Ihr zu verlieren außer vielleicht einen Sonntagvormittag?«, fragte er. »Doch wenn es stimmen sollte, was der Herr Stadtrichter und ich befürchten, dann ...«

»Schon gut!« Mit einer barschen Geste winkte Hofer ab. »Also legen wir den Rechtstag dieses Mannes auf morgen! Aber jetzt entschuldigt mich. Ich muss dringend schlafen gehen!« Und mit diesen Worten stiefelte er davon.

Nachdem sie allesamt das Lochgefängnis verlassen hatten und der Lochwirt hinter ihnen sorgsam abgesperrt hatte, war Silberschläger froh, endlich wieder frische Luft zu atmen. Als sie auf die Lochgasse hinaustraten, schlug es gerade eins gen Tag. Silberschläger seufzte. An Schlaf war nun sowieso nicht mehr zu denken!

Kramer schien mit dem Verlauf des eben Geschehenen recht zufrieden zu sein, und Silberschläger fragte sich, wieso. Sie waren weiter davon entfernt, Katharina festnehmen zu können, als je zuvor.

»Sieht ganz so aus, als bliebe Euch nichts anderes übrig, als zu ihr zu gehen und Eure Rache ohne meine Hilfe zu vollziehen«, murmelte er.

»Wovon redet Ihr?« Kramer schaute verwundert.

Silberschläger zuckte zusammen, weil der Blick dieser hellblauen Augen mit einem Mal fast etwas irre wirkte. »Ich … Ich dachte nur …«

Aber dann, übergangslos, lächelte der Mönch. »Ich bin kein Mann des Schwertes«, sagte er. »Meine Waffe ist der Hexenhammer. Der Hexenhammer, das Wort Gottes und Männer wie Ihr, um die Welt von der Plage der Hexerei zu befreien.« Es hatte etwas Beschwörendes an sich, wie er das sagte.

Silberschläger nickte. »Wenn Ihr meint …«

»Ihr glaubt, dass wir unsere Gelegenheit vertan haben, Katharina in die Finger zu bekommen?«

»Nun …«

»Ich gebe zu, es ist nicht ganz so gekommen, wie ich es geplant hatte.« Das Lächeln auf Kramers Gesicht wurde noch breiter. Silberschläger überlief ein kalter Schauder. »Aber das ist nicht schlimm. Wir müssen nur ein wenig anders vorgehen.« Sie hatten inzwischen das Ende der Lochgasse erreicht und traten von dort aus hinaus auf den Platz vor der großen Bürgerkirche St. Sebald. Im Osten färbte sich bereits der Himmel rot.

Von der Burgstraße her näherte sich eine Gestalt. Es war ein Mann in zerrissenen Kleidern. Er war barfuß, und er trug einen gefiederten Hut auf dem Kopf und eine kleine Holzkiste unter dem Arm. Als er an Silberschläger und Kramer vorbeikam, murmelte er ein höfliches »Gelobt sei Jesus Christus!«.

Kramer lächelte ihn an. »In Ewigkeit. Amen!« Dann sah er zu, wie der Mann die Holzkiste an der Wand des St. Sebalder Hochchores abstellte und sich daraufsetzte, als warte er auf etwas Wichtiges.

»Ein Bußprediger.« Silberschläger wollte noch etwas hinzufügen, aber Kramer unterbrach ihn.

»Ich weiß.« Dann legte er den Kopf schief, überlegte kurz. Ein Glitzern erschien in seinen Augen. »Wisst Ihr, was wir machen?« Er beugte sich vor und flüsterte Silberschläger etwas ins Ohr.

Dessen Augen weiteten sich. »Das könnte tatsächlich klappen!«

»Wird es! Wenn Ihr mir noch einmal helft!«

»Was soll ich tun?«

Kramer legte ihm eine Hand auf die Schulter. Silberschläger unterdrückte ein Frösteln. »Ich kümmere mich um den Prediger«, sagte der Mönch, »sorgt Ihr dafür, dass ein paar Leute am Rabenstein auftauchen, die uns bei unserem kleinen Theater unterstützen können. Und noch eines: Stellt sicher, dass Katharina zu Tobias' Hinrichtung erscheint!«

Katharina erwachte, weil draußen vor dem Fischerhaus Stimmen laut wurden, die sich stritten. »Du alter Mistkerl!«, hörte sie eine Frau keifen, dann erst fiel ihr wieder ein, was gestern Abend geschehen war.

Richard!

Sie lächelte, schlug die Augen auf und tastete nach ihm, aber er war nicht mehr da. Außer ihr war niemand im Zimmer, der Riegel, den sie am Abend zuvor vorgeschoben hatte, lag nicht mehr vor, doch die Tür war sorgsam ins Schloss gezogen worden.

Sie war allein.

Mit einem Ruck setzte sie sich auf.

Warum war Richard fortgegangen? Hatte er ihr nur etwas vorgemacht, um sie dazu zu bringen, das Lager mit ihm zu teilen? Sie schämte sich dieses Gedankens, aber er war immer noch besser zu verkraften als das, was sie wirklich fürchtete: dass Richard gegangen war, weil sie ihn schon wieder abgewiesen hatte.

Fröstelnd zog Katharina die Decke enger um ihren nackten Leib.

Sie konnte noch Richards Duft darin wahrnehmen. Tief sog sie ihn ein. Plötzlich fühlte sie sich schmutzig, so, als sei sie benutzt und dann weggeworfen worden.

Ihr Blick wanderte zu dem Nachtkästchen, auf dem der Jungfrauenspiegel lag. Zögernd streckte sie die Hand danach aus, schlug ihm wahllos auf und las einige Sätze.

Die Keuschheit ist die wichtigste Tugend von allen, die geschmückt mit dem Kranz von Unversehrtheit, Glaube und Sitten noch vor Frucht und Stand der anderen, die vorwärtsgehen, voraneilt, wie sie die Blüte der Jungfräulichkeit in der Liebe zum keuschen Sohn der Jungfrau mit großer Sorgfalt bewahrt hat …

Gedankenverloren starrte sie auf die Worte, doch dann machten sich Wut und Enttäuschung Luft, und sie schleuderte das Buch gegen die Wand. Der Buchrücken brach, einzelne Seiten lösten sich und flatterten nach allen Seiten davon wie Laub im Herbstwind.

Katharina rührte sich nicht, bis ein jedes auf den Boden getrudelt war.

Dann erst schwang sie die Beine aus dem Bett.

Heirate mich!

Richards Frage erklang so deutlich in ihrem Kopf, dass sie zur Tür blickte, ob er dort stand und auf ihre Antwort wartete. Aber da war niemand. Die Tür war geschlossen.

Katharina rieb sich die Wangen. Sie hatte Richard wieder abgewiesen. Diesmal hatte sie ihn auch körperlich zurückgestoßen, im Moment der innigsten Vereinigung, und trotzdem hatte er sich vorgewagt, hatte sie gebeten, seine Frau zu werden. Und obwohl sie ihn mit ihrer Zögerlichkeit schon einmal aus der Stadt getrieben hatte, hatte sie auch diesmal einfach nicht ja sagen können.

Mit beiden Händen umklammerte sie ihre Schläfen. Was war bloß los mit ihr?

Donatus schlief offenbar noch, und sie war froh darüber. Sie setzte sich allein in die Küche, aß ein wenig Haferbrei vom Vortag und grübelte, wo Tobias wohl sein mochte. Auf dem Weg nach unten hatte sie in seiner Kammer nachgesehen, in der Hoffnung, er könne irgendwann in der Nacht nach Hause gekommen sein. Aber sie hatte sein Bett unberührt vorgefunden.

Hiltrud kam und gesellte sich zu ihr, und eine Weile unterhielten sie sich über Brunhilds Beerdigung.

»Gehst du nachher nach St. Lorenz?«, fragte Hiltrud schließlich. Da erst fiel Katharina ein, dass heute Sonntag war.

»Vielleicht.« Sie blickte an der Tischkante vorbei auf Hiltruds lang ausgestrecktes Bein. »Möchtest du mitkommen?«

Die ältere Frau schüttelte den Kopf. »Ich bleibe lieber hier. Für einen so langen Weg tut mir das Knie zu weh.«

Katharina nickte. Sie wollte eben etwas sagen, aber da klingelte es an der Haustür. Rasch sprang sie auf, stieg über Hiltruds Bein hinweg und eilte zur Tür.

»Tobi ...« Sie brach mitten im Wort ab, als sie sah, wer draußen stand.

Es war Bürgermeister Silberschläger. Um seinen Hals lag eine dicke, weiße Binde. Er zog seinen Hut vom Kopf. Und er lächelte sie verdächtig herzlich an.

»Was wollt Ihr hier?« Sie hatte nicht die Kraft, Freundlichkeit zu heucheln.

Er zog die Augenbrauen nach oben, überrascht und ein wenig gekränkt. »Warum so unfreundlich?«, fragte er. Seine Stimme hatte einen heiseren Klang, der auf der Stelle Katharinas Neugier weckte.

»Was ist mit Eurem Hals passiert?«, rutschte es ihr heraus, und dann überfiel sie ein so ungutes Gefühl, dass sie sich unwillkürlich am Türrahmen festklammerte.

»Oh, das!« Silberschläger griff sich an den Verband. »Das ist, wenn man es genau betrachtet, der Grund für mein Hiersein.« Er wartete einen Augenblick, um zu ergründen, was diese Worte mit Katharina anstellten. Sie bemühte sich um eine möglichst gefasste Miene, und offenbar war sie damit erfolgreich, denn Silberschläger sah ein wenig enttäuscht aus. Gleich darauf jedoch lächelte er wieder. »Gestern Nacht wurde ich überfallen.« Seine Stimme hörte sich unheimlich an, flach und krächzend wie die eines uralten Mannes. »Die Heiserkeit kommt von der Verletzung, die mir der Täter beigebracht hat. Wenigstens hat Dr. Schedel das behauptet, und er muss es ja schließlich wissen, oder?«

Katharina nickte langsam.

Silberschlägers Lächeln wurde zu einem Grinsen. »Natürlich wollte der Täter mich nicht mit Heiserkeit schlagen, sondern er führte etwas ganz anderes im Schilde. Ihr ahnt, was?«

Katharinas Finger krallten sich nun in das Holz des Türrahmens, sie konnte spüren, wie sich einer ihrer Nägel schmerzhaft umbog, und dennoch vermochte sie nicht loszulassen. Was sollte dieses Spielchen? Am liebsten hätte sie kehrtgemacht und Silberschläger einfach die Tür vor der Nase zugeschlagen, aber etwas an der triumphierenden Art, wie er sie ansah, ließ das nicht zu.

Als Katharina auf seine Frage nicht antworten wollte, räusperte er sich. Seine Stimme blieb heiser wie zuvor. »Er wollte mir die Kehle aufschlitzen, wie er es bei Rotgerber und dem Marktweib getan hat.«

An dem leichten Schwindelgefühl, das sie erfasste, bemerkte Katharina, dass sie die Luft angehalten hatte. Sie zwang sich, weiterzuatmen. »Warum erzählt Ihr mir das alles?« Täuschte sie sich, oder klang ihre Stimme beinahe ebenso heiser wie die Silberschlägers?

Hinter ihr wurden Schritte laut, jemand kam den Flur entlang. »Katharina?«

Sie drehte sich um. Es war Hiltrud. Ihr Blick fiel auf Silberschläger, und ihre Miene verfinsterte sich schlagartig.

»Der Herr Bürgermeister ist hier, weil er etwas überaus Wichtiges mitzuteilen hat«, erläuterte Katharina.

Silberschlägers Grinsen verschwand. Plötzlich wirkte er ärgerlich und ungeduldig. »Da Ihr Euch entschieden habt, mich unhöflich zu behandeln, frage ich mich, warum ich mir die Mühe gemacht habe, herzukommen. Aber da ich nun schon mal hier bin, kann ich meine Botschaft an Euch genauso gut loswerden: Ihr müsst Euch keine Sorgen mehr machen, dieser Morde verdächtigt zu werden. Der Täter wurde gestern Nacht auf frischer Tat ertappt.« Er warf sich in die Brust. »Von mir, nebenbei bemerkt.«

Bevor Katharina darauf noch etwas erwidern konnte, schob sich Hiltrud neben sie. Sie füllte beinahe den gesamten Türrahmen aus, und Katharina musste ein wenig zurücktreten, um ihr Platz zu machen. »Wer ist es?«

Mit einem Schlag kehrte das Grinsen zurück in Silberschlägers Miene, und diesmal wurde es von einem Funkeln in den Augen begleitet, bei dessen Anblick Katharinas Leib sich verkrampfte.

»Oh«, sagte Silberschläger vergnügt. »Ihr dürftet ihn kennen. Ein junger Mann namens Tobias Weinmann.«

Katharina stieß einen leisen Schrei aus. »Das ist unmöglich!«

»Ich fürchte nicht. Denn wie ich eben schon sagte, wurde er von mir auf frischer Tat ertappt.«

»Was ...«, Katharinas Stimme versagte beinahe, »... geschieht jetzt mit ihm?« Hiltruds Hand legte sich schwer auf ihre Schulter, und es war nicht klar, ob sie bei ihr Halt suchte oder ob sie sie stützen wollte.

»Ich vermute, zurzeit bekommt er gerade seine Henkersmahlzeit.«

Das letzte Wort dröhnte in Katharinas Verstand, doch es ergab nicht den geringsten Sinn. Katharina hob eine Hand vor den Mund, verwehrte es sich, nachzufragen.

»Seine Hinrichtung ist für die Mittagsstunde angesetzt«, sagte Silberschläger.

Hiltrud schüttelte den Kopf. »Das ist unmöglich! So schnell ordnet der Stadtrat keine Hinrichtung an! Sie müssen ihn erst befragen, brauchen ein Geständnis, bevor ...«

»Nun, ich kann Euch versichern, dass alles getan wurde, um dem Gesetz Genüge zu tun.« Silberschläger setzte seinen Hut auf. »Da ich mich gestern ein wenig, hm, unangemessen Euch gegenüber verhalten habe, Frau Jacob, dachte ich mir, ich mache es heute wieder gut, indem ich Euch von der angesetzten Hinrichtung erzähle und Euch so Gelegenheit gebe, Euch von Tobias zu verabschieden. Aber da Ihr offenbar meine guten Absichten nicht zu schätzen wisst ...«, er deutete eine leichte Verbeugung an, »... bleibt mir nur noch, Euch einen gesegneten Sonntag zu wünschen.«

Er machte auf dem Absatz kehrt und marschierte mit langen Schritten davon.

»... da ich mich gestern ein wenig unangemessen Euch gegenüber verhalten habe!«, äffte Hiltrud seine heisere Stimme nach. Wütend sah sie ihm nach. »Selbstgefälliger Scheißkerl!«

Katharina war unfähig, einen klaren Gedanken zu fassen. »Was machen wir jetzt?«, wisperte sie.

Nachdem Richard Katharina mitten in der Nacht verlassen hatte, ging er zunächst an seinem Haus in der Tuchgasse vorbei, bis er auf dem Großen Markt vor dem Rathaus ankam. Der Schöne Brunnen lag einsam da im kalten Licht der Sterne. Richard ließ sich für eine Weile an seinem Rand nieder und starrte in das schwarze Wasser.

Erst danach kehrte er nach Hause zurück. In der festen Überzeugung, für den Rest der Nacht kein Auge zumachen zu können, warf er sich noch halb angezogen auf sein Bett, doch die Erschöpfung, die seinen Körper und auch seinen Geist ergriffen hatte, forderte ihren Tribut. Bald darauf sank er in einen unruhigen Schlaf, in dem ihn ein düsterer Traum quälte.

Er sah sich wieder durch die Gassen des Gerberviertels gehen. Mit festem Schritt griff er aus, und als er den Schrei der Marktfrau hörte, betrat er den Hinterhof, ohne zu zögern. Er sah sie von hinten, dann drehte sie sich um, ihre Augen aufgerissen vor Entsetzen, ihren Mund zu einem stummen, angstvollen Schrei geöffnet.

Ihre Kehle unversehrt.

Und dann fuhr der Schatten auf ihn zu. Diesmal sah Richard ihn nicht nur aus dem Augenwinkel, sondern er blickte ihm entgegen, sah seine formlosen Umrisse, ein düsteres Wabern wie von riesigen, gazeartigen Flügeln. Im nächsten Moment hüllte der Schatten ihn ein. Richard wurde von den Füßen gerissen. Er wollte nach seinem Schwert greifen, aber es gelang ihm nicht. Er konnte sich nicht rühren, und so vermochte er auch nicht zu verhindern, was nun geschah.

Der Schatten verdichtete sich, bekam glühende Augen, nadelscharfe Reißzähne, und dann, als Richard schon glaubte, diese Zähne würden ihm die Kehle zerfetzen, sank der Schatten einfach durch ihn hindurch in seine Brust!

Richard riss den Mund auf, wollte nach Luft schnappen, schreien, aber vergeblich. Grenzenloses Entsetzen erfasste ihn, als er das Böse durch sein Fleisch dringen spürte, und dann, als es sein Herz erreichte, erstarrte alles in seinem Innersten zu Eis.

Mit einem Ruck stand er auf. Langsam zog er sein Schwert.

Die Marktfrau hatte sich nicht gerührt, und sie tat es auch jetzt nicht, als er vor sie hintrat und sein Schwert hob. Sein blasses Gesicht spiegelte sich in ihren vor Angst geweiteten Pupillen. Seine Seele schrie. Er wollte, dass die Marktfrau sich wehrte, dass sie sich herumwarf und weglief. Aber sie stand wie festgewurzelt.

Auch noch, als er ihr das Schwert an die Kehle setzte. Über die Klinge hinweg sah sie ihm ins Gesicht, Tränen rannen ihr über die

Wangen. Und dann, mit einem gepeinigten Aufschrei, zog er das Schwert quer über ihre Kehle. Blut spritzte hervor, nässte seine Hände, seine Arme, die Brust.

Die Marktfrau stand noch immer aufrecht. Richard konnte das Leben aus ihren Augen weichen sehen, und erst, als er das Schwert losließ, brach sie zusammen. Unendlich langsam fiel sie, und im Fallen schaute sie ihn an. Während ihr Körper der Erde wie eine Feder entgegentaumelte, verwandelte sich ihr Gesicht. In das von Katharina.

Mit einem atemlosen, gequälten Schrei fuhr Richard aus dem Schlaf auf.

Lautes Pochen an seiner Tür drang durch den Schleier des Alptraums. Eine Stimme.

»Herr Sterner! Alles in Ordnung?«

Thomas.

Richard schluckte, doch sein Mund war staubtrocken. »Ja«, krächzte er mühsam. »Nur ein Alptraum, Thomas! Ich danke dir. Geh wieder schlafen, es ist alles gut!«

»Seid Ihr sicher?«

Richard hob eine Hand vor das Gesicht. Ein dumpfer Schmerz fuhr durch die Wunde an seiner Schulter, wurde zu einem glühenden Pochen, das sich ungut anfühlte. Richard tastete den Verband ab. Der Schmerz flammte kurz grell auf, zog sich dann wieder in das Pochen zurück. Seine Hände und Füße waren kalt, während sein Gesicht zu glühen schien.

Er schluckte erneut. »Es ist gut, Thomas!«

»Ich lasse meine Tür auf«, sagte der Diener. »Falls etwas ist, braucht Ihr nur zu rufen.«

Richard ließ sich zurücksinken. »Ich bin kein kleines Kind, Thomas. Aber trotzdem danke.« Er lauschte den Schritten seines Dieners, bis sie auf dem Gang verklungen waren.

Dann schloss er die Augen.

Draußen vor dem Fenster rumpelte ein nächtliches Fuhrwerk vorbei. Das Geräusch, das die beschlagenen Räder auf dem Pflaster machten, dröhnte in Richards Ohren. Er leckte sich über die Lippen. Sie waren trocken und rissig. Mit dem Handrücken befühlte er seine Stirn, aber er konnte nicht sagen, ob sie heißer war als gewöhnlich.

Während er sich noch darum sorgte, ob das Wundfieber ihn nun doch übermannt hatte, schlief er erneut ein.

Diesmal quälten ihn keine Träume, und als er nach ein paar Stunden aufwachte, fühlte er sich nicht mehr so zerschlagen. Er stemmte sich auf die Füße, trat ans Fenster und öffnete es. Der Türmer von St. Sebald schlug die zweite Tagstunde, und Erinnerungen geisterten durch Richards Kopf. Erinnerungen an Tote in Heiligengräbern und Blutflecken in der Turmkammer der großen Bürgerkirche. Er schob sie allesamt von sich. Er hatte genug mit der Gegenwart zu schaffen, er konnte keine schwermütige Versunkenheit in die Vergangenheit gebrauchen.

Mit einem tiefen Durchatmen wandte er sich vom Fenster ab, zog sich die saubere Kleidung an, die Thomas ihm irgendwann im Laufe der Nacht hingelegt haben musste, und ging dann nach unten in das Speisezimmer, wo sein Diener längst dabei war, ihm ein üppiges Frühstück zu richten.

Während Thomas Brot und Käse auf einen Teller schichtete und einen Becher mit Milch vollgoss, nahm Richard Platz und legte sich eine Serviette auf den Schoß. Er hob den Becher, trank. Thomas hatte die Milch nicht nur angewärmt, sondern auch mit Honig gesüßt. »Ich habe dir schon in der Nacht gesagt, dass ich kein Kind bin«, rügte Richard ihn gutmütig.

»Natürlich.« Thomas stand da wie ein gescholtener Schüler. »Wollt Ihr etwas anderes ... ich ...«

Richard winkte ab. »Schon gut. Die Milch ist köstlich.« Er nahm noch einen Schluck, dann sah er Thomas an. »Du fragst dich, was es mit meinen Verletzungen auf sich hat, oder?« Er wies auf den Schnitt an seiner Wange. Mit den Fingerspitzen berührte er den Schorf darauf. Er fühlte sich hart an und ein wenig rissig, genau wie seine Lippen.

Thomas räusperte sich. Es schien ihm sichtlich unangenehm, dass Richard ihm seine Neugier angesehen hatte. Doch als Richard sich ein Lächeln abrang, da endlich nickte er. »Wenn ich ehrlich bin ...«

»Nun.« Richard leerte den Becher mit Milch, stellte ihn auf den Tisch und drehte ihn nachdenklich. »Ein kleiner Zusammenstoß mit einem mir nicht sehr wohlgesonnenen Menschen.« Was für eine Umschreibung der Umstände! Fast hätte er gelacht.

Thomas nickte ausdruckslos. Er brachte einen Teller mit Weintrauben an den Tisch. Richard nahm eine der Trauben und zerbiss sie. Der Saft war süß, und trotzdem zog er ihm den Mund fast schmerzhaft zusammen.

»Darf ich fragen, seit wann Ihr wieder in Nürnberg seid?«, meinte Thomas.

»Oh, seit vorgestern schon. Es sind ein paar Dinge geschehen …« Richard bewegte vorsichtig die verbundene Schulter. Unter dem mit einer Rüsche verzierten Hemd, das Thomas ihm hingelegt hatte, war der Verband nicht zu sehen, aber natürlich wusste sein Diener darum. Schließlich hatte er ihn bei Richards Bad in der vergangenen Nacht gesehen.

Richard wusste, dass er es niemals wagen würde, eine Erklärung zu verlangen, aber dennoch hatte er das Gefühl, dass er Thomas eine schuldig war. »In der ersten Nacht wurde ich überfallen.«

Thomas trat an den Tisch und tauschte den leeren Milchbecher gegen eine Karaffe mit verdünntem Wein aus. »Daher Eure Verletzungen«, sagte er.

Richard nickte.

Und nun endlich gab Thomas seiner Neugier doch noch nach. »Hat man versucht, Euch Euren Geldbeutel zu entwenden?«

Richard nahm eine weitere Traube. »Nein.« Er zögerte. »Ich kam dazu, wie eine Frau …«, wieder zögerte er, »getötet wurde«, sagte er dann.

Thomas wandte sich zu ihm um. »Vorletzte Nacht?«

Richard nickte erneut.

»Die Marktfrau aus dem Gerberviertel?« Etwas besorgt sah Thomas seinen Herrn an.

Richard nickte. »Ich gehe einmal davon aus, dass in dieser Nacht nicht zwei Frauen ermordet wurden, oder?«

Thomas bemerkte den müden Scherz nicht, der in den Worten lag. »Nein.« Er räusperte sich. »Ihr habt versucht, der Frau zu helfen.« Er sagte es völlig selbstverständlich, so als gäbe es überhaupt keine andere Möglichkeit.

Richard dachte an den Traum von dem Schatten in seiner Brust. Wenn es so war, wie Thomas annahm, woher war dann das viele Blut an seinem Schwert gekommen? Das an seinem Körper ließ sich leicht erklären, schließlich erinnerte er sich daran, wie er die zusammenbrechende Frau aufgefangen hatte. Aber warum war seine Klinge blutig? Und woher stammte seine Messerwunde, wenn nicht durch die Frau selbst, die versucht hatte, sich gegen seinen Angriff zu verteidigen … Die Erinnerungen an die Mordnacht zogen hinter seiner Stirn vorbei, das Bild, wie die Marktfrau sich mit bereits durchgeschnittener Kehle zu ihm umgedreht hatte. Was, wenn diese Erinnerungen trügerisch waren? Was, wenn der Dämon sie ihm eingepflanzt hatte – nachdem er ihm das Schwert geführt hatte?

Er hörte Kramers Worte in seinem Geist widerhallen.

Dämonen sind in der Lage, das Erinnerungsvermögen eines Mannes zu beeinflussen. Wir können uns nicht sicher sein, dass das, woran wir uns zu erinnern glauben, auch wirklich geschehen ist.

Doch bevor er sich länger mit der Frage beschäftigen konnte, was wirklich in der Nacht zum Samstag geschehen war, sagte Thomas etwas, das ihn aufhorchen ließ. »Gestern Abend haben sie den Mörder gefasst.« Er hantierte mit Tellern und Schüsseln. Der Geruch von irgendetwas Gebratenem erfüllte die Luft. »Ich habe die Leute heute Morgen davon reden hören, als ich Wasser vom Brunnen geholt habe. Offenbar gab es einen weiteren Mordanschlag. Und dabei wurde der Täter auf frischer Tat ertappt.«

Ein überraschend starkes Gefühl von Erleichterung flutete durch Richards Herz, und das machte ihm bewusst, wie sehr er in den Tiefen seines Verstandes vielleicht doch gefürchtet hatte, der Mörder der Marktfrau zu sein. Aber dann setzte sein Denken wieder ein, und er begriff, dass die Erleichterung von etwas ganz anderem herrührte. Wenn es wahr war, was Thomas gesagt hatte, wenn sie den Mörder tatsächlich gefasst hatten, dann hieß das, dass der Verdacht gegen Katharina hinfällig war.

Er würde sie nicht mehr in Gefahr bringen, wenn er sich in ihrer Nähe aufhielt!

»Es heißt, ein Mitglied des Stadtrates ist überfallen worden«, hörte er Thomas erzählen. »Aber er hat überlebt.« Während er sprach, füllte er einen Teller mit Fleisch und gebratenen Eiern. »Es hat einen kleinen Aufruhr vor dem Rathaus gegeben. Die Leute verlangen, dass dem Täter so schnell wie möglich der Garaus gemacht wird.« Er stellte den Teller vor Richard auf den Tisch. »Kein Wunder, wenn man bedenkt, dass es die dritte Mordserie in nur zwei Jahren ist, die Nürnberg heimsucht.« Er schlug ein rasches Kreuz über sich. »Was für Zeiten!«

Richard aß einen Bissen, aber plötzlich war ihm die Kehle wie zugeschnürt. Sein Herzschlag beschleunigte sich, und ein Schauer überlief ihn erst eiskalt, dann glühend heiß.

»Geht es Euch gut?«, erkundigte sich Thomas. »Ihr seht plötzlich ganz blass aus!«

Richard warf die Serviette auf den Tisch und erhob sich. »Ich muss etwas Dringendes erledigen«, sagte er nur. Dann verließ er den Raum. Draußen auf dem Flur kam es ihm vor, als habe die Erde angefangen zu schwanken, aber als er sich an der Wand abstützte und einmal tief Luft holte, verging dieses Gefühl. Dafür überwältigte ihn ein Anflug von bitterem Humor. Da schien er endlich die Anzeichen der geheimnisvollen Vergiftung überwunden zu haben, nur um jetzt ein Fieber zu entwickeln.

Er würde zu Katharina gehen, damit sie ihm etwas dagegen gab, dachte er. Ein wohliges Gefühl machte sich in seinem Magen breit bei diesem Gedanken.

Aber zunächst musste er etwas anderes tun. Er musste sich vergewissern, dass das, was Thomas ihm gerade erzählt hatte, auch der Wahrheit entsprach. Er nahm Hut und Mantel vom Haken und verließ das Haus.

Voller Hoffnung machte er sich auf den Weg zum Lochgefängnis.

24. Kapitel

»Ich muss zum Rathaus!« Katharina starrte noch immer in die Richtung, in der Bürgermeister Silberschläger verschwunden war.

»Was hast du vor?« Hiltrud hatte die Arme um sich geschlungen und schien sich an sich selbst festzuhalten. Auf ihren Unterarmen konnte Katharina eine Gänsehaut sehen.

»Tobias ist nicht der Mörder!« Sie war sich ganz sicher. Sie wusste zwar nicht, was geschehen war, dass man ihn dieser Taten wegen hinrichten wollte, aber es war völlig abwegig, dass er etwas damit zu tun hatte.

»Woher willst du das wissen?«

Fassungslos ob dieser Frage starrte sie Hiltrud an.

Die hob beschwichtigend die Hände. »Schau nicht so!«

»Der Mord an Gertrud ist in der vorletzten Nacht geschehen«, sagte sie. »Da war Tobias in seiner Kammer. Er kann es nicht gewesen sein!«

Hiltrud schüttelte den Kopf. »Er könnte das Haus heimlich verlassen haben.«

Katharina spürte, wie sich hinter ihrer Stirn Zorn zusammenzog. Sie blinzelte einmal, dann ein zweites Mal. »Hat er aber nicht!«, giftete sie.

Da ließ Hiltrud den Kopf sinken. »Ist ja schon gut«, murmelte sie. »Ich mache mir ja auch Sorgen!«

In diesem Moment verpuffte jeglicher Zorn und machte einer Traurigkeit Platz, die Katharina wie ein bleierner Mantel einhüllte. »Ich weiß.« Sacht legte sie eine Hand auf Hiltruds Unterarm. »Tust du mir einen Gefallen und weckst Donatus? Sag ihm, was geschehen ist, und schick ihn zum Rathaus.«

»Und du?«, fragte Hiltrud. »Was willst du tun?«

Katharina griff nach ihrem Mantel. »Ich laufe schon mal vor.«

Eigentlich hatte Katharina vorgehabt, ins Rathaus zu gehen und mit dem Stadtrichter persönlich zu reden, aber so weit kam es nicht. Als sie den Großen Marktplatz überquerte, sah sie, dass sich vor dem weitläufigen Gebäude eine Menschenmenge gebildet hatte. Die Leute starrten erwartungsvoll auf die Rathaustür und tuschelten aufgeregt miteinander. Katharina gesellte sich hinzu.

»Sie haben den Dolchmörder gefasst«, hörte sie jemanden mit heller Stimme erzählen. »Und es sieht ganz so aus, als hätte der Rat diesmal schnellen Prozess gemacht. Gleich bringen sie den Kerl raus – und karren ihn zum Rabenstein.«

Tatsächlich öffnete sich in diesem Moment die Rathaustür und ein kräftiger Mann trat ins Freie.

»Das ist der neue Stadtrichter!«, erklärte die helle Stimme. »Isidor Flechner. Sein Bruder ist Chorherr an St. Sebald!«

Dem Stadtrichter folgte Gernot Silberschläger, der als Lochschöffe für die Befragung des Gefangenen zuständig gewesen war.

»Warum ist es nur ein Lochschöffe?«, hörte Katharina eine Frau fragen. »Waren es nicht früher zwei?«

»Du warst länger nicht bei einer Hinrichtung, was?« Der Besitzer der hellen Stimme lachte leise.

»Das letzte Mal bei Joachim Gunther. Damals waren es noch zwei Lochschöffen!«

»Das liegt daran, dass der Rat nach dem Großen Wahnsinn einige Dinge verändert hat. Seitdem gibt es nur noch einen Lochschöffen, dafür ist der nicht mehr nur wochenweise im Amt, sondern wird auf mehrere Jahre vereidigt. Er …«

Den Rest hörte Katharina nicht mehr, denn die Geschehnisse an der Rathaustür forderten jetzt ihre Aufmerksamkeit. Als Nächstes trat ein Priester in vollem Ornat aus dem Rathaus. Ihm folgten zwei Stadtbüttel, die jemanden zwischen sich führten. Tobias. Er hatte den Kopf hoch erhoben. Seine Hände waren ihm vor dem Leib gefesselt. Blass war er.

»Gott im Himmel!«, hörte Katharina eine entsetzte Stimme sagen, und sie bemerkte erst anschließend, dass es ihre eigene war.

Die Büttel führten Tobias zu einem Karren, der ihn zum Richtplatz auf dem Rabenstein fahren würde. Aus eigener Kraft erklomm er ihn, wartete breitbeinig, dass die Büttel ihn am Querholm festbanden. Der

Priester trat neben ihn, hob seine Hand und machte ein Kreuzzeichen. Seine Lippen bewegten sich lautlos.

Über die Menge hinweg entdeckte Tobias Katharina. Seine Augen weiteten sich, dann lächelte er sie an.

Katharina schossen Tränen empor. Ohne zu überlegen, ob es klug war, drängte sie sich durch die langsam größer werdende Menge der Schaulustigen hindurch zum Karren. Die beiden Büttel sahen sie, starrten sie finster an, aber sie hinderten sie nicht daran, an die hölzernen Streben der Ladefläche zu treten. Der Priester hatte soeben sein Gebet beendet und trat zurück. Sein Blick streifte Katharina, er war ein hagerer, finsterer Kerl, und sie erkannte ihn wieder. Vor einigen Jahren hatte sie bei ihm einmal die Beichte abgelegt, und er hatte ihr die Absolution verweigert. Sie sah an ihm vorbei.

»Tobias!«, sagte sie mit erstickter Stimme.

Er wandte ihr den Kopf zu. Sie hatte befürchtet, dass man ihn gefoltert hatte, um an ein Geständnis zu gelangen, aber so war es nicht. Im Gegenteil: Er schien völlig unversehrt. In seinem Blick lag etwas Ruhiges, Abgeklärtes. Auf einmal wirkte er ganz anders als der verschreckte Junge, den Öllinger – war es wirklich erst vorgestern gewesen? – zu ihr gebracht hatte. Zweifel überkamen sie. Konnte er doch …

»Ich bin hier, um dir zu helfen«, sagte sie rasch, um den Bedenken nicht zu viel Raum zu geben. »Donatus kommt auch gleich. Wir reden mit dem Richter und bürgen für dich, damit du frei …«

»Nein!«, widersprach er ihr. Seine Stimme war so fest wie sein Blick.

Sie schluckte schwer. »Warum nicht?« Die Zweifel gruben sich tiefer in ihren Verstand. Er? Der Mörder?

»Weil ich es war«, gab er leise zurück.

Es war ihr unmöglich, dies zu glauben. Er log! Die Zweifel an ihm waren übergangslos verschwunden, machten der Gewissheit Platz, dass er log. Doch warum? »Warum, Tobias?«, flüsterte sie.

Er antwortete nicht. Stattdessen sagte er: »Geh nach Hause! Bitte. Es ist gefährlich …«

Der laut ausgerufene Befehl des Stadtrichters, zum Rabenstein abzufahren, übertönte den Rest seiner Worte. Gabriel Dengler schwang sich auf den Bock des Karrens, griff nach einer Peitsche und ließ sie durch die Luft knallen. Mit aller Kraft zog der schwarze Ochse an, und ein harter Ruck ging durch den Karren, als er sich in Bewegung setzte. Tobias musste die Beine spreizen, um nicht zu stürzen.

Fieberhaft sah Katharina sich um. Wo blieb nur Donatus? »Tobias!«, flehte sie. »Rede mit mir!«

Er blickte auf die Büttel in der Nähe des Karrens. »Ich bin der Mörder.«

»Wen schützt du?«, schrie sie. Es war die einzige Erklärung für sein Benehmen, oder? Sie musste laufen, um mit dem Karren Schritt zu halten. Mit einer Hand klammerte sie sich an den Streben fest.

Tobias schwieg.

»Sie werden dich töten, Herrgott!«

Mit einem Lächeln, das ihr eine Gänsehaut bereitete, sah er sie an. »Ich weiß.« Und in diesem Augenblick war er ihr so unendlich fremd, dass sie den Karren losließ und stehen blieb. Sie kannte ihn erst zwei Tage. Was machte sie so sicher, dass er wirklich unschuldig war? Schließlich wusste sie aus eigener Erfahrung, dass sich mörderische Absichten hinter freundlichen Fassaden verbergen ließen. Sie hatte es mehr als einmal miterlebt, wie Menschen, denen sie vertraut hatte, sich als skrupellose Mörder entpuppt hatten.

Wieder sah sie sich nach Donatus um, konnte ihn aber noch immer nirgends entdecken.

Sie beschloss, einen letzten Versuch zu unternehmen, mit Tobias zu reden. Mit langen Schritten holte sie den Karren ein. »Warum willst du sterben?«, fragte sie geradeheraus.

Und plötzlich, als sei in seinem Innersten ein Damm gebrochen, rann alle Ruhe, alle Zuversicht aus ihm heraus. Seine Schultern sackten nach vorn. Sein Kinn begann zu zittern. »Sie glauben mir sowieso nicht!« Er hob den Blick und sah sie an. Sie hatte nicht das Gefühl, dass er von den Morden sprach, doch sie hätte nicht zu sagen vermocht, woher sie das wusste.

»Was, Tobias?«, rief sie aus. »Was glauben sie dir nicht?«

»Ich bin an allem schuld!« Seine Stimme war jetzt sehr leise. »Das hat er immer wieder gesagt. Ich bin des Teufels. Schon lange. Es ist nur richtig, dass es so endet.«

Der Karren hielt kurz an, und plötzlich löste sich Donatus aus der Menschenmenge und trat neben Katharina. »Hiltrud hat mir gesagt, was geschehen ist. Warum haben sie Tobias …«

»Er soll der Dolchmörder sein!«

Ungläubig riss Donatus die Augen auf. »Tobias? Niemals!« Er wollte etwas hinzufügen, aber dann schüttelte er nur stumm den Kopf. In seiner Miene rangen Entsetzen, Verzeiflung und Resignation miteinander. Einmal streifte sein Blick den Büttel, der neben dem Karren herging, und seine Lippen öffneten sich, als wolle er etwas gestehen. Dann jedoch presste er sie aufeinander, dass sie schneeweiß wurden.

Der Karren setzte sich schaukelnd wieder in Bewegung und verließ den Großen Marktplatz in Richtung Pegnitz. Katharina wollte wieder an seine Seite gelangen, doch die Büttel hatten jetzt genug von ihrem Gespräch mit dem Delinquenten. Mit einem unmissverständlichen Wink bedeutete einer von ihnen ihr, zurückzubleiben.

Zusammen mit Donatus blieb sie stehen, und der Karren rumpelte ohne sie weiter. Auf einmal war ihr eiskalt.

Seite an Seite mit einem Predigermönch ging Gernot Silberschläger an ihr vorbei. Sein Blick streifte sie, sie glaubte, Hohn in seiner Miene zu sehen, aber sie war zu verwirrt und angespannt, um sich Gedanken über den Grund dafür zu machen. Sie hatte schon den Mund geöffnet, um den Lochschöffen anzusprechen, als sich ihr eine Hand von hinten auf die Schulter legte.

»Nicht!«, sagte eine vertraute Stimme.

Sie wirbelte herum.

Vor ihr stand Richard.

Der Zug kam ihm entgegen, kaum dass er die Tuchgasse verlassen und sich in Richtung Rathaus gewandt hatte. Richards Blick erfasste die Einzelheiten innerhalb weniger Augenblicke: den jungen Mann auf dem Karren, den Stadtrichter, Silberschläger als Lochschöffe. Priester und Mönche. Und ungefähr zwanzig Büttel. Und die Frau, die neben dem Karren herlief und versuchte, mit dem Verurteilten zu reden.

Katharina!

Er beeilte sich, zu ihr zu kommen, und er legte ihr die Hand genau in dem Moment auf die Schulter, in dem sie Bürgermeister Silberschläger entdeckt hatte und auf sich aufmerksam machen wollte.

Sie drehte sich zu ihm um. Ihre Augen waren groß und dunkelgrau, und Richard konnte die Tränen sehen, die sich hinter ihren Lidern gesammelt hatten. »Ich kann nicht glauben, dass er es war«, wisperte sie, während der Karren weiterrollte und sie ihm folgten.

Richards Blick wanderte zu dem jungen Mann auf dem Karren. Er war schmächtig, konnte kaum fünfzehn Jahre zählen. Sein Gesicht war fahl, dennoch wirkte er gefasst.

Richard schaute Katharina an. »Du kennst ihn«, sagte er.

Katharina nickte. Die Tränen lösten sich aus ihren Wimpern und rannen ihr nun über beide Wangen. Mit einer hastigen Geste wischte sie sie weg. »Sein Name ist Tobias.« Sie blinzelte. »Er wohnt bei mir. Er kann es nicht gewesen sein, Richard!«

Richard packte sie und zwang sie stehenzubleiben. »Was macht dich so sicher?«

»Himmel, er ... ist noch ein Kind!«

Noch einmal betrachtete er den Jungen auf dem Karren, der sich jetzt langsam von ihnen entfernte. Katharina hatte recht, Tobias war wirklich noch sehr jung. Aber reichte das allein aus, um ihn für unschuldig zu halten? Ihm nicht, stellte Richard fest. Er hatte schon zu viel Leid und Wahnsinn erlebt, um daran zu zweifeln, dass auch ein so junger Kerl derlei Morde begehen konnte. »Ich habe gehört, was passiert ist«, sagte er leise. »Silberschläger war der Patrizier, der letzte Nacht überfallen wurde. Meinst du nicht, er hat Tobias bei der Tat gesehen?«

Katharina schüttelte den Kopf. Wieder. Und wieder. Es war eine verzweifelte, unnachgiebige Geste, so als weigere sie sich mit ihrer ganzen Kraft, es zu glauben.

Er lauschte in sich hinein. Und er? Wollte er nicht mit derselben Verzweiflung, mit der sie es verneinte, daran glauben, dass es wahr war? Weil diese Morde dann nicht mehr zwischen ihnen stehen würden!

Er erkannte, dass es so war, und er schämte sich dieser Empfindungen. Nachdenklich blickte er sich um, suchte nach einem Weg, wie er Katharina helfen konnte, Tobias' Leben zu retten. Doch gleichzeitig wusste er, dass es unmöglich war. Man hatte den Jungen rechtskräftig verurteilt. Es gab Zeugen für seine Tat. Er hatte gestanden, bei allen Heiligen!

Wenn sie Tobias jetzt noch retten wollten, brauchten sie ein Wunder.

Während Richard all diese Gedanken durch den Kopf gingen, sah er, wie jemand zum Karren trat. Es war Donatus, Katharinas Bader. »Tobias!«, hörte Richard ihn rufen. »Du musst mit mir reden! Weißt du, wer es war?«

Offenbar antwortete Tobias ihm, doch der Karren war schon zu weit entfernt, und der Junge sprach zu leise, als dass Richard ihn verstanden hätte. Kurz hatte Richard den Eindruck, als würde der Junge pfeifen, doch der Karren erreichte eine Biegung und entschwand seinen Blicken. Donatus, der wie vom Donner gerührt stehengeblieben war, sank auf einem Brunnenrand nieder.

»He!«, grummelte jemand hinter Richard. »Ihr haltet den gesamten Zug auf!«

Er wandte sich um. Vor ihm stand ein Büttel. Richard kannte ihn von früher, aber ihm wollte sein Namen nicht einfallen.

Donatus hatte sich nicht gerührt. Katharina wollte zu ihm gehen, doch bevor sie ihn erreicht hatte, sprang er auf und rannte davon. Verwirrt schaute Katharina ihm nach.

Richard hingegen wandte sich an den Büttel. »Wie lautet das Urteil?«, fragte er den Mann.

»Tod durch das Schwert«, bekam er zur Antwort. »Fragt mich nicht, warum man einem solchen Kerl diese Gnade erweist, wahrscheinlich, weil er Scholar war. Pfaffen bekommen ja immer eine Sonderbehandlung!« Der Büttel ärgerte sich sichtlich über diese Tatsache.

Richard spürte, wie sich eine Hand in die seine schob. Katharina klammerte sich an ihn, und er zog sie in seinen Arm. Er hielt sie noch, als der Zug schließlich den Richtplatz erreichte.

Der Rabenstein genannte Richtplatz bestand aus einem gemauerten Podest von sieben mal sieben Schritt Länge, zu dem eine breite Treppe hinaufführte. Den alten Galgen, der noch vor Jahresfrist hier gestanden hatte, hatte man abgerissen und durch einen neuen ersetzt, der auf drei oberschenkeldicken Balken ruhte. Ein einsames Seil hing daran und baumelte leicht im Wind. An seinem ausgefransten Ende war zu erkennen, dass man den Menschen, der hier hingerichtet worden war, mit einem Messer abgeschnitten hatte. Katharinas Blick wanderte über den ebenfalls gemauerten Brunnen hinweg zu einem welligen Acker, auf dem man die Toten verscharrte. Ein frischer Grabhügel erhob sich an seinem Rande, eine einzelne Krähe hockte darauf und starrte die Gesellschaft von Schaulustigen an, die sich nun an ihrem Lieblingsplatz versammelte.

Gewöhnlich waren Hinrichtungen Ereignisse von Bedeutung, und stets liefen viele Menschen dem Henkerskarren nach, wenn er durch die Stadt rollte. Heute jedoch war die Menge der Gaffer kleiner als sonst, denn Tobias' Hinrichtung war in solcher Eile beschlossen worden, dass keine Zeit für lange Ankündigungen gewesen war. Folglich fanden nur jene den Weg zum Rabenstein, die dem Henkerskarren zufällig begegneten und sich ihm anschlossen. In Katharinas Augen waren es mehr als genug.

Ein paar Spielleute waren darunter, einer von ihnen ein wahrer Hüne, ferner Bürgersfrauen und Männer in Patrizierkleidung. Ein Mönch in der Kutte der Dominikaner fiel ihr auf, weil er sich abseits hielt. Einige Kinder turnten auf einem der Fuhrwerke herum, die den Schaulustigen als Tribüne dienen sollten. Sie spielten Fangen und lachten dabei fröhlich.

Tobias' Blick ruhte auf ihnen, und ein Lächeln glitt über seine Lippen. Es verschwand auch nicht, als zwei der Büttel nun den Karren erklommen, ihn losbanden und ihm halfen, zu Boden zu springen. Die Büttel führten ihn die Treppe zum Rabenstein hinauf, wo sich in der Zwischenzeit der Henker, der Stadtrichter und einige weitere Männer des Stadtrates versammelt hatten. In der Mitte der Plattform blieben sie stehen.

Der Stadtrichter ließ sich ein Pergament geben und entrollte es. Seine Stimme schallte weithin über den Richtplatz, als er begann, aufzulisten, was dem zum Tode Verurteilten vorgeworfen wurde. »Wir sind hier zusammengekommen, um den Frieden in unserer Stadt wiederherzustellen, indem wir diesen Mann, Tobias Weinmann, Scholar am Heilig-Geist-Spital, der göttlichen Gerechtigkeit zuführen. Dies geschieht aus dem folgenden Grund. Erstens: zur Sühne des feigen Mordes an dem Spitalmeister Konrad Rotgerber, den dieser Mann hinterrücks und heimtückisch mit dem Dolch vom Leben zum Tode befördert hat, was das Gericht als eindeutig erwiesen ansieht, da der Verurteilte es gestanden hat. Zweitens: zur Sühne des ebenfalls feigen Mordes an der Marktfrau Gertrud, die dieser Mann hinterrücks und heimtückisch ebenfalls mit dem Dolch vom Leben zum Tode befördert hat, was das Gericht als eindeutig erwiesen ansieht, da der Verurteilte es ebenfalls gestanden hat. Und drittens: zur Sühne des Mordversuchs an dem ehrenwerten Mitglied des Nürnberger Rates, Gernot Silberschläger, der durch den feigen Anschlag beinahe sein Leben verloren hätte und schwerste Verletzungen davontrug. Auch dieser Mordversuch wurde von dem Verurteilten gestanden.«

Die Kinder hatten innegehalten, als der Richter die Stimme erhoben hatte, doch nachdem der Mann nun damit begann, den Friedebann auszurufen, wurde ihnen die Sache bald langweilig, und sie nahmen ihr Spiel wieder auf.

Der genaue Wortlaut der Beschwörung rauschte an Katharina vorbei. Sie hörte erst wieder genau hin, als der Stadtrichter mit nochmals erhobener Stimme rief: »Der Rat der Stadt Nürnberg verurteilt diesen Mann, Tobias Weinmann, aus allen oben genannten Gründen zum Tode durch das Schwert.« Er trat einen Schritt zur Seite und nickte dem Henker zu.

Während der Henker das Schwert aufhob, das er mit der Spitze vor sich auf den Boden gestützt hatte, brachten die beiden Büttel Tobias dazu, sich hinzuknien. Der Priester, der schon vor dem Rathaus mit ihm gesprochen hatte, näherte sich, um mit ihm nun sein letztes Gebet zu sprechen. Tobias schüttelte heftig den Kopf.

»Ich will meinen Beichtvater!«, verlangte er.

Der Priester beugte sich über ihn, raunte ihm einige Worte ins Ohr. Schließlich nickte Tobias resigniert. Er senkte das Kinn auf die Brust und begann zu beten.

Dr. Spindler, schoss es ihr durch den Kopf. Jemand hätte ihm Bescheid geben müssen, was hier geschah. Sie dachte daran, wie Donatus davongelaufen war. Hoffentlich war er auf den Gedanken gekommen, ihn herzuholen!

»Können wir es noch verhindern?« Katharina schaute zu Richard auf. Sein Unterkiefer war eine harte Linie, und feine Fältchen lagen um seine Augen, als er sie nun ansah.

»Ich wüsste nicht, wie«, murmelte er und ließ seinen Blick über die Büttel schweifen. In seinen Augen lag das altvertraute düstere Flackern. Katharina fragte sich, was er denken mochte.

Bevor sie noch etwas erwidern konnte, wurde er auf jemanden am Rande des Rabensteins aufmerksam. Sein Kopf wanderte herum. Katharina folgte ihm und entdeckte Arnulf, der an den Brunnen gelehnt dastand und das Geschehen beobachtete. Als er sah, dass Richard ihn bemerkt hatte, wies er mit dem Kinn auf den Mann im Habit der Dominikaner, der Katharina auch schon aufgefallen war. Im Moment hatte der Mönch ihnen den Rücken zugewandt und betrachtete die Menge der Schaulustigen.

Richard runzelte fragend die Augenbrauen, da löste Arnulf sich von dem Brunnen und kam zu ihnen herüber. Heute hatte er sich dafür entschieden, das Gesetz zu missachten. Er trug ein Schwert am Gürtel.

»Was ist?« Richard sprach leise.

Wieder deutete Arnulf auf den Mönch. Der drehte sich jetzt um, und Richard zog Luft durch die Zähne. »Das ist Heinrich Kramer!«

»Du kennst ihn?« Überrascht sah Arnulf ihn an, dann weiteten sich seine Augen vor Erstaunen. »*Der* Heinrich Kramer?«

Grimmig nickte Richard. »Der Autor des Hexenhammers. Wir sind zusammen hierhergereist.« Seine Lippen waren blass geworden. Sorgenvoll schaute er Katharina an, und sie wusste, dass er das Gleiche dachte wie sie.

Ihr Herz stolperte. Es war nicht das erste Mal, dass sie einem Inquisitor begegnete, schon einmal hätte eine solche Zusammenkunft sie beinahe das Leben gekostet. Sie zwang sich zur Besonnenheit. Diesmal schließlich ging es nicht um sie!

»Ich habe ein ganz ungutes Gefühl«, sagte Arnulf düster. »Eben habe ich beobachtet, wie der Kerl sich mit einem der Bußprediger unterhalten hat, die die Stadt unsicher machen. Und er hat ein paarmal in Katharinas Richtung gestarrt, bis er bemerkt hat, dass ich ihn beobachte. Seitdem vermeidet er jeden Blick in ihre Richtung.«

Seine Worte sanken in Katharinas Herz wie Dolchstiche. Heftig schüttelte sie den Kopf. Dieser Kramer konnte unmöglich ihretwegen hier sein! Doch noch während sie versuchte, sich das einzureden, sah sie in Arnulfs und Richards besorgte Gesichter und dachte an die Vorwürfe, die Gertrud ihr an den Kopf geschleudert hatte. Ihre giftigen Worte hallten noch jetzt in Katharinas Kopf nach.

Hexe!

Sie biss die Zähne zusammen.

»Wir sollten sie von hier wegschaffen«, sagte Arnulf zu Richard.

Der nickte.

Katharina wollte protestieren, wollte sagen, dass sie jetzt nicht einfach davonrennen konnte. Himmel, am liebsten wollte sie sich nach vorn werfen und der versammelten Menge entgegenschreien, dass hier ein Unschuldiger hingerichtet wurde. Aber dann begegnete ihr Blick dem von Heinrich Kramer. Über die Entfernung von mindestens zwanzig Schritten hinweg versank sie in den hellblauen – eisblauen – Augen des Mannes, und sie sah in ihnen nichts als blanken Hass.

Dieser Inquisitor war eindeutig ihretwegen da!

Entsetzt wich sie einen Schritt zurück, alles in ihr wollte nur noch weglaufen vor diesem Menschen. Doch Kramer schien ihr Vorhaben zu spüren. Ganz sacht, sodass es niemand außer ihr, Richard und Arnulf mitbekam, schüttelte er den Kopf.

Katharina begriff.

Du entkommst mir nicht!, bedeutete das.

Neben ihr stieß Richard ein gequältes Stöhnen aus.

Auf dem Richtplatz beendete der Priester sein Gebet. Mit dem Daumennagel zeichnete er ein Kreuz auf Tobias' Stirn, dann trat er zurück. Der Henker umfasste sein Schwert fester und trat an Tobias' Seite.

»Heilige Mutter Gottes, steh ihm bei!«, murmelte jemand in der Menge.

Katharinas Blick eilte zwischen Kramer und der hoch aufragenden schwarzen Gestalt des Henkers hin und her. Es war, als seien plötzlich alle Gespenster ihrer Vergangenheit wieder auferstanden.

Der Henker hob sein Schwert in die Höhe.

Richard spürte, wie eine tiefsitzende Wut über die ausweglose Lage seine Eingeweide zusammenquetschte. Er wollte Katharina packen und mit ihr laufen, so schnell er konnte. Doch er wusste, dass sie nicht entkommen konnten. Kramer hatte zwanzig Büttel, die auf seinen Befehl hin hinter ihnen her sein würden. Seine Hand packte den Schwertgriff, und er sah, dass Arnulf es ihm gleichtat.

»Hast du eine Idee?«, fragte er leise.

Arnulf schüttelte den Kopf. Trotzdem zog er mit einer behutsamen Geste das Schwert halb aus der Scheide.

Langsam hob Katharina beide Hände an das Gesicht, legte sie erst auf die Wangen, was sie unendlich entsetzt aussehen ließ, dann verschloss sie damit ihren Mund. Es wirkte, als wolle sie sich einen verzweifelten Schrei zurück in die Kehle stopfen.

Aus dem Augenwinkel sah Richard den Henker das Schwert heben. Er hörte das feine Sirren, mit dem die Klinge die Luft durchschnitt. Blitzartig griff er zu. Er packte Katharinas Schultern und riss sie zu sich herum, sodass sie ihr Gesicht genau in dem Augenblick an seiner Brust barg, als das Schwert auf Sehnen und Knochen traf und sie mit einem grausigen Geräusch durchtrennte.

Die Menge stöhnte auf. Einen kurzen, schrecklichen Moment lang dachte Richard, der Henker habe versagt – müsse den Hieb wiederholen, weil es ihm nicht gelungen war, Tobias' Kopf säuberlich vom Rumpf zu trennen. Doch dann erklangen einzelne Jubelrufe. Richard gestattete sich einen Blick, einen Herzschlag lang nur, doch er reichte aus, um den kahlen Kopf zu sehen, der auf dem Boden des Rabensteins zum Liegen kam. Die Augen unter den buschigen schwarzen Brauen waren weit aufgerissen, der Mund klaffte offen.

Richard musste schwer schlucken.

In seinen Armen hatte Katharina angefangen zu zittern. Sie flüsterte etwas, wieder und wieder, doch er konnte nicht verstehen, was es war. Erst, als er sie ein Stück von sich fortschob, als sie ihm das tränenüberströmte Gesicht zuwandte und er ihre bebenden Lippen betrachten konnte, verstand er sie.

»Er war unschuldig«, wisperte sie. »Unschuldig. Unschuldig.«

Dann legte sie die Stirn wieder gegen seine Brust.

Auf seinem Platz in der Menge gab Kramer irgendjemandem einen knappen Wink.

Und im nächsten Moment überschlugen sich die Ereignisse.

»Seht ihr das denn nicht?«, erhob sich eine entsetzte Stimme schrill über die Menschenmenge. Unruhe entstand, lief wie eine Welle von Mensch zu Mensch.

Ein feines Sirren neben ihm zeigte Richard, dass Arnulf sein Schwert gezogen hatte.

»Oh Gott!«, schrie die Stimme. Sie gehörte dem Bußprediger mit dem schwarzen Samthut, dem er schon begegnet war, als er mit Jonas auf dem Weg zum Lochgefängnis gewesen war. Der Mann hatte beide Hände in die Höhe gerissen, als wolle er die Menge segnen oder sie verfluchen, und nun sprang er mit einem Satz auf eine der Ecken des Rabensteins. »Seht ihr nicht?«, kreischte er.

»Scheiße!«, hörte Richard Arnulf dicht an seinem Ohr murmeln. »Wusste ich es doch!«

Er sah den Nachtraben an, und Arnulf sagte: »Das ist der Kerl, mit dem der Mönch gerade geredet hat.«

Richard hatte keine Zeit, über die Schlüsse nachzudenken, die sich aus dieser Aussage ziehen ließen. Der Prediger erhob seine Stimme noch einmal mehr. »Seid Ihr denn alle blind?«, schrie er. »Ja, das seid Ihr, weil der Teufel Euch damit geschlagen hat. Ihr seht nicht, was er Euch nicht sehen lassen will.«

»Was siehst du denn, Saufkopf?«, schrie ein Mann aus der Menge, und kurzzeitig flackerte spöttisches Gelächter auf. Doch es klang unsicher, und es verstummte sofort, als der Prediger sich mit loderndem Blick umsah.

»Einen riesigen schwarzen Schatten!« Die Stimme kam von weiter links. »Kurz bevor das Schwert des Henkers fiel, löste er sich aus der Brust des Verurteilten.«

Richard wandte den Kopf, und in seinen Adern gerann das Blut. Er kannte den Mann, der diese Worte geschrien hatte. »Dietrich!«, ächzte er. Es war der Spielmann, dessen Ellenbogen er vorgestern eingerenkt hatte!

Wild wedelte nun wieder der Prediger mit den Händen durch die Luft, bildete wirre Formen, die man mit einigem guten Willen als Flügel erkennen konnte. »Und er schwebt jetzt über Euren Köpfen!«

»Das ist ein abgekartetes Spiel«, raunte Arnulf. »Jemand hat sie dafür bezahlt, das zu sagen!«

Richard brauchte nicht lange zu überlegen, um zu wissen, wer das gewesen war. Sein Blick fiel auf Kramer, der das Ganze mit ausdruckslosem Gesicht, aber funkelnden Augen beobachtete.

Das Gemurmel in der Menge erstarb nun völlig. Dutzende Gesichter wandten sich gen Himmel, Wangen wurden bleich, Augen groß, und Richard fragte sich, wie viele der Menschen den Schatten auf einmal tatsächlich sahen.

Mit einer Hand packte Richard Katharina am Arm, mit der anderen zog er nun selbst sein Schwert. Den Schmerz, der dabei durch seine verletzte Schulter raste, drängte er weg. Mit raschen Blicken suchte er nach einer Möglichkeit, zu entkommen, aber vergeblich. Mehr als ein Dutzend Büttel schienen Anweisung bekommen zu haben, sie nicht aus den Augen zu lassen. Wie eine lebendige Wand versperrten sie jeden Fluchtweg.

Wieder kreischte der Prediger. Er wirbelte herum, so als versuche er, dem irren Flug des unsichtbaren Schattens zu folgen. Dann erfasste sein Blick Katharina. Sein Mund klaffte auf, sein Gesicht verzog sich zu einer Fratze des Entsetzens, die in Richards Augen lächerlich übertrieben aussah. Die Hand des Predigers schoss vor, wies auf Katharina. »Dort ist er!«, brüllte er. »Er schwebt über dieser Frau! Und …« Er rang die Hände, als sei er von grenzenloser Verzweiflung erfüllt. Dann sank er auf die Knie. »Er fährt in sie! Seht Ihr das denn nicht, ihr elenden Narren!«

Fassungslos über diese Lüge wich Katharina einige Schritte zurück. Dabei geriet ihr Fuß in eine Ackerfurche, sie taumelte und fing sich nur mit Richards Hilfe. Es war der denkbar ungünstigste Zeitpunkt für ein Anzeichen von Schwäche, denn nun schrie wiederum Dietrich: »Stimmt! Ich sehe es!«

Und sein Gefährte Randolf, der freundliche Hüne, der an einer ganz anderen Stelle in der Menge stand, ganz so, als gehöre er nicht dazu, ergänzte: »Ich auch!«

Es war das letzte Quäntchen, das nötig gewesen war, um die Menschen aus ihrer Erstarrung zu wecken. Mehr und mehr Stimmen wurden jetzt laut.

»Tatsächlich!«

»Seht doch!«

»Bei allen Heiligen!«

Der Prediger begann, mit schriller Stimme ein Gebet anzustimmen, und mehrere Menschen fielen ein.

Richard packte Katharina fester. Er wollte sie an sich ziehen, sie mit seinem Körper schützen, aber sie war starr wie ein Brett.

Und dann, in dem Moment, als die Anspannung der Menge nicht mehr größer werden konnte, sprang Heinrich Kramer auf den Rabenstein. Neben dem betenden Prediger blieb er stehen, hob die Hände wie dieser zuvor. »Hört mich an!«, rief er.

Katharina hob den Kopf, und da war ein Ausdruck in ihrer Miene, der Richards Blut zu Eis werden ließ. Sie wusste längst, was nun geschehen würde.

Und er wusste es auch.

Kramer wartete, bis alle Menschen still waren und ihm erwartungsvoll oder auch ängstlich entgegenblickten. Dann deutete er zunächst mit einer ausladenden Geste auf den Stadtrichter. Der räusperte sich, trat neben Tobias' Leiche und stellte mit lauter Stimme den Tod des Delinquenten fest. »Der Friede in der Stadt ist damit wiederhergestellt«, sprach er die vorgeschriebene Formel.

»Das ist er nicht!« Die Stimme von Kramer donnerte über die Menschen hinweg. Mit einer weiteren Geste umfasste er alle Anwesenden. »Ihr alle seid gute Christenmenschen. Ihr habt den Dämon gesehen, der aus dem Verurteilten gefahren und zu seiner Meisterin zurückgekehrt ist, nicht wahr?« Er wartete einen Augenblick, wohl wissend, dass niemand es wagen würde, diese Frage zu verneinen. Durch seine Wortwahl hatte er dafür gesorgt, dass jeder, der das tat, sich sofort selbst in Verdacht gebracht hätte. Zögernd, einer nach dem anderen, nickten die Menschen.

Richard knirschte mit den Zähnen.

»Geschickt«, murmelte Arnulf. Auch er schaute grimmig auf den Inquisitor.

»Ich bin Heinrich Kramer, Praedicator Generalis des Ordens des Heiligen Dominikus und durch Papst Sixtus zum Inquisitor *per totam Alamaniam superiorem* ernannt, und ich bin in eurer Stadt, weil ich helfen will, euch vor dem teuflischen Übel zu schützen, das Frauen wie diese hier …«. er deutete auf Katharina, »… auf euch herabbeschwören.«

Unter Katharinas Auge zuckte es. Sonst rührte sie keinen Muskel, und wäre diese winzige Bewegung in ihrem Gesicht nicht gewesen, hätte Richard glauben können, sie habe sich unter seinen Händen in Marmor verwandelt, so blass und steif war sie.

Fieberhaft ließ er seine Blicke über den Platz schweifen. Doch die Büttel, die zuvor nur wie eine Wand dagestanden hatten, bekamen nun einen Wink von Silberschläger. Alle nahezu gleichzeitig legten sie die Hände an die Griffe ihrer Schwerter.

Richard unterdrückte einen deftigen Fluch. Silberschläger! In der Menge suchte er nach dem feisten Gesicht des Lochschöffen, und er fand es.

Ein haarfeines, höhnisches Lächeln spielte um Silberschlägers Lippen.

Richard ballte eine Faust.

»Ich weiß«, rief Kramer weiter, »dass Nürnbergs Gesetze die fortschrittlichsten im Reich sind, und ich weiß, dass ihr Bürger stolz seid auf die Errungenschaften des Rechts in eurer Stadt. Aber ich bin in großer Sorge, weil die zuständigen Stellen offenbar blind sind für die große Gefahr, die den braven Bürgern von der stetig wachsenden Sekte der Hexen droht. Wie sonst ist es zu erklären, dass das Anleitungswerk, das ich eigens für eure Stadt geschrieben habe, unbenutzt im Rathaus in einem Schrank verstaubt?« Er schaute auf Tobias' kopflose Leiche. »Und wie sonst ist es zu erklären, dass ein armer Mann wie dieser Verurteilte hier hingerichtet werden kann, während die wahre Schuldige, nämlich jene Frau, die ihn durch Hexerei dazu trieb, seine schrecklichen, blutigen Taten zu begehen, frei herumläuft?«

Ein Raunen ging durch die Menge. Die Blicke, die Katharina nun zugeworfen wurden, waren feindselig und ängstlich zugleich.

»Es stimmt!«, rief eine helle Stimme. Eine Frau trat vor, die ihre Haare vollständig unter einer weit ausgestellten Flügelhaube verborgen hatte. Sie trug ein schlichtes Kleid aus dunklem Samt und darüber eine ebenso schlichte schwarze Schaube. »Seit langem schon beobachte ich das unheilige Treiben dieser Frau!«

Katharinas Blick fiel auf die Rednerin, und sie biss sich auf die Unterlippe. So fest, dass ein Blutstropfen hervorquoll. Doch sie bemerkte es nicht.

Herausfordernd sah Kramer den Stadtrichter an. Der wand sich. Hilfesuchend blickte er zu den anderen Angehörigen des Stadtrates, die ebenso unschlüssig schienen wie er selbst. Kurz berieten die Männer sich miteinander. Dann trat einer von ihnen vor und erhob die Stimme. »Es sind schwere Anschuldigungen, die Ihr da vorbringt«, rief er. »Um sie zu überprüfen, ergeht hiermit der Befehl, diese Frau, Katharina Jacob, festzusetzen.«

Richard schob Katharina hinter sich.

»Lasst die Waffen fallen!«, befahl Silberschläger.

Verzweifelt suchte Richard nach einem Ausweg, doch es gab keinen. Er senkte die Schwertspitze gen Boden.

»Gebt den Weg frei!«

Er tat es widerwillig. Hilflos musste er mit ansehen, wie die Büttel Katharina umringten, wie sie ihr die Arme auf den Rücken drehten und ihr Fesseln anlegten. Sein Blick begegnete dem von Silberschläger.

In den Augen des Bürgermeisters funkelte Triumph.

Dr. Spindler hatte soeben eine Messe beendet, als Donatus die Heilig-Geist-Kapelle stürmte und auf dem glatten Fußboden beinahe ausgeglitten wäre.

»Immer langsam mit den jungen Pferden!«, rief der Priester lachend, während er die Stola abnahm und sie sorgsam zusammenfaltete. Dann fiel sein Blick in Donatus' Gesicht, und ein Ausdruck von Sorge erschien in seinen Augen.

»Was ist geschehen?« Tiefe Falten gruben sich rechts und links seiner Mundwinkel ein.

Donatus fand wieder festen Stand. Die beiden Scholaren, die am Altar noch damit beschäftigt waren, die Gerätschaften für das Abendmahl fortzuräumen, beachtete er nicht und auch nicht die Handvoll alter Frauen, die bei seiner Ankunft im hinteren Teil der Kirche zusammengestanden hatten und sich nun anschickten zu gehen. »Sie haben …« Vom Laufen war er völlig atemlos, und Gedanken und Erinnerungen wirbelten in seinem Kopf umher wie Blätter in einem Sturm. Tobias auf dem Henkerskarren. Die Frage, die er ihm gestellt hatte.

Die Frage, die sein gesamtes Denken ausfüllte, die keinen Platz mehr ließ für andere Dinge.

Weißt du, wer es war?

Die Antwort, die Tobias ihm gegeben hatte, war keine gewesen. »Hol Dr. Spindler«, hatte er gesagt. »Ich muss beichten.« Und dann hatte er die Lippen gespitzt, hatte die Melodie gepfiffen, die Donatus wie ein Blitzschlag getroffen hatte.

Jetzt war er hier, erfüllt von der verzweifelten Hoffnung, dass Spindler helfen konnte. Spindler würde Tobias retten können, daran klammerte er sich, er musste ihn retten, oder nicht? Donatus kämpfte den Aufruhr in sich nieder.

»… Tobias«, stieß er hervor. »Sie haben Tobias!«

Spindler runzelte die Stirn. »Was meinst du damit?« Er gab die Stola einem der Scholaren und bat ihn, sie in der Sakristei abzulegen.

Die Gedanken in Donatus' Kopf drehten sich langsamer. Dr. Spindler würde helfen. Es würde alles gut werden! So knapp wie möglich berichtete Donatus von Tobias' Mordanklage und der so eilig angesetzten Hinrichtung.

Der Priester wurde totenblass. »Sie lassen ihn hinrichten?«

»Ja. Er hat mich gebeten, Euch zu holen, er möchte eine letzte Beichte, aber Ihr könnt ihn retten, nicht w …« Er unterbrach sich, weil Spindler ihn einfach stehen ließ und zur Sakristei eilte. »Ihr müsst ihn retten!«, rief er ihm nach.

Das seid Ihr ihm schuldig.

Er schob diesen Gedanken fort.

»Nikolaus!«, hörte er den Priester rufen. »Hilf mir, die Gewänder auszuziehen. Und Gunther: Du sagst Claudius Bescheid, er soll den Wagen anspannen. Es ist ein Notfall!«

Claudius war eine Art Faktotum des Spitals. Er kümmerte sich um Reparaturen, die anfielen – und um den Karren, der den Priestern zur Verfügung stand, wenn es galt, eilig irgendwohin zu gelangen.

Gunther rannte aus der Sakristei herbei. Durch die offenstehende Tür sah Donatus, wie Nikolaus Dr. Spindler half, die Messgewänder über den Kopf zu streifen. Ihre Bewegungen waren geübt und eingespielt, und so stand der Priester bereits vor der Kapelle, als Gunther mit vom Laufen rotem Kopf wiederkehrte und verkündete, der Wagen stehe bereit.

Spindler winkte Donatus zu sich. »Du kommst mit!«, befahl er.

Donatus nickte. Natürlich gehorchte er.

Eine unheimliche Gleichgültigkeit erfasste Katharina in dem Augenblick, als die Hände der Büttel sich auf sie legten und ihr die Arme auf den Rücken drehten. Sie war nicht zum ersten Mal in dieser Situation – einer Sache angeklagt zu werden, die sie nicht begangen hatte, das hatte sie schon einmal erlebt. Es kam ihr vor, als habe ein unbarmherziger Gott in das Rad der Zeit gegriffen und es einfach um zwei Jahre zurückgedreht.

Als die Büttel sie den Hügel hinabführten, wandte sie sich um, so gut sie es im harten Griff der Männer vermochte. Richard stand mit fassungsloser Miene da und versuchte zu begreifen, was gerade geschehen war. Arnulf war bei ihm und redete auf ihn ein, doch Richard sah nicht so aus, als höre er ihm zu. Der Blick des Nachtraben war auf

Heinrich Kramer gerichtet, der etwas abseits stand und die Szenerie mit einem leichten Lächeln um die Lippen beobachtete.

Mit einem Mal krampfte sich ihr Unterleib mit solch furchtbarer Kraft zusammen, dass ihr fast die Beine versagten.

Burckhard!, kreischte eine hohe Stimme in ihrem Kopf. *Was tust du?*

Zu ihrer grenzenlosen Erleichterung senkte sich jedoch gleich darauf die *melancholia* über sie, legte über alles Empfinden einen Schleier aus Grau. In diesem Augenblick war sie dankbar dafür.

Ihr Fuß verfing sich in einer hochstehenden Wurzel, und sie stolperte. Die Hände der Büttel hielten sie, stellten sie unsanft wieder auf die Füße.

»Weiter!«, befahl der Anführer.

Katharina senkte den Blick auf den Weg vor sich. Sie wusste, wohin sie gebracht werden würde.

Ins Lochgefängnis.

25. Kapitel

Genauso geschah es.

Die Büttel führten sie zurück in die Stadt, und sie wählten dabei genau den umgekehrten Weg, den der Henkerskarren kurz zuvor genommen hatte. Etliche Schaulustige folgten, Richard und Arnulf unter ihnen. Sie hielten sich so dicht in der Nähe, wie die Büttel es zuließen. Am Frauentor kam es zu einem Tumult, als der Prediger zu einem lautstarken Sermon über das Ende der Welt ansetzte. Einige Frauen, ihrem Aussehen nach zu urteilen Marktweiber, bückten sich nach Steinen und begannen, Katharina damit zu bewerfen. Wie aus weiter Ferne erlebte sie mit, wie die Geschosse an ihr vorbeizischten, wie die Frauen sie angifteten und bespuckten. Sie sah, wie Richard sich vorwärtswarf, aber von den Bütteln daran gehindert wurde, zu ihr zu gelangen. Als einer der Steine sie an der Schläfe streifte, hörte sie ihn brüllen: »Herr im Himmel, tut endlich etwas, um sie zu schützen!«

Obwohl es für die Büttel ein Leichtes gewesen wäre, die Menge auseinanderzutreiben, entschieden sie sich lieber dafür, ihr auszuweichen. Vor der Stadtmauer wandten sie sich nach links, umrundeten die ausladenden Verteidigungsanlagen und betraten die Stadt schließlich durch das Spittlertor.

Als sie die Lochgasse erreichten, schlugen die Türmer bereits die zweite Stunde nach Mittag. Die Schatten in der Gasse erschienen Katharina wie schwere, schwarze Tücher, die sie einhüllten und ihr die Luft nahmen. Der Lochwirt, der ihnen vorausgeeilt war, schloss die Tür zum Gefängnisabgang auf und stieg dann allen voran in die klamme, düstere Tiefe hinab. Ein Büttel folgte ihm, dann kam Katharina, schließlich ein weiterer Büttel.

Eng und stickig erstreckten sich die Gänge vor ihr, und die wenigen Talglampen, die mit ihren zuckenden Flammen Einzelheiten aus der Finsternis rissen, spendeten nur wenig Licht. Schlagartig wurde

Katharinas Brust eng, das Atmen fiel ihr schwer. In schneller Folge irrlichterten Erinnerungen durch ihren Kopf. Erinnerungen an Menschen, die sie gemocht hatte und die hier unten gestorben waren, ihr Bruder Matthias …

Hinter ihnen, oben am Eingang zum Gefängnis, ertönte eine Stimme. »Lasst mich zu ihr!«

Vor Erleichterung sackte Katharina in sich zusammen. Richard war da!

Dengler drängte sich an ihr vorbei und stiefelte zurück, während die Büttel Katharina vorwärtsstießen, tiefer in das Gewirr der Gänge hinein. Sie wurde um eine Biegung geführt, dann um eine weitere, bis sie die Orientierung verloren hatte. Vor einer Zelle, über deren Türstock eine schwarze Katze mit Buckel gemalt war, blieben die Büttel schließlich stehen.

Dengler kam nur wenige Augenblicke später herbeigeeilt. Katharina lugte nach Richard, aber sie konnte ihn nirgends entdecken, offenbar hatte der Lochwirt ihm den Weg nach unten verwehrt. Sie presste die Zähne zusammen. Dengler hakte den Schlüsselbund von seinem Gürtel los und schloss die Zelle auf. Die Türangeln quietschten leise. Die Büttel schoben Katharina in die Zelle hinein, dann fiel die Tür hinter ihr ins Schloss.

Sie wandte sich um. »Was geschieht nun?«, brachte sie mit Mühe heraus. In der dumpfen Stille der Zelle hörte sich ihre Stimme überlaut und schrill an.

»Bürgermeister Silberschläger wird bald hier sein«, erhielt sie als Antwort. »Und mit ihm der Inquisitor.«

Denglers Gesicht erschien in dem winzigen Fensterchen, das auf Augenhöhe in die Zellentür eingelassen war. Er warf Katharina einen neugierigen und zugleich angstvollen Blick zu, und sie begriff, dass er sie mit kranker Faszination begaffte.

»Habt Ihr keine Angst vor meinem bösen Blick?«, murmelte sie. Es scherte sie nicht, dass er diese Frage melden könnte und sie sich dadurch noch mehr in Schwierigkeiten brachte.

Sie war einfach nur müde. Müde und erfüllt von einer so absoluten, grausamen Gleichgültigkeit, dass sie nichts weiter vermochte, als sich auf die hölzerne Pritsche in der Zelle fallen zu lassen, die Beine an den Leib zu ziehen und ihren Kopf auf den Knien abzulegen.

Nur wenige Augenblicke später ertönten Schritte vor ihrer Zelle. Katharina hob den Kopf. »Richard?«, wisperte sie.

Doch sie wurde enttäuscht. Es war nicht Richard, der sie durch die geschlossene Zellentür hindurch ansprach, sondern Heinrich Kramer.

»Katharina.« Seine Stimme war weich, fast zärtlich, und doch vibrierte etwas darin, das Katharina nicht zu deuten wusste. Sie ertappte sich dabei, dass sie sich wünschte, einen Blick in das Gesicht des Mannes werfen zu können, um seine Beweggründe zu erforschen. Doch sie fand nicht einmal die Kraft, das Wort zu erheben.

»Du fragst dich sicher, warum du hier bist«, sagte er.

Sie zwang sich, ihm zu antworten. »Weil Ihr mich für eine Hexe haltet.«

»Streitest du es gar nicht ab?«

Sie schwieg.

Da lachte er leise. Es war ein Geräusch, das ihr einen eisigen Schauer über den Rücken jagte, und im nächsten Moment …

… hörte sie eine leise Stimme, dicht an ihrem Ohr, die ihr etwas zuflüsterte, was sie nicht hören wollte …

Sie kniff die Augen zusammen.

Mach die Beine breit, Schatz!

Ein Schluchzen hallte in der engen Zelle wider, und sie begriff, dass es ihr eigenes war. Ihr Unterleib verkrampfte sich so sehr, dass sie gepeinigt aufkeuchte.

»Oh!« Die Stimme des Inquisitors klang überrascht. »Sie ringt mit den Dämonen ihrer Vergangenheit!«

»Was wollt Ihr von mir?« Urplötzlich erfüllte eine solche Wut Katharina, dass sie auffuhr, an die Zellentür flog und durch das kleine Fensterchen nach dem Kerl dort draußen krallte. »Was gibt Euch das Recht …?« Sie hörte selbst, dass sie wie eine Katze fauchte, und schlagartig verstummte sie.

»Die Dämonen, die sie in ihrer Gewalt halten, sind mächtig!«, hörte sie Kramer sagen. »Lassen wir ihnen ein wenig Zeit, sich zu beruhigen. Für heute ist es genug. Ihr alle habt euch ein paar ruhige Stunden redlich verdient. Morgen ist ein neuer Tag, und wir werden sehen, was er bringt.«

Schritte entfernten sich, irgendwo fiel eine Tür zu. Die Stille verdichtete sich, bis Katharina das Gefühl hatte, in einem Schraubstock zu sitzen.

»Jetzt sind wir beide allein!«

Beim Klang der Stimme fuhr sie zusammen. Sie hatte angenommen, Kramer sei zusammen mit den anderen gegangen. Im nächsten Moment jedoch presste er sein Gesicht dicht an das Fensterchen ihrer Zellentür.

Jetzt sind wir beide endlich allein!

Die Worte hallten in ihrem Kopf wider, und für einen Augenblick lang wusste Katharina nicht, ob sie sie wirklich hörte oder ob sie sie sich nur einbildete. Sie rutschte an der Zellentür zu Boden und presste die Hände auf die Ohren. Ihr Leib stand in hellen Flammen, und sie krümmte sich.

»Lass mich!«, wimmerte sie. »Tu mir nicht weh!« Erschrocken lauschte sie dem Klang ihrer Stimme nach. Hatte sie das wirklich gesagt? Sie fühlte sich hilflos, ohnmächtig.

Ein Lachen fiel auf sie nieder wie ein Hieb. »Damit«, sagte Kramer, »nähern wir uns dem Kern unseres gemeinsamen Problems.«

»Was willst du von mir?«, stieß Katharina hervor.

Er wartete einen Augenblick, bevor er antwortete. »Burckhard rächen!«, sagte er dann kalt.

»Ich kenne keinen Mann namens Burckhard!« War das so? Sie dachte an die kreischende Stimme, die ab und an aus ihrem Gedächtnis aufstieg und diesen Namen schrie. Etwas regte sich in ihrem Hinterkopf, eine Erinnerung, fern, verschwommen, und im ersten Moment bekam sie sie nicht zu fassen. Doch dann war da wieder diese Stimme.

Burckhard! Was tust du?

Sie hörte sie kreischen. Und plötzlich wusste sie, wem sie gehörte.

Mechthild. Ihrer Mutter.

»Oh doch«, erwiderte Kramer. »Du kennst Burckhard. Du hast ihn der ewigen Verdammnis anheimgegeben, du Hure!«

Fassungslos starrte Richard auf die Tür des Lochgefängnisses, die Gabriel Dengler soeben einfach vor seiner Nase zugeschlagen hatte.

»Mistkerl!«, rief er. »Es ist mein Recht, Katharina zu sehen! Macht auf!« Er ballte die Faust und hieb damit gegen die massive Tür, doch alles, was er erreichte, war, dass ein scharfer Schmerz sich durch das dumpfe Pochen bohrte, aus dem seine Schulter jetzt seit einigen Stunden bestand.

Mit jagendem Herzen und gesenktem Kopf blieb er mitten in der Lochgasse stehen.

»Das bringt nichts«, hörte er Arnulf sagen, und so viel Unwillen über die Ausweglosigkeit der Lage staute sich in seiner Brust, dass er herumfuhr und bellte: »Ach?«

Die Welt geriet für einen kurzen Moment aus dem Gleichgewicht, weil sie seiner raschen Drehung nicht zu folgen vermochte. Er taumelte, musste an der Wand Halt suchen.

»Richard!« Arnulf sprang hinzu, griff nach seinem Arm. »Himmel!«, rief er erschrocken. »Du glühst ja!«

Richard machte sich erst von ihm frei, dann nahm er vorsichtig die Hand von der Wand. Das Schwindelgefühl verging. Er fuhr sich mit der Zunge über die trockenen Lippen. »Wundfieber«, murmelte er. »Katharina hat es kommen sehen.« Dann blickte er Arnulf in die Augen. »Entschuldige, dass ich dich eben so angefahren habe!«

Der Nachtrabe winkte ab. »Wir müssen Katharina da rausholen«, sagte er. »Und zwar schnell!«

»Wir müssen Zeugen besorgen, die für sie aussagen.« In Gedanken zählte Richard die Namen der Personen auf, die für sie sprechen würden. Hartmann Schedel. Natürlich. Und dessen Bruder Johannes. Er war Mönch im Predigerkloster, seine Stimme musste doch Gewicht haben gegenüber der von Kramer! Bettine Hoger fiel ihm ein, die seit den Engelmorden mit Katharina befreundet war. Sie war eine Patrizierin. Er stellte fest, dass er nicht einmal wusste, ob sie noch lebte.

Er selbst. Immerhin hatte er den Mörder mit eigenen Augen gesehen.

Während er all diese Menschen durchging, wurde ihm bewusst, dass Arnulf nachdenklich den Kopf schüttelte. »Was?«, fragte er.

»Zeugen nützen uns hier gar nichts.« Der Nachtrabe wandte den Kopf, weil hinter der Ecke auf einmal Schritte und Stimmen laut wurden. »Wir sollten besser verschwinden«, sagte er. »Du ...«

Zwei Männer bogen um die Ecke. Es waren Silberschläger und der Stadtrichter.

»Herr Sterner!« Silberschläger klang nicht wirklich überrascht.

»Bürgermeister!« Mit einer knappen Geste neigte Richard den

Kopf. Neben ihm stieß Arnulf ein ergebenes Seufzen aus. »Katharina ist unschuldig, ich habe …« Er verstummte, als Arnulfs Hand sich auf seine verletzte Schulter legte.

»Wir gehen jetzt!«, sagte der Nachtrabe bestimmt.

Verblüfft sah Richard ihn an. »Aber, ich …«

Da gruben sich Arnulfs Finger so fest in sein Fleisch, dass ein scharfer Schmerz durch die Messerwunde fuhr. Richard schrie auf. Die grünen Augen des Nachtraben funkelten warnend.

Richard kannte diesen Ausdruck. *Tu, was ich sage!*, hieß er.

Verunsichert nickte er. Die Welt geriet erneut aus den Angeln.

Silberschläger stand da, die Schultern zurückgenommen. Sein Gesichtsausdruck war unergründlich. »Gehabt Euch wohl!«, sagte er, und es klang ein leiser Spott in seiner Stimme mit, der Richard endgültig zur Besinnung brachte. Verwirrt folgte er Arnulf aus der Lochgasse hinaus ins Tageslicht.

Sie kamen zu spät!

Obwohl Claudius die Pferde so schnell laufen ließ, wie es in den Straßen der Stadt möglich war, kamen sie zu spät.

Donatus wusste es bereits, als er die Menschen sah, die ihnen entgegenströmten. Manche von ihnen wirkten heiter, als hätten sie einem großen Spektakel beigewohnt. Andere jedoch blickten düster und nachdenklich vor sich hin, als sei ihnen soeben die eigene Vergänglichkeit vor Augen geführt worden.

»Es ist vorbei!«, murmelte Donatus.

Spindler reagierte nicht. Mit starrem Gesicht saß er hoch aufgerichtet neben Claudius auf dem Bock und sah dem rasch näher kommenden Rabenstein entgegen. Und kaum, dass der Kutscher in der Nähe des gemauerten Vierecks anhielt, sprang er zu Boden. Sein Bein knickte ein, aber er fing sich an der Wagenseite ab und marschierte humpelnd auf den Richtplatz zu.

Donatus folgte ihm langsamer. Er brauchte keinen Blick auf den riesigen roten Fleck auf dem Rabenstein zu werfen, um zu wissen, dass er auch diesmal wieder versagt hatte. Tobias war tatsächlich tot. Und er hatte das Geheimnis, wer ihn vergewaltigt hatte, mit ins Grab genommen – genau wie Kilian.

Ein leises Aufschluchzen riss Donatus aus seinen selbstquälerischen

Gedanken. Spindler stand dicht am Rand des Richtplatzes. Seine Hände waren auf halber Höhe in der Luft erstarrt, und sein Gesicht war so blass, dass Donatus ihn für eine Statue hätte halten mögen.

Eine Grabstatue. Ein Bild der Trauer.

Donatus spürte, wie ihm Tränen in die Augen schossen. Zögernd trat er an Spindlers Seite. »Es tut mir leid«, flüsterte er, und er wusste selbst nicht, welches seiner vielen Versagen er damit meinte. Mit dem Daumenballen rieb er sich über Augen und Stirn. »Es tut mir leid«, wiederholte er. Die Schuld, die auf seinen Schultern lastete, drückte ihn schier zu Boden.

»Er war es nicht.« Dr. Spindlers Blick hing noch immer an dem Blutfleck, und als jetzt zwei Krähen auf dem nahe gelegenen Galgen landeten, stöhnte er unterdrückt auf.

Auf dem Leichenacker war ein einzelner Mann damit beschäftigt, ein Grab zuzuschaufeln. Wie von einer unsichtbaren Schnur gezogen wandte Spindler dem Mann den Kopf zu, dann ging er auf ihn zu. Donatus wollte ihn aufhalten, aber er schaffte es nicht. Ruppig stieß Dr. Spindler seinen Arm fort und marschierte bis an den Rand des Grabes.

Eilig folgte Donatus ihm. Zu seiner Erleichterung war die Grube bereits halb zugeschaufelt, sodass ihnen der Anblick von Tobias' Leiche erspart blieb.

»Was wollt ihr?« Mürrisch schaute der Totengräber von seiner Arbeit auf. »Da gibt's nichts mehr zu glotzen.« Aber dann sah er die Bestürzung und Trauer in den Mienen der beiden, und er kratzte sich verlegen am Hinterkopf. Seine Mütze hatte er abgenommen und neben dem Grab auf einen kleinen Erdhügel gelegt. »War jemand, den ihr kanntet, hm? Das tut mir leid. Der arme Teufel. Kaum zu glauben, dass er all diese schrecklichen Morde auf dem Gewissen haben soll.«

Bei seinen Worten erschien ein Ausdruck auf Dr. Spindlers Gesicht, der Donatus einen Schauer den Rücken hinunterrinnen ließ. Langsam entblößte der Priester seine Zähne, bis er fast wölfisch aussah. Dann jedoch zerfiel die Maske und machte völliger Ausdruckslosigkeit Platz, die umso furchtbarer war, als der Priester nun lautlos zu weinen begann. »Er war es nicht«, flüsterte er. »Er war es nicht!«

Nach der ruppigen Abwehr von eben verspürte Donatus Scheu, den Priester erneut zu berühren, doch er überwand sie und legte ihm vorsichtig den Arm um die Schultern. »Kommt«, sagte er leise und errichtete in seinem Innersten einen Wall um die Schuldgefühle. »Gehen wir.«

Er hatte Spindler schon dazu gebracht, sich abzuwenden, als die Stimme des Totengräbers sie beide innehalten ließ. »Zeiten sind das«, murmelte der Mann. »Jünglinge bringen Menschen um. Frauen werden zu Hexen. Ich sag euch: Das Ende der Zeiten steht dicht bevor!«

Donatus wandte sich noch einmal an den Mann. »Was meint Ihr mit ›Frauen werden zu Hexen‹?«, fragte er. Warum nur dachte er sofort an Katharina?

»Verhaftet haben sie sie, die Hexe«, sagte der Totengräber.

»Wen?« Spindler sah nicht so aus, als könne er noch mehr schlimme Nachrichten ertragen. In den letzten Minuten hatte er sich in einen steinalten Mann verwandelt, mit grauem Gesicht, tiefen Falten und Schatten unter den Augen.

Der Totengräber stieß seine Schaufel in die weiche Erde und stützte sich darauf. »Na, die Jacobsche, die das Fischerhaus an der Frauentormauer führt.« Mit knappen Worten erzählte er ihnen, was geschehen war. Er berichtete von einem Dämon, der aus dem Hingerichteten in die Luft gestiegen und schließlich in Katharina gefahren sei. Als er endete, fühlte Donatus sich, als habe ihm jemand die Haut in Streifen vom Leib gezogen. Katharina saß im Lochgefängnis! Unter Hexereianklage!

Er fuhr sich mit allen zehn Fingern in die kurzen blonden Haare und legte den Kopf in den Nacken dabei. »Himmel!«, flüsterte er.

»Donatus!« Dr. Spindlers Stimme klang heiser. Kaum verständlich war sie, und sie zitterte.

Donatus sah ihn an. Langsam ließ er die Arme sinken. Weitermachen. Er musste weitermachen. Einen Schritt nach dem nächsten tun. Er durfte sich nicht von vergangenen Taten erdrücken lassen.

»Geh nach Heilig-Geist«, sagte der Priester. »Mechthild muss erfahren, was geschehen ist.«

Donatus war froh darüber, dass Spindler ihm sagte, was er tun sollte. Es gab ihm wenigstens ein bisschen Halt, und er klammerte sich daran. Mechanisch nickte er. »Was werdet Ihr tun?«

Spindler straffte sich. Vor Schmerz zuckte er zusammen, fasste sich an die Hüfte, aber dann ließ er die Hand sinken. »Heinrich Kramer ist ein geweihter Mann, der den Heiligen Geist empfangen hat. Ich werde mit ihm reden und ihn davon überzeugen, dass Katharina auf keinen Fall eine Hexe sein kann.«

Erleichterung erfasste Donatus. »Ja! Tut das!« Dr. Spindler war ein guter Redner und ein geübter Rhetoriker. Er würde dafür sorgen, dass alles wieder gut würde.

Sie baten Claudius, sie unverzüglich zurück in die Stadt zu fahren. An der Lorenzkirche ließ der Kutscher Donatus aussteigen, und während Dr. Spindler zum Lochgefängnis fuhr, machte der Bader sich auf den Weg nach Heilig-Geist.

Er überquerte die Pegnitz auf der Spitalbrücke. Seine Schritte klangen dumpf auf den dicken Bohlen, und das Geräusch katapultierte ihn für einen Augenblick zurück in die Vergangenheit.

Er war diese Brücke schon einmal mit einem ähnlichen Gefühl von Angst und Verzweiflung entlanggegangen. Damals, als sie ihn aus Heilig-Geist rausgeworfen hatten. Damals …

In seinem Kopf begannen Gedanken und Erinnerungen wieder ihren irren Reigen. Bilder rasten an seinem geistigen Auge vorbei. Kilians blasses Gesicht mit den Wassertropfen auf den Wangen. Dr. Spindlers Stimme, die sagte: »Es tut mir so unendlich leid, Donatus!« Die Melodie, die Tobias im Fischerhaus gepfiffen hatte – und eben auch auf dem Henkerskarren. Diese Melodie …

Donatus pfiff die wenigen Töne. Jeder Einzelne brannte auf seinen Lippen wie Säure.

Und in diesem Moment fielen die vielen kleinen Mosaikteilchen zu einem Bild zusammen, zu einem Bild, das er längst hätte sehen müssen, wenn er nicht so blind, so unendlich vertrauensselig gewesen wäre.

Donatus spürte, wie ihm das Blut aus den Wangen wich. »Herr im Himmel!«, krächzte er, als er endlich zu begreifen begann. Er griff nach dem Dolch an seinem Gürtel, dann jedoch erkannte er, dass er dies hier allein nicht würde durchstehen können.

Er brauchte dringend Hilfe! Und es gab nur einen Mann, der ihm in diesem Moment einfiel.

»Öllinger«, murmelte er.

Dann rannte er los.

Sie waren kaum am Ende der Lochgasse angekommen, als Richard Arnulf wütend anfuhr. »Warum hast du mich eben nicht mit Silberschläger reden lassen?«

Der Nachtrabe verschränkte die Arme vor der Brust. »Ich habe dich davon abgehalten, eine Dummheit zu machen«, sagte er ruhig.

Ärger rann durch Richards Adern. »Ich …«, wollte er widersprechen, aber da blitzte es in Arnulfs Augen so zornig auf, dass er mitten im Satz verstummte.

»Wenn ich dich nicht unterbrochen hätte«, fauchte der Nachtrabe ihn an, »dann hättest du dem Kerl von deiner Begegnung mit Gertrud erzählt, oder?«

Richard nickte. Tatsächlich hatte er das vorgehabt. Er hatte dem Lochschöffen sagen wollen, dass der Mörder ein Mann war.

»Du bist so ein Narr, Richard! Du hast keine Ahnung, worum es hier wirklich geht, oder?«

In Richards Brust ballte sich der Ärger nun zu kalter Wut. »Ach ja? Und du bist hier der Erleuchtete oder was? Wofür hältst du dich eigentlich?«

Da lenkte Arnulf ein. Er fuhr sich mit der Zunge über die Schneidezähne, dann sagte er leise: »Für jemanden, der hingeschaut hat, während du dich auf dem Rabenstein um Katharina kümmern musstest.«

Scham spülte jeglichen Ärger fort. »Ich … Herr im Himmel!« Richard holte tief Luft. Die Anspannung darüber, dass Katharina dort unten in diesem elenden Loch saß, lag wie ein Gewicht auf seinen Schultern, machte ihn reizbar, ungeduldig. Er musste sich zusammennehmen. »Was hast du gesehen?«, fragte er.

»Ein abgekartetes Spiel.« Arnulf entflocht die Arme wieder, seine Rechte legte sich auf den Schwertknauf. »Silberschläger und dieser Inquisitor, dieser Kramer, stecken unter einer Decke. Und ich fresse einen Besen, wenn es Kramer wirklich allein um Hexerei geht.«

»Er ist der Autor des Hexenhammers«, sagte Richard. »Es ist seine Profession, Hexen zu jagen.«

»Ich weiß. Aber trotzdem: Dem geht es nicht allein darum!«

Richard verstand nicht so recht, worauf sein Freund hinauswollte. »Sondern?«

»Das weiß ich nicht. Aber glaub mir: Ich erkenne Rachsucht, wenn ich sie sehe. So, wie dieser Kramer Katharina angestarrt hat, hat er irgendwelche persönlichen Gründe, sie dort unten einzusperren. Ich fürchte, wenn wir uns nicht sehr beeilen, dann steht Katharina eine höchst unangenehme Nacht bevor.«

In Richards Verstand überschlugen sich die Bilder dessen, was Männer wie der Inquisitor und Silberschläger mit Katharina anstellen konnten. In seinen Ohren rauschte es. Wieder musste er sich an der Wand abstützen. Er durfte jetzt auf keinen Fall schlappmachen! »Wir müssen sie da schleunigst rausholen!«, sagte er.

»Sag ich ja! Aber wie?«

»Hartmann Schedel«, murmelte Richard. »Er ist Ratsmitglied, und er kennt Katharina. Er wird auf unserer Seite sein – wir müssen zu ihm …«

Doch Arnulf schüttelte den Kopf. »Auch Schedel kann vor morgen früh gar nichts tun. Frühestens morgen kann er eine Sitzung zusammenrufen und darüber beraten lassen, ob gegen Katharina Anklage erhoben wird. Es sei denn …« Er schwieg einen Moment, dann setzte er nach: »Wir präsentieren ihm den wahren Mörder.«

Richards Verstand fühlte sich an wie mit Teer verklebt. Er versuchte, Arnulf zu folgen, aber es wollte ihm nicht recht gelingen. »Und dann? Sie haben Katharina wegen Hexereiverdachts eingekerkert. Es geht längst nicht mehr um die Morde!«

Arnulf kniff sich in den Nasenrücken. »Doch. Geht es. Dieser Kramer baut seine Hexenanklage darauf auf, dass Katharina hinter diesen Morden steckt. Wenn wir dem Rat den wahren Täter präsentieren und dieser geständig ist …«

»Dann ist klar, dass Katharina nichts mit der ganzen Sache zu tun hat, und der Rat wird Kramer die Hexereianklage um die Ohren schlagen.« Erleichtert nickte Richard. Das Schwindelgefühl ließ wieder nach, und er konnte die Wand loslassen. »Aber wie finden wir den wahren Mörder?«

Er war bei ihr.

Hier in der kalten Zelle, genauso wie all die vergangenen Jahre, in denen er da gewesen war, ohne dass sie es wusste. Er war da wie in den letzten Wochen, in denen er sich in ihre Träume geschlichen hatte, weil sie nicht auf Dauer vergessen konnte, weil ihr Verstand die Dinge nun aus der Versenkung holte …

Der Mann mit den eisblauen Augen.

Der Mann, der offenbar Burckhard hieß.

Der Mann, dessen Namen sie ihre Mutter kreischen gehört hatte.

Er war da. Aber er hielt sich im Hintergrund.

Irgendwie gab es eine Verbindung zwischen diesem Mann und Heinrich Kramer. Sie zermarterte sich das Hirn, wie das sein konnte, aber sie erinnerte sich an nichts weiter als die eisblauen Augen, an ein schweres Atmen an ihrem Ohr und das Kreischen ihrer Mutter. Wieder und wieder flackerten diese Bruchstücke in ihrer Erinnerung auf, schlugen sich wie mit glühenden Krallen in ihren Verstand, ihren Leib.

Sie wusste nicht, wie lange sie auf der unbequemen Pritsche gehockt hatte, nachdem Kramer sie mit ihrer Qual und ihren verschütteten Erinnerungen allein zurückgelassen hatte. Irgendwann näherten sich draußen auf dem Gang Schritte. Ein Schlüssel wurde ins Schloss gesteckt, und die Zellentür schwang auf. Das flackernde Licht einer einzelnen Talglampe blendete Katharina.

Blinzelnd drehte sie den Kopf zur Seite, und aus dem Augenwinkel sah sie, dass zwei Männer die Zelle betraten.

»Katharina«, sagte eine heisere Stimme, die ihr die Haare im Nacken zu Berge stehen ließ. Ihr Kopf fuhr herum.

»Silberschläger!« Sein Anblick presste ihr das Herz zusammen.

Er reckte seinen mächtigen Bauch vor, stemmte die Arme in die Seiten. »Ja«, sagte er nur.

Katharina dachte daran, wie er in der Kapelle im Fischerhaus versucht hatte, ihr die Hand auf den Oberschenkel zu legen. Ihr Leib krampfte sich zusammen, und sie ertappte sich dabei, dass sie die Ecken der Zelle nach dem Mann mit den Eisaugen absuchte.

Sie konnte ihn nirgends entdecken, dafür fiel ihr Blick nun auf den zweiten Mann, der zusammen mit Silberschläger die Zelle betreten hatte. Es war der Büttel, den sie schon früher in Silberschlägers Begleitung gesehen hatte.

»Eberlein, Ihr bringt sie in die Folterkammer«, sagte Silberschläger zu ihm.

Katharinas Unterkiefer fiel herunter.

Eberlein nickte. Als er nach Katharinas Arm langen wollte, entzog sie sich ihm mit einem Ruck.

»Ihr dürft ohne Anordnung des Rates nicht foltern!«, brachte sie fast lautlos hervor. Ihr Herz hatte zu jagen begonnen, plötzlich fühlte sie sich in der engen Zelle wie in einer Mausefalle.

Ein breites Grinsen glitt über Silberschlägers Miene, und seine Zungenspitze erschien im rechten Mundwinkel. »Wer sagt denn etwas von Folter, meine Liebe? Wir wollen nur ein wenig Spaß miteinander haben, nicht wahr? Ich bin sicher …« Er unterbrach sich. »Macht endlich!«, fuhr er Eberlein an.

Der packte Katharina am Arm und zerrte sie unsanft aus der Zelle auf den Gang hinaus.

26. Kapitel

Die Folterkammer lag um einiges tiefer als der Gang davor, und eine Stiege mit fünf Stufen führte nach unten. Diese Stufen stieß Eberlein Katharina hinunter. Sie stolperte und konnte sich nur auf den Beinen halten, indem sie sich an einem massiven Holzklotz abstützte, der in der Mitte des kleinen Raumes stand.

Eilig drehte sie sich herum.

Silberschläger kam die Stufen herabgeschritten, und er lächelte dabei. An den Wänden rings herum standen Talglichter auf dem Boden und warfen ihren Schatten vervielfacht und zu bizarren Formen verzerrt gegen die Decke. Der Anblick ließ Erinnerungen in Katharina aufflackern.

Ein Mann, der sich über sie beugte. Der Mann mit den eisblauen Augen.

»Bindet sie an die Leiter!«, befahl Silberschläger. Ihr Unterkörper verkrampfte sich.

Burckhard, kreischte die Stimme ihrer Mutter in ihrem Kopf. Dann wandelte sie sich und wurde zu der Kramers.

Burckhard!

Sie krallte beide Hände um den Schädel, doch es nützte nichts. Ihr Innerstes war ein einziges Chaos aus wirbelnden Gedanken, Erinnerungsfetzen, Angst.

Eberlein trat vor sie hin, drängte sie gegen das doppelt mannshohe leiterartige Gestell, das an der Rückseite der Folterkammer lehnte. »Was habt Ihr vor?«, fragte er über die Schulter gewandt, während er Katharinas Arme packte, um sie ihr auf dem Rücken zusammenzubinden.

Doch Silberschläger schüttelte den Kopf. »Vorn!«

Eberlein schaute ihn fragend an.

»Fesselt sie vorn«, wiederholte Silberschläger. »Wir wollen ihr noch nicht die Schultern ausrenken.«

Noch nicht …

Katharina ächzte.

Eberlein gehorchte dem Befehl, band ihr die Hände vor dem Leib zusammen und hakte dann eine eiserne Kette an den Fesseln ein, ohne sie jedoch straff zu ziehen.

Katharina schaute Silberschläger ins Gesicht. Die Haare hatten sich längst aus ihrer Frisur gelöst und hingen ihr über Augen und Wangen.

»Was soll das hier?«, fragte eine Stimme von der Tür her.

»Kramer!« Silberschläger fuhr herum. Katharina konnte nur halbwegs an ihm vorbeischauen, aber dann trat er einen Schritt zur Seite, und sie sah, wie der Inquisitor die Stufen zur Folterkammer herunterkam. Über seiner Schulter hing ein schwer aussehender Beutel.

Auf seiner Miene lagen Widerwille und Wut. »Ihr …« Er wollte sich an Silberschläger wenden, aber sein Blick blieb an Katharina hängen. Eine Weile starrte er sie einfach nur an, und sie konnte sehen, wie sich hinter seiner Stirn Ekel und Hass überschlugen. Seine Lippen teilten sich, als wolle er etwas sagen, aber dann presste er sie zu einem schmalen, blutleeren Strich zusammen.

»Was macht Ihr hier?«, verlangte er zu wissen und ließ den Beutel von seiner Schulter zu Boden gleiten.

Silberschläger schluckte. »Ihr habt gesagt, dass ich …« Er verstummte, als der Inquisitor herrisch die Hand hob.

»Ich weiß, was ich gesagt habe!« Kramers Hand schwebte in der Luft, dann senkte sie sich, näherte sich Katharinas Gesicht. Ganz sacht strich er ihr eine Strähne hinter das Ohr. Seine Züge schienen jetzt alles Menschliche verloren zu haben. Glühender Hass sprühte aus seinen blauen Augen …

… Eisaugen …

… und er schlug Katharina ins Gesicht. Dieser Hass stand in so krassem Gegensatz zu der Zärtlichkeit, mit der der Inquisitor ihr auch noch die zweite Haarsträhne fortstrich, dass das Entsetzen sich wie eine Faust in Katharinas Magen rammte. Sie spürte, wie ihre Lippen zu zittern begannen.

»Dieser Körper«, sagte der Inquisitor ganz ruhig. Dann legte er den Kopf schief, als müsse er überlegen. »Vor vielen Jahren schon hast du ihn benutzt, um meinen Bruder damit in die ewige Verdammnis zu treiben!«

Sein Bruder …

In Katharinas Hinterkopf rastete ein Gedanke ein, aber noch immer bekam sie ihn nicht richtig zu fassen. Sie wusste jedoch nun, dass es stimmte, was der Inquisitor sagte. Sie kannte ihn. Schon sehr lange.

Er gab Eberlein einen Wink.

Hinter Katharina rasselte eine Winde, und während ihre Hände in die Höhe gehoben wurden, zerrte sie an ihren Ketten. »Was tut Ihr?«, schrie sie in dem Augenblick, als ihre Füße den Boden verloren. Die hölzernen Streben der Leiter drückten sich schmerzhaft gegen ihre Schulterblätter, rutschten daran entlang und pressten sich dann gegen Gesäß und Oberschenkel.

Katharinas Gedanken rasten. Kramer. Kramer. Der Name rührte an etwas in ihrem Innersten. Mein Bruder, hatte Kramer gesagt. Burckhard. Ihr Geist fühlte sich an wie zu einem einzigen Knoten verschlungen. Burckhard Kramer. Als sie jetzt blinzelte, sah sie die eisblauen Augen. Sie wehrte sich gegen die Kraft der Kette, aber es nützte nichts. Mit einem schrillen Quietschen hielt die Winde inne, Katharina wurde nicht weiter in die Höhe gezogen. Mit distanzierter Genauigkeit nahm sie wahr, wie die Sehnen in ihren Schultern gedehnt wurden.

Noch war der Schmerz fein und erträglich.

Es würde sich ändern, das wusste sie.

»Sie gehört Euch«, hörte sie Kramer sagen. »Sorgt dafür, dass sie sich wünscht, niemals mit diesem Körper geboren worden zu sein!«

Silberschläger zögerte. Dann schickte er Eberlein mit einem Wink aus der Zelle. Als der Büttel dem Befehl gehorsam nachgekommen war, trat Silberschläger vor Katharina hin. Sie versteifte sich, als sein Schatten über sie fiel, aber sie konnte es nicht verhindern, dass er ihr mit einem Ruck den Rock vom Leib riss, während er mit der Linken an seinem Gürtel herumzunesteln begann.

Seine Finger glitten über ihre Haut, höher und höher und sie spürte, wie …

… ein glühender Schmerz ihr Innerstes zerriss …

… ein Schrei sich in ihrer Kehle verfing, tief und qualvoll, so voller Entsetzen über das, was ihr geschah …

… und die eisblauen Augen schwebten über ihr, sie hielt den Blick auf sie gerichtet, starrte in sie, als könne nur Trotz allein sie davon abhalten, sich aufzulösen, während er ihr all dieses Furchtbare antat …

Sie wehrte sich, versuchte, um sich zu treten, aber Silberschläger war stärker als sie. Sie konnte nicht verhindern, dass er sich zwischen ihre Beine presste, sich an ihr rieb. Sie roch seine Haut, Ekel würgte sie genauso wie der Schrei, den sie nicht hervorbingen konnte, weil sie wie gebannt war, gefesselt von großen Händen auf ihrer kalten Haut …

»Warum?« Es kam als Schluchzen aus ihrem Mund, kaum hörbar, und durch den Schleier ihrer Tränen sah sie Silberschläger schweratmend zurückweichen, sah ihn bleich werden, so unendlich bleich. Er griff sich an die Brust, dann taumelte er. Brach zusammen. Speichel bildete Blasen auf seinen Lippen. Er zuckte einmal, dann lag er still. Blicklos stierten seine Augen gen Decke.

Mit einem Ausdruck, in dem sich Überraschung und Verwirrung mischten, blickte Kramer auf ihn nieder. »Heilige Mutter Gottes!«, stieß er hervor. Dann schaute er auf. Zu Überraschung und Verwirrung gesellte sich eine Spur von Angst, und sie ahnte, was er dachte.

»Ein schwaches Herz«, hauchte sie. »Gebt mir nicht die Schuld …«

Ein Lächeln erschien auf seinen Lippen. Mehrere Herzschläge lang fixierte sein Blick Katharina. Dann, mit einer Bewegung, die aufreizend langsam aussah, legte er den Kopf in den Nacken, sammelte sich und schrie aus vollem Hals: »Oh Gott im Himmel! Nein!«

Die Hand am Schwertgriff, kam Eberlein wieder in die Kammer gestürzt. »Was …?« Sein Blick fiel auf Silberschlägers Leiche, seine Augen schienen hervorzuquellen, sein Mund öffnete sich, sodass Katharina seine Zunge sehen konnte. Wie ein Tier zuckte und wand sie sich, als der Büttel um Worte rang.

»Sie hat ihn verflucht«, flüsterte Kramer. »Ich habe es genau gesehen!« Und er griff nach dem Kreuz auf seiner Brust, umklammerte es und hielt es in die Höhe, als müsse er sich vor Katharina schützen.

Der Büttel trat vor. Seine Hand lag verkrampft um den Schwertgriff, aber nun lockerte sie sich, sank herab. Hastig bekreuzigte er sich.

»Diese Hexe hier …«, Kramer zeigte auf Katharina, »… hat durch ihre zauberischen Kräfte, zu denen sie die Verführungskunst ihres Körpers einsetzte, den ehrenwerten Herrn Bürgermeister umgebracht.«

Katharina schloss die Augen. »Warum?«, wisperte sie. »Warum

hasst Ihr mich so?« Sie riss die Lider wieder auf. »Und wenn Ihr mich so hasst, warum dieses ganze Theater? Warum tötet Ihr mich nicht einfach?« In diesem Moment wäre es ihr mehr als recht gewesen, wenn er es tatsächlich getan hätte.

Ihr Leib stand in hellen Flammen.

Kramer lachte knapp. Statt ihr eine Antwort zu geben, wandte er sich um, ging zu dem Beutel, den er bei seinem Eintreten bei sich gehabt hatte, und holte ein dickes Buch heraus. »Weil dies hier meine Waffe ist«, sagte er. »Ich muss mir an Hexenbrut wie dir nicht die Hände schmutzig machen. Das macht die weltliche Gewalt für mich.« Er wandte sich an Eberlein. »Wir müssen die Männer vom Stadtrat holen. Sie sollen mit eigenen Augen Silberschlägers Leiche ansehen und sich davon überzeugen, welche Hexenkräfte in diesem Weib stecken!«

Während Richard und Arnulf noch an der Ecke der Lochgasse standen und überlegten, wie sie den Mörder ausfindig machen konnten, eilte ein Mann auf sie zu. Er war hochgewachsen und trug die schwarze Kleidung eines Gelehrten. Seine hellbraunen Haare ringelten sich unter dem Hut hervor und um seine Ohrläppchen wie Erpellocken.

Ohne Richard und Arnulf zu beachten, hastete er vorbei, bog in die Lochgasse ein und blieb vor der Tür zur Lochwirtswohnung stehen.

Verwundert blickte Richard ihm nach.

Der Mann betätigte den Klingelzug, und als ihm nicht sofort geöffnet wurde, pochte er mit beiden Fäusten gegen die Tür. »Aufmachen!«, rief er. »Ich muss auf der Stelle zu Katharina Jacob!«

Richard und Arnulf tauschten verwunderte Blicke. Nahezu gleichzeitig liefen sie zu dem Mann in die Gasse.

»Ihr da!« Arnulfs scharfer Ruf ließ den Mann herumfahren. »Was wollt Ihr von Katharina?«

Der Blick des Mannes tastete Arnulf von Kopf bis Fuß ab. »Ich wüsste nicht, was Euch das angeht!«, sagte er kühl.

Bevor Arnulf etwas erwidern konnte, schob Richard sich vor ihn. »Mein Name ist Sterner«, stellte er sich vor. »Frau Jacob ist meine …« Er fand kein Wort für sein Verhältnis zu ihr, und so brach er ab.

Der Blick des Mannes wurde ein wenig weicher. »Öllinger«, nannte er seinen eigenen Namen und lüpfte den Hut ein wenig. »Georg Öllinger.«

»Was macht Ihr hier?«, erkundigte sich Arnulf abermals.

Öllinger wirkte einen Augenblick lang so, als wolle er sich weigern, diese Frage zu beantworten, doch dann sah er, dass nicht nur der Nachtrabe ihn erwartungsvoll anschaute, sondern auch Richard. Er zuckte die Achseln. »Ich erfuhr soeben, dass man Kath … Frau Jacob ins Lochgefängnis geworfen hat und ihr Hexerei vorwirft. Ich wollte sehen, ob ich ihr helfen kann.«

Richard registrierte sehr wohl die kleine Pause, und es versetzte ihm einen Stich der Eifersucht. Plötzlich wurde ihm mit Macht bewusst, dass er ein langes Jahr fort gewesen war und dass er trotzdem wie selbstverständlich davon ausgegangen war, dass sie auf ihn gewartet hatte.

Arnulfs Stimme hielt ihn davon ab, diesen Gedanken weiterzuverfolgen. »Wie glaubt Ihr, das tun zu können?«, fragte er.

Öllinger zuckte die Achseln. »Ich weiß es nicht genau. Aber Donatus sagte mir, dass man Katharina verdächtigt, Tobias dazu verhext zu haben, die Dolchmorde zu begehen. Darauf gründet offenbar die Anklage gegen sie …«

»Tobias war unschuldig«, sagte Richard. »Wir wollen den wahren Mörder finden, um Katharina dort unten rauszuholen.« Aus dem Augenwinkel sah er, dass Arnulf an seiner Seite auf einmal sehr nachdenklich wirkte.

»Tobias unschuldig?« Es war Öllinger anzusehen, dass diese Worte ihn erleichterten. Dennoch lag ein gehöriges Maß an Skepsis in seinem Blick, als er meinte: »Aber der Stadtrat hat ihn doch rechtskräftig verurteilt. Donatus sagte, dass eines der Opfer den Mordanschlag überlebt hat und aussagte, dass Tobias ihn …«

»Donatus«, murmelte Arnulf. Richard runzelte die Stirn. Fragend schaute er seinen Freund an, doch der schien noch nicht entschieden zu haben, was genau er denken sollte. Mit einer nachdenklichen Geste winkte er ab.

Richard sah wieder Öllinger an. »Wir glauben, dass der Rat sich mit seinem Urteil geirrt hat. Der wahre Mörder läuft noch irgendwo hier draußen herum.«

Öllingers Mund öffnete sich, doch kein Laut kam über seine Lippen. Plötzlich schienen die Gedanken hinter seiner Stirn zu rasen. »Der wahre Mörder …«

Jetzt mischte sich Arnulf wieder ein. »Ihr sagtet eben, dass Donatus Euch erzählt hat, dass Katharina dort unten einsitzt.«

Öllinger nickte. »Ja. Er wirkte seltsam aufgelöst, ganz komisch ...«

Mit einem Mal stand ein Funkeln in Arnulfs Augen, und bei seinem Anblick rann ein erregtes Kribbeln über Richards Körper. Er kannte die Anzeichen gut, die Arnulf an den Tag legte, wenn er etwas eben noch Rätselhaftes begriffen hatte. Der Nachtrabe legte dann die Handflächen gegeneinander und presste sie zusammen, dass seine Knöchel ganz weiß wurden.

Eben das tat er nun. »Erinnert Ihr Euch, was genau Donatus zu Euch gesagt hat?«, erkundigte er sich.

Öllinger kratzte sich am Kinn. »Natürlich. Zuerst hat er mir von Katharinas Verhaftung erzählt, aber das sagte ich Euch ja bereits. Und dann hat er etwas sehr Seltsames gesagt. Er wirkte sehr verwirrt. Fast ein bisschen irre. Er war der festen Überzeugung, dass Dr. Spindler der Mann ist, der in Heilig-Geist die Jungen vergewaltigt.« Sein gesamtes Gesicht war ein einziger Ausdruck von Verwunderung und Zweifel. »Was für ein Unsinn! Dr. Sp ...«

»Donatus!« Arnulfs Stimme war recht leise, aber scharf wie zersplitterndes Glas, und in dem Moment, in dem er den Namen nun zum dritten Mal aussprach, begriff Richard, was er dachte.

Bevor er es sich in seinem dröhnenden Schädel richtig zurechtgelegt hatte, erklärte Arnulf es Öllinger: »Silberschläger nimmt an, dass der Mörder durch seine Taten versucht, Katharina zu schützen. Seine Opfer waren allesamt Menschen, die Katharina in irgendeiner Weise etwas antun wollten. Rotgerber hatte vor, das Fischerhaus zu schließen. Die Marktfrau wollte sie wegen Hexerei anklagen, zumindest hat sie das behauptet. Und Silberschläger selbst, nun, er hatte sie wegen der Morde in Verdacht.«

Bei jedem einzelnen Punkt dieser Aufzählung wurden Öllingers Augen größer. »Donatus hat Katharina unglaublich viel zu verdanken. Wenn sie ihn nicht aufgenommen hätte, damals, als sie ihn aus Heilig-Geist rausgeworfen haben, dann wäre er vielleicht heute schon tot.«

Richard rief sich die schattenhafte Gestalt ins Gedächtnis zurück, die ihn in dem Hinterhof angefallen hatte. Von der Statur her konnte es hinkommen. Das Kribbeln auf seiner Haut verstärkte sich. »Wisst Ihr, wo Donatus jetzt ist?«, fragte er.

Der Apotheker nickte. »Er sagte, er wolle zu Mechthild Augspurger, um ihr zu erzählen, was mit Katharina geschehen ist. Ich ließ ihn, weil ich mich sofort auf den Weg hierher machte.«

Neben Richard packte Arnulf seinen Schwertgriff. Eine Handbreit zog er die Klinge aus der Scheide, stieß sie dann jedoch wieder hinein.

»Los!«, sagte der Nachtrabe. »Schnappen wir uns Donatus!«

»Witwe Augspurger!« Ein leises Klopfen an der Tür der alten Sakristei und die Stimme des Küchenmädchens unterbrachen Mechthild in ihrem Gebet. Sie blickte von ihren um den Rosenkranz gefalteten Händen auf. »Hier ist jemand, der dringend mit Euch sprechen muss«, sagte das Küchenmädchen durch die geschlossene Tür. »Er meint, es geht um Eure Tochter.«

Mechthild schaute auf den Altar, auf dem der Engel des Herrn Maria die Geburt ihres Sohnes Jesus Christus verkündigte. Die Gottesmutter sah auf dem mit dunklen Ölfarben gemalten Bild überhaupt nicht glücklich aus, sondern eher entsetzt.

»Wer ist es?«, fragte Mechthild.

»Ich bin es«, antwortete ihr der Besucher selbst. Es war Donatus. »Ich muss wirklich dringend mit Euch sprechen.«

»Kommt herein!«, bat sie ihn. Anders als die Tür zu ihrer Kammer hatte die der Sakristei innen keinen Riegel, der sich vorschieben ließ. Aber er war hier auch nicht nötig. Gott selbst hielt seine schützende Hand über sie, sie brauchte hier keine Riegel und Schlösser, um sich zu schützen.

Die Tür öffnete sich, und Donatus trat ein. Er sah blass und mitgenommen aus. »Was ist geschehen?«, fragte sie.

»Kramer«, haspelte er. »Er hat ... Katharina verhaften lassen.«

Sie spürte, wie ihre Hände zu zittern begannen. Himmel, steh ihr bei! Nur undeutlich hörte sie, wie Donatus etwas sagte, sie verstand kein einziges Wort. Sie hob die Hände vor den Mund. In ihrer Kehle bildete sich ein Schrei, so schrill und verzweifelt, dass sie ihn nicht zurückhalten konnte. Er prallte an den steinernen Wänden der Sakristei ab und wurde auf sie zurückgeworfen. Sie krallte die Hände in die Haare, riss an ihnen.

»Beruhigt Euch!«, rief Donatus eindringlich. »Dr. Spindler schickt mich. Er ist auf dem Weg ins Lochgefängnis, und er wird Katharina dort wieder herausholen. Das hat er mir versprochen, und das soll ich Euch sagen.«

Dr. Spindler war bei Katharina? Das war gut! Sie spürte, wie der Aufruhr in ihrem Gemüt sich legte. Spindler würde wissen, was zu tun war. Mechthild schaute zu Donatus auf, und sie erkannte, dass noch etwas folgen würde.

Besorgt wirkte er, obwohl er wusste, dass Spindler sich der Sache annahm. Warum nur? »Da ist noch etwas«, murmelte er. »Ich brauche Euren Rat.«

»Was für einen Rat?«, krächzte sie.

»Ich glaube jetzt, zu wissen, wer der Kerl ist, der die Scholaren vergewaltigt.«

Was kümmerten sie die Scholaren, wenn doch Heinrich ihre Tochter in seiner Gewalt hatte? Mechthild schaute Donatus in das blasse Gesicht.

»Ich verstehe nicht«, hörte sie sich sagen.

Donatus sah so traurig aus! »Dr. Spindler«, murmelte er.

Sie begriff immer noch nicht, und erst, als er es wiederholte, als er es noch einmal in aller Deutlichkeit sagte, verstand sie.

»Dr. Spindler ist das Schwein, das die Scholaren vergewaltigt!«

Der Rosenkranz glitt ihr aus den kraftlosen Fingern und fiel klirrend zu Boden.

Donatus' Stimme wurde zu einem Donnern in ihrem Verstand. »Kann es wirklich sein? Ich habe Tobias angefleht, es mir zu sagen, doch er hat es nicht getan«, hörte sie ihn faseln. »Aber er hat eine Andeutung gemacht, kurz bevor sie ihn hingerichtet haben. Er hat gepfiffen, genau wie Kilian damals, dieses furchtbare Pfeifen …« Er holte zitternd Luft. »Es ergibt jetzt alles einen Sinn, aber ich will es nicht glauben. Das ist der Grund, warum ich hier bin, Frau Augspurger. Weil ich nicht weiß, was ich tun soll. Ich meine, er wird Katharina helfen, das hat er versprochen, aber …«

Der Rest seiner Worte verschmolz zu einem einzigen sinnlosen Dröhnen, das den Hintergrund für Mechthilds Entsetzen bildete. Tobias hingerichtet? Spindler? Ein Opfer der Fleischeslust, vor der er sie selbst so oft und so eindringlich gewarnt hatte? Was konnte jetzt noch geschehen, um sie in die unendlichen Tiefen der Verzweiflung zu stürzen? »Ist das alles wahr?«, wisperte sie.

Donatus musste ihr nicht darauf antworten. Sie sah die Antwort in seinen Augen, in der grenzenlosen Enttäuschung, die er empfand, weil er Spindler liebte und verehrte, so, wie sie es tat, so wie sie alle es taten, die Dienstleute, die Scholaren …

Ihr Schluchzen wurde zu einem Wimmern, als ihr bewusst wurde, wie gründlich Gott ihr Leben zertrümmert hatte. Nichts von dem, was sie erfleht hatte, hatte er ihr gewährt. Im Gegenteil: Er hatte sie verhöhnt, indem der einzige Beistand, den er ihr gesandt hatte, ein hohles, tönernes Gefäß war …

»Donatus!«, flüsterte sie.

Er blinzelte. »Ja?«

»Komm näher! Du musst mir helfen.«

Er tat, was sie verlangte. »Was ist? Müsst Ihr Euch bequemer hinsetzen?«

Er hatte das letzte Wort noch nicht über die Lippen gebracht, da entriss Mechthild ihm das Messer, das er am Gürtel trug. Die alte Schuld, die sie so viele Jahre lang sorgsam in sich verschlossen hatte wie einen kostbaren Schatz in einer massiven Truhe und die Spindler, ihr Beichtvater, ihr genommen hatte, spülte jetzt in einem einzigen riesigen Schwall über sie hinweg. Zusammen mit der noch viel größeren Schuld, die sie kürzlich auf sich geladen hatte, riss sie sie mit sich fort geradewegs in die Hölle.

»Was …« Erschrocken fuhr Donatus zurück, als die Messerklinge vor seinem Gesicht aufblitzte.

Damit hatte Mechthild gerechnet. Es gab ihr Zeit, zu tun, was als Einziges noch zu tun war.

Sie kehrte die Klinge gegen sich selbst. Und stieß zu.

Eberlein trug Katharina halb, halb schleifte er sie den Gang entlang zurück zu ihrer Zelle. Dort stieß er sie achtlos zu Boden. Heinrich Kramer, der ihnen gefolgt war, blieb in der Tür stehen, starrte auf Katharina nieder wie auf ein widerliches Insekt. Dann schleuderte er ihr ihren zerrissenen Rock entgegen. »Bedeck dich, Hure!«, zischte er sie an, dann wandte er sich ab und ging. Eberlein warf die Zellentür zu, und die Schritte seiner schweren Stiefel entfernten sich.

Katharina lauschte. War Kramer zusammen mit ihm gegangen, oder stand er noch vor ihrer Zelle, wie er es vorhin schon einmal getan hatte? Sie vermochte es nicht zu sagen. Mit zitternden Händen griff sie nach dem Rock, um ihre Blöße zu bedecken. Wenige Augenblicke später nur hörte sie, wie jemand sich näherte. »Was ist mit dem Bürgermeister geschehen?« Eine atemlose, ängstliche Stimme, die Katharina nur mit Mühe als die des Lochwirtes Dengler erkannte.

»Nun, ich fürchte, er hat die Kraft dieser Hexe dort drinnen unterschätzt«, sagte Kramer.

Dengler ächzte erschrocken. »Sie hat ihn … mit ihrer Hexenkraft …?« Er verstummte, atmete schwer.

»Sein Herz!« Kramer lachte leise. »Zu viel fettes Essen, zu viel Wein. Da hat sein Herz einfach ausgesetzt.«

»Dann ist die Frau unschuldig?«

»Keine Frau auf Erden ist unschuldig, guter Mann! Und zumal diese hier nicht.«

Einen Moment war es still, dann fragte Dengler: »Ist sie wirklich eine Hexe?«

Der Inquisitor lachte nur. Das Geräusch klang unheimlich in den verwinkelten Gängen.

Katharina ballte die Faust und biss hinein.

Unvermittelt verstummte Kramer. »Mein Bruder Burckhard!«, schnappte er. »Sie war noch ein Kind, aber schon verderbt bis ins Mark. Sie hat sich ihm an den Hals geworfen, hat ihn verführt, bis er seine Selbstbeherrschung verloren hat. Er hat sich vor lauter Selbstekel umgebracht.«

»Ah!«, machte Dengler.

Katharina schaffte es irgendwie, die Fetzen ihres Rockes unter dem Gürtel festzustecken, sodass sie aufstehen und sich zu der Pritsche schleppen konnte. Ihre Schultergelenke schmerzten von den Fesseln, und in ihrem Unterleib grub der altvertraute dumpfe Schmerz. Der Schmerz, den sie diesem Burckhard verdankte, das begriff sie jetzt endlich.

»Frauen!«, murmelte Dengler.

»Ja! Frauen! Sie sind Natterngift. Hexengezücht! Seht Euch nur an, was sie mit Silberschläger gemacht hat …«

»Sagtet Ihr nicht eben, es war sein Herz?«

»Ich rede nicht von seinem Tod, Narr! Ich rede davon, dass sie ihm zuvor die Manneskraft genommen hat! Warum sonst, glaubt Ihr …«

Katharina war unfähig, sich das giftige Gezische noch länger anzuhören. Sie zog die Beine an die Brust, legte die Ellenbogen auf die Knie und schlang die Arme um den Kopf, um sich die Ohren zuzuhalten. Mit langsamen Bewegungen begann sie, vor und zurück zu schaukeln und suchte Trost in einem alten Wiegenlied, das Mechthild früher immer für sie gesummt hatte.

Richard und Arnulf erreichten die Heilig-Geist-Kapelle genau in dem Moment, als aus ihrem Innersten ein langgezogenes, verzweifeltes Heulen zu vernehmen war.

»Neeeiiiin!«

Sie sahen sich kurz an, dann stürzten sie vorwärts, Arnulf voran, Richard hinterher. Im Laufen zogen sie beide die Schwerter blank.

Die Kapelle war leer, doch in ihrem vorderen Teil, neben dem Altar, stand eine mit verzierten Eisenbändern beschlagene Tür offen. Aus ihr drang das Heulen jetzt ein zweites Mal.

»Nein! Oh Gott, nein!«

Es war Donatus' Stimme.

Richard und Arnulf rannten quer durch den Mittelgang, überwanden mit einem Satz die Altarschranke und stürmten nacheinander in den winzigen, kahlen Raum hinter der Tür. Richards Blick huschte über einen geschnitzten Eckaltar, eine Gebetsbank, einen umgestürzten Stuhl. Doch all das nahm er nur oberflächlich wahr, denn inmitten des Raumes kniete Donatus am Boden und hielt Mechthild Augspurger in den Armen. Sein Gesicht war zu einer Maske des Grauens verzerrt, in seiner Hand lag ein blutiger Dolch, den er jetzt, wie zur Anklage, in die Höhe hob. Aus wilden Augen starrte er die beiden Neuankömmlinge an. »Sie …«

Er sprach den Satz niemals zu Ende. Arnulf warf sein Schwert in die andere Hand und kam über ihn wie ein Racheengel. Er packte ihn, riss ihn hoch, sodass der schlaffe Körper Mechthilds auf die steinernen Fliesen aufprallte.

Richard hörte, wie Donatus' Leib gegen den Altar krachte, aber den Kampf, der zwischen den beiden Männern entbrannte, nahm er kaum wahr. Er ließ sich neben Mechthild zu Boden sinken, zog sie in seinen Schoß.

Blut rann ihr in breitem Strom aus einer Wunde am Bauch. Richard zögerte, dann presste er die Hand darauf. Seine Schulterverletzung protestierte dagegen, doch er drückte nur noch stärker.

Mit einem leisen Schmerzensschrei schlug Mechthild die Augen auf. Ihr Blick flackerte. Ihre Lippen öffneten sich.

Richard griff nach ihrer Hand.

Da fanden ihn ihre Blicke. »Herr Sterner«, flüsterte sie. Ihre Stimme klang nicht mehr menschlich, und da begriff Richard, was ihm sein Verstand schon längst gesagt hatte. Sie würde sterben, und es gab nichts, was er dagegen tun konnte. Katharina würde ihre Mutter niemals wiedersehen. Mitfühlendes Bedauern für sie schnitt durch sein Herz.

»Warum hat er das getan?«, fragte er.

Mechthilds Blick irrte zu Donatus. Er stand mit dem Rücken an den Altar gedrängt da. Arnulf hatte ihm das Schwert auf die Brust gesetzt und hielt ihn damit in Schach.

»Er war es nicht«, flüsterte Mechthild. »Ich selbst …«

Richard hielt die Luft an. »Warum?«

Sie klammerte eine Hand in Richards Kragen, zog ihn mit erstaunlich großer Kraft zu sich hinunter. »Du musst dir meine letzte Beichte anhören«, flüsterte sie. »Damit du Katharina retten kannst.« Sie hielt inne, versuchte, Luft zu holen. Es schien mit großen Schmerzen verbunden, denn kurz trübte sich ihr Blick. Als sie wieder klar sehen konnte, schaute sie Richard in die Augen. »Es hat mit Burckhard begonnen«, murmelte sie, und dann erzählte sie ihm alles.

Während ihre Worte durch Richards Seele schnitten, entwaffnete Arnulf Donatus, indem er ihm befahl, den Dolch fallen zu lassen. Donatus gehorchte.

Richard achtete nicht weiter auf die beiden. Wie die Jungfrau Maria bei der Ankündigung von Jesu Geburt die Worte des Engels in ihrem Herzen eingeschlossen hatte, nahm er Mechthilds Beichte in sich auf. Er wusste, er konnte all die Dinge nicht ungeschehen machen. Aber vielleicht, wenn er sie tief genug in sich verschloss …

Mechthilds Hand ließ seinen Kragen los und sank kraftlos nach unten.

»Rette mein Kind!«, hauchte sie noch.

Dann nahm der Tod sie bei der Hand und führte sie fort.

Richard ließ sie aus seinen Armen gleiten. Ihm war schwindelig, und er ahnte, dass es nicht vom Fieber kam. Er fühlte sich wie innerlich mit Erz ausgegossen. Mühsam richtete er sich auf. Sein Kopf hämmerte.

»Donatus ist nicht der Mörder«, rief er Arnulf zu. Er merkte erst, dass er schwankte, als er gegen den umgestürzten Stuhl prallte. Mit einer Hand suchte er Halt an der Wand. Sein Herz jagte jetzt wie ein Hase auf der Flucht.

Er riss sich zusammen. »Wir müssen zu Katharina. Sofort!«

Arnulf sah zweifelnd in Donatus' Richtung.

»Donatus ist nicht der Mörder!«, wiederholte Richard. »Ich weiß jetzt, wer es ist.« Er sammelte sich, ließ die Wand los. Jede Bewegung fühlte sich an, als sei sie seine letzte.

»Rede schon!«, knurrte Arnulf.

Richard rang um Atem. Sein Herz presste ihm die Lungen zusammen. »Spindler«, keuchte er.

Arnulf riss ungläubig die Augen auf.

»Nein!«, rief Donatus. »Spindler ist ...«

Richard unterbrach ihn mit einer ungeduldigen Geste. Endlich bekam er seinen Körper unter Kontrolle. »Er ist es. Glaubt mir! Kommt! Ich erzähle Euch unterwegs alles.«

Zweifelnd schaute Arnulf ihn an. »Du siehst aus wie ausgekotzt. Bist du sicher, dass du das schaffst?«

Richard schüttelte den Kopf. »Nein. Und jetzt komm endlich!«

Das Geräusch eines Schlüssels, der in das Schloss ihrer Zelle gesteckt und quietschend umgedreht wurde, drang durch Katharinas kindliche Melodie. Sie verstummte, rührte sich jedoch erst, als die massive Tür aufschwang. Ängstlich hob sie den Kopf. Im Schein einer Talglampe, die irgendwo draußen im Gang auf einem der Mauervorsprünge stand, sah Katharina eine Gestalt, die mit zögernden Schritten ihr enges Gefängnis betrat.

»Kind?«

Erleichterung krampfte ihre Eingeweide noch mehr zusammen, als Angst und Entsetzen es zuvor getan hatten. »Doktor!«

Mit wenigen schnellen Schritten war er bei ihr, kniete sich vor sie hin.

Sie ließ den Kopf wieder sinken. Ihre Lippen zitterten, und sie konnte nichts dagegen tun. Unwillkürlich zog sie die Beine dichter vor den Leib, umklammerte sich selbst und fragte sich, warum sie das tat. Ihr Körper handelte einfach nur noch, als sei er von ihrem Geist – nein, von ihrem Verstand – abgetrennt worden durch all das Furchtbare, das ihr in den letzten Stunden geschehen war.

Sanft legte Jakob Spindler ihr eine warme Hand auf den Unterarm, doch Katharina spürte die Berührung des Mannes mit den Eisaugen.

Burckhard!, kreischte die Stimme ihrer Mutter in ihrem Kopf.

Sie zuckte zurück. Ihre Augen weiteten sich, ihr gesamter Leib erbebte. Im schwachen Schein der Lampe konnte sie Spindlers Gesicht kaum erkennen, und doch glaubte sie zu sehen, wie ein Ausdruck von Fassungslosigkeit über seine Züge glitt und dann von grenzenlosem Zorn. Er wurde schneeweiß.

»Was haben sie Euch angetan?«, hauchte er. Seine Stimme passte nicht zu dem flammenden Ausdruck in seinen Augen. »Hat Kramer Euch angefasst?«

»Nein.« Sie durchkreuzte die Erleichterung, die auf seinem Gesicht erschienen war, indem sie hinzufügte: »Silberschläger!«

Er stieß etwas wie ein Wimmern aus, die verzweifelte Äußerung einer verdammten Seele. Die Blässe seiner Haut verwandelte sich in den Ton von Wachs. »Er hat Euch Gewalt angetan?«

Sie zog ihren Rock enger um sich, schluchzte auf, zwang sich, ruhig zu atmen. »Er versuchte es«, flüsterte sie. »Aber er konnte es nicht.« Sie hätte froh sein müssen über diese Tatsache, aber sie war es nicht. Allein die Erinnerung an Silberschlägers bleiche Haut, an sein schlaffes, faltiges Geschlecht, das er an ihr rieb, machte, dass sich ihr der Magen umdrehte. Sie würgte, aber es kam nichts außer ein wenig bitterer Galle, die ihr in der Kehle brannte. Und mit Schrecken wurde ihr bewusst, dass Silberschlägers Unfähigkeit, ihr tatsächlich Gewalt anzutun, sie tiefer verletzte, als es eine Vergewaltigung getan hätte. Hätte er sein Vorhaben zu Ende gebracht, dann hätte sie wenigstens eine Erinnerung gehabt, die die Leere in ihrem Kopf gefüllt hätte. Denn es war genau diese Leere, das erkannte sie plötzlich, die der Grund war für ihre *melancholia* und ihre schreckliche Gestörtheit. Sie wusste nun, dass ihr dieser Mann namens Burckhard irgendwann in ihrer Kindheit genau das angetan haben musste, was Silberschläger heute nicht zuwege gebracht hatte. Sie war nicht besessen, wie ihr

Vater es immer geglaubt hatte. Sie war auch nicht krank oder unzulänglich. Sie war gefangen in einer Erinnerung, die ihr Kopf getilgt hatte, weil sie zu fürchterlich war, um sie mit sich herumzutragen.

Zitternd umfasste sie ihre Knie fester. »Meine witwenhafte Tugend wurde nicht …« Ihr versagte die Stimme. Endlich schaffte sie es, den Kopf zu heben und Spindler in die Augen zu sehen.

In seinen Zügen arbeitete es, und schließlich wurden sie so weich wie seine Stimme. »Kind!«, flüsterte er. Er streckte die Hände nach ihr aus, aber sie wich vor ihm zurück. Langsam schüttelte er den Kopf. »Ihr armes Ding!« Dann endlich besann er sich darauf, weswegen er hier war. »Ich hole Euch hier heraus«, sagte er und richtete sich etwas mühsam auf. Seine Gelenke knackten. Er reichte ihr eine Hand, um sie auf die Beine zu ziehen.

Katharina stand ohne seine Hilfe auf. »Wie könnt Ihr das?«, fragte sie, und sie wusste nicht genau, ob sie ihre Rettung meinte oder die schlichte Tatsache, dass er ihr zu verzeihen schien, dass sie sich nicht gegen Silberschläger zur Wehr gesetzt hatte, wie die heilige Katharina von Alexandrien es getan hatte. Sie spürte die eigene Unzulänglichkeit wie ein Messer in ihrem Leib, und sie versuchte, dagegen anzukämpfen.

Er lächelte matt und berührte einen Geldbeutel, den er an seinem Gürtel befestigt hatte und der nicht sehr prall aussah. »Sagen wir, ich hatte gehofft, der Lochwirt wäre ein paar unverhofften Goldmünzen nicht abgeneigt.« Er ließ von dem Beutel ab und nestelte zwei Schlüssel aus seiner Hosentasche. »Aber er reagierte empört, als ich ihn bestechen wollte. Für eine Generalabsolution allerdings hat er mir dann das hier gegeben.« Er hielt die Schlüssel der Reihe nach in die Höhe. »Der eine ist für Eure Zelle. Der andere für die Lochwasserleitung.« Er legte den Kopf schräg, um zu lauschen. Irgendwo in den Tiefen der verwinkelten Gefängnisgänge ertönten Schritte, doch sie waren weit entfernt. Jemand hustete in einer der Nachbarzellen, sonst war es fast unheimlich still. »Kommt jetzt!« Spindler griff erneut nach ihr. »Lasst uns diesen unwirtlichen Ort verlassen!«

Diesmal nahm Katharina seine Hand. Die Berührung seiner Haut ließ einen ängstlichen Schauer über ihren Leib rieseln. Würde dies von nun an jedes Mal so sein, wenn sie ein Mann anfasste? »Richard!« Der Name schlüpfte über ihre Lippen, ohne dass sie es wollte.

Spindler, der sich schon halb abgewandt hatte, um sie aus der Zelle zu ziehen, drehte sich wieder um. Das Licht von draußen beleuchtete die eine Hälfte seines Gesichtes, und die tiefen Linien, die um seine Augen lagen, gaben ihm etwas Düsteres, das sie dort noch nie zuvor gesehen hatte. Sie wollte sich ihm entziehen, doch er hielt sie fest.

»Was ist mit ihm?«, fragte er.

Sie schüttelte den Kopf. »Bringt mich nur hier raus!« Auf einmal wollte sie nichts sehnlicher, als diese kalten, elenden Mauern endlich hinter sich zu lassen.

Spindler zog sie mit sich. »Das tue ich, Kind. Das tue ich! Ich beschütze Euch!«

27. Kapitel

Donatus schloss sich ihnen an. Während Richard, Arnulf und er von Heilig-Geist in Richtung Lochgefängnis liefen, erzählte Richard den beiden atemlos, was er soeben von Mechthild erfahren hatte.

»Spindler hat Rotgerber und all die anderen umgebracht. Er glaubt offenbar, Katharina auf diese Weise beschützen zu müssen.«

Heftig schüttelte Donatus den Kopf. In seiner Miene stand eine Bestürzung, die ihn um Jahre älter zu machen schien.

»Doch!« Mechthilds Beichte lastete auf Richards Seele wie ein Felsbrocken. Er hätte seinen rechten Arm dafür gegeben, diese Last wieder loszuwerden. Doch er wusste, dass er schweigen würde, schweigen musste, wenn er Katharina vor den schrecklichen Dingen bewahren wollte, an die sie sich offenbar – zum Glück – nicht mehr erinnern konnte. Er spürte, wie das Fieber in seinem Körper wütete, ihm die Kraft raubte, gleichzeitig zu laufen und zu reden. »Glaubt mir einfach«, keuchte er.

Arnulf nickte. »Verrat mir eines«, meinte er. »Warum haben wir es so eilig, ins Lochgefängnis zu kommen, wenn Spindler doch Katharina beschützt?«

Wegen Heinrich Kramer!

Richards Herz schlug eine Volte, und er konnte nicht weiterreden. Mit zusammengebissenen Zähnen konzentrierte er sich aufs Laufen. »Später!«, presste er zwischen den Zähnen hervor.

Sie rannten durch das Engelswirtsgässlein und vorbei am Plobenhof. Im Stillen betete Richard, dass Spindler und Heinrich Kramer sich nicht in diesem Moment dort unten begegneten. Denn die Geschichte, die der Inquisitor Spindler über Katharina zu erzählen hatte, hätte sie in tödliche Gefahr gebracht.

Richard spürte, wie seine Kehle eng wurde.

Lieber tot als geschändet, dachte er bitter. *Oh Gott, Katharina!*

Wie ein Kind führte Spindler Katharina an der Hand aus der Zelle hinaus und einen Gang entlang, der sie in einen kleinen Raum führte. Hier, das wusste Katharina noch von früher, als der Vorgänger des jetzigen Lochwirtes ein enger Vertrauter von ihr gewesen war, wurde den zum Tode Verurteilten ihre letzte Mahlzeit gereicht. Ihr Blick fiel schaudernd auf einen kleinen Tisch aus dunklem Holz und mit kunstvoll gedrechselten Beinen. Ob Tobias auch hier gesessen hatte, bevor sie ihn zum Rabenstein gekarrt hatten?

Spindler hatte eine Talglampe von einem der Mauervorsprünge genommen. Ihr Schein huschte über Wände, Boden und die niedrige Decke.

Irgendwo in der Ferne erklangen Schritte. Katharina blieb stehen, ein Ruck ging durch ihre Schulter, als Spindler sie weiterziehen wollte.

»Kommt doch!« Er klang ungeduldig, angespannt.

»Wohin so eilig?« Die Stimme erklang, bevor ihr Besitzer um die Gangecke gebogen war.

Katharina sank das Herz. Heinrich Kramer. Mit vor der Brust verschränkten Armen trat er vor ihnen in den Schein ihrer Lampe.

Katharina sah Dr. Spindler bleich werden, aber seltsamerweise empfand sie in diesem Moment keinerlei Angst. Er hatte versprochen, sie zu beschützen. Er würde es tun, sie musste ihm nur vertrauen. Spindler stellte seine Lampe auf einem Vorsprung ab. Mit entschlossener Miene trat er dem Inquisitor entgegen, der nun mitten im Gang stehen blieb und ihnen so den Fluchtweg abschnitt. »Diese Frau hier«, sagte Spindler fest, »sie ist keine Hexe!«

Spöttisch zog Kramer eine Augenbraue hoch. »Ach? Und da seid Ihr völlig sicher?«

Spindler nickte. »Natürlich. Wisst Ihr nicht, dass der Teufel sich vor reinen Jungfrauen fürchtet?«

»Reine Jungfrau?« Kramer schaute Katharina in die Augen, und sie konnte in seiner Miene zugleich unbändiges Vergnügen und grenzenlose Verachtung lesen. Er kam näher, bis er ganz dicht vor ihr stand. Dann umrundete er sie, ohne sie dabei aus den Augen zu lassen. »Ihr glaubt wirklich, dass diese hier …«, leise kicherte er, »… eine reine Jungfrau ist. Nun, mein Lieber, sie war es schon als kleines Kind nich …« Das Wort wurde ihm von den Lippen gerissen.

Er wankte. Katharina schrie auf.

Voller Entsetzen sah sie, wie er dastand, die Augen weit aufgerissen, den Mund ebenso. Mit einer taumelnden Bewegung drehte er sich um. In seinem Rücken steckte der Griff eines Dolches.

Katharina schlug sich die Hände vor den Mund.

Spindlers Arm sank nach unten. Tiefe Linien zeichneten sein Gesicht. Kramers Körper sank zu Boden. Mit einem dumpfen Geräusch schlug er auf, zuckte noch einmal. Dann lag er still.

Katharina wimmerte. »Was …« Sie konnte nicht weitersprechen. Sie sah zu, wie Dr. Spindler den Dolch aus dem Rücken des Inquisitors zog.

»Er ist der Mörder, der Nürnberg seit Wochen unsicher macht«, sagte er. In seinen Augen flackerte es düster. Zitternd hob er eine Hand, strich sich die Haare aus der Stirn. Für einen Moment schien er zusammenbrechen zu wollen. Er beugte sich vor, stützte sich auf den Knien ab. Dann fing er sich, richtete sich auf. Atmete zweimal tief durch. »Komm«, sagte er. »Wir sollten endlich aus diesem Loch raus!« Er griff nach dem Schlüssel, den er von Dengler erhalten hatte. Dann packte er Katharinas Hand, zog sie mit sich in die Brunnenstube.

Von hier aus führte eine Tür in die Lochwasserleitung.

Direkt neben dieser Tür steckte eine brennende Fackel in einem eisernen Halter, und die zuckende Flamme warf Spindlers Schatten ins Groteske verzerrt auf Wand und Decke. *Wie bei Silberschläger in der Folterkammer.* Schlagartig krampfte sich Katharinas Leib zusammen.

»Ich habe versprochen, dich zu schützen«, murmelte Spindler, und Katharina wurde sich bewusst, dass er sie plötzlich duzte.

In diesem Moment schallten Stimmen durch die Gänge des Verlieses.

Vor Schreck ließ Spindler fast den Schlüssel fallen. Gerade noch fing er ihn auf, rammte ihn in das schwere Schloss. Die Riegel und Bolzen in seinem Innersten kreischten, als er aufschloss, und mit einem weiteren Kreischen schwang die Tür auf. »Los!«, kommandierte er mit scharfer Stimme. »Rein da!«

Katharina zögerte. Das Bild des sterbenden Inquisitors brannte noch auf ihrer Netzhaut.

Die Stimmen näherten sich. Eine von ihnen erkannte Katharina. Sie gehörte dem Stadtrichter.

»Komm endlich!« Spindler langte nach Katharinas Arm, zerrte sie durch die Tür und stieß sie unsanft gegen die Wand dahinter. Rasch griff er nach der Fackel, dann rammte er die Tür mit dem Fuß ins Schloss. Von dieser Seite gab es kein Schlüsselloch, und so konnte er hinter ihnen nicht absperren.

»Lauf!« Mit einem Stoß zwischen die Schulterblätter trieb er Katharina vorwärts in einen Gang hinein, der leicht aufwärts führte und aus grob behauenem Felsen bestand. Ein Stück voraus, das wusste Katharina noch von früheren Aufenthalten hier unten, mündete er in die Lochwasserleitung. Die Luft war feucht und ein ganzes Stück kühler als die im Verließ. Es war jedoch nicht die klamme Feuchtigkeit, die Katharina Beklemmungen verursachte, sondern die Erinnerungen, die sie plötzlich überfielen. Ihr Bruder Matthias war hier unten eines gewaltsamen Todes gestorben.

Sie brauchte all ihre Willenskraft, um die Bilder zu verdrängen, die in ihr aufsteigen wollten, Bilder von Matthias' Leiche, von schneeweißen Flügeln, von Blut, Blut, Blut …

Ihr Atem ging keuchend vor Anstrengung, nicht irre zu werden. Sie blieb stehen. »Warum habt Ihr ihn umgebracht?« Klang ihre Stimme wirklich so schrill?

Spindler schien über diese Frage völlig verblüfft. Da war ein Funkeln in seinen Augen, das sie noch nie zuvor gesehen hatte. Kam es von der Fackel? Sie krallte beide Hände in ihren Rock.

Er lächelte sanft, und es war ein grausiger Anblick. »Ich beschütze dich«, flüsterte er.

»Wovor?«, fragte sie. Ihr Herz schien seinen Schlag verlangsamt zu haben, gleich würde es ganz aussetzen.

Die Fackel flackerte.

»Vor allen, die dir etwas antun wollen.«

Und da wusste sie plötzlich, was geschehen war. All die vergangenen Tage und Wochen, all die Toten, Rotgerber, die Marktfrau.

Plötzlich wusste sie, wer sie ermordet hatte.

Über Spindlers Gesicht glitt ein schwaches Lächeln. »Jetzt hast du begriffen«, sagte er. »Und nun komm endlich!«

Und wieder packte er sie und stieß sie vorwärts, tiefer in das Labyrinth der Felsengänge hinein. Doch wieder kamen sie nicht weit. Diesmal war es Spindler selbst, der unvermittelt innehielt. Als sie überhaupt nicht damit rechnete, weil sie noch damit beschäftigt war, zu verdauen, dass er der Dolchmörder war, packte er sie und schleuderte sie gegen die Wand des Stollens. »Was hat er gemeint?« Gespenstisch hallte seine Stimme in dem engen Gang nach.

Sie blinzelte. »Wovon red …«

»Der Inquisitor! Was hat er gemeint, als er gesagt hat, dass du schon als Kind nicht mehr unschuldig warst?«

Als sie die südliche Front des Rathauses erreichten, fühlte Richard sich wie gerädert. Sein Kopf schmerzte so sehr, dass er doppelt sah, sein Herz schien nicht mehr zu schlagen, sondern nur noch unkontrolliert zu zucken. Schritt für Schritt musste er sich vorwärtszwingen. Von hier war es nicht mehr weit bis zur Lochgasse.

Arnulf erreichte die Ecke als Erster und verlangsamte seinen Lauf, um nicht auf dem rutschigen Pflaster ins Schlittern zu kommen. Er bog in die Gasse ein und rannte weiter, Donatus dicht auf seinen Fersen. Als Richard gleichfalls um die Ecke kam, hieb Arnulf schon mit der Faust gegen die Eingangstür der Lochwirtswohnung. Es dauerte nur wenige Augenblicke, dann wurde ihnen geöffnet. Ein blasses Gesicht schaute zu ihnen heraus, aber Arnulf fackelte nicht lange. Er drückte die Tür ganz auf, schob die junge Frau, die vermutlich Denglers Magd war, kurzerhand zur Seite.

»He!«, protestierte die Magd, aber es nützte ihr nichts. Nach dem Nachtraben rannten auch noch Donatus und Richard an ihr vorbei ins Innere der Wohnung. Von dort aus ging es eine schmale, steile Treppe hinab in einen Raum, der dem Lochwirt als Küche diente. Vorbei an einem Herd, der auf Füßen aus Feldsteinen stand, und hin zu einer eisenbeschlagenen Tür, dem eigentlichen Eingang zum Lochgefängnis. Früher, unter Denglers Vorgänger, war die Tür stets abgesperrt gewesen, doch offenbar galt diese Regel nicht mehr. Mit einer Selbstverständlichkeit, die Richard vermuten ließ, dass er hier des Öfteren einund ausging, öffnete Arnulf die Tür. Unter dem keifenden Protest der Magd liefen sie weiter und fanden sich in der Brunnenstube wieder.

Dumpf schlug die übelriechende, klamme Luft des Verlieses über ihnen zusammen. Im Gegensatz zum letzten Mal, als er und Arnulf hier unten gewesen waren, war die Luft jetzt von Stimmengewirr erfüllt. Richard griff nach dem Schwert und zog es sicherheitshalber.

Sie umrundeten eine Gangbiegung, und im nächsten Moment standen sie vor einer Ansammlung von Männern in Patrizierkleidung, die erregt aufeinander einredeten. Der Stadtrichter Isidor Flechner war bei ihnen und zwei Räte, die Richard noch von früher her kannte. Ein Mann namens Karl Mullner und einer mit Namen Walther Hofer.

Der Lochwirt stand bei ihnen, versuchte sich Gehör zu verschaffen. »Sie sind beide tot!«, hörte Richard ihn jammern.

Dann bemerkten die Männer Richard und die beiden anderen. Erstaunt blickten sie ihnen entgegen.

»Was macht Ihr hier?«, fragte Mullner.

»Den Dolchmörder jagen«, gab Arnulf an Richards Stelle zur Antwort.

Der Stadtrichter starrte ihn ärgerlich an. »Der Dolchmörder wurde heute Mittag auf dem Rabenstein hingerichtet.«

»Nein!«, kam Richard Arnulf zuvor. »Tobias war nicht der Mörder. Dr. Spindler ist es!«

Ungläubiges Gelächter war der Lohn für seine Behauptung.

»Unsinn!«, schnappte der Stadtrichter.

»Doch!« Endlich schaffte Gabriel Dengler es, mit seinen Worten durchzudringen. »Ich sagte doch schon die ganze Zeit: Spindler hat diesen Inquisitor erstochen. Er liegt dort hinten!« Er wies in den Gang hinter sich. »Spindler ist gekommen, hat mir gesagt, ich soll die Jacob freilassen, und dann hat er dem Mönch einfach das Messer … in den Rücken gerammt.«

Sie fanden Kramers regungslosen Körper in der Kammer, in der den zum Tode Verurteilten ihre letzte Mahlzeit gereicht wurde. Er lag halb auf dem Bauch, halb auf der Seite, und eine Blutlache bildete sich unter seinem Leib, die langsam größer wurde.

»Ein Problem weniger«, sagte Arnulf trocken.

Richard blickte ihn strafend an, doch er zuckte nur gleichgültig die Achseln. Da fiel Richards Blick auf die Hände des Inquisitors. Die Finger zuckten leicht. »Er ist nicht tot!« Er steckte sein Schwert wieder weg und ungeachtet der Tatsache, dass sein Kopf es ihm heimzahlen würde, ließ er sich neben dem Mann auf ein Knie sinken und beugte sich zu ihm hinab. Er tastete nach dem Pulsschlag, und tatsächlich fand er ihn, schwach zwar, aber einigermaßen regelmäßig. »Holt jemanden, der ihn versorgt!«, befahl er Dengler.

Der Lochwirt stand einfach nur da und glotzte.

»Macht schon!«, raunzte Mullner ihn an, und da endlich kam Leben in ihn. Er nickte, warf sich herum und verschwand in der Dunkelheit.

Richard stemmte sich mühselig in die Höhe. Er hatte recht gehabt mit seiner Vermutung, dass ihm das Hinknien nicht gut bekommen würde. Sein Kopf protestierte dagegen, indem er mehrfach auf seinem Hals rotierte. Zumindest fühlte es sich so an. Richard suchte Halt an der Wand, atmete tief durch.

»Sie sind in die Lochwasserleitung!«, hörte er Arnulfs Stimme durch das langsam verklingende Dröhnen in seinen Ohren.

»Ich will eine Erklärung für das alles hier!«, verlangte Hofer.

Richard griff sich eine der Talglampen von einem Vorsprung und leuchtete damit dem Mann ins Gesicht. »Dr. Spindler glaubt, Katharinas Jungfräulichkeit beschützen zu müssen«, sagte er. »Mit allen Mitteln. Darum hat er sie befreit.«

Hofer blinzelte irritiert. »Jungfräulichkeit. War Frau Jacob nicht verheiratet?«

Grimmig nickte Richard. »Sie ist keine Jungfrau mehr.«

Schon seit ihrer Kindheit nicht!

Er unterdrückte diesen Gedanken, fuhr stattdessen fort: »Und wenn Spindler das herausbekommt, besteht die Gefahr, dass er auch sie tötet.«

Als sei die Lochwasserleitung Arnulfs Reich, bewegte er sich hier unten mit der größten Sicherheit, und so übernahm er wie selbstverständlich die Führung. Während der Stadtrichter zurückgeblieben war, um die Büttel zur Unterstützung zu rufen und auch, um sich um Kramer zu kümmern, eilten Mullner und Hofer mit Donatus, dem Nachtraben und Richard Seite an Seite durch die feuchten und finsteren Gänge.

Dann zitterte ein Schrei durch die Gänge, und Richard gefror das Blut in den Adern. »Katharina!«, flüsterte er.

»Nur ein Schmerzensschrei!«, sagte Arnulf ruhig.

Richard zwang sich zur Besonnenheit. Er richtete alle Hoffnung darauf, dass Kramer es nicht mehr geschafft hatte, Spindler zu erzählen, dass Katharina längst keine Jungfrau mehr war! Angespannt bohrte er die Nägel seiner Finger in die Handflächen.

»Sie lebt!« Ganz ruhig war Arnulfs Stimme, aber in seinen Augen loderte es grell.

Donatus war ein paar Schritte vorausgegangen und an einer Kreuzung stehengeblieben, an der sich zwei verschieden breite Gänge trafen. »Wo sind sie lang?« Lauschend legte er den Kopf schief, um zu ergründen, wohin sie sich wenden mussten.

Arnulf trat neben ihn. Er hatte das Schwert in der Hand, die Spitze zeigte gen Boden. »Los!«, hörte Richard ihn murmeln. »Schrei noch mal, damit wir dich finden können!«

Aber seine Bitte wurde nicht erhört. Seine Lippen waren ein schmaler Strich, als er sich zu Richard umdrehte. »Ich kann nicht sagen, in welche Richtung sie gegangen sind.«

»Was bedeutet das, was Kramer eben gesagt hat?«, fragte Spindler ein zweites Mal.

Verzweifelt wehrte Katharina sich gegen den eisenharten Griff, mit dem er ihr Handgelenk umklammerte, doch als sie einen Blick in seine Augen warf, die im Licht der Fackel glühten, als brenne das Feuer der Hölle hinter seiner Stirn, da gab etwas in ihr nach. Bis eben hatte sie noch versucht, sich einzureden, dass sie sich in einem furchtbaren Alptraum befand, dass Spindler – ihr warmherziger, kluger Beichtvater Jakob Spindler – unmöglich der Mörder mehrerer Menschen sein konnte. Doch jetzt, da er sie herrisch anstarrte und eine Antwort auf seine Frage verlangte, da wusste sie, dass es keinen Sinn hatte, sich noch länger etwas vorzumachen.

»Es bedeutet das, was es bedeutet«, sagte sie in einer Aufwallung von Widerstandsgeist.

Zornig ob ihres schroffen Tons ruckte er an ihrem Arm. Sie schrie auf, aber es war eine gehörige Portion Wut in ihrem Schrei.

»Du bist rein!«, flüsterte er. »Unbefleckt wie die Muttergottes!«

Sie konnte ein Auflachen nicht unterdrücken. »Ich war verheiratet!«, schleuderte sie ihm entgegen.

Irgendwo hinter ihr wurden Geräusche laut, sehr fern noch, doch ihr Klang ließ Katharinas Herz hüpfen. Schritte! Kam jemand, um ihr zu helfen?

»Die Ehe wurde nie vollzogen!« Noch immer flüsterte Spindler. Er hatte die Zähne entblößt und schien nun völlig von Sinnen.

»Wenn dein Mann das von dir verlangt hätte, hättest du dich selbst entleibt.«

»Natürlich wurde sie das!«, schrie Katharina. Ihr Blick fiel auf den blutigen Dolch in seiner Hand, mit dem er eben gerade Heinrich Kramer ermordet hatte. Was hatte er jetzt damit vor? Sie wollte schlucken, aber ihre Kehle war wie ausgedörrt.

»Du hast keine Kinder. Wie kann ein so perfektes Geschöpf Gottes, wie du es bist, keine Kinder haben, wenn dein Mann ...« Spindler schüttelte den Kopf. Er sah aus, als habe Gottes furchtbarster Engel ihn berührt: gänzlich umnachtet. Und brandgefährlich. Dann lächelte er sanft. »Nein! Es gibt nur eine Erklärung dafür.« Er sprach jetzt mit großer Sicherheit. »Du bist jungfräulich!«

Plötzlich musste sie an Richard und die Nacht mit ihm denken. Um sich nicht um Kopf und Kragen zu reden, presste sie die Lippen zusammen.

Doch aus irgendeinem Grund sah er ihr ihre Gefühle an. Und in diesem Moment begriff er von selbst. Seine Augen weiteten sich ruckartig.

»Nein!« Seine Stimme war völlig tonlos.

Und dann geschah etwas, das den Boden unter Katharina zum Schwanken brachte.

Jakob Spindler weinte!

Träne um Träne rollte ihm die Wangen hinunter. Ein heftiges, aber völlig lautloses Schluchzen schüttelte ihn. Er hatte Katharina losgelassen. Die freie Hand ballte er zur Faust, und mit ihr schlug er sich gegen die Stirn, einmal, zweimal, dreimal.

Ihr Verstand warnte sie, aber sie konnte nichts dagegen tun: Sie ging auf Spindler zu. Zögernd streckte sie die Hände nach ihm aus, nahm seine Faust, hielt sie fest.

»Pater!« Sie hatte ihn noch nie so genannt. Ihre Stimme hörte sich brüchig an.

Irre starrte er ihr ins Gesicht.

»Erinnert Euch daran, was Ihr mir über Gottes Gnade gesagt habt!«

Spindler hielt inne. Ein hohles Stöhnen entrang sich seiner Brust, drang über seine Lippen wie das Klagen einer seit Ewigkeiten verdammten Seele.

Langsam schüttelte er den Kopf. Ein solches Grauen stand in seinen

Augen, dass Katharina zurückwich. Und in diesem Moment zuckte Spindlers Dolch in die Höhe.

Und grub sich glühend heiß in ihren Leib.

Der nächste Schrei, den Katharina ausstieß, war so voller schmerzlicher Qual, dass Richard vor Schreck stolperte. Neben ihm wurde Arnulf bleich, doch er fasste sich schneller wieder.

»Sie sind oben in den Höhlen!«, rief er, entschied sich für einen der aufwärtsführenden Tunnel und rannte bereits weiter, als Richard noch gegen Angst und Fieberschwindel ankämpfte. Seine Hand krampfte sich um das Licht, das er in der Linken tragen musste, weil er in der Rechten das Schwert hielt. Die Messerwunde an seiner Schulter hatte inzwischen aufgehört zu pochen und sandte stattdessen ein stetes Brennen bis in seinen Nacken und den Oberarm.

Mit einem Mal war Donatus neben ihm. »Gebt mir das Licht!«, verlangte er. Vor Richards Augen wallten düstere Schleier. Er gehorchte, und als er erleichtert den Arm sinken ließ, fiel sein Blick auf die Innenfläche seiner Hand. Schneeweiß war sie, das Blut strömte nur langsam zurück in die feinen Adern. Ein Zeichen dafür, dass das Fieber jetzt sehr hoch war.

Arnulf und die beiden Ratsherren waren in dem Gang inzwischen ein gutes Stück vorangekommen. Ihre Lichter tanzten über Boden und Wände, und kurz hatte Richard den Eindruck, alles um ihn herum weite sich. Plötzlich schien er sich nicht mehr unter der Erde zu befinden, sondern irgendwo draußen, in finsterer Nacht. Er fröstelte. Die Wände stürzten wieder auf ihn ein, und endlich schaffte er es, wieder Kraft zu schöpfen. Mit bebendem Herzen folgte er Donatus, der den anderen bereits nachgegangen war.

Lass es nicht zu!, flehte er zu Gott. *Lass nicht zu, dass er sie umbringt. Nimm sie mir nicht wieder weg, jetzt, wo du sie mir gerade zurückgegeben hast* … Wieder und wieder ging er diese Bitten durch, während er durch die engen Gänge keuchte und zunehmend vergebens versuchte, nicht auf den Schmerz in seiner Schulter zu achten.

Arnulf führte sie bis zu einer saalartigen Höhle, einem natürlich gewachsenen Gewölbe mit Wänden aus rohem Felsgestein und einigen uralten, gemauerten Säulen, die wirkten wie die eines alten heidnischen Tempels. Grauen erfasste Richard beim Anblick dieses Ortes, und Erinnerungen an die schrecklichen Qualen, die er hier hatte erleiden müssen, überfielen ihn hinterrücks. Doch dann verging alles Entsetzen schlagartig, bis auf ein einziges.

Das schlimmste von allen.

Mitten in der Höhle hockte Spindler auf dem Fußboden.

In seinem Schoß lag Katharina. Ihre Augen waren geschlossen, und auf ihrem Leib zeichnete sich ein langsam größer werdender Blutfleck ab.

Wäre da nicht der Dolch in Spindlers Hand gewesen, er und Katharina hätten ausgesehen wie die Pietà in der Heilig-Geist-Kapelle!

Das war der einzige klare Gedanke, den Donatus beim Anblick Katharinas in Dr. Spindlers Armen zu fassen vermochte.

»Was habt Ihr getan?« Er schrie, und seine Stimme brach bei dem letzten Wort. Seine Kehle schmerzte von dem Entsetzen, das er durch sie hindurchgezwängt hatte.

Spindler, der bis eben mit tränenüberströmtem Gesicht auf Katharina niedergeblickt und sie sanft gewiegt hatte, schaute nun auf. Ein Flackern stand in seinen Augen, das Donatus noch nie zuvor dort gesehen hatte. War es Trauer? Zorn? Irrsinn? Am wahrscheinlichsten erschien ihm noch tiefe Verzweiflung.

»Was habt Ihr getan?« Diesmal flüsterte er.

Spindler ließ den Dolch sinken. Seine Spitze traf klirrend auf dem steinernen Fußboden auf.

»Katharina!« Richard Sterner wollte vorwärtsstürzen, aber sofort zuckte Spindlers Hand mit der Klinge wieder in die Höhe.

»Bleibt, wo Ihr seid!«

»Ruhig!« Arnulf legte Sterner den Arm quer vor die Brust. Es kostete Sterner unmenschliche Kräfte stehen zu bleiben, das war ihm anzusehen.

»Herr im Himmel«, flüsterte er.

Auf einmal merkte Donatus, dass seine Wangen kalt waren. Er tastete darüber und begriff, dass auch er weinte. Wie Spindler weinte er, weil endlich alles – alles! – einen grausamen Sinn ergab. »Warum habt Ihr das getan?«, wisperte er.

»Sie musste beschützt werden!« Kaum noch menschlich klang Spindlers Stimme. »Die Jungfräulichkeit. Sie ist so ein kostbares Gut.

Ich musste sie beschützen, weil ihre Reinheit das Einzige war, was mir Tag für Tag vor Augen gehalten hat, dass es Grund gibt, auf die göttliche Gnade zu hoffen.«

»Darum habt Ihr Rotgerber ermordet und die Marktfrau«, warf Arnulf ein. Er sprach mit sehr beherrschter Stimme, und Donatus bewunderte ihn für die Ruhe, die er ausstrahlte. Nur an den weißen Knöcheln seiner Schwerthand war zu erkennen, wie angespannt auch er war.

Katharina in Spindlers Schoß rührte sich nicht. Und der Blutfleck auf ihrem Leib breitete sich unerbittlich aus.

»Und Silberschläger, der sie einkerkern wollte.« Spindler nickte. Sein Blick war verschleiert, als erlebe er all die Morde in Gedanken wieder und wieder und wieder. »Und diesen Inquisitor.« Er lachte bitter auf. Das Geräusch fuhr Richard durch Mark und Bein.

»Bitte«, flehte er. »Lasst mich nach ihr sehen. Sie stirbt!«

Spindlers Blick wanderte zu Katharinas bleichem Gesicht, und es schien, als fiele ihm erst jetzt wieder ein, dass er sie überhaupt im Arm hielt. »Das ist nur recht«, murmelte er.

»Warum?«, brüllte Richard. Wieder wollte er vorwärtsstürzen, wieder hielt Arnulf ihn zurück.

»Wir müssen ihn am Reden halten, sonst sticht er erneut auf sie ein«, sagte der Nachtrabe leise.

Richard nickte Arnulf zu. Dessen Besonnenheit war wie ein rotes Tuch für ihn, aber er setzte sich nicht gegen sie zur Wehr. Sein gesamter Körper fühlte sich an, als sei das Erz, mit dem er ausgegossen worden war, brüchig geworden. Ein einziger Schlag, und er würde in tausend Teile zerspringen. »Warum?«, fragte er erneut.

»Weil sie mich belogen hat!« Plötzlich schrie auch Spindler. Aus weitaufgerissenen Augen starrte er Richard an, dann sackte er in sich zusammen und fing wieder an zu weinen. »Sie war gar nicht jungfräulich. Schon als Kind nicht mehr!«

In Richards Herzen zerbarst etwas. Er sah den fragenden Blick Arnulfs, seine bestürzte Miene, den Schrecken, als der Nachtrabe begriff, dass es stimmte, was Spindler sagte. Mechanisch nickte er. Es war wahr. Das war es, was Mechthild ihm zugeflüsterte hatte, als sie im Sterben lag.

»Sie wurde als Kind vergewaltigt.«

Es war Richard unmöglich, es Arnulf aussprechen zu hören. Er musste es in sich verschließen, ganz tief …

Arnulf rührte sich nicht, nur die Knöchel seiner Schwerthand wurden noch weißer, als sie ohnehin schon waren. »Von wem?« In seinen Augen erschien ein mordlustiges Glitzern.

Richard spürte, wie seine Schultern nach vorn sackten. »Von einem Mann namens Burckhard«, antwortete er. »Burckhard Kramer.«

»Kramer!«, murmelte Arnulf.

Richard nickte. »Der Bruder unseres Inquisitors.«

Jetzt kicherte Spindler. »Genau!«, krächzte er. »Und Mechthild hat ihn dafür umgebracht!«

Richard hielt sich den schmerzenden Kopf. Genau das hatte Mechthild ihm auch erzählt. Nachdem sie Burckhard bei den furchtbaren Taten erwischt hatte, die er Katharina antat, hatte sie ihn umgebracht. Sie hatte es wie einen Selbstmord aussehen lassen, und ihr war niemals jemand auf die Schliche gekommen.

Nur ihr eigenes Gewissen hatte sie gequält.

»Sie hat Euch den Mord gebeichtet«, sagte Richard Spindler auf den Kopf zu. »Hat sie Euch nie erzählt, was der Grund dafür war?« Nur wenn sie das nicht getan hatte, dachte er, war Spindlers Wahn wenigstens halbwegs verständlich.

»Nie!«, murmelte Spindler. »Ich wusste nichts davon, dass Mechthild Burckhard tötete, weil Katharina ihn verführte …«

»Ihr wurde Gewalt angetan!« Hinter Richards Stirn explodierten Sterne. »Wagt es nicht, ihr die Schuld daran …« Er brach ab. Sein Herz stolperte, Fieber und Anspannung und vor allem die nackte Angst um Katharinas Leben machten ihn jetzt so zitterig, dass er nach Arnulfs Schulter greifen und Halt daran suchen musste.

Der Nachtrabe packte ihn unter dem Ellenbogen.

»Ich hielt sie all die Zeit für rein«, flüsterte Spindler. »Ich habe versucht, ihr nachzueifern. Ich wollte keusch sein wie sie, aber ich war so schwach! Ich ekelte mich vor mir selbst, doch Katharina gab mir das Gefühl, nicht völlig verloren zu sein.«

Donatus trat einen Schritt vor. »Ihr habt die Jungen in Heilig-Geist …« Er brach ab, schluckte.

Spindler schaute ihn an. Kurz flackerte es in seinem Blick, als müsse er sich erst besinnen, wen er vor sich hatte. »Donatus«, sagte er mit einer Zärtlichkeit in der Stimme, die Richard den Magen umdrehte. Dann blickte er auf Katharina nieder. »Ich habe gegen den Drang angekämpft, aber die Lust war so viel stärker als ich.« Mit Ring- und kleinem Finger jener Hand, die das Messer hielt, strich er Katharina über die bleiche Stirn. »Ich habe gebetet und mich kasteit, aber immer wieder kamen diese Jungen und zwangen mich …«

»*Ihr* habt sie gezwungen!«, schrie Donatus. »Nicht sie Euch! *Ihr* seid das Schwein!« Seine Stimme bebte. »Ihr seid das Schwein!«, wiederholte er.

Wieder streichelte Spindler Katharina. Richard drängte es nach vorn, aber Arnulf drückte seinen Ellenbogen fester und hielt ihn so erneut zurück. Richard warf ihm einen Blick zu, flehte ihn an, etwas zu unternehmen. Katharina starb vielleicht in diesem Augenblick, und sie standen hier und redeten.

Mit einer behutsamen Bewegung steckte Arnulf das Schwert fort. Zur Hölle! Dann bedeutete er Richard mit den Augen, zu seiner Hüfte zu blicken. Dort befand sich ein Dolch. Der Dolch, den der Nachtrabe zielgenau zu werfen wusste wie kein Zweiter.

Richard presste die Lippen zusammen.

Arnulf nickte unmerklich, und Richard machte sich aus seinem Griff los.

»Ihr seid das Schwein!« Jetzt schluchzte Donatus. »Und ich habe Euch auch noch geholfen!«

Richards Kopf fuhr zu ihm herum. Der Bader trat vor. »Ich habe Euch geglaubt, dass es Gottes Wille ist, dass Ihr Katharina beschützt. All die Menschen, die ich Euch genannt habe. Rotgerber. Die Marktfrau. Silberschläger!«

Neben Richard stieß Arnulf ein unterdrücktes Stöhnen aus, und als er dem Nachtraben einen fragenden Blick zuwarf, wisperte der: »Ich habe Katharina vor Rotgerber gewarnt. Donatus war dabei!«

»Es war also alles eine einzige furchtbare Lüge?«, fragte Donatus. Schmerzlich verzog Spindler das Gesicht. Er wollte etwas sagen, aber der Bader ließ ihn nicht zu Wort kommen. »Wenn ich gewusst hätte, dass Ihr sie für eine Jungfrau …« Die Gefühle überrollten ihn mit so großer Wucht, dass er in die Knie brach. »Ich hätte es …«, er umklammerte seinen Kopf mit den Händen und wiegte sich vor und zurück, »… verhindern können.«

»Junge?« Sehr leise war Spindlers Stimme.

Donatus blickte hoch.

»Komm her zu mir!«

Richard riss die Augen auf, als der Bader sich tatsächlich erhob und einen Schritt auf den Priester zumachte. Was war es für ein Zauber, den dieser Priester über die Menschen in seiner Nähe legte?

»Donatus!«, raunte Arnulf und zog seinen Dolch.

Der Bader achtete nicht auf ihn. »Gebt sie mir!«, sagte er und wies auf Katharina.

Da erhob sich Spindler taumelnd auf die Füße. Er hob Katharina auf beide Arme, und wieder kam das Messer ihrer weißen Haut nah.

Richard spannte die Muskeln.

Donatus trat vor den Priester hin. Wartete. Und zu Richards grenzenloser Erleichterung übergab Spindler ihm tatsächlich Katharinas leblosen Körper.

»Kommt!«, sagte der Bader über die Schulter hinweg.

Richard stürzte vor, nahm sie ihm ab, hielt sie. Sie war so blass ... Ihre Haut so kalt ... Rasch trug er sie zum Rand der Höhle, sank in die Knie, um sie sanft auf dem Boden abzulegen. Mullner und Hofer waren bei ihm, aber er bemerkte sie kaum. Er strich Katharina über die Wange, den Hals. War da ein Puls? Lebte sie noch?

»Ihr habt auch Kilian getötet«, hörte er Donatus sagen, aber die Worte berührten ihn nicht. Warum nur fand er keinen Puls?

»Ihr habt ihm Gewalt angetan, und er brachte sich um. Ihr seid auch schuldig an seinem Tod!«

»Es tut mir so unendlich leid«, flüsterte Spindler.

Aus den Augenwinkeln nahm Richard eine schnelle Bewegung wahr. Eine Klinge blitzte auf, ein reißendes Geräusch ertönte, so als werde Stoff mit großer Gewalt entzweigeschnitten.

Dann heulte Spindler auf. Das Geräusch brach sich an den Höhlenwänden, rollte die Gänge der Lochwasserleitung entlang und kehrte als vielfach gebrochenes Echo zu ihnen zurück, so voller Schmerz und Qual, dass Richard seine Untersuchung Katharinas unterbrach und hochblickte.

Der Priester stand da, Mund und Augen so weit aufgerissen, dass sein Gesicht wie eine Fratze wirkte. Blut klatschte zu Boden, landete zwischen seinen Beinen.

»Heilige Jungfrau!«, hörte Richard Bürgermeister Mullner ächzen. »Er hat ihn entmannt!«

Richard schaute in Arnulfs Richtung. Der Nachtrabe stand da, seinen eigenen Dolch in den Händen. Fassungslos starrte er Donatus an, und Richard folgte seinem Blick.

Der blutige Dolch, den eben noch Spindler gehalten hatte, entglitt nun Donatus' Fingern.

Spindlers Heulen brach ab. Dann sackte er in die Knie.

Mehr sah Richard nicht mehr, denn jetzt wandte er sich wieder Katharina zu. Fieberhaft tasteten seine Finger nach ihrem Puls, und dann – endlich! – fand er ihn. Schwach zitterte ihr Herz unter seinen Fingerspitzen.

Vor Erleichterung hätte er beinahe laut aufgeschrien.

»Sie lebt!«, rief er, und er spürte, wie sich eine Hand auf seine Schulter legte.

Arnulf war bei ihm.

Aus tränenblinden Augen blickte er zu ihm auf. »Sie lebt!«

28. Kapitel

Seit fünf Tagen rangen Dr. Hartmann Schedel, Georg Öllinger und der Spitalarzt Carl Krafft um Katharinas Leben, und keiner von ihnen war sich sicher, ob sie es schaffen würden, sie von der Schwelle des Todes zurückzureißen. Richard hatte Stunde um Stunde an ihrem Bett zugebracht, hatte sich geweigert zu schlafen, und nur widerwillig einige Bissen der Mahlzeiten in sich hineingezwängt, die Hiltrud ihm hinstellte. Sein eigenes Wundfieber war bald überstanden, auch dank Schedels Medizin, die bei ihm gut anschlug.

Als sich Katharinas Zustand am fünften Tag immer noch nicht gebessert hatte, war Richard nah davor, sich an den Wänden den Schädel einzurammen. Arnulf hielt ihn davon ab. Mit langen, kraftvollen Schritten kam er in Katharinas Kammer und warf einen nachdenklichen Blick auf ihre Gestalt in den weißen Kissen.

»Wir gehen!«, bestimmte er.

Aus blinden Augen starrte Richard ihn an. »Wie bitte?«

»Wir gehen!«, wiederholte Arnulf. »Ich hole dich hier raus. Für ein paar Stunden. Damit du mir nicht auch noch irre wirst.«

Richard schüttelte den Kopf. »Ich kann n ...«

»Doch, du kannst!« Hinter Arnulf erschien Hartmann Schedel im Zimmer. Er hatte eine Schale in der Hand, in der er mit einem kleinen Messinglöffel herumrührte, und er warf einen undurchdringlichen Blick auf Arnulf, bevor er neben Richard ans Bett trat und auf Katharina niederblickte. »Du kannst im Moment nichts für sie tun. Geh mit ihm! Ruh dich ein bisschen aus. Du hilfst ihr nicht, wenn du zusammenbrichst und ich mich auch noch um dich kümmern muss.«

Es war der letzte Satz, der Richard einlenken ließ. »Nun gut!«, seufzte er und erhob sich. Seine Schulterwunde schmerzte dumpf, aber es war inzwischen ein guter Schmerz, einer, der von Heilung kündete, nicht von Fieber und Tod. Richard legte die rechte Hand auf den Verband, den er noch immer unter seinem Hemd trug. Dabei konnte er seinen eigenen Pulsschlag fühlen. Ruhig und kräftig pochte sein Herz unter der warmen Haut.

Er warf einen Blick auf Katharina. *Ich bin bald wieder da!*, dachte er. Dann wandte er sich an Arnulf. »Also. Bring mich, wohin auch immer du geplant hast!«

Erst dachte er, der Nachtrabe würde ihn in die »Krumme Diele« führen, aber dann ließen sie die kleine Sackgasse links liegen, an deren Ende sich das Gasthaus befand, und gingen stattdessen den steilen Weg hinauf, der zur Burg führte. Vor dem Luginsland – einem Turm, den die Nürnberger Bürger ursprünglich dazu erbaut hatten, die Burggrafen zu überwachen – blieb Arnulf stehen. Seit die Stadt die Burg gekauft hatte, diente der trutzige Turm als Narrenhäuslein, als Gefängnis, in dem geistig verwirrte Menschen eingekerkert wurden.

»Was wollen wir hier?«, fragte Richard.

Arnulf blickte an der hoch aufragenden steinernen Fassade nach oben. »Spindler einen Besuch abstatten!« Er hob eine Faust und schlug gegen die massive Eingangstür. »Es gibt noch einige offene Fragen.«

In einer der ehemaligen Schießscharten über ihren Köpfen erschien das Gesicht eines Mannes, der in Richards Augen sehr jung aussah dafür, dass er schon das Amt eines Eisenmeisters, eines Kerkeraufsehers, innehatte. Seine Haare standen wirr und zerzaust in alle Himmelsrichtungen ab. »Was wollt Ihr?«, rief er nicht besonders freundlich.

»Wir kommen, um Dr. Spindler zu besuchen!«, erklärte Arnulf ihm. Er löste einen ledernen Beutel vom Gürtel und hielt ihn mit ausgestrecktem Arm in die Höhe. Gewöhnlich brauchte es eine Genehmigung vom Stadtrat, wenn man einen der hier Eingekerkerten besuchen wollte. Arnulf jedoch war geübt darin, dieses Gesetz zu umgehen. Und seine Geldbeutel leisteten ihm dabei jedesmal gute Dienste.

So auch heute.

Der Eisenmeister zögerte nur einen Moment. Dann nickte er. »Ich komme!« Sein strubbeliger Kopf verschwand, und es dauerte eine Weile, bis der Mann den langen Weg nach unten zurückgelegt hatte.

Die Tür schwang auf, der Eisenmeister streckte die Hand aus. »Kommt herein!«, grinste er, als Arnulf den Beutel hatte hineinfallen lassen.

Sie schritten eine steile Treppe hinauf, vorbei an einer Zelle, die leerstand, und einer zweiten, aus der sie eine Frau mit wirrem Blick und zerrauften Haaren durch ein winziges Guckloch hindurch anstarrte. Richard konnte sich des Eindrucks nicht erwehren, dass sie dem Eisenmeister irgendwie ähnlich sah.

In der dritten Zelle, der obersten, die nicht wie die ersten beiden mit dicken Holztüren, sondern stattdessen mit einem Eisengitter verschlossen war, saß Jakob Spindler ein. Anders, als Richard erwartet hatte, hatte man ihn nicht mit Eisenketten an die Wand gefesselt. Er konnte sich in seiner kleinen Zelle frei bewegen, und er besaß außer einem Bett und einem Nachttopf auch einen unbequem aussehenden Schemel und sogar ein Waschgeschirr.

Als Richard und Arnulf vor seine Zelle hintraten, saß er mit lang ausgestreckten Beinen auf seinem Bett und zeichnete mit etwas, das wie ein Hühnerknochen aussah, feine Linien in den groben Verputz neben sich.

»Du hast Besuch!«, sagte der Eisenmeister grob zu ihm. Wie leicht konnte ein Mann von der hochangesehenen Stellung eines Priesters hinabsinken zu einem Wesen, dem man nicht einmal mehr ein Mindestmaß an Respekt zollte, stellte Richard mit Unbehagen fest.

Spindler reagierte nicht sofort, sondern beendete erst noch die Linie, mit deren Schwung er gerade beschäftigt war. Hier oben befanden sich mehrere kleine Fenster, und so fiel genügend Licht auf die Wandzeichnung, sodass Richard erkennen konnte, was sie darstellte. Es war eine Frauengestalt mit einem großen, etwas unregelmäßig geratenen Heiligenschein. Das Kind, das sie auf dem Arm trug, war erst halb fertig. Eine Madonna.

Richard fröstelte.

Spindler ließ den Knochen sinken und wandte den Kopf. »Oh!«, sagte er. Ein Lächeln teilte seine Lippen. »Ihr.«

Arnulf legte die Hände um zwei Eisenstangen. »Wir sind hier, weil wir noch ein paar Fragen an Euch haben.«

Spindler nickte. Das Lächeln auf seinem Gesicht erlosch und machte einem Ausdruck von Konzentration Platz. Er wirkte nicht ein bisschen irre, fand Richard, aber irgendwie seltsam kindlich.

»Fragt«, sagte der Priester. »Ich habe zwar alle Fragen dem Stadtrichter und diesem Trottel von neuem Lochschöffen schon mehr als ein Dutzend Mal beantwortet, aber fragt! Ich bin für jede Abwechslung dankbar. Das Leben ist doch ein wenig eintönig hier oben.« Er schwang langsam die Beine vom Bett und stellte die Füße auf die Erde. Er war barfuß. Seine Bewegungen wirkten bedächtig, so als quälten ihn große Schmerzen. Was angesichts der schweren Verletzung, die Donatus' Dolch ihm zugefügt hatte, nicht eben verwunderlich war.

»Wie geht es Euch?«, fragte Richard.

Spindler griff sich in den Schritt, nahm jedoch die Hand sofort wieder weg. »Meine Wunden schmerzen, aber das ist gut so. Die Ärzte, die die Stadt bezahlt hat, um mich zu behandeln, haben gute Arbeit geleistet.« Ein verträumter Ausdruck erschien auf seinem Gesicht. »Ich habe jetzt endlich Ruhe vor dieser sündhaften Lust.« Sanft schüttelte er den Kopf. »Dass ich auf diese Lösung nicht selbst gekommen bin!« Er schien darüber ehrlich erstaunt zu sein. »Wie geht es Donatus?«

Arnulf zuckte die Achseln. »Als ich ihn das letzte Mal gesehen habe, saß er im Lochgefängnis. Er gibt offen zu, bei den Morden Euer Komplize gewesen zu sein, und wie es aussieht, werden sie ihm wohl den Prozess machen.«

Spindler rümpfte die Nase. »Dieser arme Teufel!«

»Wir haben Dr. Schedel gebeten, ihm einen guten Juristen zur Seite zu stellen«, erklärte Richard. »Wenn er Glück hat, kommt er mit einem Brandmal und der Verbannung davon. Immerhin hat er völlig unter Eurer Fuchtel gestanden.«

Wieder kicherte Spindler. »Ja. Erstaunlich, nicht wahr? Sie haben immer alle gemacht, was ich gesagt habe. Donatus. Mechthild. Sogar Katharina.« Er hielt inne, dachte nach. »Hm. Nun, sie hat sich wenigstens bemüht.«

Richard verspürte das Bedürfnis, seine Hände um Spindlers Hals zu legen und zuzudrücken. Stattdessen klammerte er die Rechte um seinen Schwertgriff und zwang sich, still stehenzubleiben.

»Ich habe diese Fähigkeit, Einfluss auf die Menschen zu nehmen, immer für ein Zeichen Gottes gehalten. Dafür, dass er mir den Heiligen Geist geschickt hat.«

»Donatus ist nie darauf gekommen, dass Ihr Euch an den Scholaren vergangen haben könntet?«, fragte Arnulf.

Spindler schüttelte den Kopf. »Nie! Ich glaube, das Vertrauen, das er in mich setzte, hat ihn blind gemacht.«

»Ihr habt ihm mit der Verdammnis gedroht«, sagte Richard. Am liebsten wäre er gegen das Eisengitter gesprungen wie ein beißwütiger Hund. »So wie Tobias und all Euren anderen Opfern.«

Doch zu seinem Erstaunen verneinte Spindler dies. »Es ist in den allermeisten Fällen nicht nötig, die Menschen daran zu erinnern, dass sie verdammt sind. Oft sind sie viel leichter zu lenken, wenn man ihnen von der göttlichen Gnade erzählt. So wie Katharina.« Ein Schatten flog über sein Gesicht.

Richard lockerte den Griff um sein Schwert. Plötzlich widerte Spindler ihn nur noch an.

»Wollt Ihr gar nicht wissen, wie es ihr geht?« Arnulf hielt noch immer die Gitterstangen umfasst. Die Sehnen auf seinen Handrücken waren deutlich zu sehen.

Spindler zuckte die Achseln. »Sie ist nicht mehr wichtig.«

Richard schloss die Augen, kurz nur, doch Arnulf bemerkte es. Die Lippen des Nachtraben waren schmal, als er wieder anhob. »Erzählt uns die ganze Geschichte!«

»Die Geschichte.« Spindler stand von seinem Bett auf, blieb davor stehen. Zwischen ihm und den Gitterstäben lagen kaum zwei Schritte Abstand, und trotzdem fühlte Richard sich diesem Mann auf der anderen Seite der Eisenstäbe so fern, als läge ein ganzes Meer zwischen ihnen. »Die Geschichte, wie ich zum Mörder wurde. Nun, es begann im Grunde durch einen dummen Zufall oder eine glückliche Fügung Gottes, wie man es auch nennen mag. Ich war auf dem Weg zu Katharina und verpasste sie kurz vor dem Fischerhaus, weil sie auf den Markt ging. Gut vier Wochen ist es nun her. Ich folgte ihr in einigem Abstand, und dabei sah ich den Kerl.« Er hielt inne, atmete ein paarmal schwer durch. »Ein finsterer Kerl, gutaussehend, teuer gekleidet, mit einem schweren Umhang mit roter Kordel. Aber da war dieses gierige Glitzern in seinen Augen. Ich sah es, als er Katharina ansprach, weil ein Fuhrwerk ihnen beiden den Weg versperrte. Er war auf der Jagd. Ein Raubtier, das sich in diesem Moment sein Opfer ausgesucht hatte. Das konnte ich nicht zulassen.«

Richard schluckte. »Weil Ihr ihre Tugend beschützen wolltet.«

»Eine Tugend, die sie damals schon längst verloren hatte!« Bitter lachte Spindler auf. »Aber das wusste ich ja nicht.« Seine Hand tastete zum Gürtel, als müsse sie jede Bewegung jener Augenblicke nachvollziehen. »Ich nahm die Klinge, und es geschah einfach.« Er trat an die Eisengitter. Arnulf ließ die Stäbe los und wich ein Stück zurück, sodass Spindler nun seinerseits nach den Stangen greifen konnte. Er schob seine Arme hindurch und legte sie locker auf den Querverbindungen ab. *»Wenn sie vor Gier brennen, will ich ihnen ein Mahl zurichten und will sie trunken machen, dass sie matt werden und zum ewigen Schlaf einschlafen, von dem sie nimmermehr aufwachen sollen, spricht der Herr. Ich will sie hinabführen wie Lämmer zur Schlachtbank.«* Hohl hallte seine Stimme zwischen den dicken Wänden wider. Dann lächelte er verträumt, und jetzt sah Richard wieder den Irrsinn, der in ihm glomm. »Das ist aus der Bibel. Buch Jeremia.«

Der Eisenmeister, der sich die ganze Zeit im Hintergrund hielt und aufpasste, was gesprochen wurde, stieß einen schnaubenden Laut aus.

»Ihr habt den Mann geschlachtet wie ein Lamm«, fasste Arnulf zusammen. Wie oft, wenn er von derart grausamen Dingen sprach, wunderte Richard sich über die Ruhe, die er dabei auszustrahlen vermochte.

»Mein ist die Rache, spricht der Herr«, zitierte Spindler. »Ich war sein Werkzeug. Aber offenbar war ich nicht gut genug, denn Gott strafte mich für mein Tun.« Er verstummte für eine Weile. Richard und Arnulf warteten, bis er weitersprach. »Der Mistkerl, der Katharina jagte, hat mich verletzt.« Er hob das schlichte Leinenhemd an, das er trug, und deutete auf eine halbwegs verheilte Schnittwunde an seiner Hüfte.

Richard dachte an das blutige Messer, das er und Arnulf im Lochgefängnis bei der Leiche des ersten Opfers gefunden hatten.

»Das hat mich ziemlich eingeschränkt in meinen Bewegungen«, sagte Spindler. »Aber zum Glück gab es ja Mechthild.«

»Mechthild Augspurger.« Arnulf hatte das Reden jetzt ganz allein übernommen.

»Ja. Ich war ihr Beichtvater, schon seit dem Tag, an dem sie ins Spital zog.« Spindler grinste breit. »Sie gehörte zu jenen, die ganz leicht zu führen waren, weil sie so leicht zu durchschauen sind. Es brauchte nicht viel, dann hatte ich sie so weit, dass sie mir vollständig vertraute, und so beichtete sie irgendwann auch den Mord an diesem Burckhard.« Wieder kicherte er. »Es muss eine Erleichterung für sie gewesen sein, schließlich hatte sie zuvor nie jemandem davon erzählt. Jede

Beichte, die sie vorher ablegte, musste ihr unvollständig und wertlos vorgekommen sein, denn ihre schlimmste Schuld hatte sie dabei stets verschwiegen. Aber ich, ich erteilte ihr Absolution! Und von diesem Moment an hatte ich sie in der Hand.«

»Was habt Ihr mit ihr getan?«

»Oh! Ihr werdet es nicht glauben! Ich habe meinen eigenen Mord bei ihr gebeichtet.«

Verwundert sah Richard den ehemaligen Priester an. »Den an dem Kerl, der hinter Katharina her war.«

Spindler nickte eifrig. »Ich habe Rotz und Wasser geheult, und sie hat mich festgehalten. Wenn sie gekonnt hätte, hätte sie auch mir die Absolution erteilt. Aber so gab sie mir etwas anderes.«

»Hilfe.« Richard wusste, dass es so war, denn Mechthild hatte ihm auch das erzählt, als sie im Sterben lag. *Ich habe ihm geholfen, all diese Morde zu begehen,* hatte sie gewispert, und er hatte nicht begriffen, warum und wie sie das getan hatte.

Das Warum hatte Spindler eben erklärt. Jetzt legte er die Stirn gegen einen der Stäbe. »Ja. Hilfe. Von diesem Moment an half sie mir, Katharina weiterhin zu beschützen. Von Donatus wusste ich, dass Rotgerber es auf Katharina abgesehen hatte, und ich wusste, dass auch er aus dem Weg geräumt werden musste. Aber die Wunde, die der Mistkerl mir beigebracht hatte, war zu schwerwiegend. Ich konnte nicht davon ausgehen, gegen Rotgerber bestehen zu können. Also erzählte ich Mechthild, was ich vorhatte. Im ersten Augenblick war sie entsetzt, aber es gelang mir, sie dazu zu bringen, mir zu vertrauen. Und mir zu helfen.« Er löste die Stirn wieder von dem Stab. Eine rote Druckstelle zeichnete sich auf seiner Haut ab. Sie sah aus wie ein Schandmal.

»Wie?«, fragte Arnulf.

»Mit Pilzen.«

Arnulf runzelte die Stirn. Er warf einen fragenden Blick in Richards Richtung, und Richard konnte lesen, was in seinen grünen Augen stand.

Verstehst du, wovon er redet?

Richard nickte. »Satanstintlinge. Sie wachsen auf der Wiese vor dem Spital, nicht wahr? Ich wusste allerdings nicht, dass sie giftig sind.«

»Oh.« Spindler lachte hell auf, und wieder wirkte er wie ein kleines Kind, dem ein wunderbares Geschenk gemacht wurde. »Sie haben sogar eine sehr besondere Wirkung. Man kann sie bedenkenlos essen, in einer Fleischpastete verarbeitet beispielsweise. Aber trinkt man dann innerhalb der nächsten zwei Tage Schnaps oder Wein, setzt ihre Wirkung ein. Übelkeit. Visionen. Panikattacken.«

Richard riss die Augen auf. »Sagtet Ihr Fleischpastete?«

»Genau. Die Köchin hatte mehrere davon zubereitet, und ich wusste, dass Rotgerber eine davon zum Frühstück essen würde.«

»Ihr habt sie mit den Pilzen versetzt. Rotgerber aß sie zusammen mit Öllinger.« Arnulfs Miene hellte sich auf. »Dann gingen sie in die ›Diele‹, tranken von Niklas' Würzwein, und ihnen wurde übel. Ihr folgtet Rotgerber, und im Moment seiner größten Schwäche habt Ihr ihm die Kehle durchschnitten.«

»Er hat gekotzt, als sei der jüngste Tag angebrochen.« Spindler wirkte vergnügt und zufrieden bei dieser Erinnerung.

»Was ich aber nicht verstehe«, murmelte Arnulf und sah Richard dabei an. »Wie du …«

»Die Fleischpastete!« Richard schlug sich vor den Kopf. »Ich war dabei, als ein Bote von Heilig-Geist Kramer entgegengeritten kam. Er hatte eine Fleischpastete dabei, und ich habe davon gegessen.«

Spindler blinzelte verwundert. »Ihr hattet auch unter Übelkeit zu leiden?«

»Unter Übelkeitsattacken und Visionen.«

»Ihr müsst geglaubt haben, Dämonen hätten Besitz von Euch ergriffen«, freute Spindler sich. »Und ich habe gedacht, Ihr seid einfach nur bezecht!«

Richard dachte daran, wie er die sterbende Marktfrau gefunden hatte. Der Schatten, der ihn angefallen hatte – plötzlich nahm er in seiner Erinnerung die Gestalt Spindlers an.

Arnulf verzog spöttisch die Lippen, sagte jedoch nichts dazu.

»Warum habt Ihr mich am Leben gelassen?«, fragte Richard und tippte gegen die Messerwunde an seiner Schulter.

»Oh. Ich hatte ja keinen Grund, Euch zu töten. Als ich Euch in dieser Gasse traf, hatte ich keine Ahnung, dass Ihr Katharinas Geliebter …« Er verstummte. Kurz glitt ein Ausdruck von grenzenloser Finsternis über seine Miene. »Sie ist ein schwaches Weib! All meine Bemühungen, sie zu Keuschheit anzuhalten, waren nutzlos. Der Satan hat die Frauen …« Er unterbrach sich, zuckte die Achseln. »Einerlei!«

Übergangslos wirkte er wieder freundlich und sogar ein wenig begeistert. »Es war eine glückliche Fügung Gottes, dass Ihr dazukamt, als ich der Frau die Kehle aufgeschlitzt habe. Wie ein Geschenk seid Ihr geradewegs vor meinen Füßen zusammengebrochen. Und jetzt erfahre ich auch noch, dass dies geschah, weil Ihr von meiner vergifteten Pastete gegessen habt. Sagt selbst: Das zeigt doch, dass Gott meine Taten guthieß!«

»Es zeigt höchstens, dass Euer Gott«, Arnulf spuckte das Wort aus, »einen sehr grausamen Humor hat!«

Spindler blitzte ihn wütend an, doch dann wandte er sich wieder Richard zu. »Ich habe Euch Eure Frage noch nicht beantwortet. Als Ihr vor mir zusammenbracht, dachte ich, es sei eine Fügung Gottes, um mir vor der Verfolgung durch die Hand des Gesetzes zu bewahren. Ich nahm Euer Schwert, tauchte es in das Blut der Frau. Und ich stieß ihr Messer in Eure Schulter, damit es so aussähe, als hätte sie sich kurz vor ihrem Tod noch gegen Euch zur Wehr gesetzt.«

»Ihr wolltet die Morde Richard anhängen«, murmelte Arnulf. In seinen grünen Augen war jetzt ein tödlicher Zorn erschienen, doch Richard war sich sicher, dass der ehemalige Priester diesen nicht sah. Denn äußerlich wirkte Arnulf ruhig wie immer. »Und als das nicht klappte, als Ihr feststelltet, dass Bürgermeister Silberschläger Katharina verdächtigte, da wolltet Ihr auch ihn aus dem Weg räumen. Und habt an Richards statt das Ganze dann Tobias angehängt!«

»Ich sage ja, Gott war die ganze Zeit auf meiner Seite! Er schickte mir einen weiteren Menschen, und diesmal gelang sein Plan. Tobias gestand für mich. Gott hat ihm die Worte eingegeben, das ist doch ganz …«

»Hört auf!« Richard war außerstande, sich das selbstgerechte und höhnische Gerede des Mannes noch länger anzuhören. »Ihr seid ein Mörder und ein Schänder! Wenn es Euren Gott gibt – und Ihr solltet darum beten, dass das nicht der Fall ist –, dann wird er Euch bis in alle Ewigkeit verdammen für das, was Ihr Katharina und all den anderen angetan habt!« Zitternd rang er um Selbstbeherrschung. Das Bedürfnis, sein Schwert zu ziehen und es diesem Monster in Menschengestalt in den Leib zu stoßen, war übermächtig, sodass er die Klinge schon halb aus der Scheide gezogen hatte, bevor er sich besann und mitten in der Bewegung erstarrte.

»Richard!« Arnulfs Hand legte sich auf seinen Unterarm. »Lass gut sein!«

Es kostete Richard große Anstrengung, das Schwert zurückzustoßen und den Griff loszulassen. »Ihr werdet Eure gerechte Strafe erhalten«, sagte er kalt. »Wenn nicht in dieser Welt, dann in der nächsten.« Mit einer harschen Bewegung wandte er sich um und stiefelte die schmale Treppe nach unten.

Draußen auf dem Platz vor dem Turm blieb er stehen. Er fühlte sich, als habe jemand ihn wie einen nassen Lappen ausgewrungen.

Arnulf trat neben ihn, hielt sein Gesicht in die tiefstehende Novembersonne und ließ sie einen Augenblick auf sich wirken. Richard wusste, dass auch ihm dieses Treffen nahegegangen war. »Wir haben die letzten Fragen beantwortet bekommen«, sagte er leise. »Niklas wird froh sein.«

»Gut!« Richard holte tief Luft. Er fühlte sich besudelt und gereinigt zugleich.

Eine schlanke Gestalt näherte sich über die steile Burgstraße, und schon von weitem winkte sie ihnen aufgeregt zu. Ein großer, roter Hund rannte hechelnd neben ihr her.

»Jonas!«, sagte Arnulf.

Keuchend blieb der Junge vor ihnen stehen. »Dr. Schedel schickt mich«, japste er. »Ich soll euch sagen, Katharina ist aufgewacht.«

Zwei Monate später

»Warte doch, ich helfe dir!« Richard eilte herbei und nahm Katharina die Tasche ab, die sie auf den Karren hatte heben wollen. »Du weißt genau, dass du noch nicht so schwer tragen darfst!« Vorwurfsvoll und besorgt sah er sie an.

Sie senkte den Kopf. »Muss ich mir jetzt für den Rest meines Lebens von dir Vorschriften machen lassen?«, fragte sie mit einem leichten Lächeln. Insgeheim war sie ihm dankbar, denn die Narbe schmerzte doch noch sehr.

Er grinste breit. »Selbstverständlich, Weib!«, sagte er mit tiefer Stimme. »So gehört es ich nun mal für eine Ehefrau!«

Als Katharina eben etwas erwidern wollte, bog eine hochgewachsene Gestalt in schwarzer Kleidung um die Ecke der Tuchgasse und kam auf sie zu. Es war Georg Öllinger.

Neben dem Karren blieb er stehen, betrachtete die Kisten und Möbel, die sich bereits darauf befanden und anzeigten, dass Katharina und Richard vorhatten, die Stadt zu verlassen. Ein trauriger Schatten flog über sein Gesicht, verging jedoch sofort wieder. »Frau Sterner!« Er neigte den Kopf. »Ihr seht von Tag zu Tag gesünder aus.«

Sie lächelte ihm zu. »Danke.« Als sie ihm gesagt hatte, dass sie seinen Heiratsantrag nicht annehmen könne, weil sie Richard heiraten würde, war ihm die Nachricht sehr zu Herzen gegangen. Aber noch bevor sie vor den Altar getreten und Frau Sterner geworden war, war er zu ihr gekommen und hatte ihr versichert, dass er sich für sie freue. Jetzt, hier neben dem Karren, konnte sie die Frage in seinen Augen lesen, die ihn hergetrieben hatte.

Seid Ihr glücklich?

Sie war es. Nachdem sie so weit genesen war, dass sie aus eigener Kraft wieder laufen konnte, hatte sie als Erstes das Grab ihrer Mutter besucht und Abschied von ihr genommen. Richard hatte sie dabei begleitet, und er hatte sie gehalten, als ihr die Tränen wie Sturzbäche über das Gesicht geflossen waren.

»Sie hat nicht gelitten«, hatte er leise zu ihr gesagt.

Sie schaute zu ihm auf. Ein leichter Wind fuhr in die Büsche am Rand des Friedhofs. Matthias' Grab lag ganz in der Nähe. »All die Jahre, die wir uns gestritten haben«, murmelte sie. Ihr Herz zog sich zusammen vor Schmerz über all die verpassten Gelegenheiten für ein freundliches Wort, eine liebevolle Geste. Vor langer Zeit hatte ihre Mutter sie beschützt wie eine Löwin ihr Junges. Ihretwegen war sie zur Mörderin geworden, und sie hatte all die Jahre geschwiegen und stumm darunter gelitten. Katharina vermochte kaum, sich vorzustellen, wie oft ihre Mutter diese Tat bereut hatte, wenn sie sie wieder einmal grob behandelt hatte.

»Wenn ich nur früher davon erfahren hätte, was sie für mich getan hat«, sagte sie.

Richard gab ihr einen Kuss auf den Kopf. »Es wird heilen.«

In den Tagen danach hatte sie viel geweint, doch die Tränen hatten mit der Zeit den Schmerz in einen dumpfen Druck verwandelt, und heute konnte sie hoffen, dieser würde ebenfalls noch vergehen.

»Ja«, beantwortete sie nun Öllingers unausgesprochene Frage. »Ich bin jetzt glücklich.« Sie blickte den Apotheker an, und er nickte. »Ich bin gekommen, um mich von Euch zu verabschieden«, sagte er leise. »Und um Euch dafür zu danken, dass Ihr Euch bei dem neuen Spitalmeister für mich eingesetzt habt.«

In Wahrheit war es Richard gewesen, der das getan hatte, aber Katharina beschloss, das für sich zu behalten. Richard hatte bei dem neu bestellten Spitalmeister von Heilig-Geist vorgesprochen und ein Wort für Öllinger eingelegt, damit dieser der erste Apotheker werden konnte, sobald genügend Mittel für eine Apotheke vorhanden waren. Als Gegenleistung dafür hatte Öllinger sich bereit erklärt, das Fischerhaus mit seinen Patientinnen zu übernehmen. Katharina war sich sicher, dass es über kurz oder lang in Heilig-Geist aufgehen würde, aber das war ihr nur recht. Dieser Abschnitt ihres Lebens lag hinter ihr.

Sie räusperte sich. »Wenn der Rat Donatus aus der Stadt verbannen sollte«, sagte sie und zog einen Geldbeutel aus dem Rock, den sie eigens für diesen Zweck eingesteckt hatte. »Würdet Ihr dafür sorgen, dass er das erhält?«

Mit hochgezogenen Augenbrauen nahm Öllinger den Beutel entgegen. Er war schwer. »Das ist eine Menge«, meinte er.

Richard trat neben Katharina. Nur er wusste, dass sich in dem Beutel der gesamte Rest des Vermögens befand, das Egbert, Katharinas Mann, ihr hinterlassen hatte. Er hatte eingewilligt, es Donatus zu geben, damit dieser niemals wieder in der Gosse landen würde.

»Was, wenn sie ihn nicht verbannen, sondern hinrichten?«, fragte Öllinger.

Richard schüttelte den Kopf. »Das werden sie nicht, wenn Dr. Schedel es verhindern kann. Immerhin wurde Spindler ja auch nicht hingerichtet.«

»Weil er ein Mann der Kirche ist.«

Kurz nachdem Arnulf und Richard bei ihm im Luginsland gewesen waren, war Dr. Spindler in den Orden der Augustiner eingetreten, und Katharina wusste, dass man dort äußerst bemüht war, ihn bald aus dem Narrenhäuslein herauszuholen und in ein abgelegenes Kloster irgendwo in den Alpen zu schaffen, wo er für seine schweren Sünden würde büßen können. Es war schwer für sie, zu ertragen, dass der wahre Täter so glimpflich davonkam, während Tobias dafür hatte sterben müssen. Sie legte sich beide Hände um den Hals, weil die Ungerechtigkeit der Welt ihr die Kehle zuschnürte.

Richard nahm eine ihrer Hände, zog sie an sich und hielt sie fest. Die andere ließ Katharina sinken.

Öllinger verbarg den Geldbeutel unter seinem Mantel. »Ich werde gut darauf achtgeben, bis ich es Donatus geben kann«, versprach er.

Katharina nickte ihm zu und dankte ihm erneut.

»Wann werdet Ihr Nürnberg verlassen?«, erkundigte er sich.

Richard gab ihm die Antwort. »Morgen früh.«

»Nun!« Etwas unbeholfen stand der Apotheker da, schlenkerte mit den Armen. »Ja, dann.« Er sah Katharina an. »Dann bleibt wohl nur noch, Lebewohl zu sagen.«

Sie machte sich aus Richards Griff los und reichte Öllinger die Hand. »Lebt wohl!«

»Wenn Ihr einmal nach Nürnberg zurückkommen solltet«, murmelte er, »würde ich mich über Euren Besuch freuen.«

»Natürlich.« Auch Richard schüttelte ihm die Hand, dann legte er Katharina den Arm um die Schulter. Gemeinsam sahen sie zu, wie Öllinger sich abwandte und um die Hausecke verschwand.

»Der Arme!«, meinte Katharina.

»Der fängt sich schon wieder!« Richard drückte sie an sich. Ihre Wunde schmerzte dabei ein wenig, aber sie protestierte nicht. Tief atmete sie den Geruch seiner Haut ein.

Ungefähr eine halbe Stunde später, als Thomas gerade zwei Männer dabei beaufsichtigte, wie sie eine schwere Truhe auf den Karren wuchteten, erschien Arnulf auf der Gasse.

Katharina, die neben dem Diener auf dem Hausstein stand, entdeckte ihn als Erste. »Arnulf!« Sie eilte die Stufen hinunter und ihm entgegen. Ohne sich darum zu kümmern, ob es sich schickte oder nicht, fiel sie dem Nachtraben um den Hals. »Du bist wieder da!«

Er erwiderte die Umarmung leicht verblüfft, dann machte er sich los und schob Katharina auf Armeslänge von sich. Kopfschüttelnd tadelte er: »Wenn dir die Ehe nicht so gut stehen würde, würde ich sagen, sie ist dir zu Kopf gestiegen! Eine ehrbare Frau, die einfach so mitten auf der Straße einen Nachtraben umarmt!« Er lachte leise. Seine grünen Augen funkelten amüsiert.

Katharina fiel in sein Lachen ein. »Erinnerst du dich? Ich habe mich schon immer gern über Regeln hinweggesetzt.«

Übergangslos wurde er ernst. »Oh ja!«, seufzte er.

»Richard war traurig, dass du bei unserer Hochzeit nicht dabei warst.« Sie hakte sich bei ihm unter und zog ihn Richtung Haustür. »Wir hatten gehofft, du würdest rechtzeitig wieder in Nürnberg sein.«

»Ich wurde aufgehalten.« Als Katharina Arnulf durch die Tür ins Innere des Hauses zog, nahm er den Hut ab. Das Schwert an seiner Seite streifte die Wand.

»Hast du etwas in Erfahrung bringen können?«

»Lass mich erst mal mich hinsetzen«, bat Arnulf. »Ich bin eben erst aus dem Sattel gestiegen.«

Katharina führte ihn in den Salon und bot ihm einen Sessel an. Während sie ihm ein Glas Wein einschenkte, kamen Schritte die Treppe aus dem Obergeschoss herunter, und Richard betrat den Raum.

»Arnulf!« Über sein Gesicht glitt ein Strahlen.

Die beiden Männer begrüßten sich mit einer Umarmung, die weitaus ruppiger ausfiel als jene, die Arnulf von Katharina erhalten hatte. Und nachdem auch Richard gefragt hatte, was er herausgefunden hatte, begann der Nachtrabe zu erzählen.

»Zuerst habe ich das Kloster in Augsburg aufgesucht«, erklärte Arnulf. »Das, von dem du mir gesagt hast, dass Kramer dort vor seiner Reise nach Nürnberg gewohnt hat. Ich habe mich dort ein bisschen umgehört.«

Richard hatte ihn gebeten, einige Informationen über den Inquisitor zu sammeln, damit sie sich ein Bild darüber machen konnten, ob Katharina nach wie vor Gefahr aus dieser Richtung drohte.

Arnulf trank einen Schluck, dann einen zweiten, bevor er fortfuhr: »Die Mönche dort konnten mir allerdings auch nicht wirklich sagen, was Kramer für ein Kerl ist. Die einen halten ihn für einen Heiligen, die anderen für den Teufel in Menschengestalt. Eine gemäßigte Reaktion scheint dieser Mann nirgendwo auszulösen. Vielleicht sollten wir froh sein, dass er das Zeitliche gesegnet hat.«

Katharina stellte die Karaffe fort und setzte sich auf die äußerste Kante eines Sessels. »Tja«, murmelte sie.

Arnulf schaute sie fragend an.

»Er lebt. Er befindet sich im Predigerkloster und wird dort recht gut medizinisch versorgt.« Richard zuckte die Achseln.

»Verdammt!«, fluchte Arnulf. Entschuldigend lächelte er Katharina an.

Sie legte die Hände in den Schoß. »Die Toskana ist weit weg«, sagte sie. »Bis dahin wird Kramers Arm schon nicht reichen.«

»Was ist mit der anderen Sache?«, fragte Richard.

Erstaunt sah Katharina ihn an.

Arnulf leerte seinen Becher bis zur Neige. Auf einmal wirkte er, als sei ihm überaus unbehaglich. »Willst du das wirklich vor ihr besprechen?«

Katharina erfasste ein ungutes Gefühl. Gleich, das ahnte sie, würde sie etwas erfahren, das ihr nicht gut gefallen würde! Sie begegnete Richards Blick und las in ihm den Wunsch, sie zu beschützen.

Wag es nicht!, dachte sie im Stillen.

Er verstand sie. »Rede!«, forderte er Arnulf auf.

Der räusperte sich.

Katharina tastete nach Richards Hand, während Arnulf weitersprach. »Deine Mutter, Katharina. Ich habe ein wenig über sie nachgeforscht, und ich habe herausgefunden, dass dein ... Vater ... dass deine Mutter vor Bertram Augspurger und Matthias Körber schon einmal verheiratet gewesen war.« Seine Worte klingelten in Katharinas Ohren.

Ganz langsam purzelten die Mosaiksteinchen in ihrem Geist an ihren Platz und ergaben endlich ein vollständiges Bild. »Du ...« Sie biss sich auf die Wange, bevor sie weitersprechen konnte. »... Es hat einen Grund, warum du ›Matthias Körber‹ gesagt hast und nicht ›dein Vater‹, oder?«

Langsam, als seien die Muskeln in seinem Hals jäh zu starren Seilen geworden, nickte Arnulf. In seinen grünen Augen lag ein schwer zu deutender Ausdruck. »Mechthilds erster Mann, Katharina, er ... hieß Burckhard.«

Katharina spürte, wie alle Kraft aus ihr herausfloss und jeden Anflug von Freude mit sich nahm. Plötzlich hüllten die grauen Spinnweben ihrer *melancholia* sie wieder ein, und sie zogen sich so fest um sie, dass sie kaum noch Luft bekam. Willenlos ließ sie sich von Richard in den Arm ziehen.

»Burckhard Kramer war mein Vater!« Jetzt endlich ergab auch das letzte Detail einen Sinn. Nicht nur, dass ihr als Kind Gewalt angetan worden war: Es war ihr eigener Vater gewesen, der sich an ihr vergriffen hatte! Ein Mann, dem sie bedingungslos vertraut hatte. Das war der Grund, warum sie heute unfähig war, Vertrauen zu fassen! Das war der Grund für ihre *melancholia* …

Sie drehte den Kopf so, dass sie Richard ins Gesicht schauen konnte.

»Scht!«, machte er und küsste ihre Hände.

Arnulf saß schweigend in seinem Sessel und starrte auf den Boden seines Weinbechers. Irgendwann, als die Stille im Raum zu lastend wurde, sagte er: »Soll ich den Rest auch noch erzählen?«

An Richards Brust gelehnt, nickte Katharina.

»Alles Weitere habe ich mir zusammengereimt, aber so ergibt es den meisten Sinn. Burckhard war der Bruder unseres Inquisitors, und sein Tod scheint mir der Grund für dessen Hass auf Frauen zu sein. Er muss Burckhard sehr geliebt haben.« Er schauderte. »Darum kam er her und wollte Rache nehmen.«

»Warum an Katharina und nicht an Mechthild?«

Arnulf schüttelte den Kopf. »Das weiß ich nicht. Und selber fragen können wir ihn nicht.«

»Es ist gut.« Ganz leise war Katharinas Stimme. Sie richtete sich auf, strich sich eine Haarsträhne hinter das Ohr. »Es ist jetzt genug.« Für den Rest ihres Lebens war es das. Genug von Mord und Tod, genug von Schuld und Angst. Genug von dieser kalten Stadt. Morgen würde sie das alles hinter sich lassen. Die Sonne der Toskana wartete bereits auf sie. Sie musste nur nach vorn schauen, dann würde vielleicht irgendwann alles gut werden. Besser, korrigierte sie sich, sie würde schon zufrieden sein, wenn es besser werden würde.

Sie zwang sich zu einem Lächeln.

Über Richards Gesicht glitt ein schmerzlicher Ausdruck. »Ich danke dir«, sagte er zu Arnulf.

Der erhob sich, stellte seinen Becher auf einem Tischchen ab. »Wann fahrt ihr?«

»Morgen früh. Um die dritte Stunde herum.«

Arnulf wandte sich der Tür zu. »Ich werde am Stadttor auf euch warten.« Er rückte sein Schwert zurecht, dann setzte er sich seinen Hut auf und ging.

Die Tür fiel hinter ihm ins Schloss. Er ließ Stille zurück.

»Woran denkst du?«, fragte Katharina nach einer Weile.

Er schüttelte den Kopf, errötete leicht. »Das willst du nicht wissen.«

»Du wusstest, dass es ein langer Weg wird.«

»Ich bin nicht dein Vater.«

Sie hob ihm das Gesicht entgegen, sah ihm in die Augen. »Nein«, sagte sie schließlich. »Das bist du nicht.«

Ganz langsam, zögerlich näherten sich seine Lippen den ihren. Als sie sie berührten, lauschte Katharina auf den Schmerz in ihrem Leib. Sie vermochte nicht zu sagen, ob er von der Dolchwunde herrührte oder nicht. Sie schmiegte sich dichter an Richard heran, und er zog sie an sich.

Ein langer Weg lag vor ihnen.

Aber der erste Schritt war getan.

Epilog

»Bruder?«

Das Klopfen an seiner Zellentür übertönte fast die leise Stimme, die nach ihm rief. Heinrich Kramer blickte von seiner Lektüre auf und wandte den Kopf.

»Kommt herein!«, sagte er.

Ein Mann betrat seine karge Zelle. Es war Claudius von Kirchschlag, der Prior des Nürnberger Predigerklosters, ein hochgewachsener, drahtiger Kerl, dessen Haare an den Schläfen grau waren. In den Händen hielt er ein Schreiben, das er Heinrich jetzt reichte.

»Die Ordensleitung hat verfügt, dass Ihr nach Salzburg geschickt werdet!« Auf seinem Gesicht lag Missbilligung, und Heinrich unterdrückte ein Schmunzeln.

»Ich kann ehrlich gesagt nicht verstehen, warum man Euch wieder und wieder schützt, bei all den Vergehen und Missetaten, die Ihr Euch ständig zuschulden kommen lasst«, murmelte Prior Claudius.

Heinrich klappte sein Buch zu und legte in einer feierlichen Geste die Hand darauf. Die Dolchwunde, die dieser verrückte Spindler ihm beigebracht hatte, schmerzte noch immer, auch wenn der Bruder Infirmarius dieses Klosters bei seiner Heilung wahre Wunder vollbracht hatte. Im buchstäblich letzten Augenblick hatte er ihn ins Leben zurückgeholt. Zeigte diese Tatsache nicht deutlich, dass Gott noch einiges mit ihm vorhatte?

Er lächelte, als er auf sein Buch deutete. »Man hält dieses Werk vermutlich für wichtig genug, um seinen Verfasser zu schützen«, erwiderte er ruhig.

»Seinen Verfasser«, knurrte Prior Claudius. »Ihr solltet nicht von Euch in der dritten Person reden, das macht Euch noch arroganter.«

Kramer lächelte abermals in sich hinein. Dann nahm er den Beutel von seinem Bett. Er hatte geahnt, dass seine Abreise aus Nürnberg unmittelbar bevorstand, und darum hatte er bereits seine wenigen

Habseligkeiten zusammengepackt. Jetzt nahm er das Buch. Sein Buch. Liebevoll strich er über den Einband.

Seine Mission hier war beendet. Zwar war es ihm nicht gelungen, Nürnberg dazu zu bringen, sich seinen Thesen zuzuwenden. Die Hexenprozesse, die er in dieser Stadt hatte abhalten wollen, würden niemals stattfinden, aber dafür hatte Gott ihn mit etwas beschenkt, das viel kostbarer war als die Rache an Katharina, nach der er all die Jahre so sehr gegiert hatte. Vor ein paar Tagen nämlich war er bei diesem Spindler im Narrenhäuslein gewesen. Er hatte lange mit ihm geredet und dabei erfahren, dass Burckhard, sein Bruder, gar keinen Selbstmord begangen hatte, wie er es die ganzen Jahre über geglaubt hatte. Dieses verkommene Weibsbild Mechthild hatte Burckhard getötet! Eine Zeitlang hatte er versucht, Zorn und Hass deswegen zu empfinden, aber es war ihm nicht gelungen. Mechthild war tot, und es zeugte von Gottes Sinn für Gerechtigkeit, dass ausgerechnet sie sich selbst gerichtet hatte. Sie befand sich nun dort, wo er all die Jahre Burckhard vermutet hatte: in den ewigen Feuern der Hölle! Burckhard jedoch – da er kein Selbstmörder war, saß er mit Sicherheit längst zu Füßen des Allmächtigen und schaute von dort herab.

Es war diese Vorstellung, die ein warmes Gefühl von Milde in ihm wachrief, und er wehrte sich dagegen. Er stopfte den Hexenhammer in seinen Beutel, schlang sich dann den Riemen über die Schulter und wandte sich zu Prior Claudius um. »Ich bin bereit«, sagte er.

Der Prior nickte grimmig. Er war froh, dass der ungebetene Gast sein Kloster verlassen würde, das war ihm deutlich anzusehen.

Heinrich Kramer vergrub jeden Anflug von Milde tief in sich. Dann verließ er seine Zelle.

Es gab noch jede Menge Hexen dort draußen.

Vor ihm lag ein langer Weg.

Nachwort

Dies ist schon das zweite meiner Bücher, in das sich Heinrich Kramer durch die Hintertür hineingedrängelt hat, und das, obwohl es Zeiten gab, in denen ich mir geschworen hatte, niemals Hexenbücher zu schreiben! Aber da der Mann offenbar hartnäckig ist, habe ich mich gefügt und ihm die verlangte Rolle in der Geschichte gegeben.

Hier noch einige Details zu seiner Person und, wie immer an dieser Stelle, die Offenlegung jener Details, bei denen ich »geschummelt« habe.

Burckhard Kramer ist eine Erfindung von mir! Man weiß zu wenig über Heinrich Kramer, um sicher sagen zu können, ob er einen Bruder hatte oder nicht.

Im E-Book-Prequel habe ich aus dramaturgischen Gründen mehrere Details aus verschiedenen Lebensjahren Kramers vermischt. Zu jener Zeit, von der in meinem Text die Rede ist, war er nicht wegen der Unterschlagung von Ablassgeldern in Rom (was schon 1482 der Fall war), sondern wegen der fälschlichen Erteilung eines Dispenses. Da ich hierüber jedoch keine näheren Informationen finden konnte, habe ich mich entschieden, stattdessen die Unterschlagung zu erwähnen.

Es gibt keine Hinweise darauf, dass Kramer 1493 in Nürnberg gewesen ist, und auch die Disputation mit dem Stadtrat, die er anstrebt, hat, soweit ich weiß, nie stattgefunden.

Alle weiteren Details jedoch, die ich über Kramer erwähne, den Nürnberger Hexenhammer eingeschlossen, habe ich nach bestem Wissen und Gewissen dem derzeitigen Stand der Forschung entsprechend gestaltet.

Dass der Roman übrigens, sozusagen nebenbei, eine (natürlich rein fiktive) Erklärung für Heinrich Kramers Misogynie liefert, hat mir beim Schreiben Freude bereitet, noch mehr aber – ich gestehe es freimütig – die Tatsache, dass ich dem Verfasser des unsäglichen »Malleus

Maleficarum« einige kleinere und größere Verwundungen beibringen konnte.

Die Figur des Tobias basiert auf verschiedenen Aussagen aktueller Missbrauchsopfer der katholischen Kirche, die ungefähr auf folgenden Tenor hinauslaufen: »Man kommt einfach nicht damit klar, dass es Priester sind, die einem das antun. Es ist schizophren: Man entkoppelt das. Der Priester und der Vergewaltiger, man kann einfach nicht damit umgehen, dass sie eine Person sind.«

Die Rezepte und Heilmethoden, die Katharina und die anderen Medici verwenden, habe ich, wie immer, in mittelalterlicher Literatur recherchiert. Es stimmt, dass Männer wie Marcellus Empiricus ekelhafte Ingredienzien wie Steinbockmist in ihren Rezepturen verwendet haben (es handelt sich hierbei um die sogenannte »Dreckapotheke«). Auch haben die im Roman vorkommenden Pilze wirklich eine giftige Wirkung im Zusammenhang mit dem Genuss von Alkohol. Bei zwei Dingen habe ich mir allerdings dichterische Freiheiten erlaubt: Zum einen heißen die Pilze nicht »Satanstintlinge«, wie Richard sie nennt, sondern schlicht und wenig aufregend »Faltentintlinge«. Auf dem Rasen vor meinem Haus wachsen sie im Sommer tatsächlich zu Dutzenden. Und zum Zweiten habe ich ihre Wirkung aus dramaturgischen Gründen sehr verstärkt – und ein bisschen ins Halluzinogene verschoben. Der pilzkundige Leser möge mir dies nachsehen – und auch die Tatsache, dass ich diesmal die Recherche nicht am eigenen Leib durchgeführt habe.

Das Buch, das Jakob Spindler für Katharina abschreibt, der sogenannte »Jungfrauenspiegel«, existiert tatsächlich. Er wurde im 12. Jahrhundert verfasst. Für den Roman habe ich Spindler jedoch nicht nur daraus zitieren lassen, sondern ihn darüber hinaus auch Thesen aus dem »Witwenbuch« des Erhart Groß übernehmen lassen, das im frühen 15. Jahrhundert erschienen ist. Das Werk »Witwen: Kulturgeschichte eines Standes in Spätmittelalter und Früher Neuzeit« von Britta-Juliane Kruse hat mir bei den Recherchen zum Leben von Witwen in dieser Zeit unschätzbare Hilfe geleistet, und es sei allen ans Herz gelegt, die sich für dieses Thema interessieren. Die verwendeten Zitate aus dem »Jungfrauenspiegel« hingegen stammen aus der Herder-Ausgabe von Jutta Seyfarth.

Eine Zusammenschrift aus dem »Jungfrauenspiegel« und dem

»Witwenbuch« gibt es meines Wissens nicht, Spindlers Büchlein ist also komplett fiktiv, und einige seiner Ratschläge in diesem Roman sind es ebenfalls.

Kathrin Lange, August 2012

Danksagungen

Mein Dank geht an *Stefanie Kropp-Heindorf* dafür, dass Du Theresia und Sebastian so lange alleine gehütet hast, obwohl ich Dir Unterstützung versprochen hatte, und an *Monika Severith* dafür, dass Du geduldig gewartet hast, bis die ganze Sache mal wieder furchtbar eilig wurde. Ich wüsste nicht, was ich ohne Eure Unterstützung tun würde, Ihr beiden! Ihr seid super!

Ferner danke ich

Gunnar Cynybulk, meinem Lektor bei Aufbau. Ich bin immer wieder fasziniert, mit welcher Sicherheit Du Lösungen für die Probleme weißt, an denen ich manchmal tage- oder gar wochenlang knabbere!

Petra Hermanns, meiner Agentin, dafür, dass Du mein Fels in der Brandung bist. Wenn ich bedenke, dass ich erst gar nicht auf die Tagung gehen wollte, auf der wir uns kennengelernt haben …

Nina Sottrell dafür, dass Du meinen Wortschatz um das schöne Wörtchen »jäh« bereichert und dem Manuskript den letzten Schliff gegeben hast.

Petra Engwicht dafür, dass Du ab und zu anrufst und mich daran erinnerst, dass es noch ein Leben jenseits des Computers gibt.

Michael Kress dafür, dass Du für mich durch das Lochgefängnis gekrochen bist und Stufen gezählt hast. Ich warte gespannt auf Deinen Blasius, mein Lieber!

Ursula Schmid-Spreer dafür, dass ich unsere Telefonate und Deine ungezählten Nürnbergfotos zu Inspirationszwecken benutzen durfte.

Einigen Fachleuten, die diesmal ungenannt bleiben wollten. Ich nenne Euch trotzdem, aber verschweige Eure Namen. Ihr wart wertvolle Hilfen!

Und, last but not least, danke ich Dir, *Stefan*. Deine Anregungen und Bemerkungen zu diesem Manuskript haben aus einem verkorksten Roman einen guten gemacht. Ich liebe Dich, mein Schatz!